國家社會科學基金重大項目（18ZDA248）
「十四五」國家重點圖書出版規劃項目
國家出版基金資助項目

查清華 主編

東亞唐詩選本叢刊

第一輯 九

国家出版基金项目
NATIONAL PUBLICATION FOUNDATION

中原出版傳媒集團
中原傳媒股份公司
大象出版社
·鄭州·

圖書在版編目(CIP)數據

東亞唐詩選本叢刊. 第一輯. 九 / 查清華主編. —
鄭州 : 大象出版社, 2023. 8
ISBN 978-7-5711-1814-3

Ⅰ. ①東… Ⅱ. ①查… Ⅲ. ①唐詩-詩歌研究-叢刊
Ⅳ. ①I207. 227. 42-55

中國國家版本館 CIP 數據核字(2023)第 085556 號

東亞唐詩本叢刊 第一輯 九

出版人 汪林中
項目策劃 張前進 郭一凡
項目統籌 李建平 王軍敏
責任編輯 王軍敏 李建平
責任校對 牛志遠 張紹納 趙 芝 安德華
裝幀設計 王莉娟
出版發行 大象出版社
鄭州市鄭東新區祥盛街27號 郵編450016
印 刷 北京匯林印務有限公司
版 次 2023年8月第1版第1次印刷
開 本 720mm×1020mm 1/16 38.75印張
字 數 419千字
定 價 156.00元

前言

《東亞唐詩選本叢刊》(第一輯)十册,選入日本江户、明治時代學者注解評釋的唐詩選本十二種:《三體詩備考大成》《唐詩集注》《唐詩解頤》《唐詩選夷考》《唐詩兒訓》《唐詩絶句解》《唐詩通解》《通俗唐詩解》《唐詩句解》《唐詩選講釋》《三體詩評釋》《唐詩正聲箋注》。

這些選本具有一定的代表性。南宋周弼選編的《三體唐詩》不僅流行於元明時期,成書不久亦即傳入日本,因便於讀者學習漢詩創作法則而深受歡迎,遂産生多種新的注解評釋本。熊谷立閑(? —1695)《三體詩備考大成》、野口寧齋(1867—1905)《三體詩評釋》均在此基礎上集注增評。明初,高棅編《唐詩正聲》,在明代影響深遠,《明史·文苑傳》稱:「其所選《唐詩品彙》《唐詩正聲》,終明之世,館閣宗之。」東夢亭(1796—1849)撰《唐詩正聲箋注》,菅晋帥《序》曰:「夫詩規於唐,而此則其正統宗派,足以救時體之冗雜。」明後期,李攀龍編《古今詩删》,並作《唐詩選序》,自豪地宣稱「唐詩盡于此」。該書一度成爲明代格調詩派的範型選本,傳入日本後,受到古文辭學派推崇,服元喬於享保九年(1724)校訂《唐詩選》,即係從該書截取而單行的唐詩部分,此舉居功至偉,以至「海内户誦家傳,以爲模範準繩」。宇士新(1698—1745)、竺顯常(1719—1801)《唐詩集注》,竺顯常《唐詩解頤》,千葉玄之(1727—1792)《唐詩選講釋》,新井白蛾(1725—1792)《唐詩兒訓》《唐詩絶句解》,入江南溟(1682—1769)《唐詩句解》,莫不以服元喬所訂《唐詩選》爲宗,對其進行注解講釋。至明末清初,著名文學批評家金聖歎作

《貫華堂選批唐才子詩》《唱經堂杜詩解》，葛西因是（1764—1823）《通俗唐詩解》所選詩目即多與此二書相重合，其解説也多襲用金氏評語。各選本之間淵源有自，顯示了清晰的理論脉絡和學術統緒，便於我們把握古代日本詩學觀念與學術思潮的變遷。尤其像熊谷立閑《三體詩備考大成》這樣集大成式的選注本，簡册浩瀚，材料富贍，引用了不少國内已佚或罕見之古籍，具有較高的文獻價值。

上述諸書編撰者均爲日本精研漢學的著名儒學家和詩人，編撰《唐詩通解》的皆川淇園（1734—1807）、編撰《唐詩選夷考》的平賀晋民（1721—1792）亦然。他們不僅學殖深厚、創作經驗豐富，還持有異域文化視野，使得這些選本具有獨特的詩學批評和文學理論價值，從而拓展了唐詩的美學藴涵和文化意義。諸人廣參中國自唐至清各代學者對唐詩的選編、注解和評釋，立足於自己的價值取向、美學宗趣，博觀約取，集注彙評，考辨糾謬，發明新意。附著於選本的序跋、凡例、小引及評解，集中體現出接受者對詩作的審美體驗與理性解讀，注重發掘每首詩潛藏的生命意趣、文化信息、風格特徵及典型法則。

這些選本不僅具有較高的學術價值和文化意義，還因其具有蒙學、普及等性質，大都在日本傳播廣泛，影響深遠，極大促進了唐詩在日本的傳播，推進了東亞文明的建設。諸編撰者爲擴大讀者群體，在詩歌選擇、編排體例、語言形式等方面做了大量努力。首先，詩歌選擇名篇佳作。其次，編排格式上，正文、夾注、眉批、尾注、分隔符、字號等的使用錯落有致，標示分明。再次，或在漢文旁添加和訓，方便不諳漢語的日本讀者誦習；或如《唐詩兒訓》《唐詩絶句解》《通俗唐詩解》《唐詩選講釋》《三體詩評釋》等五種選本，除原詩爲漢文外，注解、評釋多用江户時期和文；或如《三體詩評釋》，適時引用日本古代俳句、短歌來與所點評的唐詩相互印證；或如《唐詩選講釋》，在講解官職、計量單位、風俗、名物等語詞時，常以日本相近物事類比。諸如此類的努力直接促成了唐詩的普及，也推進了社會文明的建設，恰如《唐詩兒訓序》所稱：「今爲此訓之易解，户讀家誦，天下從此言詩者益多，更添昭代文明之和氣焉。」

叢刊在整理時，主要做了斷句標點、校勘、和文漢譯的工作，體例上儘量沿用原書格式，保留舊貌，並在每種選本前撰有《整理説明》一篇，簡要介紹編撰者生平著述、時代背景、書名、卷數、編排體例、基本内容、主要特點、學術價值及版本情況等。

本項目的整理研究對象，固爲東亞各國友好交流的歷史文化資源。歷史川流不息，東亞各國人民之間的友誼亦綿延不絶。本輯的編撰，得到日本學界諸多學者的大力支持，也得到日本國立國會圖書館、公文書館、御茶水女子大學、京都大學圖書館、早稻田大學圖書館等機構的無私幫助，讓我們真正領悟到「山川異域，風月同天」的文化意味，在此謹致謝忱。

《東亞唐詩選本叢刊》（第一輯）是國家社科基金重大項目「東亞唐詩學文獻整理與研究」之子項目階段性成果，又幸獲「十四五」國家重點圖書出版規劃項目、國家出版基金資助項目支持，感謝諸位專家的信任和鼓勵，感謝大象出版社各位編輯的艱辛付出。

本團隊各位同人不辭辛勞，通力合作，除書中所列編委及整理者，尚有郁婷婷、徐梅、張波協助校對。克服資料獲取的不便及古日文解讀的困難，歷數年終得第一輯付梓，斷不敢以「校書如掃塵」自寬，但因筆者水平所限，疏誤自然難免，祈請讀者諸君不吝賜教，以便日後修訂再版。

查清華

二〇二三年五月於上海師範大學唐詩學研究中心

目録

三體詩評釋　〔宋〕周弼 編撰　〔日〕野口寧齋 評釋　〇〇一

三體詩評釋

〔宋〕周弼 編撰
〔日〕野口寧齋 評釋
徐樑 譯校

整理説明

野口寧齋（1867—1905），名一太郎，字貫卿，别號有大城、疏庵等，日本明治時期著名漢詩人。其父野口松陽與明治新政府中以森春濤爲中心的台閣漢詩壇關係密切，野口寧齋亦師從森春濤之子森槐南，詩學深受森槐南影響。森槐南和野口寧齋都致力於唐詩評釋，前者有《唐詩選評釋》，後者有《三體詩評釋》，二書在十九世紀末到二十世紀初的日本漢詩愛好者中頗受歡迎。

《三體詩評釋》是對中國南宋後期周弼《三體唐詩》一書所作的評釋。《三體唐詩》面世不久即傳到日本，在很長一段歷史時期内對日本文人的漢詩學習産生了重要影響，並出現了多種解説類著作。但因其選詩偏重中晚唐，甚至不收李杜，至江户時期，在荻生徂徠對《唐詩選》的强力推崇下，該書的影響力有所減弱。而野口寧齋一方面認識到《三體唐詩》在日本的影響力，另一方面也了解了該書存在的局限，因此除解釋和點評之外，還引入大量中國古代詩學資料，包括詩人的生平、某詩人的其他代表作、與某主題相關的詩作、該詩及其他相關作品在中國詩學傳統中所得到的討論和評價等。由此《三體詩評釋》就大大超出《三體唐詩》本身的範圍，很多詩歌都已不只是被評釋的「主題」，而是引發詩歌史討論的「話題」。借助由各種話題所引發、串聯而成的文本網絡，《三體詩評釋》涵蓋了唐詩史上大多著名詩人及其重要作品。而在引入大量中國詩學資料的同時，野口寧齋也理性務實地面對中國詩學中存在的種種争論。其不强求比興、不故作苛論的批評態度，使得他的評釋多有真知灼見，與中國本土的同類著作相比也毫不遜色。

儘管野口寧齋在撰寫本書時使用了比較接近漢文的文體，但或出於野口氏本人對漢籍的理解，或緣於他所使用的《三體唐詩》底本，或因抄寫、印刷而致訛誤，《三體詩評釋》一書中魯魚亥豕之處亦不少見。爲避免翻譯時因武斷而有損作者原意，譯者遵循如下原則：一、對於作者的日文表述，在將其翻譯成漢語文言的同時，一般保留底本中的漢字原文，明顯有誤之處則據漢籍加以校訂。詩人姓名所用漢字明顯有誤者（如孫逖誤作遜逖、張籍誤作張藉等）則徑改。二、對於作者直接引用的漢籍，如果底本原文在現存其他漢籍中即存在不同表達，則一般不作改動，僅將其視作異文之一；如果底本原文與現存其他漢籍均有不同，則通順者視作異文，一仍其舊，不通順者則依據重要漢籍文獻加以校正。三、對於作者轉譯成日文的漢文（主要是詩話、史書之類），則斟酌考量漢籍原文和作者譯文。由於存在節引、轉引的情況，這部分文字往往與漢籍原文存在一定出入。在回譯時會盡量保留作者的漢字使用，不直接代之以漢籍原文，以便讀者得以了解作者對漢籍的理解情況。

在點評某些詩歌時，野口寧齋會引用一些日本古代的俳句、短歌來與所點評的詩歌進行相互印證。日本學者山寺美紀子曾對這些俳句、短歌的理解提供過寶貴意見，特此致謝。

本書所用底本爲明治四十三年（1910）郁文舍版，原書現藏於日本國立國會圖書館，謹致謝忱。

目録

緒言……〇一二

卷上　七言絶句……〇二八

實接……〇二八
華清宮　杜常……〇二九
宮詞　王建……〇三一
吳姬　薛能……〇三三
歸雁　錢起……〇三四
逢賈島　張籍……〇三五
江南春　杜牧……〇三六
別李浦之京　王昌齡……〇三七
題崔處士林亭　王維……〇三八
楓橋夜泊　張繼……〇三九
贈殷亮　戴叔倫……〇四〇
湘南即事　戴叔倫……〇四一
送齊山人　韓翃……〇四二
送元史君自楚移越　劉商……〇四三
竹枝詞　李涉……〇四四
香山館聽子規　竇常……〇四五
長慶春　徐凝……〇四六
宮詞二首　王建……〇四七
城西訪友人別墅　雍陶……〇四九
貴池縣亭子　杜牧……〇五〇
送隱者　許渾……〇五一
送宋處士歸山　許渾……〇五二
秋思　許渾……〇五三
黄陵廟　李遠……〇五四
贈彈箏人　温庭筠……〇五五

韋曲　唐彦謙……〇五六
曲江春望　唐彦謙……〇五七
鄴宮　陸龜蒙……〇五八
閿鄉卜居　吴融……〇五九
尤溪道中　韓偓……〇六〇
丹陽送韋參軍　嚴維……〇六一
寒食　韓翃……〇六二
上陽宮　竇庠……〇六三
贈楊鍊師　鮑溶……〇六四
和孫明府懷舊山　雍陶……〇六五
贈日東鑒禪師　鄭谷……〇六六
旅懷　杜荀鶴……〇六七
寄別朱拾遺　劉長卿……〇六八
題張道士山居　秦系……〇六九
寄李渤　張籍……〇七〇
南莊春晚　李群玉……〇七一
長溪秋思　唐彦謙……〇七二
隋宮　鮑溶……〇七三
綺岫宮　王建……〇七四
送三藏歸西域　李洞……〇七四
長信秋思　王昌齡……〇七六
吴城覽古　陳羽……〇七七
江南意　于鵠……〇七八
閑情　孟遲……〇七九
曲江春草　鄭谷……〇八〇
山路見花　崔魯……〇八一
逢入京使　岑參……〇八二
送客之上黨　韓翃……〇八三
病中遣妓　司空曙……〇八四
華清宮　王建……〇八五
宣州開元寺　杜牧……〇八五
山行　杜牧……〇八六

寄山僧　張喬……○八七
寄人　張侹……○八八
過南鄰花園　雍陶……○八八
宮詞　杜牧……○八九
漢江　杜牧……○九○
寄維揚故人　張喬……○九一
逢友人之上都　僧法振……○九一
山中　顧況……○九二
酬曹侍御過象縣見寄　柳宗元……○九三
宿武關　李涉……○九四
題開聖寺　李涉……○九五
宿虛白堂　李郢……○九六
晴景　王駕……○九七
社日　王駕……○九八
自河西歸山　司空圖……○九八
野塘　韓偓……一○○
歲初喜皇甫侍御至　嚴維……一○一
送魏十六　皇甫冉……一○一
送王永　劉商……一○二
酬楊八副使赴湖南見寄　劉禹錫……一○三
逢鄭三遊山　盧仝……一○四
重贈商玲瓏兼寄樂天　元稹……一○五
採松華　姚合……一○七
哀孟寂　張籍……一○七
患眼　張籍……一○八
感春　張籍……一一○
西歸出斜谷　雍陶……一一一
宿嘉陵驛　雍陶……一一一
醉後題僧院　杜牧……一一二
經汾陽舊宅　趙嘏……一一四
十日菊　鄭谷……一一五
老圃堂　薛能……一一六

偶興　羅隱……一一六
悼亡妓　朱褒……一一八
送元二使安西　王維……一一九
三月晦日贈劉評事　賈島……一二〇
武昌阻風　方澤……一二一
己亥歲　曹松……一二一
虚接……一二三
伏翼西洞送人　陳羽……一二三
題明慧上人房　秦系……一二四
寄許鍊師　戎昱……一二五
秋思　張籍……一二六
懷吴中馮秀才　杜牧……一二七
念昔遊　杜牧……一二七
寄友　李群玉……一二八
經賈島墓　鄭谷……一二九
修史亭　司空圖……一三〇
答韋丹　僧靈徹……一三一
九日懷山中兄弟　王維……一三三
葉道士山房　顧况……一三三
宿昭應　顧况……一三四
江村即事　司空曙……一三五
宫人斜　雍裕之……一三五
過春秋峽　劉言史……一三六
初入諫司喜家室至　竇群……一三七
寄襄陽章孝標　雍陶……一三八
舊宫人　劉得仁……一三八
小樓　儲嗣宗……一三九
宫詞　王建……一四〇
祇役遇風謝湘中春色　熊孺登……一四一
過勤政樓　杜牧……一四一
送客　李群玉……一四二
靈巖寺　趙嘏……一四三

柳枝　薛能……一四三
自遣　陸龜蒙……一四五
華陽巾　陸龜蒙……一四六
秋色　吴融……一四七
酬李穆　劉長卿……一四七
休日訪人不遇　韋應物……一四八
湘江夜泛　熊孺登……一四九
贈侯山人　熊孺登……一五〇
寫情　李益……一五〇
竹枝詞　劉禹錫……一五一
聽舊宫人穆氏歌　劉禹錫……一五二
訪隱者不遇　竇鞏……一五四
重過文上人院　李涉……一五五
題鶴林寺　李涉……一五五
宫詞　李商隱……一五六
將赴吴興登樂遊原　杜牧……一五七
鄭瓘協律　杜牧……一五八
贈魏三十七　李群玉……一五九
湘妃廟　李群玉……一五九
用事……一六〇
秋日過員太祝林園　李涉……一六一
長安作　李涉……一六二
奉誠園聞笛　竇牟……一六三
冬夜寓懷寄王翰林　竇庠……一六四
焚書坑　章碣……一六四
赤壁　杜牧……一六五
秦淮　杜牧……一六六
漢宫　李商隱……一六七
賈生　李商隱……一六八
集靈臺　張祜……一六九
遊嘉陵後溪　薛能……一七〇

前對 …… 一七一
山店　盧綸 …… 一七一
韋處士郊居　雍陶 …… 一七二
江南　陸龜蒙 …… 一七三
旅夕　高蟾 …… 一七四
金陵晚眺　高蟾 …… 一七五
春　高蟾 …… 一七五
後對 …… 一七六
過鄭山人所居　劉長卿 …… 一七七
寒食汜上　王維 …… 一七八
與從弟同下第出關　盧綸 …… 一七九
宿石邑山中　韓翃 …… 一八〇
贈張千牛　韓翃 …… 一八〇
拗體 …… 一八一
旅望　李頎 …… 一八一
滁州南澗　韋應物 …… 一八二
酬張繼　皇甫冉 …… 一八三
河邊枯木　長孫佐輔 …… 一八四
柳州二月　柳宗元 …… 一八五
贈楊錬師　鮑溶 …… 一八八
題齊安城樓　杜牧 …… 一八九
側體 …… 一九〇
營州歌　高適 …… 一九〇
山家　長孫佐輔 …… 一九一
夏晝偶作　柳宗元 …… 一九二
步虛詞　高駢 …… 一九二
君山　君山父老 …… 一九三
綉嶺宮　李洞 …… 一九四
卷中　七言律詩 …… 一九六
四實 …… 一九六
同題仙遊觀　韓翃 …… 一九八

和樂天早春見寄　元稹……一九九
和趙相公登鸛雀樓　殷堯藩……二〇一
凌歊臺　許渾……二〇二
洛陽城　許渾……二〇三
金陵　許渾……二〇五
咸陽城東樓　許渾……二〇六
晚自東郭留一二游侶　許渾……二〇七
題飛泉觀宿龍池　許渾……二〇八
咸陽懷古　許渾……二〇九
黄陵廟　許渾……二一〇
晚歇湘源縣　張泌……二一二
廢宅　吴融……二一三
龍泉寺絶頂　方干……二一四
和賈至早朝大明宫　王維……二一五
和賈至早朝大明宫　岑參……二一八
酬暢當嵩山尋麻道士見寄　盧綸……二二〇
吴中别嚴士元　盧綸……二二一
送王李二少府貶潭峽　盧綸……二二三
西塞山　劉禹錫……二二四
早春五門西望　王建……二二六
錦瑟　李商隱……二二七
江亭春霽　李郢……二二八
送人之嶺南　李郢……二二九
九日登仙臺呈劉明府　崔曙……二三〇
叢臺　李遠……二三一
寒食　來鵬……二三三

四虚

四虚……二三四
隋宫　李商隱……二三四
馬嵬　李商隱……二三六
籌筆驛　李商隱……二三八
聞歌　李商隱……二四〇
茂陵　李商隱……二四一

早秋京口旅泊　李嘉祐……二四二
晚次鄂州　盧綸……二四三
赴武陵寒食次松滋渡　竇常……二四四
鄂州寓嚴㵎宅　元稹……二四五
九日齊山登高　杜牧……二四六
送王尊師　姚合……二四七
贈王山人　許渾……二四九
湘中送友人　李頻……二五〇
元達上人種藥　皮日休……二五一
前虛後實……二五三
黄鶴樓　崔顥……二五四
自蘇臺至望亭驛人家盡空　李嘉祐……二五六
與僧話舊　劉滄……二五七
長洲懷古　劉滄……二五八
煬帝行宫　劉滄……二五九
經故丁補闕郊居　許渾……二六〇
贈蕭兵曹　李嘉祐……二六一
酬張芬赦後見寄　司空曙……二六二
答竇拾遺卧病見寄　包佶……二六三
寄樂天　元稹……二六四
秋居病中　雍陶……二六五
送崔約下第歸揚州　姚合……二六六
旅館書懷　劉滄……二六七
潁州客舍　姚揆……二六八
春日長安即事　崔魯……二六九
江際　鄭谷……二七〇
中年　鄭谷……二七一
秋日東郊作　皇甫冉……二七二
過乘如禪師蕭居士嵩丘蘭若　王維……二七三
送友人遊江南　耿湋……二七四
送別友人　姚合……二七五
嶺南道中　李德裕……二七六

病起　來鵬……二七九
送李録事赴饒州　皇甫冉……二八〇
清明日與友人遊玉塘莊　來鵬……二八一
宿淮浦寄司空曙　李端……二八二
尋郭道士不遇　白居易……二八三
早秋寄題天竺靈隱寺　賈島……二八五
題宣州開元寺水閣　杜牧……二八六
長安秋夕　趙嘏……二八八
宿山寺　項斯……二八九
題永城驛　薛能……二九〇
慈恩偶題　鄭谷……二九一
都城蕭員外寄海棠華　羊士諤……二九二
陳琳墓　温庭筠……二九四
鸚鵡洲眺望　崔塗……二九五
綉嶺宮　崔塗……二九七

前實後虛

……二九八
春山道中寄孟侍御　張南史……二九九
早春歸盩厔別業寄耿湋李端　盧綸……三〇〇
松滋渡望峽中　劉禹錫……三〇一
春日閑坐　劉禹錫……三〇二
晏安寺　李紳……三〇四
館娃宮　皮日休……三〇五
方干隱居　李山甫……三〇七
酬李端病中見寄　盧綸……三〇八
贈道士　褚戴……三一〇
送客之湖南　白居易……三一一
送劉谷　白居易……三一三
江上逢王將軍　白居易……三一四
和皮日休酬茅山廣文　陸龜蒙……三一五
蒲津河亭　唐彦謙……三一七
感懷　劉長卿……三一八

輞川積雨 王維……三一九
石門春暮 錢起……三二一
酬慈恩文郁上人 賈島……三二三
江亭秋霽 李郢……三二四
漢南春望 薛能……三二五
春夕旅懷 崔塗……三二七
長陵 唐彥謙……三二八
咸陽 韋莊……三二九

結句……三三一
過九原飲馬泉 李益……三三一
欲到西陵寄王行周 李紳……三三三
洗竹 王貞白……三三四
惜花 韓偓……三三五

咏物體……三三六
崔少府池鷺 雍陶……三三七
鷓鴣 鄭谷……三三八
緋桃 唐彥謙……三三九
牡丹 羅鄴……三四〇
牡丹 羅隱……三四一
梅花 羅隱……三四三

卷下乾 五言律詩……三四五

四實……三四五
早春遊望 杜審言……三四八
遊少林寺 沈佺期……三五〇
晚至華陰 皇甫曾……三五一
經廢寶慶寺 司空曙……三五二
次北固山下 王灣……三五三
岳陽晚景 張均……三五五
晚發五溪 岑參……三五六
仲夏江陰官舍寄裴明府 李嘉祐……三五七
山行 殷遥……三五九

送陸明府之盱眙　崔峒　……　三六〇
溪南書齋　楊發　……　三六一
泊揚子岸　祖咏　……　三六二
新秋寄樂天　劉禹錫　……　三六三
秋日送客至潛水驛　劉禹錫　……　三六四
得日觀東房　李質　……　三六五
北固晚眺　竇鞏　……　三六六
送可久歸越中　賈島　……　三六七
新安江行　章八元　……　三六九
三月五日泛長沙東湖　張又新　……　三七一
送人入蜀　李遠　……　三七二
七里灘　許渾　……　三七三
孤山寺　張祜　……　三七五
惠山寺　張祜　……　三七八
登蒲澗寺後二巖　李群玉　……　三七九
送僧還南海　李洞　……　三八〇
鄠北李生舍　李洞　……　三八二
塞上　司空圖　……　三八三
寄永嘉崔道融　司空圖　……　三八四
泊靈溪館　鄭巢　……　三八五
甘露寺　孫魴　……　三八六
江行　李咸用　……　三八八
春日野望　李中　……　三八九
勝果寺　僧處默　……　三九〇
静林寺　僧靈一　……　三九一
秋夜同梁鍠文宴　錢起　……　三九三
望秦川　李頎　……　三九四
池上　白居易　……　三九五
西陵夜居　吴融　……　三九六
旅游傷春　李昌符　……　三九七
春山　僧貫休　……　三九九
送懷州吴別駕　岑參　……　四〇一

高官谷贈鄭鄠　岑參……四〇二
山居即事　王維……四〇三
題薦福寺衡岳禪師房　韓翃……四〇三
送史澤之長沙　司空曙……四〇四
送裴侍御歸上都　張謂……四〇六
過蕭關　張蠙……四〇七
秋夜宿僧院　劉得仁……四〇八
宿宣義池亭　劉得仁……四〇九
送殷堯藩遊山南　姚合……四一〇
題李凝幽居　賈島……四一一
金山寺　張祜……四一三
商山早行　温庭筠……四一五
秋日送方干遊上元　曹松……四一六
寄陸睦州　許棠……四一七
與崔員外秋直　王維……四一八
送東川李使君　王維……四二〇
送楊長史赴果州　王維……四二一
赴京途中遇雪　孟浩然……四二二
早行　郭良……四二三
宿荆溪館呈丘義興　嚴維……四二四
漂母墓　劉長卿……四二六
湖中閑夜　朱慶餘……四二七

四虚……四二八

陸渾山莊　宋之問……四二九
新年作　宋之問……四三一
喜鮑禪師自龍山至　劉長卿……四三二
酬秦系　劉長卿……四三三
送朱放賊退後往山陰　劉長卿……四三五
尋南溪常道人隱居　劉長卿……四三六
題元録事所居　劉長卿……四三八
寄靈一上人　劉長卿……四三九
除夜宿石頭驛　戴叔倫……四四〇

汝南別董校書　戴叔倫……四四二
江上別張勸　戴叔倫……四四三
送丘爲落第歸江東　王維……四四四
岳州逢司空曙　李端……四四五
洛陽早春　顧況……四四六
送陸羽　皇甫曾……四四七
贈喬尊師　張鴻……四四九
客中　于武陵……四五〇
長安春日　曹松……四五一
題破山寺後院　常建……四五二
暮過山村　賈島……四五四
山中道士　賈島……四五六
贈山中日南僧　張籍……四五七
田家　章孝標……四五八
秦原早望　章孝標……四五九

卷下坤　五言律詩……四六一

前虛後實……四六一
雲陽館與韓外卿宿別　司空曙……四六二
酬暢當　耿湋……四六三
寄友人　張蠙……四六五
送喻坦之歸睦州　李頻……四六六
送李給事歸徐州覲省　孫逖……四六七
送溧水唐明府　韋應物……四六九
送王録事赴虢州　岑參……四七〇
別鄭蟻　郎士元……四七一
送韓司直　皇甫冉……四七三
途中送權曙　皇甫曾……四七五
酬普選二上人　嚴維……四七六
送鄭宥入蜀　嚴維……四七七
杭州郡齋南亭　姚合……四七八
日東病僧　項斯……四八〇

送友人下第歸覲　劉得仁……四八一
南遊有感　于武陵……四八三
早春寄華下同志　裴說……四八三
途中別孫璐　方干……四八四
送友及第歸浙東　方干……四八五
春宮　杜荀鶴……四八七
辭崔尚書　李頻……四八八
下方　司空圖……四九〇
華下送文涓　司空圖……四九一
游東林寺　黄滔……四九二
送僧還嶽　周賀……四九三
送人歸蜀　馬戴……四九四
經周處士故居　方干……四九六
送人歸山　石召……四九七
送友人歸宜春　張喬……四九七
秋日別王長史　王勃……四九九
汝墳別業　祖咏……五〇〇
宣州使院別韋應物　劉長卿……五〇二
送陸潛夫延陵尋友　皇甫冉……五〇三
夏夜西亭即事　耿湋……五〇四
庭春　姚合……五〇五
新春　姚合……五〇六
晚春答嚴少尹諸公見過　王維……五〇七
送王正字山寺讀書　李嘉祐……五〇八
秋日過徐氏園林　包佶……五一〇
灞東司馬郊園　許渾……五一一
下第寓居崇聖寺　許渾……五一二
寄山中高逸人　孟貫……五一三
廬岳隱者　杜荀鶴……五一四
寄司空圖　僧虛中……五一五
送成州程使君　岑參……五一六
漢陽即事　儲光羲……五一七

酬劉員外見寄　嚴維　五一九
別至弘上人　嚴維　五二一
送王牧往吉州謁史君叔　李嘉祐　五二二
送章彝下第　綦毋潛　五二三
空寂寺悼元上人　錢起　五二四
送曹椅　司空曙　五二五
送金華王明府　韓翃　五二六
和張侍郎酬馬尚書　韓愈　五二七
送董卿赴台州　張𪩘　五二九
過香積寺　王維　五三〇
送友人尉蜀中　徐晶　五三一
與諸子登峴山　孟浩然　五三二
寄邢逸人　鄭常　五三五
吳明徹故壘　劉長卿　五三五
送樊兵曹謁潭州韋大夫　李嘉祐　五三六
西郊蘭若　羊士諤　五三七
送普門上人　皇甫冉　五三八
送耿處士　賈島　五三九
春喜友人至山舍　周賀　五四〇
龍翔喜胡權訪宿　喻鳬　五四一
秋晚郊居　任蕃　五四二
友人南遊不還　于武陵　五四三
夜泊淮陰　項斯　五四四
秋夜宿淮口　景池　五四五
村行　姚揆　五四五
題甘露寺　曹松　五四六
前實後虛　五四七
秋夜獨坐　王維　五四八
秋夜泛舟　劉方平　五四九
春日卧病書懷　劉商　五五一
林館避暑　羊士諤　五五二
柏梯寺懷舊僧　司空圖　五五二

早春　司空圖……五五四
江行　司空圖……五五四
春日　李咸用……五五五
雲居長老　王貞白……五五六
送許棠　張喬……五五七
穆陵關北逢人歸漁陽　劉長卿……五五九
早行寄朱放　戴叔倫……五六〇
陜州河亭陪韋大夫眺望　劉禹錫……五六一
巴南舟中　岑參……五六二
宿關西客舍寄懷嚴許二山人　岑參……五六三
夜宿龍吼灘思峨嵋隱者　岑參……五六五
南亭送鄭侍御還東臺　岑參……五六六
南溪別業　岑參……五六七
泊舟盱眙　常建……五六七
江南旅情　祖咏……五六九
冬日野望　于良史……五七〇
早行　劉洵伯……五七二
逢皤公　周賀……五七三
暮過山寺　賈島……五七四
懷永樂殷侍御　馬戴……五七六
韋處士山居　許渾……五七七
瀑布寺貞上人院　鄭巢……五七八
送龍州樊史君　許棠……五七九
送人尉黔中　周繇……五八〇
道院　王周……五八一

一意……五八二

終南別業　王維……五八三
晚泊潯陽望爐峰　孟浩然……五八五
茶人　陸龜蒙……五八六
尋陸羽不遇　僧皎然……五八八

起句……五九〇

軍中醉飲寄沈八劉叟　暢當……五九一

題江陵臨沙驛樓　司空曙……五九二
送耿山人遊湖南　周賀……五九三
宿巴江　僧栖蟾……五九四

結句

結句……五九五
送陳法師赴上元　皇甫冉……五九六
送從弟歸河朔　李嘉祐……五九七
喜晴　李敬芳……五九八
茅山　杜荀鶴……五九九

咏物

咏物……六〇〇
山中流泉　儲光羲……六〇〇
冷井　孫欣……六〇一
僧舍小池　張鼎……六〇三
聞笛　戎昱……六〇四
感秋林　姚倫……六〇六
杏華　温憲……六〇七
孤雁　崔塗……六〇八
雨　皎然……六一〇

緒言

三體詩係宋淳祐庚戌周弼所撰。弼字伯弜，汶陽人，范晞文《對床夜語》云「周伯弜以唐詩自鳴」，《圖繪寶鑑補遺》云「汶陽詩人善墨竹」，可推知其爲當代知名之士也。物徂徠目之爲一無名子書賈之輩，或恐不知而斥之者耳。

伯弜何故撰此書耶？曰：不外以詩法教子弟，且欲矯正當時詩弊也。蓋曾論之：宋詩起於西崑之穠麗，而承以子美之豪放、聖俞之高淡，至大蘇而大成。軾驅天禀之奇才，縱横奔放，一氣呵成，行雲流水，意之所至，筆亦隨之，前無古人，後無來者。黄、秦、晁、陳以其所得而傳其流風。南渡後，尤、楊、范、陸相繼倔起，互行其長，其風格之異固不待言，然要其所主，唯在自在論事、唯在叙斬新之事，使筆如舌，著手成春。其弊也，竟至以油腔滑調自喜，而成俚俗平淺、卑近纖巧。誠齋則好使俗語，後村則多用同朝故事，令朱文公痛嘆今人之詩如村里雜劇者，時達其極。伯弜在此際而識其弊，欲救之以唐詩之韻致風趣，立其法度，於律以「四實」爲先，於絶以「實接」爲先。於其「四實」云，「中四句皆實以景物，於華麗典重之中有雍容寬厚之態」；於其「實接」云，「若以實事接則轉换有力」。其意以爲初學由之入手而成習性，句意充實，自有趣味盎然不盡者，若徒以勃窣理窟自滿，則終至於無可諷咏。其所以極力闢之者實不外乎此。范晞文云：「間有過於實而句未飛健者，得以起或者窒塞之譏，然刻鵠不成尚類鶩，豈不勝於空疏輕薄之爲？」充實之極，陷於補綴堆垛，至乏意味，亦難免之數，伯弜從而救之以「四虛」。以虛接之，法度乃備。《四庫全書總目》並舉嚴羽之《滄浪詩話》，云在當時「各明一義，均有爲而言之者」，謂其著眼之高也。

伯弜撰此書也，詩法貫通者如此，而其所撰之詩往往不滿人意。且就其所撰視之，杜律、李絶俱千古之絶調，而伯弜皆不採之。嗚呼！「沈鬱怪幻，雄視百代，如風雨雷霆，猛獸奇鬼，驚魂動魄，無敢逼視，杜律在唐實爲變調，而其所爲五言長城，亦拓地萬里」，此非施愚山之言歟？「七言絶句以語近情遥、含吐不露爲貴，只眼前景、口頭語而有弦外音，使人神遠，太白有焉[一]」，此非沈歸愚之説歟？而此書竟不之見也。或云，此書原題「唐賢三體詩法」，李杜二氏爲詩聖，故以餘子爲唐賢。所謂「聖」「賢」之區别，雖不知果協伯弜之本意否，然殷璠《河岳英靈集》既不載杜，高仲武《中興間氣集》、姚合《極玄集》併李遺之，韋縠《才調集》以二家之詩爲不可撰定者，楊伯謙《唐音》有意尊之而不收二家之詩，伯弜不録李杜，蓋沿此例耳。

何以言之？此書所載，於杜牧、雍陶、韓翃、張籍、李涉、王建之絶句，於許渾、盧綸、李商隱之七律，於王維、賈島、岑參、劉長卿、司空圖、李嘉祐、皇甫冉、司空曙、嚴維之五律，皆録五首以上，爲卷中之最。雖甄録主在中晚，然既開列王維、岑參二家，安有貶李杜而不取之理？可見前説不謬也。而李于鱗於「秦時明月」、王鳳洲於「葡萄美酒」，渠等俱推爲唐絶之壓卷，而此書不録之；王阮亭所舉王之渙之「黄河遠上」，此書亦捨之；沈歸愚所舉李益之「回樂峰前」、柳宗元之「破額山前」、劉禹錫之「山圍故國」、杜牧之「煙籠寒水」、鄭谷之「揚子江頭」，此書收其二而逸其三。人各有所見，正足以互相發明，如此數家固未可與李杜同其例也。

而伯弜之偏中晚者究何意耶？不及初盛之雄麗莊重者究何意耶？無他，伯弜之時，人皆以斬新自在爲詩之第一義。若以初盛之詩説之，則彼將謂時世已移，若株守古格不能出新意，則雄麗莊重將何所用？伯弜有所見於兹，故就唐人中求幽婉清空者，現中晚唐之身而説法，佛家所謂善巧方便也。其所撰之詩，調雖不高而必遒，韻雖不古而必遠，而其意則時人所欲道破者也。爲時人所欲道破者而行以「實接」「四實」之法，不流於空疏輕薄而使其能出新意，學者易入而不陷於邪道。是直拔時人之壘，而令其不得回言反擊也。嚴滄浪云：「近代諸公以文字爲詩，以才學爲詩，以議論爲詩，蓋於一唱三嘆之音有所歉焉。」伯弜則跳出文字之詩、才學之詩、議論之詩，使之爲一唱三嘆之音，其勞也少，其效也大。而後學者若有所得，則溯而入李杜，終及於初盛者，亦將何有？元遺山《唐詩鼓吹》以柳宗元、劉禹錫爲開卷第一，相從次第，元遺山豈不知盛唐諸家之詩者耶？而其如此者，亦只求時人之易入，不過欲矯正時弊，同可謂現身説法也。

更以時勢觀之，亦可知初學之有待於幽婉清空者。蓋淳祐庚戌乃理宗御宇之時，奸臣内傷，强敵外逼，其危不啻累卵，然理宗爲小人所擁立，曾與蒙古合而滅金，意滿氣驕，以太平天子自居。無論武備，經綸大策亦不之講，唯以崇尚周程張朱之學爲任，期右文之譽耳。顧迴瀾評之，言理宗之「理」文焉而已，真覺其痛切。上之所好既已如此，下之靡然成風、文學蔚然而起者，亦不足怪。詩人之不知時務者皆慣於無事，詩酒流連，維日不足，以爲謳歌昇平者，所到皆是。伯弜亦聚徒而講詩者也，所觸目感懷者無非村舍田園閑適自放之具，學者亦無求雄麗莊重，是亦時勢所然耳。不察此而漫尤其撰，乃不通時之論耳，況於其現身說法者耶？

然唐詩廣博，不得以三體盡之。識力俊邁者、才藻富贍者固不如望之於長篇大作爲勝，《總目》云：「宋末風氣日薄，詩家多不工古體。故趙師秀《衆妙集》、方回《瀛奎律髓》所録者無非近體，弜此書亦復相同。」伯弜既以迴瀾自任，何不撰古詩而於時人頂門下一針耶？其意乃不難知：古詩之深奧，要學要識，初學少有不望而却走者；近體句短而意長，尤易入人耳，故先藉之爲津筏耳。《對床夜語》録伯弜之言云：「詩而本於唐，非固於唐也。自河梁之後，詩之變至唐而止也。謫仙號爲雄拔，而法度最爲森嚴，況餘者乎？立心不專，用意不精，而欲追其妙者，未之有也。元和蓋詩之極盛，其實體制自是始散。僻字險韻以爲富，率意放詞以爲通，皆有其漸。一變則爲五代之陋矣。」深味其語，則其於詩獨具隻眼者可得推知，而此書止於三體者，實因教初學也。清之高士奇起於數百年後，撰五七古五排之唐詩而作《續三體詩》，是或庶幾得伯弜之深意耶？

方虛谷序此書而刺伯弜之講法度，其言云：「三體法專爲四韻五七言小律詩設，以爲有一詩之法，有一句之法，有一字之法。止於此三法，而江湖無詩人矣。」夫詩固不可一字一句强拘泥於法度，此誠如虛谷之言；然古人所作無不愜法度者，使釋而理會之，真乃導後學之捷徑也。若不講法度，則恐初學任意揮灑而徒成支離滅裂耳。求古人之詩始於合法度，非無規矩準繩者，此非初學所尤當會得耶？紀曉嵐評《瀛奎律髓》云：「虛谷置其本原而拈其末節，每篇標舉一聯，每句標舉一字，將率天下之人而致力於是。」其沾沾自喜者如此，而欲以「江湖無詩人」一語抹殺此書，真掩耳盜鈴之類耳，非至論也。楊子云：「斲木爲棋，梡革爲鞠[二]，皆有法焉。」木尚且有法，以法教詩，有何不可乎！

《總目》云：「所列諸格尤不足盡詩之變。」是伯弜所無可免責者。其虛實相救之法雖足以醫當時之痼疾，然諸格分而不精，合而不嚴，又不明示其標舉數首之理由，抑何意耶？以文字之相似者相合，殆與蔡蒙齋之《聯珠詩格》同其轍者，抑何意耶？凡如此者，皆所以令胡應麟下「率合支離」之評也。然余尚左袒范晞文評此書「是編一出，不爲無補後學。有識高見卓不爲時習燻染者，往往於此解悟」之語，白璧微瑕，不足爲傷。

此書釋圓至之注、裴庾之增注尤行於世[三]。邦人箋釋此書者，以熊谷立閑之《備考大成》爲最，簡册浩瀚，材料富贍。曩日於之徵材而作《三體詩釋義》，中途而止；今視之，誤謬誠不尠少。今更參觀諸書，正之師友，爲初學聊爲評釋。然余以才疏學淺，加乏時日，後之視今，亦如今之視昨，或當然者也。且夫老優之演舊劇，其一舉一動有出先人模型而不可易者，不知而月旦其可否，則不誤其正鵠而爲優所笑者夫幾何哉！此書風行海内也久，諸老先生各以一家之秘鑰啓發者甚多，余以後進，所聞者稀，而卒然執筆，爲先生所嗔、爲後生所笑，當亦在不免之數。識者若不慳高教，則幸甚矣。

癸巳三月下浣　　寧齋主人　識

【校勘記】

［一］有：底本訛作「在」，據《説詩晬語》卷上改。

［二］革：底本錯作「木」，據《法言》卷二改。

［三］裴：底本訛作「斐」，據《日本訪書志》卷十三改。

卷上　七言絶句

實接

周弼曰：絶句之法，大抵以第三句爲主，首尾率直而無婉曲者，此異時所以不及唐也。其法非惟久失其傳，人亦鮮能知之。以實事寓意接，則轉換有力，若斷而續，外振起而内不失於平妥，前後相應，雖止四句，而涵蓄不盡之意焉。此其略爾。詳而求之，玩味之久，自當有所得。

起、承、轉、結四字，不解亦能了其意。斗然而起，悠然而承，俄然而結，無何妙也；有一轉句，而成如斷如續之趣味，所謂舟行如窮，忽又無際者是也。可知第三句不可苟且。伯弜則要從實境去填充，是恰如向當時空疏輕薄者醍醐灌頂，故曰「此異時所以不及唐也」。「異時」二字可謂不覺吐露本心。而起、承、結三句平妥如不用力者，得轉句則精彩焕發，一直一曲，短篇中生無數波瀾，是絶句之入神者也。

華清宮　杜常

行盡江南數十程，曉風殘月入華清。朝元閣上西風急，都入長楊作雨聲。

杜常過華清宮之詩凡四首，此詩尤妙。華清宮乃明皇所建、貴妃游讌之處，一時鎖畫眉紅袖之美，納冠冕縉紳之豪，今也則亡。「曉風殘月」已捻出荒凉之景，意極深。西風颯然而來，震蕩長楊而作雨聲，覺肅殺之氣透於肌骨。心記殘月在天，更有驟雨之至，萬象皆付瞢瞢，故情有不可堪也。神哉！

朝元閣乃祭老君之處，長楊乃秦皇之宮而漢武所修者，是借秦皇漢武而諷明皇，王建賦華清宮云，「曉來樓閣更鮮明，日出闌干見鹿行。武帝自知身不死，看修王殿號長生」，意相同而不如此詩語意含蓄，情景混融——此至隱之説也。然且不論長楊與華清距離遼遠，言華清、言朝元閣，若又堆垛長楊之宮名，恐非唐賢所爲。白楊有風則成雨聲，《本草衍義》辨之，東坡咏之，無何不可。建之詩或有意諷之然，常則唯記滿前凄凉之景，感慨自係之矣。感慨之來，非譏之，乃哀之也。謂「情景混融」者爲此耳。沈歸愚云，「末二句寫荒凉之狀，不求甚解」，是千載之定案也。

《西清詩話》《唐詩正音》以杜常爲唐人。楊用修引《宋史》、楊慎引范蜀公《笏記》以之爲宋人。《焦氏筆乘[二]》據古碑斷其爲元豐年中人，詩亦有起承二句之異，云「一别家山十六程，曉來和月到華清」。《鐵網珊瑚》據石刻而與《筆乘》之説大同小異，詩以起句爲「東望家鄉十六程」。《升庵詩品》以爲「曉星殘月入華清」而贊其妙。《歸田詩話》以爲「曉乘殘月入華清，殊覺意味深長」。諸説紛紛，不知其孰是。所傳之異者如此，至令人不知此究屬唐宋矣！

余常謂常乃《宋史》中之人，其詩不當爲《三體詩》中之物。今日雖無由知其「東望家鄉」與「一别家山」孰爲正者，要之「曉來和月到華清」定爲常之原作。神宗之元豐、理宗之淳祐，歲月既隔，膾炙人口轉轉相傳之際，誤謬從而生焉，遂不覺生一種「行盡江南」之詩，諸説紛紛者蓋爲此耳。至如「曉風殘月」之語乃柳屯田之「今宵酒醒何處，楊柳岸曉風殘月」，殆與常同時流傳者，又如起句襲用岑嘉州之「枕上片時春夢中，行盡江南數千里」而不覺，當皆以生訛謬之一原因也。當時伯弜見之以爲唐人，而録置於此。焦氏目伯弜爲改此詩者，恐不免於舞文羅織。何也？若使伯弜加朱於不可其意者，則應改《三體》數百首而不當獨止於此詩；若伯弜改之，則如故複「風」字「入」字，雖初學亦不爲也，而云伯弜爲之乎？

原詩起承二句，皆弄巧作致，乏自然之趣，自是宋人詩也。「行盡江南」則一二兩句可流暢而誦，第三句實接一法，更得唐賢三昧，冠於此書而覺無愧。以是觀之，以人而言則宋，以詩而言則唐，伯弜雖一時失於檢點，却正爲别具隻眼者也。

【校勘記】

［一］筆：底本訛作「家」，據《天一閣書目》卷三改。下徑改。

宫詞　　王建

金殿當頭紫閣重，仙人掌上玉芙蓉。太平天子朝元日，五色雲車駕六龍。

建工於樂府歌行之作，與張籍並稱。其所作《宫詞》百首，傳誦天下。情者、事者、怨者、刺者，期一寫其實。相傳建爲渭南尉，值宦者王守澄竭宗人之分，守澄愛其才，以弟呼之。漸彼我不均，而懷輕侮之色，酒中偶説及桓靈信任内宦而致黨錮之事。守澄深憾其譏誚，曰："吾弟所賦之宫詞，天下皆口誦之，禁掖深邃[二]，何以知之耶？明當首首達於上聞。"建賦詩而解之云："先朝行坐鎮相隨，今上春宫見長時。脱下御衣偏得着，進來龍馬每交騎。常承密旨歸家少，獨奏邊情出殿遲。不是當家頻向説，九重争得外人知。"是亦一篇宫掖秘事，守澄恐累於己而事遂寢者，亦宜也。然則以此一事可知建於宫詞乃事事直寫者，非築空中樓閣也。

此詩即直叙其所見而自見譏刺者之一。金殿巍巍而起，紫閣重重而聳，以「金殿」「紫閣」爲句中之對語，紫閣乃祀老君之處，在宫中，一可刺也。以仙人掌上芙蓉玉盤而承雲表之露，無異於漢武之和玉屑而服之，作非禮之器而求不死，二可刺也。主上親御六龍，駕雲車而朝元，「雲車」乃方士勸漢武所造，所謂非象神而神不至者，鬼神之車御，是天子所當服乎？三可刺也。第二句用漢武之事，故第四句再借其故事，違禮好怪，諷意現然。然由其表面通觀，則四句二十八字莊重典雅，視之爲宫中應制之作亦無不可，以其非熱嘲冷罵者，此唐賢所以爲唐賢也。或以「太平天子」解指明皇，然如彼守澄之言，建之宮詞乃直道破當時，特以此首爲咏明皇，則萬無其理也。《古今詩話》云：「宮詞百首，多史傳小説不載之事。」因是思之，當時天子恰有此樣之不德，建乃用「太平天子」之好文字試作一番譏刺耳。明皇之事，不在建意中也。

花蕊夫人效建而作宮詞百首。夫人乃費氏，以才色爲蜀後主所嬖，身在宮中，温樹之微，自非人間之音。「春風一面曉妝成，偷折花枝傍水行。却被内監遥覷見，故將紅豆打黄鶯」，是何等清秀之詩也！宋宦者王紳獻宮詞百首，其《寶慈宮太皇太后生日》詩云：「太皇生日最尊榮，獻壽宮中未五更。天子捧觴仍再拜，寶慈侍立到天明。」《駕前露面雙童女》詩云：「平明彩仗幸琳宮，紫府仙童下九重。整頓瓏璁時駐馬，畫工闇地貌真容。」温公評爲「頗有意思」，即皆以建之宮詞爲祖而紹述之，以傳當時掖庭之風尚者也。

【校勘記】

[一] 掖：底本訛作「液」，據《雲溪友議》卷下改。

吴姬　　薛能

自是三千第一名，内家叢裏獨分明。芙蓉殿上中元日，水拍銀盤弄化生。

劉後村曰：「薛能詩格不甚高，而自稱譽甚過，常自以爲當作文字之官。」及爲將，怏怏不樂，數賦詩以見其意。此詩借吴姬泄其不平，吴越多美人，言「吴姬」者猶言美人無異。謂天然麗質自然出群，而三千貴嬪無顔色，此非猶如我才之無比耶？而姬則芙蓉殿上，節正中元，銀盤拍拍，非與至尊弄化生耶？「化生」乃西域之器，以蠟作嬰兒，浮水遊戲，爲婦人宜子之祥者，暗言集君寵於一身，應有龍種之徵也。我則有才而不得用，用而不盡其才，是有三千第一之名而未爲人知耳。天下豈應有如此之理哉！不平之意隱然。或解此詩云：「芙蓉殿爲吴姬失意之居，與杜工部之『龍武新軍深駐馬[一]，芙蓉别院漫焚香』何異之有？彼漫焚香，此空弄化生，羊車不至，非多愁多恨之極耶？才人不遇殆有類於此者。」若從其所言，則於前二句與後二句中劃一鴻溝，不可不加「雖然」之一轉换而使其盛如前、其衰如後。然奈何後二句無可認作衰時者也。

【校勘記】

[一]軍：底本訛作「年」，據《全唐詩》卷二百二十五改。

已前共三首

諸體之區分，伯弜不付其説，不可解者不少。圓至曰：「絶句以第三句爲主，或以句法相似，或以字面相同，或唤起第四句者，或不唤而第四句申其意者，或叙景物，或景物中有人，但轉句如是則聚爲一類。其首尾三句則不必同，而又必篇篇聲勢輕重相似，其用心之精，可謂細入忽微，無苟然者。故不顯言其旨，欲使觀者自得焉。」是果可爲伯弜之真意耶？而圓至亦不説其分類所由來，亦「使觀者自得」之微意乎？

《華清宫》之「朝元閣上」、《宫詞》之「太平天子」、《吴姬》之「芙蓉殿上」，不只句法字法相似，其關乎宫闕之文字亦相同，所以爲一類也。

歸雁　錢起

瀟湘何事等閑回，水碧沙明兩岸苔。二十五弦彈夜月，不勝清怨却飛來。

季秋之月，鴻雁來賓，南至瀟湘，瀟湘乃天下之勝。水碧沙明，乃雁之宜盤旋處，而直回者何也？是憶到雁之意想，設此一問，奇想冲天。後二句則復以自家之憶想解釋之，有雲去峰露之致。謂雁固不忍辭瀟湘，而無可奈何者，瀟湘乃湘君之所宅，明月在天，鼓瑟髣髴而聞，清怨忽滿天地，有情者所不能堪，此所以「却飛來」也。湘有回雁峰，瑟有《歸雁操》，此詩乃由此著想，萬頃净緑涵孤月之際，有三行四行嘹喨傳去之趣，畫亦不相及，詩亦可謂有神助者。

起初從計吏至京口，客舍步月，聞户外有行吟之聲，曰「曲終人不見，江上數峰青」，凡再三往來。起遽從之而無所見，密怪之。及就試，見詩題則爲「湘靈鼓瑟」，把筆驟就，落句填以此十字。主文官李暐擊節稱讚久之，曰：「是必有神助也！」擢置高第。起之於湘靈也，因緣可謂特爲不淺。

逢賈島　　張籍

僧房逢著款冬華，出寺吟行日已斜。十二街中春雪遍，馬蹄今去入誰家。

張籍、賈島同在韓愈之門，島寓於僧舍，籍訪之，而款冬恰華，一起句有「兩人對酌山花開」之趣。欲歸則十二街衢無可行馬蹄，言外有爾我之外終無可談心者之意。籍又有與島閑游之詩云「水北原南草色新，雪消風暖不生塵。城中車馬應無數，能解閑行有幾人」，亦不外乎此意。圓至以爲乃以款冬花比島、以春雪遍比小人之跋扈、以日斜比時之昏，傷二人之無可託，張衡《四愁》序以雪雰爲小人，乃此語之所出也。然不知詩尚佇興，言所見之款冬花，而裏面自有與島相見之意，故能超妙。若一一加穿鑿如此，則詩之興趣爽然失去，不過徒令人齒冷也。

初，島連敗於文場，囊篋已空，遂爲浮屠而云無本，居青龍寺，後受知於愈而脱僧衣、與進士。愈贈之詩曰：「孟郊死葬北邙山，日月風雲頓覺閑。天恐文章渾斷絶，再生賈島在人間。」由是知名。時新及第，寓法乾之無可精舍，籍此詩當在是時。蓋島僧時之名稱無本，本詩既題云《逢賈島》，明爲其蓄髮後之作也。

籍《傳》云：「如王建、賈島、于鵠、孟郊諸公集中多所贈答，情愛深厚，要皆別家千里，遊宦四方，瘦馬羸童，烏帽青衫，故其每邂逅於風塵，必多慇勤之思。」殆似因此首而言也。後年籍復題島之野居云：「青門坊外住，行坐見南山。此地去人遠，知君終日閑。蛙聲籬落下，草色户庭間。好是經過處，惟愁暮獨還。」

詩既平易，心亦和寬，可想見其地位之變。詩之可以資年譜者，可謂全因有此種也。

江南春　　杜牧

千里鶯啼緑映紅，水村山郭酒旗風。南朝四百八十寺，多少樓臺煙雨中。

此詩《樊川集》題云「江南道中春望」，觸目之語，有情有色。今題以「江南春」三字，蓋絶句原爲唐人之樂府，歌而可以合於管弦，故節取其題中三字，因以爲曲名也。起句乃破題，承句爲和煦之光景，「春」字在其中，細雨如絲。六朝之伽藍精舍隱見於煙景空濛裏，恍惚如在江南途上。「千里」乃就大數而言之，與稱「到處」不異。楊慎則以爲俗本之誤，言「千里鶯啼，誰人聽得？千里紅緑，誰人見得？若作『十』字，則鶯啼紅緑之景、村郭樓臺、僧寺酒旗皆在其中矣」。是真學究講經之語耳。姑從其説，複用「十」字，十里鶯啼誰能聽得？雖順風耳亦不能也！是爲一笑。

或云：「此詩乃隔句照應格。起、轉懷南朝之盛時，承、結寫現前之光景。千里鶯啼之地，今有酒旗之颺耳；金碧堂塔，今有二三之存於煙雨中耳。因寂寞荒凉之景而吊華奢風流之迹，借華奢風流之迹而慨寂寞荒凉之景。牧際於唐晚，見國威漸衰，俯仰感慨而不能措，所以有此詩也。」解入深奥。然余爲瞑目一想，承與結共想見駘蕩之春色，而無由生荒凉寂寞之感，當不外途中所見而作也。

「十」字宜爲平聲而用入聲，入聲之聲音近於平聲，故借之。或云淮楚之間以「十」作「忱」音，或云長安語音「十」字讀如「諶」，便宜用之。「四百八十」爲現成語，無由改之，故平用之而調其韻響。爲救其五仄重疊，而以次句之第五字爲平聲，權衡茲得其宜，音節可謂離奇矣。

已前共三首

錢之「二十五弦」、張之「十二街中」、杜之「四百八十寺」，同爲垛疊數目，故爲一類。

別李浦之京　　王昌齡

故園今在灞陵西，江畔逢君醉不迷。小弟鄰莊尚漁獵，一封書寄數行啼。

楊升庵曰：「龍標絶句無一篇不可。」王鳳洲曰：「與太白争勝毫釐。」「詩天子」之目於是乎在。鳳洲復曰：「若以其有意無意、解不解之間而求之，當以『秦時明月』爲第一。」而此書不録。如「昨夜花開」，如「西宮夜静」，如「一片冰心」、「陌頭楊柳」，皆千古之絶調也，而此書所不及載。

千里羈遊，偶遇故人，以一醉遣懷，而醉中尚嗟小弟之不能勉旃，數行涕淚託寄於故人。情既真摯，令人歔欷。「醉不迷」三字爲前後關鎖，反接「數行啼」。樂天在江南也，因送客而寄詩於徐州之兄弟，云「今日因君訪兄弟，數行涕淚一封書」，全由此詩脱化而出。然彼揮尋常懷鄉之淚耳，此則有小弟漁獵之事實，情趣乃深。其句古樸，不要修飾，尤非樂天所能夢見也。

或云：「小弟放逸，宜使戒之，阿兄亦沉湎酒中，一封書係醉後之亂筆，尤而傚之，難導弟也。」是真可噴飯。以此求詩，則其於詩何止風馬牛不相及而已哉？醉而不迷，是一片真實溢於言表，豈可抉摘其字句而妄試肆譏乎！

題崔處士林亭[一]　王維

緑樹重陰蓋四鄰，青苔日厚自無塵。科頭箕踞長松下，白眼看他世上人。

是維過内弟崔興宗林亭所作也。前二句描出「林」字，「緑」字、「青」字襯出結句之「白」字。是謂不言中之説法。第三句由林中一個長松樹而至於松下之主人。箕踞乃不拘禮法者所爲，謂便於賦詩、便於閲書、便於長嘯也，白眼看世之興宗活活躍出。這般之樹、這般之苔、這般之主賓，不書一「亭」字，而覺牽蘿補屋之狀宛然在眼。同時作者盧象云：「映竹時聞轉轆轤，當窗只見網蜘蛛。主人非病常高卧，環堵蒙朧一老儒。」作法全同。裴迪云「喬柯門裏自成陰，散髮空中曾不簪」，可以證此詩之非虚寫。興宗酬之，至云「窮巷空林常閉關，悠悠獨坐對前山」，尤足見此詩之適切。沈歸愚乃云：「詩有當時盛稱而品不貴者，如此詩之粗派也。」此詩雖不似維平生冲淡之作，然筆筆不苟，寫生傳神之妙正在其絶無修飾處。品之不貴全坐此，似未可斥爲粗派。胡元瑞云：「以少陵之才攻絶句，即不能爲李白，詎謂不如摩詰也。」少陵之絶句質實古拙，求如此粗放者不可多得，況「寒食」耶？況「渭城」耶？人各有能有不能，如少陵者固不以絶句傳，亦何必多言乎？

【校勘記】

［一］題崔處士林亭：《全唐詩》卷一百二十八作《與盧員外象過崔處士興宗林亭》。

楓橋夜泊　　張繼

月落烏啼霜滿天，江楓漁父對愁眠。姑蘇城外寒山寺，夜半鐘聲到客船。

繼博覽有識，好談論，知治體。嘗領郡而有政聲。詩情爽激，多金玉之音。此詩則神韻綿渺，聲調暢達，故流傳最遍。雖不解文字者，言「月落烏啼」亦知爲其詩。而其無定説，亦可異也。余思此詩宜置其重於結句而解之。起一句乃夢寐惝怳之光景，喜其將曙。忽然夢醒，知尚爲漁火之對愁眠。此非曉天，抑爲何刻也？恰有鐘聲度水而到，屈指尚是半夜。永夜漫漫，見無聊之極。鐘寺則寒山，絶好地名，與詩相稱而全幅活動。春山寺、華山寺，又何由得狀愁緒百端耶？

或言當置其重於起句，「霜夜客中愁寂，怨鐘聲之太早，夜半乃狀其早也」。如此解來，則客夜之永者安在？客愁中所寓之妙者安在？是蓋據歐陽公「夜半無鐘聲」之説，然唐人不少其例，葉夢得、裴庾亦辨其事實有。鐘聲爲夜半，可知起句在夢境惝怳之間，而後文法揭示以之爲一喜一悲格，始覺其適切矣。

繼再宿楓橋之詩云：「白髮重來一夢中，青山不改舊時容。烏啼月落江村寺，欹枕猶聽半夜鐘。」蕉雪云：「由是觀之，夜半鐘聲之爲曉天明矣。」然繼之重遊，對月落烏啼之真景，追懷前事，而枕上依稀如聞夜半之鐘聲，是後詩之神境也。「猶」之一字須鄭重視之。不然，則以曉鐘爲夜半鐘，將何妙之有？畢竟前詩乃在烏啼月落、夢寐惝怳之中，後詩乃在夜半鐘聲、神象仿佛之間，兩度之夜泊互相錯綜，各成一意而不複。以是之故，千古名句遂爲夜泊之一故事。「楓橋」二字既至於催客懷，青邱「正是思家起頭夜，遠鐘孤棹宿楓橋」之句杳然神遠，亦因是耳。

贈殷亮

戴叔倫

日日河邊見水流，傷春未已復悲秋。山中舊宅無人住，來往風塵共白頭。

逝者如此，江流滚滚，而人未得歸休也；北山之猿鶴空護舊宅，風塵堆裏，爾我共白頭也。遂初之約當如之何？是此詩之大要。「共」字包自己在内，其吊殷者，所以自吊也。唯一字耳，下得有千鈞之力。

初，叔倫參曹王皋之幕府，守杭州刺史，遷容管經略使，綏徠夷落[二]，威名流聞，而其所作諄諄如此，其人可思。德宗命賦中和節之詩，遣使者寵賜，叔倫則上表請爲道士，其性情恬澹，在冠冕間而不忘山林。此種語固其肺腑所出，其吐囑自有脱塵之趣，亦無足怪也。

【校勘記】

［一］落：底本訛作「洛」，據《新唐書・戴叔倫傳》改。

湘南即事　　戴叔倫

盧橘花開楓葉衰，出門何處望京師。沅湘日夜東流去，不爲愁人住少時。

是叔倫從曹王在湖湘間，思歸所作也。光陰堂堂而去，而不待人；沅湘滔滔而去，而我不能效之。京師在何處也？雖瞻望而不及。敘情真切，出語尤清雋。寄怨於無情之流水，怨得妙，妙在含蓄不發。秦少游坐朋黨，編置於郴州，作詞曰「郴江幸自繞郴山，爲誰流下瀟湘去」，學此詩而更説盡之，足可以爲此詩之註脚。

叔倫《題三閭廟》曰：「沅湘流不盡，屈子怨何深。日暮秋風起，蕭蕭楓樹林。」言外自有一種悲涼感慨之氣，或以爲五絶中之高格。屈子之怨，安能爲沅湘所流盡耶？發端之妙，盡其意而無餘藴，覺其寄慨於沅湘者與此詩異曲同工。司空圖記叔倫之説云：「詩人之語，如藍田日暖，良玉生煙。」其所得之深，可思也。

送齊山人[一]　韓翃

舊事仙人白兔公，掉頭歸去又乘風。柴門流水依然在，一路寒山萬木中。

翃與盧綸、吉中孚、錢起、司空曙、苗發、崔峒、耿湋、夏侯審、李端共稱大曆十才子，其絶句在中唐推爲李益之次。此詩一、二句活寫山人之精神，三、四句直憶及長白山中之舊居，所謂透過一層法也。寒山流水可以事白兔公，是所以「掉頭歸去」也。「掉頭」乃於事不以爲可，與杜之「巢父掉頭不肯住，東將入海隨煙霧」神似，是更以列子御風影寫山人之風采。人或云此詩乃暗刺山人，其意云山人出山不久，更復入山，柴門流水依然而已，將有何佳處耶？是腐儒有不快於老佛，强附會之耳。三、四句乃塵外之仙境，頭腦冬烘輩不換凡骨則不能修到，而山人之佳處真在其中。「掉頭」之句亦稱揚不措，可知此詩非刺之也。而所以有此説者無他，因山人出山如有溷污於塵俗之嫌耳，獨不知雲無心以出岫。翃所以故點出白兔公者，畢竟使切於其人也。白兔公乃赤松子之師，傳其常乘白兔來往於人間。

胡元瑞曰：「翃之絶句『柴門流水依然在，一路寒山萬木中』『寒天暮雨秋風裏，幾處蠻家是主人』，共是錢、柳之格，非其至者也。」蓋翃之詩固興致繁富，稱「如芙蓉出水」，而此詩稍異其撰，言非其至處可也，伍之於「寒天暮雨」則不可也。

【校勘記】

［一］送齊山人：《全唐詩》卷二百四十五作《送齊山人歸長白山》。

送元史君自楚移越　　劉商

露冕行春向若耶，野人懷惠欲移家。東風二月淮陰郡，惟見棠梨一樹華。

《唐詩遺響》以「史君」作「使君」，「使君」乃官家之尊稱。使君於楚有清譽，及其移越，以詩送之，爲去者祝其榮遷，爲居者失良二千石而悲。「露冕」用漢郭賀之事，賀爲荆州刺史，民歌其德，顯宗特賜黼黻冕旒，行郡之次，去其襜帷，令百姓知有德者——以比於去者；「移家」用古公亶父事，古公去邠而止於岐，邠人舉國而歸於岐——以比於居者。行春宜止於部下，而至於若耶；若耶屬越，是非行春，乃轉任也。野人不能借寇而欲隨去，不亦宜乎？使君去，而遺愛之棠梨獨笑於春。棠乃召伯所茇，民視使君如召伯。「唯見」二字中有無限恨意惜意。而其贊之如此者，望其在越猶如在楚也。

《賢愚鈔》曰：「此詩用事深奥。」「露冕」與「移家」且措之，「行春」用鄭弘爲淮陰太守時事，切於地者一；召伯之化明於南國，楚乃南方之邦，切於地者二。「深奥」云者蓋指此也。

竹枝詞

李涉

十二峰頭月欲低，空舲灘上子規啼。孤舟一夜東歸客，泣向春風憶建溪。

劉禹錫在朗州，倚俚歌之聲而作《竹枝》。其詞以紀土風、寫民情爲主。此詩則因景抒情，而借其調者也。《才子傳》云涉「曾從陳許辟命從事行軍，未幾以罪謫夷陵宰，十年蹭蹬峽中，病瘧成痼，屢嗟羈迹，後逢赦而得歸」。此詩即在途上自傷其生者也。十二峰頭之落月、空舲灘上之啼鵑，共言客懷所不堪之候。孤舟東歸之客似緊接於第二句，其實乃反襯之。謂十年當歸而不歸，於今思之，却把建溪看作故鄉矣。賈島詩云：「客舍并州已十霜，歸心日夜憶咸陽。無端更渡桑乾水，却望并州是故鄉。」其意相同，而此詩之悽音更滿於耳，真可謂動情文字也。

涉之詩詞卓犖不群，長篇叙事「如行雲流水，無可牽制」，其小詩芊綿如此詩者亦不易獲。其奉使京西也，賦詩云：「盧龍已復兩河平，烽火樓邊處處耕。何事書生走羸馬，原州城下又添兵。」橫槊之概、倚馬之才，與此詩如全出别手，蓋其境使之然耳。後來王士正以神韻作説論其詩云：「曾聽巴渝里社詞，三閭哀怨此中遺。詩情合在空舲峽，冷雁哀猿和竹枝。」如此詩者，非真可和於「冷雁哀猿」者乎？

香山館聽子規[一]

竇常

楚塞餘春聽漸稀，斷猿今夕讓沾衣。雲埋老樹空山裏，仿佛千聲一度飛。

自昔兄弟齊名者多，五人俱能詩如竇氏者稀也。常、牟、群、庠、鞏，聯芳比藻，法度風流相距不遠。後人集五家之詩而名《竇氏聯珠集》，常實爲其冠。此詩成於香山之客舍，故言「楚塞」，揭其地也；言「餘春」，紀其節也。於聽已成稀之候，意外相逢，更覺一段淒凉。峽中古來斷猿多，梁簡文帝云：「巴東三峽巫峽長[二]，猿鳴三聲淚沾裳。」然今比之於鵑者何有？老樹陰陰，空山寂寂，一聲之度處，虛而相應，如聞千聲血唳，其哀非猿之所能及。「一度飛」乃「一回啼」之義，聽者之意迎之也，故言「仿佛」。「仿佛」二字應「稀」字，作常山蛇勢，見一字不苟。

或云：「西行法師之『杜鵑之聲雖不可聞兮，當待於此山田之原，衆杉簇立』（譯者按：原文爲和歌：「聞かねどもここを瀬にせん郭公山田の原の杉の村立」），此歌有鳴於言外之理，而無鳴於辭中之意。此詩亦相同，鵑未作一聲而仿佛早已千聲。一度而飛，是其地空闃而使之然也。」以後半爲虛說，不僅與題意相背反，而「聽漸稀」三字亦遂成死響，不足取也。

【校勘記】

［一］香山館聽子規：《全唐詩》卷二百七十一作《杏山館聽子規》。

［二］巫峽：底本缺此二字，據《苕溪漁隱叢話》後集卷二補。

長慶春　　徐凝

山頭水色薄籠煙，遠客新愁長慶年。身上五勞仍病酒，夭桃窗下背花眠。

長慶改元，凝在京師，卧病無聊，以詩遺其悶。或以起句爲「引《易》之山上有水則爲蹇，爲君子反身修德之象，世路艱難如此，嘆滿眼無知己」，徒失於深奥耳；可輕解之爲「春來也，無名之山亦朝霞」（譯者按，原文爲俳句：「春なれや名も無き山も朝霞。」）之意，此樣好時節，况復逢改元之慶，正宜嬉游之時也。而遠客尚愁者何哉？爲病於五臟而不能行樂也。或以爲愁國之將亂，是不知「愁」與「憂」之別者耳。蓋此詩極平平，恐非能强爲深意者。

按，凝爲睦州人，與施肩吾同里閈，日親聲調，無進取之意。所交眷者雖勸令遊長安，而不忍自炫鬻，終不成名。其將歸也，以詩辭韓愈云：「一生所遇惟元白，天下無人重布衣。欲别朱門淚先盡，白頭遊子白身歸［二］。」知者皆憐之。凝平生如此，以此詩爲慨國步之艱難、感世途之迍邅者，却只傷凝之泊然面目耳，要非可謂知其人也。

凝詩以「萬古長如白練飛，一條界破青山色」最膾炙人口，樂天以爲賽之不得。東坡云「帝遣銀河一派垂，古來惟有謫仙詞。飛流濺沫知多少，不爲徐凝洗惡詩」，好惡全然相反。袁子才以爲佳語，而笑東坡之「朱唇得酒暈生臉，翠袖捲紗紅映肉」更爲其惡詩；洪稚存則以爲惡詩[二]，而笑東坡之「嶺上晴雲披絮帽，樹頭曉日掛銅鉦」更爲其惡詩。唯二句耳，而尚譏譽紛綸至於今日，凝之名亦從而聒，奇哉妙哉！

【校勘記】

[一]遊：底本訛作「老」，據《全唐詩》卷四百七十四改。

[二]稚：底本訛作「雅」，據《國朝漢學師承記》卷四改。

宮詞二首　王建

金吾除夜進儺名，畫袴朱衣四隊行。院院燒燈如白日，沈香火底坐吹笙。

此詩亦直録宮中行事，寫除夜之光景者。「儺」謂除夕大祓之式，童男童女，赤幘衣赤布袴，六隊繞宮而爲驅逐惡鬼之狀。「儺名」謂録其扮者姓名。儀既始，院院燈燭輝煌，個個無不作迎春之準備，中又有獨坐於沈香火底、静吹笙以守年者，其景況恍如在目前。或謂「太宗之時，當除夜而盛飭宮掖，明設燈燭而奏樂歌，令煬帝后蕭氏見之，問曰：『孰若隋也？』曰：『彼亡國之君，陛下開基之主，奢儉不同。』太宗曰：『隋主何如？』曰：『除夜每於殿前諸院設火山數十，每一山燒沈香數車，沃以甲煎，焰起數丈，香聞數十里。一夜費沈香二百餘車，甲煎二百餘石，房中亦不燃膏火，懸寶珠一百二十照之。』華奢亡國，鑑其不遠，建之所以三致意也」。或又有以此詩爲宫女之怨詩者，其説以起、承、轉爲一意，以結爲一意，後一句乃失寵之妃不能列儀，於沈香火下枯坐吹簫者，以接前三句之豪奢，前三句後一句之格同李白「越王勾踐」之作法。嗚呼！是所謂風幡不動而觀者心自迷，於此詩實無感痛癢者也。然以之爲諷詩而戒、以之爲怨詩而傷，於義各有其當，即所以「詩可以群」，此詩之可貴亦在此也。

其二

銀燭秋光冷畫屏，輕羅小扇撲流螢。玉階夜色涼如水，卧看牽牛織女星。

此詩則狀宫女之感秋，坐卧不能自安。銀燭畫屏，已見此非貧女，又非處女，「冷」字切於「秋」字，情景兩至。輕羅小扇，端的是初秋天氣，起而撲螢，乃以遊戲消愁也。星螢飛來而不避人，可謂傳玉階空寂之神。「凉」字接「冷」字，更深一層。昔秦宫有三十六年不得見君王者，結句暗用此意，嗟牛女一夕之會亦不可得。胡源淼云：「『卧』字或作『坐』字，『坐看』不如『卧看』有無限之意度。其所含蓄者，與『悠哉優哉，輾轉反側』其揆一也。若以之爲『坐』，則兒女之憨態於何處求之耶？」

此詩或以爲杜牧所作，周少隱曰：「當是建詩。蓋二子之詩，清婉大略相似，牧多險側，建多平麗，此詩則清而麗也。」然牧之絶句因題目而諸體具存。其於律詩中特寓拗峭以矯時弊者，或可以無愧於險側之語；然若以是盡掩牧之本領，則恐非至論。建《宮詞》更有「閑吹玉殿昭華管，醉折梨園縹帶花」「十年一夢歸人世，絳縷猶封繫臂紗」等詩，亦牧之所作也。升庵云：「《宮詞》至宋南渡後逸七首，好事者漫取唐人絶句補之。」無怪乎混入牧詩。而其誤之者，乃以少隱所謂清婉相同也。

城西訪友人別墅　雍陶

澧水橋西小路斜，日高猶未到君家。村園門巷多相似，處處春風枳殼花。

余每讀此詩，不能不憶「相同根岸有幾曲」（譯者按，原文爲「同じ根岸の幾曲り」）之語。衡門茆屋、斷橋流水、前徑後巷，幾度迷之。「日高尚未到君家」者往往而有，可謂東西一致。青邱詩云：「渡水復渡水，看花還看花。春風江上路，不覺到君家。」此雖脱胎於「故人家在桃花岸，直到門前溪水流」，又恰如翻案此詩者，覺各有其妙。

陶爲大和八年進士，一時名輩皆偉其作。然恃才傲睨，薄於親黨。大中末出爲簡州刺史[二]，名益重，自比謝宣城、柳吳興，視國初諸人爲書奴。賓客至則必挫折之，投贄而不通者甚多。其人不足取，詩則深於情味，絶無奇峭獨喜之風。《詩林萬選》以爲「平澹中有味」，人、詩之異，亦可謂奇也。

【校勘記】

［一］大：底本訛作「太」，據《新唐書·宣宗紀》改。下徑改。

貴池縣亭子[一]　杜牧

勢比凌歊宋武臺[二]，分明百里遠帆開。蜀江雪浪西江滿，强半春寒去却來。

牧爲池州刺史，上高亭，見壯豁風物之富，比之於凌歊臺，一氣呵成此詩。敖器之所謂「如銅丸走坂、駿馬注坡」者是也。第二句氣象闊大，足以承上起下。「蜀江」「西江」分明乃眼中之物，「雪浪」乃更以惹起春寒者也。此詩句意與許渾《凌歊臺》之詩相符，渾詩云：「巴蜀雪消春水來。」渾、牧同其時，不知其詩之出孰爲先後。然若就詩論之，余以爲牧之詩當爲後出。假想當時，牧當登此亭而憶起渾之詩，定應絶叫「此地可以比於凌歊」。若不如此，則起句無活動之勢，頗近於無緣由。而牧之天質佚宕，於詩情致豪邁，此等機敏之遊戲三昧，應不過其尋常茶飯耳。

【校勘記】

［一］貴池縣亭子：《全唐詩》卷五百二十二作《題池州貴池亭》。

［二］歃：底本訛作「歃」，據《全唐詩》卷五百二十二改。

送隱者

許渾

無媒逕路草蕭蕭，自古雲林遠市朝。公道世間惟白髮，貴人頭上不曾饒。

此詩亦杜牧之作。伯弜以爲許渾，當恐誤記。上二句是送隱者之正文，下二句是作者之嘆慨，如絶不相接，而實從「無媒」二字伏其灰線。既嘉賞隱者志操之高尚，又因以悲其不爲時俗所容，令賢才不得不空朽埋於山中，意在筆先而亦含毫邈焉。分疏其意，大約如左：

無媒之逕路，草已蕭蕭封之，使人援引可到之路絶，故曰「無媒」，是隱者棲止之當然也。蓋雲林自古遠於市朝，隱者乃經此無媒之逕路，終棲託於山中，不復與世相通，其高潔之想洵可羨慕。而我却轉悲隱者不得不到此：若爲有道之世，野無遺賢，則隱者又何苦栖遲於此空山，自甘寂寞耶？使其到此，實無非職由世俗人心流於詭薄，無復公道可稱也。是以抱才有爲之士空屈沈於下位，長無拔擢登庸之望，一等於此無媒逕路之無可夤緣。嗚呼！於今之世可稱公道者，唯貴人頭上亦有未曾饒之白髮耳。如此之世，如此之人，豈能不隱退於山中乎！三、四句冷嘲隱諷之語，一以高隱者之志尚，一以譏世俗之輕薄，因復致感於隱者之况遇上，用意實可謂深婉。此詩之解釋古來無一定，然如此剖拆，始覺風味盎然。一切郢書燕説之見，於本詩實不足爲絲毫之輕重也。

《漁隱叢話》云：「羅鄴之『芳草和煙暖更青，閑門要路一時生。年年點檢人間事，惟有春風不世情』可與此詩合爲一聯曰：『白髮惟公道，春風不世情。』蓋窮人不遇，遣興之作也。」集來殆天衣無縫。時代既同，意想當亦不甚相遠。葉茵亦翻案此詩云：「半世持竿笠澤濱，鬢邊留得幾莖春。近來白髮無公道，暗把黑頭饒貴人。」別有感慨，亦覺可傳。

送宋處士歸山　　許渾

賣藥修琴歸去遲，山風吹盡桂花枝。世間甲子須臾事，逢着仙人莫看棋。

處士偶然出山而致歸去之遲，非有所牽戀於風塵中，全爲賣藥修琴耳。然山中桂花將因而爲風吹盡，今若不歸，則將至一花終不能見。起承二句之意如此。淮南小山《招隱士》有「桂樹叢生兮山之幽」之語，第二句暗用此事，句意極靈動，而此中已胚胎三、四句之意，爲歲月之容易移去起興。故轉結二句承之，云世間甲子乃須臾瞬間耳，切勿忘貪看仙家一局棋而柯已爛之事也。通首之根則在「歸去遲」三字，此三字一串而到結句，筆勢尤爲飄忽。太白「問予何意栖碧山」一首得此可謂有嗣響。渾之絶句多帶仙氣，渠與許飛瓊邂逅一事雖出小説家言，亦可見非偶然也。

渾嘗夢登山，有城闕凌雲，人云此乃崑崙。入，則數人方對酒，招渾使列席，至暮而止。渾因賦詩云：「曉入瑶臺露氣清，坐中唯有許飛瓊。塵心未斷俗緣在，十里下山空月明。」他日復夢至其處，飛瓊曰：「子何故顯我名於人間耶？」渾改席上第二句爲「天風吹下步虚聲」，飛瓊乃喜。渾曾有句云：「吟詩好似成仙骨，骨裏無詩莫浪吟。」其抱負極大。得亦無非因有此一段本事耶？

秋思

許渾

琪樹西風枕簟秋，楚雲湘水憶同遊。高歌一曲掩明鏡，昨日少年今白頭。

感秋而追起曾遊，嗟少年之易去，嘆老之已至。《詩粹》云：「掩鏡而傷其老也。」「掩」之一字，悵悵惘惘之意引而不發，有躍如之妙。范晞文云：「渾之絶句『聞有三山不知處，茂陵松柏滿西風』『曲終飛去不知處，山下碧桃春自開』共此詩絶無衰靡之氣。」然無衰靡之氣而有悽婉之意者，尚是丁卯一家之法度。目而言其在温李二家之間，蓋雖不及李之典贍，比之於温則清麗有餘，足爲允當之評。渾、杜牧、李商隱、温庭筠共雄視一時，其詩最重格，七律特其所長。楊慎則以爲唐詩最淺陋者，見《唐詩品彙》《唐音》録其詩多，而以高棅爲没眼，以楊仲弘之賞鑒爲羊質虎皮，以陳後山之「近世無高學，舉俗愛許渾」爲金科，以孫光憲言「許渾之詩，李遠之賦不如不做」爲玉條，是恐激於推渾者多而言之也。况升庵之詩以靡曼見長而眩耀其才華，其詩風之異者亦從而至枘鑿不相容矣。胡元瑞云「若以才論，許不如李，李不如温，温不如杜」，此雖不過有所爲而言之，然其語則當。渾之於絶句也，一意用其力於格，可知非患其才之多者。是所以於諸子之外成一家也。

黄陵廟

李遠

黄陵廟前莎草春，黄陵女兒茜裙新。輕舟短棹唱歌去，水遠山長愁殺人。

黄陵廟祭娥皇女英。莎草正春，水嬉之兒女三五成隊，茜裙映水，分外鮮新。已而輕舟短棹各各唱歌而去，令看者殊難爲情。故云「水遠山長愁殺人」，一句繪佇立不能去之狀入神。一、二句聲調錯落，三、四句亦故拗其五字，如歌行，如樂府，後之作《竹枝》者間有學此體者。

《遺響》録此詩爲李文山之作。「文山」爲群玉字，群玉曾謁湘妃廟而題以褻語，因有二妃夜半相就之説，説者則合此詩而陷人於其圈套中：或以「茜裙新」爲二妃之真影，「唱歌去」者却指群玉；或以「女兒」爲巫女，巫女棹歌而去，群玉訝其美，非二妃之靈耶？然以茜裙爲真影，詩中不可見，巫女棹歌而去，於理不應有。若欲將二妃與巫女强置於疑似之間，則宜先用「彈琴鼓瑟」等好字面而使可仿佛。不用此，則二説之不足取可知矣。而所以有此説者無他，此詩題爲「黄陵廟」，因廟中不應有女兒之在，故强拈出二妃與巫女耳。余思其題稱「黄陵廟」者，全取起首之字面名之而已，其事不必限於廟中。廟前之踏青，即目之際，情乃係之。《才子傳》云：「遠在溢城，求天寶遺物，得襪一裲，會群玉自湖湘來，遠厚遇之，談笑永日。群玉曰：『向賦黄陵廟詩，動朝雲暮雨之情，殊亦可怪。』遠曰：『僕自得凌波片玉，軟輕香窄，每一相見，未曾不在馬嵬下也。』遂更相戲笑，各有賦詩。」言賦其詩者，群玉咏襪而遠賦黄陵廟耶？抑群玉賦黄陵廟而遠詠襪耶？今雖莫能詳，若以遠爲賦黄陵廟者，則應是此詩。一讀再讀，其哀婉動人者比之群玉諸作，詩品高卑豈啻上下床而已哉！

贈彈箏人[一]　温庭筠

天寶年中事玉皇，曾將新曲教寧王。鈿蟬金雁皆零落，一曲伊州淚萬行。

一盛一衰，前後各二句，與「白頭垂淚話梨園，五十年前雨露恩」其意相似。《伊州曲》乃其曾教寧王者，一彈一淚，聽者亦不堪。「休唱貞元供奉曲，當時朝士已無多」，其感亦相同。鈿蟬乃箏飾，金雁乃箏柱，舊物零落，所存無幾，獨聽當時之新聲，不能掩萬行之痛淚耳。可謂悲愴之至。以「鈿蟬金雁」爲妓名者，從字面之鮮麗好看言之耳，殊爲可笑。大抵庭筠詩情藻綺，此種文字乃銜吻而出者也。然玄宗與宣宗相距殆有百年，樂師猶存而與庭筠相逢，其事大爲可怪。庭筠善鼓琴吹笛，自云「有弦則彈，有孔則吹，何必爨桐與柯亭也」？其於音律有所得者如此，想非聞箏而中有所感，借題而作此詩耶？或果真有如此老樂師耶？

庭筠才思敏捷，入試押官字，八叉手而八韻輒成，更爲鄰士構思，日救數人。令狐綯與庭筠不相善，奏其有才無行，故不登第。不得其志而歸江東，過淮南，丐錢夜醉於楊子院，爲邏卒擊折齒，真可爲有才無行之註脚。其所作柔詞曼調，靡靡動聽，其與段成式往來唱和者爲《漢上題襟集》，多詠閨中情昵之事。而其古體樂府最艷麗窈幻，長處全在於是。《歌曲源流》乃云：「温李之徒，抒一時情致，流爲淫艷猥褻不可聞之語。」余未能認庭筠之詩爲淫艷猥褻殆與《香奩集》同格者，况如後來《疑雨集》者哉！而世人漫賤庭筠詩之薄，要不過耳食之論。夫刀背貴厚而刀鋒貴薄，物各有其用，以薄自不足以傷庭筠也。清人亦云：「詩有音節清脆如雪竹冰絲，非人間凡響，皆由天性使然，非關學問。在唐則太白一人，而飛卿繼之。」可謂庭筠千秋知己。此詩音節高亮，亦可謂天性所使然乎？

【校勘記】

［一］贈彈箏人：《全唐詩》卷五百七十九作《彈箏人》。

韋曲　　唐彦謙

欲寫愁腸愧不才，多情練漉已低摧。窮郊二月初離別，獨倚寒村嗅野梅。

乾符中，彦謙爲王重榮所知，表補河東知事，歷仕晋、絳二州刺史。光啓末年，重榮被殺，彦謙亦被貶爲漢中掾。或謂此詩成於其時。韋曲當漢未央殿之基，唐之盛時摩肩擊轂，今則蕭條一寒村矣。身世浮沉之感、國家末造之嘆，合而發泄。然意氣銷磨，才華已空，獨嗅野梅，憂愁之極。昔王羲之際於晋亂，拈花而嗅其香，終日不語，時人不能會其意。蓋心中有淚，不得已而悟了拈花之境者，而彦謙之意亦不外此。

彥謙才高負氣，毫髮逆意亦大叵禁。學博藝足，詩中好用事，而全如由己而出者。或謂其「初師温飛卿，多纖麗之詞，殆相逼似，後變淳雅，尊崇杜甫」。此詩使羲之之事而如不用典，以爲全由己出者似無不可。圓至曰「末句憂思之意悠然見于辭，諷之愈有味」，可謂知言。

曲江春望　　唐彥謙

杏艷桃嬌奪晚霞，樂遊無廟有年華。漢朝冠蓋皆陵墓，十里宜春下苑花。

曲江乃秦時之宜春苑、漢時之樂遊苑。開元中，玄宗鑿池引水，植花木而爲遊賞之地。讀「桃花細逐楊花落，黄鳥時兼白鳥飛」「穿花蛺蝶深深見，點水蜻蜓款款飛」諸句，可想見其繁華。「奪晚霞」三字非獨寫杏艷桃嬌，且帶扇影衣香。「奪」之一字何等勁健！梅聖俞咏春雪云「花飛萬里奪曉月」差可相比。而樂遊無廟，冠蓋空成墳墓；宜春下苑十里春花，年年歲歲竟無改易，故云「有年華」。於言外見及時行樂之意，又有「今我不樂，歲月其徂」之慨。

《詩品》云：「彥謙之絶句用事隱僻，而諷諭悠遠似李義山。如《奏捷西蜀題沱江驛》云：『野客乘軺非所宜，况將儒服報戎機。錦江不識臨邛酒，幸免相如病渴歸。』《登興元城觀烽火》云：『漢川城上角三呼，扈蹕防邊列萬夫。褒姒塚前烽火起，不知泉下破顔無。』《題鄧艾廟》云：『昭烈遺黎死尚羞，揮刀砍地恨譙周。如何千載留遺廟，血食巴山伴武侯。』首首有蘊藉，堪吟咏，比之貫休、胡曾輩，天壤矣。」然以余見之，則似不如以上二首不言之有味。

鄴宮　　陸龜蒙

華飛蝶駭不愁人，水殿雲廊別置春。曉日靚妝千騎女，白櫻桃下紫綸巾。

鄴宮乃魏之曹氏所建，趙之石氏、燕之慕容氏、齊之高氏皆居之，此詩咏石季龍宮中遺事。季龍乃石勒從子[一]，極於華侈，以女騎千人爲鹵簿，以紫綸巾熟錦袴扮妝。詩意云：粉白黛緑，美人曉妝既終，白櫻桃下騎者相列，是春雖去而如春尚在。華飛蝶駭，又何愁事之有耶？蓋因水殿雲廊中别藏彼美如此也。「櫻桃」直承「花飛」，「白」字更掩映「紫」字成致。詩中宛然如見一幅浮世繪。《賢愚鈔》云：「白櫻桃乃比鄭櫻桃。」鄭櫻桃乃季龍之嬖人，史云：「季龍性太殘忍，勒爲聘將軍郭榮之妹，季龍惑於櫻桃而殺之，繼納清河崔氏，櫻桃復譖而殺之。專寵於宫掖，樂府由之有鄭櫻桃之曲。」此詩三、四句言千騎之女在白櫻桃下，其美雖如春，而終不及櫻桃之麗，是所以雙關而用「下」字也。視龜蒙用櫻桃花而不及他卉，則其自是於有意無意中運用靈慧之才思。至以爲直指斥鄭，恐非龜蒙之真意耳。

【校勘記】

[一]子：底本錯作「弟」，據《晋書·石季龍載記》改。

閿鄉卜居　吴融

六載抽毫侍禁闈[一]**，可堪衰病决然歸。五陵年少如相訪，阿對泉頭一布衣。**

融於龍紀元年李瀚之榜及第，累遷翰林學士，拜中書舍人。及昭宗幸鳳翔，融不從，歸隱閿鄉。其詩平生靡麗有餘而雅重不足，此詩則特氣格渾厚，推集中有數之作，因其真摯耳。其云「六載抽毫」者，乃壯時之光榮；「阿對」乃楊震之家奴、引泉澆蔬而隱者，以比今日之生涯。意氣如彼而襟懷如此，兩相對照，點綴之以「五陵年少」，更占其身分。或云：「有行於京者，送之而言之也。」是由轉、結之句意想起者，未足語憑空結撰之妙。王昌齡云「洛陽親友如相問，一片冰心在玉壺」，韋莊云「若見青雲舊相識，爲言流落在天涯」，彼實由送人而立言，此則乘興遣懷耳。語氣相類，而其意不相襲用，此其妙也。

【校勘記】

［一］侍：底本訛作「待」，據《全唐詩》卷六百八十六改。

尤溪道中[一]　韓偓

水自潺湲日自斜，盡無鷄犬有鳴鴉。千村萬落如寒食，不見人煙空見花。

兵後道中，滿目悽慘，千村萬落，莽莽蒼蒼，無人煙之颺，亦無鷄犬之聞；野水空流，寒花獨笑之際，贏得數點殘鴉噪於夕陽。慨時衰世亂之意於叙景中自見。承句如與結句隔句相對，章法亦可謂奇絶。

偓作《香奩集》，詞多側艷，嬌憨昵戀，工寫兒女之態，驚動一時，風靡千載。李端叔序之云：「如咀五色之靈芝，香生九竅；咽三危之瑞露，美動七情。」品得巧緻。後人讀其詩而疑其人物浮靡；然偓之在官也，方正自持，進於承旨，參於機樞，多與帝旨合。宰相韋貽範有母喪，詔令還位，偓當草制，斷而不聽曰：「腕可斷，麻不可草。」其剛直者如此。故其從帝赴鳳翔也，侵侮有位而不省。上欲用爲相，則力辭而薦趙崇。朱全忠常憎偓，構禍而貶爲濮州司馬。帝流涕云：「朕左右無人矣。」其爲中流砥柱者以之可推。此後學温、李者，劉筠、楊億皆忠清鯁亮之人，而寇凖、文彦博、趙抃等名臣皆傳西崑詩派者也。以詩風而測人，可謂難矣。偓之被貶而道湖南也，《謝人惠含桃》詩云「金鑾歲歲長宣賜，忍淚看天思帝都」，乃由物而發向日之誠者，求之本邦，則菅公拜衣，殆同其忠藎之意。其依王審知也，有詩云：「手風懶展八行書，眼暗休看九局圖。窗裏日光飛野馬[二]，案頭筠管長蒲盧。謀身拙爲安蛇足，報國危曾捋虎鬚。舉世可能無默識，未知誰擬試齊竽。」潘子真以爲其詞凄楚[三]，切而不迫，不忘其君。詩境既又變而如此詩，亦誰將思量與《香奩集》同成於一人之筆耶？

【校勘記】

［一］尤溪道中：《全唐詩》卷六百八十一作《自沙縣抵尤溪縣值泉州軍過後村落皆空因有一絶》。

［二］窗：底本訛作「説」，據《全唐詩》卷六百八十一改。

［三］潘：底本訛作「滿」，據《苕溪漁隱叢話》後集卷十五改。

已前共二十四首

以第三句喚起第四句之格也。

丹陽送韋參軍　　嚴維

丹陽郭裏送行舟，一别心知兩地秋。日晚江南望江北，寒鴉飛盡水悠悠。

「心知」乃心友也。一别而江南江北將各吟其秋，相望在斜陽之際，而行舟已在杳渺。空有寒鴉點點，此何可堪情哉！《賢愚鈔》以第二句爲「惜别之意在於言外」，而余思移之以評三、四句爲適切。魏文帝東征，出廣陵而臨大江，戍卒數十萬、旌旗數百里而不敢渡，嘆曰：「波濤洶湧，天之所以限南北也。」此詩言外帶其意，而神味悠然。

「蕙葉青青花亂開，少年趨府下蓬萊。甘泉未厭楊雄賦，吏道何勞賈誼才。征陌獨愁飛蓋遠，離筵只惜暝鐘催。欲知别後相思處，願植瓊枝向柏臺[一]。」是錢起送維尉河南之詩也。一去一來，一簡一詳，各有其妙。然余寧與此詩之風水相涣、自然而成也。

【校勘記】

[一]植：底本訛作「指」，據《全唐詩》卷二百三十九改。

寒食　韓翃

春城無處不飛花，寒食東風御柳斜。日暮漢宮傳蠟燭，青煙散入五侯家。

冬至後隔一百五日，禁舉煙火，名爲寒食，據介子推之事也。元稹《連昌宫詞》云：「初過寒食一百六，店舍無煙宫樹緑。念奴覓得又連催，特敕宫中許燃燭[二]。」是宫中特有燭，而更取榆柳之火賜近臣也。事見《輦下歲時記》。此詩直寫所見，清麗富艷，風神獨絶，不知其白幾莖髭而琢出此等金玉也！

翃之詩，一篇一咏，朝士珍之，或謂比諷深於劉長卿，筋節减於皇甫冉[三]。《本事詩》云：「翃之爲幕吏也，已遲暮，與韋巡官相善。一日夜將半，韋叩其門急，翃出見，賀曰：『員外今除駕部郎中知制誥。』翃愕然言：『必無此事。』韋就坐曰：『邸狀報制誥闕人，中書兩進名，御筆不點之，則求聖旨，上批云：「與韓翃。」偶有與員外同姓名者爲江淮刺史，所司又具二人同進。御筆書此詩批云：「與此韓翃。」此非員外之詩耶？』翃乃喜。天明，李相與僚屬皆至。」其詩爲禁中所知者，不必數元才子也。

【校勘記】

［一］特：底本訛作「時」，據《全唐詩》卷四百十九改。

［二］減：底本訛作「成」，據《唐詩紀事》卷三十改。

上陽宮[一]　竇庠

愁雲漠漠草離離，太液勾陳處處疑[二]。**薄暮毁垣春雨裏，殘花猶發萬年枝。**

上陽宮在東都禁苑之東，高宗調露元年幸東都時，司農卿韋弘機作此宮，臨洛水，爲長廊亘一里，宫成而上御之。御史狄仁傑劾弘機導上以爲奢泰，終免其官，其壯麗者可想。而今來見之，唯愁雲空漠漠、芳草空離離耳。太液之池、勾陳之殿，臨其迹而空相疑，可謂頽廢之極。更可悲者，春雨蕭蕭，萬年枝發華於毁垣，花卉有萬年之名而滄桑已幾變，非可嗟之至耶？起句與轉句相照應，庠在一望荒蕪中欷歔不能去之光景，可得想像也。以愁雲起雨，以草表春，風調絶佳之中，亦自見有細心者。

「萬年枝」乃冬青。宋徽宗建設畫學，試四方之畫工，其法以古人之詩命題，如「竹鎖橋邊賣酒家」「踏花歸去馬蹄香」者，衆皆苦其立案之難。一日以「萬年枝上太平雀」課之，無中程者。人或密扣中貴人，中貴人曰「萬年枝乃冬青，太平雀乃頻伽鳥」，是其證也。

【校勘記】

［一］上陽宫：《全唐詩》卷二百七十一作《陪留守韓僕射巡内至上陽宫感興》。

［二］液：底本訛作「掖」，據四庫本《三體唐詩》卷一改，《全唐詩》卷二百七十一作「太乙」。

贈楊鍊師

鮑溶

紫煙衣上綉春雲，清隱山書小篆文。明月在天將鳳管，夜深吹向玉晨君。

鍊師乃道士修行之其德高、其思精者。而贈之之詩，落落清超，竟無凡響，亦可謂自然之數。言紫煙氤氲而上，衣上仿佛如綉春雲，句尤工麗。《清隱書》在九華宫中，以「山」字而冠之，仙家自有其例，如杜之「山瓶乳酒下青雲［一］」，氣味濃香幸見分」是也。後半更傳其清境，嶰谷竹管，鳳鳥可聞，鍊師吹之以奉玉晨君。萬籟無聲，明月在天，下界風塵終無來繞者。鍊師之風采宛然如生。

【校勘記】

［一］乳：底本訛作「孔」，據《全唐詩》卷二百二十七改。

和孫明府懷舊山　　雍陶

五柳先生本在山，偶然爲客落人間。秋來見月多歸思，自起開籠放白鷴。

以五柳先生擬孫，雖似不倫，然淵明亦一度出爲彭澤令，孫亦出山而爲縣令，有江湖之志者亦一也，故借之。「本在山」未足爲奇，妙在「爲客」二字。官階既具，雖俗人見而爲榮，孫却以客舍視之，以爲非久住之地也，可謂活用盡「天地者萬物之逆旅」之句。「多歸思」未足爲奇，妙在「見月」二字。午間齷齪、埋頭簿書堆裏者，月下掬清氣則如洗襟宇，比比皆是，況孫之慣於山間明月耶？乃起而放鷴。感白鷴者何有？蕭穎士《白鷴賦》云：「越水清兮鏡色，吴山遠兮天逼。窺淺深以颺影，逗杳冥兮一息。謂杉松可得永日而噪聚，蓴荇可以窮年而啄食。一與心賞兮睽違，念歸飛兮何極。」白鷴之爲物也，神韻清閑，不雜衆禽，栖止遐深，罕接人境，固不可得而馴狎，是其所以常思歸山也。以我之拘於官而想到鳥之掣於籠，圓至曰「穎士因物而感己，此詩推己而及物」，説得中竅。而藹如仁者之言，似大不類陶之爲人，非其代孫言之之故，纔得有此語者耶？

贈日東鑒禪師

鄭谷

故國無心渡海潮，老禪方丈倚中條。夜深雨絶松堂静，一點山螢照寂寥。

「日東」乃日本，鑒禪師其人不詳。遣唐法師不少其人，其在中條山者，持律精嚴，無一緣之紊心，亦無渡海而歸之念，一心修行，谷以詩贈之也。起句指其鄉里，承句示其所居，三、四句寫其戒行之清，夜深雨昏，結跏趺坐如無人者，唯有山螢之照寂寥，更覺寂寥矣。動中之静機，寫入三昧，可見於「螢入定僧衣」共「鳥鳴山更幽」之句有所私淑也。

宋僧贊寧，博覽强記，辭辯縱横，無能屈之者。有安鴻漸者，文辭雋敏，尤好嘲咏，嘗行於街，逢贊寧與數僧相隨。鴻漸指而嘲曰：「鄭都官不愛之徒，時時作隊。」贊寧應聲答曰：「秦始皇未坑之輩，往往成群。」機鋒森然，人皆稱其捷對。余曾聞此事，不知「不愛之徒」爲何事，頃閲本集，始知原於谷之詩。句云：「愛僧不愛紫衣僧。」噫！紫衣俗衲，銅臭腥膻，今古一轍，谷之稱不愛也善；至如其持律精嚴之鑒禪師，則谷亦不得不欲傾倒。此詩之所相許，推而可知也。此詩或以爲司空圖所作。

旅懷[一]　杜荀鶴

月華星彩坐來收，岳色江聲暗結愁。半夜燈前十年事，一時和雨到心頭。

杜牧守郡時，妾有妊，出嫁於州人杜筠。後生子，是爲荀鶴。此詩乃旅中排悶之作耳。「月華星彩」，元來乃賞心之具，而漸以收；「岳色江聲」，冥冥滔滔，而漸以催愁。言「坐來」、言「暗」，見語有次第。「愁」者何？十年之事到心頭也。「十年」只是多年，竇常之「十年辛苦伴滄浪」、黄庭堅之「江湖夜雨十年燈」，詩家慣用手段每如此。「和雨」二字，人事紛合，神采躍如，以避語之平板。其出語之雋絶、其天機之活潑，恰可謂受樊川一塊詩魄者也。

荀鶴集中諸作，時以空疏爲可，絶無瀟灑自得之風。《下第後寄池州鄭員外》詩云：「省得蓬蒿修謁初，蒙知曾不見生疏。侯門數處将書薦[二]，帝里經年借宅居。未必有詩堪諷誦，只憐無援遇吹嘘。而今足得成持取，莫使江湖却釣魚。」言盡而意淺，令楊慎評「羅隱、杜荀鶴晚唐之下者」，令時天彝稱「玄英、荀鶴卑陋已甚」，亦因有此種也。且非獨於詩爲然，荀鶴上詩朱全忠，全忠以秀才呼之，其人亦卑陋已甚，可謂晚唐之下者矣。辱其生父也多，可不嘆哉！

【校勘記】

［一］旅懷：《全唐詩》卷六百九十三作《旅舍遇雨》。

［二］處：底本訛作「尺」，據《全唐詩》卷六百九十二改。

已前共七首

第三句用天象時節之格，日晚、日暮、薄暮、秋來、夜深、半夜是也。鮑溶之「夜深」獨用之於結句，似稍有體制之異。

寄別朱拾遺　劉長卿

天書遠召滄浪客，幾度臨岐病未能。江海茫茫春欲遍，行人一騎發金陵。

此詩古來解道：寄別乃送別，長卿與朱拾遺共被謫，拾遺獨被召赴京，愁我之未能也。然「病未能」三字出於枚乘《七發》，吴太子曰：「僕病未能也。」是不可以「愁」字解之。次句「春欲遍」三字亦承「病」字，有不即不離之妙。就而考之，余思寄別當非送別，「滄浪客」信爲長卿自道之語也。其意謂鳳詔一下，召滄浪之謫客，理宜速趨闕而謝聖恩，故其不知臨岐幾回，然常爲病豎所妨。今日湖海春風和煦，病亦從而回春，則非可忽以一日。故一騎由此金陵而發，聊寄言而别拾遺耳。「行人一騎」乃狀匆遽之容，以反應「幾度臨岐」之緩。如此，則起首以側句入者更覺峻健，有免起鶻落之勢。結末悠然而收，筆力高騫，見爲掃除俗調者也。

長卿乃開元末年進士，《全唐詩》編在李杜以前，實與王孟同其時也。然其詩體格既殊，用意亦迥。以其詩境而論，亦多異於開寶諸公，是其所以列於中唐也。即以同一謫官例之，則王維云「執政方持法，明君無此心」，不特以善歸君，亦可謂婉而多諷；而長卿云「此去播遷明主意，白雲何事欲相留」，殊覺傷於倖直。洪稚存曾詳論之也。此詩前半亦自有風骨，非漫爲悽惋者。歸愚云：「中唐之詩漸秀漸平，近體句意日新。」如此種在其中，更可謂「拔戟成一隊」者乎？

題張道士山居[一]　秦系

盤石垂蘿只是家，回頭猶見五枝華。松間寂寂無煙火，應服朝來一片霞。

本集題作《在剡溪不逢道士》。起句狀山居，承句狀不逢，「只是」二字已盡呆然自失之致，「五枝花」主不愁，推知道士之無愁也。而云：道士今去何處耶？見山中無煙火之氣，則定是去噓吸朝霞也。待之乎？不可期其歸而歸之乎？不逢之可恨，與賈島之「松下問童子，言師採藥去。只在此山中，雲深不知處」，一借童子之言，一從自家意量中出，其妙各不得兼。天寶中，系避亂而隱於剡溪，自號「東海釣徒」，此詩之成當在其時。志和音雅，情韻自長，勸而不仕之襟懷朗然如月，詩中誠足證之。

【校勘記】

［一］題張道士山居：《全唐詩》卷二百六十作《題贈張道士山居》。

寄李渤　　張籍

五渡溪頭躑躅紅，嵩陽寺裏講時鐘。春山處處行應好，一月看花到幾峰。

所見者乃躑躅之花，所聞者乃講時之鐘，風塵不到，行於春山而無非駘蕩。遊三十六峰，問在何山耶？——是此詩之大要也。其寫景由近及遠，以「應」之一字律全篇，以全詩爲籍從心中想像而出，亦可；不必以想像及於前半，亦非不可。詩筆駘蕩，昌黎所謂「君詩多態度，藹藹春空雲」，雖全指其長古樂府，而如此詩者亦可謂不負春雲一片也。

李渤刻苦於學，與兄涉同隱廬山，後徙少室山。元和初，因李選、韋況交章薦之，詔以右拾遺召。河南尹持詔幣即郭相促，而渤不出，上表謝之。韓愈遺書云：「竊聞朝廷之議，必起拾遺公。以拾遺徵君，若不至，必加高秩，如是則辭少就多，傷於廉而害於義，拾遺公必不爲也。」而渤終不出。《漁隱叢話》云：「李渤、石洪、温造爲處士而盜虚名，愈雖與之遊而多侮薄之，『水北山人得聲名，去年去作幕下士。水南山人今又往，鞍馬僕從照閭里。少室山人索價高，兩以諫官徵不起。彼皆刺口論世事，有力不免遭驅使』是也。」籍乃韓門之雋，此篇略不及渤之爲人，而只美其隱居，不過尋常應酬之作耳。或從「躑躅」二字想起，解此爲渤索價高而進退不能自決，恐不過爲深文之論者也。

南莊春晚

李群玉

草暖沙長望去舟，微茫煙浪向巴丘。沅湘寂寂春歸盡，水緑蘋香人自愁。

群玉乃澧州人，清才曠逸，不樂仕進。裴休觀察湖南之日，厚禮延至郡中，勉之曰：「處士披褐懷玉，名高而自不知神寶，寧久棄於荒途耶？」至大和八年，群玉始以草澤之臣詣闕，上表自薦詩三百篇。休時入相，復論薦之，上大悦，以爲弘文館校書郎。此詩原題《澧浦春晚》，當爲其在鄉未仕進時所作。

草暖沙長，心自閑也；去舟杳然，應向巴丘也。若去至沅湘，則春已盡，唯有水緑蘋香耳。前後意思雖如二者不相貫穿，其實彼此對照，「草暖沙長」與「水緑蘋香」之字面自成其章法。前者乃脚底之岸頭，後者乃孤舟之泊處，從我之所見而想及所不見，妙在意外有意、聲外有聲、味外有味。或以爲沅湘乃二妃没處，故懷其人，此拘泥於《黄陵廟》之詩者也；或以爲自比屈原，一字一句相擬而恨其不用者，則不知群玉之爲人也。

長溪秋思[一]

唐彦謙

柳短莎長溪水流，雨微煙暝立溪頭。寒鴉閃閃前山去，杜曲黄昏獨自愁。

杜曲與韋曲相鄰，當與韋曲之詩同時而成者。彼爲春，此爲秋，而其有幽愁之意則一。柳依依而短，莎萋萋而長，微雨蕭蕭而下，暝煙澹澹而來，寒鴉閃閃而去，孰非生秋士之感者也！與老杜之「腸斷春江欲盡頭，杖藜徐步立芳洲」全同其神。更以「黄昏」收束之，以「獨自愁」總結之，有畫龍點睛之妙。比之韋曲之詩，則風度翩然，雖乏深意而多見遠韻。句法則與前詩相似，以「愁」字結者亦相同，然用意自别，「愁」字亦有多少之輕重，不可不知也。或云：「柳短」乃詩人自言，「莎長」乃小人得意，「溪水流」乃光陰空流，「雨微煙暝」乃恩澤施少、時亦昏昧，「寒鴉閃閃」乃羡物之有託。學究以六義强解詩，余已厭聞之矣。

【校勘記】

[一]長溪秋思：《全唐詩》卷六百七十二作《長溪秋望》。

已前共五首

第三句用叠字之格，茫茫、寂寂、處處、閃閃是也。

隋宮　　鮑溶

柳塘煙起日西斜，竹浦風來雁弄沙。煬帝春游古城在，壞宮芳草滿人家。

隋大業元年，敕營顯仁宮，南接皂澗，北跨洛濱，求海内之嘉木異草珍禽奇獸以實園苑，自長安至揚州，建宮四十餘所。其建東京也，發河南人民數百萬，開濟渠、通淮泗、築街道，植柳千三百里，號「隋堤」。此詩取此二者以爲懷古之具，「柳塘」乃隋堤，「竹浦」在揚州之西。先從其大處説下，包羅隋宮全體，不必局於揚州也。謂寒煙起、夕陽斜，隋堤楊柳，孰若錦帆之往日耶？西風回、斷雁來，竹浦鼓吹，孰若迷樓之當年耶？宮殿臺觀極其壯麗之地，今唯有芳草吹緑滿於村舍耳。語語有曲折而絶無曼聲。《才子傳》云：「溶家苦貧，勁氣不擾，羈旅四方，登臨懷古，皆古今絶唱。」雖爲過賞，或庶幾乎？

江爲《隋堤柳》曰：「錦纜龍舟百里來，醉鄉繁盛忽塵埃。空餘兩岸千株柳[一]，雨葉風條作恨媒。」其偏於理趣而乏風韻，遠不如此首。然至李益之《汴河曲》，高渾精深，風格雋上，亦非溶之所及。其詞曰：「汴水東流無限春，隋家宮闕已成塵。行人莫上長堤望，風起楊花愁殺人。」

【校勘記】

[一]千：底本訛作「十」，據《全唐詩》卷七百四十一改。

綺岫宮[一]　王建

玉樓傾側粉墻空，重疊青山繞故宮。武帝去來紅袖盡，野花黄蝶領春風。

綺岫宮在驪山，爲漢武所建，明皇所曾行幸。因山光圍繞四面，故名「綺岫」。承句直録其形勝，説江山依然而人事已非。「武帝」乃借指明皇，「來」字以爲「爾來」之義。「玉樓」「粉墻」「青山」「紅袖」「黄蝶」等字面，皆無非所以襯出綺岫也。《對床夜語》比之於鮑溶《隋宫》，謂「相襲者也」。細撿之，則溶詩近於夢得之「舊時王謝堂前燕，飛入尋常百姓家」，建詩近於青蓮之「宫女如花滿春殿，只今惟有鷓鴣飛」，其意自殊别也。以其語似而斷之，抑爲末矣。

【校勘記】

［一］綺岫宫：《全唐詩》卷三百一作《過綺岫宫》。

送三藏歸西域[一]　李洞

十萬里程多少難，沙中彈舌授降龍。五天到日應頭白，月落長安半夜鐘。

三藏將歸西域，就私第而夜話，是本集所題也，故結句就眼前而生趣。到五天竺頭已白，是因十萬里程之多難也，前三句全爲一意。承句自注乃用奘公之事，貞觀二十年，玄奘上表而赴天竺，《傳》云：「逾葱嶺，毒風切肌，飛沙塞路，遇溪澗懸絶，則以繩爲梁，梯空而進。登雪山，則壁立千仞，人每持四棧，手足交互著崖孔中，猿臂而進。至沙河逢諸惡鬼，奇狀異様，繞人之前後，雖念觀音而不能使去，彈舌而誦《心經》則皆散。」此等十萬里程之難，直擬之於三藏。第二句特舉一事例之，言人所未言而句格不流於怪僻。謂洞之詩似賈島而新奇過之者，真也。

洞字才江，乃諸王孫。家貧，吟極苦，至廢寢食。酷慕賈島，以銅鑄島像，常持念珠念「賈島佛」，日及千遍。有喜島之詩者，則手録島詩贈之，丁寧再四曰：「是無異佛經，歸當焚香拜之。」其所仰慕如此。故人或言洞之詩亦與島同爲硬澀。唯吴融亟亟稱之，亦以見知音難得也。

【校勘記】

[一]送三藏歸西域：《全唐詩》卷七百二十三作《送三藏歸西天國》。

已前共三首

第三句景物中有人境之格，煬帝、武帝、五天是也。

長信秋思[一]　　王昌齡

奉帚平明金殿開，且將團扇共徘徊。玉顔不及寒鴉色，猶帶昭陽日影來。

歸愚云：「龍標之絶句，深情幽怨，意旨微茫。測之無端，玩之無盡，謂之唐人騷語可也。」蓋七絶當以太白、龍標爲主，於今無異辭。李之寫景入神，王之道情至極，各别其蹊徑而相對峙。王之宫詞諸作，其風韻幽閑，神味雋永，如流水既遠，春山可望；如秋月初出，長林風静。此書所録者雖僅此首，而鼎之一臠亦可知味矣。

此詩借班婕妤以言宫怨。婕妤在成帝之宫，初大得幸，及趙飛燕姊妹有寵，驕妒甚，婕妤恐久而見危，求供奉太后於長信宫。作賦自傷云：「奉供養於東宫兮，託長信之末流。共灑掃於帷幄兮，永終死以爲期。」——是所以有起句也。婕妤亦作《團扇歌》自比，云：「新製齊紈素，鮮潔如霜雪。裁成合歡扇，團團似明月。出入君懷袖，動摇微風發。常恐秋節至，凉飆奪炎熱。棄捐篋笥中，恩情中道絶。」——是所以有承句也。謂曙霞澹澹，天將曉矣，奉帚而開金殿，正是君王上殿之時，故徘徊顧望，尚願君王一顧思也。然身同團扇，天地既秋而爲棄捐矣。昭陽宫爲趙昭儀之所居，言日影而不言君王，可知其尚在昭陽也。「不及」以下一氣讀之，有無限怨意，其羨寒鴉之得意，羨得亦妙。歸愚云：「優柔婉麗，含藴無窮，一唱而三嘆。」

【校勘記】

［一］長信秋思：《全唐詩》卷一百四十三作《長信秋詞》。

吴城覽古　　陳羽

吴王舊國水煙空，香徑無人蘭葉紅。春色似憐歌舞地，年年先發館娃宫。

羽於貞元八年登第，與韓愈、王涯等共稱龍虎之榜。其詩狀難寫之景了了目前，含不盡之意皎皎言外。此詩於吴中懷古，姑蘇乃吴王之舊國，雖煙水空遠，而蘭葉依舊薰於採香徑下，畢竟春風情多，先至歌舞之地也。憑吊之意不用言説。李白之「舊苑荒臺楊柳新，菱歌清唱不堪春。只今惟有西江月，曾照吴王宫裏人」，是其所胚胎者。比之《綺岫宫》之詩，則似更加一片理趣。白居易之「春入長洲草又生，鷓鴣飛起少人行。年深不辨娃宫處，夜夜蘇臺空月明」亦近此意。皆有聲有色，令人神往。

吴梅村《圓圓曲》云：「君不見館娃初起鴛鴦宿，越女如花看不足。香逕塵生鳥自啼，屧廊人去苔空緑。」可以爲第二句之註脚。厲樊榭之渡太湖也，賦詩曰：「千古繁華地，茫茫浸遠空。猶傳濟臺墓，不見吴王宫。一鳥墮寒鏡，衆山移釣篷。如聞習流戰，零落藕花紅。」以爲第一句之箋釋，或無不可。

江南意[一]

于鵠

閑向江邊採白蘋，還隨女伴賽江神。衆中不敢分明語，暗擲金錢卜遠人。

《江南意》亦樂府題，借兒女之痴情寫之。遠人未歸，故無意於遊春。「閑」之一字早已有强爲自寬之趣。採白蘋、賽江神，女伴皆嬉嬉而樂，所以獨自不語也。擲錢之占，古有其例，以卜遠人之安否。「暗」字乃一捩「分明」之字，覺有多少徘徊之致。漁洋之「閨中若問金錢卜，秋雨秋風過灞橋」從此詩而出，神韻更超。

張籍之哭鵠也，云「青山無逸人，忽覺大國貧」，又云「野性疏時俗，再拜乃從軍。氣高終不合，去如鏡上塵」，相推如此，可知鵠非尋常凡庸。《傳》云：「鵠初買山於漢陽，有『三十無名客，空山一卧秋』之句，蓋其實録也。大曆中，應薦歷諸府從事，出塞入塞，數馳逐風沙中，其詩縱横放逸而不陷於疏遠，且多警策。」此詩却吐囑清脆，如食哀家之梨，使人神爽。時天彝以爲「于鵠、曹唐候蟲自鳴耳」，恐不解蟲以秋鳴之妙者也。

【校勘記】

［一］江南意：《全唐詩》卷三百十作《江南曲》。

閑情[一]　孟遲

山上有山歸不得，湘江暮雨鷓鴣飛。蘼蕪亦是王孫草，莫送春香入客衣。

山上有山，即是「出」字之隱語也。鷓鴣飛時，良人胡爲不歸耶？鷓鴣啼言「行不得」，是亦隱語也。前二句用隱語，故轉句亦言「王孫草」，《招隱》曰「王孫遊兮不歸，春草生兮萋萋」，以爲「不歸」之隱語。夫蘼蕪有「當歸」之名，而良人終不歸，則彼亦是「王孫不歸」之草耳。然則「送春香入客衣」，將莫益使良人不動歸意乎？故加一番疑猜，寫兒女之痴情入微。語意婉順，音節自古。《才子傳》云：「遲尤工絶句，風流嫵媚，皆宮商金石之聲。」亦宜哉！其《長信宮》云「自恨身輕不如燕，春來還繞御簾飛」者，亦學龍標，頗工妙，愈見《才子傳》之語不虛。

【校勘記】

[一] 閑情：《全唐詩》卷五百五十七作《閨情》。

曲江春草

鄭谷

花落江堤簇暖煙，雨餘草色遠相連。香輪莫輾青青破，留與遊人一醉眠。

詩中有事者，古來其例不少。此詩亦直就豪貴輾香輪之事發興。「花落」二字正點明春草之候，暖煙簇江堤，草色遠相連，只此二語，陽和之消息自以意傳之。承句只云「草色」，轉句故稱「青青」，語來不鶻突。結句則「願入青田試横卧」（譯者按，原文爲俳句「あの中に轉んで見たき青田かな」）之意耳，雅愜自然，豪貴之不解事者，真可唾面矣。以温藉出之，不脱不黏，又句句切曲江，最不可及。成文幹之《中秋月》云：「王母妝成鏡未收，倚欄人在水精樓。笙歌莫占清光盡，留與溪翁一釣舟[二]。」是亦厭豪華之意也，或云谷之詩從此脱胎而來。

洪北江曰：「『青青河畔草』及『東風搖百草』，後人咏草之詩無有及之者。次則『池塘生春草』尚有自然之致，『春草無人隨意緑』亦可稱佳句，至白傅之『草緑裙腰一帶斜』、鄭都官之『香輪莫輾青青破』，則纖巧而俗矣。」夫古音古調先入爲主，若以時代律之，或當非無此感；然前二句繪春草之神，情味可掬，與昌黎之「草色遥看近却無」並行無愧，不必纖巧而俗也。

【校勘記】

［一］一：底本誤作「下」，據《全唐詩》卷七百五十九改。

山路見花

崔魯

曉紅輕拆露香新［一］**，獨立空山冷笑春。春意自知無主惜，恣風吹逐馬蹄塵。**

魯才麗而蕩，詩慕杜紫薇之風範，或云「最長於狀景咏物，讀之如嚥冰雪」。此詩之爲峭刻，是其別格，却近紫薇之豐神。謂：山路之花無主，雖無主，而花自開又自香。所謂空山無人，水流花開也。第三句重「春」字，承接「冷笑」，左縈右拂，觸手成趣。「獨」字、「空」字、「冷」字、「恣」字，總是字眼，以道不忍情之狀。士之不遇時有似之者，是士人所以起興也。魯更有《岸梅》一律云：「含情含態一枝枝，斜壓漁家短短籬。惹袖尚憐香半日，向人如訴雨多時。初開偏稱雕梁畫，未落先愁玉笛吹。行客見來無去意，解帆煙浦爲題詩。」憐才之意躍如紙上，與此詩之顧影自憐，其氣象似稍有異者。

或以結句爲折句格，與歐六一之「静愛竹時來野寺，獨尋春偶遇溪橋」、盧贊元之「想行客過梅橋滑，免老農憂麥壠乾」、胡苕溪之「鸚鵡杯且酌清濁，麒麟閣懶畫丹青」相同。蓋奇構巧思，剔抉心腎，一語不欲依傍前人，恰因之而見横鶩别驅之才。然却在對語而見其妙，單句則聲調澀滯，難保不傷全詩，非學者所漫可染指者。此詩句法未必可與歐盧諸子一例也。

【校勘記】

［一］紅：底本誤作「香」，據《全唐詩》卷五百六十七改。

已前共六首

第三句以虚字斡旋之格，王之「不及」、陳之「似憐」、于之「不敢」、孟之「亦是」、鄭之「莫輾」、崔之「自知」是也。

逢入京使

岑參

故園東望路漫漫，雙袖龍鍾淚不乾。馬上相逢無紙筆，憑君傳語報平安。

參赴安西節度判官任，途逢入京之使者。當時長安已陷，羽檄旁午，訛傳百出，千里隔絶，傳信無由，故以平安託於使者。「路漫漫」三字頗有無聊之意，情之所發，不覺語之爲平。王弇州曰：「七言絶句，唐主氣，氣完而意不盡工。」然此詩則不求意之工，聲調自然爽亮，含蓄亦深，如風入修竹，自饒清韻。若無倚馬之才，却是做不得也。樊川别王十後，託京使累路寄書，附以詩云：「重關曉度宿雲寒，羸馬緣知步步難。

此信的應中路見，亂山何處拆書看。」情況仿佛，覺稍足爲雁行。

嚴滄浪曰：「高適、岑參之詩悲壯，使人感慨。」參之七絶，邊塞諸作最推其長。「走馬西來欲到天，辭家見月兩回圓。今夜不知何處宿，平砂萬里絶人煙」，一往雄健，如快馬斫陣，激越之音，可謂不負滄浪所言，姑録而存當家本色之語。

送客之上黨[一]　　韓翃

官柳青青匹馬嘶，回風暮雨入銅鞮。佳期别在春山裏，應是人參五葉齊。

第一句言「官柳青青」而出春山，言「匹馬嘶」而出送别。清明之後有疾風甚雨，可知「回風暮雨」承官柳青青，「銅鞮」則承送别，如兩山隔霞而相對。三、四句融合時、地，運用入化。人參五葉之齊乃藥之最，正示客之高致。氣清神逸，沈澹空遠。意未必深，調未必高，亦自足誦。

【校勘記】

［一］送客之上黨：《全唐詩》卷二百四十五作《送客之潞府》。

病中遣妓

司空曙

萬事傷心在目前，一身憔悴對花眠。黄金用盡教歌舞，留與他人樂少年。

曙少磊落有奇才，性耿介，不干權要，家無擔石，亦晏如也。病中不給，遣其愛姬，「萬事傷春在目前」乃其總叙。「一身憔悴對花眠」乃從「目前」二字出胎，「花」字人、物並用，花在目前而不能樂，比於「夭桃窗下背花眠」更加其悽婉。「黄金」二句乃本意。「留與他人樂少年」，外作達語，中自黯然，多讀而使人不忍。《漁隱叢話》云：「富貴於人，造物所靳。自古以來多不在於少年而在於晚景。至晚景受富貴，則未免置第宅、售妓妾以償其平生所不足。樂天之『莫嫌池窄池亭小，莫厭家貧活計微。多少朱門鎖空宅，主人到老未曾歸』與此詩共讀，使人悽然，誠不足爲此也。」世之徒淫污於富貴、沈湎於酒色者，將足以銘於坐右乎？

樂天年老得風疾，欲放妾，有樊素者慘然淚下而不忍去，樂天亦悠然不能對，然終不能忘情。此非亦一個「一身憔悴對花眠」之人耶？顧況有《宜城放琴客》詩，序曰：「琴客，宜城之愛妾也。宜城請老，愛妾出嫁，不禁人之欲而私耳目之娱，達者也。」此非亦一個「一身憔悴對花眠」之人耶？近清李雍熙學道而散遣歌姬，王西樵責以詩云：「聽歌曾入忘憂界，不應忽縛枯禪戒。未是香山與病緣，何妨樊子同春在。安石携妓自不凡，處仲開閤終無賴。誰爲公畫此策者，狂奴恨不鞭其背。」其嫻於辭令也，殆令人思其爲至論。漁洋亦云「萬種心情消未盡，忍辭駱馬遣楊枝」，恐將無暇領悟「萬事傷心在目前」矣。

華清宫　王建

酒幔高樓一百家，宫前楊柳寺前華。内園分得温湯水，二月中旬已進瓜。

此詩與《綺岫宫》作法異，直咏明皇之盛時，例見諷刺。寺爲尚書御史之所止，花明；宫即華清，柳暗。天皇來幸，緩歌曼舞日看不足，故如雲之從者對酒而唱昇平之曲，一百樓臺，紅幔鱗次，是豈應見於宫庭者也！可謂綿中已有針。地有温泉，乃貴妃之所浴，《長恨歌》所謂「春寒賜浴華清池，温泉水滑洗凝脂」是也。於泉置監，監丞植瓜蔬於内園，以湯灌溉，二月瓜已熟而貢奉，刺其以不時之獻而充貴妃之口腹。綿裏之針尖愈鋭。天寶年中，貴妃喜涪州之荔支，州縣以郵傳，欲稱上意，人馬僵斃者相望於路。杜牧《華清宫》詩云：「長安回望綉成堆，山頂千門次第開。一騎紅塵妃子笑，無人知道荔支來。」亦直書其事，與此詩意不二，而其後二句形容走傳之神速如飛，落想浩然，落筆灑然。且下「笑」字，暗以貴妃比於褒姒，措辭之妙，見有勝於此詩者。

宣州開元寺[一]　杜牧

松寺曾同一鶴栖，夜深臺殿月高低。何人爲倚東樓柱，正是千山雪漲溪。

此詩乃前二句後二句格。前二句言過去，後二句言現在，非言雪後月霽而孤賞，更非言月色高低如千山也。憶曾栖遲於此寺，與孤鶴盤旋，清夜月前，人高吟而鶴長嘯。今日再遊，鶴已不在，然則誰能消受此雪景哉？東樓倚柱之人若非與鶴同清之人，則不能也。疏宕閑遠之中，其音中於自然。在牧之詩雖不可稱至妙，然猶能如冰溪雪塢，寒梅初開，老鶴獨立。圓至云：「詳味詞意，情思殊甚。首句言鶴者，恐是婦人借名爾。退之『園花巷柳』、義山『錦瑟』、韓翃『章臺柳』皆是也。」今不取之者，因景物不切於婦人也。「夜深臺殿月高低」「正是千山雪漲溪」，此終非與所嫟相語之境，况雖以牧之放縱，定無與婦人栖於僧寺之理。所稱「情思殊甚」之轉句，余認之爲反語，又何凄凉之有？却只覺清氣透骨耳。

【校勘記】

［一］宣州開元寺：《全唐詩》卷五百二十四作《寄題宣州開元寺》。

山行　　杜牧

遠上寒山石徑斜，白雲生處有人家。停車坐愛楓林晚，霜葉紅於二月花。

石徑崎嶇，寒山難上，人家在雲中，一幅秋林紅葉自然襯出。「晚」字前有「白」字，後有「紅」字，隨手關合，神遠韻亦遠。牧平生才氣多爲縱橫，而眼前景物寫來亦如此不凡。歸愚以爲「與李庶子、劉賓客、李樊南、鄭都官並稱，託興幽微，克爲盛唐諸賢之嗣響」者，當不外因其諸體皆能也。

此詩流暢通達，易入人耳，流傳亦廣。瞿宗吉云：「予童子時，從諸長者拜南山先隴，行石磴間，紅葉交墜，先伯元範誦杜『停車坐愛』之句，至今每見紅葉輒思之。不但其寫景咏物之妙，亦先入之言爲主也。」先入之語左右人者，實如宗吉所言，少時愛讀者不知覺間而浸潤，動輒見其文字，最爲初學所不能不注意者。清人諺云「開口之乳要喫得好」，此之謂也。

寄山僧　張喬

大道本來無所染，白雲那得有心期。遠公獨刻蓮華漏，猶向山中禮六時。

喬隱於九華山，有高致，十年不窺園以苦學，詩法清雅，迥少其倫。起、承謂佛之大道本來無所薰染，猶如白雲之無心而來去。轉、結謂遠公之高德，胸中綽綽，時自刻蓮華漏，晝夜六時，只禮拜讚佛而已。以其比於所寄之僧也。喬之高致，所許者深，可知其非俗衲。詩似率意而成者，用語却不苟。元是一種前對之格，因其爲「流水」，故伯弜暫入於此處耳。其以「白」字接「無所染」，乘勢而下，尤爲流水格之自在也。用「禮」字警拔，可與崔峒之「世人那得知幽逕，遥向中峰禮磬聲」同傳千古。虞集之「仙家更在空青外，只許人間禮白雲」，學峒而似稍加人籟，是須心解者也。

寄人　張侹

酷憐風月爲多情，還到春時別恨生。倚柱尋思倍惆悵，一場春夢不分明。

張侹其人不詳，《唐詩遺響》以爲張泌所作，泌乃晚唐詩人。詩謂風月多情，宜以予唱汝和永此一日，而却賦別，是何事哉？「酷」字「還」字妙掩一句。三、四句以夢境模糊，轉而相思，雖複「春」字而讀者不覺，以「春」字爲一篇之主眼也。或以情語解之，亦可也，以情語述朋友寄懷之情者，悶時悶殺，痴時痴殺，以得至於情之極處也。受此詩者其何以爲情耶？

已前共八首

一、二句演大抵，到第三句真指其事，以出第四句之格。

過南鄰花園　雍陶

莫怪頻過有酒家，多情長是惜年華。春風堪賞還堪恨[一]，纔見開華又落華。

頻過有酒之家，或云見花而惜年華，或云非醉裏則不能忘流年之嘆。前者之板説似不如後者之適切，杜之「自知白髮非春事，且盡芳樽戀物華[二]」亦此意也。後半互用叠字，巧避平熟，閑曠自放之態，有落落而足多者。范成大之「料峭清寒結晚陰，飛花院落怨春深。吹開紅紫還吹落，一種東風兩樣心」、潘緯之「棄置長門鬢欲華，後宫又道選良家。君恩好似三春雨，半爲開花半落花」，皆可謂襲用此意而别有意思。

陶曾有詩云：「人人漫説酒消憂，我道翻成引恨由。一夜醒來燈火暗，不應憂事又成愁[三]。」其意以酒而成憂，似與此詩相矛盾，然是恐一時激而言之者耳，須知陶詩又云：「心中得勝暫抛愁，醉卧凉風枕簟秋。半夜覺來新酒醒，一條斜月到床頭。」陶亦以麯糵爲掃愁箒、爲釣詩鈎，無怪乎有此詩也。

【校勘記】

[一]還：底本誤作「又」，據《全唐詩》卷五百十八改。

[二]戀：底本訛作「忘」，據《全唐詩》卷二百二十五改。

[三]愁：底本誤作「憂」，據《全唐詩》卷五百十八改。

宫詞　杜牧

監宫引出暫開門，隨例須朝不是恩。銀鑰却收金鎖合，月明花落又黄昏。

此詩亦代宮女述怨者也。比之「銀燭秋光」之詩，春自有春愁，秋自有秋思，而此於宮中式禮上立案，與彼之一意言情者意趣亦别。「監宮」乃老嬪掌宮女者，朝率宮女入宮門，夕出宮門而歸後宮，是唐朝典例也。故一旦收銀鑰、合金鎖，宮門又不可出，月明花落，何以堪此寂寂？劉瑗之「學畫蛾眉獨出群，當時人道便承恩。經年不識君王面，花落黄昏空掩門」，全如本於此詩者。轉句寫「門」字有著落，「又」字「暫」字共爲此詩字眼，秘響潛通，詩從而如聞風鈴雨笛，中多悽惋之音。前人云「意在言外，幽婉之情自見」，詩貴如此。若一覽而意盡，又何足道哉！然「隨例須朝不是恩」之句稍露鋒芒，何獨意在言外而已耶？至王建則斷無此樣之句。

漢江　杜牧

溶溶漾漾白鷗飛，緑净春深好染衣。南去北來人自老，夕陽長送釣船歸。

「溶溶」乃水之盛，「漾漾」乃水之動。南去北來，人不遑寧處，則無暇於緑净流水之染衣者可知。帶夕陽、伍白鷗者，獨有釣舟耳，「江湖滿地一漁翁」，此非真可羡也？與李中之「紅蓼白蘋消息斷，舊溪煙月負漁舟」用意可謂相距不遠。其意愈悲婉，其語愈風流，是牧之所以爲牧，楊誠齋以爲「四句全好」，亦未必視作阿於所好也。至解爲自謙之語、諷世之詞，則不能解其爲何意矣。

寄維揚故人　　張喬

離別河邊綰柳條，千山萬水玉人遥。月明記得相尋處，城鎖東風十五橋。

河梁分手而綰柳條，我歸而君留，千山萬水，漸爲迢迢。今夜月明，恍然追懷舊事，我尋君時，恰是這般好夜，東風遍於十五橋之時也。「十五橋」乃正寫揚州，相思之意油然生於紙上，何哉？因情以筆運，非筆以作情也。

范晞文曰：「喬多有好絶句，《河湟舊卒》云：『少年隨將討河湟，白首清時返故鄉。十萬漢軍零落盡，獨吹邊曲向殘陽。』《漁父》云：『首戴圓荷髪不梳，葉舟爲宅水爲居。沙頭聚看人如市，釣得澄江一尺魚。』非獨『城鎖東風十五橋』之句也。又『兄弟江南身塞北，雁飛猶自半年餘。夜來因得還鄉夢，起讀前秋轉海書』，亦張籍杜牧之亞。」而其咏《孤雲》云：「舒卷因風信所之，碧天孤影勢遲遲。莫言長是無心物，還有隨龍化雨時。」清而不佻，壯而不放，其託興之深遠，亦可超越諸作。晞文不及擧之者何哉？

逢友人之上都　　僧法振

玉帛徵賢楚客稀，猿啼相送武陵歸。潮頭望入桃花去，一片春帆帶雨飛。

天子徵賢，野無遺材，「稀」字即伯樂一過，冀北馬群爲空之意，友人亦爲猿聲所送而從武陵歸來。三、四句則言相逢之光景：岸頭一望，桃花如霞如雲，細雨春帆正可動情。忽相逢、忽相别，雖不過一時興到之語，然工穩貼妥，其光油然而遠，其味悠然而長。啼猿可以「兩岸猿聲啼不住，輕舟已過萬重山」相比，非叙愁者也。

《賢愚鈔》云：「『猿啼』乃舉離筵杯之歌曲。第一句爲『五雲天上來』，客先受主之杯也；第二句爲『三星月下擎』，稱客杯以三指也；第三句之『猿聲無滴淚』，舉杯飲之無餘瀝也；第四句之『花墮聽無聲』，以杯酬主也。」事雖無足取，以令之奇，録以示不知者。

已前共五首

或云：「承句以意出轉句，轉句一呼而結句答，謂之一呼一應格。」或云：「轉句不唤結句相應之格。」二説相反，就而視之，轉句似有唤者有不唤者，當爲結句以實事接應之格也。

山中　顧況

野人自愛山中宿，况是葛洪丹井西。庭前有個長松樹，夜半子規來上啼。

山居可愛，况乃葛洪煉藥之仙境耶？庭有長松，杜鵑夜半來啼，轉加幽寂之意，山居真可愛也。宋人云：「杜宇一聲青嶂外，溪流時送落花來。」清人云：「客來未慣驚雛燕，人到無愁愛杜鵑。」鵑聲非獨爲悽涼幽怨之具也。或解之爲雖有山中之可愛，然子規勸歸，不可久住，此乃强求詩外之意，拘拘泥泥者耳。其於起句不押韻，承、結皆拗第五字，作法極離奇。或評之云：「有杜子美之意趣，其句雖拙，而不失倔奇。」其稱倔奇者，若細撿作法，則思過半矣。

况爲人恢謔而不修檢操，坐詩語嘲謔，由著作郎貶爲司户參軍。其在洛也，乘閑遊於宫苑中，於水上得大桐葉，有詩曰：「一入深宫去，年年不見春。聊寄一片葉，寄與有情人。」明日於上游題杏葉泛波中曰：「花落深宫鶯亦悲，上陽宫女斷腸時。帝城不禁東流水，葉上題詩寄與誰？」後有客尋於春苑中，得杏葉上詩，曰：「一葉題詩出帝城，誰人酬和獨含情。自嗟不及波中葉，蕩漾尋春取次行。」况之有此風流韻事，見其爲人而不須疑也。而此詩平淡閑遠，亦如不解風塵爲何物者，不似其人。史云「後隱於茅山」，此詩或爲隱居後之作乎？

酬曹侍御過象縣見寄

柳宗元

破額山前碧玉流，騷人遥駐木蘭舟。春風無限瀟湘意，欲採蘋花不自由。

是成於宗元在柳州之日者也。破額山前，清流如碧玉，承以騷人之木蘭舟，語奕奕而有光彩。由騷人逗出瀟湘，其春色既遍，宜可追隨，而悲追隨之不得。有遷客雖欲獻忠心於君主而無由之意。俯仰感慨，使讀者低徊往復，自能求味於言外。歸愚推爲有數之作，良有以也。

宗元酬浩初上人之詩云：「珠樹玲瓏隔翠微，病來方外事多違。仙山不屬分符客，一任凌空錫杖飛。」妙有此意，亦能精工，真如高秋獨眺，霽晚孤吹。然至乎以微婉之筆出悽涼之意，則此詩更敻焉而勝。

宿武關[一]　李涉

遠別秦城萬里遊，亂山高下入商州。關門不鎖寒溪水，一夜潺湲送客愁。

鎔鑄精鍊而出者，只覺句之流暢、字之平易，如此詩者是也。誦前半，則暗催飄蕭之感；吟後半，坐不堪孤寂之情。其終夜不寐、悄聞寒溪處，應知作者客淚潸潸也。「送客愁」三字活寫水聲，做出有性命之具，荀鶴之「一時和雨」即此後勁也。

涉嘗適九江，至皖西[二]，大盜十八人皆持兵杖闖入，從者言其乃李博士之舟，豪者曰：「若是李涉博士，吾輩不須金帛，但欲乞詩一首。」李乃贈一絶云：「春雨蕭蕭江上村，緑林豪客夜知聞。相逢不用相迴避，世上如今半是君。」豪首大喜，餞賂且厚。其聲名盛掩一代，至盜亦慕之，可知其詩遍傳九州。後有李彙征者邂逅豪主，互論涉之詩，交相朗吟其絶句曰：「華表千年一鶴歸，丹砂爲頂雪爲衣。泠泠仙語人聽盡，却向五雲翻翅飛[三]。」曰：「因韓爲趙又遊秦，十月冰霜渡孟津。縱使鷄鳴見關吏，不知予也是何人。」曰：「滕王閣上唱伊州，二十年前向此遊。半是半非君莫問，好山長在水長流。」而以「一夜潺湲」爲其首唱。此詩之重於當世者亦如此，是鎔鑄精鍊而出者，只覺句之流暢、字之平易也。

【校勘記】

［一］宿武關：《全唐詩》卷四百七十七作《再宿武關》。

［二］皖：底本訛作「浣」，據《唐詩紀事》卷四十六改。

［三］翅：底本訛作「處」，據《全唐詩》卷四百七十七改。

題開聖寺　　李涉

宿雨初收草木濃，群鴉飛散下堂鐘。長廊無事僧歸院，盡日門前獨看松。

獨坐看門前松者，是僧也，非涉也。僧何故如此之閑耶？各歸其院，長廊已無事也。長廊何故如此無事耶？下堂之鐘鳴也。何故看松？宿雨才收，松翠轉濃也。其思澹澹，其韻清迴，借群鴉之飛來飛去，而側寫其忘機者。全篇用字用語亦復仔細，可耐咀嚼。嚴滄浪云：「大曆以後吾所深取者，李長吉、柳子厚、劉言史、權德輿、李涉、李益耳。」許可至此者，畢竟此種絶句如太常法曲，終以是爲正聲也。

宿虛白堂[一]　李郢

秋月斜明虛白堂，寒蛩唧唧樹蒼蒼。江風徹曉不得寐，二十五聲秋點長。

《唐詩語林》盛稱此詩，因其清思帶月、其高調入雲也。郢初在餘杭，出有山林之興，入有琴書之娛，疏於馳競。如此詩，誠適其人。起句從「虛室生白」之字面落想而傳其神，「斜」字已畫曉景而導後半，是一條伏線也。或云此詩有二色三聲，月與樹爲二色，蛩與風與點爲三聲。其月與樹爲堂外之物，堂中可見；風與蛩爲堂外之物，堂中可聞；點乃漏聲，爲堂中之物，尤接於耳，數之而至二十五點，其不眠者可知。故拈出「長」之一字而全篇活動，其他二色二聲亦因眼爽耳澄而來於視聽。可謂神妙不可思議也。

此詩轉句連用五仄，是借「得」之入聲叶爲平聲，而拗結句第五字以相救。其例全無異於杜牧之《江南春》。

【校勘記】

[一]宿虛白堂：《全唐詩》卷五百九十作《宿杭州虛白堂》。

晴景　　王駕

雨前初見花間葉，雨後兼無葉底花。蛺蝶飛來過墻去，却疑春色在鄰家。

結句據駕之原作，作「應疑春色在鄰家」，謂雨前纔認紅中之緑，雨後却失緑中之紅。蛺蝶飛來，驚無一紅，忽又過墻而去，當是因思量鄰家有春色也。「應」字從蝶而言之，有呆然收翅之狀，晚唐構思之妙處於是可見。王荆公則以「初」爲「不」、以「兼」爲「全」，以「裏」與「飛來」作「底」與「紛紛」，而改「應」作「却」，録在其《臨川集》。「却」字從人而言之，《漁隱叢話》以爲「改正七字，使一篇語工而意足，了無鑱斧之迹，真削鐻手也」。其文字之爲匠斲而更一洗面目者或有之，然以「應」爲「却」則固不可。何以言之？以「疑」字屬蝶，則有温藉風流之意；改之屬人，則雖妙帶荆公執拗之天性，而似有淺於詩意之嫌。伯弜所撰乃據駕之原作，大善；而特改「應」字，是與《叢話》同坐不深味駕之詩意者矣。

此詩前二句驅使二「雨」字而迴環花葉，可謂奇巧，上官儀之「情新因意勝，意勝逐情新」可謂此詩之先聲。脱胎而來，剪藻抒妍，爲才乃爾！其《亂後曲江》詩云：「憶昔争遊曲水濱，未春長有探春人。遊春人盡空池在，直至春深不似春。」是更宛轉滚下，可謂粲花妙舌也。

社日　王駕

鵝湖山下稻粱肥[一]，豚阱鷄塒半掩扉。桑柘影斜秋社散，家家扶得醉人歸。

立秋後五戊爲秋社，社乃五土之神，祭而報成也。「稻粱肥」三字大書和樂之所由來。「豚阱鷄塒」各得其處，是從側面畫年豐；「桑柘」乃映射稻粱，更從正面寫村舍。轉結二句，遂可謂不愧一幅田家行樂圖也。駕棄官嘉遁，以鄭谷、司空圖爲詩友，才名藉甚。此種詩寫眼前之事逼真，且聲調澄澹，與范石湖田園諸作之纖鬆體裁全異，比之前詩，良覺自然。《别裁》載此詩而逸前詩者，蓋又爲此也。

【校勘記】

［一］粱：底本訛作「梁」，據《全唐詩》卷六百九十改。

自河西歸山　司空圖

水闊風驚去路危，孤舟欲上更遲遲。鶴群長繞三珠樹，不借閑人一隻騎。

一、二句尋常所遇之情景耳，得三、四句一翻而覺無一字平凡。「閑」「闊」「驚」乃描出「危」字，皆可與「閑」字對照者也。「危」字乃君子所不近，故其將上舟而暫踟躕，見人世之百不如意，爰思仙禽之逍遥自在。「群」字「三」字，皆所以逗出「一隻」也。晞文云：「『一個』乃數物之俗語也，老杜好用之。『一隻』亦『個』字之類也。」「隻」當亦爲俗語，使用俗語而詩品却不卑下者，是蓋圖之人品使然也。且就圖之人品而視之：圖始累遷知制誥中書舍人，知天下必亂，歸隱於中條山王官谷。是恰如水闊風驚而決然於去路之危者，非低徊遲佇者可比也。名其亭云「休休」，自作文以見志曰：「休，美也。既休而美具，故量才一宜休，揣分二宜休，耄而聵三宜休。又少也惰，長也率，老也迂，三者非濟時用，則又宜休。」是真可比鶴群之繞三珠樹者也。結句之意與此文同可視爲自謙之語。傳言當時盜賊所過雖殘暴，而獨不入王官谷，其感人之深者比漢儒而無慚色，不啻仙禽之不可弋也。人品既然，詩品從而不卑，固非無故也。

圖《退栖》之詩云：「官遊蕭索爲無能，移住中條最上層[一]。得劍乍如添健僕，亡書久似失良朋。燕昭不是空憐馬，支遁何妨亦愛鷹。自致此身繩檢外，肯教世路日凌兢。」其《次年》亦云：「亂後燒殘滿架書，峰前猶自戀吾廬。忘機漸喜逢人少，缺粒空憐待鶴疏。孤嶼池痕春漲滿，小欄花韻午晴初。酣歌自適逃名久，不必門多長者車。」其風流自適、酣歌而遣者常此類也。胡致堂稱其「清節高致，爲晚唐第一流人物」，洵然。聞哀宗之弑，不食遂至於卒，真可謂得其死處，是更不得不表出者也。

【校勘記】

［一］層：底本誤作「頭」，據《全唐詩》卷六百三十二改。

野塘

韓偓

侵曉乘凉偶獨來，不因魚躍見萍開。捲荷忽被微風觸，瀉下清香露一杯。

是與前詩同，乃以三、四句説破一、二句者，唯彼爲反接、此爲順承之異耳。「見萍開」三字開闔前後，轉結二句全由之出。言「不因魚躍」者，形容萍開而側面放出，是示筆有餘裕也。「侵曉」二字中寓「乘凉」及「獨來」之意，「偶」字亦妙切「侵曉」。後半不言「曉」字而曉意從字而出，寫景最爲微細。荷更謂「捲」之，承以「觸」字「瀉」字，更纖；露更謂之「清香」，比義山「不賜金莖露一杯」意思更爲巧緻。此等鍊意鍊字之法，可謂早已爲誠齋一派作地者也。

已前共九首

三、四句錯綜其意以應一、二句之格。

歲初喜皇甫侍御至　　嚴維

湖上新正逢故人，情深應不笑家貧。明朝别後門還掩，修竹千竿一老身。

維少無宦情，懷家山之樂，雖以舉士之業從升斗之禄，只代耒耜耳。其詩情雅量，挹魏晉間風。此詩清微平遠，乃其本色之語，事不失實亦可知矣。此詩起句有三事，曰「湖上」，曰「新正」，曰「故人」。「新正」「故人」於句中相對，「情深」「家貧」亦復相然。承句言無供給，劉長卿「青苔黄葉滿貧家」與其可謂同心之語。三、四句一轉，憶及别後，「門還掩」三字暗承「湖上」，「修竹」暗承「新正」，而以「一老身」應「故人」。實際虚神互相映發，「喜」字雖不言而躍如也。

侍御即皇甫曾也。長卿亦有五律酬其所寄，云：「離别江南北，汀州葉再黄。路遥雲共水，沙迥月如霜。歲儉依仁政，年衰憶故鄉。佇看宣室召，漢法倚張綱。」相推如此，維之相許亦非宜耶？

送魏十六[一]　　皇甫冉

清夜沈沈此送君，陰蛩切切不堪聞。歸舟明日毗陵道，回首姑蘇是白雲。

冉乃曾之兄，十歲能文，張九齡一見便稱清才。魏氏其人不詳，十六乃其排行。清夜沈沈，陰蛩切切，以對語起之，二句爲送別之題意，清夜沈沈乃情不盡，陰蛩切切乃思之悲。明日分手而至毗陵，一回首則姑蘇已成白雲。嗚呼！無故人，無青山，行者將何以勝之耶？思後事之作法與前詩不異。或云：「狄仁傑曾登太行山，見白雲孤飛，因指之云：『吾親舍其下。』瞻望不動，雲移始去。此詩亦其意也。」見白雲而至於想慈母，情甚摯也。然司空曙詩云「仁燭津亭夜見君，繁弦急管兩紛紛。平明分手空江上，唯有猿聲滿水雲」，此詩立意與之同，言短意長，乃尤有風趣者，不須別作深解。

【校勘記】

［一］送魏十六：《全唐詩》卷二百四十九作《送魏十六還蘇州》。

送王永　　劉商

君去春山誰共遊，鳥啼花落水空流。如今送別臨溪水，他日相思來水頭。

起承二句説將來，言同心之友若去，則春山有何好處而著蠟屐耶？唯鳥啼花落、流水潺潺耳。轉句受之，更捩轉於現在。結句又令滚到將來。言春山雖無何好處，因與君別於此地，故思君而每憶及此地，雖無意於遊，然來此地追懷舊事，聊以慰相思之情。詩意如此耳，而不覺情真至此。陳翊之「千里雲天風雨夕，憶君不敢再登樓」句意悲愴，亦自可誦，而不如此詩動人者，以其乏迴環諷咏之味也。

相傳商好神仙，煉金丹，後隱於義興，與幽人結侶，冲虚而去。其飄然有遺世獨立之概，有此入情之筆而天真爛漫者，理所當然也。

酬楊八副使赴湖南見寄[一]

劉禹錫

知逐征南冠楚材，遠勞書信到陽臺。明朝若上君山望，一道巴江自此來。

「逐」乃「隨」意，先點明其爲副使，併暗示其在途上。「陽臺」乃劉之謫居，楊之消息至，楊之不能忘懷者可知也。行上君山者，乃想楊之行。「此」字亦指謫居。巴江出峽，經朗而至岳，就河流而思河源，則楊亦當有瞻望弗及之嘆。然謫客之行，無由共一夕之絮談，將奈何也！句意如率直而華自可咀。四溟云：「詩巧則淺，禹錫之『遥望洞庭湖水面，白銀堆裏一青螺』是也。」此詩則可謂拙而深者乎？

然同爲謫官，同酬故人之寄，柳之「破額山前」神遠，爲此詩所不能及，於禹錫之絶句固非可舉之作。滄浪曰：「大曆以後[二]，劉夢得之絶句、張王之樂府，吾所深取也。」此書所録之外，尚可抄得一二。《石頭城》云：「山圍故國周遭在，潮打空城寂寞回。淮水東邊舊時月，夜深還過女墻來。」以六朝陳迹求之言外，色瑩而不闇，氣暢而不嗇，樂天以後詩人不能復爲措詞。《楊柳枝》詞云：「煬帝行宫汴水濱，數株殘柳不勝春。晚來風起花如雪，飛入宫墻不見人。」天資高妙，其中一片神行，有不可形容之韻，歸愚以爲似勝於李君虞《汴河曲》。此等諸作，真禹錫詩之所以稱「如鏤冰雕瓊、流光自照」也，恐又不得見於柳州集中。

【校勘記】

［一］酬楊八副使赴湖南見寄：《全唐詩》卷三百六十五作《酬楊八副使將赴湖南途中見寄一絶》。

［二］曆：底本訛作「歷」，據《新唐書・代宗紀》改。

逢鄭三遊山［一］　盧仝

相逢之處草茸茸，峭壁攢峰千萬重。他日期君何處好，寒流石上一株松。

「玉川先生洛城裏，破屋數間而已矣。一奴長鬚不裹頭，一婢赤脚老無齒。辛勤奉養十餘人，上有慈親下妻子。」是昌黎贈仝者也。仝在其間所作自險怪，人人不得解之，其《月蝕》詩特鈎心門角、不可思議。孫樵云：「拔天倚地，句句欲活，讀之如赤手捕長蛇，不施控勒，如騎生馬，急不得暇。」其所得真迴乎不猶人。小詩則懷抱獨幽，翛然於風塵之外，如此不似其平生者，亦安知非其喫七碗茗而清風生兩腋之候耶？「破屋數間」，於仝何有？《月蝕》千言，於仝何有？其清氣流行於胸而爲此種風調者，却是奇才可驚矣。藤井竹外曾賦《孤鶴》詩云「昨夜月明何處宿，寒流石上一株松」，結句全據此詩，以表出孤鶴之清白高潔。此句之令人神移者可知矣。

仝因宿王涯第中，而罹甘露之難。仝老而無髮，故閹人於其腦後加釘。許彦周曰：「玉川子送人之詩云『努力事干請，我心終不平』，而不能自別，枉罹禍也。」乾隆帝曰：「玉川垂老，尚依時宰，其人固非高隱。」一爲憐，一爲斥，而其所言則相同。然仝之死，其實非全因其居於相府，其爲處士而切齒於元和逆黨，《月蝕》一詩刺有掩清光者，群閹所欲得而甘心，又何以能得遁耶？如徒事干謁、空以一身供犧牲者，非仝所爲也。不然，則昌黎何以推稱如此？至其心地光亮，以小詩首首證之有餘。其於李渤、石洪、温造等，人品之高下，非待昌黎之詩而始知者也。

【校勘記】

[一]逢鄭三遊山：《全唐詩》卷三百八十七作《喜逢鄭三遊山》。

重贈商玲瓏兼寄樂天[一]

元稹

休遣玲瓏唱我詞，我詞多是寄君詩。明朝又向江頭別，月落潮平是去時。

商玲瓏乃餘杭歌者，樂天守郡之日賦詩與之。微之在越，厚幣邀之，悉歌其所唱之曲，臨別作此詩以送行，兼寄樂天。前二句乃寄樂天，後二句乃送行。禹錫《寄樂天》詩云「每遇登臨好風景，羨他天性少情人」，與前二句共見其情之深。樂天《禁中作書寄微之》詩云「五聲宮漏初鳴處，一點窗燈欲滅時[二]」，與後二句同見其景之迴。前人稱此詩爲宛轉格，謂前半語路圓熟，如珠之滚盤也。後半之「玲瓏」又將無類於歌者名字乎？而玲瓏於此詩有所不平，去告樂天曰：「此詩第三句言明朝，第四句又言月落，不適音律。」樂天乃作文贈微之，微之改轉句爲「却向江頭整回棹」，樂天爲之絶倒。所謂不適音律者我所不知；就詩而論，「月落潮平」乃解説「明朝」者，非以辭複。微之之虚懷雖甚善，然至不問其言可否，非樂天亦欲絶倒也。

稹與樂天交誼最密，唱和之多前古無比。稹曾爲御史而鞫潼獄[三]，樂天在都，與名輩遊慈恩寺，花下小酌，寄詩稹云：「花時同醉破春愁，聊把花枝當酒籌。忽憶故人天際去，計程今日到梁州。」稹至褒城，亦寄詩樂天云：「夢君兄弟曲江頭，又向慈恩寺裏遊。驛吏喚人馳馬去，忽驚身在古梁州。」千里神交，如合符節。其一唱一和使玲瓏唱之乎？悵觸其中懷者當非止一二也，沈痛如「垂死病中」者蓋亦存其中。詩乃聞樂天左遷江州而作，云：「殘燈無焰影幢幢，此夕聞君謫九江。垂死病中驚起坐，暗風吹雨入寒窗。」樂天得詩云：「此語他人尚不可聞，况僕哉？」當時聞之尚且不能，於今争忍更使唱出乎？是稹所以云云也。

【校勘記】

［一］重贈商玲瓏兼寄樂天：《全唐詩》卷四百十七作《重贈》。

［二］燈：底本訛作「煙」，據《全唐詩》卷四百三十七改。

［三］潼：底本訛作「漳」，據《唐詩紀事》卷三十七改。

採松華　　姚合

擬服松華無處學[一]，嵩陽道士忽相教。今朝試上高枝採，不覺傾翻仙鶴巢。

合嗜酒愛花，頹然自放，人事生理，略不介意。見此詩則其人可知。「松花」乃釀以爲酒，可爲延年之藥者。「無所學」三字誌其秘傳，今日忽爲嵩陽道士所教，「教」字平用之，借令叶韻。轉、結句欲探松花而掀翻鶴栖，真是兒戲耳，真頹然自放者也。

【校勘記】

[一]處：底本誤作「所」，據《全唐詩》卷五百二改。

哀孟寂[一]　　張籍

曲江院裏題名處，十九人中最少年。今日風光君不見，杏花零落寺門前。

孟寂其人不詳，由此詩推之，則當爲有才無命、未秀而枯者也。有詩而名僅傳，可謂幸事哉！寂既夭而無可傳之事，故一意向及第之事而哀其才。曲江慈恩寺塔乃進士題名之處，同年十九人皆題名而寂最少，直記其實耳，其才可惜者更深。「十九人」如用《毛遂傳》中之語者，當是就事實而湊合之耳。蓋此年進士十七人、宏詞二人，即是十九人也。轉、結句悼其人，尚不離杏花、不離寺門，所以誌及第也。以杏花之零落品奇才之凋落，餘韻縹緲。籍之樂府稱「雖古意漸失而婉嘆可誦」，是豈獨止於樂府一體耶？

【校勘記】

［一］哀孟寂：《全唐詩》卷三百八十六作《哭孟寂》。

患眼　張籍

三年患眼今年較，免與風光便隔生。昨日韓家後園裏，看花猶自不分明。

籍病眼，昌黎代與李中丞書云：「不幸兩目不見物，無用於天下。」是寫籍之目盲而心不盲，可謂字字皆淚。此詩乃既盲而得視，稍自喜者也。言不與春光隔生，意率意而語拗折。韓家乃昌黎之宅，去賞春而模糊中仿佛「老人花似霧中看」，老人尚傷之，其未老而至此，良爲可哀，雖較癒亦尚不免自傷也。後半尤似樂天，在籍則爲尋常茶飯耳。敖器之言：「籍詩如優工之行鄉飲，酬獻秩如而時有詼氣。」於此種詩却見此語之適切，然固不足以輕重籍也。

清之潘篆仙，病眼忽然而明，賦詩記之云：「日月有時虧，依然圓相玩。我心本光明，胡爲居黑暗。或者次公狂，致爲造物厭。蛩蛩賓客來，意倦輒揮扇。螢螢青蠅飛，忿極每拔劍。選色必索瘢，掩目少顧盼。論文好吹毛，决眦多譏訕。意氣强自矜，神怒漸盈貫。置我寂寞海，使我早自懺。悠悠十五年，譴謫當滿限。憶昔遘病初，室人淚如霰。市藥質衣襦，問醫典釵釧。告天願身代，焚香夜達旦。傷哉伉儷情，婢媪增感嘆。我弟相愛憐，齋祓禱神殿。筮易得明夷，愁慘見顔面。望眼幾欲穿，痼疾久難變。忽然障翳開，慰我妻弟願。所痛泉下人，長逝不獲見。清夜魂夢驚，涕淚濕枕簟。慈母遠寄書，殷勤加誡勸。汝疾能漸瘥，我心繹卷卷。所宜閑性情，愼勿傷急卞。如玉善守身，時咏白圭玷。夜眠休過遲，少飲毋及亂。譬如刻晷長，月日增一線。努力作揣摩，來秋待文戰。跪聽慈母言，書紳再而三。遲遲春晝静，晨起聽鳥喚。開創炷名香，汲水滌塵硯。檢點故紙堆，拂拭陳几案。丹黄字字新，含笑獨展卷。如理舊彈琴，手生拍重按。如遇久别友，卜夜猶留戀。偶然一藝成，朋輩共傳贊。夜坐到宵分，兒女環相諫。自信還自疑，惟恐復昏眩。方其病癈時，俗眼動輕賤。豈知未死灰，終會再燃焰。搔首問蒼穹，讕語不嫌誕。一十二萬年，甲子從今算。」事既奇而詩自變幻也。其遘病時、眼明日，家人之悲喜不盲於心，由衷而寫之。參而觀之，亦足想像籍心事者不少。以其篇長，不忍不録也。

感春　張籍

遠客悠悠任病身，誰家池上又逢春。明年各自東西去，此地看花是別人。

張戒云：「籍詩與元白一律，專以言得人心中事爲工[一]。而白才多而意切，元體輕而詞躁，張思深而語精。」是真可謂鐵案矣。此種絶句，一讀之際直入心脾，人人爲之感動。前半言其病而逢春，尚不能賞此地之春；後半想明年同遊離散，遂至無人賞此地之春。前是一人之事，後是同遊間之事；前者重在「病身」二字，後者進一步從「遠客」二字而來。言情婉婉，真得風人之旨，因其思深而語精也。

雍陶《勸行樂》云：「老去風光不屬身，黄金莫惜買青春。白頭縱作花園主，醉折花枝是別人。」結句直學此詩而意別成趣，亦言得人心中之事，思深而語精也。

【校勘記】

[一]工：底本訛作「主」，據《歲寒堂詩話》卷上改。

西歸出斜谷　　雍陶

行過險棧出褒斜，出盡平川似到家。無限客愁今日散，馬頭初見米囊花。

陶乃蜀人，大中末出爲簡州刺史，故云西歸。客懷鄉思，紛錯出之。李白云：「上有六龍回日之高標，下有冲波逆折之回川。黃鶴之飛尚不得過，猿猱欲度愁攀援。」蜀道之難如此，今既出褒斜，客心漸降，氣平意穩，更逢意外之喜。承句別拓一境。三、四句承「似到家」而分解之。「米囊花」乃罌粟，當時唯植於蜀，中原不見之。故去國十年，忽然相遇，見馬頭花影而成故鄉之看，狂喜之至也。詩宛如老翁説風土，語語從實歷而來，不求工而自工。司空圖云：「逢人漸覺鄉音異，却恨鶯聲似故山。」以「恨」字描出客愁之無限。一爲出鄉，一爲西歸，觸物作感，易地而無不然，皆不負爲晚唐之雋也。

宿嘉陵驛　　雍陶

離思茫茫正值秋，每因風景却生愁。今宵難作刀州夢，月色江聲共一樓。

此詩以第二句爲主眼，「離思茫茫正值秋」乃由其所來，「月色江聲共一樓」乃由其所催。「值秋」二字以爲起結之針線，「離思茫茫」四字亦以引起轉句。刀州乃益州，晋王濬夢三刀懸於屋梁，須臾又增一刀，濬甚憎之，李毅拜賀云：「三刀爲州，又益一刀，明府其臨益州乎？」果遷益州。此借而云刀州，乃其懷鄉而言之，不可解爲有蹉跎之感也。

半夜水聲，唐人多以爲催愁之具。「岳色濤聲暗結愁」「一夜潺湲送客愁」「江聲徹枕不得寐」，無不然者。余幼時遊函嶺，溪流滚玉，淙淙可聞。一夜夢醒，則溪聲近枕，神澄而不能寐，獨自輾轉。長而鴻爪雪泥，東西無端，枕流之閣，抱海之樓，不能輒到華胥。沈思至極，窗間之月，瓶中之花，渾無不助愁者。爰知唐詩之切實而不苟也。此詩却從好風景落想，境更廣，由「每逢佳節倍思親」出，當各無所相輸贏也。

醉後題僧院　杜牧

觥船一棹百分空，十歲青春不負公。今日鬢絲禪榻畔，茶煙輕颺落花風。

牧性豪恣不羈，登科後放縱狎遊。牛僧孺之鎮維揚也，牧在其幕中，常微服逸遊。僧孺潛使街子數人從之，以備不虞。牧後以拾遺召，僧孺臨別戒以縱逸。牧始尚諱之，僧孺命取一篋，則皆街子輩之報帖，書「杜書記平善」者。牧乃大感服。有《遣懷》詩云：「落魄江湖載酒行，楚腰纖細掌中輕。十年一覺揚州夢，贏得青樓薄倖名。」其爲御史分司洛陽也，李聽罷鎮家居，聲伎豪華，大開宴席，當時權客高人盡赴之，以杜持憲，不敢邀。杜因使座客達其意，李不得已馳書，牧方對花獨酌，亦已酣暢，聞命遽來。李之女奴百餘人，皆絶藝殊色，杜入，獨坐於南行，瞪目注視，引滿三卮，問李曰：「聞有紫雲，孰是也？」李指示之。杜凝睇稍久，云：「名不虚得，宜以見惠。」李俯而笑，諸妓皆回首破顔。杜又自酌三爵，朗吟而起，意氣閑逸，旁若無人者。詩云：「華堂今日綺筵開[一]，誰唤分司御史來。偶發狂言驚滿坐，兩行紅粉一時迴。」其出佐沈宣城之幕也[二]，一日張水嬉，見髫髢之女年十餘，有國色，語其姥，令至舟中，姥女皆懼。牧曰：「且不即納，十年後吾必來治此郡。若不來，從其所適。」因以重幣結之。及爲湖州刺史，已經十四年，所約之姝已從人生二子。牧即任之夕，使召之，母懼其奪，携幼以至。牧詰之，母拜云：「向約十年不來而後嫁，嫁已三年矣。」牧俛首曰：「詞直，强之不祥。」乃禮遣之。賦詩云：「自恨尋芳到已遲，往年曾見未開時。如今風擺花狼藉，緑葉成陰子滿枝。」牧之磊磊落落、不可以尋常規矩律之者，真跌蕩之詩人、撒漫之浪子也。見諸作而可推其他。此詩則收束諸作，「觥船一掉」之語先見跌宕之致，自是天分之所使然。「百分空」，謂百分中無一分餘瀝也。至承句説「青春不負公」，網羅諸作，正其所實録也。三、四句一轉，對十載而明發今日之心機。「鬢絲」乃老之至，「禪榻」乃懺色相，「茶煙」乃冲澹之境，「落花」乃春之終。一句各二事，總無非懷舊悲今。而無量之感尚以豪語行之者，是所以爲醉後之作也。牧先其死，夢書「皎皎白駒」之字，或曰「是過隙也」，俄而炊甑裂，牧曰「不祥也」，自作墓誌，取其文章焚之，果卒。爰可知其安心以持死[三]，殆與名僧高衲一般。鬢絲禪榻之側，其頓悟者蓋非尠少也。

【校勘記】

［一］筵：底本誤作「宴」，據《全唐詩》卷五百二十五改。

［二］宣：底本訛作「宫」，據《唐詩紀事》卷五百十六改。
［三］持：似當作「待」。

經汾陽舊宅

趙嘏

門前不改舊山河，破虜曾輕馬伏波。今日獨經歌舞地，古槐疏冷夕陽多。

汾陽王郭子儀稱「唐朝第一人」。其墓土未乾，而其舊宅已不可見。張籍《法雄寺東樓》詩云：「汾陽舊宅今爲寺，猶有當時歌舞樓。四十年來車馬路，古槐深巷暮蟬愁。」此詩如從其一轉而出者。「山河」之字表面只云汾陽征戰之山河今尚無少異，而暗有山河帶礪之意，故妙。子儀之勳，山河長在，歌舞之場亦不可見，只疏槐蕭寂、夕陽澹澹耳。「古槐」襲用籍之詩，轉有舊宅之致。「夕陽」字亦帶衰殘之氣，「獨」字尤見悽涼之意。

《郭曜傳》云：「盧杞執政，多奪郭氏之田宅，德宗詔禁有司之論奪。」以籍詩視之，可知汾陽死後四十餘年，郭氏尚富盛，而其家已爲寺，可知其已奪者不還矣。唐之薄待功臣，是詩人所以有感也。徐奮鵬漫云：「我讀唐人所咏王侯卿相亭臺院宅之詩，皆是慨嘆殁後荒蕪之景狀，説者以爲使人心悲，吾以爲使人心解。蓋編氓乃千古之編氓，王侯卿相乃一時之王侯卿相。釣臺也，草廬也，邵宅陶廬也，今古美之，視彼何如哉？」其言如理，其實不過無端發難之説。就釣臺草廬而慕其高機，就緑野平泉而思其偉功，於情豈有二耶？況汾陽中興唐室，功業自是千古之功業，非獨一代之王侯卿相也！夫使人心解者，當恐不過爲其矯枉。嗚呼，誰以一幅痛淚而瀝此詩者哉！

十日菊　　鄭谷

節去蜂愁蝶不知，曉庭還繞折殘枝。自緣今日人心別，未必清香一夜衰。

節去蜂愁，是題意之正面。蝶未知之者，因節之纔去也。「折殘枝」亦然，刻劃出之。蝶尚來舞，是托出菊之非衰。「清香」二字與「折殘枝」照映。曾子固云：「使人一覽語盡而意有餘者，乃古人用心之處。」贊此詩可謂至盡。東坡之「休休，明日黄花蝶亦愁」全由此出。或云此詩乃谷休官後所作。於比體一道造理深切如此，想應然也。

谷幼穎悟絶倫，七歲能詩。司空圖與谷之父同院，見而奇之，問云：「我詩有病否？」曰：「大夫《曲江晚望》云『村南斜日閑回首，一對鴛鴦落渡頭』，此意深。」圖拊其背曰：「當爲一代風騷之主。」高軒一過，見非獨長爪郎之可夸。長而名盛於唐末，世稱鄭都官之詩。其「楊子江頭楊柳春，楊花愁殺渡江人[二]。數聲風笛離亭晚，君向瀟湘我向秦」，不言離情而黯然銷魂者，真足可推爲一代風騷之主。

【校勘記】

［一］江：底本誤作「頭」，據《全唐詩》卷六百七十五改。

老圃堂　薛能

邵平瓜地接吾廬，穀雨乾時偶自鋤。昨日春風欺不在，就床吹落讀殘書。

秦之邵平，國破而爲布衣，植瓜長安城東。先言「吾廬」，先用其故事，而「老圃」二字早已明白。承句則叙老圃，「穀雨」乃三月之雨，以透胎後半。「欺」字別無深意，形容書卷爲風吹落耳，用語頗工。樊川云：「小院無人雨長苔，滿庭修竹間疏槐。春愁兀兀成幽夢，又被流鶯喚醒來。」閑適之趣味，覺與此有冥合者。

偶興　羅隱

逐隊隨行二十春，曲江池畔避車塵。如今贏得將衰老，閑看人間得意人。

羅隱乃唐末處士，然當其年少氣盛時，難遏功名之念，是人之常情也，故屢試而欲圖一第。而事終不諧，身則早淪衰老之域。閲歷稍深，名心從灰，加遭唐末之禍亂，益知富貴之不可恃，所以有《偶興》一絶也。其意謂少年俊士至試期而集京師，自己與此等成隊，追隨於京國者凡二十春，然無其效，曾不能得一第，徒於曲江池畔避高官貴紳意氣洋洋之馳驟車塵，局束道旁而已。自己不能爲車上之人，而却不得不避之，是何等不遇哉！然猶不屈而亘二十年之久，望一第而不能止者，只爲功名耳，只爲熱衷欲榮顯得意如彼車上者不能止耳。嗚呼，今已矣！以如此熱衷而求者，於我身一不能得，唯贏得此將衰老之孑然一身耳。身既老，名心全冷。名心既冷，則貧富窮達於我何有？於是乎見人間得意之人，雖亦避彼之車塵，而無羡望之故態，不過閑閑然冷眼看之耳。此乃詩之大意。徵於史，則朱全忠當朝，朝廷之難制者盡聚之於白馬津，一夕盡殺之，投尸黄河，皆一代之名士也。然則隱本篇之意，安知其非睹此等事實而愈嘆名利之如浮雲，自己却適因偃蹇而贏得此衰老之身，深自慶幸者哉？

隱下第之詩云「簾捲殘陽鳴鳥雀，花飛何處好樓臺」，是暗以鳥雀譏富貴者。然其《贈舊妓雲英》云：「鍾陵醉别十餘春，重見雲英掌上身。我未成名君未嫁，可能俱是不如人。」其不覺而發泄者常帶一種悽凉之氣。其《曲江春感》云：「江頭日暖花又開，江東行客心悠哉。高陽酒徒半凋落，終南山色空崔嵬。聖代自知無棄物，侯門未必用非才。一船明月一竿竹[二]，家住五湖歸去來。」沈思獨往，有不可掩抑者，其不免於逐客隨行者實亦不得已也。其後年依越，南唐李氏使者來，越人問：「見羅給事否？」使者曰：「不識，又不聞名。」越人曰：「四海傳羅江東，不知者迂之甚也。」使者曰：「金榜無名，所以不知。」金榜爲重如此，科第外無才人，隱二十年間屈身車塵馬足間而欲得之，亦可謂良有以也。隱又云：「只知事逐眼前過，不覺老從頭上來。」是又適與本篇之意相發明，蓋至於此境而自有翻然開悟之處也。

【校勘記】

［一］船：底本誤作「瓢」，據《全唐詩》卷六百五十五改。

悼亡妓［一］

朱褒

魂歸溟漠魄歸泉，只住人間十五年。昨日施僧裙帶上，斷腸猶繫琵琶弦。

《禮記》曰「魂氣歸於天，魄氣復於地」，死則如此耳。陽魂陰魄，妓在人間僅十五年，是可哀也。唐人逢死者之七日而以其衣物施僧，妓之裙帶，特以琵琶弦繫之，乃其所好之具也。見弦而憶人，自是悼亡之至情，可謂語中有淚。

【校勘記】

［一］悼亡妓：《全唐詩》卷七百三十四作《悼楊氏妓琴弦》。

已前共十八首

第三句用「明朝」「今日」等字面一轉之格。

送元二使安西　　王維

渭城朝雨浥輕塵，客舍青青柳色新。勸君更盡一杯酒，西出陽關無故人。

元二使赴安西都護府，安西在蠻夷之疆，維送其往遠而至渭城。起句寫眼前實景，承句發揮起句之意而來。轉、結句勸其觴，因陽關以外已無故人也。陽關既無故人，則安西之遼遠在不言中；既無故人，則無這樣之風物亦不待言，其意味悠長而不露，真其所以爲絶調也。《詩藪》云：「『數聲風笛離亭晚，君向瀟湘我向秦』，『日暮酒醒人已遠，滿天風雨下西樓』，豈不一唱三嘆？而氣韻衰颯殊甚。此詩則自是口語，而千載如新。是論盛晚之三昧。」評此詩恰至好處。其論詩之旨雖不免明人陋習，然至詩風之代降，或非不能中於肯綮也。

渭城無何好處，然自此詩成故事後，由京城而送人者多來此地，三疊此詩以爲例，亦因其情之深、調之高耳。相傳此詩曲調尤高，倚歌者之笛因之而裂。而其稱三疊曲者，謂每句皆再唱而獨不疊首句者也。

三月晦日贈劉評事

賈島

三月正當三十日，風光別我苦吟身。共君今夜不須睡，未到曉鐘猶是春。

王弇州以此詩及《客舍并州》二絶爲《浪仙集》中之可者。《客舍并州》之雋妙非此詩可得望，然彼以巧勝，此以拙勝，其拙亦不可及。與「野人自愛山中宿」同以樸拙喚出巧意者也。謂不忍空別九十日之春光，宜徹曉苦吟而期不相負。其温藉不似平生者，亦可謂不負爲可録之作。當時裴晋公於興化作池亭，島因賦詩云：「破却千家作一池[一]，不栽桃李種薔薇。薔薇花謝秋風起，荊棘滿庭公始知。」人皆疾其不遜，島不省之。比此詩之慇勤果何如哉？

島吟咏自苦，其於「推」「敲」二字自不能決，偶得知於韓公，亦可謂畸人也。其詩云：「兩句三年得，一吟雙淚流。知音如不賞，歸卧故山秋。」其心可謂良苦。「苦吟身」三字，他人用之尚平平，島言之則情采煥發，炊字烹文之瘦賈島忽焉在前，其妙不可言。

【校勘記】

[一]家：底本誤作「門」，據《全唐詩》卷五百七十四改。

武昌阻風　　方澤

江上春風留客舟，無窮歸思滿東流。與君盡日閑臨水，貪看飛花忘却愁。

江上多風，不可行舟，歸思獨共江水東流。「東流」二字暗與泊舟之歸思牴牾，無聊特甚，唯看飛花如雪，一天皆白，以爲銷愁之具耳。語路針索，全有晚唐諸家氣格。錢謙益賦《無花》云：「無花又有便宜處，省却花飛一段愁[一]。」從此詩轉化而來，鮮新諧暢，或爲青出於藍，詩不必以世代論也。或曰澤爲宋人。

【校勘記】

［一］省：底本誤作「閑」，據《牧齋初學集》卷七改。

己亥歲　　曹松

澤國江山入戰圖，生民何計樂樵蘇。憑君莫説封侯事，一將功成萬骨枯。

己亥歲爲僖宗乾符六年，此歲黄巢趨襄陽，劉巨容、曹全晸合兵拒之，大勝，追至江淮。或勸巨容窮追，巨容笑云：「不如留賊以爲富貴之資。」衆乃止。裴庾以爲轉、結之所指。此詩所諷者有二：江淮戰地，民業不安，是憂賊之不亡也；將軍期功名而不顧士卒之死，是憤有黷武之舉也。詩格雄邁粗宕，有扶風豪士之風。蓋此種詩激而行之，可以諷，可以咏，又足可以令聞者戒，能事畢矣，無暇問其詩品高下也。

松此題尚有一首，云：「傳聞一戰百神愁，兩岸强兵過未休。誰道滄江本無事，近來長共血争流。」是更爲筋骨畢露者也。而杜之「功名圖麒麟，戰骨當速朽」、張籍之「邊城親戚曾戰歿，今逐官軍收舊骨。磧西行看萬里空，幕府獨奏將軍功」、劉灣之「死是征人死，功是將軍功」、劉潛夫之「嗚呼諸將官日穹，豈知萬鬼號陰風」、陸龜蒙之「城高功亦高，爾命何勞惜」，《詩林廣記》云：「是等諸作，真可以爲貪功生事輕視人命者之戒。」洵然！宋劉貢父《咏史》云：「自古邊功緣底事，多因嬖倖欲封侯。不如直與黄金印，惜取沙場萬髑髏。」是指斥王韶、李憲輩者，從此詩脱胎，筆挾風霜。明沈錬《感懷》云[一]：「割生獻馘古來無，解道功成萬骨枯。白草黄沙風雨夜，冤魂多少覓頭顱。」是刺楊順者，從此詩出，語更直，悽慘更甚，有「舊鬼煩冤新鬼哭」之致。至王翰之「醉卧沙場君莫笑，古來征戰幾人回」，是直由從軍者心中吐囑，外作壯語，而悲凉之意透骨。使當時行役者聞之，其悲哀寧不有勝於猿啼鵑語者乎？而將兵者遂不知有此境，噫！

【校勘記】

[一]明：底本誤作「清」，據《列朝詩集》丁集卷十改。

已前共四首

用「君」字强意之格。

虚接

周弼曰：謂第三句以虚語接前二句也。亦有語雖實而意虚者，於承接之間略加轉换，反與正相依，順與逆相應，一呼一唤，宫商自諧，如用千鈞之力而不見形迹，繹而尋之，有餘味矣。

實接既入手，乃不可無虚接以運才氣者。不然，則意味窒塞不揚，遂以招千篇一律之嫌。故有語虚、有意虚，以救實接之弊。至虚實之參錯，與實接法無異，只轉倒主客耳。

伏翼西洞送人〔一〕　陳羽

洞裏春情花正開，看花出洞幾時回。慇勤好去武陵客，莫引世人相逐來。

伏翼之西有小桃源，曾有人拾一銅牌，鎸詩云：「綽約去朝真，仙源萬木春。要知竊桃客，定是會稽人。」故此詩亦總以桃源相擬，曰「洞裏花開」、曰「看花出洞」、曰「武陵客」、曰「引世人來」，無不皆然也。《桃花源記》云：武陵人捕魚行溪，忽見桃花夾岸，男女衣著悉如外人，黄髮怡然而樂。停數日而去。太守使人隨往，則不可復見。小桃源之消息亦不可令俗人知，是此詩之所以慇勤也。其清遠而獨標靈響者，真不負爲小桃源裏人。與靈一上人相投合者，亦有故哉！

【校勘記】

［一］伏翼西洞送人：《全唐詩》卷三百四十八作《伏翼西洞送夏方慶》。

題明慧上人房［一］　　秦系

簷前朝暮雨添華，八十吴僧飯熟麻。入定幾時還出定，不知巢燕污袈裟。

山中無曆日，花開則天地春。上人八十而飯胡麻，是真出世間之光景也。轉句從承句出，結句從起句出。昔者佛入雪山苦行，蘆芽穿膝，鵲巢其肩而不厭，可知燕泥污袈裟不足動上人之心也。「燕」字接春雨山花之時候，「巢」字更切「簷」字。劉得仁之「螢入定僧衣」，其簡練固非此詩所能及，即如「松間寂寂」之詩，其詩品亦夐高，可推此詩非系之得意者也。其《題茅山李尊師山居》詩云：「尊師百歲少如童，不到山中竟不逢。洗藥每臨新瀑水，步虚時上最高峰。籬間五月留殘雪，石上千年廕怪松［二］。此去塵寰今遠近，回看雲壑一重重。」誦之則飄飄有凌雲之氣，食人間煙火者隻字不能道也。系後結廬於泉州之九日山，有大松百餘章，相傳係秦時所種。則其性情所近，語之巧於仙、粗於佛者，亦可謂非偶然者也。

【校勘記】

［一］題明慧上人房：《全唐詩》卷二百六十作《題僧明惠房》。

［二］瞼：底本誤作「破」，據《全唐詩》卷二百六十改。

寄許鍊師　　戎昱

掃石焚香禮碧空，露華偏濕蕊珠宫。如何説得天壇上，萬里無雲月正中。

鍊師事天而夜夜禮碧空，事已清絶。「碧空」直滾下承句，掃石焚香之餘，露華漸濕，自是山中幽閴之狀，非凡夫所可得而消受者，如何能説之耶？「萬里無雲」者，天亦無塵滓也；「月正中」者，天亦森肅也。以收結起、承二句，如岳蓮秋霽獨秀於雲中，清淑之氣直當於面。吕洞賓之「鶴觀天壇槐影裏，悄無人迹户長扃」，未能駕而上之也。

昱美風度，能談，少舉進士不第，乃放遊名都，雖貧而昂氣不消。京兆尹李鑾擬以女嫁之，令改姓，昱固辭。其絶俗之概常見於詩中。尤愛湖湘山水，李夔廉察桂林時，一夜聞鄰居行吟之聲甚清麗，遲明問之，則昱也，乃延爲幕賓。其爲人所推者如此。而此種詩尤適其人，月夜行吟，聞者覺迢然神遠。滄浪、升庵以爲盛唐中之最下、爲盛唐中之晚唐者，是真只因生不得時耳。有唐三百年，其何得在最下耶？

秋思　張籍

洛陽城裏見秋風，欲寄家書意萬重。復恐匆匆説不盡，行人臨發又開封[一]。

「洛陽城裏」四字，先點明其在客旅。風可聞而不可見，因物而見其行，「見」字下得妙。「秋風」暗寓張翰思歸之意，同姓可見用事之妙。二句以下乃人人意中之語、往往而有之事，却一正一反，寫來不平板，因其真情流露而貫之耳。與岑參「馬上相逢」可謂同一絶品。臨發開封，緩慢殊甚，呼喚「匆匆」二字，手忙心更忙之狀千載尚如新。「説」字入聲而假叶平聲，非必拗之也。

郭暉曾於寄報平安時誤封一白紙[二]，其妻得之而寄一絶曰：「碧紗窗下啓緘封，盡紙從頭徹尾空。應是仙郎懷别恨，憶人全在不言中。」趣絶韻絶，一錯誤却成風流佳話。同是家書之詩，亦同爲往往而有之事，且附載之。

【校勘記】

[一]又：底本誤作「復」，據《全唐詩》卷三百八十六改。

［二］暉：底本誤作「寄」，據《宋詩紀事》卷八百十七改。

懷吴中馮秀才　杜牧

長洲苑外草蕭蕭，却算遊程歲月遥。唯有别時今不忘，暮煙秋雨過楓橋。

起句爲吴中舊遊，與馮同踪者也，歲月已悠遠。因下「遥」字而嵌「程」字，非别有意也。歲月雖已悠遠，而無由忘其别時。於「長洲苑外」之外更放出一楓橋，以「今」字緊應「歲月」，恐是司空表聖所謂「情性所至，妙不自尋」者耳。

《對床夜語》云：「唐人絶句，有意相襲者。樂天之『可憐九月初三夜，露似連珠月似弓』，牧之『一夕小敷山下路，水如環珮月如襟』是也；長卿之『莫道野人無外事，開田鑿井白雲中』，偓之『須信閑中有忙事，曉來衝雨覓漁師』是也；而『月明記得相尋處，城鎖東風十五橋』亦純然襲用此詩也。」然兩詩並傳無妨。

念昔遊　杜牧

李白題詩水西寺，古木回巖樓閣風。半醒半醉遊三日，紅白花開煙雨中［一］。

此題《樊川集》録三首，皆追憶昔遊而筆之者，不必限於一處也。此詩乃懷水西寺之遊者，寺在宣州，李白曾遊之云：「天宮水西寺，雲錦照東郭[二]。清湍鳴回溪，緑水繞飛閣。」又云：「檻外一條溪，幾回流碎月。」因題壁之墨痕鮮，遂掛額而云「李白題詩寺」。見其詩，可知乃幽邃之紺園也。此詩以白之再來自任，不屑拾其牙後惠。溪流潺湲全委之白詩，而更向古木回巖邊傾出吟思，其所用意者，即見其占地步者。而詩之飄逸則大似白，亦可謂奇也。

【校勘記】

[一]紅白：底本誤作「白紅」，據《全唐詩》卷五百二十一改。

[二]錦：底本誤作「脚」，據《全唐詩》卷一百七十九改。

寄友　　李群玉

野水晴山雪後時，獨行村路更相思。無因一向溪橋醉，處處寒梅映酒旗。

「處處寒梅映酒旗」，是擲杖頭錢之時也，而言「無因」，乃因詩貴曲折也。何由一醉而無因耶？乃因無同心者共「野水晴山雪後時」也。竹外春店，吟至此首，亦何能使人不消魂哉！

經賈島墓[一]　鄭谷

水繞荒墳縣路斜，耕人訝我久咨嗟。重來兼恐無尋處，落日風吹鼓子華。

路傍荒墳埋一代之作家，是詩人感淚之所濺也。而從耕人眼中見之，更盡其低徊遲留之情。以爲今日既如此，明日遂何如耶？思至此，則衷懷如裂矣。云重來之日恐併墓亦無尋處者，蓋以耕人不知爲名士之墳也。後來漁洋亦過浪仙之墓，賦詩云：「遥望大房山，蒼蒼但煙霧。下有千年墳，微茫辨封樹。照夜少魚燈，淩寒走狐兔。落日青楓林，是君獨吟處。」情文兼至，結語尤幽峭警闢，真可銘島之碣。都官之美，可謂永錫其類者。

島之哭孟郊也，云：「身死聲名在，多應萬古傳。寡妻無子息，破宅帶林泉。塚近登山道，詩隨過海船。故人相吊後，斜日下寒天。」交情深者乃極其哀。其一二句言郊骨埋而名不埋，痛悼之極乃爾。姚合之哭島也，云：「杳杳黄泉下，嗟君向此行。有名傳後世，無子過今生。新墓松三尺，空階月二更。從今舊詩卷，人覓寫應争。」曹松之吊島也，云：「先生不折桂，謫去抱何冤。已葬離燕骨，難招入劍魂。旅墳低却草，稚子哭勝猿。冥漠如搜句，宜邀賀監論。」是其哭郊者亦直以自吊也。噫！郊寒島瘦，生前既嘗盡窮苦，身後亦復蕭然，墓門之吊客獨存青蠅者足可想像。「新墓松三尺」者今唯有鼓子華之飄風，是真「難招入劍魂」矣，不覺令千古詩人放聲一哭。然李洞鑄像拜之、諸家長以詩奠之，地下若有知，則亦當可自慰也。

【校勘記】

［一］經賈島墓：《全唐詩》卷六百七十六作《長江縣經賈島墓》。

修史亭

司空圖

烏紗巾上是青天，檢束酬知四十年［一］。**誰料平生臂鷹手，挑燈自送佛前錢**。

圖之隱王官谷也，刻大悲像，構亭於左右，「修史」乃其右者也。此詩爲閑日遣懷，而無關於亭名。謂彼蒼蒼者在頭上，檢束此身事君王已四十年，是其宿志也。而時不我與，臂俊鷹之手今唯有空挑寒燈耳、徒送佛前之錢耳。用「誰料」二字一翻前意，悲噎填胸，使人惻然動聽。《傳》云：圖在山「豫作冢棺，遇勝日引客坐壙中，賦詩酌酒。有難之者，則答曰『生死一致，吾寧暫遊此中哉』」。見「佛前送錢」之語，知其事亦真確也。

【校勘記】

［一］檢：底本訛作「撿」，據《全唐詩》卷六百三十四改。

答韋丹[一]　　僧靈徹

年老心閑無外事，麻衣草坐亦容身。相逢盡道休官去，林下何曾見一人。

靈徹果潔，讀書甚勤，得授詩法於嚴維，終藉藉有名。其《古墓》云：「松樹有死枝，塚墓惟莓苔。石門無人入，古木花不開。」其《天台山》云：「天台衆山外，歲晚當寒空。有時半不見，崔嵬在雲中。」其《九日》云：「山僧不記重陽日，因見茱萸憶去年。」皆脱卸筍蔬之氣，故爲劉長卿、皇甫冉所稱。而此詩尤行於世。相傳徹曾以《匡廬七咏》示丹，丹因賦《思歸》絶句以酬之，云：「王事紛紛無暇日，浮生冉冉只如雲。已爲平子歸休計，五老巖前必與君。」此詩則更寄丹以促其歸者，非譏之，乃勸之也。而丹終不得歸，得罪憂死，恰如刺之耳。

杜牧云：「盡道青山歸去好，青山曾有幾人歸。」崔塗云：「自是不歸歸便得，五湖煙水有誰争。」或以爲「殊有含蓄，令人爽然自失」。趙嘏云：「早晚略酬心事了，水邊歸去一閑人。」或以爲「若心事了，則仕進之心益熾，愈難歸矣」。周茂叔云「是處塵勞皆可息，時清終未忍辭官」，或道此乃「有道之言、由衷之語，所以不可及也」。王易簡云「青山得去且歸去，官職有來還自來」，或道「是豈能須臾忘情於軒冕邪」？無名氏云「謀生待足何時足，未老得閑方是閑」，或以爲「精當」，「與夫『一日看除目，三年損道心』者夐異」。黄莘田云：「常參班裏説歸休，都作寒暄好話頭。恰似朱門歌舞地，屏風偏畫白蘋洲。」或以爲「鐵鞭打背」。要之，詩人以棄官歸隱爲高，故其弊也，至有爲懷山之語而暗爲媚竈之計者，所謂「住山人少説山多」，真可好笑。見諸作，更溯徹、丹唱和之什，亦可以知詩人心地之概矣。

此詩風行之盛也，或以爲俗語，或以爲俚諺，歐六一記「始知其爲靈徹詩也」，放翁亦歷舉詩之爲俗語者云：「昌黎之『何人更向死前休』、靈徹之『林下何曾見一人』、昭諫之『長安有貧者，爲瑞不宜多』、荀鶴之『世亂奴欺主，年衰鬼弄人』『海枯終見底，人死不知心』、章碣之『事向無心得』、龔霖[三]之『但有路可上，更高人也行』、司空圖之『忍事敵災星』、朱灣之『一朝權入手，看取令行時』、裴説之『自己情雖切，他人未肯忙』、馮道之『但知行好事，莫要問前程』、戎昱之『在家貧亦好』是也。」大抵皆易入人耳者，雖以之爲俚諺，誰又怪之耶？

【校勘記】

［一］答韋丹：《全唐詩》卷八百十作《東林寺酬韋丹刺史》。

［二］霖：底本訛作「森」，據《老學庵筆記》卷四改。

已前共十首

第三句不唤，第四句用其意之格。

九日懷山中兄弟[一]　王維

獨在異鄉爲異客，每逢佳節倍思親。遥知兄弟登高處，遍插茱萸少一人。

此詩即「陟岵」之意。維之一門友悌，事母孝，故其出言真摯，深情溢於紙上。歸愚云：「右丞多悽婉之句。」於此種詩可見之。「思親」乃「兄弟」之所根，「佳節」乃「登高」之所本，「異客」乃「少一人」之所由來，「獨」與「一人」爲首尾之關鍵，殆可擬於常山蛇勢。詩乃和易，不用解説，章法之妙亦如此。宋陳去非《重陽》之作慨徽、欽二帝蒙塵於沙漠，云「龍沙北望西風冷，誰折黄花壽兩宫」，雖面目全異，然實襲用此詩之意而能入妙。傳維作此詩乃其十七歲時，此非尤爲可驚之才耶？

【校勘記】

[一]九日懷山中兄弟：《全唐詩》卷一百二十八作《九月九日憶山東兄弟》。

葉道士山房[一]　顧況

水邊楊柳赤欄橋，洞裏神仙碧玉簫。近得麻姑書信否，潯陽江上不通潮。

此詩清麗綿渺，風調極可誦。其以麻姑「蓬萊清淺」之事應用於潯陽江上，尤稱工絶。朝潮夕汐，有信無違，潮若不通，則是明無信也。以解説上句所云書信得否之語，亦頗極靈警。赤欄橋畔楊柳正緑，神仙洞裏玉簫徐聞，此中髣髴似別有如玉之可人。豈因葉當時有所嫟者，故隱躍其詞以謔之哉？然遊仙恍惚之詞，概貴虛描，調笑之語，必非實事，不須因其一二句有謔語而解作帶譏誚之意也。與温飛卿《楊柳枝》「宜春門外最長條，閑裊春風伴舞腰。正是玉人腸斷處，一渠春水赤闌橋」云者風格恰相類，可並稱中晚之佳絶。

【校勘記】

［一］葉道士山房：《全唐詩》卷二百六十七作《題葉道士山房》。

宿昭應　　顧況

武帝祈靈太乙壇，新豐樹色繞千官。那知今夜長生殿，獨閉空山月影寒。

皇甫湜序況集云：「吴中山水氣象，英淑怪麗，况出其間，翕輕清以爲性，結冷淡以爲質，喣鮮榮以爲辭，偏得於逸歌長句，駿發踔厲，往往如穿天心，出月脅。」所推者至。照見其爲人，雖不可言最爲適切，然以其巧於長句而歸乎山水靈秀之氣，或乃得其正鵠者。此詩之幽峭，亦不得不言因地之靈而使然也。

「武帝」謂玄宗，築太乙壇而祈神，乃求不老不死也。樹色葱蘢，中列千官，群生可望而不可即，是想其盛時也。以長生殿上人不得長生，反應太乙壇頭之祈靈，以「獨」字反照「千官」，以「空山月影」反映「新豐樹色」，「閉」字最帶悽涼之音，與崔魯之「明月自來還自去，更無人倚玉闌干」意全相同，是傷其衰時也。嗚呼！盛衰如轉轂，以諷求仙之無益，其真情所溢，讀者深思而轉有不堪酸鼻者也。

江村即事　　司空曙

罷釣歸來不繫船，江村月落正堪眠。縱然一夜風吹去，只在蘆花淺水邊。

韓偓之「萬里清江」、杜荀鶴之「溪風山雨」與此詩意想相類，同有和平自然之趣。此詩全由「不繫船」三字吐出，一無所依傍，洛誦迴環，其妙不可言，所謂「遇之匪深，即之愈稀」「脱有形似，入手已違」者也。是所以超出二詩，卓爾不群也。偓詩云：「萬里清江萬里天，一村桑柘一村煙。漁翁醉著無人喚，過午醒來雪滿船。」荀鶴詩云：「山雨溪風卷釣絲，瓦甌蓬底獨斟時。醉來睡着無人喚，流下前灘也不知。」

宮人斜　　雍裕之

幾多紅粉委黃泥，野鳥如歌又似啼。應有春魂化爲燕，年年飛入未央栖。

宫嬪之叢冢名云「斜」，在長安宫墻外三里，或謂風雨之夜聞其歌哭之聲，詩乃想像宫女之身後而咏出之。黄泥者，因燕子一閃也；野鳥如歌又似啼者，乃吊春魂也。見眼前野鳥而思春魂化作燕子，是此詩之命意也。古詩云「願爲雙飛燕，銜泥巢君室」，美人之痴願真不過如此耳。未央宫乃天子所在之處，求栖梁間而不自安。比於孟遲「自恨身輕不如燕」之句，則覺用之於身後而轉有化身之適切。《傳》云：「裕之舉進士不第，飄零四方，爲樂府，極有清致。」無怪此詩之清婉也。

過春秋峽　　劉言史

峭壁蒼蒼苔色新，無風情景自勝春。不知何樹幽厓裏，臘月開花似北人。

峽在齊魯之間，四時緑色不變，故名。此詩乃記其特異之風光，「峭壁」「幽厓」即峽中實景。壁上苔色年年如新，是雖似無何風情者，然亦有幽致勝春，出語極崛奇。三、四句更進一步，當可加「況」字而讀之。峽中早暖，臘月有花，不直説破其爲何花，而以「不知何樹」四字宛轉而下，是曲折之妙也。言史乃趙人，故言「北人」；「似」乃「呈似」之似，略解之爲「示」，似無不可；與劉長卿「江花獨向北人愁」之句相類。此詩全無愁意，乃單記風光者也。

初入諫司喜家室至

竇群

一旦悲歡見孟光，十年辛苦伴滄浪。不知筆硯緣封事，猶問傭書日幾行。

群之兄弟皆擢進士，群獨以處士客舍於毗陵，韋夏卿薦之，召爲左拾遺。言「初入諫司」者，乃指此時也。家室後至，故喜而賦之。「孟光」乃梁鴻之妻，偕隱而有賢名，比於處士之家室，甚切。「一旦悲歡」四字似無甚妙，而情緒迸於筆端，悲此十年辛苦，伴我江湖落拓也。同其逆境如此而不慣乎順境，故不知我今有官守，乃以封事諫天子者，見筆硯而尚以爲傭書，是慣貧之語也，借以誓不忘其舊。喜同入此順境，而「歡」字不必别説之也。結語寫出貧賤婦人不知輕重之情逼真，喜性靈之詩者，必不可不三復此種。

圓至云「群以窮通爲悲歡，纔得一拾遺，對妻誇喜」，是乃眼光走於紙面耳，竟坐不知其人耳。群之爲諫官也，須臾轉和蕃判官，入奏云：「陛下即位二十年，始擢臣於草澤而爲拾遺，是難其進也。今陛下以二十年難進之臣爲和蕃判官，一何易也。」德宗偉其言，令留居舊官。其人必非戀戀於名位者，然身在傭書之賤，遽擢爲拾遺，喜之者亦人情之常。既喜之，則其語氣如稍有誇意者固亦屬常態，何得以此而卑視者哉？

寄襄陽章孝標　　雍陶

青油幕下白雲邊，日日空山夜夜泉。聞説小齋多野意，枳華陰裏麝香眠。

孝標爲李紳所聘，爲襄陽府從事，「青油幕下」乃因藩鎮僚屬而言之也。身雖有官職，而地在白雲之中，空山流水，可以遊目，可以騁懷，是品孝標之高致也。「聞説」以下就其閑寂中特叙一事，枳花成陰，麝香來眠，形容出小齋之有春意、主人之云忘機。杜《山寺》云：「野寺殘僧少，山園細路高。麝香眠石竹，鸚鵡啄金桃。」孝標居官猶如居寺，若非清氣沁於肌骨者則不能也。

舊宮人[一]　　劉得仁

白髮宮娃不解悲，滿頭猶自插花枝。曾緣玉貌君王寵，準擬人看似舊時。

《天厨禁臠》評此詩云：「水流花開，不假工力，謂之天趣。」蓋言其直寫痴情而逼其真也。此詩「不解悲」三字爲全詩之主眼，老嬪濃妝傅粉，尚冀一顧，如老將之據鞍顧盼者，侯家舊多有之，讀此詩真如接其人也。東坡云「人老簪花不自羞，花應羞上老人頭[二]」，第二句之意暗中帶之。自負舊時恩寵，不知人看其爲老者，其愚可笑耶？抑其痴可憐耶？「猶自」「曾緣」，造語皆有斟酌。「準擬」乃獨自定之者，下得亦妙。明徐熥《宫詞》云：「宫中無復望車塵，已分深宫老此身。縱使君王得相見，也應不愛白頭人。」是只狀其自悲耳，而此詩之「不解愁」乃以不悲悲之，語尤婉曲不淺露，《天厨禁臠》之評語於是相當。

【校勘記】

［一］舊宫人：《全唐詩》卷五百四十五作《悲老宫人》。

［二］人：底本誤作「年」，據《東坡詩集註》卷十七改。

小樓　　儲嗣宗

松杉風外亂山青，曲几焚香對石屏。記得去年春雨後，燕泥時污太玄經。

起句之遠景與承句之近景相位置，好一幅畫圖也。轉、結句借舊事而傳其地，「風」接「春雨」，「曲几」接「太玄經」，煞有情緒。陳鵬年云：「隔簾幽韻上焦桐，一曲湘靈奏未終。略記年時春雨後，海棠初試小熏籠。」同一春雨也，抑何一濬率一旖旎耶？

宮詞　王建

樹頭樹底覓殘紅，一片西飛一片東。自是桃花貪結子，錯教人恨五更風。

此詩全用比體而諷宮女。起、承句言落花，一片花飛，春已減却；況封姨一陣，萬片已散耶？故人皆恨五更之風。安知花之落乃爲結子耶？花落成子，又何恨事之有？然更搜詩意，蓋當時或有受專房之寵者，期得龍種，却傷其生，建故嘲其自招孽也。「貪」字「錯」字尤可玩味，以事不可直露，特以比體行之，是所以當與其他諸作之實事實寫者有體裁之異乎？圓至云：「『東西分飛』乃與君相背，『五更風』乃君心之飄忽，謂使我不貪結子而入宫，則安有今日之愁？色衰寵去，自咎其初心也。」似不必然。

王荆公之《百家詩選[二]》録建詩多至百首，尤愛此詩，謂因其意味深遠悠長也。楊誠齋亦云：「韓偓之『昨夜三更雨，臨明一陣寒。薔薇花在否，側卧捲簾看』，介甫之『水際柴扉一半開，小橋分路入青苔。背人照影無窮柳，隔屋吹香併是梅』，東坡之『暮雲收盡溢清寒，銀漢無聲轉玉盤。此生此夜不長好，明月明年何處看』，及此詩與杜牧之『南去北來』，四句皆好。」視其所撰諸句，則可知其所好爲如何矣。此首似人人能解，其意却在仿佛之間，此非所以尤得後賢之愛乎？

【校勘記】

［一］選：底本訛作「撰」，據《郡齋讀書志》卷四改。

祇役遇風謝湘中春色　熊孺登

水生風熟布帆新，只見公程不見春。應被百花撩亂笑，比來天地一閑人。

題目已奇，具三事：祇役也，遇風也，謝湘中春色也。詩中巧以三事參互，不似强作之者。起句乃遇風而兼祇役。春水新生，春風已熟，布帆無恙而下湘江。承句乃祇役而兼謝春。逢春而不得留連者，因公程之嚴也。百花撩亂，乃轉句之謝春而帶遇風也。而結句全撇却此三事，更從天之一方落想而來。從來以閑人自居，而今日公程相促，爲春所笑，亦無言可答矣。對照承句，一閑一忙，法度分明。《才子傳》中白舍人與劉賓客交相贈答者多矣，其詩不爲一滯語，真可謂不負同調之士也。

過勤政樓　杜牧

千秋佳節名空在，承露絲囊世已無。唯有紫苔偏稱意，年年因雨上金鋪。

玄宗於宫西築二樓，南云勤政務本之樓，至牧時已苔色荒廢，是感之因所生也。玄宗以所誕之日爲千秋節，王公以下獻鏡及露囊以爲賀。張九齡獨獻《千秋金鑑録》，言前後興廢之事，此詩即捉取此事實而來。「千秋佳節」「承露絲囊」，先以流水對法叙之，又各以下之三字使歸著於現在，可謂斡旋之妙。「稱意」乃得意，「金鋪」乃門扉之妝飾，紫苔上金鋪乃言其頹廢，而以「因雨」二字爲媒，巧道破之。令紫苔與金鋪交互生色，是造句之妙也。或云「苔之上金鋪乃嘆無《金鑑》」，甚屬鑿解，然以此詩與九齡有關者亦非無故。初，玄宗作此樓，以七寶裝山座，高七尺，召諸學士令講義經旨及時務，勝者得昇之。時九齡談論風生，獨占此座，時論美之，是所以有欲以九齡之事説下此詩者也。

送客　李群玉

沅水羅紋海燕回，柳條牽恨到荊臺。定知行路春愁裏，故郢城邊見落梅。

是單叙别意也。云沅水乃送别之地，水成羅紋而海燕回，春風已遍而客却去。楊柳青青，客舍空恨。「牽」字從「條」字出，更牽「到」字，運才思者也。想像其到故郢城邊時當爲落梅時節，以應前半。「行路春愁」即是客愁，行者既愁，送者曷能堪之乎？吴文溥之「客裏如何更送行，爲君細細數行程。來當污口花浮岸，到及河陽緑滿城。王粲依劉能作賦，陸機入洛始知名。孤篷短笛一聲别，落日春江萬里情」乃以此意爲律調者，亦能秀拔，亦能妍麗。

靈巖寺　　趙嘏

館娃宫畔千年寺，水闊雲多客到稀。聞説春來倍惆悵，百花深處一僧歸。

梁天監中，以館娃宫故地爲靈巖寺，故言「館娃宫畔」。「千年」乃就大數而言其爲古寺。以其面洞庭七十二峰、臨太湖三萬六千頃，故言「水闊雲多」。以一「稀」字頓挫之而出轉句，轉句云「春來惆悵」者，以客到者稀也。結句以「百花深處」緊接「館娃宫」，反應「客到稀」；以「一僧歸」緊照「客到稀」，反映「館娃宫」。然讀者只覺其句之流暢、詩之清秀，而不悟其細心，是却爲其妙詣之所也。

嘏詩云：「溪上禪關水木間，水南山色與僧閑。春風盡日無來客，幽磬一聲高鳥還。」又云：「谿户無人谷鳥飛，石橋横木掛禪衣。看雲日暮倚松立，野水亂鳴僧未歸。」二首俱寫静境幽趣，筆筆精微，自適其境。此詩咏僧寺而言「惆悵」，中有一種悽凉不堪之情，比之專寫景者，其趣味更加一層矣。

柳枝[一]　　薛能

和風煙雨九重城，夾路春陰十萬營。惟向邊頭不堪望，一株憔悴少人行。

據《全唐詩》，此詩題爲《折楊柳》。能自序之云：「此曲盛傳，爲詞者甚衆，文人才子各衒其能，條似舞腰，葉如眉翠者，出口皆同，頗爲陳熟。能專於詩律，不愛隨人，搜難抉新，誓脱常態。雖欲勿伐，知音者其舍諸？」其詩十首，此詩乃其一也。起句爲宫城之柳，承句爲軍營之柳，皆言其壯麗，而反襯邊塞憔悴之一株。圓至云[二]：「粉飾太平於京師，而弛廢防守於邊塞也。」其寓意之當否且措之，其激楚之音令人愀然而悲者，亦是措辭之絶技也，於其所自負可謂不多負。而能之自負乃其性之使然。集中别有《柳枝詞》五首，其最後一章云：「劉白蘇臺總近時，當初章句是誰推。纖腰舞盡春楊柳，未有儂家一首詩。」自注云「劉白二尚書皆賦《楊柳枝》之詞，世多傳唱之，但文字太僻，宫商不高耳」。其大言者如此。前人謂「禹錫詞云『城外春風吹酒旗，行人揮袂日西時。長安陌上無窮樹，惟有垂楊管别離』、樂天詞云『紅板江橋清酒旗，館娃宫暖日斜時。可怜雨歇東風定，萬樹千條各自垂』，其風流氣概皆非能所可仿佛也」。蓋《柳枝詞》本於六朝《折楊柳》之歌辭，「萬里長江一帶開，岸邊楊柳是誰栽。錦帆未落西風冷，惆悵龍舟更不回」者雖稱其祖，然是實吊煬帝也。禹錫之「數株殘柳」效之，爾來所作多只就柳而述情耳。聲調儇俐輕雋，謂與《竹枝》大同小異者是也。樂天又云：「陶令門前四五樹，亞夫營裏萬千條。何似東都正二月，黄金枝映洛陽橋。」禹錫亦云：「金谷園中鶯亂飛，銅駝陌上好風吹。城東桃李須臾盡，争似垂楊無限時。」俱於起、承用二事，而以轉、結反襯之者，能之詩法所淵源也。而能去之蔑如者，何心哉！張祜云：「凝碧池頭斂翠眉，景陽樓下綰青絲。那勝妃子朝元閣，玉手和煙弄一枝。」李商隱云：「含煙惹霧每依依，萬緒千條拂落暉。爲報行人休盡折，半留相送半迎歸。」姚合云：「勾踐初迎西子年，琉璃爲帚掃溪煙。至今不改當時色，留與王孫繫酒船。」羅隱云：「灞岸晴來送别頻，相偎相倚不勝春。自家飛絮猶無定，争解垂絲絆路人。」而「清江一曲柳千條，二十年前舊板橋。曾與美人橋上別，恨無消息到今朝」亦禹錫逸詩也，或以爲絶唱，可冠於晚唐。是等諸作，鏤金錯采，雖意有淺深，悉皆鮮新而各張一軍，不許能獨步一代也。其中孰最得《柳枝詞》本義者耶？善讀者輒能辨之。

【校勘記】

［一］柳枝：《全唐詩》卷五百六十一作《折楊柳》。

［二］圓至：底本誤作「升庵」，據《三體唐詩》卷二改。

自遣　　陸龜蒙

數尺遊絲墮碧空，年年長是惹東風。争知天上無人住，亦有春愁鶴髮翁。

龜蒙自注云：「自遣詩者，震澤别業之所作也。病未平，厭厭卧田舍中，農夫以耒耜相聒，夜分不睡，百端興懷，思益無緒，因作四句詩，累至三十絶。」按，龜蒙田數百畝、屋三十楹，而田甚下，雨潦則通江，故常苦饑，身畚插茠刺無休。或譏其勞，答云：「堯舜黴瘠，禹胼胝，彼聖人尚且然，吾一褐衣敢不勤乎？」其爲人也如此，故中有所感而發者，亦從不見怒駡骯髒之概，雖言愁，而尚足見灑灑落落之懷。起句即「白髮三千丈，緣愁似個長」之意，借游絲而言之也。春風歲歲見游絲之飄摇，乃是尋常一樣景耳，而云是恐天上有春愁之翁，其鶴髪低而將至於地。以我之老而想及天上，立意極奇闢，取喻甚淺近。苕溪曰：「此詩思清語奇，超出尋常之表，不落前人之窠臼。」真是南宋諸人所喜而相倣者也。甌北之雄飛清朝也，其絶句如純向此種而運其奇才者，可謂傳燈長不滅矣。

龜蒙在震澤有鬥鴨一欄，驛使曾挾彈斃其尤者，龜蒙遽出舍，手持一表本云：「此鴨能作人語，將附蘇州上進，而今斃之，可如之何？」驛使大恐，酬以橐中之金。龜蒙即延而共談，謂「待其稍悦，猶能自喚其名」。驛使憤且笑，拂袖上馬，龜蒙喚而還其金曰：「前言戲之耳。」其一遊一戲視世人不啻兒童者，千載之下可想見之。以此種詼諧自遣，真是龜蒙之所以爲龜蒙也。

華陽巾　　陸龜蒙

蓮華峰下得佳名，雲褐相兼上鶴翎。須是古壇秋霽後，静焚香炷禮寒星。

華陽巾乃韋節所始造，節卜居華山，號「華陽子」，故名。此詩清絶，叙隱士之所宜。「蓮華峰」在華山。起句言因山而博其雅名，承句言身著雲褐而始適此巾。三、四句托出「巾」字，言天壇秋霽、獨禮寒星之時，可冠此巾而炷香。詩格醇潔，如蘇門長嘯，非軟紅塵土所可得聞也。

龜蒙少無聲色之娱，不欲交流俗，雖造門而不肯見。其至饒州也，三日無所詣，刺史率官屬就見，龜蒙則拂衣而去。居松江甫里，自稱江湖散人，以高士召之而不至，其人固冠華陽巾而無些可愧者，詩乃可傳。

秋色　吴融

染不成乾畫未消，霏霏拂拂又迢迢。曾從建業城邊過，蔓草寒煙鎖六朝。

前二句專咏「色」字，如染而不乾者，因是天然之色也；如畫而不消者，因是天然之色也。承句重用疊語，正覺其乃可有一不可有二之語。後二句叙其曾遊，點出蔓草寒煙，示所以染畫秋色之物。六朝金粉，今唯空有秋色迢迢、霏霏拂拂耳。以「鎖」字寓無限之感慨，韋莊之「江雨霏霏江草齊，六朝如夢鳥空啼。無情最是台城柳，依舊煙籠十里堤」，「籠」字「鎖」字，恰可謂同一筆法也。

已前共十九首

第三句之出語用虚字呼，第四句應之之格。

酬李穆[一]　劉長卿

孤舟相訪至天涯，萬轉雲山路更賒。欲拂柴門迎遠客，青苔黄葉滿貧家。

穆乃長卿之婿，有《發桐廬寄劉員外》詩云：「處處雲山無盡時，桐廬南望更參差。舟人莫道新安近，欲上潺湲行自遲。」情之篤，非可以言盡也。長卿酬之，第一句先謝其來意之慇勤，第二句詳説「天涯」二字，「萬轉」乃從「至」字、「賒」字乃從「天涯」化出。第三句之「遠客」又承「天涯」，有希早日相逢之意。第四句言無物以酬遠客，自是親家之言，不用修飾，和氣藹然可親。李洞云：「入雲晴斸茯苓還，日暮逢迎水石間。看待詩人無别物，半潭秋水一房山。」稍覺含蓄不足，轉知此詩乃情至者也。

【校勘記】

［一］酬李穆：《全唐詩》卷一百五十作《酬李穆見寄》。

休日訪人不遇［一］　韋應物

九日馳驅一日閑，尋君不遇又空還。怪來詩思清人骨，門對寒流雪滿山。

本集題爲《訪王侍御建不遇》，起句爲「休日」，承句爲「不遇」，轉、結就所觸目而成趣，門前一帶寒流，窗外滿山積雪，看來則無非絶好詩思，清氣沁人肌骨。雖言「空還」，亦足以洗九日馳驅之心，是來意不空也。而更就其地思其人，則亦無須怪建之詩思平生浄潔如冰雪，是此詩言外意也。《對床夜語》云：「王涯之『苦怪滿衣珠翠冷，黄花瓦上有新霜』乃襲用此意者。」然詩品全别其致，李商隱之「爐煙消盡寒燈晦，童子開門雪滿松」却見同其清趣。

應物又有句云：「落葉滿空山，何處尋行迹。」滿山落葉，較之積雪，一其静機。東坡和其韻云：「寄語庵中人，飛空本無迹。」然其韻響風格，迥非其比。大抵應物詩「如渾金璞玉，不假雕琢成妍」，真覺其語之不我欺也！

【校勘記】

［一］休日訪人不遇：《全唐詩》卷一百九十作《休暇日訪王侍御不遇》。

湘江夜泛　　熊孺登

江流如箭月如弓，行盡三湘數夜中。無奈子規知向蜀，一聲聲似怨春風。

孺登受任隴西尉而赴蜀，此詩成於其途上。奔流直下而曰如箭之急，形容月兒而言其似彎弓，鎸斲爲工。湘江數千里急急行盡者，亦是「只見公程不見春」之意。「三湘」「數夜」於句中自成對，亦奇也。子規乃蜀帝所化，其聲若「不如歸」。今孺登之赴蜀也，子規知之，故其聲轉悲凉，如恨己之不能西歸者。行雖如此之急，而聲聲直透於耳，是遊子之所不堪也。有意無意中，客懷早已爲深。

贈侯山人[一]　　熊孺登

一見清容愜素聞，有人傳是紫陽君。來時玉女裁春服，剪破湘山幾片雲。

品山人之清容也。山人聲名藉甚，以紫陽真人相擬，一見即知其不虚傳。「素聞」與「清容」對，更映發「紫陽」。言其清容如此，春服當亦非人間之錦綉，或是以玉女之剪刀裁湘山白雲而作之者。以「紫煙衣上綉春雲」之意而愈加穿透，可想見其與山人對晤，琅琅金石聲時聞户外之狀也。

【校勘記】

[一]侯：底本訛作「侯」，據《全唐詩》卷四百七十六改。

寫情　　李益

水紋珍簟思悠悠，千里佳期一夕休。從此無心愛良夜，任他明月下西樓。

益七絶爲中唐之最。其音節神韻在龍標、供奉之後稱「實無其比」，尤以邊聲噍殺見長。此詩乃悼其亡姬者，雖非益之本色，亦能深於性情，幽婉欲斷。起句乃見物思人，承句乃死别之正意。轉與結乃悼之之極，謂不見美人，奈此良夜何？終令明月空落西樓矣。「西」字示其已曉，謂悄然獨坐，無意於上樓。益集中有《樂府雜體》一首云：「藍葉鬱重重，藍花石榴色。少女歸少年，光華自相得。愛如寒爐火，棄若秋風扇。山岳起面前，相看不相見。春至草亦生，誰能無別情。殷勤展心素，見新莫忘故。遥望孟門山，殷勤報君子。既爲隨陽雁，勿學西流水。」比興得其體，知其真有深於性情者，固宜有此詩也。而其有「妒疾尚書李十郎」之綽號者，亦其過情所致耳。

《傳》云：「益少有僻疾，多猜忌，防閑妻妾苛酷，至有散灰扃户之談。而其在官也，負才凌轢，諫官不容，其狂已入膏肓矣。其詩與李賀齊名，稱二李。每出一篇，樂工輒以重賂求之，被於聲歌，供奉天子。至《征人早行》等篇，則天下皆施之圖畫。」其行於世者如此，終無如其僻疾何，可謂終天恨事也。

竹枝詞

劉禹錫

日出三竿春霧消，江頭蜀客繫蘭橈。欲寄狂夫書一紙，家住成都萬里橋。

禹錫之貶朗州也，州接夜郎，諸夷風俗陋甚，喜巫鬼，祠則每歌《竹枝》，徘徊鼓吹，其聲傖儜。禹錫謂屈原居沅湘間作《九歌》，使楚人以迎送神，乃倚其聲作《竹枝詞》十餘篇，武陵夷俚悉歌之。是《竹枝》之起原也。東坡云：「《竹枝》本楚聲，幽怨惻怛，如有所深思者。」蓋概咏風土，方言俚語時有之，而情意繫之者也。及楊鐵崖起，參以長吉之錦囊、飛卿之金荃、致光之香奩，打成一丸，其所作清麗芊綿、情文斐亹，爾來作《竹枝》者多以之爲則。其極乃專以情詞目之，語必極艷，情必極至，風土民俗則僅繫之，主客一轉，要似有非禹錫本意者。張歷友言「《竹枝詞》稍以文語緣諸俚俗，若甚加文藻則非本色」者，亦不外乎欲矯正之也。

此詩乃依情語而誌風土者。朗州之地以水利可通蜀，估客常往來之，是此詩所由成也。日出煙消而蘭橈正至，早認其爲蜀船者，因思狂夫而見慣也。臨船之歸而託書者，祈狂夫直來繫蘭橈也。「萬里橋」三字乃眼前妙悟，語則雋雅。山谷云：「禹錫之《竹枝》，在元和年間誠可以獨步。道風俗而不俚，追古昔而不愧，比之杜子美之《夔州歌》，同工而異曲也。」此詩可謂然。「狂夫」乃激而言之之語也，其《浪淘沙》詞云：「銜泥燕子争歸舍，獨自狂夫不憶家。」用來亦知其爲激語。

聽舊宫人穆氏歌[一]

劉禹錫

曾隨織女渡天河，記得雲間第一歌。休唱貞元供奉曲，當時朝士已無多。

禹錫被謫前後二十四年，故其被召還入京也，當時朝士在者已少，此詩借穆氏自悼其遇。其言「渡天河」者，言嘗爲宫人也；「雲間第一歌」者，言非人間容易得聞者也。而今飄落，雖漫而相歌，終無一人知其爲貞元供奉之曲，所以可悲也。「貞元」承「曾」字，「供奉」接「隨」字，而不覺語之重複者，以有一片神行者也。蓋聽當時之曲、思當時之事，而不見當時之人，言其「休唱」者，因雖唱而恐終無人知之，兼悲我之老大不遇也。謝疊山云：「貞元間，陸宣公爲相，姜公輔、蕭復[二]、陽城、王仲舒諸賢尚在朝。而今日與貞元不侔，不言『無』而言『無多』，是詩人之巧處。」是更進一步解之者，不無稍求意於詩外之嫌。其《與何戡》云：「二十年前別帝京，重聞天樂不勝情。舊人惟有何戡在，更與殷勤唱渭城。」或言唱，或言休唱，其不勝情者一也。至其《與歌者米嘉榮》者，全涉譏訕，其意大殊。云：「唱得梁州意外聲，舊人唯數米嘉榮。近來時世輕先輩，好染髭鬚事後生。」此詩伍於《玄都觀》諸作，當無不可。

初，憲宗下詔徵江湖之逐客。禹錫祗詔，由武陵赴京，有《宿都亭懷續來諸君子》詩云：「雲雨江湖起卧龍，武陵樵客躡仙踪。十年楚水楓林下，今夜初聞長樂鐘。」其意氣如天，以卧龍自任，至則以朝士悉爲新進後輩，稍又不平，因遊玄都觀，擬《贈看花諸君子》詩云：「紫陌紅塵拂面來，無人不道看花回。玄都觀裏桃千樹，盡是劉郎去後栽。」其云「紫陌紅塵」、云「去後栽」者，諷意隱然。有素嫉其名者，白於執政，羅織其有怨憤，執政亦不懌，復出禹錫爲連州刺史。經十四年再被召爲主客郎中[三]，重遊玄都觀，則蕩然而無一樹，唯有兔葵燕麥摇動於春風耳。於是啞然長笑，題詩云：「百畝庭中半是苔，桃花凈盡菜花開。種桃道士歸何處，前度劉郎今又來。」此老之倔强者，到底自如也。其與裴度逍遥於緑野堂，有句云「在人稱晚達[四]，於樹比冬青」，又云「莫道桑榆晚，爲霞尚滿天」。《歸田詩話》言「其英邁之氣老而不衰」。此詩微婉，雖尚有下深解者，亦就其爲人而説之耳。

【校勘記】

［一］聽舊宫人穆氏歌：《全唐詩》卷三百六十五作《聽舊宫中樂人穆氏唱歌》。

［二］蕭：底本訛作「肅」，據《章泉澗泉二先生選唐詩》卷一改。

［三］主：底本誤作「司」，據《本事詩》改。

［四］在：底本訛作「有」，據《全唐詩》卷三百五十八改。

訪隱者不遇

竇鞏

籬外涓涓澗水流，槿花半照夕陽收。欲題名字知相訪，又恐芭蕉不耐秋。

一、二句乃即景，與「柴門流水多相似」略同其境，以「半照」形容盡「收」字。三、四句乃實景。芭蕉古來以爲可書，欲題其名字而踟蹰者，芭蕉逢秋易憔悴，隱士之歸家亦不知爲何日，即題之，亦恐忽凋零而無何效也。用意周匝，所以深恨其不遇也。史稱「鞏性温裕，不能持論，每有議事，則吻動而不發，白香山目之爲『囁嚅翁』」。而其詩筆雋永如此，是恐不許香山饒舌也。至其性之温裕，詩中具見其人。

重過文上人院　李涉

南隨越鳥北燕鴻，松月三年別遠公。無限心中不平事，一宵清話又成空。

南越北燕，與飛禽共漂泊，松風蘿月之間，回顧與上人之別，已三年矣。今日再到，興味何如哉？關山漂泊，心中自多不平之事，第三句乃承第一句也。重與遠公話，而塵想爲之一空，第四句乃承第二句也。「成空」乃茅塞頓開之義，妙在與禪理相通。參至此地，心境之玲玲瓏瓏者自不待言，詩亦似灑然而出於塵埃之外。與冥搜而有「詩窟」之稱者，疑其殆非同一人物矣。

題鶴林寺[一]　李涉

終日昏昏醉夢間，忽聞春盡强登山。因過竹院逢僧話，又得浮生半日閑。

終日皆於醉夢中過去，殆不知是何時候也。忽然聞春之去，是豈可無以一遊餞之哉？乃强而登山。「强」字導出後半，「終日」「半日」相對，喜其意外也。「鶴林寺」舊名竹林寺，修竹之環院者當爲實景，「竹」字妙乎撇却花意。佛前清話而心事始閑者，真是眼前之語，却未道破。樂天之「故來不是求他事，暫借南亭一望山」，其風趣則相似。桃酣杏鬩以翳詩眼者，讀之如食綏山之桃，雖不得仙，亦能心地爽然。東坡之

「殷勤昨夜三更雨，又得浮生盡日凉」，是襲此句法而不用此句意者。誠齋以爲「以故爲新、脱胎换骨」，然似尚未能全没去其痕迹也。

《竹坡詩話》云：「有數貴人遇休沐，携歌舞燕僧舍者，酒間誦得此詩，僧聞而笑之曰：『尊官得半日閑，老僧却忙了三日。』」是言其一日供帳、一日讌集、一日掃除也。此等没風趣的奴輩，雖在魚默鐘沈之境，尚是醉夢昏昏耳。涉若有知者，將謂之何哉？

【校勘記】

[一]題鶴林寺：《全唐詩》卷四百七十七作《題鶴林寺僧舍》。

宫詞　李商隱

君恩如水向東流，得寵憂移失寵愁。莫向樽前奏花落，凉風只在殿西頭。

此詩述宫女之情而非怨尤者也。詩則秀整綿密，意味最深長，曰：君恩如流水，一去不返，故無論失寵而愁，即得寵，亦憂其移愛也。樂府有《梅花落》曲，其詞云「念爾零落逐風飄，徒有霜華無霜實」，愁其將爲語讖而厭奏之，此句暗解「失寵愁」也。班婕妤云：「竊恐凉風至[二]，吹我玉階樹。君子恩未畢[三]，零落在中路。」凉風在殿之西頭，而恐其吹至玉階之樹，此句亦暗解「得寵憂移」也。「西」字有晚暮衰老之象，與

「東流」反映，兹爲一篇章法。

商隱始爲令狐楚從事，博學强記，下筆不能自休，楚厚待之。楚殁而從鄭亞之辟[三]，故楚子綯以其忘家恩而疏之。重陽之日，商隱來謁而不逢，商隱題詩於其廳事云：「曾共山公把酒卮，霜天白菊正離披。十年泉下無消息，九日樽前有所思。不學漢臣栽苜蓿，空教楚客咏江蘺。郎君官貴施行馬，東閣無由再得窺。」綯見之而喜，補太學博士[四]。恩怨無端，寵辱不常，兹知商隱感於宫女者深矣。

【校勘記】

[一]竊：底本訛作「切」，據《文選》卷三十一改。按此詩乃江淹擬班婕妤之作。

[二]子：底本訛作「王」，據《文選》卷三十一改。

[三]亞：底本訛作「啞」，據《唐詩紀事》卷五十三改。

[四]太學：底本誤作「大」，據《唐詩紀事》卷五十三改。

將赴吴興登樂遊原　杜牧

清時有味是無能，閑愛孤雲静愛僧。欲把一麾江海去，樂遊原上望昭陵。

牧任刺史而赴湖州，途登樂遊原，即目叙情。蓋牧以負才能而屈於下僚，不能平，故臨去而吐滿腔之氣也。「清時」言無可爲之事，「無能」「有味」語相對，妙而有味，是真無聊之至也。而暗帶「樂遊」二字，謂孤雲爲閑，老僧爲静，無能者既如此；我則外任而去，抱有用之材却對羨於無能，自是冷語。「一麾」乃旌麾，「欲把」一作「乞得」，意義殊爲瞭然。「昭陵」乃太宗所葬，今所以遥望之者，太宗之賢若在世，則以我之才當無不遇之理也。語語具皮裹陽秋。宋汪輔之登第得志，其知虔州也，上謝表有「清時有味、白首無能」之語，侍御史蔡持正劾其怨望而以此詩爲證，此詩之所指可以推知也。

牧復有《樂遊原》一絶，云：「長空澹澹没孤鴻，萬古銷沈向此中。看取漢家何事業，五陵無樹起秋風。」是純然憑吊古迹者，如幽燕老將，氣韻極沈雄，詩格亦與此首全異。

鄭瓘協律　杜牧

廣文遺韻留樗散，鷄犬圖書共一船。自說江湖不歸事，阻風中酒過年年。

瓘乃虔之孫，爲協律侍郎。虔曾爲廣文館博士，杜甫贈詩云：「鄭公樗散鬢如絲，酒後嘗稱老畫師。」樗散乃無用之材、不合世好者，是以反語言其超然塵外也。故今以其所留遺韻贊瓘，暗以甫自居者亦可知也。瓘以舟爲家，飄蕩江湖，久而不歸，乃自解之，云因「阻風中酒」。其高情遠致，决非欲以隱逸自釣聲譽者，瓘之人品於不言中描出。詩思俊逸，亦恰如其人。

贈魏三十七　李群玉

名珪似玉浄無瑕，美譽芳聲有數車。莫放焰光高二丈，來年燒殺杏園花。

《唐遺史》云：「江淮間有術士，赴宏詞者謁之，術士曰：『公頭上焰光高二丈，必登高第。』」此詩用此事，先以其才似名珪引起之；「數車」又用明珠之事，魏惠王曰「徑寸之珠，照車前後十二乘者十枚」，即此意也，以擬其美譽，逗出光焰。轉、結句言其直登第一，杏園之宴當壓倒其他諸雋。言其「燒殺」者，向光焰上諧謔一番，未必不傷雅，唯玩其語語相生之處可也。

湘妃廟　李群玉

少將風月怨平湖，見盡扶桑水到枯。相約杏花壇上去，畫欄紅紫鬥樗蒲。

二妃不及從舜，赴湖而死，故怨平湖風月也。麻姑云：「自來東海，見三爲桑田。」第二句借用之，欲見到水枯之日，因希逢水底二妃也。「相約」二字掩三、四兩句，杏花壇上繞紅紫欄之時，欲相共爲樗蒲之戲，是約辭也。或當時明皇與貴妃鬥樗蒲以相樂之事流傳於世，特借之以表親昵之意，即所以爲褻詞之一也。其一云：「黄陵廟前春已空，子規滴血啼松風。不知精爽落何處，疑是行雲秋色中。」相傳群玉以詩中「春空」忽到「秋色」，欲改之，忽見有二女郎，云：「兒即娥皇女英也，二年後當與郎君爲巫山之遊。」俄而影滅。群玉拜其神像而去。遇段成式，語以此事，成式戲曰：「足下是虞舜之辟陽侯也。」既二年，群玉果卒。故成式輓之云：「曾話黄陵事，今爲白日催。老無兒女累，誰哭到泉臺。」事果爲真乎？吾亦姑妄聽之耳。

已前共十五首

呼應開合之格，一句呼，二句應，三句開，四句合者也。

用事

周弼曰：詩中用事，既易窒塞，况於二十八字之間，尤難堆叠。若不融化，以事爲意，更加以輕率，則鄰於里謡巷歌，可擊筑而謡矣。凡此皆用事之妙者也。

「『作詩用事要如禪家語，如水中著鹽，飲水乃知鹽味。』少陵此説，詩家之秘藏也。『五更鼓角聲悲壯，三峽星河影動摇』之句，人徒見其淩轢造化之功，乃不知其爲用事者也。禰衡撾漁陽之鼓而聲悲壯，漢武之時星辰動摇，是二句之出處也。用事之妙至是而極。」《西清詩話》所言如此。而事有宜近體者、有宜古體者，近體尤忌生典。隨園云：「用僻典如請生客入坐，必待問名探姓，令人生厭。」一喻穿透而無遺憾，所謂易牙治味不過鷄猪魚肉，華佗用藥不過青粘漆葉，其勝人處非必求之於海外。稱融化之妙者是也。温飛卿云：「事出《南華》，非僻書也。」《南華》尚費解，况其他乎？是初學所不可不知也。

詩家用事，若不深尋其意，一時漫然驅使之，則有不得其正鵠而大可慚者。前人云：「李端贈郭曖詩云：『新開金埒教調馬，舊賜銅山許鑄錢。』是以鄧通比曖也，既非令人，又非美事，何足算哉！」言其不可輕率者，爲此也。

秋日過員太祝林園　　李涉

望水尋山二里餘，竹林斜到地仙居。秋光何處堪消日，玄晏先生滿架書。

「二里餘」叙其遠於市塵，「望水尋山」帶何處消日之意，門前修竹萬竿，清風颯颯，通於幽居，「斜」字特推入神之筆。《仙經》云：「中士遊於名山，謂之地仙。」此詩輕輕用之，非有指其人也。若强有指之者，則唯玄晏先生之高趣或可以比。圓至乃以爲用嵇康尸解之事，是恐拘泥於「竹林」字面者耳。「秋光」之字向「竹林斜到」點睛，且導結句，結句乃用事正法也。晋皇甫謐，門人稱之「玄晏先生」，二十好學，耽玩典籍，忘飲食，世號之「書淫」。比於員在閑官而樂滿架之書也。

長安作[一]　　李涉

宵分獨坐到天明，又策羸驂信脚行。每日除書雖滿紙，不曾聞有介推名[二]。

「宵分」乃夜半，從夜半坐而待旦，因百憂猬攢也。天明乃駕羸馬而去，「信脚」言其無所特至也。「羸驂」二字側寫其不遇。「除書」乃辭令書，辭令日出而不見我名，是直説不遇也。「每日」與「宵分」「天明」緊接。「介推」亦用事正法。晉文公亡命，介子推從，割股以啖文公。文公反國，賞從亡者，而子推不言禄，禄亦不及。李涉以比其不得除書。初，涉與其弟渤隱於廬山，而尚有這般語，當爲應陳許辟命之前乎？與渤索價之高，共卑其人品，至可惜也。

【校勘記】

[一]長安作：《全唐詩》卷四百七十七作《長安悶作》。

[二]推：底本訛作「椎」，據《全唐詩》卷四百七十七改。

奉誠園聞笛　　竇牟

曾絶朱纓吐錦茵，欲披荒草訪遺塵。秋風忽灑西園淚，滿目山陽笛裏人。

「奉誠園」乃馬燧之故居，德宗播越時，燧以獨力而奏回天之功。燧死，子暢爲豪貴侵奪，末年妻子凍餒，至於無室可居，故宅没而爲奉誠園。此詩乃遊園而感於鄰笛，以懷昔年之知己也。與趙嘏之「汾陽舊宅」同其大旨。其用事自在，神韻高寒，風骨穎秀，在兄弟中亦可爲有數之作也。

「絶纓」爲楚莊王故事。莊王賜酒群臣，日暮燭滅，客有引美人之衣者，美人絶其冠纓而告王，王曰：「今既飲，不絶纓者不懽。」群臣皆絶纓，然後出火。「吐茵」爲丙吉故事。吉之馭吏嗜酒，醉嘔車上，西曹主吏白而斥之。吉曰：「可以醉飽之失去士乎？西曹忍之，此不過污丞相之車茵耳。」二典俱言疏狂之被容。知己之感如此，是牟所以欲訪其遺塵也。「西園」用曹植事。植置西園於鄴，與諸才子推抱送襟，文酒徵逐。植去後，劉楨以詩贈徐幹云：「步出北寺門，遥望西苑園。細柳夾路生，方塘含清源。輕葉隨風轉，飛鳥何翻翻。乖人易感動，涕下與衿連。」以擬懷舊之淚。鄰笛助哀是用向秀事。秀與嵇康、吕安友，而皆以事伏法。秀經其舊廬而作感舊之賦，其序云：「時日薄虞淵，寒冰凄然，鄰人有吹笛者，發聲寥亮，追想曩昔遊讌之好，感音而嘆。」眼前之事，恰切實於故典。此篇用事太多，伯弜之所以録此者，實以此一笛之用事特爲其正法也。是爲此詩骨子，解人當知之。

冬夜寓懷寄王翰林　竇庠

滿地霜蕪葉下枝，幾回吟斷四愁詩。漢家若欲論封禪，須及相如未病時。

嚴霜遍地，平蕪已荒，木葉黄落，感其才無用而空自凋零，是感懷之所因起也。《四愁詩》乃張衡所作，皆爲懷賢之意。吟斷數四者，悵觸其中懷，喟然而嘆也。後半以司馬相如自比，相如之死也，天子命使悉取其書，其妻曰：「家無遺書，未死之時作書一卷，言有使來求則奏之。」即獻之，皆言封禪事者，天子異之。此詩意謂朝廷若欲舉才用我，則何不速乎？至其人既空、無可如何之日，而噬臍不及矣。以自薦也。《封禪書》聊借之耳，非有深意。或云：「封禪非古禮，而相如至死獻諛，豈忠臣乎？而唐儒甘於自比，陋哉！」是蓋不過以辭害意耳。林逋之「茂陵他日求遺稿，猶喜曾無封禪書」，是則感於時事而慨乎言之者，固不可與此詩一例。

焚書坑　章碣

竹帛煙消帝業虚，關河空鎖祖龍居。坑灰未冷山東亂，劉項元來不讀書。

始皇三十四年，李斯上書，使焚詩書百家語，「坑」乃言其遺墟。「竹帛」乃書，俄然煙銷灰滅，三皇五帝之道亦虚。「祖龍」乃始皇，其人已不見，空存關河。二句各一意，「消」字、「虚」字、「空」字互而相接，聯繫其意。三、四句拓一意，更進一步，謂焚書乃愚黔首而期於無事，然亂不起於儒者，國爲武夫所亡。劉云：「乃公居馬上得天下，安事詩書乎？」項云：「書足記姓名而已。」二氏之於文字者如此，而秦爲之亡，斯之獻策終無何效，是所以憐其愚也。《千古斯文》云：「秦能焚書，不能焚圯上之一編；能銷兵，不能銷赤帝之三尺；能築城防胡，不能防宫中之一胡。」「謗聲易弭怨難除，秦法雖嚴亦甚疏。夜半橋邊呼孺子，人間猶有未燒書」是其第一意也；「一擊車中膽氣豪，祖龍社稷已驚摇。如何十二金人外，猶有民間鐵未銷」是其第二意也；「祖舜宗堯自太平，秦皇何事苦蒼生。不知禍起蕭墻内，虚築防胡萬里城」是其第三意也。而皆不及此詩之輕雋爽利。《四溟詩話》云：「咏史宜明白而斷」，就此種而言之，則適見其的切。

元瑞以此詩爲俚俗，謂杜牧之「公道世間唯白髮，貴人頭上不曾饒」、羅鄴之「年年點檢人間事，惟有春風不世情」、汪尊之「焉知萬里連雲勢，争若堯階三尺高」皆僅去張打油一間。明人於晚唐諸人往往如繼母之視繼子，無怪乎有此言；而歸愚亦以此詩爲粗派而欲抹却，抑亦何意哉？

赤壁　　杜牧

折戟沈沙鐵未銷，自將磨洗認前朝。東風不與周郎便，銅雀春深鎖二喬。

牧之題咏也，好反用前事，《楚辭》之「太公不遇文王兮，至死而不得逞」是其所基。《題商山四皓廟》

云：「南軍不袒左邊袖，四老安劉是滅劉。」其掀翻故事、使議論一氣俊邁者，非超脱尋常拘攣之見者不能。讀書既多，醖釀久之，觸機而發，此詩亦其一也。

前二句乃憑吊之正意。沙中折戟磨洗而視之，雖鐵已半銷，而可知其爲當時之物。以折戟想像苦戰之狀，以兜轉三、四句。後二句乃嗟嘆之傍意，感慨却不在彼而在此。試思之：蔽江之舳艫，吴人一炬而燼灰無尋。然若東風不吹，則周郎終至空手，而二喬之美亦將鎖於銅雀春深之處矣。蓋大喬小喬嫁於吴之君臣，聞名上國，而曹瞞築銅雀，貯阿嬌於臺，以東風綜合此二事，一意渾融，空中結閣，行其逸思，是其妙才之所以不能及也。許彦周乃云：「孫氏霸業係此一戰，社稷存亡、生靈塗炭都不問，只恐捉了二喬，可見措大不識好惡。」獨不知詩人之咨嗟咏嘆多借事而發乎？牧之言銅雀、言周郎，乃避其勃窣理窟、無趣無味也。正喻互參，語意雙關，妙自在其中也。言美人，言香草，將何獨止於美人香草耶？

牧憑吊諸作，皆爲一部史論。《題烏江亭》云：「勝敗兵家事不期，包羞忍耻是男兒。江東子弟多才俊，卷土重來未可知。」《題桃花夫人廟》云：「細腰宫裏露桃新，脉脉無言度幾春。至竟息亡緣底事，可憐金谷墮樓人。」皆妙出新意，有讀東坡論策之感。此詩與《秦淮》《樂遊原》二絶共推其出色者。

秦淮[一]　　杜牧

煙籠寒水月籠沙，夜泊秦淮近酒家。商女不知亡國恨，隔江猶唱後庭花。

煙澹澹而水蕭蕭，月悄悄而沙茫茫，點出夜色，自非六朝繁華景物。妙在兩「籠」字有無限荒凉之意。泊處近於酒家，是所以起三、四句，「近」字最沈練之極也。夜將央而客未寐，乃萬感易起之時。忽有歌聲度水而來，已不堪悵悵之意，况其奏《玉樹後庭花》之曲耶？曲乃亡國之歌。陳後主每飲酒，令諸妃嬪及狎客賦詩互爲唱答，採其最艷者被以新聲，擇宮女千餘人習歌之，大抵皆美諸妃嬪之容色者，《玉樹後庭花》乃其一也。然商女不知其爲亡國之音，得得相歌，一者憐其慣於謡言淫靡而不自知，一者聽曲而懷陳之亡真有其理。秦淮風俗千載之下得其仿佛，六朝之末路亦躍如言外。趙子昂學之云：「溪頭月色白如沙，近水樓臺一萬家。誰向夜深吹玉笛，傷心莫聽後庭花。」語意稍淺，王孫一唱終不得動人也。

【校勘記】

［一］秦淮：《全唐詩》卷五百二十三作《泊秦淮》。

漢宮［一］　　李商隱

青雀西飛竟未回，君王長在集靈臺。侍臣最有相如渴，不賜金莖露一杯。

是咏漢武之事也。七月七日，武帝齋於承華殿時，有青鳥從西方來。東方朔曰：「西王母欲來也。」須臾王母至，臨去，約三年後復來，而終不來。起句指之。「集靈臺」在華陰，武帝所造，承句指之。以「長在」

二字直接「未回」二字，深可玩味。司馬相如口吃而有消渴之疾，第三句言之。《西都賦》云：「抗仙掌以承露，擢雙立之金莖。」仙人掌上之露乃武帝服而求仙之物也，第四句據之，謂求仙無益，方士之言若真，則侍臣有渴似相如者宜與仙露，可驗其效與不效。若驗之，則其無效者將瞭然矣。漢武不知之，而長在集靈臺空待青鳥之至。嘲其可笑，言外更謂其獨求仙而恩澤不及臣下。《鶴林玉露》云：「此詩二十八字間委蛇曲折，含不盡之意。」亦謂諷刺而不露也。

【校勘記】

［一］漢宫：《全唐詩》卷五百三十九作《漢宫詞》。

賈生　李商隱

宣室求賢訪逐臣，賈生才調更無倫。可憐夜半虚前席，不問蒼生問鬼神。

賈生謫爲長沙傅，歲除，文帝思而徵召之，至則帝方坐宣室受釐，感鬼神之事而問之，生因具道其所以然之狀而至夜半，帝不覺前其席。起、承直書其事，轉句著「可憐」「虚」三字斷之，及於末句之本義。末句謂帝之召生也善，而獨恨其問不及蒼生耳。生之治安三策，天下無不知其經綸者，若叩問之，則其前席可聞者豈止於其鬼神而已哉？是以反語諷其不能用賢，語自藴藉。大抵義山絶句，以議論驅使書卷而神韻不乏，中自精深，卓然自立，故前人言於咏史最宜，洵然也。《詩藪》乃云：「半夜前席，銅雀春深，皆宋人議論之祖。雖有極工者，亦氣韻蕭颯，天壤開寶，然書情則愴惻而易動人，用事則巧切而工悦俗，世希大雅，或以爲過盛唐，具眼者觀之，不待其辭畢矣。」推之爲過於盛唐者，固不過嗜痴之癖；斥之爲氣韻蕭颯者，亦因偏僻之見使然耳。初盛中晚，各有其妙，如因其所嗜好而判之，非深於詩者所爲也。

韓偓云「如今冷笑東方朔，唯用詼諧侍漢皇」，馬子才云「可憐一覺登天夢，不夢商巖夢擢郎」，與此詩一律，亦能運古典入化。隨園則云：「此詩所言是也。然鬼神之禮不明，亦是蒼生之累。武帝巫蠱之亂，父子不保，是因其時無前席之問也。因反其意云：『不問蒼生問鬼神，玉溪生笑漢文君。請看宣室無才子，巫蠱紛紛死萬人。』」雖稍近牽强，亦是斬新，而殆如有寓意者。

集靈臺　張祜

虢國夫人承主恩，平明騎馬入金門。却嫌脂粉污顔色，淡掃蛾眉朝至尊。

臺在華清宫中，襲漢武之名者也。詩則咏虢國夫人之事，借臺爲其題目耳。初，楊貴妃有三姨，封韓、虢、秦三國。虢國夫人常乘駿馬入宫者，乃《明皇雜録》所載，用而成一、二句。虢國夫人不施朱粉而自美麗，常素面朝天者，乃《楊妃外傳》所記，用而成三、四句。非別有譏刺，又非別有諷誡，只直寫其實事耳。沈德潛伍之於「薛王沈醉壽王醒」而以爲輕薄派者，非以爲有微辭而月旦之乎？

陸魯望曾序祜之詩云：「元和中，作宫體小詩，辭曲艷發，輕薄之流合譟而譽之。及老大，稍窺建安風格，讀《樂府録》而知作者本意。短章大篇往往間出，諫諷怨譎時與六義相左右。善題目佳境，不可刊置别處，是爲才子之最也。」其所推服者如此。蓋其稱輕薄者乃指時人而言，非直指祜之宫體小詩，與德潛之意爲天淵也。至祜《雨淋鈴》詞，情韻雙絶，穆然而秀，蒼然而深，非啻辭曲艷發而已，云「雨淋鈴夜却歸秦，猶是張徽一曲新。長説上皇和淚教，月明南内更無人」者是也。

遊嘉陵後溪

薛能

山屐溪過滿徑踪，隔溪遥見夕陽舂。當時諸葛成何事，只合終身作卧龍。

嘉陵溪在西蜀，能遊其地而懷諸葛亮之事也。謝靈運遊山常著木屐，起句用之。承句言探勝而至夕陽，望中已及諸葛遺址，「夕陽舂」三字暗言帝業不成。後半乃諸葛之論評，嘲其一事不成。蓋能性傲誕，不惟自譽其詩，亦誇其才略。其爲蜀之從事也，題詩於籌筆驛云：「葛相終宜馬革還，未開天意便開山。生欺仲達徒增氣，死見王陽合厚顔。流運有功終是擾，陰符多術得非姦。當初若欲酬三顧，何不無爲似有鰥。」自注云：「余常病武侯非王佐之才。」此詩可謂全同其意者。然能之鎮許州也，軍亂而終遇害，其高言放論者恰貽笑耳，不足輕重諸葛，不待言也。荆公愛誦此詩句，其罷政事而居劉相宅時，於書院小廳題「當時」二句者數十處。是雖不過借他人之杯酒澆自己之磊塊，而能之傲誕與荆公之執拗如有兩兩相似者，乃所以同其所好也。

已前共十一首

前對

周弼曰：接句兼備虛實兩體，但前句作對，而其接亦微有異焉。相去僅一間，特在乎稱停之間耳。

截八句之律爲兩段，以後者爲前對格。前者已爲對語，兩意並下。第三句乃雙提之，不可不作一束，此一句可謂重千斤也。而有虛接、有實接，不必一定。

山店　盧綸

登登山路何時盡，決決谿泉到處聞。風動葉聲山犬吠，一家松火隔秋雲。

山路登登，日暮而路轉遠，悄聞溪水，慣於征途者必將擊節而贊其爲實景也。忽林風入樹，簌簌有聲，山犬亦遥吠，於兹始知有人家。征人氣稍旺，忽於白雲迷濛底，微認松火之明。「隔」字有所指，遥應「何時」「到處」二語，盡山路之光景。「白雲生處有人家」，彼乃薄暮；「一家松火隔秋雲」，此乃半夜。上方之同爲清寂，就而可知。而此詩如鳴幽澗之泉，彌覺其静。綸之長處固在此矣。

綸爲司空曙之外弟，亦居大曆十才子之一。曙喜其來訪而宿，云：「静夜四無鄰，荒居舊業貧。雨中黄葉樹，燈下白頭人。以我獨沈久，媿君相見頻。平生有深意，况是蔡家親。」其人恰宜静夜，此詩之境致想當爲其所宜。一個「松火」，入詩而成雅馴者亦非宜耶？

韋處士郊居

雍陶

滿庭詩景飄紅葉，繞砌琴聲滴暗泉。門外晚晴秋色老，萬條寒玉一溪煙[一]。

前半以上四字形容下三字，云門内風景已足樂處士也。晚晴秋色，收前二句而更至門外景物。「寒玉」乃竹，修竹如煙，可謂秋晚之絶妙寫照也。王臨川云「『蕭蕭出屋千尋玉，靄靄當窗一炷煙』，不言其物爲何，柳子厚『破額山前碧玉流』已創此格」，此詩之於寒玉亦然。其不言「竹」者，乃因前二句之詩景琴聲常以形容語出之，更於兹形容出，而使相承接也。時天彝云：「陳雍二陶、薛逢崔塗之流，皆慕爲組織，百菽一豆，時或見之。」酷則酷矣，而陶之巧爲組織者，於此種可見其一斑。

【校勘記】

［一］萬：底本訛作「蕭」，據《全唐詩》卷五百十八改。

江南　陸龜蒙

村邊紫豆花垂次，岸上紅梨葉戰初。莫怪煙中重回首，酒旗青紵一行書。

龜蒙常以文章自怡，未曾點竄塗抹者，重疊相壓而投於箱篋中，歷年不能浄寫一本。或爲好事者取去而見於他人之家，亦不言乃我所作。其襟宇之快，有過人者。故其詩多不經思索，與百鍊千磨、吟而自苦之賈島一流全異其轍，客中諸作之類非其最用力者。此詩乃成於江南途上。

豆花開於七月之末，梨葉則九月之末帶霜而紅。「次」乃次第之義，時序之心也。豆花開次而梨葉紅，可知其征程之久。與李郢之「秋館池亭荷葉後，野人籬落豆花初」調格相類，而此詩稍墮纖細。後半謂客中無何所爲，觸景動心，每思輒呼酒，故若有青紵旗章，則諦視於煙中也。「重」可解爲屢，仄用之者乃借之耳。結句與「山村水郭酒旗風」同爲江南道中所作，春雨秋晴，各有其妙。按《集》，此詩尚有一首聯作，云：「便風船尾香秔熟［一］，細雨罾頭赤鯉跳。待得江飧閑望足，日斜方動木蘭橈。」因是觀之，則可知村邊岸上俱是從水程舟次之眼中見來者也。

【校勘記】

［一］秔：底本訛作「杭」，據《全唐詩》卷六百二十九改。

旅夕　高蟾

風散古陂驚宿雁，月臨荒戍起啼鴉。不堪吟斷無人見，時復寒燈落一花。

古陂荒戍已蕭條落莫，雁驚鴉起，因物之不得栖而思我之行役，「無人見」者言無相與之物也。以第三句收東外景而至燈前之無聊，物亦漸以入微。

蟾初累舉而不及第，下第後上詩高侍郎云：「天上碧桃和露種，日邊紅杏倚雲栽。芙蓉生在秋江上，不向東風怨未開。」亦是前對格，以和平之音出悲憤之意，足見人品，事真可與章孝標駢美矣。元和十三年，孝標下第，時輩多作詩刺主司，孝標獨賦《歸燕》詩獻主司云：「舊壘危巢泥已落，今年故向社前歸。連雲大厦無栖處，更望誰家門户飛。」而章來年擢第，高亦登科，事多相似。孟賓于下第，獻詩主司云：「那堪雨後更聞蟬，溪隔重湖路七千。憶昨故園楊柳岸，全家送上渡頭船。」以乞憐之意措於言外，亦二家遺意也。叙蟾之詩偶及之。

金陵晚眺[一]　高蟾

曾伴浮雲歸晚色，猶陪落日泛秋聲。世間無限丹青手，一段傷心畫不成。

「晚眺」二字，參差出之。言「曾伴」，言「猶陪」，是寫出「眺」字者；下五字重寫「晚」字，浮雲落日，真是傷心之候也，雖有畫手亦無可如何。《鶴林玉露》云：「繪雪者不能繪其清，繪月者不能繪其明，繪花者不能繪其馨，繪泉者不能繪其聲，繪人者不能繪其情。」此詩之意正不出其所言，清、明、馨、聲、情，畫所不能繪，詩則能繪之而得傳神。嗚呼！詩之爲道者遠矣。

【校勘記】

[一] 金陵晚眺：《全唐詩》卷六百六十八作《金陵晚望》。

春　高蟾

明月斷魂清靄靄，平蕪歸路緑迢迢。人生莫遣頭如雪，縱得春風亦不消。

明月之可斷魂者，至春則靄靄可人；平蕪之爲蕭條者，至春則芳草迢迢不盡。「清」字、「緑」字，共具寬閑和樂之氣象。而人頭髮一白則不可復舊，是以興體反接者也。其以「雪」形容者，所以反襯題目也，可謂絶妙工夫。或云乃襲杜之「公道白髮」而意别者，似未必然。

已前共六首

後對

周弼曰：此體唐人用之亦少，必使末句雖對而詞足意盡，若未嘗對。不然，則如半截長律，皚皚齊整，略無結合，此荆公所以見誚於徐師川也。

對結者比對起者難甚，要其不可分解爲兩意也。用此體者亦不甚多，杜審言之「紅粉樓中應計日，燕支山下莫經年」「獨憐京洛人南竄，不似湘江水北流」，共雄視於初唐，老杜諸作足紹乃祖之迹。高適之「故園今夜思千里，霜鬢明朝又一年」，岑參之「排兵魚海雲迎陣，秣馬龍堆月照營」，盛唐之音自噌吰，李白諸作旗鼓正相當。其餘諸家皆不負爲詞足意盡者，然若輕率爲之，則亦復不足觀。老杜句云「請看石上藤蘿月，已映洲前蘆荻花」，此句雖至七律之末句猶善如不對而對。王半山學之而不到其妙處，却爲徐師川所嘲，學者固不可不知之。

過鄭山人所居

劉長卿

寂寂孤鶯啼杏園，寥寥一犬吠桃源。落花芳草無尋處，萬壑千峰獨閉門。

董奉山居而不種田，爲人治病不取錢而使栽杏五株。今對之以桃花源鷄犬相聞，擬於山人之居，神仙之栖隱可思也。後二句寫及山人之所思，且仍以景行之。落花芳草，春之有不可尋者；獨卧空山，冰雪之襟懷可見。其對法之落落，爲楹聯而見别有丰神。更細咀嚼之，則以「落花芳草」收「杏園」「桃源」，以「萬壑千峰」收「孤鶯」「一犬」，故相重叠，使成另樣異色。謂「如絳雲在霄，舒卷自如」者，其或可以評之乎？

此詩乃全對格，爲後對格者非至論也。杜云：「兩個黄鸝鳴翠柳，一行白鷺上青天。窗含西嶺千秋雪，門泊東吴萬里船。」二聯如相接而四句不相連屬，是全對之别格也。韋應物云：「踏閣攀林恨不同，楚雲滄海思無窮。數家砧杵秋山下，一郡荆榛寒雨中。」李嶠云：「蓬閣桃源兩地分，人間海上不相聞。一朝琴裏悲黄鶴[一]，何日山頭望白雲。」柳中庸云：「歲歲金河復玉關，朝朝馬策與刀鐶。三春白雪歸青塚，萬里黄河繞黑山。」周朴云：「一隊風來一隊沙，有人行處没人家。黄河九曲冰先合，紫塞三春不見花。」皆字句相對，意思相貫。《詩品》以此詩及「踏閣攀林」爲絶妙，然句格則「黄河九曲」似最極雄健。

【校勘記】

［一］鶴：底本誤作「閣」，據《全唐詩》卷六十一改。

寒食汜上[一]　王維

廣武城邊逢暮春，汶陽歸客淚沾巾。落花寂寂啼山鳥，楊柳青青渡水人。

至廣武城邊而時已暮春，是歸客感節涕淚之時也。大抵維之詩即景即目傳之筆下，殷璠曰：「詞秀調雅，意新理愜，在泉爲珠，著壁成繪，一句一字皆出常境。」其出常境者若以深意解之，則無不失其實矣。對結二句乃暮春實景，趣味深夐，可謂「詩中有畫」。非摩詰，誰能當此語哉？

【校勘記】

［一］寒食汜上：《全唐詩》卷一百二十八作《寒食汜上作》。

與從弟同下第出關[一]　盧綸

出關愁暮一沾裳，滿野蓬生古戰場。孤村樹色昏殘雨，遠寺鐘聲帶夕陽。

落第失意，歲峥嶸而愁暮，况在蓬艾亂生之古戰場耶？所見所聞，無不爲傷心之具。悲不遇而自愴之意於叙景上現然。然「從弟」二字於詩中一無及者，蓋爲聯作中之一首耳。按，此題原爲四首，此其第三也。其第一云：「同作金門獻賦人，二年悲見故園春。到闕不沾新雨露，還家空帶舊風塵。」是同下第之正意。而此詩不過專爲即景述情，聯作之法固當如此耳。

綸復落第後，有《歸終南別業》詩云：「久爲名所誤，春盡始歸山。落羽羞言命，逢人强破顔。交疏貧病裏，身老是非間。不及東溪月，漁翁夜往還。」在不平之境而不怨人，却以其出山爲誤於名者。性情敦厚，讀者則悲其遇。比於陳羽「落第耻爲關右客[二]，成名空羡里中兒」之句而人品自高。常建《落第長安》云：「家園好在尚留秦，耻作明時失意人。恐逢故里鶯花笑，且向長安度一春。」與此絶句境致相反，尤爲蘊藉和雅，與綸之五律俱可謂絶唱也。

【校勘記】

[一]與從弟同下第出關：《全唐詩》卷二百七十六作《與從弟瑾同下第後出關言别》。

［二］右：底本訛作「左」，據《全唐詩》卷三百四十八改。

宿石邑山中　韓翃

浮雲不共此山齊，山靄蒼蒼望轉迷。曉月暫飛千樹裏，秋河隔在數峰西。

謝玄暉《題敬亭山》云：「茲山亘百里，合沓與雲齊。」石邑比敬亭更高，浮雲却在山腰，故言不齊。山既高，則雖無浮雲而山靄蒼茫不分明。月輪近樹而懸，河漢低在前峰。轉、結二句真是浮雲以上之光景，訝其殆參天也。「望轉迷」三字是全篇骨子。

明人云：「翃之七絶『青樓不閉葳蕤鎖，緑水迴通宛轉橋』『玉勒乍迴初噴沫，金鞭欲下不成嘶』『急管晝催平樂酒，春衣夜宿杜陵花』『曉月暫飛千樹裏，秋河低在數峰西』，皆全首高華明秀，古意内含，非初非盛，直是梁陳妙語，行以唐調耳。」是另具隻眼，尤可謂剴切之評也。

贈張千牛　韓翃

蓬萊闕下是天家，上路新回白鼻騧。急管晝催平樂酒，春衣夜宿杜陵花。

「千牛衛」乃武官之護禁中者也。故起句突如而起，言禁中；承句叙其走馬而就歸路。張爲何事而歸耶？轉、結所稱者是也。急管繁弦，醉於平樂酒，眠於杜陵花，武官之放縱千古一致，是言其盛而暗戒之也。然杜甫諷花卿之華奢云：「錦城絲管日紛紛，半入江風半入雲。此曲只應天上有，人間能得幾回聞。」此非翃之所及也。

已前共五首

拗體

周弼曰：此體必得奇句，時出而用之，姑存此以備一體。

若故爲拗句者，得其警闢奥峭而始可試其才。如不然，其將難免羊質虎皮之譏乎？

旅望　李頎

百華原頭望京師，黄河水流無盡時。秋天曠野行人絶，馬首西來知是誰。

或以爲王昌齡之作，題云《出塞行》。起句有迢迢不盡之意，承句更借物擴其意。與「沅湘日夜東流去」「不似湘江水北流」「不盡長江滚滚來」諸句相比，其意大同小異。而百華原頭行人絶之時，忽然馬首西來，其自京師而至者不問可知。偶然相逢，不可歡言，句則與「馬上相逢無紙筆」同一神妙也。稱「龍標之作」者亦非無故。王鳳洲云：「王維、李頎雖極風雅之致，然調不甚響。」有此語者，恐只因踏襲粗豪、不顧其他耳。

維之贈頎也，云：「聞君餌丹砂，甚有好顔色。不知從今去，幾時生羽翼。王母翳華芝，望爾崑崙側。文螭從赤豹，萬里方一息。悲哉世上人，甘此羶腥食。」或其人當爲學仙煉藥、嘘吸於風塵以外者乎？姑視其五言：「芳草日堪把，白雲心所親」「了然潭上月，適我胸中機」，皆可見其恬退淵静之襟宇；更視其琴歌「一聲已動物皆静，四坐無言星欲稀」，調雅聲和，若非人淡如菊，則隻字不能著也。此種絶句乃其別格，不多見之，然其《從軍行》長古一篇，俊秀中自藏渾勁之氣，若無所得，則焉得而然耶？

滁州南澗〔二〕　　韋應物

獨憐幽草澗邊生，上有黄鸝深樹鳴。春潮帶雨晚來急，野渡無人舟自横。

此詩唯寫實景，故《玉屑》録後半而列於「入畫」部，豈有他意耶？而古來多以爲比體，趙澗泉云：「幽草而生於澗邊，君子在野，考槃之在澗也。黄鸝而鳴於深樹，小人在位，巧言之如流也。潮水本急，春潮帶雨其急可知，國家患難多也。『晚來急』乃危國亂朝，季世末俗，如日色已晚，不復光明也。『野渡無人舟自横』，寬閑之野、寂寞之濱，必有濟世之才如孤舟之横野渡者，特君相不能用耳。」楊升庵以爲基於《詩》「泛彼柏舟」而辨之，謝叠山亦以爲主於比體，言「豈有此景乎？」噫！若如此解詩，則詩便只成了理窟三昧，没趣味矣。劉須溪云：「若只爲咏景物，則『獨憐』二字無味。」然若釋「憐」字爲「愛」字，則不負其本義，而詩遂不爲無味也。朱文公評應物詩云：「蘇州之詩高於王維諸人，以其無聲色臭味也。」又云：「一字無所造作，氣象近道。」以六義説詩如朱文公，尚視應物如此，若欲以比興一體强解此詩，則恐鑿盡七竅、混沌輒死耳。然解之爲比興而猶津津有味如彼者，即此詩之所以爲絶唱也。

【校勘記】

［一］滁州南澗：《全唐詩》卷一百九十三作《滁州西澗》。

酬張繼

皇甫冉

悵望南徐登北固，迢遥西塞限東關。落日臨川問音信，寒潮惟帶夕陽還。

本集序此詩云：「懿孫余之舊好，祇役武昌，以六言見懷，今以七言裁答。」繼與冉髫年有故，交情最厚，故繼之六言云：「京口情人别久，揚州估客事疏。潮到潯陽歸去，相思無所通書。」此詩承其意而酬之。其悵望南徐者，乃懷繼也；西塞迢遥、遠處不可見者，乃深恨之也。翻弄東、西、南、北四字滚成奇句，而言登山既不可慰我懷，故臨川以問其消息，然空有寒潮去來於夕陽耳，雙鯉何故不來耶？蓋繼之詩意乃言潮至潯陽而返，故書無由而至，故此詩言潮空去而書不來也，可謂合乎唱和之法度。結一句窅然以遠，具十分之恨意。冉又有句云「驛路收殘雨，漁家帶夕陽」，亦用「帶夕陽」，是却與盧綸《出關》詩合拍。

河邊枯木[一]　長孫佐輔

野火燒枝水洗根，數圍枯朽半心存。應是無機承雨露，却將春色寄苔痕。

野火傷其枝，野水露其根，危哉，岌岌乎也！加之以雖大數圍而半爲枯朽——此表面之題咏也。衰既如此，雖有雨露滋其惠，而不得再保生色，空使苔痕迎春色耳——此裏面之題咏也。表裏相待，全是枯木。盧綸《山中枯木》云：「高木已蕭索，夜雨復秋風。墜葉鳴荒竹，斜根擁斷蓬。半侵山影裏，長在水聲中。此地何人到，雲門去亦通。」與此詩對照，思致亦可見不淺。

佐輔下第，竟不官，隱居以求志。或謂「其詩格詞情繁縟不雜，卓然有英邁之氣。其擬古樂府數篇，極怨慕傷感之致，如水中月，如鏡中相，言可盡而理無窮也」。晚年於吉州依弟公輔，人或以爲其以枯木自比，以苔痕比公輔，是直蔑如同胞者也，豈有此理耶？

【校勘記】

[一]河邊枯木：《全唐詩》卷四百六十九作《擬古咏河邊枯樹》。

柳州二月[二]　　柳宗元

宦情羈思共悽悽，春半如秋意轉迷。山城過雨百花盡，榕葉滿庭鶯亂啼。

據本集，題作「柳州二月榕葉落盡偶題」。柳州在荒陬，光景與中原全異，故春半宜爲駘蕩和煦之候，意思却如秋之悽然。試看之：一夜雨過，山城百花已盡，榕葉策策於庭上，唯以鶯聲睍睆而認其爲春，是豈中原二月之候哉？可知此地非人所當至之處。今得罪而在此夷獠之鄉，自招之孽雖亦無可奈何，然對此景而不得不憮然。宦游之情、羈旅之思，皆所以不堪悽凉悲婉也。子厚之在永州也，贈書蕭俛云：「居蠻夷中久，慣習炎毒，昬眊重膇[三]，意以爲常。忽遇北風晨起，薄寒中體，則肌革慘慄，毛髮蕭條，瞿然注視，怵惕以爲異候。意緒殆非中國人也！」叙來痛絶。此詩寫異土自傷者亦其意也，出語婉約，自然動人。蔡寬夫曰：「子厚之貶，其憂愁憔悴之嘆，發於詩者特爲酸楚。閔已傷志固君子所不免，然亦何至是？卒以憤死，未爲達理也。」以酸楚品其詩也善，然以爲未達理而至直嘲其人，恐未知子厚者也。誦其詩而憶其人，且觀其人，將亦可乎？

子厚才敏情深，少所作之文章卓偉精緻，爲時輩所推仰，故當路者争使出其門下，遂爲王叔文所用。叔文之在朝也，引用而直令參樞機，定爲死友。其誤於出身者，不必待胡致堂、丁南湖云云而始可知也。然是真因少年氣鋭急於仕進，思唾手而成功名，罪在不自重。昌黎之墓誌惜之，《唐書》之本傳惜之，固宜也。而其「俊傑廉悍，議論證據今古，踔厲風發，率常屈其座人」之才者，恰增賢者之疾，而加不肖者之娼。故一旦坐廢而爲邵州刺史，未至而謫爲永州司馬，其殉知己者亦可謂至矣。昌黎《永貞行》云「郎官清要舉世稱，荒郡迫野嗟可矜[三]」，是指子厚、夢得輩者，嗟而真可矜也。子厚則悔其所依非人，愧誤其身，不敢怨世刺時。「既竄斥，地亦荒癘，因自放山澤間，堙厄感鬱一寓諸文」者是也。而其對賀客言：「自惟上不得自列於聖朝，下無以奉宗祀近仁慈，徒欲苟生幸存，庶幾嗣續之不廢。是以儻蕩其心，猖佯其形，茫乎如昇高以望，潰乎如乘海而無所往。」其託諷幽婉者，不過偶以自傷耳。其與許孟容書云：「先墓在城南，無異子弟爲主。懼便毁傷松柏、芻牧不禁，以爲大戾。」其不能奉宗祀，深於情者焉能耐之哉！已而太夫人卒於鄉之佛寺，子厚自誌云：「其孤有罪，銜哀待刑，不得歸奉喪事。天地有窮，此冤無窮！」其不能近仁慈竟至於此，深於情者焉能耐之哉！其夫人早死而無子，子厚亦云：「荒陬中少士人，女子無與爲婚，世亦不肯與罪人親昵，以是嗣續之重不斷如縷。每春秋時饗，孑立捧奠，顧眄無後繼者，懔懔然欷歔惴惕。」其云願苟生幸存者，真可憐也。凡此數者每一憶到，中心欲絶者其幾何哉！況出身既誤，無用於當代，才之敏者轉使其深於情也。吴武陵與孟簡書云：「柳子厚之斥已十三年，程劉二韓皆已收拭，子厚獨與猿鳥爲伍。」才人之身生頓挫如此，轉令子厚自道「宗元於衆黨人中罪狀最甚」者成真。雖假令儻蕩其心、猖佯其形，亦不外乎長歌之哀過於痛哭者矣。其所作之爲悽惻，不亦宜乎？

元和年中，始召入京，其期一登用而償舊時之失者可想而知，而復徙柳州刺史，其何故不登用耶？史不録之。然考之前後事實，憲宗於曾坐貶於叔文之八人終斥而不復；時人畏子厚才高，懲刈復進，無用力者；加之《玄都》一絶，夢得開釁於當路者，子厚亦唯坐廢耳。如此，則子厚於世終無望矣。一無所望而情深益顯，如其爲夢得而易柳州，友誼之真，千載尚彪炳，有足興起人心者。其伴夢得出京至衡陽分路也，有彼此相贈之作，夢得云：「去國十年同赴召，湘江千里又分歧。重臨事異黄丞相，三黜名慚柳士師。歸目併隨回雁盡，愁腸正遇斷猿時[四]。桂江東過連山下，相望長吟有所思。」讀之，則可見纔被召輒招物議之倔强漢子，不以憂愁掛意。子厚云：「十年憔悴到秦京，誰料翻爲嶺外行。伏波故道風煙在，翁仲遺墟草木平。直以疏慵招物議，休將文字占時名。今朝不用臨河别，垂淚千行便濯纓。」遍體至情，雖在不平之境，而中心獨自苦也。令讀者濺霰淚者，亦只因其才之敏，藉其情之深耳。其古體諸作長於哀怨，有《騷》之餘意云者，亦只因是耳，非夢得可得而比之也。其《别弟》云：「零落殘魂倍黯然，雙垂别淚越江邊。一身去國六千里，萬死投荒十二年。桂嶺瘴來雲似墨，洞庭春盡水如天。欲知此後相思夢，長在荆門郢樹煙。」其《登柳州城樓寄人》云：「城上高樓接大荒，海天愁思正茫茫。驚風亂颭芙蓉水，密雨斜侵薜荔墻。嶺樹重遮千里目，江流曲似九迴腸。共來百粤文身地，猶自音書滯一鄉。」嗚呼！言官則謫官，言地則殊方，以絶世聰明葬送個中，雖悲而至於自傷，亦情之可憐也。比之東坡落落自豪而啼笑相異，正緣其先天之數耳。史稱夢得「恃才而廢，褊心不能無怨望」，然老健而優游末路，寬夫當目之爲達於理者耶？余不得而知。惟不忍以「不達理」之語品子厚併及其詩矣。

商山臨路有孤松，往來斫以爲明。好事者憐之，編竹而爲援，使遂其生植。子厚感而題詩云：「孤松停翠蓋，託根臨廣路。不以險自防，遂爲明所誤。幸逢仁惠意，重此藩籬護。猶有半心存，時將承雨露。」子厚終生無爲之成援者，空爲明所誤，所感可謂深矣。此種小詩如閑閑相適，而觸物動懷，悽惋者自在。是才之敏也，情之深也，而子厚死矣。

【校勘記】

[一]柳州二月：《全唐詩》卷三百五十二作《柳州二月榕葉落盡偶題》。
[二]眊：底本訛作「睡」；腿：底本訛作「腿」。據《河東先生集》卷三十改。
[三]郡：底本訛作「郊」，據《全唐詩》卷三百三十八改。
[四]遇：底本訛作「過」；時：底本誤作「移」。據《全唐詩》卷三百六十一改。

贈楊鍊師[一]

鮑溶

道士夜誦蕊珠經，白鶴下繞香煙聽。夜深經盡人上鶴，天風吹入秋冥冥。

贈鍊師者，録「紫煙衣上」一首在實接格中，此首比彼更爲奇峭。誦《蕊珠經》則白鶴來聽，因其慣於清課也。讀經既盡而上鶴背，天風縹緲而詣天闕，是道其想像中之清境也。歐陽公稱溶之詩，言「清約嚴謹」，恰覺相當。

【校勘記】

［一］贈楊鍊師：《全唐詩》卷四百八十六作《寄峨嵋山楊煉師》。

題齊安城樓　　杜牧

嗚軋江樓角一聲，微陽瀲灩落寒汀。不用憑欄苦回首，故鄉七十五長亭。

角聲嗚咽，客懷自生，暮色亦蒼然而至，正可謂愁思易生之時。故園瞻望弗及，以相隔七十五長亭也。言「不用回首」者，絶望之至也。結句垛積數目，乃牧之慣用手段，「漢宫一百四十五」「二十四橋明月夜」「南朝四百八十寺」，皆驅使其俊爽之才氣，令字字相響者也。漁洋曾答劉大勤之問云：「『故鄉七十五長亭』『紅闌四百八十橋』皆妙，雖算博士何妨？但勿呆相耳。」亦無須言。

已前共七首

側體

周弼曰：其説與拗體相類，然發興措辭則奇健矣。

仄韻而賦事，乃近體所無，偶以變例見奇，結句則要峭然而收。

營州歌　高適

營州少年愛原野，狐裘蒙茸獵城下。虜酒千鍾不醉人，胡兒十歲能騎馬。

此詩句法歷落，亦兼後對，且一句一意，如截斷古詩之一解而來者。起句叙少年之颯爽，見其難養。承句言其服裝風俗皆與中國異，想耳後風生之狀。狐裘爲防寒之具，故轉句相接而言虜酒不能醉人，暗中帶叙寒意。結句叙其少兒，十歲騎馬，乃少年所以愛原野也。按，安禄山、史思明皆爲營州人，此詩暗裏言其土俗之易作亂。《史記·匈奴傳》云：「其俗寬則隨畜，以射獵禽獸爲生業；急則人習戰攻以侵伐。」當爲此詩所本。

適五十始學詩，作則工，每草一篇，好事者輒傳布之。明皇在蜀之日，爲諫議大夫，負氣敢言，權臣側目。其詩從而多激壯之音，與岑參並稱。「霜净胡天牧馬還，月明羌笛戍樓間。借問梅花何處落，風吹一夜滿關山」，「鐵馬橫行鐵嶺頭，西看邏逤取封侯。青海只今將飲馬，黄河不用更防秋」，皆傳千古，而此詩之矯健跌宕自是本色之語也。

山家[一]　長孫佐輔

獨訪山家歇還涉，茅屋斜連隔松葉。主人聞語未開門，繞籬野菜飛黄蝶。

前二句次第到山家，作法與《員太祝林居》不異，以「斜」字遥相望之狀亦相同。結句乃門外佇立中所見，言「未開門」以令曲折。清人之「記得到門還不知，花陰悄聽讀書聲」可謂全學此詩。苕溪云：「余嘗居村落間，縱步款鄰家之扉，小立待開。眼前景物悉從此詩中出，始知其妙也。」好事者有相傳以爲圖畫者，不亦宜乎？

明人集句，以杜之「糁徑楊花鋪白毡」對此詩之結句，覺其極爲自然。其餘就上於此書者抄之，曰「鶴群長繞三珠樹，花氣渾如百和香」，曰「慘慘悽悽仍滴滴，霏霏拂拂又迢迢」，曰「愁將玉笛傳遺恨，暗擲金錢卜遠人」，曰「日暮酒醒人已遠，鳥啼花落水空流」，曰「兩岸蘆花飛曉雪，一家松火隔秋雲」，曰「九重霄漢天將遠，萬轉雲山路更賒」，曰「啼鳥歇時山寂寂，寒鴉飛盡水悠悠」，曰「歸鳥各尋芳樹去，寒潮惟帶夕陽還」，曰「勸君更盡一杯酒，與爾同消萬古憂」，曰「獨在異鄉爲異客，自憐長病與長貧」，曰「獨坐黄昏誰是伴，每逢佳節倍思親」，皆剪裁之妙手也。

【校勘記】

［一］山家：《全唐詩》卷四百六十九作《尋山家》。

夏晝偶作　柳宗元

南州溽暑醉如酒，隱几熟眠開北牖。日午獨覺無餘聲，山童隔竹敲茶臼。

此詩亦在柳州所作。溽暑如酒，奇語已驚人，非是則不足以標南國之異也。熟眠乃勞倦之極，與「北窗高卧」固異其趣，以溽暑如酒也。「南州」「北牖」、「溽暑」「熟眠」，妙具字法。「日午」二字一則狀長日，一則狀溽暑。「覺」，則竹外茶臼一聲，凉氣自生，知「如酒」之一喻全爲此句而點出者。而承句之「開」字實爲其先容，可謂巧鍊。有稱「無味」者，余不解其何意也。《四溟詩話》云：「李洞『藥杵聲中擣殘夢』不如此詩之簡而妙。」我則將謂其勝在以動機寫静趣也。

步虛詞　高駢

清溪道士人不識，上天下天鶴一隻。洞門深鎖碧窗寒，滴露研朱點周易。

《異苑》曰：「陳思王遊漁山，聞雲裏有誦經聲，清遠寥亮，令解音者寫之爲神仙聲，道士效之而作步虚。」此詩借其名而咏道士，非特賦步虚者也。郭璞《遊仙詩》云「清溪千仞餘，中有一道士」，此詩用之。蓋道士深藏在山，人不得知之。其上天下天常駕鶴往來虚空，人不知之者固宜也。而平日爲何事耶？洞門深鎖，塵氛不至，明窗净几，承露研朱而點《周易》，大極無極，所得之理愈可見深。詩品清空，較選中關乎道士之諸作不多相讓。其《贈洞庭趙先生》云：「爲愛君山景最靈，角冠秋禮一壇星。藥將鷄犬雲間試，琴許魚龍月下聽。自要乘風随羽客，誰同種玉驗仙經。煙霞寂寞無人到，惟有漁翁過洞庭。」亦自有脱俗之致。

黄巢之亂，兩京既陷，大駕蒙塵。駢時鎮淮南，遂無勤王之意，只篤意求仙而已。及師鐸反，囚於道院而殺之。其人固無足取，然其學仙而神思自清，故其所吐囑亦爲可誦。先是，駢鎮西蜀，以南詔之侵暴，築羅城四十里。朝廷雖加封賞，亦疑其跋扈。駢一日聞樂聲，知有改移，乃咏風箏寄意云：「夜静弦聲響碧空，宫商信任往來風。依稀似曲纔堪聽，又被風吹别調中。」旬日報至，移鎮渚宫。適中占事，疑一幅靈魂早已有神悟者。而駢以宫商一任於風，所以終不能乘鶴一隻而上天下天也，因緣更可謂有趣。

君山　　君山父老

湘中老人讀黄老，手援紫藟坐碧草。春至不知湘水深，日暮忘却巴陵道。

湘中老人，人或仙也。藉碧草、援紫藟，坐君山上而讀黄老之書，不負爲仙。《北夢瑣言》云：「夏潦後，蜀江漲，遏住湘波，溢爲洞庭湖，不知凡數百里，君山宛然在水中。秋水歸時，此山復居於陸，惟有湘川而已。」此詩乃謂春至而湘水已深，巴陵之道不得而知；而老人已忘機，來路如何變者亦如不知，日暮尚且安坐而讀書。其聲音縹緲，東坡以爲「詞氣殆是李謫仙」。好月旦，不許他人之呶呶也。

此詩作者不詳。《博異記》曰：「吕筠卿嘗於中春夜泊舟於君山側，命酒吹笛數曲。忽一父老拏舟而來，於懷袖中出笛三管。其一如合拱，其次如常人之所蓄，其一絶小如細筆管。筠卿請父老一吹。父老曰：『其大者諸天之樂，不可發；其次者對洞府諸仙合樂而吹；其小者是老身與朋友可樂者。試爲子吹之，不知可終一曲否。』言畢把笛，吹三聲，湖上風動，波濤洸瀁，魚龍跳噴；五聲六聲，君山上鳥獸叫噪，月色昏昧。舟人大恐，一吹遂止，乃吟此詩而去。」事甚怪，伯弜不署名，今題「君山父老」者，從《唐詩遺響》也。

綉嶺宫[一]　　李洞

春草萋萋春水緑，野棠開盡飄香玉。繡嶺宫前鶴髮翁，猶唱開元太平曲。

此詩亦稱鬼神所作。會昌中，許孝廣沿江棠館行，逢有白衣叟乘馬高吟此詩而行，許異之，將逐而問之，忽入一林中，遂不可見。東坡亦信爲鬼仙之語。或云李洞書之壁間以吟咏，洞死後誤編入也。未知孰是。繡嶺宫乃玄宗所建，曾幸之，暑，使高力士觀姚崇，歸而報曰：「方乘小駟按行於樹陰。」上效之，頓忘煩暑。天子幸之而留本事之處，今則空春草萋萋、春水迢迢耳。野棠徒飄香玉而無見者，仍不外是「野花黄蝶領春風」之意。後半二句唯平叙實事，而感慨無量，與「寥落古行宫，宫花寂寞紅。白頭宫女在，閑坐説玄宗」可謂步趨相近。

此卷以《華清宫》始，以《綉嶺宫》終，前人云「乃編者之微意」，選集者往往用一種照應，所以有此説也。

【校勘記】

［一］綉嶺宫：《全唐詩》卷七百二十三作《繡嶺宫詞》。

卷中　七言律詩

四實

周弼曰：其説在五言，但造句差長，微有分别。七字當爲一串，不可以五言泛加兩字，最難飽滿，易疏弱，而前後多不相應。自唐大中，工此者亦有數焉。可見其難矣。

七言律詩乃五言八句之變。蓋六朝之詩如其文，極駢四儷六之妙，以聲律對偶之工，於古詩中成一體。五言八句自然成音節者多，間有及於七言者。梁簡文帝之《春情曲》、魏温子昇之《擣衣曲》、陳後主之《聽箏》、隋王無功之《北山》，雖中插五言句，平仄未定，然或以爲七律之濫觴。庾子山之「促柱調弦」、陳子良之「我家吴會」，或以爲乃七律之體者。唐起，沈佺期、宋之問輩，互相唱導，聲律諧和，不可移動，鬱乎昌哉！而大成於盛唐，變化於中晚，篇法、章法、句法、字法中自有所定，作之之難比五言更進一層。要之，五言貴簡明精練，故推敲出之也，雖家數小者結構易巧。七言則字句既繁重，非才情兩贍者不能見運用之妙。若夫漫然下筆而於義無可求，則雖組織巧緻而無所取，雖風韻流麗而無所取。夫致「開口則七言律詩，其人可知」之誚者，實因無意思而徒補綴堆垛也。胡元瑞云：「當使意如貫珠，言如合璧。其貫珠也，如夜光走盤，而不失迴旋曲折之妙；其合璧也，如玉匣有蓋，而絶無參差扭捏之痕。」或足知個中之辛苦乎？

伯弜於七律一體與其於五律同以「四實」爲第一法。「四實」謂中四句之景物爲實，是伯弜針砭時人者，正斥一意斡旋於虛字而抒情也。五言乃五言，七言乃七言，既以七字爲一句，則删其兩字可成五言者非爲上乘，何況於五言泛加兩字者乎？蓋實字多則句健意簡，虛字多則意繁句弱，若欲句意充實飽滿，則初學先不可不染指於「四實」。是伯弜欲於句法字法上正時之誤謬者也。趙子昂言兩聯宜實者，意似亦相同。

兩聯雖已實而合於法度，然若其前後與之不合，則固亦不可謂完璧。所謂「對句好可得，結句好難得，發句好尤難得」者，學者所不可不知也。

王元美云：「五十六字如魏明帝之作凌雲臺，材木銖兩悉配乃可耳」。謝茂秦云：「一律猶一統也。兩聯如中原，前後如四邊，四邊不寧，中原亦不寧矣。」兩喻巧道之，庶幾無毫髮遺憾乎？

大中乃宣宗在位之年號，於四唐分屬晚者。自此而後，工於七律者屈指可數，而入撰者尚且不少，是豈非伯弜所以求幽婉清空者耶？袁子才云：「七律始於盛唐。如國家締造之初，宮室粗備，故樹立架子，創建規模，而其中之洞房幽室、網户罘罳，尚未齊備。至中晚而始備，至宋元愈出愈奇。」此語本爲攻明代擬唐之弊而言之，故非無矯枉稍過者，然其理則大可觀。伯弜此撰固非爲宮室殿閣而作規矩者，小樓幽室，正其所示準繩者也。而以韓翃、元稹、殷堯藩等中唐名家冠於此書，其意亦已可謂現然。蓋中唐之七律在盛、晚之關頭，承渾厚闊大而開幽秀雋永。昔人云：「用柔筆則出神韻。柔而含蓄之則爲神韻，柔而摇曳之則爲風致。讀大曆人之七律，須辨此界。」是足以概論中唐人矣。學者若由之入手，則上而盛、下而晚，唯其意之所往而得赴之，伯弜之意當不外乎是也。

同題仙遊觀

韓翃

仙臺初見五城樓，風物凄凄宿雨收。山色遥連秦樹晚，砧聲近報漢宫秋。疏松影落空壇静，細草春香小洞幽。何用別尋方外去，人間亦自有丹邱。

「仙遊觀」在長安西山，漢時有河上公者以《老子》授文帝，忽失所在，文帝故築臺誌之。「五城樓」乃西王母之居處，今緣「仙」字而比於觀。一、二句初至觀，從大處述所見，又出胎後句。「秦樹」「漢宫」與觀並在長安西山，故點綴之。山色蒼茫，連秦樹之晚，是從觀而望長安，故曰「遥」。砧聲斷絶，報漢宫之秋，是從長安而聞觀，故曰「近」。風物凄凄之意溢於言表，而中又帶叙宿雨之收。後聯以一樹一草襯出雨後，以一壇一洞正説「觀」字，言風塵之無由飛來，引出七、八句。「方外」本於《莊子》之言，指遊於方外之仙人；「丹邱」根乎《楚詞》，指不死之鄉。言人間有此仙境，不須更問仙客矣。或解之爲不信方外有丹邱者，或解之爲君主之求仙術者，皆鑿而自深耳。要之，前聯從觀外生情，後聯從觀内設想，其最超拔者，乃在以「晚」字、「秋」字説觀外之風物凄凄，以「净」字、「幽」字説觀内之清絶，使互相映對，非獨起句稱氣雄調逸也。

焦弱侯曰：「細草香生小洞幽，俗本作『春香』，非也。『影落』『香生』自是的對，又上句有『砧聲近報漢宮秋』，豈當著『春』字邪？」然「春」字乃爲品「香」字，輕用之，固非表時節者，與「秋」字不甚矛盾。「影落」「香生」之的對，固如焦所言，然似未可直以之貶「春香」也。一本又有作「香閑」者。

和樂天早春見寄　　元稹

雨香雲淡覺微和，誰送春深入棹歌。萱近北堂穿土早，柳偏東面受風多。湖添水色消殘雪，江送潮頭湧漫波。同受新年不同賞，無由縮地欲如何。

稹與樂天交情最密，雖骨肉不能過。互相唱和，終至創次韻一格。樂天云：「與微之前後寄和詩數百篇，近代無如此多者也。」微之云：「予始與樂天同校秘書，多以詩章相贈答。然而二十年間，禁省觀寺郵堠墻壁之上無不書，王公妾婦牛童馬走之口無不適，至於繕寫模勒，衒賣於市井，或持之以交酒茗者，處處皆是。」其一唱一和風靡當時，至稱「詩到元和體變新」者，亦可謂盛矣。此篇則成於稹貶爲浙東觀察使時，樂天時爲杭州刺史，寄詩云：「昏昏老去病相和，感物思君嘆又歌。聲早雞先知夜短，色濃柳最占春多。沙頭雨染斑斑草，江上風驅瑟瑟波。可道眼前光景惡[二]，其如難見故人何[三]。」細玩其意，有不得其處之慨。稹故次其韻而酬之，一半慰之，一半尚自傷也。

雨香雲澹，節物已新，正陶潛「春風扇微和」之時也。忽聞棹歌一曲，早生春深駘蕩之思。是言樂天有新詩也。北堂萱甲穿土而出，東面柳條受風而温，水染鴨頭之緑，四山殘雪漸盡，江水漫漫而生波瀾。新年之光景如此，而不得樂天來同賞，憾無長房縮地之術耳。——是此詩字上之意也。樂天在北，以「萱」比於忘憂；己在浙東，以「柳」比於受譏。湖添水色，江送潮頭，並申言春深棹歌之意，與寄詩後半同其婉味。謫官無聊，無相與之友，雖春至而猶非春。——是此詩字外之意也。而「近」字、「偏」字、「消」字、「湧」字互爲錯綜，妙無痕迹，乃因以意運才、以情輔意也。謂元詩意拙語穢又流於澀者，非可律此等近體也。

史稱稹在浙東時所辟幕職皆知名之士，其考績可見，而獨眷眷于故人。即因其相識之深，故已受謗被謫之感慨，亦不覺發露於詩中。劉禹錫贈樂天云：「巴山楚水凄凉地，二十三年棄置身[三]。懷舊空吟聞笛賦，到鄉翻似爛柯人。沈舟側畔千帆過，病樹前頭萬木春。今日聽君歌一曲，暫憑杯酒長精神。」沈痛雖不及彼，然真不失爲同聲相應者，參以「他人尚不可聞」之語，轉可知二家唱和之妙。

【校勘記】

[一]可：底本誤作「聞」，據《全唐詩》卷四百四十六改。

[二]其如難見故人何：底本誤作「其奈故人難見何」，據《全唐詩》卷四百四十六改。

[三]三：底本訛作「二」，據《全唐詩》卷三百六十改。

和趙相公登鸛雀樓　　殷堯藩

危樓高架泬寥天，上相閑登立綵旃。樹色到京三百里，河流歸漢幾千年。晴峰聳日當周道，秋穀垂華滿舜田。雲路何人見高志，最看西面赤欄前。

鸛雀樓在河中府，前瞻中條，下瞰大河。暢當之「天勢圍平野，河流入斷山」、耿湋之「黄河經海内，華岳鎮關西」、李益之「漢家簫鼓空流水，魏國山河半夕陽」、張喬之「樹隔五陵秋色早，水連三晉夕陽多」，皆從其高峻落想，狀其眺望之宏闊。其地既如此不尋常，而趙相公來登，人亦不尋常，如何著筆，而詩始可不尋常乎？是作者所當經營慘澹者也。而云：泬寥天中如聳然而架者，非鸛雀樓耶？忽見綵旗飄空，此非趙相公之登樓耶？「高架」「閑登」，字字相對映，莊重之中自帶太平氣象。樹色蒼蒼，連三百里外之京師；黄河滚滚，從崑崙而至，古來幾千年仍不斷流。「京」指長安，「漢」言中國。二句憑高望遠，一括出之，格力遒健，天骨開張。後聯就近而言眼中之事。「晴峰」乃中條，受朗日而聳立於宦道，足可以鎮地方；田塍秋穀今已垂華而表有年，可以爲昇平之瑞。「周道」出《詩》之「周道如砥」，「舜田」則據史之「舜耕於歷山」。而其言「京」、言「漢」、言「周道」、言「舜田」，皆相公意中之語，叙景亦常不離其人，故接以雲路高志而歸重於相公。登此樓、對此景而見高致者誰哉？不問可知乃立彩旃之相公也。相公最著意而望者何哉？非西面之欄前耶？西面之欄前果有何者哉？非長安天子所在之處耶？言其一刻不忘君國，相公之爲相公者愈顯。

「雲路」乃應「泬寥」，暗中更透出青雲之路；「高志」以應「上相閑登」。如任筆揮灑，却天趣躍然，而後詩亦非尋常也。

凌歊臺　許渾

宋祖凌歊樂未回，三千歌舞宿層臺。湘潭雲盡暮山出，巴蜀雪消春水來。行殿有基荒薺合，寢園無主野棠開。百年便作萬年計，巖畔古碑空緑苔。

伯弜以唐詩自鳴，以許渾之集諄諄教人，是《對床夜語》所記。然則當此書之撰，於「四實」正格攄列渾詩者，固宜也。渾詩以格勝，其七言以懷古諸作爲最。高棅曰：「其今古廢興山河陳迹凄凉感慨之意，讀之可爲一唱三嘆。」

「歊」乃暑氣，築臺於層表而破除歊蒸，是臺之所名也。臺在黄山之上，宋武帝南遊而建離宫，「樂未回」三字正刺其豪華，「三千歌舞」又注之，言其荒遊無極。三、四句乃景物依然、人事已非之意，解者或以爲有樂盡哀來之意，或以爲夏徂秋盡、臘去春來而宋武仍在臺上，恐皆非渾之真意。五、六句觀荒廢而哀豪華，行殿空存廢基，寢園已無祭主，而令微花細草狼藉，哀之至也。行殿乃生前之宫，寢園爲死後之陵，語相類而意稍異。七、八句更咏嘆之，謂武帝雖建宫而爲萬年之計，然百年之後天地全變，苔碑寂寞，空資吊亡國耳，雖有高臺亦無可奈何也。李白《凌歊臺》云：「曠望登古臺，臺高極人目。欲覽碑上文，苔侵豈堪讀。」落想如相襲者。而渾之正說懷古者落句往往不出此圈套，方虛谷舉「有基」「無主」一聯，謂其近熟套而格卑，是却抑之過極者矣。

有正此詩用事之訛謬者，曰：「武帝清簡寡欲，儉于布素，嬪御亦至少。嘗得姚興侄女而有盛寵。謝晦微諫之，即時遣出。安得有三千歌舞之事耶？」虛谷因言「非近於誣乎？」楊升庵言：「渾胸中無學，目不觀書，徒弄聲律以僥倖一第。用之既熟，不覺於懷古發之。」揣摩至於是，而渾之身將無完膚矣。雖似過甚，然懷古一道尤忌濫。若馬首所向而無不可用之句，則即令句格工妙、一唱三嘆，亦非入品者。二家之言亦學者所不可不注意究之者也。

有正此詩文字之訛謬者，曰：「『湘潭雲盡暮煙出』，俗本作『暮山』者乃淺人妄改耳。」《詩品》記劉巨濟曾得渾手書，知「煙」之爲正。《藝苑卮言》亦書「煙」字，特注「時本皆作『山』字」。至有引張泌之「中流欲暮見湘煙」、朱慶餘之「浦迴湘煙暮」，證湘中煙色異於他處而說此詩之妙者。然雲光散而暮山忽出，有「江上數峰青」之致，清超絶人。雖以之爲無味，余未能輕易首肯也。

洛陽城[一]　　許渾

禾黍離離半野蒿，昔人城此豈知勞。水聲東去市朝變，山勢北來宮殿高。鴉噪暮雲歸故堞，雁迷寒雨下空濠。豈知緱嶺登仙子，猶自吹笙醉碧桃。

洛陽乃周公所築，今則見禾黍離離而與野蒿相混。昔周大夫行役至宗周，過故宗室宮廟，見其盡成禾黍，悼周室之顛覆，彷徨不忍去，作《黍離》詩以誌之。今用之，一句已切洛陽。因想當周公築之也，不期有今日，故不以爲勞。忽時勢一變，唯江流東去耳，唯山勢北來耳。市朝寂寞幾變，宮殿蕭條空高。噪雲中者乃暮鴉也，迷雨裏者乃寒雁也。市朝宮殿、城墻城隍，皆歷舉盛時遺物，「變」字、「高」字、「故」字、「空」字，鍾煉有力而極其愴。七、八句語意一轉，周靈王之太子晉好吹笙，作鳳鳴，伴道士浮邱公上嵩山，三十餘年後來語桓良曰：「告我家，以七月七日待我於緱氏山頭。」當洛城已荒廢之日，子晉依然弄鳳笙而醉仙桃，故國滄桑之變終非其所知，却使後人嗚咽而不能止者，可憐也。二句以不變者反接極變者，冷然而收，感慨之語却用雋麗之句出之，可謂筆力千鈞。

渾詩多用「水」字，故至宋初有「許渾千首濕」之嘲語。《桐江詩話》云：「如『水聲東去市朝變』，若其別詩無水字，則此句當無愧於作者。」謂數見則不鮮矣。而至以「羅隱一生身」，以「杜甫一生愁」對之，又恰可以見《丁卯集》之行世也。

【校勘記】

［一］洛陽城：《全唐詩》卷五百三十三作《故洛城》。

金陵[一]　許渾

玉樹歌殘王氣終，景陽兵合戍樓空。楸梧遠近千官塚，禾黍高低六代宮。石燕拂雲晴亦雨，江豚吹浪夜還風。英雄一去豪華盡，惟有青山似洛中。

「金陵」乃建康，秦始皇時，望氣者言五百年後當出天子，「王氣」之語用此。吴都之，晉南渡後，宋齊梁陳皆居其故城，至陳後主爲隋所亡，都始移，所謂「六代」也。初，隋韓擒虎率兵直入朱雀門，後主乃隨宫人十餘出景陽殿投井，隋兵窺井，呼之而不應，將下石而始聞叫聲，以繩引之，驚其太重。及出而見之，則後主、張貴妃、孔貴嬪同束而上。亡國之主，荒淫愚瞢一至於此。今以「景陽兵合」對後庭「玉樹歌殘」，一面疑擒虎之從天而下，一面笑鼎革之如兒戲。而「王氣終」三字包括六代，非獨指陳，何等手段哉！「楸梧」乃以種於塚上者，無遠無近；「禾黍」乃以悲宫城之荒者，以高以低。誰又能知千官才俊之所葬、六代豪華之陳迹耶？拂雲而飛者乃石燕，應翔於風雨，而尚翩翩於晴空者，荒凉之極也；吹浪而躍者乃江豚，跳則起風，而跳梁於夜天者，荒凉之極也。異物紛紛而來，非帝都所宜有，訝王氣真已終乎？英雄去，豪華盡，七句亦包括六代，却言青山盤鬱而似洛陽。言青山既似洛陽，則居之者若得其人，尚足能龍蟠虎踞也。對映「王氣終」，以一句振發全首，神致悠揚，真憑吊之古音也。李白之「山似洛陽多」，如此用來而意思別注，「馳駃步驟，氣之遠也；明雋清圓，詞之藻也」云者頗足以當之。謝四溟却以爲可删二聯，謂若打一二七八成七絶，則「氣象雄渾不下太白」。然有二聯之荒凉，而前後始能飄宕，不經廊廡而欲至堂奥，難哉，四溟之作家也！

【校勘記】

［一］金陵：《全唐詩》卷五百三十三作《金陵懷古》。

咸陽城東樓

許渾

一上高城萬里愁，蒹葭楊柳似汀洲。溪雲初起日沈閣，山雨欲來風滿樓。鳥下緑蕪秦苑夕，蟬鳴黄葉漢宫秋。行人莫問當年事，故國東來渭水流。

「一」字斗然而來，有無限之感慨。言望中萬里，無非愁者。爲破題格，以下趁順流之勢説之，蒹葭楊柳，蕭疏者宛然汀洲也。於洛城殷富之地忽遇之，見其變遷之甚。夕陽斜沈而雲起，暮風横吹而雨來，添「溪」字、「山」字狀眼界之拓開，寫高城而有著落。秦苑漢宫，曾極天下之觀，爲壯一時。今也緑草平蕪，過者唯一鳥耳；衰樹殘葉，巢者唯一蟬耳，是何等之觀哉！見第二句之未足爲傷心。「夕」字從三句出，「秋」字從四句出，倍覺悽凉，懷古之情轉深。而此夕此秋，東流不盡者唯有渭水，思至前朝，則過客亦當落淚，能忍問遺迹耶？是正收束「愁」字者，渭水從高城萬里之望中寫出，融化意景，調整格律，雖爲慣常手段，而學之有餘。

「波生野水雁初下，風滿驛樓潮欲來」，張籍之句也；「山色遥連秦樹晚，砧聲近報漢宫秋」，韓翃之句也。渾此詩團二家之長而巧孕成兩聯，句雖各有其妙，而用意殆爲相類。「溪雲」「山雨」二句最爲天下諷誦，與「長笛一聲人倚樓」共稱晚唐「二樓」，可謂後來者居上。末句一作「渭水寒光晝夜流」，不如「故國東來」之規模廓大，虚谷以彼爲佳者未免爲阿好之言。而到底不脱「水」字，「千首濕」之語實不我欺也。

晚自東郭留一二游侣[一]　　許渾

鄉心迢遞宦情微，吏散尋幽竟落暉。林下草腥巢鷺宿，洞前雲濕雨龍歸。鐘隨野艇回孤棹，鼓絶山城掩半扉。今夜西齋好風月，一瓢春酒莫相違。

尋幽東郭而興未盡，朋友歡集而送一夕，題目甚奇也。詩却不求奇，對照而覺事却爲奇。鄉心迢迢，故尋幽而遣悶；宦情微微，故尋幽而養氣。自退衙至落暉，不過如此，人品亦高。鷺宿而草有微腥，龍歸而雲有餘濕，刻畫「幽」字，語期深造。其與「龍歸曉洞雲猶濕，麝過春山草自香」可謂異曲同工。而以「宿」「歸」側寫落暉，亦是當家得意之筆法也。鐘已鳴，鼓稍收，將暮而回棹掩扉；然餘勇尚可賈，而唤「奈此良夜何」？留游侣之意在於此。謝譓謂人云「入吾室者但有清風，伴吾飲者但有明月」，渾遇風月則擬與衆共樂，因鄉心迢迢、宦情微微也。圓轉錯落，自成篇法。然昔人稱王平北雖相對不厭，去後亦不相思，渾詩亦有似之者。蓋由其造句之巧雖或無比類，然少構思之妙，篇法句格時或陷於千篇一律，令人覺詩境不廣。善讀者則知之。

【校勘記】

［一］晚自東郭留一二游侶：《全唐詩》卷五百三十三作《晚自東郭回留一二遊侶》。

題飛泉觀宿龍池［一］　許渾

西巖泉落水容寬，靈物蜿蜒黑處蟠。松葉正秋琴韻響，菱華初曉鏡光寒。雲收星月浮山殿，雨過風雷繞石壇。仙客不歸龍亦去，稻畦長滿此池乾。

姚合《四體集》題作「重遊飛泉觀故梁道士宿龍池」。上六句全追想前遊，以後二句說下現在。泉從巖上落，是飛泉也，觀之所名；泉落而水容爲寬，是池也，池水深黝，靈物爰蟠，池之所名。松韻如琴，菱池如鏡，逢秋響遠，映曉光寒。星月輝映而懸於殿，乃淡雲之收也；風雷鼓蕩而繞於壇，乃驟雨之過也。同爲叙景，三、四句極清，五、六句極幽，一叙潛龍，一叙遊龍，就勢而結龍池。今也道士仙去，靈物亦飛騰而去，飛泉空成稻畦灌溉之具，宿龍池爰乾。追想而叙其勝景者，乃所以深悼其池；所以深悼其池者，乃所以深悼道士也。

范晞文以爲「李杜以後七律當學者，許渾一人」，舉其警句可爲法者，「湘潭巴蜀」「水聲山勢」「石燕江豚」諸聯之外，推「風傳鼓角霜侵戟，雲卷笙歌月上樓」「山殿日斜喧鳥雀，石潭波動戲魚龍[二]」「湖寒水國秋砧早，月暗山城夜漏稀」「月照蒹葭明楚塞，煙分楊柳見隋堤」「潮生水郭蒹葭響，雨過山城橘柚疏」「野蠶成繭桑柘盡，溪鳥引雛蒲稗深」「五夜有情隨暮雨，百年無節待秋霜」「漢業未興王霸在，秦軍纔散魯連歸[三]」諸聯，皆《丁卯集》中之撰也。而「雲散雨過」一聯，伉爽俊邁，亦何得不伍於其間耶？

【校勘記】

[一]題飛泉觀宿龍池：《全唐詩》卷五百三十四作《重遊飛泉觀題故梁道士宿龍池》。

[二]波：底本誤作「浪」，據《全唐詩》卷五百三十六改。

[三]纔：底本訛作「未」，據《全唐詩》卷五百三十四改。

咸陽懷古

許渾

經過此地無窮事，一望凄然感廢興。渭水故都秦二世，咸陽秋草漢諸陵。天空絶塞聞邊雁，葉盡孤村見夜燈。風景蒼蒼多少恨，寒山半出白雲層。

起得突如其來，以側筆出之，十四字一氣而成，如風之靡草，如波之滚沙。「感廢興者何也？」以「秦之故都、漢之諸陵今果何如」答之。不言之言，不著一字之論斷，而理趣自深，調亦亮也。紀曉嵐云：「前四句氣魄甚大，如此便不俗。其故可思，而不能口角争也。」洵然。而所聞者邊雁、所見者夜燈，矧乃天空秋盡，唯寒山聳、白雲横哉！是所謂「此地」者，一望真覺凄然。秦漢之盛而空如此，欲不感慨而不得矣。後半雖非别爲出色之語，亦足能襯染故都諸陵，酷言寒苦而氣索也。

晞文云：「以唐彦謙之『煙横博望乘槎水，日上文王避雨陵』比於此詩之前聯，論句法則此不及彼，然叙懷舊之意，得諷興之體，則此詩勝。至崔曙之『三晋雲山皆北向，二陵風雨自東來』，思優柔而語更健矣。」又云：「『後聯視許渾之『高樹有風聞夜磬，遠山無月見秋燈』尤爲工妥。王安石『已無船舫猶聞笛，遠有樓臺只見燈』之句必自此聯出也。」語語拆毫釐而有分寸，可稱作者之知己。而晞文以此篇爲劉滄之作，滄乃晞文以爲「問類渾而不得其全」者也。

黄陵廟　　許渾

小孤洲北浦雲邊，二女明妝共儼然。野廟向江春寂寂，古碑無字草芊芊。東風近墓吹芳芷，落日深山哭杜鵑。猶似含嚬望巡狩，九疑如黛隔湘川。

韓愈《黄陵廟碑》云：「湘傍有廟曰黄陵，自前古立，以祭堯之二女，即舜之二妃者。」小孤洲北浦雲摇曳處，孤廟静鎮。入而見之，則二女之遺像，翠羽明璫，儼然安之。廟内雖森肅如此，然出於廟前，則香火蕭條，四方無人影。寂寂中所見者，獨有芊綿芳草繞枯立之古碑耳。愈之文云：「庭有石碑，斷裂在地，其文剥缺。晋太康九年立[一]。」剥缺而不可讀，所以稱「没字碑」也。更看廟外光景，則唯有東風習習，空吹芳芷耳。「芷」乃香草，以《楚詞・湘夫人歌》有「沅有芷兮澧有蘭，思公子兮不敢言」之語而用之，令切實於黄陵，非與碑前芊芊者重複也。轉看廟後光景，則唯有鵑之哭於空山耳。舜南狩，崩於蒼梧之野，以鵑聲之「不如歸」擬於嗟帝子之不及歸，揮灑自得，不見斧鑿之痕。雖曉嵐以爲套語，然借禽言逗出二妃心事，可謂語套而意新乎？廟與川隔有九疑峰，乃舜之葬所。今來見之，則山色如黛，仿佛使二妃含顰而悵望帝子之巡狩，是真所以有嘔血而唱「不如歸」者也。一語跳出天外，廟内廟外、廟前廟後，所見諸物皆活活有生意。特欲言二妃之含嚬，而先説明妝之儼然，不使一句突爾而起者，可謂匠心之筆也。

黄陵廟之詩，絶句已録其二。因李群玉有逸事，故而事關於黄陵者皆繫之於群玉，此詩亦有以爲群玉之詩者。蓋黄陵之事，其怪甚多。《彦周詩話》云：「有客泊湘妃廟前，夜半偶不寐，見輿衛入廟中，置酒鼓瑟，心悸不敢窺。未明之頃，宴初散，隱隱渡水浮空而去。入廟則見題詩四句，墨色猶未乾。」其詩云：「碧杜紅蘅縹緲香，冰絲彈月弄新凉[二]。峰巒向曉渾相似，九處堪疑九斷腸。」三、四二句從此首七、八句出，更拓開一地，悽婉欲絶，如空谷幽蘭孤芳獨秀，如山鬼思人含睇望遠。若繫之群玉而附會一段本事，則其動人處當亦有非李遠「水遠山長愁殺人」之比者。

【校勘記】

［一］太康：底本訛作「大原」，據《昌黎先生文集》卷三十一改。

［二］絲：底本誤作「姿」，據《全唐詩》卷八百六十四改。

晚歇湘源縣

張泌

煙郭遥聞向晚鷄，水平舟静浪聲齊。高林帶雨楊梅熟，曲岸籠雲謝豹啼。二女廟荒宫樹老，九疑山碧楚天低。湘南自古多離怨，莫動哀吟易慘悽。

聞晚鷄而宿，正説題目。暮煙抹郭乃合寫「晚」字、「縣」字。浪聲不激，水平舟静，正晚歇之傳神也。雨裏楊梅、雲中謝豹，二女之廟樹蒼茫，九疑之山翠杳渺，皆歇時之所見所聞，異鄉之感自在筆尖。而暝色赴愁，黯淡冥濛中，情之所發，自易慘悽，况湘江之南，古來多有離别之怨哉！二女之廟、九疑之山，孤客不過以之空資銷魂斷腸，故謂不忍作哀吟而誌其情也。出語真摯，深情紆鬱，讀者亦易黯然。

「謝豹」乃杜鵑。陸放翁云：「吴人謂杜鵑爲謝豹。顧况詩曰『緑樹村中謝豹啼』，若非吴人，殆不知謝豹爲何物矣。」此詩亦不外用其方言，然其妙處非在用異名以鮮人目，而在以之對「楊梅」，「謝」與「楊」皆活用姓氏字面者，可推靈活之才。後人之「春風門巷楊花後，舊國關山杜宇時」，句格似全胚胎於此種者。

泌爲淮南人，初官勾容尉，南唐後主徵爲監察御史，至宋初尚存。其句「青草浪高三月渡，緑楊花撲一溪煙」「千里晚霞雲夢北，一洲霜橘洞庭南」「山河慘澹關城閉，人物蕭條市井空」「溪邊物色宜圖畫，林畔鶯聲似管弦」「浮生已悟莊周夢，壯志仍輸祖逖鞭」，略具諸體，皆可誦，而特撰此一首者，乃取其清空流暢也。

廢宅

吴融

風飄碧瓦雨摧垣，却有鄰人爲鎖門。幾樹好花閑白晝，滿庭荒草易黄昏。放魚池涸蛙争聚，栖燕梁空雀自喧。不獨悽涼眼前事，咸陽一火便成原。

碧瓦飄於風，彩垣摧於雨，廢宅之所觸目。忽寫及鄰人鎖門，出人意料之外。此宅盛時，鄰人望塵屏息不暇，今却閉鎖無主之廢園，感慨自深。杜荀鶴之「獨殘新碧樹，猶擁舊朱門」，比之而可見其粗率。花好無客賞，白晝閑發；草荒無人芟，黄昏易至。著「閑」字、「易」字而有神彩。曉嵐謂前句不似廢宅，只因不置重於「閑」字耳。黄仲則之「草竟長於我，花還開向誰」從此脱胎，幽峭獨絶，雖曉嵐亦當點頭也。池水乾，有亂蛙之代魚；梁泥疏，有噪雀之代燕。代者徒助寂寞而已，不可比於前者騁懷之具，嘆所以又加一層也。較之陳後山之「壞墻得雨蝸成篆，古屋無人燕作家」，悽者更悽。曉嵐以爲弱，亦以取景纖小故也。而其取景之纖小者正所以引起次句之雄闊者。七句著「眼前景」三字，而瓦垣、花草、池蛙、梁雀諸物皆有歸著，「群山萬壑赴荆門」可以喻之。咸陽一火，三日不滅，宫殿亦時至爲荒原，八句借「廢宅」推一人一家之零落而及於國家之廢興。融慨時之念時有而發，不獨怪乎有此句也。洪北江曾論唐末七律，謂吴子華之悲壯可次於羅隱、韓偓、司空圖三家。鑒其時而讀其詩，則其如聞九秋哀角、三峽啼猿，洵無愧於北江所稱。荀鶴之「何况高原上，荒墳與折碑」，亦用拓開一步之法，而其用意之深淺一目可辨。淋漓感慨，以「廢宅」爲上乘也，誰又能言個「不」字乎？

龍泉寺絶頂[一]　　方干

未明先見海底日，良久遠鷄方報晨。古樹含風常帶雨，寒巖四月始知春。中天氣爽星河近，下界時豐雷雨均。前後登臨思無盡，年年改换往來人。

龍泉寺在餘姚，東坡詩云：「餘姚古縣亦何有，龍井白泉甘勝乳[二]。」半山詩云：「山頭石有千年潤，石眼泉無一日乾。天下蒼生望霖雨，不知龍向此中蟠。」可知寺以泉得名、泉以龍得名者也。此詩狀寺之高敞，先言天未明而先見日，鷄一鳴，而日出絶奇，勝於泰山。是因從高處洞見海底之朗旭也。四溟以方晦叔之「山鷄未鳴海日出」爲「簡妙勝之」，以余之見，則覺簡有之而妙未必。古樹帶雨乃地幽，四月始春乃山邃。星河近疑可捫，乃因寺聳於中天也；雷雨均而有年，乃因龍澤於下界也。以望中意中之語，一俯一仰，描盡絶頂。盧綸之「上方月曉聞僧語，下路林疏見客行」，設想殆爲同揆而其境已異，句亦駕而上也。七、八句含蓄情思而爲收結，於高處觀世，有不堪浮生變遷之狀。在寺院題壁者，有此一番静悟而尤見適於題目。

干爲歙人，兔缺，有司以其唇缺而不與科名。歸隱鑒湖，以詩自遣。其七律以「鶴盤遠勢投孤嶼，蟬曳殘聲過別枝」稱，或推爲體物之妙，或釋爲形聲俱出。此首雖非其絶調之語，而體物之妙亦足能樹立。王贊嘗稱干云：「鎪肌滌骨，冰瑩霞絢，麗不葩芬，苦不攞棘。當其得志，倏與神會。」有知音如此，生前一第又何所望耶？

【校勘記】

[一]龍泉寺絶頂：《全唐詩》卷六百五十二作《題龍泉寺絶頂》。

[二]甘：底本訛作「其」，據《東坡詩集註》卷十五改。

已前共十四首

舊注云：「如蟻絲之穿九孔，雖曲折而其意透徹者也。」

和賈至早朝大明宮[一]

王維

絳幘鷄人送曉籌，尚衣方進翠雲裘。九天閶闔開宮殿，萬國衣冠拜冕旒。日色乍臨仙掌

動，香煙欲傍衮龍浮。朝罷須裁五色詔，珮聲歸向鳳池頭。

賈至爲中書舍人，早朝大明宫，賦一律，示門下中書兩省之僚友。詩云：「銀燭朝天紫陌長，禁城春色曉蒼蒼。千條弱柳垂青瑣，百囀流鶯繞建章。劍珮聲隨玉墀步，衣冠身惹御爐香。共沐恩波鳳池上，朝朝染翰侍君王。」維時爲太子中允，杜甫爲左拾遺，岑參爲右補闕，共和之。甫詩云：「五夜漏聲催曉箭，九重春色醉仙桃。旌旗日暖龍蛇動，宫殿風微燕雀高。朝罷香煙携滿袖，詩成珠玉在揮毫。欲知世掌絲綸美，池上於今有鳳毛。」時正當禄山之亂平、中興之業成，故四人皆以筆墨粉飾太平，堂皇偉麗，似著古衣冠而接人。雖應制一體之題目所宜然，而使後人能想見當日之盛者，正由四家之筆力也，可謂壯矣。

賈之「銀燭朝天紫陌長」一起句便寫早朝，此却從天子未朝時起。「鷄人」乃掌曉者，「絳幘」乃朱冠而象鷄。東坡云：「余來黄州，聞歌聲如鷄唱，與朝堂中鷄人之傳漏相似。」或因而擬報曉漏者於鷄鳴乎？「尚衣」乃掌供冕服者，聞曉籌而以朝衣進天子也。三、四句正叙殿上之朝儀，天子從中出而坐殿，百官從外入而上殿。「九天」乃滿天，天上有閶闔殿，故天子之宫云「閶闔」。「冕旒」乃天子之服，與「衣冠」二字句中相對，於兹扣住題面。「九天」「萬國」氣象宏潤，可摩陳後主「日月光天德，山河壯帝居」之壘，著老杜「閶闔開黄道，衣冠拜紫宸」之先鞭。五、六句乃朝時之景，日色杲杲，臨階前之仙掌；香煙澮澮，傍袍上之衮龍。言「動」者，乃刻刻相移而閃影也；言「浮」者，乃天子在上，群臣在下，御爐在其中，隔煙而拜御袍，則龍鱗如活動也。七、八句乃朝後之事，以歸重於賈舍人。「五色詔」乃用石勒之事，勒之詔書用五色紙，著木鳳之口而令銜出。「鳳池」乃用荀勖之事，勖罷中書監遷尚書令，有賀之者，則言「奪我鳳皇池，何賀耶?」二事合用,恰切於舍人。而御爐之香、鳳池之詔,俱承原唱之意而言之,乃和詩正格也。

舊注云:「此詩乃互換之格。貴賤互換而賦之,第一、第三言賤,第二、第四言貴,俱宫中所見之實事也;第五言仙人,第六言天子,亦互爲貴賤;第七言賈至,第八言萬國諸侯,此亦分貴賤。」七、八句之解穿鑿特過,却抹去「鳳池」之用事,固不足取。且録之,使知有全篇互换一格。

顧華玉云:「右丞此篇直與老杜頡頏,後唯岑參及之,蓋氣象闊大、音律雄渾、句法典重、用字清新。而或以爲猶未全美,以用衣服之字多也。」似指絳幘、尚衣、翠雲裘、衣冠、冕旒、衮龍等。然力大神靈,讀之不覺重複者,終不足爲其病也。

唐人七律當以王右丞爲正宗之説,至今無插異辭者。且從《詩藪》之所舉,各録其一聯,亦使便知七律正宗之一斑。《奉和雨中春望作》云:「雲裏帝城雙鳳闕,雨中春樹萬人家」;《和温泉寓目》云:「新豐樹裏行人度,小苑城邊獵騎迴」;《酬郭給事》云:「禁裏疏鐘官舍晚,省中啼鳥吏人稀」;《出塞行》云:「護羌校尉朝乘障,破虜將軍夜度遼」。蓋維之七律,高華者一體,清遠者一體,皆可以法。《詩藪》所舉屬高華者多,亦著者嗜好之所在。若在高華者中尤求闊大者,則不得不以「九天閶闔」「萬國衣冠」首屈一指。至夫清遠者,見《輞川積雨》等作當可咀其妙味矣。

【校勘記】

[一]和賈至早朝大明宫:《全唐詩》卷一百二十八作《和賈舍人早朝大明宫之作》。

和賈至早朝大明宮[一]　岑參

鷄鳴紫陌曙光寒，鶯囀皇州春色闌。金闕曉鐘開萬户，玉階仙仗擁千官。花迎劍珮星初落，柳拂旌旗露未乾。獨有鳳皇池上客，陽春一曲和皆難。

「鷄鳴紫陌」乃曉景，「鶯囀皇州」乃春色，錯綜兩意，以對句出之，極其壯麗，亦從天子未視朝時寫起也。建章宫有千門萬户，及金闕鐘響而開之；殿下兵衛曰「仗」，及吏上玉階而擁之。三、四兩句言之，是早朝正意，從第一句出。花光映千官之劍珮，柳葉拂五仗之旌旗，是細寫春色，從第二句出。而以「星初落」「露未乾」道朝景，是早朝傍意。其不直叙劍珮出花、旌旗拂柳者，乃用倒插法描出宫中森嚴之候也。七、八句謂朝景春色壯且麗也，誰能寫之哉？其唯賈舍人乎？昔楚有善歌者，爲陽春白雪之曲，和者數十人，其曲高而和者寡。今用以比舍人之詩曲高而難和，二句與前首同應舍人之原唱也。而以「陽春」二字暗結春色，評其爲突接而倉皇無緒者，恐不然也。或云：「參調穩於王維，才豪於李頎，諸作皆出其下，以神韻不及二君故也。」果其然乎？

王、岑、杜、賈，盛唐名手同時唱和，乃能致千秋之絶調。劉成卿云：「杜其一也，王其二也，岑其三也，賈其四也。」謝茂秦云：「顛倒之，則伯仲叔季定矣。賈則氣渾調古，岑則詞麗格雄，王、杜二作各有短長，其次第尚是一輩行。」或云：「岑、王矯矯不相下，舍人則雁行，少陵應退舍。」或云：「究以岑爲第一，『花迎劍珮』『柳拂旌旗』何等華貴自然哉！王之『九天閶闔』失之廓落，杜之『九重仙桃』更爲不妥。」楊誠齋以岑之後聯爲最可；沈歸愚以右丞爲「正大」，嘉州爲「明秀」，賈作爲「平平」，杜作爲「朝無正位不存可也」；黄維章以爲「合看諸作，方知老杜作法之高、匠心之苦」，細相對照；胡應麟精撿王、岑二作，其説云：「岑通章八句皆精工整密，字字天成。頸聯絢爛鮮明，早朝意宛然在目。獨頷聯雖絶壯麗而氣勢促迫，遂致全篇之音韻微乖，不然，當爲唐七言律冠矣。王起語意偏，不如岑之大體；結語思窘，不如岑之自然；頸聯甚活，終未若岑之駢切；獨頷聯高華博大，而冠冕和平，前後映帶，遂令全首改色，稱最當時。大概二詩力量相等，岑以格勝，王以句勝；岑極精嚴縝匝，王較寬裕悠揚。令上官昭容坐昆明殿窮歲月較之，未易墮其一也。」要之，甲是乙非，終無定案。紀曉嵐乃曰：「此種題目無性情風旨之可言，仍是初唐應制之體，但色較精明、氣較生動，各能不失其本質耳。後人拈爲公案，評議紛紛，殊可不必。」其言固有理，然若就諸家所論究之，蓋亦庶幾雖不中亦不遠乎？

【校勘記】

［一］和賈至早朝大明宫：《全唐詩》卷二百一作《奉和中書舍人賈至早朝大明宫》。

酬暢當嵩山尋麻道士見寄

盧綸

聞逐樵夫閑看棋，忽逢人世是秦時。開雲種玉嫌山淺，渡海傳書怪鶴遲。陰洞石幢微有字，古壇松樹半無枝。煩君遠示青囊録，願得相從一問師。

《傳》云：「暢當多往來嵩華間，結念方外，頗參禪理，故多松桂之興，深存不死之志。」耿湋以「死生俱是夢，哀樂詎關身」之語寄之，李端以「壯志一爲累，浮生事漸多」之語羨之。其人如此，偶尋麻道士於嵩山，有所作而寄綸，綸酬之也，故多用仙家之故實。「看棋」出《述異記》。晋王質伐木至石室山，見數童子圍棋，童子以一物與之，如棗核，含之不飢，局未終而斧柯全爛。既歸，則時人已無。許渾之「逢著仙人莫看棋」亦是也。——以比於當之尋道士。「秦時」出《桃花源記》。武陵漁夫至桃源，村中咸來問訊，自言先世避秦亂，携妻子邑人來此絶境，遂與外人間隔。問今是何世也？乃不知有漢，無論魏晋。——以比於當在山中問仙。以「人世」二字擬仙家，最靈妙而不可思議。「種玉」出王雍伯之事。「雍伯作義漿饋行者，有一人飲訖，從懷中出石子一斗與之曰：『種之則得好玉。』後果得雙璧」者是也。「傳璧」出古詩之「華表露柱得鶴信」，道士與仙家通，故令鶴赴海上。二句乃想像山中行事。嵩山有司馬子徽之玄默洞天石，勢如旌幡，石上有字，漫滅難認，云「石幢有字」者是也。對以松樹之無枝，亦麻道士壇前之實録，因山之邃而思當之清也。「青囊録」出郭璞事，「郭公以青囊中九卷與璞」是也。雖爲余寄示道士之《青囊録》，然書中之妙契煙火中人不能得悟，故願去而問師也。有「問師」二字，上六句之事皆其所願者，覺筆筆生動。「嫌山淺」三字極斬新，如飄飄然吐雲霞、噓冰雪之真人倚樹而嘯。宋劉諷致仕[一]，范景仁送之云「移家尚怯青山淺，隱几惟知白日長」，則不過襲用此；至言「浮世之人若亦來訪乎此，則我欲求宿於行雲」（譯者按，原文爲和歌「ここもまた浮世の人の訪ひ來れば空行く雲に宿求めてん」），則似西山爽氣來撲人眉宇，藤房之襟度比此詩更遠。

【校勘記】

[一] 諷：底本訛作「渢」，據《續詩話》改。

吳中別嚴士元[一]　盧綸

春風倚棹闔閭城，水國春寒陰復晴。細雨濕衣看不見，閑花落地聽無聲。日斜江上孤帆影，草緑湖南萬里情。東道若逢相識問，青袍今已誤儒生。

此詩作者或以爲劉長卿，或以爲李嘉祐，詩亦以「春風倚棹」或擬於作者，或擬於嚴。余將從其爲擬於嚴者，云：嚴今乘春風而至闔閭城下，吳地舊爲水國，陰晴不定，峭寒不退，想其旅思之無聊也。忽有雨之濕衣，細而如絲；忽有花之落地，澹而無聞。從無聊中見出春日春雨，狀其無常也。江上帆影遠，而嚴忽復去，情何以堪，况春草之萋萋哉？春草有「王孫不歸」之緣，於彼之行而嘆我之住，强解之，則於此一嘆中徵所謂青袍之誤身，亦無不可也。而句尚分叙新晴、雨後。七、八句謂湖南萬里，君若逢東道之人，請以我身生之誤告之！自斥之語，却多感慨。

洪北江曰：「體物之工，惟静者能之。如嘉祐之『細雨濕衣看不見，閑花落地聽無聲』，鹵莽之人能及之否？」解爲秀膩之句。而古來注疏家多以之爲比體，或以上句爲佞人於君前讒言毀人，以下句爲君子雖蒙讒而省身無罪；或以上句爲如讒言漸漬於人而不覺，以下句爲如朝廷輕棄賢才、不以閑花之落爲意。如《全唐詩話》即引劉長卿爲吴仲孺所誣而貶於播州以證之，然終不得正鵠。歸愚切言此句無別意，一聲警露而群喙息於鶴前，始可與談詩也。

【校勘記】

［一］吴中別嚴士元：《全唐詩》卷一百五十一作《別嚴士元》。

送王李二少府貶潭峽［一］　盧綸

嗟君此別意何如，駐馬銜杯問謫居。巫峽啼猿數行淚，衡陽歸雁幾封書。青楓江上秋天遠，白帝城邊古木疏。聖代秪今多雨露，暫時分手莫躊躇。

李少府被貶峽中，王少府被貶長沙，二人同時而去。駐馬銜杯，乃慰藉朋友之情也。下一「嗟」字而含蓄無限情緒。以「問謫居」總提兩聯：巴峽有哀猿長嘯，所謂「猿鳴三聲淚沾裳」者，此非李之所親聽乎？衡陽有回雁峰，雁從此回而足有書，此非王之自封者乎？言「數行」、言「幾封」，而兩人自在個中矣。長沙之青楓江，秋天迢迢而望遠，此非王之所往乎？巴郡之白帝城，老樹蒼蒼而影疏，此非李之所往乎？下三字以淒其寂寞之意蓄於字外，又潤之以色澤。要之，此四句交錯王李之謫居，言異境而淒婉，述遠道而悲涼，中有別意，非造句所能羈縛。非以情思運之，則不能至此化境。重叠其地名而不相冒犯，或以李白之「峨眉山月」爲一其揆者。七、八句收拾之，豫言其歸期有日。聖恩如雨露，語仍從「青楓」「古木」惹其針線，告其無以小別爲意，以應起手。和平之音非唯足以送謫者，二聯亦於此得一著落，味則飄飄輕舉，情則曄曄更新，此所以推結句之妙也。

此詩亦多以爲高適之作。明人言：「適之七律，意勝於詞，情致纏綿而筋骨不逮，雖和平婉厚而已失盛唐雄瞻，漸入中唐矣。」語雖失於門户偏見，而亦誤以其爲中唐人者，應知其非無故也。

【校勘記】

［一］送王李二少府貶潭峽：《全唐詩》卷二百十四作《送李少府貶峽中王少府貶長沙》。

西塞山[一]

劉禹錫

西晉樓船下益州，金陵王氣漠然收。千尋鉄鎖沈江底，一片降旗出石頭。人世幾回傷往事，山形依舊枕寒流。今逢四海爲家日，故壘蕭蕭蘆荻秋。

此詩一題云「金陵懷古」，又有作「西塞山懷古」者。詩意偏重於「懷古」一邊，要當以此二字爲正。懷古之詩乃一時興會所觸而成者，使事不必編湊拖沓如山經地誌之詳核。故以「西塞山」爲題目，單就王濬樓船一事追懷往事，餘則空描之。故欲解之，則先要知孫皓亡國之實。史稱晉王濬鎮益州，武帝謀伐吳之事而令治水軍，濬乃奉詔作大艦，以木爲城，起樓櫓于其上，以守禦四望。攻吳則順流而下，所向皆克，吳亦於江磧要害處横截鐵鎖以拒船。濬作大炬，灌油燒之，鎖爲斷絶。鼓譟徑入石頭城，吳主孫皓面縛輿櫬降於軍門。擘頭「西晉樓船」四字何等雄壯哉！接以「下」字，傳得勢之神。「金陵王氣」已見許渾詩下，以刷色「西晉樓船」，更下「漠然收」三字調劑之，何等悽慘！鐵鎖沈江、降旗出城，正寫「漠然收」三字，有丹青之筆。思勝敗决於須臾，痛哀吳人之瞢瞢，此四句一氣而驅，叙事議論交出，真大家數也！只見吊吳，忽以「人世幾回傷往事」接之，直概過六代而至於今。又以「依舊」二字接之，一筆收拾前半。則從孫吳而後，自晉至六朝之人物變遷，皆在所謂「幾回」字中，而今唯有山形依舊枕於寒江之流耳！山即西塞，恰歸到題目之正位，又歸到懷古之正意。昔人云「四海爲家」，昇平無事之日，九州統一，又非晉吳攻守之比。故故壘蕭條而無天險之要，樓船下、鐵鎖沈者，今空有蘆荻戰於風耳！以壯麗之句格寓感慨，遂跳出尋常懷古圈兒外，使樂天擱筆者，蓋爲此也。

相傳禹錫曾與元稹、韋楚客會於樂天之居，各賦金陵懷古詩。禹錫騁其才，略無遜意，滿引一揮而成。樂天覽之曰：「四人探驪龍，吾子先得珠。其餘鱗甲將何爲？」遂罷其吟。蓋禹錫七律骨力蒼勁，倔出於中晚間，其並稱「劉白」者乃因有唱和，筆鋒之鋭利則不可同日而語。樂天亦知之，故推爲「詩豪」，稱其詩有神物護持，其心全服，非啻擱筆於此日而已。禹錫之死也，哭云「杯酒英雄君與操，文章微婉我知丘」「窅窅窮泉埋寶玉，駸駸落景掛桑榆」，言無同心之人而吾道孤矣，其相許者亦可想見。

【校勘記】

［一］西塞山：《全唐詩》卷三百五十九作《西塞山懷古》。

已前共六首

謂起結之體相似者也。

早春五門西望[二]　王建

百官朝下五門西，塵起春風滿御堤。黄帕蓋鞍呈了馬，紅羅纏項鬥回鷄。館松枝重墻頭出，渠柳條長水面齊。惟有教坊南草色，古城陰處冷凄凄。

百官散朝而出宮門，建亦在其中，「五門西」三字乃破題目也。第二句寫「望」字，亦點綴「早春」。風塵紛起中，細檢之，則有天厩之獻馬，蓋黄鞍而得得；有鷄坊之鬥鷄，纏紅羅而礧礧。此因百官之下朝而帶言，百官者亦可知矣。於松言「館」，於柳言「渠」，是五門也；松枝猶重，柳條漸長，是早春也。「望」字括之，徑接教坊。「教坊」乃玄宗所建而教歌舞者，時移物换，空有荒草凄凄，春至而不成春。以極冷處應起首之極熱處，言城内亦存此墮淚之地。最妙在舞馬之伎、鬥鷄之戲，皆玄宗當時之盛事；呈了之馬、鬥回之鷄，自與末句相爲表裏。建爲秘書郎，白居易曾撰制云：「詩人之作麗以則，建爲文近之矣，故其所著章句往往在人口中，求之輩流亦不易得。帑藏之吏非爾官也，而翱翔書府，吟咏秘閣，改命是職，不亦可乎？」朝散之次尚以此冷眼行此麗才，嗚呼！建真非帑藏之吏也！

韓偓詩云：「外使進鷹初得按，中官過馬不教嘶。」是不過宮中紀實之作。此詩前聯與之光景相似而用意复異。以嗜無用之玩好而作華奢者與結句之教坊相對照，中有一片規諷之意。蓋謂若耽於此種玩好而不止，則洵恐與彼教坊一般收場也。是碌碌下朝者眼中之物，斷不復爲其意中之物矣。

【校勘記】

［一］早春五門西望：《全唐詩》卷三百作《春日五門西望》。

錦瑟　李商隱

錦瑟無端五十弦，一弦一柱思華年。莊生曉夢迷蝴蝶，望帝春心託杜鵑。滄海月明珠有淚，藍田日暖玉生煙。此情可待成追憶，只是當時已惘然。

元遺山《論詩》云：「望帝春心託杜鵑，佳人錦瑟恨華年。詩家絶愛西崑好，獨恨無人作鄭箋。」王漁洋《論詩》云：「獺祭曾驚博奥殫，一篇錦瑟解人難。」此詩之無定説，實如二家之言。《緗素雜記》載言：「山谷始讀之，不曉其意，以問東坡。東坡答曰：『瑟之聲有適、怨、清、和之四。曉夢蝴蝶，適也；春心杜鵑，怨也；滄海月明，清也；藍田日暖，和也。一篇之中曲盡其意。』」許彦周因以爲令狐楚之侍人能彈此曲。奉此説者不少，而前後四句則漠然無解者。以錦瑟爲貴人之愛姬者乃劉貢父，以爲令狐楚之妾者乃計敏夫，皆以爲情有所屬而託之。徵之近人，則朱鶴齡、馮養吾皆以爲悼亡之作。朱以爲「義山《房中曲》有『歸來已不見，錦瑟長於人』之句，此詩寓意略同，以錦瑟起興，非專咏錦瑟也」。馮以爲「『思華年』原擬偕老，『莊生曉夢』用鼓盆之事，『藍田日暖』用吴宫之事，皆指夫婦，云『無端』、云『不憶』者，言將從何得此佳婦耶？

云『惘然』者，早知好物不堅牢也」。二家以意邀之而巧釋之，可知其自有所信。汪韓門則以爲「義山半百之年以古弦寓其坎壈之感者」，創見異解，出人意表。其餘有言瑟爲廿五弦、絶之而爲五十者，有言五十弦乃錦瑟之年者，何紛紛鄭箋之多也！

要之，此詩乃商隱於其五旬之齡而無端有感於錦瑟也。古瑟爲五十弦，其柱亦準之，乃以一柱一弦同齡者起興，追想少年之俊遊也。中二聯乃華年之事，其中雖常存美者，然不必局於一人。或爲蝶夢所迷，或爲鵑心所託，形容我情旨之纏綿，而借「莊生」「望帝」以施藻采也；滄海之珠有淚，藍田之玉生煙，皆言哀樂有不能自主者，而賴「月明」「日暖」以生神韻也。此四句用力鋪叙，盡態極妍，宋漫堂所謂「義山造意幽邃，感人尤深」者也，只因其語靈空杳渺而至費解。七、八句則總收以呼應起句，言華年之事既如中聯，而當時我心早已有惘然者，非待今日追懷之而始惘然也。蓋感其老者益深，懷其舊者彌切。至於其語之雋麗，真是當行本色，爲西崑之祖者必宜如此。戴叔倫曰：「詩人之辭如藍田日暖，良玉生煙。」其語恰與第六句同，即移此語而評此詩，不亦善乎？

江亭春霽　李郢

江蘺漠漠荇田田，江上雲亭霽景鮮。蜀客帆檣背歸燕，楚山花木怨啼鵑。春風掩映千門柳，晚色凄凉萬井煙。金磬泠泠水南寺，上方臺殿翠微連。

是郢在杭州所作。江蘺漠漠，江荇田田，宿雨新霽之景，從江上著筆，最適望中之景也。蜀船背燕而去，楚樹帶鵑而來，江亭與春霽互相表裏。東風拂千門之柳，春色已遍；薄暝催萬户之煙，霽景尚愁。言江亭望中之物，前者乃接歸燕，後者乃接啼鵑。忽有磬聲度水而至，放眼視之，則上方寺樓儼在翠微如潑之處，仍是把捉霽景來於筆下者，即景而多澹然之趣。前人云：「此詩乃續腰格，肩之一聯不言春景，腰之一聯始言之矣。」然歸燕啼鵑，亦何非言春景耶？

送人之嶺南

李郢

關山迢遞古交州，歲晏憐君走馬遊。謝氏海邊逢姹女，越王潭上見青牛。嵩臺月照啼猿樹，石室煙涵古桂秋。回望長安五千里，刺桐花下莫淹留。

五嶺以外爲嶺南，古交州屬之。地既遠，瘴氣襲人，送者亦不免有凄凉之語。一、二句憐其鬱鬱不得志而赴關山迢遞之地，乃題位之正面。三、四句爲嶺南之事。「姹」一作「素」。謝端少喪父母，鄰人養之，長而恭謹自守。一日於海邊得一螺如三升壺，貯之甕中，端每耕作還，飲飯湯火一如有人爲者。端疑而於籬外窺之，見一少女從甕中出。端入而問之，答曰：「我乃天漢中之白水素女，天帝憐卿孤慎，令我炊烹。」第三句言此事。越王建德，伐木爲船，令童男女三千牽之，既而人船俱墜于潭。後聞附船催唤督進，見青牛馳回牽舟，蓋神靈之至也。第四句言此事。録其異事者，示其乃懸遠之地也。五、六句爲嶺南之景。「嵩臺」

「石室」點出嶺南之地，明月輕煙，兩相幽寂；猿嘯桂香，兩相悽婉。其事其景如此，其去長安之遠不待言也，謂宜及早而歸。言「遭遇當有時」以慰之，作法略同《送李王二少府》之什，而此詩更奥峭，以刺桐花下之迢遞非潭峽可比也。如東坡之「日啖荔支三百顆，不妨長作嶺南人」，取傲然自快可也，是豈送者之心耶？

九日登仙臺呈劉明府[一]

崔曙

漢文皇帝有高臺，此日登臨曙色開。三晉雲山皆北向，二陵風雨自東來。關門令尹誰能識，河上仙翁去不迴。且欲近尋彭澤宰，陶然一醉菊花杯。

「仙臺」乃漢文帝所築，用直叙法一氣呵成。「登臨」乃從九日之例。三、四句誌望中之景。韓趙魏之雲山蒼蒼，殽之二陵風雨自爲颯然，見臺之高爽宏敞。五、六句從「仙臺」字面落想，「關門令尹」乃受老子長生之術者，不可得識；「河上仙翁」乃授老子之經於文帝者，不可得見。言臺以仙名，登高望遠，空贏寂寞，字外之言津津可味。七、八句以其無聊，故尋明府而思對酒之歡。「且欲近」三字巧捩轉上句之意，虛字之妙也。昔淵明九日無酒，摘菊盈把，久之，見白衣至，乃王弘送酒也。此詩反用之，以彭澤宰擬於明府，因其有官職而比之，而以菊花接之，非以王弘自擬也。殷璠云：「曙詩嘆詞要妙，情意悲涼[二]，送別登樓，俱堪淚下。」此首聳然特立，旋轉而歸著於題位，句律典重，情景又分明，雖非情意悲壯，而品格既高，復饒遠韻，推爲正聲者固當也。

曙《明堂火珠》篇云「夜來雙月滿，曙後一星孤」，見者皆以爲警句也。明年曙死，有一女名爲星星，人始悟其爲詩讖。冥冥之中事有前定，作者自不知之。仙臺上無由見真人而問之，非真可憾之至乎？

【校勘記】

［一］九日登仙臺呈劉明府：《全唐詩》卷一百五十五作《九日登望仙臺呈劉明府容》。

［二］凉：底本誤作「壯」，據《河岳英靈集》卷下改。

叢臺［一］

李遠

有客新從趙地回，自言曾上古叢臺。雲遮襄國天邊去，樹繞漳河地裏來。弦管變成山鳥哢，綺羅留作野花開。金輿玉輦無消息，風雨惟知長緑苔。

叢臺在邯鄲縣，係戰國時趙武靈王所築，後趙、北齊亦都之。有客搜其遺址，歸而告遠。一、二句爲作詩之根，和平圓熟，引起後句如不須力，鍊意之極也。「襄國」與「漳河」乃叢臺之形勝，言「天邊去」者，白雲澹澹而遠罩也；言「地裏來」者，深樹葱葱而低連也。點出地名，言叢臺之規模雄大，所望極遠。「山鳥」與「野花」乃叢臺之景物，以爲「弦管」、以爲「綺羅」者，乃憑吊者以心意中之語品眼耳中之物也。吴梅村之「芳草乍疑歌扇緑，落英錯認舞衣鮮」，全似與此首通一點靈犀者。以「金輿玉輦」收弦管綺羅之豪華，以

「風雨緑苔」結山鳥野花之荒凉，而雄大規模空歸邯鄲道上一夢。全篇聞客話而落筆，亦一格也。或題作「聽客話叢臺」，恰稱詩意。

令狐楚曾薦遠爲杭州刺史，宣宗曰：「聞遠有『長日惟消一局棋』之句，此不可使治郡也。」對曰：「詩人之言不足爲實也。」遂用之，廉察可任。蓋難以詩直品其人，以其斷句而品其人者更易陷誤謬。韓愈之「吏人休報事，公作送春詩」、劉禹錫之「案牘來時惟署字，風煙入興便成章」，由俗吏見之，則真將有廢事之誚也。幸遠爲廉察，考績既上，故銜中長日却又有待於楸枰者，可謂奇矣。遠其餘警句，「初分隆準山河秀，乍點重瞳日月明」，乃贈寫御容者也；「碧落有情空悵望，瑶臺無路可追尋」，乃失鶴也。前者莊重得體，後者安雅有則。

【校勘記】

［一］叢臺：《全唐詩》卷五百十九作《聽話叢臺》。

寒食［一］

來鵬

獨把一杯山館中，每驚時節恨飄蓬。侵階草色連朝雨，滿地梨花昨夜風。蜀魄啼來春寂寞，楚魂吟後月朦朧。分明記得還家夢，徐孺宅邊湖水東。

來鵬乃豫章人，以林園自樂，大中、咸通間才名藉甚。韋岫愛其才，欲嫁女，不果，携以遊蜀。恰逢亂，鵬避之於荆襄，艱難險阻，具極其慘，死於維揚之客舍。先是，有「一夜緑荷風剪破[二]，賺他秋雨不成珠」之句，其死在秋日，詩遂成讖。事殆與崔曙同轍，令人疑天亦常以才人之事爲對偶耶？

此詩前後雙關接，驚節物之變，言夢魂之易至鄉。乃録客懷者，故以「獨」字爲字眼。古詩有「轉蓬離本根，飄飄畏長風」之句，言天之涯地之角，孤客流落如蓬轉於風。二聯前以時節爲主、山館爲賓；後以山館爲主、時節爲賓。芳草忽遍於階前，是因連朝之雨催之乎？梨花忽滿於地上，是因昨夜之風摇之乎？所以描出「驚」字也。「蜀魄」乃子規，哀聲至八千有八者；「楚魂」乃鳥，吟聲嗚咽。其春之寂寞、月之朦朧，附於異物而明明襯出。徐孺子乃東漢人，與陳蕃友善，以懸榻之故事有名者。其宅在洪州東湖上，鵬故家与之相近，七、八句故云也。音節悽婉，意趣悲愴，殆將不遠於鬼詩。身生之感而至於是，亦可哀也。或以爲維揚客舍之作，乃死前所賦者，亦非無故。

或云：「楚懷王與秦昭王會武關，爲秦所囚不得歸，卒於秦。後於寒食月夜，有見吟詩於楚者，曰：『流水涓涓芹發芽，織鳥雙飛客還家。荒村無人作寒食，殯宫空對棠梨花。』『楚魂』蓋用之也。」事雖固不過後人所附會，然用之於寒食，則似最爲適切。

【校勘記】

[一]寒食：《全唐詩》卷六百四十二作《寒食山館書情》。

〔二〕夜：底本訛作「把」，據《全唐詩》卷六百四十二改。

已前共七首

舊解云：「第一聯輕婉，第二聯重大，第三聯稍輕至於銖，第四聯其輕婉同於第一聯者也。」

四虛

周弼曰：其説在五言，然比於五言，終是稍近於實，而不全虛。蓋句長而全虛，則恐流於柔弱。要須景物之中而情思通貫，斯爲得矣。

「四虛」謂中四句皆情思而虛。其法雖與五律同，然句既長，則虛或有致弱之虞，是正砭當時之詩弊也。故「四虛」要帶景物以貫通情思。

隋宮　李商隱

紫泉宮殿鎖煙霞，欲把蕪城作帝家。玉璽不緣歸日角，錦帆應是到天涯。于今腐草無螢

火，終古垂楊有暮鴉。地下若逢陳後主，豈宜重問後庭華。

商隱之作文也，多檢閲書册，鱗次左右，有「獺祭魚」之稱。故其詩多使故實，飽於材料，人以爲其病。范晞文舉其《人日》詩云：「文王喻復今朝是，子晋吹笙此日同。舜格有苗旬太遠，周稱流火月難窮[一]。縷金作勝傳荆俗，剪綵爲人起晋風。獨想道衡詩思苦，離家恨得二年中。」言「如此乃是編事雖工，何益？」更舉「玉璽錦帆」「管樂關張」二聯，言「融化斡旋，如自己出，精粗頓異也」。其言融化斡旋者，乃謂讀書既多，而才和之、情合之、意團之，遇事渾然而出也。如此用典，則書卷爲性情所驅使，與直言胸意者無些子兒異，是入神之境也。及楊億、劉筠等西崑之體起，其弊也，徒模義山之肌理，務於填充故實，徒圖雕飾，絶學不及商隱之高情遠識，却令文從字生，其語意之輕淺遂至累及商隱。《碧溪詩話》云：「任昉稱用事過多，屬辭不得流便。余謂昉詩所以不能傾沈約者，乃才有限，非事多之過。」此語恰足以爲商隱解嘲。蓋商隱以才多，學少陵而創一格，驅使萬卷不妨。其用事繁多而尚能藻華絶麗，不失爲「百寶流蘇千絲鐵網[二]」者，有之哉！蔚乎雄視百世也！此書所録，亦可以知其面目矣。

高棅云：「商隱長於咏史，其造意幽深、律切精密，有出常情之外。」《隋宫》乃其一，正刺煬帝之豪奢也。煬帝大業元年，自長安至江都置離宫四十餘處，故言鎖上林紫泉之宫而南遊江都蕪城、荒淫忘返者，乃點出亡國之因由也。光武帝龍顔日角，以異相比於唐主；錦帆乃煬帝所御。謂傳國玉璽若非歸於唐主之手，則錦纜牙檣當至天涯而不止，豈啻「欲把蕪城作帝家」而已耶？逆挽而申言其豪奢也。後聯俱用煬帝故實，煬帝曾於景華宫徵求螢火數斛，夜出遊山時放之，光遍山谷；又於隋堤種楊柳。今螢火已絶，腐草終不化；垂楊尚緑，暮鴉空栖，言豪華轉瞬而消。七、八句拓開一步，蓋煬帝、後主皆以荒淫華奢亡國，言地下若相逢而奏亡國之歌，則帝亦當自悪然矣。而用之者亦因有一條本事：煬帝嘗過吴公臺下，恍惚而遇陳後主，帝請使張麗華舞「玉樹後庭花」，後主曰：「與張妃憑臨春閣作《璧月詞》，未終，遇韓擒虎撞入，而至如今。始謂殿下治在堯舜之上，今日還此逸游，曩日何見罪之甚耶？」帝叱之，忽不見。是《洛陽伽藍記》所載。商隱即由此事反言之，推隋之所以亡而溯到陳之所以亡，以彼視此，此有更甚於彼者，故云「豈宜重問」也。曉嵐以爲其與温庭筠之「後主荒宮有曉鶯，飛來只隔西江水」意同，可謂能分其精神者。要之，詩情乃憑吊悽凉之事，用事取物却一意華潤鮮麗。是雖固商隱之常，而煬帝以華奢荒淫亡國，非有時危運盡之變，故以錦綉語出之，却見其愜於題面，可謂跳脱之至也。

【校勘記】

［一］月：底本訛作「日」，據《全唐詩》卷五百四十一改。

［二］寶：底本訛作「家」，據《詩人玉屑》卷二改。

馬嵬　　李商隱

海外徒聞更九州，他生未卜此生休。空聞虎旅鳴宵柝，無復鷄人報曉籌。此日六軍同駐

馬，當時七夕笑牽牛。如何四紀爲天子，不及盧家有莫愁。

安禄山叛，玄宗西走，至馬嵬，將士飢疲皆憤怒，陳玄禮以天下之計誅楊國忠，六軍尚駐馬不發。帝使高力士問其故，答曰：「賊尚在，願陛下割恩正法！」帝不得已，與楊妃訣，令高力士縊殺之。是千古傷心之事。詩乃從帝之意中體貼而出，故倍見慘意。妃死後，道士楊通幽爲帝索妃，三日夜而奏云：「於東海之上、蓬萊之頂見之，取金釵鈿盒拆半，言爲我謝太上皇。」《長恨歌》所賦是也，事固荒誕。昔者鄒衍云：「九州之外更有九州。」此乃茫漠不可知之事也，因用之於首。以「徒聞」二字見意，言雖有楊妃殁而至海外蓬萊之説，然其事終屬徒聞，真僞不須辨亦明者也。玄宗與楊妃誓於長生殿，指天之比翼、地之連理，云願生生世世永爲夫婦。然一如首句所言，楊妃死後海外蓬萊之説既難爲信憑，則他生之事又何得而卜知哉！此明屬空言，而此生則已休。何哉？因楊妃現縊死於此馬嵬坡下也。第二句擒縱兩「生」字，以「他生未卜」將首句排去一邊，以「此生休」緊入馬嵬之題位，以開二聯，何得見出其過峽承接之痕耶？三、四句爲馬嵬行宫實景。是雖實景，其實乃作者意中思量當時所當有者之語，伯弜收於「四虚」格中乃爲此也。天子在宫，必有鷄人之報曉籌；今以行宫匆促之際，唯聞虎旅宿衛鳴柝警夜，不復聞鷄人報籌。五十年太平天子，忽經焚琴煮鶴之痛，遇此蕭條寂寞之境，洵何以爲情也！五、六句出句承前聯、對句回應起首，夫今之感蕭條寂寞殊深者，乃因楊妃之一死也。楊妃之死抑亦何故哉？此日六軍同駐馬而不發故耳，而楊妃死矣。念到當時七夕良宵，在驪山宫凭肩私語、笑牽牛織女星會期之稀時，生生世世之語宛然仍存耳底，其人今安在哉？嗚呼吁嘻！真個「他生未卜此生休」也！「六軍駐馬」「七夕牽牛」唯用本事，語之飛舞呼應者如此。絶不著愁怨淚啼等文字，而讀之者痛真入骨。七、八句乃總束。十二年爲一紀，四紀即四十八年。玄宗在位，若通算開元天寶，則凡四十四年，言四紀者乃舉其成數也。四紀天子而終不能保一楊妃，反不如盧家莫愁少婦能百年相守而不暌離，豈非痛嘆慟哭之至哉！末以盧家少婦作陪者，與前詩《隋宫》借陳後主乃同一筆法。盧家少婦之事見梁武帝《河中之水歌》，固無其與夫永相守之成文，但由「莫愁」二字想象其當如此而已。後人有稱之云擬人非倫，是可謂看詩太實相者，坐不知有虚借原來文字一法也。

朱東巖云：「此篇非不爲親切巧麗，而『他生未卜』之一起、『如何四紀』之一結，未免搶白太過，言謦絶則有之，言渾雅則未也。」其説略近范晞文。晞文之言云：「商隱之『平明每幸長生殿，不伴金輿唯壽王』，彰君之惡也。『未免見他褒姒笑，只教天子暫蒙塵』，又『君王若道能傾國，玉輦何由過馬嵬』，又『如何四紀爲天子，不及盧家有莫愁』，皆有重色輕天下之意。」宋人詩論，徒拘泥於理路，不足爲商隱之病。然渾雅則真未也，是亦所須分别。温庭筠《馬嵬》云：「穆滿曾爲物外遊，六龍經此暫淹留。返魂無驗青煙滅，埋血空生碧草愁。香輦却歸長樂殿，曉鐘還下景陽樓。甘泉不復重相見，誰道文成是故侯。」其温雅婉麗高於商隱一籌，而俊警靈動則遠不相及。二者各有其長，東巖漫推温者非至論也。

籌筆驛　　李商隱

魚鳥猶疑畏簡書，風雲長爲護儲胥。徒令上將揮神筆，終見降王走傳車。管樂有才終不

忝，關張無命欲何如。他年錦里經祠廟，梁甫吟成恨有餘。

籌筆驛在利州，或謂諸葛亮出師時曾駐之而作簡書，故名。杜牧云「永安宮受詔，籌筆驛沈思」。畫地乾坤在，濡毫勝負知」者是也。「簡書」乃軍中之法令，規律嚴明，魚鳥至今如敬畏之；「儲胥」乃軍中之藩籬，誠忠感於天地，風雲至今如擁護之。驛之包括全局，説得十分風烈。是爲懷古之正面。上將揮筆，鼓舞士氣，却遇「出師未捷身先死」之變，蜀勢漸衰，後主降魏。一國存亡繫於一身，轉令人思「兩朝開濟老臣心」也，「徒」字、「恨」字具無限感愴。要之，一、二句起得凌空突兀，三、四句斗然抹倒之，有龍跳虎卧之勢。亮每自比管仲、樂毅，視其所施設，直不相愧。比於「伯仲之間見伊吕，指揮若定失蕭曹」，則用其自道之語更適實也。關羽、張飛乃蜀之驍將，而皆死於先主生時，不能待亮之出師，漢運已移，不復可爲。悼關張之無命，則亮之早殞不須筆墨吊也。前句承「上將」，後句承「降王」，作法全同前詩之「虎旅」與「駐馬」相接、「鷄人」與「牽牛」相接。七、八句乃加一倍法。經其行軍之地，尚且不堪感慨，他年若詣錦里祠廟，則我心果何如？一誦其所作《梁甫吟》，早已有淚霰下。正以咏嘆其人之筆而所以回到籌筆驛也。此種之作，一瓣心香全炷於老杜前，故氣足神完，筆無一鈍，邊幅不窘。羅隱《籌筆驛》詩云：「抛擲南鄉爲主憂，北征東討悉良籌。時來天地皆同力，運去英雄不自由。千里山河輕孺子，兩朝冠劍恨譙周。惟餘巖下多情水，猶解年年傍驛流。」曉嵐以爲「有義山一作在前，便覺此不稱題」。語雖酷辣，兩相對照，則爰見其不可移動也。

聞歌　李商隱

斂笑凝眸意欲歌，高雲不動碧嵯峨。銅臺罷望歸何處，玉輦忘還事幾多。青塚路邊南雁盡，細腰宮裏北人過。此聲腸斷非今日，香灺燈光奈爾何。

「斂笑凝眸」，美人欲歌之候也，而歌者帶銜悲之意；「高雲不動」，美人已歌之時也，昔秦青悲歌，響遏行雲，以一語品盡新聲。前聯言美人歌生死別離之苦：魏武帝臨死，遺令云「吾婕妤妓人皆置銅雀臺中，月之朔望，向帷作妓樂，時登臺望吾西陵墓田」。以妓樂應題目。周穆王御黄金碧玉之輦，與西王母宴於瑶池，歌謳忘返。以歌謳應題目。二者以言美人之情旨。後聯言歌曲之足爲斷腸：青塚乃昭君之墓，在胡地，塚草獨青，南雁至此而回；楚王好細腰，宮中餓死者多，北人爭堪？二者以言美人之薄命。腸斷如此，銅雀玉輦、青塚細腰，盡束住「非今日」而來，燭殘香燼之時，轉覺其哀婉。寫其歌聲之巧，即所以動情也。本集題下注云「喪夫而歌」，二聯之用事決不泛。結尾一句真欲令歌者一慟而絶，至性之語也。而宋人以義山爲「邪思之尤」者、明人以爲「蕩子」者，正坐由此種題目多，見其肌膚而不問神性矣。綺語之傷人也多。史稱商隱之官廣州也，人或袖金以贈，商隱不受，云：「吾自性分不可易，非畏人之知也。」後人若以之爲思邪蕩子尚能爲之，我則不復論人矣。

茂陵　　李商隱

漢家天馬出蒲梢，苜蓿榴華遍近郊。內苑只知銜鳳觜，屬車無復插鷄翹。玉桃偷得憐方朔，金屋妝成貯阿嬌。誰料蘇卿老歸國，茂陵松柏雨蕭蕭。

茂陵乃漢武帝葬處，故句句用武帝事而吊之。帝聞大宛有善馬，求之不得，令李廣利伐而取之，名曰「天馬」，「蒲梢」乃馬之龍文汗血者也。馬嗜苜蓿，張騫故從西域移栽，併携塗林之安石榴。二句皆刺武帝之勤遠略，其實乃搜異物也。煮鳳觜爲膠可續斷弦，帝曾射虎於華林苑而弩弦絶，王母之使者口濡膠一分而續之。此句刺帝好爲上林射獵也。大駕有屬車，鸞旗有鷄翹，天子出，則以擁前後。言「無復」者，刺帝好爲期門之微行也。西王母獻桃七枚曰：「此桃三千年一結，東方朔已三竊之。」五句借一事而刺帝之求仙。升庵曰「古本作『瑶池宴罷留王母』」，亦借一事道破之也。帝五歲時，長公主抱置膝上，指女阿嬌云：「好否？」帝曰：「若得阿嬌，當作金屋以貯之。」乃訂婚。六句借一事刺帝之好色。「蘇卿」乃蘇武，帝天漢中使於匈奴，經十九年歸京師，正昭帝始元中，詔使奉太牢謁武帝園廟。七、八二句自武衷懷見出陵樹蕭條，以言武帝之雄心侈意亦無可如何者。借武帝一轉而前數句皆活，氣格深穩，藻采華麗，於諸作中體格自變。或云：「方朔、阿嬌之後而更用武之事，未免有點鬼簿之嫌。」然若不用武之事，則結句七字難免徒爲懷古套語，是却商隱沈思獨往之處也。

西崑諸家咏漢武者，楊億云「力通青海求龍種，死諱文成食馬肝」，劉筠云「桑田欲看他年變，瓠子先成此日歌」，錢惟演云「立候東溟邀鶴駕，窮兵西極待龍媒」，刁衎云「已教丞相開東閣，猶使將軍誤北戎」，皆裝砌故實，各有短長。要之，皆效商隱所爲耳。近清管世銘之《茂陵》云：「要使天驕讋漢旌，登臺絶漠遠横行。雄心晚爲泉鳩悔，萬死先因宛馬輕。獨攝衣冠容汲黯，不留弓劍待蘇卿。凄凉玉碗人間出，起告曾無同舍生。」作法全學商隱，未足以道盡漢武，爲北江所嘆賞者蓋亦幸矣。

已前共五首

《備考》曰：「專含譏諷之詩也。」然《籌筆驛》《聞歌》二篇不得爲譏諷之者，當爲中間用故事之格也。

早秋京口旅泊[一]

李嘉祐

移家避寇逐行舟，厭見南徐江水流。吴地征徭非舊日，秣陵凋弊不宜秋。千家閉户無砧杵，七夕何人望斗牛。惟有同時驄馬客，偏題尺牘問窮愁。

李嘉祐在潤州，劉展謀叛，州爲其所陷。嘉祐遁至京口，有蔣侍御者以書問其安否，嘉祐酬以此詩。一、二句言逢寇無家，朝南暮北，託生舟楫而至京口。言「厭見」者，繫之三、四句，悲臨江之地已非如舊日也。烽火不息而加科斂，不忍見吴地之煩擾矣，不忍見秣陵之衰頽矣。言「不宜秋」者又繫之五、六句，家家户閉而無搗練之聲，樓樓燈滅而無乞巧之會。狀京口一帶無人，「早秋」二字亦從而闞合，尚是「厭見」中之物也。「驄馬客」指侍御，「窮愁」二字正此篇之結穴。故五十六字含意悽然，不能多讀。嘉祐亦有句云：「山當睥睨常多雨，地接瀟湘畏及秋。」此較前聯時異而詩格亦變，俊爽之氣、沈摯之思，似可兩存。

【校勘記】

［一］早秋京口旅泊：《全唐詩》卷二百七作《早秋京口旅泊章侍御寄書相問因以贈之時七夕》。

晚次鄂州

盧綸

雲開遠見漢陽城，猶是孤帆一日程。估客晝眠知浪静，舟人夜語覺潮生。三湘愁鬢逢秋色，萬里歸心對月明。舊業已隨征戰盡，更堪江上鼓鼙聲。

詩亦遭亂歸國者，通篇寫急歸之神理。何以知之？眼見漢陽，尚恨須一日之舟程，是以知之也。「雲開」二字極切「遠見」二字，歸人之面目自見。其歸之急如此，三、四句却寫其閑趣，綽綽而有餘裕。徐文弼云：「詩有偶然凑泊情事甚妙，然若非當境，則有思一日亦不到者，如此聯者是也。」浪静潮生，真日間瑣事，經孤帆數日之程，當能解得此消息，後句尤有神彩。第五句乃以愁鬢皤皤逢三湘秋色之意，倒插之，恰與「久拚野鶴如雙鬢」一其例也。第六句點出「歸」字，對明月而迢迢思遠。七、八句言其急歸之所由來。

其歸只因干戈滿地，舊業全盡，不得所託耳。况江上現有鼓鼙動地而來乎？雖不欲急歸而不得也。以大騷擾語對照三、四句之大閑適語，何等之筆力哉！

赴武陵寒食次松滋渡[一]

竇常

杏花榆莢曉風前，雲際離離上峽船。江轉數程淹驛騎，楚曾三户少人煙。看春又過清明節，算老重經癸巳年。幸得柱山當郡舍，在朝長咏卜居篇。

「杏花榆莢」乃寒食，「離離上峽船」乃松滋渡，「曉風前」有「次」之義，「雲際」有「望」之意。沿江流之轉數程，驛騎淹留，正釋「赴武陵」而「次」義亦存。南公曰：「楚雖三户，亡秦必楚。」是秦時語，如今忽又人煙稀疏，殆成三户之思矣。下一「曾」字，波瀾忽老成，仍側寫「赴武陵」與「次」也，與劉長卿之「孤城盡日空花落，三户無人自鳥啼」意相近。「清明節」乃爲寒食設題。「癸巳」以常之時稽之，乃元和八年。云「算老重經」，乃六十年後再經過此地也。清明已過，日暮道遠，地亦是荒凉寂寞。所幸者，柱山凝翠而對武陵之郡舍，若於好風景底卜居栖息，則或可以慰老境。屈原有《卜居》之作，用楚地故事，似强爲自寬。《衆妙集》之本題尚加「先寄劉員外禹錫」七字。禹錫有《松滋渡》一律，亦傳誦江湖，未知其孰先成耶？

【校勘記】

［一］赴武陵寒食次松滋渡：《全唐詩》卷二百七十一作《之任武陵寒食日途次松滋渡先寄劉員外禹錫》。

鄂州寓嚴澗宅［一］

元稹

鳳有高梧鶴有松，偶來江外寄行踪。花枝滿院空啼鳥，塵榻無人憶卧龍。心想夜閑惟足夢，眼看春盡不相逢。何時最是思君處，月入斜窗曉寺鐘。

稹爲武昌節度使，移治而寓嚴澗之舊宅，賦此詩以寄相思。梧栖鳳、松宿鶴，言皆得其處，而引起我之寄行踪。前聯爲初到之景，院中啼鳥、榻上堆塵，見澗去後無住者也。「卧龍」乃孔明之事，因比於澗，暗如自擬，其實乃從「榻」字生情，輕輕言之，孔明之事於前後固無關係也。後聯由午中之閑寂而想夜夢之安，正從「塵榻」「卧龍」而串下者，「夢」字中有相思之意，故以不相逢接之；既未相逢，故以相思接之，有宛轉之妙。月入斜窗，鐘傳曉寺，實繪夢境之妙理也。而前半後半晝夜之景一眼可辨。稹之詩易解易釋，正以無深意也。自記其詩之行世云：「予於平水市中見村校諸童競習詩，召而問之，皆對曰：『先生教我，是元微之詩。』亦不知予爲微之也。」所以得生前名者，固不令白家老嫗嘆德之孤矣。

【校勘記】

［一］鄂州寓嚴澗宅：《全唐詩》卷四百十四作《鄂州寓館嚴澗宅》。

九日齊山登高　　杜牧

江涵秋影雁初飛，與客携壺上翠微。人世難逢開口笑，菊花須插滿頭歸。但將酩酊酬佳節，不用登臨嘆落暉。古往今來只如此，牛山何必獨沾衣。

提壺登高，點明「九日」。言江流之涵秋影，出語洵千伶百俐，飛雁宛然入畫。其規模之大、起句之妙，不愧屈指。盗跖曰「一月之間開口而笑者無幾日也」，用以申言第三句之意。菊花插頭，狀醉態而筆致酣嬉嬉，「落帽參軍」可以仿佛。以「人世」對「菊花」，開闔有法、抑揚有致，乃得流水格之髓者。虛谷以爲「得此法，則詩如禪林散聖〔二〕」，其語爲當。後聯總三、四句而永言之，通觀古今，傲然自得者，宜可如此亂頭粗服也。而「只如此」三字又總括五、六二句之意，平生抑鬱之氣忽發而寄之於放達，筆筆皆響，早已嘲盡牛山之沾衣。《列子》云：「齊景公遊於牛山北，望其國城而流涕曰：『美哉國乎！若何去之而死乎！』」今登齊山而據齊王登高故事，固非泛用者，而六句之「嘆」字正喚出之。全篇字、意滚下，如珠走盤，其斡旋虛字之巧，所以稱似於樂天也。或以牧專事華藻，如言「只知有綺羅脂粉」者，乃不知此等之作耳，不足累牧也。張祜和此詩云：「秋溪南岸菊霏霏，急管繁弦對落暉。紅葉樹深山徑断，碧雲江浄浦帆稀。不堪孫盛嘲時笑，願送王弘醉夜歸。流落正憐芳意在[二]，砧聲徒促授寒衣。」其或爲携壺客中之一員乎？

老杜《九日》詩云：「竹葉於人既無分，菊花從此不須開。」以峭健之筆叙沈鬱之思，此詩前聯恰由此胎出，意亦一翻而自新，是所謂善學者得魚而忘筌也。朱元晦九日與坐客分「菊花須插滿頭歸」爲韻，以「歸」字賦云：「去歲瀟湘重九時，滿城風雨客思歸。故山此日還佳節，黄菊清樽更晚暉。短髮無多休落帽，長風不斷且吹衣。相看下視人寰小，只合從今老翠微。」一氣湧出，神共筆生，興與墨飛。其高情逸致，不負爲牧之後勁，亦可謂善學者也。

【校勘記】

[一]散：底本訛作「教」，據《瀛奎律髓》卷二十六改。

[二]意：底本誤作「草」，據《全唐詩》卷五百十一改。

送王尊師[一]

姚合

先生自説瀛洲路，多在青松白石間。海岸夜中常見日，仙宫深處却無山。犬隨鶴去遊諸洞，龍作人來問大還。今日偶聞塵外事，朝簪未擲復何顔。

明人云：「七言絶律起句借韻，謂之孤雁出群。寧用仄字，勿借平字。」宋人云：「若以側句入，尤峻健。」以洪容齋「此地相從今歲晚，登臨况是客歸時」爲之例。然以側句入者，定得其自然，不使人覺押韻不押韻，始可爲之。不然，則何苦爲此變格耶？如合此詩，「先生自説瀛洲路」一句斗然抬起而來，一字不可移動，以「先生自説」四字包「瀛洲」以下而至後聯，更以「路」字蔽第二句，令十四字一氣讀下，是起句用仄字之妙也。容齋之詩恐不足以教人。

《島夷志》云：「琉球有大崎山，極高峻。夜半登之，則見日出於暘谷，紅光燭天，山頂爲之明也。」第三句之事全不爲虚。仙家雖稱三山，然多沿青松白石，故言「却無山」。漢劉安仙去，餘藥於鼎，鷄犬舐之者亦得上昇——此第五句之所本。唐孫思邈隱於終南山[二]，時大旱，有西域僧禱雨昆明池，凡七日，縮水數尺，龍化爲老人至孫所求救，孫乃授以大還之術，池水漲而龍復得生——此第六句之所本。言二者皆仙家妙用，人間不可得而端倪也。以上皆記尊師所説，以「偶聞」二字歸到自家，以「塵外事」三字束住以上，嗟自己局縛於朝簪而不能與共，緊接「青松白石」，遂似頽然自放人之語也。

【校勘記】

[一]送王尊師：《全唐詩》卷四百九十七作《贈王尊師》。

[二]唐：底本誤作「晋」，據《舊唐書・孫思邈傳》改。

贈王山人　　許渾

貰酒携琴訪我頻，始知城市有閑人。君臣藥在寧憂病，子母錢成豈患貧。年長每勞推甲子，夜寒初共守庚申。近來聞説燒丹處，玉洞桃華萬樹春。

以「貰酒携琴」寫山人之身分，與絶句「賣藥修琴歸去遲」語、意兩同。「城市」二字説其過去之事，與末句之「近來」相對，可知前六句皆非現在之事也。三、四句言閑人之所作，藥中有君臣佐使，處方者當爲一君二臣三佐四使，是係《本草》所記。藥方既正，病所以不足憂也。青蚨乃似蟬而大者，捕其子則母即飛來。以母血塗錢八十一文，以子血塗錢八十一文，每市物，或先用母錢，或先用子錢，皆後飛回，循環無已，是係《搜神記》所録。錢貲已足，貧所以不足患也。五、六句叙訪我之頻繁。「甲子」乃年紀，絳縣老人云：「臣生之歲，正月甲子朔，經四百有四十五甲子矣。」年長而勞於數己之齡，俗諺所謂老而忘歲者近之。《洛中記異》云：「有朝士夜會太乙觀，拱師而守庚申。」邦俗之待庚申者蓋其遺風也。以二聯道盡「訪我」與「閑人」。故及其近來之事，完贈寄之題面，是七、八句之妙也。桃花萬樹、玉洞春深，緊接「夜寒」二字，仙家常春之狀，不費力而了了於目前矣。

甲子爲對者古來不乏其例。温飛卿之「風捲蓬根屯戊己，月移松影守庚申」，題云與道士守庚申，時西方有警也。事既錯綜，句亦須解。東坡之「豈意日斜庚子後，忽驚歲在己辰年」乃挽人者，雖天生作對、不假人力，趣則索焉。此詩之「甲子」「庚辰」對偶最平穩，謝茂秦則笑其粗直而非正格，自次韻此詩云：「丹侶相期貰酒頻，飛來野鶴老於人。世輕俗物非關傲，庭有仙芝未是貧。半嶺餐霞延甲子，孤燈照夜守庚申。碧桃又發花千樹，誰向深山共好春。」眇山人之意氣雖昂然，詩則不免爲牛後，「孤燈照夜」稍纖細，不如「夜寒」之多幽趣也。

湘中送友人〔一〕　　李頻

中流欲暮見湘煙，岸葦無窮接楚田。去雁遠衝雲夢雪，離人獨上洞庭船。風波盡日依山轉，星漢通宵向水連。零落梅花過殘臘，故園歸去醉新年。

頻爲大中八年進士，歷官遷武功令，縣大治，懿宗嘉之，擢爲侍御史，後以建州刺史終。姚合之女婿也。范晞文曰：「唐人咏太和公主還宮詩極多，惟李頻一聯爲佳，『禁花半老曾攀樹，宮女多非舊識人〔二〕』是也。」爲人所推者如此。此詩乃在湘中而送友者，或謂其成於移建州之途次。

前四句乃友未上船也，後四句乃友已上船也。瀟湘之暮是其面前，蘆葦無窮是其隔岸；「遠衝雲夢雪」更極望前途，以「獨上洞庭船」切到本題。從近到遠，一層深於一層，四句一氣，幽情離思皆爲精妙。五、六句乃離人舟中所見：山有迴風，帆影旋轉，果然湖上也；巨浸之中，星漢如懸於水，果然湖上也。言「盡日」，言「通宵」，見舟行無止時，則臘盡春初必得歸其故園矣。亦四句一氣，氣象超拔。劉長卿之「漢口夕陽斜度鳥，洞庭秋水遠連天」，後聯幾將拔其壘；薩都剌之「落葉正飛揚子渡，行人又上廣陵船」，前聯恰似作其地。要之，句格在大曆諸子之間，岳翁之「青松白石」似亦不免輸一着矣。

【校勘記】

［一］湘中送友人：《全唐詩》卷五百八十七作《湘口送友人》。

［二］舊：底本誤作「相」，據《全唐詩》卷五百八十七改。

元達上人種藥［一］　皮日休

雨滌煙鋤傴破籬，紺芽紅甲兩三畦。藥名却笑桐君少，年紀翻嫌竹祖低。白石净敲蒸朮火，清泉閑洗種花泥。怪來昨日休持鉢，一尺雕胡似掌齊。

檢此詩於《本集》，引云：「重光寺元達，年八十，好種名藥，多自天台、四明、包山、句曲而至。叢萃紛糅，各可指名。余奇而問之，因題二章。」陸龜蒙次韻云：「藥味多從遠客賫，旋添花圃旋成畦。三椏舊種根應異，九節初移葉尚低［二］。山莢便和幽澗石，水芝須帶本池泥。從今直到清明日，又有香苗幾畚齊。」日休次章云：「香蔓蒙籠覆昔邪［三］，檜煙杉露濕袈裟。石盆換水撈松葉，竹徑遷床避筍芽。藜杖移時挑細藥［四］，銅瓶盡日灌幽花。支公漫道憐神駿，不及今朝種一麻。」參觀諸作，上人之高趣可知，而此詩尤得種藥之神也。

「雨滌煙鋤」爲「種」，「紺芽紅甲」爲「藥」，「籬」以「支」韻借押，所謂「孤雁出群」者也。一作「佝僂賁」，與言「其自異地而至者多」應，龜蒙之詩亦因其韻，是却似可從。三、四句言上人而帶藥。有人曾採藥於巖州，結廬桐樹下，指桐爲姓，著《桐君藥録》。言上人所種多，其所録却不足。封君達乃隴西人，服水銀，百餘年而歸鄉里，如二十許，常乘青牛。路上有將死者，則以竹管中藥救之，人呼「竹祖」。言上人不老而竹祖年紀翻至於低也。僻字奥典以爲精切，似爲南宋諸家開闢蹊路。白石敲火，乃蒸朮也；清泉洗泥，乃種花也。朮與花正寫「藥」，亦點出「種」字。而「種」而「藥」，交互出之，補第二句之虚爲渲染，所以摇曳上人好種之情也。持鉢乞食乃僧律所命，上人不爲之，似可怪而不然。上人所種之雕胡，高至一尺，其大如掌。「雕胡」乃黑米，可以爲飯，是上人之所以不向城中乞食也。用雕胡而不脱種藥，令咏物家之髭爲白矣。

日休隱於鹿門，自號「閑氣布衣」，咸通中及第，爲著作郎。流寓吴中，乾符之亂，出關而爲巢賊所殺。《北夢瑣言》説其爲人傲誕。按其《襄州春遊》詩云：「信馬騰騰觸處行，春風相引與詩情。等閑遇事成歌咏，取次衝筵隱姓名。映竹認人多錯誤，透花窺鳥最分明。岑牟單絞何曾著，莫道猖狂似禰衡。」以禰衡自居，其猖狂之故態有可想見者。歸氏子弟則咏鞠以嘲之。鞠乃以皮爲之，實以毛，蹙踢而戲者，故託「皮」姓以調之也。詩云：「八片尖皮砌作毬，火中燀了水中揉。一包閑氣如常在，惹踢招拳卒未休。」閑氣布衣得之而苦笑者亦可想見。其人不過如此，其詩則清疏而成一家，與龜蒙提携，雄飛於唐末。其言曰「百鍊成字，千鍊成句」，其所作亦自不苟，固由悟了個中之消息。見此詩亦足知其不負良工也。

【校勘記】

［一］元達上人種藥：《全唐詩》卷六百十三作《重玄寺元達年逾八十好種名藥凡所植者多至自天台四明包山句曲叢翠紛糅各可指名余奇而訪之因題》。

［二］尚：底本訛作「向」，據《全唐詩》卷六百二十五改。

［三］昔：底本訛作「苔」，據《全唐詩》卷六百十三改。

［四］藥：底本訛作「菜」，據《全唐詩》卷六百十三改。

已前共九首

在「四虛」中，於肩聯虛實相兼者也。

前虛後實

周弼曰：其說在五言，但五言人多留意於頸聯頷聯之分，或守之太過，至七言則自廢其說，音節諧婉者甚寡，故標此以待識者。

郎梅溪曾問王阮亭云：「律詩中二聯必應分情與景耶？抑可不拘耶？」阮亭答云：「不論者非，拘泥者亦非。大概二聯中須有次第、有開闔。」虛實參半之法亦宜任其自然而成，强守之，則不免篇篇相複耳。

黄鶴樓

崔顥

昔人已乘白雲去，此地空餘黄鶴樓。黄鶴一去不復返，白雲千載空悠悠。晴川歷歷漢陽樹，芳草凄凄鸚鵡洲。日暮鄉關何處是，煙波江上使人愁。

崔顥在開元中擢爲進士，才而無行，娶妻惟擇美者，不愜則去之。詩雖亦以輕薄稱，然一及窺邊塞，則風骨凛然，説盡戎旅。如其「春風吹淺草，獵騎何翩翩。插羽兩相顧，鳴弓上新弦」，殷璠以爲可與鮑照並驅。其餘近體「風霜臣節苦，歲月主恩深」「山勢雄三輔，關門扼九州」諸聯，寫景道情，皆旗幟鮮明。而其得千秋之名者，正以有《黄鶴樓》一首也。胡元瑞云：「崔自六朝元魏時已爲甲族，其盛與唐終始。以唐詩人總之，殆占十之一。初唐之融、中唐之峒、晚唐之魯，皆矯矯足當旗鼓。達官撫使，史不絶書，秉銓列戟，當代所榮。不朽之名，遂未及《黄鶴樓》一首也。」可謂推稱之至。

黄鶴樓在鄂州黄鶴山上，乃仙人子安乘黄鶴所過之處，山故得名。起四句直從其所以得名而嗟嘆，滔滔也，莽莽也，如天馬之行空，非句律可得羈也。黄鶴不返，白雲悠悠，三、四句十四字成句，一氣讀下而氣象自雄大。五、六句以清迴之筆一轉，描眼前景物，其神早緊注於「鄉關何處是」五字。七、八句言歷歷者樹、凄凄者草，而鄉關迢迢不可得見。冠「日暮」二字，全篇之神理脉脉來動，一氣渾成，五十六字中無懈可擊。金聖嘆則云：「後人有欲槌碎黄鶴樓者，若知此詩曾不寫到樓，便是空勞槌碎。」獨不知不直寫其樓者，乃所以寫到其樓也。白雲黄鶴，懷古而樓自在其中；漢陽鸚鵡，遠望而樓自在其中。細心讀之，則句無不爲樓中之物，語無不爲樓上之物。若其必如一榱一桷細刻密劃，固顥所不屑爲也。田子秇云：「篇中凡叠十字，只以四十六字成章，尤奇尤妙。」其叠而不使人覺者，由氣之貫通也。至於章法之妙，不見句法；句法之妙，不見字法。是固可有一不可有二者，令李白擱筆者豈有他哉！

白曾過武昌，見顥詩而嗟賞之，不復作，去而上鳳凰臺，又賦七律一章。後人則作「一拳槌碎黄鶴樓，一脚踢翻鸚鵡洲」。眼前有景到不得，崔顥題詩在上頭」之句，强置軒輊於此間。瞿祐爲辨疏云：「太白結句云『總爲浮雲能蔽日，長安不見使人愁』，愛君憂國之意遠過鄉關之念，善占地步矣。」言白之才十倍於顥也。然此爲「黄鶴一去不復返，白雲千載空悠悠」，彼爲「吴宫花草埋幽徑，晋代衣冠成古邱」，形勝既不同，發興亦不得不異，若以其憂國懷鄉漫爲品評，則詩固將至於從題目而論高下，非至論也。蓋白不喜對偶，偶見此詩，同調相契，喜而擱筆，亦何有意相争乎？其《鸚鵡洲》之起首云：「鸚鵡東過吴江水，江上洲傳鸚鵡名。鸚鵡西飛隴山去，芳洲之樹何青青。」全本此首之法度而成。見美而服，君子之常也；紛紛集矢，亦將何所避乎？

起句一作「昔人已乘黄鶴去」。東巖云：「此詩正以浩浩大筆連寫三黄鶴，是爲奇也。若使昔人乘白雲而去，則此樓何故又名黄鶴耶？此亦理之最淺顯者。至第四句忽陪以白雲，正乃有意無意、有謂無謂之妙也。」視李白連用三鸚鵡，轉見其説之確，况子安乘黄鶴乃眼前之典乎？改「白雲」以爲「黄鶴」可也。

沈佺期《古意》云：「盧家少婦鬱金香，海燕雙栖玳瑁梁。九月寒砧催木葉，十年征戍憶遼陽。白狼河北音書斷[一]，丹鳳城南秋夜長。誰爲含愁獨不見，更教明月照流黄。」何仲默、薛君采等推之爲「唐律壓卷」，以頡頏嚴滄浪以《黄鶴樓》爲七律第一。沈色澤情韻俱高，崔骨氣神理俱秀。鳳洲以爲「彼是齊梁樂府語，此是盛唐歌行語」，一賦一興，各有其妙，不必加優劣於其間。升庵以爲「崔是大斧劈皴，沈是披麻皴」，據其所嗜而上下畫致，終非善品題者。品畫之法亦可以品詩矣。

【校勘記】

[一] 狼：底本誤作「羊」，據《全唐詩》卷二十六改。

自蘇臺至望亭驛人家盡空[一]　　李嘉祐

南浦菰蒲覆白蘋，東吴黎庶逐黄巾。野棠自發空流水，江燕初歸不見人。遠樹依依如送客，平田渺渺獨傷春。那堪回首長洲苑，烽火年年報虜塵。

嘉祐《京口晚泊》之詩已極傷心，此詩更進一層，以彼唯避寇，此則過亂後之地者也。一書本題下尚有「春物增思，悵然有作」八字。白蘋乃春草，菰蒲覆之，則是一帶空江；野棠乃春花，流水漂之，則是一帶空岸；江燕乃春鳥，巢於廢宅，則是一帶空屋。「春物」「盡空」，句中常雙寫之。其人家無主者何哉？因東吴黎庶悉與逐黄巾之賊矣。第二句以對語出之，何等峭拔！一路感慨、悵然而有作，似全向此七字振發。遠樹代送客，平田徒迎春，是爲「不見人」之註脚。長洲在姑蘇之南，以「回首」二字洗發題意，以「烽火年年」應第二句，比「更堪江上鼓鼙聲」更動人意，蓋接「傷春」二字，而傷時之意更黯然也。自是之後求其同調者，其唯韓偓乎？如偓《尤溪道中》之絶句，如《亂後》之「夜户不扃生茂草，春渠自溢浸荒園」，皆語意沈著，咀嚼可淚。或人又有「無窮紅艷煙塵裏，驟馬分香散入營」之句，落筆雖矯矯不群，與嘉祐之詩令人自感愴者異其撰也，宜爲鑒別之。

【校勘記】

［一］自蘇臺至望亭驛人家盡空：《全唐詩》卷二百七作《自蘇臺至望亭驛人家盡空春物增思悵然有作因寄從弟紓》。

與僧話舊　劉滄

巾舄同時下翠微，舊遊因話事多違。南朝古寺幾僧在，西嶺空林惟鳥歸。莎徑晚煙凝竹塢，石池春水染苔衣。此時相見又相別，即是關河朔雁飛。

伴僧下山，就逆旅而夜話，而舊事茫茫，違於心期者多，愴然嘆之。言違其心期者，因舊僧多已不在，西嶺已成空林矣，較於舊時夜話之時而愴之。煙凝竹塢，水染苔衣，後聯乃夜話中所見，閑寂之致，真宜晤緇衣者流也。染衣故隱謎「僧」字，反接其一塵不染之心地。言舊遊零落，相逢悽然，直至復又相別，其感固非可盡言；比於朔雁之去來無定迹，暗慮他日之重逢。併結舊遊，詩意峭然而收。滄《留別復本修古二上人》云：「二遠相知自昔年，此身長寄禮香煙。緑蕪風晚水邊寺，清磬月高林下禪。臺殿虛窗山翠入，梧桐疏葉露光懸。西風話別又須去，終日關山在馬前。」同關釋梵者，篇法略相同。蓋滄亦長於造句，其詩甚似許渾，雖云「悠揚婉麗，颯颯乎有雅人之致」，其弊也亦易落套，此亦難免之數也。句格則以「清磬月高林下禪」尤爲超逸，勝於「莎徑」「石池」者夐然。

長洲懷古　劉滄

野燒空原盡荻灰，吴王此地有樓臺。千年事往人何在，半夜月明潮自來。白鳥影從江樹没，清猿聲入楚雲哀。停車日晚薦蘋藻，風静寒塘花正開。

野燒之餘，只餘荻灰，故空原蒼茫無極也。誰又思議吴王之有宮殿耶？倒跌出之，妙與「當時王謝堂前燕，飛入尋常百姓家」不異。往事茫茫，吴王安在？直接前句而言之；月明潮來，是千年中事，又直接前句而言之。非眼前景物也。「自」字言天意不似人事，字中有響，以暗帶胥濤之義也。五、六句以下乃即景實寫，「白鳥」「江樹」仍接「潮自來」，「楚雲」乃舉關係吴之盛時之一國，景中自切吴王。「日晚」收後聯，「蘋藻」結吴王，寒塘斜日，折一枝花而薦於生前豪華之君王。冷熱相襯，空原荻灰亦因而有著落。歸愚云：「滄《咸陽》《鄴都》《長洲》諸咏，設色寫景，可互相統易，是以酬應爲懷古矣。」余於此篇思其語有過於峻酷者。

煬帝行宫[一]　　劉滄

此地曾經翠輦過，浮雲流水竟如何。香銷南國美人盡，怨入東風芳草多。殘柳宫前空露葉，夕陽江上浩煙波。行人遥起廣陵思，古渡月明聞櫂歌。

一起句叙無所見，意與前詩同，此用倒插法，是其異也。煬帝在位時翠輦曾過此地，豪華超古；然生涯流水、世事浮雲，今日眼前之物唯唤奈何而已。香生於美，故美人盡而香銷南國；宫殿空成茂草，以爲怨氣之所生，無中生有也。可謂虚靈，可謂流利。二句言煬帝去後之光景，非眼前之事。前首「日晚」而用「月明」，此首「殘柳」而用「東風」，皆强犯之而寫懷古者意中之景也。「殘柳」「夕陽」冠之於「宫前」「江上」，「翠輦曾經」之豪華全歸一夢。賦眼前之景物，亦與前者同。漸而日暮月明，煙波淼淼，有棹歌起於古渡，行人之淚俄墮，何哉？煬帝曾鑿河，自作《水調歌》，故今聞棹歌而如其歌入耳，恍然有廣陵之思也。嗟物在人亡，淚何能不墮於懷古耶？結句復歸著於煬帝，感愴比前詩更進一步。曉嵐以爲似風雅而俗不可醫，歸愚以爲稍典切而餘韻尚存，二者相反，各有其理，以之對比於玉溪《隋宫》而判定二家之説，則其或得無誤乎？

【校勘記】

［一］煬帝行宫：《全唐詩》卷五百八十六作《經煬帝行宫》。

經故丁補闕郊居

許渾

死酬知己道終全，波暖孤冰且自堅。鵬上承塵纔一日，鶴歸華表已千年。風吹藥蔓迷樵徑，水暗蘆花失釣船。四尺孤墳何處是，闔閭城外草連天。

丁補闕不詳其爲何人，以起句推之，則其人必爲殉知己而全節者，故以波間之孤冰贊其操。「暖」字、「堅」字互爲相應，可見其狷介，「孤」字轉使人思其獨聳然。賈誼之謫長沙也，有鵬入舍，占之曰：「野鳥入舍，主人將去。」誼果死。第三句用之，「纔」字言補闕無端而死，悼之者切也。遼東華表柱上有鶴，作人言曰：「有鳥有鳥丁令威，學仙千年今始歸。」第四句用之，「已」字乃思補闕仙去忽經千年乎？惜之者切也。藥蔓深而樵徑迷，蘆花高而釣船失，皆狀郊居之闃寂，「風吹」「水暗」尤適側寫其死後之寒苦，寡婦孤兒所以博一掬之淚也。而墳墓更甚：闔閭城外，芳草連天，纍然者中横，無獻香火者。生前之節如彼，身後之遇如此，一日之鵬、千年之鶴，真傷心之至也。自郊居而及孤墳，是爲透過一法。

渾經李給事之舊宅云：「楓葉暗時迷舊宅，茅花落處認荒墳。」亦爲此首之意而稍淺露。方干之「閑花舊識猶含笑，怪石無情更不言」、儲嗣宗之「宿草風悲夜，荒村月吊人」，亦過故人舊宅而寄其感懷者，悽涼入骨，幽峭愴神。然比於此首之調高氣爽，切傳其人，則或非無近於浮響。求在當時瑜亮相敵者，唯有温庭筠《過李處士故居》一律，幽婉淒麗，能令想望其人。詩云：「露濃煙重草淒淒，樹映欄干柳拂堤。一院落花無客醉，五更殘月有鶯啼。芳筵想像情難盡，故榭荒涼路已迷[一]。風景宛然人已改，却經門巷馬頻嘶。」

【校勘記】

[一]榭：底本訛作「樹」，據《全唐詩》卷五百七十八改。

贈蕭兵曹[一]

李嘉祐

廣陵堤上昔離居，帆轉瀟湘萬里餘。楚澤病時無鵩鳥，越鄉歸去有鱸魚。潮生水國蒹葭響，雨過山城橘柚疏。聞道携琴兼載酒，邑人争識馬相如。

蕭兵曹亦不詳其人，當爲宦遊而無定迹者。前四句故述其所歷，當日於廣陵離居，兵曹則赴瀟湘也。「鵩鳥」亦用賈誼之事，使切於瀟湘，以「無」之一字旋轉語意。「鱸魚」用張翰思鄉之事，言兵曹歸越，亦切其地也。如此則陳典亦覺活動。「水國蒹葭」正寫越鄉，以「響」字描潮之神，尤爲靈妙。「山城橘柚」亦録南方土宜，「疏」言扶疏，要不可漫視作稀疏之意。於上六句叙盡其遊迹居處，故七、八二句始歸到其人。謂司馬相如過臨邛令也，邑之富人曰「令有貴客」，爲具招之，酒酣，令前奏琴曰：「竊聞相如能之，願以自娱。」兵曹之歸越鄉，猶如相如之歸臨邛，而邑人未識其才，豈非可恨耶？「争識」二字可謂有感慨。舊解乃云：「以詩中語考之，此人舊當爲蜀郡之人。」以司馬相如之語而直量其爲蜀人，未知「越鄉歸去」四字當以何語解之耶？此詩或以爲許渾所作，以句格推之，則渾之作或無疑矣。

【校勘記】

［一］贈蕭兵曹：《全唐詩》卷五百三十三作《贈蕭兵曹先輩》。

已前共七首

謂「前虚」之二句，體面帶實而情思老古；「後實」之二句，景意雖著實而體面流麗者也。

酬張芬赦後見寄　　司空曙

紫鳳朝銜五色書，陽春忽布網羅除。已將心變寒灰後，豈料光生腐草餘。建水風煙收客淚，杜陵花竹夢郊居。勞君故有詩人贈，欲報瓊瑶愧不如。

張芬爲中唐人，諸家多有唱和之什。曙曾以事遷謫江右，及其遇赦，芬爲寄詩慰之，此詩乃酬之也。紫鳳銜詔前已註之，乃指其赦書。「陽春」乃表時候，比於天子之恩澤。「網羅除」乃正説赦，《莊子》言「心固可如死灰」。言「變」乃因謫居之久也。腐草化爲螢，言「豈料」是自謙之語，以腐草自比也。「建水」乃謫居，「收客淚」乃言其不久得去。「杜陵」乃舊居，「夢郊居」乃狀其急於歸。今逢此喜，恰接故人之詩而喜更深。故歸到唱和作結。前聯出語微婉，能入人意。「却對酒杯渾似夢，試拈詩筆已如神」，出獄而直爲豪語者唯東坡始能之，況於久謫之客乎？

冬至候氣之法，加律於案上，以葭莩之灰抑其兩端，按歷候之，氣至者去之，如少陵言「吹葭六琯動浮灰」者是也。此首用「寒灰」，亦似有暗帶葭灰之意而使湊合於「陽春忽布」者。而後寒灰遇春、腐草生光，俱成以微物自比，兩句斤兩相均，其妙更深一層。其用《莊子》之語固不待言也。

答竇拾遺卧病見寄

包佶

今春扶病移滄海，幾度承恩對白華。送客屢聞簷外鵲，消愁已辨酒中蛇。瓶收枸杞懸泉水，鼎錬芙蓉伏火砂。誤入塵埃牽吏役，羞將簿領到君家。

佶晚沾風痹之疾，辭寵樂高，不及榮利而卒。其《風痹寄懷》之詩中有言：「病夫將老矣，無可答君恩。衾枕同羈客，圖書委外孫。」又其《嶺下卧疾寄劉長卿》之詩中有言：「脛弱秋添絮，頭風曉廢梳。波瀾喧衆口，藜藋靜吾廬。喪馬思開卦，占鴞懶發書。」其人當爲平生蒲柳之質而能悟入藥爐經卷中三昧者，故答拾遺病中之詩者自然親切老實也。拾遺乃竄群，一、二句言群之事，偶移滄海者，群因病而乞暇也；時「對白華」者，群推病而上殿也。「移」乃居處之轉，「對」乃天子召對，前句點出卧病，後句點出拾遺。三、四句喜病之將癒，古言「烏鵲噪，行人至」，今送訪問之人而數出，可知其離蓐也；古有誤杯中弓影爲蛇而得病者，今辨其物，可知其愁消也。況以懸泉所浸之枸杞水收於瓶中、以伏火所鍊之芙蓉砂滿於鼎裏耶？仙藥已備，求病之不醫者不可得也。而余何人哉？風塵滿面，携簿領而訪君。此雖非唁病之道，然暗帶拾遺承恩在身，亦不得已之意，仍落自家以應第二句。前聯真意流行，天機呈露；後聯則以湊合見妙。悟「波瀾喧衆口」，當可至於此境。兩聯相救之法，放翁閑適諸作似多有風格相襲者。

寄樂天

元稹

榮辱升沈影與身，世情誰是舊雷陳。惟應鮑叔偏憐我，自保曾參不殺人。山入白樓沙苑暮，潮生滄海野塘春。老逢佳景惟惆悵，兩地各傷無限神。

元白之唱和前已有所録，此詩則爲其謫同州時所寄，樂天在杭州。徵之於史，長慶二年，稹方爲相，王庭湊圍牛元翼於深州，有于方者言於稹曰：「有奇士王昭、王友明二人，嘗客遊燕趙間，識賊黨，可以反間出元翼。」稹然之。李賞知其謀，詭告裴度曰：「于方爲稹結客欲殺公。」度隱而不發。賞詣神策中尉告之，命三司訊鞫，然害度事無驗，稹罷爲同州刺史。則知此詩成於疑似之際，曾參之事固不可移易也。榮辱升沈，只形影相隨耳，世情者翻雲覆雨也。一貧一富而見其交情，則無有如不啻膠漆之雷義、陳仲二人者，而以「誰是」二字逗出樂天，「雷陳」乃言爾我。三、四句承接此意而分叙。管仲言「知我者鮑叔也」，交誼通神，可以諒我之意境；然傳曾參殺人於市者有三人，參之母投杼而走，言疑猜之爲可恐。樂天乃我之鮑叔，宜當辨别我於疑似間，是寄此詩之大主旨也。真情之語，出以故事，尚能對屬流走貫下，勝高言放論、勃窣理窟者遠矣。五、六句言同州、杭州之景物，皆悲其之爲退斥。「白樓」在同州，山翠入簾，境可賞也；「滄海」連杭州，潮汐至塘，地可賞也。寄老身於此地、榮辱升沈者雖不足以累心，然老景亦可惆悵。「兩處」收後聯，應雷陳同臭之誼。同爲謫官，與韓柳諸公歌瘴煙蠻雨而攄出自己懷抱，趣味自别。雖地之使然，抑亦有天分致之者也。

秋居病中

雍陶

幽居悄悄何人到，落日清凉滿樹梢。新句有時愁裏得，古方無效病來拋。荒簷數蝶懸蛛網，空屋孤螢入燕巢。獨卧南窗秋色晚，一庭紅葉掩衡茅。

突然著筆，叙無訪我病者，自含孟浩然「多病故人疏」之意。若非過來人，不能知此妙也。成小詩句、拋古醫方，皆言病間無聊之光景。陸放翁之「經年謝客常因醉，三日無詩自怪衰」是病瘉而賦者，言「得」言

「無」，傷其寂寞則同；張宛邱之「四禪未到風猶梗，九轉無功火不燒」是病月餘而賦者，言「無效」言「無功」，焦燥自苦則一。而蝶懸蛛網，誤其身也；螢入燕巢，失其宿也。狀其寂寞無人之居，以所見爲寄興之具，蓋因第一句而生。「一庭紅葉」却因第二句而生者，言故人雖不到而秋色自來，稍足以慰。「晚」字似與「落日」複而不然，乃晚秋之意而非日晚之意也。《傳》云：「陶晚閑居廬岳養疴。」此詩之成或在其時乎？或以爲包佶之詩。

送崔約下第歸揚州　　姚合

滿座詩人吟送酒，離城此會亦應稀。春風下第時稱屈，秋卷呈親自束歸。日晚山華當馬落，天陰水鳥傍船飛。江邊道路多苔蘚，塵土無由得上衣。

才人下第，固可哀也。同好相集，歌吟而送，歡醉而別。言「滿座」，則其爲盛宴而「此會亦應稀」者瞭然。「稱屈」見《劉蕡傳》，蕡對策極言宦官之禍，試官皆畏而不取之，物論囂然稱屈。蓋唐代之俗語乎？有此盛會者，因下第而時論稱屈也，今言相集而壯其行，則崔之身分亦高。「秋卷」見《摭言》，唐之進士若下第，則退而肄業，謂之「過夏」；執其業以出，謂之「秋卷」，乃其所作之文也。今將一束其所作而呈於親，親見之而亦將悟其果然稱屈，是申言慰藉之意也。花落馬頭、鳥飛船上，乃歸路途中之事；日落天陰，皆側寫失意者之情旨。「江邊道路」乃承接上句，切於言揚州也。言其一路苔多、塵土不上衣，語甚奇僻，謂崔雖一跌，然尚心地明净，俯仰無怍，慰其不遇而歸也。蓋其意以衣上不復受仕路塵污，而轉以下第爲榮也。許渾之「青蕪定没安貧處，黄葉應催獻賦詩」、鄭谷之「鄉連南渡思菰米，淚滴東風避杏花」，皆一往情深，善寫落魄者之心；而余於此種則愛錢起之《短古》一章，極温藉、極篤摯。詩云：「郢客文章絶世稀，當嗟時命與心違。十年失路誰知己，千里思親獨遠歸。雲帆春水將何適，日愛東南暮山碧。關中新月對離樽，江上殘花待歸客。名宦無媒自古遲，窮途此别不堪悲。荷衣垂釣且安命，金馬招賢會有時。」是送鄔三落第歸鄉之詩也。

旅館書懷

劉滄

忽看庭樹换風煙，兄弟飄零寄海邊。客計倦行分陝路，家貧休種汶陽田。雲低遠塞鳴寒雁，雨歇空山噪暮蟬。落葉蟲絲滿窗户，秋堂獨坐思悠然。

舊解云：「大中年中，滄與弟劉季共下第，之北海，途上有此篇。」接《送下第書生》之詩而位置之，似易惹感慨。此詩以「忽看庭樹换風煙」爲主意，以「兄弟飄零寄海邊」爲傍客。分陝路上早倦於遊，因時節已至「忽看庭樹换風煙」也。家貧而無汶陽之田，所以至「兄弟飄零寄海邊」也。「遠塞」「空山」乃兄弟飄零，「寒雁」「暮蟬」乃風煙轉换，皆繪遠景而發我之感。而以繪其近景寫風煙轉换者爲七句，繪其近景寫兄弟飄零者爲八句，且於八句中「夜堂」二字又與「庭樹」「風煙」錯綜成趣。雖只以作法視之，亦足知有天機自造者矣。

潁州客舍[一]　姚揆

素琴孤劍尚閑遊，誰共芳樽話唱酬。鄉夢有時生枕上，客情終日在眉頭。雲拖雨脚連天去，樹夾河聲繞郡流。回首帝京歸未得，不堪吟倚夕陽樓。

所携者素琴，所伴者孤劍，落魄飄零之面目自見。故「閑」宜解爲「虚」，不應視爲「静」。對酒欲歌而無知音，乃閑遊之所以爲閑遊也。易結者爲鄉夢，以樽前無同調也；易生者爲客愁，眉尖常蹙而不展，亦以樽前無同調也。第五句言潁州之天色，唯雨脚連天而去，淡淡濕雲拖之，何等清迥哉！第六句言潁州之地勢，唯江流繞郡而去，颯颯樹聲夾之，何等俊爽哉！天色地勢如此可賞，求芳樽唱酬之人却無一二，言外嗟嘆閑遊之所以爲閑遊也。七、八句自後聯之寫景上一轉，引出帝京。謂此行百事無成，落魄之餘，遂無由得歸。嘆不忍倚樓瞻望，於鄉夢客情之外逗出一愁。且著眼於「閑遊」二字，須精細看破了五十有六字。

【校勘記】

［一］潁州客舍：《全唐詩》卷七百七十四作《潁川客舍》。

春日長安即事 崔魯

一百五日又欲來，梨花梅花參差開。行人自笑不歸去，瘦馬獨吟真可哀。杏酪漸香鄰舍粥，榆煙將變舊爐灰。玉樓春暖笙歌夜，肯信愁腸日九回。

長安落魄而不得歸，感時傷遇。「一百五日」乃寒食也，梅花開、梨花開，知近寒食。「欲」字乃豫擬之詞，「又」字有忽復遇之之意，與其言「江國草花三月暮，帝城塵夢一年間」者意同。一年匆匆，依然駕瘦馬而孤吟，在可傷之境界，；言「不歸去」，則其欲進不能者亦不待言也。一「笑」字中，哭不勝哭，却有成一笑之意，可謂婉而深、微而顯矣，與其「身隨遠道徒悲梗，詩賣明時不直錢」者意同。「杏酪」「榆煙」皆爲寒食之時物。《玉燭寶典》云：「寒食煮大麥粥，研杏仁爲酪，以餳沃之。」《周禮》云：「司爟掌行火之政，令四時變國火以救時疾。春取榆柳。」故於寒食取榆柳之火以賜近臣也。二者點染時物，一言「漸」，一言「將」，爲「欲來」之註脚，又皆豫擬之詞也。「春暖」二字雖正描題面之春日，却屬之於玉樓笙歌之客，；富貴豪奢之客既占春，則瘦馬孤吟之貧士春至而不知春者可知，是真可哀也。而却從不信寒士愁腸九回落筆，語、意皆蘊藉自然，且「愁」字遥與「笑」字映照，有妙不可言者。

第一句連用六個仄字，第二句亦連用七個平字，在拗體中尚互相救，令適聲律。三、四二句更拗第五字者，實收此上兩句之變格，而使入正格之關鎖也。

江際　　鄭谷

杳杳漁舟破暝煙，疏疏蘆葦舊江天。那堪流落逢搖落，可得潸然是偶然。萬頃白波迷宿鷺，一林黄葉送秋蟬。兵車未息年華促，早晚閑吟向滻川。

谷曾避黄巢之亂遁揚州，詩乃成於其時。江上漁舟泛泛，著「暝」字便非好看；蘆葦疏疏，著「舊」字便非好看。襯染身生之流落，所以逼出節物之搖落也。流離而逢秋之索莫，是所以潸然涕下也。而兵車未息，徒有年華之促，此詩人所俯仰感慨而不能已，則此潸然終非偶然致之者，益見可悲。語、意雙妙，非徒勝在同字錯綜而已。萬頃之波白而澎澎，其來也，宿鷺忽失；一林之葉黄而蕭蕭，其落也，秋蟬空悲。兩説江際之望，杳杳者與疏疏者不複，以景物愈蕭疏、筆致愈清秀也。「早晚閑吟向滻川」從望中起情，仍不脱江際，是字外之妙，知五、六句爲搖落、七、八句爲流落矣。

歐陽修云：「谷之詩格不甚高，以其易曉故，人家多教小兒，余兒時尚誦之。」就其集觀之，「帆去帆來風浩渺，花開花謝春悲凉」「雲横新塞遮秦甸，花落空山入閬州」「鱸魚斫鱠輸張翰，橘樹呼奴羨李衡」「飲澗鹿喧雙派水，上樓僧踏一梯雲」「高秋軍旅青山戍，昔日漁家是野營[一]」等諸聯，清秀穩雅，皆可誦。其稱「鄭都官」而不名者，非獨止易曉之故也。而「一林黄葉送秋蟬」亦足以並駕齊驅。

【校勘記】

[一]是：底本訛作「楚」，據《全唐詩》卷六百七十五改。

中年

鄭谷

漠漠秦雲澹澹天，新年景象入中年。情多最恨花無語，愁破方知酒有權。苔色滿墻思故第，雨聲入夜憶春田。衰遲自喜添詩學，更把前題改數聯。

東坡詩云「感慨萃中年」，「中年」謂五十歲，以人生言百歲也。或以爲二三月之候者，乃就此詩意説下，而不知題目乃取詩中二字也。漠漠之雲、澹澹之天，言新年景象。「中年」直以前聯説之：中年之人，勢不得不漸遠於聲色，而賞心於花之嫣然欲語，却恨其實不開口，痴之極矣。阮簡之寓西山也，友人携酒而至，簡大笑言：「今朝愁破矣！」至中年而假酒破愁者轉切。對語疏横奇峭：「花無語」雖尚爲尋常，而「酒有權」之斬新，固不愧爲晚唐之雋也。後聯言新年景象，故第已荒，緑苔上墻，春田全潤，細雨入夜，有思歸之意，中又有「愁」字之含蓄。今也愁破，胸生熙熙之春，即把舊稿而改數聯，正是少陵「老去漸於詩律細」之意，覺自是老成人之語。

已前共十首

前四句情而婉麗，後四句景而感興者也。

秋日東郊作

皇甫冉

閑看秋水心無事，卧對寒松手自栽。廬岳高僧留偈别，茅山道士寄書來。燕知社日辭巢去，菊爲重陽冒雨開。淺薄將何稱獻納，臨岐終日自徘徊。

冉雖仕爲左補闕，而以「世道艱虞，遂心郊外，故多飄薄之嘆」。知其人物，則其詩迎刃可解。閑看秋水、卧對寒松，二句中秋日、東郊兩存，亦見其心之清冷。廬岳高僧、茅山道士所以常相往來者，正在此二句也。「秋水」者或以爲《莊子》之篇名，亦可通，然不如作寫景之爲緊切；「寒松」一作「東林」，對「秋水」不緊，不可取。燕去菊開，皆爲尋常一樣之景物也，添以「知」字、「爲」字而神彩自生，真個玉色珠光、咳唾即是者，比杜牧「初語燕雛知社日，習飛鷹隼識秋風」語意更爲精絶。高仲武以爲可「雄視潘張、平視沈謝」，雖似稍過，然可以見識者之許之。以上六句皆以「心無事」三字貫穿，七、八句忽以「臨岐徘徊」接之，謂身有官守，獻納不當廢，而材爲樗櫟，無由表見，獨自苦也。似恰與「心無事」相矛盾，安知此正冉之所以爲冉哉！蓋雖世道艱虞，遂心郊外，然因無涓埃之報，故不能脱然也。故雖見如「心無事」，其實則中腸日九回也。知此，則燕與菊當皆以微物而寄託者：若其當去，則當如燕之辭巢；若其宜止，則當如菊之冒雨而開。終日徘徊者爲此，終非泛然設景者可比也。仲武云：「冉詩巧於文字，發調新奇，遠出情外。」見此種，知有中其正鵠者矣。

過乘如禪師蕭居士嵩丘蘭若

王維

無著天親弟與兄，嵩邱蘭若一峰晴。食隨鳴磬巢烏下，行踏空林落葉聲。迸水定侵香案濕，雨花應與石床平。深洞長松何所有，儼然天竺古先生。

天竺無著菩薩，宏闡宗教，其弟天親菩薩亦作小乘大乘論各五百部，兄弟之博識爲當代所仰。比於禪師、居士在嵩邱之相與。「蘭若」乃梵語，謂寺觀。「一峰晴」乃經過時所見，二聯從此三字出。磬鳴僧飯，烏之來下，乃忘機而求食也；空林堆落葉，踏則簌簌作聲，言其空寂也。水濕香案、花埋石床，皆爲眼前之景，而皆用佛家典故：昔月光菩薩爲水觀時，地皆迸水，滿室如浸，「迸」字所由來也；維摩詰之室有天女，見諸天人聞說法，即現其身，以天花散於諸菩薩大弟子上，「雨」字所由來也。用事而使讀者不悟，真能驅使古史者也。深洞長松，唯有古佛儼然，見清虛而無塵俗。「古先生」即佛。顧可久云：「古先生言禪師與居士即身即佛也。」然此篇起首以無著、天親比於二人，其用意之處全在與此天竺古先生照應，强以即身即佛解之，則起句將屬無用之比擬。王鳳洲云：「凡七律爲摩詰體者，必以意興發端，神情傳合〔一〕，渾融疏秀，不見穿鑿之痕，抑揚頓挫，自出宮商之表可耳。」發端之用意實如其言。若從可久之言，則鶻突末句、抹到起首[二]，摩詰豈如是耶？

維在京師，日飯十數名之僧，以談玄爲樂。齋中無有長物，惟茶鐺、藥臼、經案、繩床而已。退朝後，焚香獨坐，以禪誦爲事。妻死不再娶，三十年間孤居一室，屏絶塵累。故其詩之關禪悦者，以雲散之襟情而行泉飛之藻思，精深秀茂，自得其三昧。此篇乃其一也。

【校勘記】

［一］合：底本訛作「會」，據《藝苑卮言》卷三改。

［二］到：似當作「倒」。

送友人遊江南　耿湋

遠別悠悠白髮新，江潭何處是通津。潮聲偏懼初來客，海味惟甘久住人。漠漠煙光漁浦暮，青青草色定山春。汀洲更有南回雁，亂起聯翩北向秦。

遠別悠悠，白髮新生，是爲送別之真意。以下借景物申言之，亦一格也。赴江南者必賴水程，第二句言其何處問津耶？所以置此句者，因前聯欲言海事也。潮來如山岳，震如雷霆，初至者魂爲之悸；地既遼遠，食物亦異，久住之人始得慣之。「潮聲」「海味」皆言其地，「初來客」「久住人」皆側寫其人，題面已完。後聯更言途上光景：煙光漠漠乃富春之漁浦，草色青青乃錢塘之定山。六句以「春」字唤起「回雁」，望因其北向而寄消息，暗藏别意，仍是途上之景。蓋「江潭何處是通津」之句，正包括至此也。

湋之名在大曆才子中，此詩尤爲傳誦。《鼓吹》别舉《道傍老人》一首云：「老人獨坐倚官樹，欲語潸然復淚垂。陌上歸心無産業，城邊戰骨有親知。餘生尚在艱難日，長路多逢輕薄兒。綠水青山雖似舊，如今貧病復何爲。」《别裁》亦載《上裴中丞》一篇云：「胡塵已滅天山外，閉閣陰陰日復曛。櫪上驊騮嘶鼓角，門前老將識風雲。旌旗四面高秋見，絲竹千家静夜聞。莫道古來多計策，功成惟有李將軍。」或樸直有神氣，或工雅有聲光，蕩之以逸情，瀹之以靈氣，可謂不負中唐能手矣。

送别友人　　姚合

獨向山中覓紫芝，山人勾引住多時。摘花浸酒春愁盡，燒竹煎茶夜卧遲。泉落林梢多碎滴，松生石底足旁枝。明朝却欲歸城市，問我來期總不知。

本集題作《留别山中友人》，以詩視之，正爲留别而非送别也。入山採芝，始乃乘興獨往；遇友勾住，談心而忘歸也。酒以遣興，春愁忽盡，况摘花浸之之清絶乎？茶以澄神，夜卧自遲，况燒竹煎之之幽絶乎？真山中事也！懸泉自高而下，加「林梢」二字而如滴滴飛舞；蟠松由横而出，插「石底」二字而似枝枝飛動。

真山中景也！七句脱卸「住多時」，八句迴聘起句。既爲乘興入山者，則其重來自不可期矣。曾思之，此語宜爲山中人贈城中人者，此却主客易其地位，雖欲不奇絶，其可得乎？

嶺南道中[一]

李德裕

嶺水争分路轉迷，桄榔椰葉暗蠻溪。愁衝毒霧逢蛇草，畏落沙蟲避燕泥。五月畬田收火米，三更津吏報潮鷄。不堪腸斷思鄉處，紅槿花中越鳥啼。

史稱「白敏中、崔鉉等令其黨人李咸訟德裕輔政時之陰事，罷同平章事，留守東都，俄貶潮州司馬，至潮陽，又左遷崖州司户」。此詩乃德裕赴崖州時所成。

嶺水分流，道路易迷，疆外之榛蕪未闢也；桄榔椰葉，皆疆外之物，言「暗」者，見其繁茂而路所以易迷也。馬援云「交趾下潦上霧，毒氣熏蒸」，「毒霧」乃指此。南方草中有蛇，一聞草香則皆不得救，「蛇草」乃指此。「沙蟲」乃毒蛇鱗中之蟲，蛇爲之苦，卧輾沙中，蟲即入沙中，人若中之，三日則死。「燕泥」乃毒蟲，燕銜泥而作巢也，中有蟲，觸於人身則傷之。四者皆南方瘴癘所生，「衝」字、「逢」字、「落」字、「避」字，精叙其苦境。昨坐朝堂，在樞輔之任；今忽到此境，酸悽悲楚，言下有淚。皆「路迷」之註脚也。田至三歲謂「畬」，火耕之米謂「火米」，交趾之稻熟於五月，第五句是也。移風縣有潮鷄，潮漲則鳴，第六句是也。皆誌風土之異，傷去中國而轉遼遠。紅槿花開，越鳥啼鳴，又録異物而誌思鄉之感。誌思鄉之感，而其自愴者洋溢於字上，是其所以動人也。曉嵐云：「與柳州《峒氓詩》序蠻鄉風土意同，而精神氣韻相距遠矣，此由才分不同。」按所謂《峒氓詩》者云：「郡城南下接通津，異服殊音不可親。青箬裹鹽歸洞客，綠荷包飯趁墟人。鵝毛禦臘縫山罽，雞骨占年拜水神。愁向公庭問重譯，欲投章甫作文身。」顧其才分之異或若曉嵐之言，然德裕之語云「適情不取於音韻，意盡而止」；又云「譬如日月，終古長見，而光景常新」。其於文字所得之深如此。雖不如柳州以詩得名，然此詩有一段動人之致，不亦宜乎？

東巖曰：「夫路其真有所迷乎？只爲人心中時時有愁、刻刻有畏，望之而若畏途、若無生路，此其所以『路轉迷』也。」雖分解盡致，然取二、三、四句看之，則見其真有可迷之事而迷矣，似不須深解。歸愚曰：「三、四語意雙關，猶如柳州之『射工颶母』。」是比讒譖者於沙蟲也。而柳州之「射工巧伺遊人影，颶母偏驚旅客船[二]」，前人已辨其比於小人者不過穿鑿耳，此詩之於比擬亦然。大抵漫就其事而附說，便有說到意外者，雖歸愚亦似不免矣。

《太平廣記》云：「德裕分司東都時，召一僧問已之休咎。僧曰：『公當南去萬里。』曰：『南行終不還乎？』曰：『當還。』公問其故，曰：『相國平生應食萬羊，今食九千五百，所以當還者，未盡五百羊耳。』公慘然而嘆云：『吾師果至人也！元和十三年我從事於北都，夢行於晉山，見山上舉目皆羊。牧羊者十數人迎拜而云：「此侍御平生所食羊。」吾識此夢，不泄於人，今者果如師之說耶？』後旬日，振武節度使米暨遣使致書[三]，且饋五百羊[四]。公大驚，又召僧而告之。僧嘆云：『萬羊將滿，公其不還乎？』公曰：『吾不食之，亦可免耶？』曰：『羊至此，已爲相國所有。』公戚然不樂，又旬日而貶。」事雖固小說家之言，荒誕不足信，然德裕每極奢侈，云「每食一杯羹概費錢三萬」，無怪有食羊之説，其在異土斷腸者彌可愴也。

德裕持其身雖侈，然喜汲引寒士，不遺餘力。元和十一年之試，李逢吉以下三十三人皆取寒素，時有「元和天子丙申年，三十三人同得仙。袍似爛銀文似錦，相將白日上青天」之詩，故及其被謫，又有賦詩者云「八百孤寒齊下淚，一時回首望崖州」，其爲人所望者如此。至「恩牛怨李」相結託而爲朋黨者，亦正因有此手段也。

德裕又有「獨上高樓望帝京，鳥飛猶是半年程。青山似欲留人住，百匝千遭繞郡城」之詩。飛鳥尚須半年，何等警語，是真怨而不迫者，最得其體，其人亦躍然也。宋寇準南遷而過襄州，留一絶句於驛亭云：「沙堤築處迎丞相，驛吏催時送逐臣。到了輸它林下客，無榮無辱自由身。」格雖低，然尚温藉風流，悲而不傷，自有大人之風，亦似其人也。丁謂海南左遷中諸作，「草解忘憂憂底事，花名含笑笑何人」之句最爲傳播，其冷然看世者殆將如君子之達理。若不知其人而視之，則不爲誤者危矣。我之次第三家左遷之詩者，亦因深有所感也。

【校勘記】

［一］嶺南道中：《全唐詩》卷四百七十五作《謫嶺南道中作》。

［二］船：底本誤作「魂」，據《全唐詩》卷三百五十二改。

［三］暨：底本訛作「槩」，據《太平廣記》卷九十八改。

［四］五：底本誤作「四」，據《太平廣記》卷九十八改。

病起　來鵬

春初一卧到秋深，不見紅芳與緑陰。窗下展書難久讀，池邊扶杖欲閑吟。藕穿平地生荷葉，笋過東家作竹林。在舍渾如遠鄉客，詩僧酒伴鎮相尋。

此詩句句帶「病起」二字。自春初而至秋深，乃言卧蓐之長。開書不堪久、扶杖纔行，乃言其病後之衰弱，此從第一句出。言不見紅芳與緑陰，乃承第一句而詳説時節。藕已生葉、笋已成林，乃驚其病後之節物者，此從第二句出。第七句正承後聯，風光一變而訝非我家，刻劃之至。第八句乃祝病起之意，暗承前聯之情語，平叙所見所感之事，無字不是病起也。隨園云：「詩雖貴淡雅，亦不可有鄉野氣。」如此詩者雖似沾沾自喜，然視南宋諸家則有間，冀得免鄉黨自好之詩乎？

已前共六首

舊解言「前虚老蒼，後實清新」；《備考》言「至結句而述情者也」。

送李録事赴饒州

皇甫冉

北人南去雪紛紛，雁過汀洲不可聞。積水長天隨逐客，荒城極浦足寒雲。山從建業千峰出，江至潯陽九派分。借問督郵纔弱冠，府中年少不如君。

一、二句帶叙送別之時節景物，只云録事去時雪正下、雁正遠。而以「北人南去」冠於「雪紛紛」，則此雪之下，恰如坐其人乃北人之故；接之以雁「不可聞」，則此人之南，宛如欲聞此雁而出者也。造句命意俱爲奇絶。三、四句景中帶情，水天一色，淼淼不盡，以「隨」字狀其行之遠；城市荒凉，點出時節，「寒雲」正扣住雪天。「足」字狀茫茫無極，與「隨」字共爲鍊字之訣。言「積水長天」、言「荒城極浦」者，謂之連珠格，因句中相對，如珠之貫串也。五、六句乃所經之地，所謂不得移於他處者。句雖平易不費解，而氣實莽莽蒼蒼。非如此，則不足以送衝雪飛奔之少年也。或云：「山出而江分者，南地暖早，於途上量已逢春。」或亦可通。七、八句叙送別之情，「督郵」乃今之從事，點睛其爲弱冠，前數句亦有鱗鱗皆活之致。其送之不用一味悽婉之語而寓策勵之意者，乃以其少年而薄宦風塵，故使送之者亦風神灑落也。因人而異其説法者，宜當如是，妙哉！

清明日與友人遊玉塘莊　　來鵬

幾宿春山共陸郎，清明時節好風光。細穿緑荇船頭滑，碎踏殘花屐齒香。風急嶺雲飄迥野，雨餘田水落芳塘。不堪吟罷東回首，滿耳蛙聲正夕陽。

玉塘莊在蜀，鵬伴韋岫赴蜀事詳《寒食》詩。起首「幾宿春山共」五字，言到處相追隨，玉塘莊已在喚而欲出之處。陸機《春遊樂府》有「客游芳春林，春芳傷客心。和風飛清響，鮮雲垂薄陰[一]」之句，友人蓋陸姓，借以擬機之春遊。二聯承「好風光」寫其景物，其内又有分別：三、四句先言其莊内，棹畫舫乃深入緑荇中，散屣屐乃行於落花上，上六字極力寫「滑」字、「香」字，「船頭」「屐齒」，亦可見其奇巧。五、六句終及於莊外，暮雲去遠嶺乃風意之急，春水滿四澤乃雨痕之漲；以「迥」品野，以「芳」冠塘，清明之好風光筆筆不能暫忘也。七、八句爲餘意，以殘照群蛙結「好風光」，似稍有索莫之致。故後之評此詩者或以爲有傷春之感，或以爲有撫時之嘆。就詞推之，則亦將有或然者也。

【校勘記】

[一]鮮：底本訛作「解」，據《文選》卷二十八改。

三、四句雖言情思，而已近景物者也。

已前共二首

宿淮浦寄司空曙[一]　李端

愁心一倍長離憂，夜思千重戀舊遊。秦地故人成遠夢，楚天多雨在孤舟。諸溪近海潮皆應，獨樹邊淮葉盡流。別恨轉深何處寫，前程惟有一登樓。

端乃嘉祐之侄，亦占大曆十才之一位。及第而授秘書省校書郎，以清羸多病辭之，居終南山草堂寺。未幾，爲杭州司馬，因牒訴敲扑爲其所厭，移家隱於衡山，自稱衡岳幽人。耿湋送之云：「世上許劉楨，洋洋風雅聲。客來空改歲，歸去未成名。遠近天初暮，關河雪半晴。空懷諫書在，回首戀承明。」衛象傷之云：「才子浮生促，泉臺此路賒。官卑楊執戟，年少賈長沙。人去門栖鵬，災成酒誤蛇。唯餘封禪草，留在茂陵家。」參觀而足可知其爲人。

此詩乃赴杭州之途，宿淮浦而寄所感於曙者也。云：行者已遠，離憂日長，以「楚天多雨在孤舟」之故也；終夜沈思，每獨不寐而切戀舊遊，「秦地故人成遠夢」之所以也。錯綜兩意而愁心真將成一倍。谿以近海，與潮相應；樹以邊淮，葉落即流。是多雨舟中所見之景，「諸」字、「獨」字細咀嚼之，則妙自在象外。

「别恨轉深」乃申言愁心一倍，一「深」字亦自然關照後聯十四字。謂寫客懷，惟有倣王粲之賦登樓也。孤客之感慨深，轉懷故人，所以有此贈也。

蓋端與曙交情最深，集中係其唱和者不少，或言「共爾鬓年故，相逢萬里餘」，或言「莫作隳官意，陶潛未必賢」，或言「吏隱俱不就，此心仍别君」，或言「非夫長作客，多病淺謀身」，皆有同心相晤之妙。曙亦有酬端之作云：「緑槐垂穗乳烏飛[二]，忽憶山中獨未歸。青鏡流年看髮變，白雲芳草與心違。乍逢酒客春遊慣，久别林僧夜坐稀。昨日聞君到城闕，莫將簪冕勝荷衣。」是端爲校書郎時所寄者。我則悲不能歸山，端則希不戀簪冕，交深而不相諱者至此。如此篇，一倍之憂迸而爲五十六字，先寄於曙，其賴知音者切也。其意悲婉，令讀者之腸驟苦如食薺，曙當難以爲情矣。

【校勘記】

［一］宿淮浦寄司空曙：《全唐詩》卷二百八十六作《宿淮浦憶司空文明》。

［二］乳：底本訛作「亂」，據《全唐詩》卷二百九十三改。

尋郭道士不遇

白居易

郡中乞假來尋訪，洞裏朝元去不逢。看院只留雙白鶴，入門惟見一青松。藥爐有火丹應

伏，雲碓無人水自舂。欲問參同契中事，未知何日得相從。

居易之貶江州也，在郡立隱居於廬山，或經時不歸，或逾月而返，郡守亦不之責。此詩乃尋道士於廬山者。第一句爲「尋郭道士」，以「乞假」示我之身分。第二句爲「不遇」，道士無他事，故即斷其乃往朝於太元君。「白鶴」「青松」自是道士之居，而其人則不在。「藥爐」下有餘紅，爲鍊丹之火；言「應」者乃從訪者意中道破。「雲碓」乃水碓，居易自註云：「廬山雲母多以水碓搗，俗呼爲雲碓。」從訪者眼中描出實景，「無人」與「自」參互，有丹青之妙。此二句言「不遇」而無聊之至，故期來日復能相從也。《參同契》用魏伯陽事，伯陽曾得古人《龍虎上經》，約其象而著爲《參同契》是也。此詩全篇平易，流暢穩妥，乃居易之特色。周元公云：「白香山之詩似平易，頃見所存遺稿，塗改甚多，竟有終篇不留一字者。」謂使老嫗讀、不解則改之者，蓋其良工苦心處也。昔人云：「香山之詩無一句不自在，故其爲人和平樂易。」安知其自在者乃出其錘煉之極者哉！此篇元稹有次韻，云：「昔年我見杯中渡，今日人言鶴上逢。兩虎定隨千歲鹿，雙林添作幾株松。方瞳應是新燒藥，短脚知緣舊施春。欲請僧繇遠相畫，頗愁頻變本形容。」據其所註，云郭乃始爲僧後爲道士者也。

尋道士不遇者求之於中晚間，則劉長卿云「道書堆玉案，仙被叠青霞」、韓翃云「微風吹藥案，晴日照茶巾」、魚玄機云「暖爐留煮藥，鄰院爲煎茶」、杜荀鶴云「只應松上鶴，便是洞中人」，概皆取境相同，去鶴松爐碓不遠。獨至「犬吠水聲中，桃花帶雨濃。樹深時見鹿，溪午不聞鐘。野竹分青靄，飛泉掛碧峰。無人知所去，愁倚兩三松」一律，清空遒秀，令人入畫。是李白《訪戴天山道士不遇》之作，盛唐之音也，當爲居易所私淑乎？

早秋寄題天竺靈隱寺

賈島

峰前峰後寺新秋，絶頂高窗見沃州。人在定中聞蟋蟀，鶴曾棲處掛獼猴。山鐘夜度空江水，汀月寒生古石樓。心憶懸帆身未遂，謝公此地昔曾遊。

天竺、靈隱二寺皆在杭州，天竺寺因僧惠洪言似天竺靈鷲山之小嶺而得名，靈隱寺因許由、葛洪等隱居而得名。《圖經》云：「靈山之陰、北澗之陽爲靈隱寺，靈山之南、南澗之陽爲天竺寺。」李紳題二寺云：「翠巖幽谷高低寺，十里松風碧嶂連。開盡春花芳草澗，遍通秋水月明泉。石文照日分霞壁，竹影侵雲拂暮煙。時有猿猱擾鍾磬，老僧無復得安禪[二]。」巧咏二寺之接近，島之詩亦同其意。

峰前峰後乃所謂靈山之陰陽、二寺之所在。故其下直下「寺」字束住二寺，矯健無比。以下承此束住之二寺合叙之，不必拘泥於各寺。登絶頂之樓臺，則沃州風物容於窗中，是言其爽敞也。以絶頂、以高窗著於峰上，刻畫其高也。蟋蟀聲中老僧獨入定，乃空寂也；獼猴群踞於鶴巢，乃清幽也。三、四句點明新秋時節，應第一句。鐘聲度水，乃静遠也；月影當樓，乃高寒也。五、六句點明絶頂光景，應第二句。而「汀月」承上句之「水」，以下界景象映射上方，爲最有靈氣之筆。要之，此空寂者、清幽者、静遠高寒者，乃我所求而欲隱者也。宜懸孤帆而去，然塵緣纏繞、宿志未能遂，是空羡謝公之舊遊而所以作此寄題之詩也。史云：「謝安嘗往臨安山中，坐石室，臨濬谷，悠然而嘆云：『伯夷何遠哉！』」有歸隱之志者如此，乃句之所本。

僧惠理曾畜白猿於靈隱寺，有洞名「呼猿洞」，獼猴真住其物也[三]。徵於紳詩，亦可知之。王堯衢云：「猿鶴者，昔人以擬君子，鶴曾栖上之處必是幽境，諒猿亦有同心者，故鶴栖之樹，猴亦攀枝倒掛以爲戲也。」以其頗出意表，姑附於此，學者勿取其强解可也。

【校勘記】

［一］復：底本誤作「亦」，據《全唐詩》卷四百八十一改。

［二］物：似當作「處」。

題宣州開元寺水閣[一]　　杜牧

六朝文物草連空，天淡雲開今古同[二]。鳥去鳥來山色裏，人歌人哭水聲中。深秋簾幕千家雨，落日樓臺一笛風。惆悵無由見范蠡，參差煙樹五湖東。

開口曰「六朝文物」，豪華何如哉！忽曰「草連空」，衰颯何如哉！首句中言今古之興亡轉瞬變去；次句却接之，天也雲也，今古相同，無興無亡、無豪華無衰颯，是以閣中所見而言天事不如人事也。禽鳥來去，山色今古相同；人生有歌哭，水聲今古相同。皆從雲閑天淡下之景物見出妙理來。本集題下有「閣下宛溪夾溪居人」七字，「千家簾幕」正指宛溪之人家，「一笛樓臺」恰説到水閣。上句之意著在「深秋」二字，故「簾幕」五字冒深秋；下句之意著在「落日」二字，故「樓臺」五字冒落日。其所以著意於深秋落日者，乃欲暗結衰颯之意也。范蠡功成名遂，乘輕舟而泛五湖，七、八句追懷其事，緊照「六朝文物」之豪華衰颯轉瞬而變，感人生以滿招損也。蔡百衲言「牧之詩風調高華，片言不俗」者亦在此篇[三]，言「類新及第少年，略無所退藏」者，非此篇所關也。四溟曰：「此詩韻短調促，無抑揚之妙，因易爲『深秋簾幕千家月，静夜樓臺一笛風』。」是雖言從音韻上立論，終大傷於詩也。牧若有知，將一笑其眇見而已矣。

【校勘記】

[一]題宣州開元寺水閣：《全唐詩》卷五百二十二作《題宣州開元寺水閣閣下宛溪夾溪居人》。

[二]開：《全唐詩》卷五百二十二作「閑」。

[三]百：底本誤作「伯」，據《苕溪漁隱叢話》後集卷三十三改。

長安秋夕　　趙嘏

雲物悽凉拂曙流，漢家宮闕動高秋。殘星數點雁横塞，長笛一聲人倚樓。紫艷半開籬菊净，紅衣落盡渚蓮愁。鱸魚正美不歸去，空戴南冠學楚囚。

起句有「拂曙」二字，題云「秋夕」，全相矛盾。按，本集云「長安早秋」、《才調集》云「長安秋望」、《唐詩鼓吹》云「長安晚秋」，皆不題「夕」字，恐爲傳寫之誤乎？「雲物悽凉」乃秋景，「漢家宮闕」乃長安，「流」字有一洗而去之義，導出第二句之壯麗。「動」字狀宮闕之壯麗，尤有色彩，天中聳立之殿閣，仿佛於讀者眉睫間。此二句俱從倚樓人之所見叙之。忽又以「殘星數點」説曙景，以「雁横塞」述秋光，筆力自在；忽又以「長笛一聲人倚樓」順筆接手，正叙我之興趣。不假秋日景物，而七字全不是春、不是夏。杜樊川覽之而嘆賞不措，稱爲「趙倚樓」者，固因是也。「籬菊」「渚蓮」之句極細膩，與上半之雄深雅健相反襯，而「鱸魚」之候已銜吻而出，平淡中有次第。昔楚囚鍾儀南冠而縶於晋，擬於我之南冠逢鱸魚時節而尚不能歸。「楚囚」之字别無意義，宜輕解之。嚴滄浪所謂「用事不必拘來歷」者也。

嘏之詩言歸去者多，云「杜若洲邊人未歸，水寒煙暖想柴扉」、云「早晚略酬塵事了，水邊歸去一閑人」、云「可憐時節堪歸去，花落猿啼又一年」、云「兩見梅花歸不得，每逢寒食一潸然」、云「一百五日家未歸，新豐鷄犬獨依依」，客懷之孤寂、身生之落拓，歸家之感不免常爲寒暄之話頭，其遇亦可憐也。嘏復有「只見長安不見春」之句，不得意人奔走於京塵者愴然言外。見諸句則知此句真是實録之語，幸有知音如樊川者聊可以自慰耳。樊川亦有《訪張明府同趙二十二嘏聯句》之詩，云：「陶潜官罷酒瓶空，門掩黄花一逕風。古調詩吟山色裏，無弦琴在月明中。遠簷高樹宜幽鳥，出岫孤雲逐晚虹。别後東籬數枝菊，不知閑醉與誰同。」後聯乃樊川所賦，餘皆出嘏之手。通首穩秀，不相甲乙，同心相許者千載之下尚可窺知也。

宿山寺　　項斯

栗葉重重覆翠微，黄昏溪上語人稀。月明古寺客初到，風度閑門僧未歸。山果經霜多自落，水螢穿竹不停飛。中宵能得幾時睡，又被鐘聲催著衣。

入翠微，栗葉自左右覆之，不聞人語，山寺之爲超空。月明滿地，微風度樹，古寺於「明」字有色，閑門於「度」字有聲。言「客初到」、言「僧未歸」，皆爲注「語人稀」之神致者，所以令歸著於「宿」也。僧不歸，故客宿而待。山果偶自落、水螢恰獨飛，無聊光景往往有如此者，山寺之幽邃見於「多自落」「不停飛」六字中。初爲黄昏、次爲薄夜、又至中宵，漸將睡熟，而鐘聲無端催著衣，知早已爲清曉矣。語語鱗次而下，宿山寺之題面悠然而在讀者心中，是此詩妙趣也。

《傳》云：「始張籍巧爲律詩，惟朱慶餘親受其旨，沿流而下，則有任藩、陳標、章孝標、司空圖等，皆及其門。寶曆、開成之際，斯尤爲籍所知，故詩格多與之相類。」始未爲聞人，以卷謁楊敬之，敬之愛之，賦詩贈之云：「幾度看詩詩盡好，及觀標格過於詩。平生不解藏人善，到處逢人説項斯。」未幾，敬之之詩傳於長安，斯亦擢上第。見其詩，則足知名下果無虚士矣。

題永城驛

薛能

秋賦春還計盡違，自知身是拙求知。惟思曠海無休日，却喜孤舟似去時。連浦一程兼汴宋，夾堤千柳雜唐隋。從來此恨皆前達，敢負吾君作楚詞。

「下第後自夷門乘舟至永城驛題」，是本集所題。「秋賦」言應進士之試而至京；「春還」言經「槐花黄，舉子忙」之候，落第而就歸鄉之路。以「計違」説盡下第，「計違」乃因拙於「求知」也，暗嘲及第者乃求知於朝士而得之，聊以自慰。兩用「知」字妙占身分。百川朝宗，曠海常滔滔，言「惟思」者乃期他日之遇也。「去時」反來日而言前日。雖「孤舟」依然寂寞而言「却喜」者，以其清白致之而無所愧也。「曠海」與「孤舟」皆從「自夷門乘舟」之景物而寄感慨。浦上一條路，過汴過宋，汴州宋州在河南，鄰於亳州。永城驛在亳州，堤上千株柳，有隋有唐，隋時於汴堤栽楊柳，唐時亦當有補種，皆舟至永城驛途中之事也。「前達」乃先賢之義，謂下第者先賢亦不免，事非可愧，况我清白致之耶？如屈原被放恨君而作《離騷》者，乃我所不屑爲也。語意宛轉，忽以「恨」字逗出本意，是以不作而作楚詞也。以原之放而比於一下第，乃誇大自喜者，骯髒不平之意跳躍於紙上。吟「當年諸葛成何事」者自然不可無此樣之鋒鋩也。下第之詩，殷堯藩云

「辛勤幾逐英雄後，乙榜猶然姓氏虛」，悲而不必顯於詞者也；司空曙云「遊客盡傷春色老，貧居還惜暮陰移」，愴而不必露於語者也；許渾云「花前失意共寥落，莫遣東風吹酒醒」，入情之作而沈響多也；皮日休云「畫虎已成翻類狗，登龍纔變即成魚」，入理之作而新意多也；羅隱云「唯將白髮期公道，不覺丹枝屬別人」、韋莊云「題柱未期歸蜀國，曳裾何處謁吴王」，正是心靈濬發、含蘊無窮也。各家雖互有短長，比於此詩，亦有優無劣。不遇之文人真足以下涙矣。

慈恩偶題[一]　鄭谷

往事悠悠成浩嘆，浮生擾擾竟何能。故山歲晚不歸去，高塔晴來獨自登。林下聽經秋苑鹿，溪邊掃葉夕陽僧。吟餘却起雙峰念，曾看庵西瀑布冰。

慈恩寺之雁塔題名，及第者之所榮也。今上其塔，嘆往事之悠悠，嗟浮生之擾擾，蓋未成進士時述其感慨者也。見「竟何能」三字，轉覺乃不遇人之語氣。第三句乃思量之語，言雖歲晚而不能歸故山，今日之客懷不須口舌矣。第四句乃現實之語，插之以「獨自」二字，有慨無人可與共浮生之意。五、六句描高塔晴登者眼中，聽經者乃鹿，掃葉者乃僧，悠然與物相忘，擾擾浮生，賴此景而將脱離，而尚俄然起懷者，乃悠悠之往事也。若就曾遊而仿佛此境者求之，則登韶州雙峰寺曾見瀑布，氣候雖異而形勝略似，魂忽飛馳，切恨不能去也。第三句所以點出「歲晚」二字者，蓋爲此瀑布之冰豫作其地。

《天厨禁臠》以後聯爲錯綜格，以爲同於少陵之「紅稻啄殘鸚鵡粒，碧梧栖老鳳皇枝」，謂當言「林下鹿」「溪邊僧」，却轉倒其位置也。細考之，則「故山歲晚」「高塔晴來」之語亦可視爲倒置者。時偶爲之，可避其流於平直也。

「瀑布冰」三字甚奇，而事偶有之。幼年時曾客於上毛，陪先考觀大巖之凍瀑，先考之文云：「嚴冬冱寒，瀑盡凍，宛然一大玻璃鏡也。日光自樹間射之，殆爲奇彩異耀。真鉅觀也。」語屬實録，讀之則今仍不勝神往，谷所看者想當爲此類者也。

【校勘記】

［一］慈恩偶題：《全唐詩》卷六百七十六作《慈恩寺偶題》。

已前共八首

「前虚」乃帶景物而述情思，「後實」乃直言景物，至結句而述情思者也。

都城蕭員外寄海棠華［一］　羊士諤

珠履行臺擁附蟬，外郎高步似神仙。陳詞今見唐風盛，從事遥瞻魏國賢。擲地好辭凌彩

筆，浣花春水膩魚箋。東山芳意須同賞，子著囊盛幾日傳。

圓至云：「按詩中之語，海棠華恐是曲名。」以爲其所作文字而得名者也。或然乎？「珠履」乃春申君之客所躡者。「行臺」乃官名。「附蟬」乃冠飾，據《漢儀》，係侍中所當冠者。據「擁」字而稽之，則蕭員外似與其徒共陪一貴人詩酒追隨，於其際而作此曲者也。「外郎」乃員外郎之略語，鄭谷有以「張員外」爲「張外郎」之例。「高步神仙」乃員外特立於衆客中，言其標格自高。「唐風」指當代之詩風，字面借《詩》之《唐風》，一句先品其文字。「魏國」借用曹植兄弟及建安七子，品其人物，言「陳詞」、言「從事」，皆所以歸著於員外，重主之法也。孫綽曾作賦示人云：「卿試擲地，當爲金石聲。」——以品其好辭。浣花溪上之居人多作綵箋，名「金花魚子」者亦其一也。——以品其好箋。「春水」暗帶時節，故接以東山芳意，曲中之「海棠華」於是一轉而歸所咏之海棠花。「須」字乃思量中之語，正引出後句之言「幾日」也。王羲之與蜀郡守書曰：「日給藤子，囊盛爲佳，函封多不生。」用於海棠花上，一躍而結之。謂員外之綵筆如此，其花當洵美，願得著其子盛囊寄我，我亦同賞東山之芳意，而知綵筆有所相適也。推其所以用羲之之書者，則題稱「都城」者正是蜀郡，浣花之箋當亦非唯泛辭也。

士謂仕任資州刺史，順宗初，以公事至京。時王叔文用事，士謂公言其非，不省，叔文聞之大怒，下詔斬之，韋執誼以爲不可，貶寧化縣尉[三]。其孤介者正足以令柳劉諸子泚顙。詩則俊秀温和，全不似其爲人，可謂奇也。

【校勘記】

［一］都城蕭員外寄海棠華：《全唐詩》卷三百三十二作《都城從事蕭員外寄海梨花詩盡綺麗至惠然遠及》。

［二］化：底本誤作「河」，據《唐詩紀事》卷四十三改。

陳琳墓［一］　温庭筠

曾於青史見遺文，今日飄零過古墳。詞客有靈應識我，霸才無主始憐君。石麟埋没藏春草，銅雀凄凉起暮雲。莫怪臨風轉惆悵，欲將書劍學從軍。

漢末陳琳避難冀州，袁紹以之典文章。及紹敗而歸曹操，曾作檄呈操，操先病頭風，卧讀琳之所作，翕然而起云：「此癒吾病！」其文章之妙如此，故言昔時讀其文而慕其人，何等氣慨哉！今日過其墳，以「飄零」二字正歸著於自己身上，何等感慨哉！三、四句述契合之深，「詞客」乃指琳，「霸才」乃自謂，琳爲詞客，應憐我之飄零；我爲霸才，始憐琳之遭遇。「應」字何等兀傲哉！「始」字何等沈痛哉！正攝取同心異代之神魂而封於此二字，彼此錯出之，直是借他人之杯酒而澆自己之磊隗也。塚上石麟埋没於蓬蒿中，雖應失聲而哭，然銅雀臺之豪奢尚不免一瞬凄凉，無傷於古墳荒廢矣。是以影狀形者，對法亦靈活之至。七、八句仍歸到自己，彼與我契合者深，則我之飄零而臨風惆悵者固宜也。「書劍」二字結束「詞客」「霸才」，以「學」字收住彼此，而哭聲盡。袁枚《杜牧之墓》云「手折芙蓉來酹酒，有人風骨類夫君」，全學此七、八句者。

相傳李義山曾謂庭筠云：「近有『遠比趙氏，三十六年宰輔』之隻聯，未得偶句。」庭筠輒以「近同郭令，二十四考中書」對。又傳宣宗賦詩上句有「金步搖」之字，不能對，而試試人之才，庭筠乃以「玉條脱」奏；藥名有「白頭翁」，庭筠以「蒼耳子」駢。其才捷而工於對語，真不愧「八叉」之目。或刺其七律華而不實，謂必當屏之；然姑就懷古諸作視之，《蘇武廟》云「雲邊雁斷胡天月，隴上羊歸塞草煙。回日樓臺非甲帳，去時冠劍是丁年」，《五丈原》云「天清殺氣屯關右，夜半妖星照渭濱。下國臥龍空寤主，中原得鹿不由人」，皆爲對偶而不損其意，與此詩二聯皆華實併該，又何忍一意屏之耶？

【校勘記】

［一］陳琳墓：《全唐詩》卷五百七十八作《過陳琳墓》。

鸚鵡洲眺望　　崔塗

悵望春襟鬱未開，重臨鸚鵡益堪哀。曹瞞尚不能容物，黄祖何曾解愛才。幽島暖聞燕雁去，曉江晴覺蜀波來。誰人正得風濤便，一點征帆萬里回。

禰衡墓在鸚鵡洲，洲以禰衡有《鸚鵡賦》故得名。始衡數謾罵曹操，操怒曰：「孺子，孤殺之如烏雀耳！顧此人素有虚名，殺之則遠近將譏我之不能容。」即送與劉表，表亦不能忍而送之黄祖，衡偶在祖會上言語不遜，祖怒殺之。此詩於登臨中悼衡也。次第在《陳琳墓》後，讀者恍然有神遊三國史上之想。

春襟宜爲快豁，而鬱鬱不開，是因臨鸚鵡洲而寄慨也，先曲盡題目。三、四句由墓而吊衡。衡之簡傲，操尚不能容之，褊狹之祖不知愛才而忽殺之，宜如此耳。所以品評二人者，深哀衡之有才而自招禍也。五、六句乃洲之風物。「暖」字、「晴」字，言春色之諧和而宜開鬱懷，反接第一句。「雁去」「波來」乃望中多端，所以引起帆影之低迷。「一點」二字描寫遠景，眺望之題面全露。人回而我未去，悵然痴立之意又似有與「臨風惆悵」一其意者，可謂景中有情之格。

洪北江云：「前人每以崔塗二語爲禰衡一生定論，殊不知其非也。若以春秋誅意之法斷之，則殺衡者仍屬曹瞞，黄祖特不幸居殺衡之名耳。余前有『狂生不殺示有容，磨刀仍復及孔融[二]』之詩，又賦《鸚鵡洲》一絶云：『一杯酹爾楚江干，雪涕臨風感萬端。不解愛才仍嫁禍，平心黄祖勝曹瞞。』願與論世者决之。」然余曾迴環洛誦塗之詩者數回，以爲塗意亦不外此。夫操稱愛才而尚不能容衡，下「尚」字者，謂以己之不能而望人也，憎其假他人刃而殺衡之黠；祖固不識愛才，下「何曾」二字者，哀其以性之所不勝而恰居殺衡之名之愚。是責祖也寬、責操也嚴矣。畢竟襯染衡之傲，而語具分寸。北江之語，恐將爲遼東豕耳。李太白云「魏帝營八極，蟻觀一禰衡。黄祖斗筲人，殺之受惡名」，皮裏陽秋，千歲之上更不乏其人也。

【校勘記】

［一］仍：底本誤作「況」，據《北江詩話》卷五改。

繡嶺宮［一］

崔塗

古殿春殘綠野陰，上皇曾此去泥金。三城帳屬昇平夢，一曲鈴關悵望心。苑路暗迷香輦絕，繚垣秋斷草煙深。前朝舊物東流在，猶爲年年下翠岑。

繡嶺宮之事詳李洞之絕句。此詩亦因宮之頹廢而詠嘆玄宗之事。一句以「春殘」而誌宮之頹廢。「去泥金」乃封禪之事，杜牧《洛陽》云「君王謙讓泥金事，蒼翠空高萬歲山」，亦是也。二句舉一事而誌帝之豪奢。「三城帳」者何也？唐《百官志》曰：「尚書供奉行幸，設三部帳，其外蔽以排城。」謂上皇雖數幸於此宮，然一朝鼙鼓起於漁陽，而豪奢歸昇平一夢，非可悲乎？——是從塗之心中思量出玄宗當日。「一曲鈴關」者何也？玄宗在蜀，於霖雨中聞鈴聲而悼貴妃，因其聲而作《雨淋鈴》之曲。謂帝空悵望彼美，又無幸此宮之意，宮所以頹廢也。——是從塗之意中思量出玄宗當日。「輦路將迷，繚垣空深，秋草寒煙，望之無窮」，真以供憑吊前朝舊物之具耳！「獨有東流水，年年歲歲依舊下平岑」。以不變者映宮殿之變，乃懷古套語，不如「春草萋萋春水綠」有餘韻者，全爲此也。

【校勘記】

［一］綉嶺宫：《全唐詩》卷六百七十九作《過繡嶺宫》。

已前共四首

「前虚」内用故事之格。

前實後虚

周弼曰：其説在五言。然句既長，易於飽滿，景物情思，互相揉拌無痕迹，惟才有餘者能之。

三、四句爲景，五、六句爲情。伯弜於其五言云：「前重後輕，多流於弱。」而七言文字多，便於充實句意。故五、六句雖言虚，然須融合情景以相助也。

春山道中寄孟侍御[一]　張南史

春來游子傷歸路，時有白雲邀獨行。水流亂赴石潭響，花發不知山樹名。誰家魚網求鮮食，何處人煙事火耕。昨日已嘗村酒熟，一杯思與孟嘉傾。

一、二句乃春山道中，併言此行之歸路。以對法起，儷語極幻幻奇奇之致。三、四句乃獨行中入眼之物，水流亂赴，故「響」字有力；異花忽逢，故「發」字有力。皆須三五日苦思者也。下石潭而網魚，隔山樹而有人煙，五、六句乃從獨行者之眼而入於心，故加「誰家」「何處」之斡旋。「火耕」乃燒草下水而種稻者，山中往往有之，尤適題面。七、八句乃入獨行者之心，人煙中知有孟侍御之居，故希其相會，最切於從獨行無聊中出也。昔孟嘉對桓温云：「明公惟不解酒中之趣耳。」因侍御與嘉同姓，願共傾村酒以領酒趣。而「村酒」仍不離山中。高仲武曰：「張君乃弈棋者，中歲感激，苦節學文，數載間稍入詩境。」言其所作有物理俱美、情致兼深者。思棋理詩理有所相通，爰得悟入耶？其死也，李端哭之，有「諫草文難似，圍棋智不如」之句，豈啻諫草之難似而已哉！

【校勘記】

[一]春山道中寄孟侍御：《全唐詩》卷二百九十六作《春日道中寄孟侍御》。

早春歸盩厔別業寄耿湋李端[一]　盧綸

野日初晴麥壠分，竹園村巷鹿成群。萬家廢井生新草，一樹繁花對古墳。引水忽驚冰滿澗，向田空見石和雲。可憐荒歲青山下，惟有松枝好寄君。

「盩厔」乃山名，在鳳翔縣。亂後歸去，一片荒凉之思在景物上。第一句爲早春，第二句爲盩厔；「萬家廢井」爲盩厔，「新草」爲早春；「一樹繁花」爲早春，「古墳」爲盩厔。彼此互文，神味悠然。耿湋《屏居盩厔》言「縣城寒寂寞，峰樹遠參差」者，景物稍似。凍澌未融爲早春，石謂「雲根」，微雲脉脉而起，恰早春也；而言「引水」、言「向田」，正寫盩厔也。是亦彼此錯綜。耿湋《盩厔客居》云「籬花看未發，海燕欲先歸」者，景物稍似。夫千家萬井，宜有人住，而唯芳草萋萋；名花奇樹，宜有人賞，而唯古墳纍纍。是果何等景物哉！引筧泉而冰尚滿，對山田而雲常包，是何等景物哉！故一束以「荒歲青山」四字，轉下寄懷之意。「惟有松枝」云者，言後凋之意而寂寞之極也。與「一樹繁花」緊照而相掩映，作法周密且不爲法度所局，正如沙彌昇坐，靈警異常。綸爲時所推者良有以也。

【校勘記】

[一]早春歸盩厔別業寄耿湋李端：《全唐詩》卷二百七十八作《早春歸盩厔舊居卻寄耿拾遺湋李校

書端》。

松滋渡望峽中　　劉禹錫

渡頭輕雨灑寒梅，雲際溶溶雪水來。夢渚草長迷楚望，夷陵土黑有秦灰。巴人淚應猿聲落，蜀客船從鳥道回。十二碧峰何處所，永安宫外是荒臺。

此篇五十六字，字字寫「望」字。雨灑梅花乃渡頭之望，「輕」字、「寒」字皆明其爲春初之候，故雪水溶溶自天外而來，是望峽中之引子也。雲夢之澤草長萋萋，楚天之望因迷，顔延年「江漢分楚望」者，正其字之出處；巴陵之地土黑黯黯，秦時之灰尚存，白起再戰而燒夷陵者，正其地之故事。二者皆望中可見之景，見多少感觸之情。猿子叫月，巴人之淚落於其中，言其清幽也，與「巫峽啼猿數行淚」同其致；鳥道參天，蜀客之船來自其間，言其高敞也，與「雲際離離上峽船」一其神。二者皆望中可想之景，見多少低徊之意。巫山十二峰又望中可想之景，先主之永安宫又望中可見之景。今寫其無碧峰却有荒臺，有手揮五弦目送歸鴻之妙，是爲詩之以風格勝者也。或言結二句陷窠臼，是不深味之所致，較之許渾、劉滄諸作，則辨其爲鷄群之野鶴者有餘。禹錫之言云「片言可以明百意，坐馳可以役萬景」，無怪其語句之爲峻拔也。

春日閑坐[一]　　劉禹錫

官曹崇重難頻入[二]，第宅清閑且獨行。階蟻相逢如偶語，園蜂速去恐違程。人於紅藥偏憐色，鶯到垂楊不惜聲。東洛池臺怨抛擲，移文非久會應成。

官廳嚴肅，不可漫入。故歸私第，獨自樂其清閑。三、四句言第宅中事，喻官曹之崇重。「偶語」乃對語，以兩蟻之相逢擬之；「違程」乃後於官期，以孤蜂之飛去擬之。以「恐」反用其事，皆比於官廳之嚴肅也。此種句法爲誠齋以下諸家學壞，遂招指斥，在此詩則唯取其新。五、六句正説第宅中事。「不惜聲」三字活捉鶯之精神，自然爲絶調；以「芍藥色」對之，皆清閑中妙趣也。從最初之「官曹崇重」而引起「第宅清閑」，從「第宅清閑」而思東洛舊宅，因其久不歸，故推想當有移文贈之，以期其早退隱也。昔周顒出鍾山應詔爲縣令，後將再過山下，孔稚圭因作《北山移文》以調之。中有「蕙帳空兮夜鶴怨，山人去兮曉猿驚」之句，「怨」字乃本之。

此詩係和牛相國僧孺之作者。始僧孺赴舉北行時，投贄於禹錫，禹錫方對客，展卷飛筆塗竄其文云：「必先輩期成矣[三]。」僧孺雖拜謝，而心爲怏怏。經三十餘歲，禹錫轉汝州，僧孺鎮漢南，枉道駐旌，酒間賦詩言其事云：「粉署爲郎四十春，今來名輩更無人[四]。休論世上升沈事，且鬥樽前現在身。珠玉會應成咳唾，山川猶覺露精神。莫嫌恃酒輕言語[五]，曾把文章謁後塵。」禹錫讀其詩承其意，恍然而悟往事，乃以詩答之云：「昔年曾忝漢朝臣，晚歲空餘老病身。初見相如成賦日，後爲丞相掃門人。追思往事咨嗟久，幸喜清光語笑頻。猶有當時舊冠劍，待公三日拂埃塵。」僧孺吟者再三，意稍解云云。一場事，以禹錫之倔强尚有冷汗遍背。禹錫决非快於懷者，亦足可想像其心非真服於僧孺也。「官曹崇重」之一解雖非謂刺之，然其秋霜炎日之狀，似尚不免有微辭。其《和牛相公長句》題詩云：「静得天和興自濃，不緣宦達性靈慵。大鵬六月有閑意，仙鶴千年無躁容。流輩盡來多嘆息，官班高後少過從。唯應加築露臺上，賸見終南雲外峰。」是直不過與上官獻酬者矣。

【校勘記】

[一]春日閑坐：《全唐詩》卷三百六十一作《和僕射牛相公春日閑坐見懷》。

[二]官：底本訛作「宦」，據《全唐詩》卷三百六十一改。

[三]期成：《雲溪友議》卷中作「未期至」，《太平廣記》卷四百九十七作「期至」。

[四]今：底本誤作「向」，據《全唐詩》卷四百六十六改。

[五]恃：底本誤作「詩」，據《全唐詩》卷四百六十六改。

晏安寺

李紳

寺深松桂無塵事，地接荒郊帶夕陽[一]。**啼鳥歇時山寂寂，野花殘處月蒼蒼。碧紗凝艷開金像，清梵銷聲閉竹房。丘隴漸平連茂草，九原何處不心傷。**

紳生而短小，時號「短李」。其赴薦也，以《古風》求知於吕温。其詩曰：「春種一粒粟，秋成萬顆子。四海無閑田，農夫猶餓死。鋤禾日當午，汗滴禾下土。誰知盤中飧，粒粒皆辛苦。」温云：「此人必爲卿相。」以其言民人之艱苦也。穆宗時，召爲學士，與李德裕、元稹同在禁署，時稱三俊。武宗即位，爲中書侍郎平章事，遂如温之所言。其詩近體亦多清楚可觀者。

此詩乃咏晏安寺之荒廢。松桂深深，雖如今尚無塵俗之緣，然左右荒郊空爲夕陽占領。言左右爲荒郊者，所以描出寺中無人而委於荒蕪也。三、四句乃從夕陽至初夜之光景，啼鳥聲歇，山偏寂寂，野花影殘，月轉蒼蒼，是皆因其爲無人之境也。出語自悽絶，使人想到幽僻之境。「碧紗」乃佛龕，「開」字屬上，無人之境，舊物依然有碧紗凝艷，開則金像之光燦爛也；「竹房」乃僧院，「閉」字屬下，無人之境，闃然而無清梵送聲，閉則竹房之迹荒寂也。與前聯皆借「無塵事」而言其頽廢。七、八句更寫寺外，丘隴寂寂，冢墓纍纍，茂草亂生，殆將與冢等高，言「平」者乃刻劃之至，正所以接「地接荒郊帶夕陽」也。寺荒冢廢，九原若有知，則其傷心者果何如哉！今天下孝子讀畢慘然。可謂入情之筆，「粒粒辛苦」之作者始能有此語也。

【校勘記】

［一］帶：底本誤作「多」，據四庫本《三體唐詩》卷四、《全唐詩》卷四百八十一改。下徑改。

館娃宮［一］　皮日休

艷骨已成蘭麝土，宮墻依舊壓層崖。弩臺雨壞逢金鏃，香徑泥銷露玉釵。硯沼秖留山鳥浴，屧廊空信野花埋。姑蘇麋鹿真閑事，須爲當時一愴懷。

館娃宮爲吴王夫差所建，因經其地，乃先憶及西施。艷麗如西施者，雖埋而其土亦當如蘭麝也。一句語意鮮麗，以下皆由此意成：今所見者，唯宮墻之壓於崖耳，唯弩臺之壞於雨耳，唯香徑之銷爲泥耳，有山鳥之浴於硯沼耳，有野花之埋於屧廊耳。蘭麝之土終亦止如此乎？吴之盛時夫差西施肩隨爲歡之地、三軍守城之處，時出金鏃、掘玉釵，想見當時，而感慨生焉。況硯沼屧廊尚存其境而爲憑吊之具耶？事固可悲矣。昔伍子胥曾諫夫差云：「臣恐不久麋鹿將遊於姑蘇。」夫差不聽，國遂亡。子胥之言真如蓍龜，其頽廢非獨麋鹿之遊而已，亦何得不爲當時而愴然耶？——是此詩大意也。陸龜蒙次韻云：「鏤楣消落濯春雨［二］，蒼翠無言空斷崖。草碧未能忘帝女，燕輕猶自識宮釵。江山只有愁容在，劍佩應和魄氣埋。賴有伍胥騷思少，吴王纔免似荆懷。」議論直露，似稍能雁行。四溟曰：「九佳韻窄而險。七言近體押韻穩、措詞工，而兩不易得。皮陸之唱酬，雖吊古有體而無渾然氣，窘於難韻故爾。」以余視之，則日休之詩措詞非不工，押韻非不穩，雖漫爲議古而自高，又誰能信之乎？

後人亦有詩云：「白晝娃宫宴未旋，東風吹下越來船。捧心方嫉三千女，嘗膽誰知二十年。花暗屧廊蜂蝶困，草深香徑鹿麋眠。憑欄一段傷心事，都在西山夕照邊。」瞿祐稱其詩用意措詞兩佳，亦主用西施一事者，真足可爲日休後繼。日休亦有此題絶句五首：「綺閣飄香下太湖，亂兵侵曉上姑蘇。越王大有堪羞處，祇把西施賺得吴。」從大體説吴越之興亡，嘲勾踐之籌策也。「鄭妲無言下玉墀，夜來飛箭滿罘罳。越王定指高臺笑，却見當時金鏤楣。」以鄭妲品西施，申言前詩之意也。「半夜娃宫作戰場，血腥猶雜宴時香。西施不及燒殘蠟，猶爲君王泣數行。」以忘吴王之恩而罵西施，正所以以鄭妲比之也。「素襪雖遮未掩羞，越兵猶怕伍員頭[三]。吴王魂魄今如在，只合西施瀨上遊。」言其不悟，而吊夫差也。「響屧廊中金玉步，采蘋山上綺羅身。不知水葬今何處，溪月彎彎欲效顰。」録其異聞，言西施不得全終，更刺勾踐之陰險也。五首一氣呵成，當可視爲一篇短古。然議論流於奇僻，終不及此詩之温藉。此真以無渾然之氣也。

【校勘記】

［一］館娃宫：《全唐詩》卷六百十三作《館娃宫懷古》。

［二］消：底本訛作「稍」，據《全唐詩》卷六百二十五改。

［三］猶：底本誤作「尚」，據《全唐詩》卷六百十五改。

方干隱居

李山甫

咬咬嘎嘎水禽聲，露洗松陰滿院清。溪畔印沙多鶴迹，檻前題竹有僧名。問人遠岫千重意，對客閑雲一片情。早晚塵埃得休去，且將書劍事先生。

方干舉進士不第，歸而隱居鏡湖，住所水木幽閑，一草一花俱能留客。家貧，携古琴行吟醉卧以自娱。故其題壁之詩自然清空幽遠，其人其居，兩可傳也。言水禽嘎嘎、松露湛湛，以起首十一字側寫隱居之清。行吟溪上，有印迹於沙上者，諦視之乃鶴也；醉卧檻上，有題名於竹上者，諦視之乃僧也。言其應酬者皆塵外之物。遠山重叠而繞居，問其意於人者，爲言我非可出山溷於塵俗也；閑雲澹澹而圍居，比於其以藹然和氣接客也。「問人」「對客」二語妙於錯綜，有波瀾。七、八句乃寄題之正意。翁洮贈干云：「由來箕踞任天真，别有詩名出世塵。不愛春官分桂樹，欲教天子枉蒲輪。城頭鼙鼓三聲曉，島外湖山一簇春。獨向若耶溪上住，誰知不是釣魚人。」此亦推尊不第者甚高。視干之爲人，而覺山甫之詩最爲適切。

相傳李山甫貌美，晨起理髮，雲鬟委地，膚理玉映。有友來訪，大驚而不敢進，俄而山甫出邀，友謝曰：「先誤入君之内房。」山甫乃言：「理髮者我也。」相與一笑。其容如玉樹之立於風前，其詩亦心花綻、性蕊發。史稱山甫數舉進士不第，依魏博樂彦禎幕内［二］，怨中朝之大臣，導彦禎之子從訓以詭謀伏兵於高鷄泊，使劫王鐸，鐸之家族吏佐三百餘人皆遇其害。亦何忍情之甚，多不似其容其詩者矣。

【校勘記】

［一］博：底本脱，據《舊唐書·僖宗紀》補；禎：底本誤作「慎」，據《舊唐書·僖宗紀》改。

已前共七首

「前實」之語輕，「後實」之情思深也。

酬李端病中見寄［一］

盧綸

野寺昏鐘山正陰，亂藤高竹水聲深。田夫就餉還依草，野雉驚飛不過林。齋沐暫思同静室，清羸已覺助禪心。寂寞日長誰問疾，料君惟取古方尋。

《李端集》有《野寺病居喜盧允言見訪》之詩云：「青青麥隴白雲陰，古寺無人春草深。乳燕拾泥依古井，鳴鳩拂羽歷華林。千年駁蘚明山腹，萬尺垂蘿入水心。一卧漳濱今欲老，誰知才子忽相尋。」按其用韻之安排，則此詩正次韻而酬之者也。參觀兩首，其意透明一層。

「野寺昏鐘山正陰」點明野寺，以鐘聲之迴品山色之陰，與「千年駁蘚明山腹」相應；以亂藤高竹品水聲之深，與「萬尺垂蘿入水心」相呼，繪出「野」字。田夫就餉於草間，野雉不過林，皆從眼前景物而狀野寺之静寂，正與「乳燕鳴鳩」之閑淡同一筆法。至第五句從「野」字轉「寺」字，「静」字所以束住「野」字也。其地既静，其室亦静，我亦願齋戒沐浴而暫相與。倒叙慰藉之言，正「才子相尋」也。其人病而清羸，則禪心多有助其幽寂，寓我願齋沐相與者乃爲學其禪機之意，正「一卧瘴濱」也。第七句承禪心而言我之來訪，維摩詰疾時佛敕文殊問之，乃其出處也。第八句從問疾一下而正説「病中」，取古醫法而尋覓者，無聊之至，却可與「古寺無人春草深」之句對照。蓋端詩有衰老自哀之語氣，故綸詩承其意而慰之，同聲相應，古道於此而見。

端之清羸多病者，於其寄司空曙詩辨之。其在長安也，有書感而寄綸者二首，其一有「沈病魂神濁，清齋思慮空。羸將衛玠比，冷共鄴侯同。草舍纔遮雨，荆窗不礙風。梨教通子守，酒是遠師供。捫虱欣時泰，迎猫達歲豐。原門唯有席，井飲但加葱。少壯矜齊德，高年覺宋聾。寓書先論懶，讀易反求蒙。昔慕能鳴雁，今憐半死桐。秉心猶似矢，搔首忽如蓬」之句，其一有「殘愁猶滿貌，餘淚可沾襟。勿以朱顔好，而忘白髮侵。終期入靈洞，相與鍊黄金」之句，其相交之深，殆將亞於曙也。故出語摯實，如親姻相告者。如此種以相賴、以相慰之唱和，不易求於尋常交誼間，亦復將亞於曙也。

【校勘記】

［一］酬李端病中見寄：《全唐詩》卷二百八十作《酬李端公野寺病居見寄》。

贈道士　褚戴

簪星曳月下蓬壺，曾見東皋種白榆。六甲威靈藏瑞檢，五龍雷電繞霜都。惟教鶴探丹邱信，不使人窺太乙爐。聞道葛陂風浪惡，許騎青鹿從行無。

詩乃贈道士者，故句句言道士之行事。星冠月珮，言「簪」言「曳」，逗出其人之靈，使切於下之三字。蓬萊、方壺皆爲仙山，言「下」者乃下山而至人間。東謂「皋天」稱「東皋」者，借「皋」字所以引出「種」字。「白榆」乃星名，古詩所謂「天上何所有，歷歷種白榆」，借「榆」字所以描出「種」字。下蓬壺爲一事，種白榆又爲一事——皆借言天上之事而皆清奇者也。六甲符乃道士以役鬼者，「瑞檢」乃瑞匣，言鬼神藏之，是一事；五方之龍乃五雷正法之類，「霜都」乃霜壇，言雷電擁之，是一事——皆靈幻者也。令鶴傳仙家之信，可與「海上傳書怪鶴遲」互相發明，是一事；不使人窺丹鼎之藥，令人憶及「藥爐有火丹應伏」，是一事——又清奇者也。昔壺公贈竹竿於費長房，使其因縮地之術而歸，長房投之葛陂，則化龍而去，是一事；而蘇耽獵時常騎鹿，逢險絶之處輒超越，問之則曰「龍也」，是又一事——言葛陂風浪甚險絶，非龍則無由飛越也。道士其許我騎青鹿而相隨否？用靈幻之二故事，問道士有導我之法乎？將又根機鈍不足教乎？從「不使人窺太乙爐」一轉，不即不離，最能自在。

戴家固貧，客梁宋間，困甚。以詩投襄陽節度使邢君牙云：「西風昨夜墜紅蘭，一宿郵亭事萬般。無地可耕歸不得，有恩堪報死何難。流年怕老看將老，百計求安不得安。一卷新書滿懷淚，頻來門館訴飢寒。」君牙爲贈絹十匹，薦於鄭滑節度使[一]，不行，不久登第。風浪險絶，世海固甚於葛陂，欲得青鹿之超越，真難哉！有如君牙者相救，亦類壺公之與竹竿也，而一第、登仙亦從而至。一躍而占簪星曳月之地，亦可謂多幸矣。

【校勘記】

[一]節度：底本訛作「辟支」，據《唐才子傳》卷十改。

送客之湖南

白居易

年年漸見南方物，事事堪傷北客情。山鬼趫跳惟一足，峽猿哀怨過三聲。帆開青草湖中去，衣濕黄梅雨裏行。別後雙魚定難覓，近來潮不到湓城。

居易之詩久無定論，或推爲「廣大教化主」，或斥爲「元輕白俗」。或以爲「如山東父老課農桑，事事言言皆著實」；或以爲「力勍而氣孱[二]，乃都市豪估耳」。杜牧云：「纖艶不逞，非莊士雅人所爲。淫言媟語，入人肌骨而不可去。」此語出自李飛，飛其人既非傳人，加以牧祖佑年老而不致仕[三]，居易以詩譏之，則牧嘲之者，亦難保或泄其私憤者也。蔡百衲云：「樂天詩自擅天然，貴在近俗，恨如蘇小雖美而終帶風塵。」尚言其近卑俚。張戒云：「元白詩皆自陶阮中出[三]，專以道得人心中事爲工。本不應格卑，但其詞傷於太煩、意傷於太盡，遂成冗長卑陋爾。比之盧仝、韓偓俳優之詞號爲格卑，則有間矣。若收斂其詞而少加含蓄，豈復可及也。」如稍許其中正自持者。高棅以爲非出正聲，雖門户之見致之，抑亦甚矣。王士正亦言其不窺盛唐之門户，亦近乎從而和之者。乾隆帝《詩醇》乃斷云：「白《與元微之書》云：『志在兼寄，行在獨善，諷喻者意激而言質，閑適者思澹而辭迂。』作詩旨歸具見於此。蓋根柢六義之旨而不失乎温厚和平之意，變杜甫之雄渾蒼勁而爲流麗安詳，不襲其面貌而得其神味者也。」要之，居易出李杜之後，諸格略具，其不欲落於人後，勢不得不更拓一境，而有「浮雲不繫名居易，造化無爲字樂天」之性情者，安得不出於流麗安詳耶？其云人人之所欲道，與韓愈言人人之所難道，雙雙對壘，其實同自杜甫脱出而來者，可謂一代偉觀也。徒舉其末弊以爲淺俚、以爲平俗而欲抹却去者，不過效蚍蜉撼大樹耳。或言「廣大居然太傅宜，沙中金屑苦難披。詩名流播鷄林遠，獨媿文章替左司」，或言「大辨才從覺悟餘，香山居士老文殊。漁洋老眼披金屑，失却光明大寶珠」，亦只餘波轉折而至枘鑿不相容者也。今釋此書，逢居易之詩三篇相連，即就古賢所評論而聊使人知其大體。

見南方之物，寄北客之情，是在居易貶江州司馬時也。「北人」乃自言，客之爲北人與否不問也。「山鬼」乃夔，獨足反踵之異物，與「猿啼三聲淚沾裳」皆爲南方之物，令北客發異土之嘆者。宋王元之「澤畔騷人正憔悴，道傍山鬼漫揶揄」句，人言其似樂天，比之則非獨情思相類，句境亦覺相近。「青草湖」言其地，「黄梅雨」言其時，對法自然。「帆開」「衣濕」者，正思行者之深也。「去」字、「行」字只正説送別，七、八句反説欲寄别後之消息，其寄興於雖託雙魚而潮信不至者，用意與「潯陽江上不通潮」之句略似。「湓城」正點注己之居處在江州也。全篇因客之去而嘆我之留，而後起首二語爲悽婉者深矣。

【校勘記】

［一］勍：底本訛作「就」，據《唐才子傳》卷九改。

［二］佑：底本訛作「祐」，據《新唐書・杜佑傳》改。

［三］陶阮：底本訛作「淘浣」，據《歲寒堂詩話》卷上改。

送劉谷

白居易

村橋西路雪初晴，雲暖沙乾馬足輕。寒澗渡頭芳草色，新梅嶺上鷓鴣聲。郵亭已送征車發，山館誰將候火迎。落日千峰轉迢遞，知君回首望高城。

前半四句正叙時候，送别之意在言外。朱東巖云：「雲暖沙乾，馬行輕快，是雖寫當日之時序，而極寫劉生得意疾徐之狀，忽已過村西，忽又過渡頭，忽又過嶺上。所見惟有芳草，所聞惟有鷓鴣，遂已不見有劉生也。」雖談屑霏霏而飛，妙足以解人頤，然前聯不如解作惟從劉生眼中意中發興者爲勝。謂其發興乃在芳草之不歸、鷓鴣之「行不得」，當有暗觸其心緒者。故謂送别之意在言外也。後半四句實寫送别，以第五句點明「送」字，令在言外者見於紙上。日暮道遠，郵亭山館，征車候火，無一非催客愁之具。馬足輕快而不覺，不免一回首，而令行者爽然自失矣。欲言此入情之語，而先於前聯寫景中具發興之語，是胸有成竹而始繪折枝者也。此詩或以爲李郢所作。

江上逢王將軍

白居易

虬鬚憔悴羽林郎，曾入甘泉侍武皇。雕没夜雲知御苑，馬隨春仗識天香。五湖歸去孤舟月，六國平來兩鬢霜。惟有桓伊江上笛，卧吹三弄送斜陽。

若言「虬鬚颯爽羽林郎」，則其語何等豪邁也；而今以「憔悴」二字代「颯爽」，亦何等悽愴乎？一句直捉出老將之面目風神，以「曾」字承之，而捩轉於爲羽林郎之當日。「甘泉」與「武皇」乃借漢時而擬現時，諸家多有其例。次句之起射獵，最切漢武。雕放夜雲、馬隨春仗，皆用側筆言將軍爲羽林郎時之事，即「曾入甘泉侍武皇」也。齊武帝射雉鍾山，至青溪橋西而鷄始鳴，夜獵有其例；言「知御苑」，而將軍當日御前之神勇躍然。隋煬帝每幸，擎香爐者在輦前行，「天香」有其式；言「隨春仗」，而將軍當日御前之近幸亦躍然。范蠡亡吴而泛五湖，王翦平六國而年已老，皆狀將軍之退隱者也。「孤舟月」「兩鬢霜」帶其功成名遂、閑玩風月之意，與「虬鬚憔悴羽林郎」相應，其用武人之事者最細心也。言將軍既退隱，復無一事芥蒂於胸中者，惟有弄笛於夕陽而已。七、八二句解「逢」字，歸到現在。昔桓伊爲征南將軍，王徽之遇之於江上，聞其善吹笛，請奏一曲。伊即下馬踞胡床，三弄而去。此詩用之，言將軍閑居而反應少年英華。且切於江上之遇，又切於伊之爲將軍。切，故語語真也。

高啓之詩云：「半空雲影看旗動，滿道天香識駕來。」學此首前聯，擬於迎車駕也。雖流麗乃其本色，然雄勁終不能爲出水之冷。蓋以此首借雕借馬，尚具不落纖細之手腕也。

和皮日休酬茅山廣文[一]

陸龜蒙

一片輕帆背夕陽，望三峰拜七真堂。天寒夜漱雲芽净，雪壞晴梳石髮香。自拂煙霞安筆格，獨開封檢試砂床。莫言洞府能招隱，會輾飆輪見玉皇。

咸通中，有崔璞者守吴郡，皮日休乃其從事，與處士陸龜蒙爲文字交。風雨晦冥、蓬蒿翳薈，皆無不共作詩。璞亦間賦詩，令二人屬和。吴中名士亦多與焉。一年間所作盈積，裒爲《松陵集[二]》十卷。馳騖新奇，能寫景物，别開僻造一體，稱「二人之唱和措詞命意不同而體格則一，所謂笙磬同音者也」。或以爲「無性情，在唐彦謙、崔塗、李山甫諸人之下」，然一種清楚之致，終以殿於有唐一代。二人之妙，固不可没也。此詩原題「江南道中懷茅山廣文南陽博士」，三首相連。日休原作云：「寒嵐依約認華陽，遥想高人卧草堂。半日始齋青餇飯，移時空印白檀香。鶴雛入夜歸雲屋，乳管逢春落石床。誰道夫君無伴侣，不離窗下見羲皇。」言仙境之幽致，想方外人之幽境，此首亦然。

「一片輕帆」先從江南道中起，其於背夕陽而去之時，望茅山三峰而拜七真堂。言自家之事，而廣文早在七真堂中。「雲芽」謂太極真人服四極雲芽，天寒之夜以之漱，描出「凈」字。「石髮」乃苔，雪融風暖，描出「香」字。「梳」全爲「髮」字而形容之。「芽」或作「牙」，「雲牙」乃石。廖文炳曰：「因髮乃用『梳』字，因牙乃用『漱』字。此詩中之字法也。」或中肯綮。余信作「雲牙」爲勝，而「石髮」「雲牙」之對法亦與「竹祖」「桐君」同其型。皮陸二家所開闢者，可謂概此類也。「筆格」乃筆架，拂煙霞而安其中，清空之極。「砂床」言有朱砂之龕而生白石床者。「開封檢」云者，開其匣而檢成否也。廣文之修真鍊形如此，則其成仙固不待論。然則不啻洞府能招隱，當至於飆車羽輪直朝帝闕也。聞其得仙至此，而我過之懷之者豈得不切也？

臨風一嘯，情愈爲深。

日休第二首云：「住在華陽第八天，望君唯欲結良緣。堂扃洞裏千秋燕，厨蓋巖根數斗泉。壇上古松疑度世，觀中幽鳥恐成仙。不知何事迎新歲，烏納裘中一覺眠。」龜蒙次韻云：「壺中行坐可携天，何向林間息萬緣。組綬任垂三品石，珮環從落四公泉。丹臺已運陰陽火，碧簡須雕次第仙。想得雷平春色動，五芝煙甲又芊眠。」日休第三首云：「五色香煙惹内文，石錫初熟酒初醺。將開丹竈那防鶴，欲算棋圖却望雲。海氣平生當洞見，瀑冰初拆隔山聞。如何世外無交者，一卧金壇惟有君。」龜蒙次韻云：「良常應不動移文，金醴從酸亦自醺。桂父舊歌飛絳雪，桐孫新韻倚玄雲。春臨柳谷鶯先覺，樹蘸蕪香鶴共聞。珍重雙雙玉條脱，盡憑三島寄羊君。」雖皆與中盛諸家氣格不同，然所謂僻造一體者，足以知一斑乎？

【校勘記】

[一]和皮日休酬茅山廣文：《全唐詩》卷六百二十四作《和襲美江南道中懷茅山廣文南陽博士三首次韻》。

[二]陵：底本誤作「林」，據《郡齋讀書志》卷四改。

蒲津河亭　　唐彦謙

宿雨清秋霽景澄，廣庭高樹更晨興。煙横博望乘槎水，日上文王避雨陵。孤棹夷猶期獨往，曲欄愁絶每長凭。思鄉懷古多傷别，此際哀吟幾不勝。

彦謙爲閬州刺史，赴任，途宿於蒲津，此詩之所成也。全首從晨興中見出，云「宿雨」、云「清秋」、云「廣庭」、云「高樹」，皆晨興中之景物，又皆霽景也。俄而煙横，俄而日上，宿雨清秋、廣亭高樹亦在其中。漢博望侯張騫曾泝黄河乘槎至天河，「水」不過爲黄河；殽有二陵，南者爲周文王所避雨，「陵」不過爲殽陵。而言「博望乘槎水」、言「文王避雨陵」，一經點染，光彩奕奕，是文章之藻華也。前四句已寫盡晨興之景，故於後四句道晨興之情。言所以如此晨興者，因身有官守而將孤棹獨往也。然夷猶躊躇不直去，長凭曲欄者何哉？爲思鄉也，爲懷古也，且其最悵觸衷懷者在此景物中，爲傷别也。故稱「此際哀吟幾不勝」而申言之。

其傷別之語甚類韋曲之絶句。遇時不祥，故出語自不得不然也。《全唐詩話》云：「唐彦謙之詩，慕玉溪，得其清峭感愴。」此種警絶者或足以當其語乎？

已前共七首

句句解情不斷，如蠶絲之抽緒者也。

感懷

劉長卿

秋風落葉正堪悲，黄菊殘花欲待誰。水近偏逢寒氣早，山深長見日光遲。愁中卜命看周易，夢裏招魂誦楚詞。自笑不如湘浦雁，飛來却是北歸時。

歸愚云：「七律至隨州，工絶秀絶，然渾厚兀奡之氣不存。降至君平、茂政，抑又甚焉。」歸之於風會使然。見其所撰，則「漢文有道恩猶薄，湘水無情吊豈知」「宦舍已空秋草没，女墻猶在夜烏啼」「家散萬金酬死士，身留一劍報君恩」「漢口夕陽斜度鳥，洞庭秋水遠連天」「師事黄公千載後，身騎白馬萬人中」「五柳閉門高士去，三苗按節遠人歸」「暮雨不知涢口處[二]，春風只到穆陵西」「長安萬里傳雙淚，建德千峰寄一身」「日下鳳翔雙闕迥，雪中人去二陵稀」「六時行徑空秋草，幾日浮生哭故人」諸作，珠聯玉映，蔚乎盛也。鳳洲亦於七律並説錢劉，而謂起不及長卿。云：「錢意揚，劉意沈；錢調輕，劉調重。」此書所録止一首，未足見其長，故具載其諸聯，冀足知其意沈、其調重者乎？

高仲武云：「長卿有吏幹，剛而犯上，兩度遷謫皆自取之。」此詩或謂乃其囚繫於姑蘇獄時所作。西風颯颯，木葉黄落，秋正可傷也，而況我之爲囚繫耶？黄菊自發自殘，而我不得賞之，將待誰也？意中之語，借秋物而見。以「水近偏逢寒氣早」斷之，一句真在有意無意中，與「近水樓臺先得月」榮枯盛衰易其地，各擅其妙。「山深」句似以日光之遲遲而傷其冤之難解者，「遲」字其妙也。百感喟集，故見《周易》而卜我之運命，所謂窮理盡性以期命至者也。肝腸寸裂，故誦《楚詞》而招我之魂魄，比於所謂「帝告巫陽曰：有人在下，我欲輔之，魂魄離散，汝筮與之」云者。著此二句，可知稱「正堪悲」者非景物致之，乃我心逢景物而導出者也。言「愁中」、言「夢裏」，詩品在縹緲惝怳之間。湘浦鴻雁南來而直回，我所以言不如之者，乃因身在姑蘇，不得若彼飛來之雁輒北歸矣。感於時物者切，與「行人一騎發金陵」對照，轉可知兩者之妙。

【校勘記】

［一］湏：底本訛作「涓」，據《全唐詩》卷一百五十一改。

輞川積雨［一］

王維

積雨空林煙火遲，蒸藜炊黍餉東菑。漠漠水田飛白鷺，陰陰夏木囀黄鸝。山中習静觀朝

槿，松下清齋折露葵。野老與人争席罷，海鷗何事更相疑。

維至晚年，得宋之問藍田别業，在輞川，竹洲花塢周其舍下，維往來其間，彈琴賦詩以終其日。此詩乃成於積雨之日者也。「煙火遲」三字傳積雨之神入畫；煙火不颺遲遲而上者，亦得「空林」而更妙。見煙火而直知其爲蒸藜炊黍以餉東菑農夫者，乃久已慣也。白鷺飛田，黄鸝囀木，正從景物中點明東菑耕作之時節，是更可畫。次聯亦點綴時物，及於前庭後圃之微。「習静」猶如坐禪，感朝槿者，以其朝生夕殞而大悟浮生也；「清齋」不食葷，故採松下之露葵而資庖厨，是學禪之維之本來面目也。七、八句更進一步，言野老來争席亦無妨。昔楊朱以舍者争席爲耻，以其不敬之也，然既已忘浮世，則貴賤之别亦何有哉？敬不敬云者，乃未能脱離塵心者耳。故雖野老争席，若忘機對之，則亦將何有？言雖海鷗亦以野老争席而疑其不忘機心，然是實非知我心者也。其思恬澹，其語雋永，終爲千古之作，即維之所以爲維也。

詩中下連綿字極難，若除雙字仍能發精采，則無須有之矣。李肇謂「水田飛白鷺，夏木囀黄鸝」本爲李嘉祐句，王維但增二字而已。然此詩之妙全在「漠漠」「陰陰」四字。添此四字，則積雨之真相活現，句圓神旺，此即可謂化石爲羊之手段。昔人言「如李光弼之代郭子儀爲將，一施號令則精彩十倍」者乃爲此也。若以其時代推之，則嘉祐乃後於維者也。此一段佳話，或亦不過傳聞之異乎？

朱東巖云：「前四句寫輞川積雨之苦，惟積雨，故炊遲；惟炊遲，故餉晚。漠漠水田、陰陰夏木，雖寫莊上積雨之景象，實有憫恤勞人之一段情緒，非僅爲空空寫景之觀也。」此説全本於金聖嘆之言。聖嘆云：「一解四句，只是精寫一『遲』字。『漠漠』之句言作苦，『陰陰』之句言日長。作又苦、日又長，而積雨炊遲，一『遲』字，方是於當家主翁淳厚心田中一段實地之痛惻也。若争之而必言寫景，則藜黍既遲、苦饑正切，主翁顧方看鷺聽鸝，吾殊不知此何等之詩又何等之所爲也。近日有畫此三、四句者，然不知此二句只是『遲』字之心地，夫心地又安可以著筆哉？」是聖嘆欲以其評小説之筆而解詩者也。千伶百俐者有之，七穿八透者有之，聖嘆眩奇而强試其才者於小説已然，只因其嫻於辭令，多巧爲瞞過讀者。若以前四句爲精寫一「遲」字，則解「遲」字極淺，使人不知言遲遲而上者有入畫之妙。斥其入畫之妙，殆將使人入於小説，謂之善謔，一笑可也。昔人曾稱聖嘆所評《水滸傳》云：「是金聖嘆之《水滸傳》，非羅貫中之《水滸傳》。」余亦將言「是聖嘆之《積雨》，非王維之《積雨》」。東巖乃屋上架屋者，終不能知爲何故矣。

【校勘記】

［一］輞川積雨：《全唐詩》卷一百二十八作《積雨輞川莊作》。

石門春暮［一］

錢起

自笑鄙夫多野性，貧居數畝半臨湍。溪雲雜雨來茅屋，山雀將雛傍藥欄。仙籙滿床閑不厭，陰符在篋老羞看。更憐童子宜春服，花裏尋師到杏壇。

田園閑適，塵緣無攪身者，老境真風流自在也。言「多野性」，乃自謙之語。「貧居數畝」言其所居，釋

「多野性」之所由來。溪雲山雨雜然而至，掀翻茅屋，乃「臨湍」之景，「貧居」亦在；雀母雀子飛舞藥欄，叙其極清閑，乃「貧居」之景，「臨湍」亦在。「春暮」二字油然生於此中。「仙籙」乃道士之符籙，亂堆於床上而讀之不厭，圖書之適於閑居也。此句似從上句之「藥欄」而傳線索。「陰符」乃《鬼谷子》，藏於篋中而不敢看。陰符乃内以修身、外以治國家者，故「羞」字寓碌碌而老之意。此句以「老」字，所以引起下句之「童子」也。後聯二句爲「多野性」之正意。兒童春服已成，步於深深花裹，問師杏壇。「杏壇」出《莊子》，言「孔子休坐乎杏壇之上，弟子讀書，夫子弦歌，鼓琴奏曲」者是也。此句用孔子之事，故「童子春服」亦用孔門之事，非漫爲描出春暮者，乃所以反襯「多野性」也。「貧居」與「臨湍」之光景又以「花裹」二字收束而盡，其精緊處正所以與劉長卿並稱也。

王維送起之詩云：「夜静群動息，時聞隔林犬。却憶山中時，人家澗西遠。羡君明發去，采蕨輕軒冕。」起酬之云：「山月隨客來，主人興不淺。今宵竹林下，誰覺花源遠。惆悵曙鶯啼，孤雲還絶巘。」一唱一和，景幽情遠，脱離塵垢。讀「采蕨輕軒冕」則其志操可知，讀「孤雲還絶巘」則其品格可思。言「鄙夫多野性」，真是自謙之語也。

【校勘記】

［一］石門春暮：《全唐詩》卷二百三十九作《幽居春暮書懷》。

酬慈恩文郁上人[一]

賈島

袈裟影入禁池清，猶憶鄉山近赤城。籬落罅間寒蟹過，莓苔石上晚蛩行。期登野閣閑應甚，阻宿幽房疾未平。聞説又尋南岳去，無端詩思忽然生。

「禁池」在慈恩寺，上人之袈裟無塵垢，故鑒之則加其清也。「鄉山」「赤城」閑閑點綴，爲第七句之針線。前聯爲禁池畔景物，乃上人眼中之物。籬有罅隙，爬沙之寒蟹相過；石有莓苔，飛舞之晚蛩亦行。向極微極細者刻劃，如纖瑣太甚，而上人佇立之狀全因此纖瑣者發揮，更言其登野閣而羡其閑也。「閑」字應更包括前數句而看之。所以羡其閑者，因己養疾於幽房而未平癒也。忽插入自己，結句又從而以自己收之，言我疾未痊，詩思太澀，而接上人飛錫南岳之報，羡其閑者甚，想其勝者深，詩思即旺，是上人之賜也。「南岳」當所以應「鄉山」「赤城」。

【校勘記】

[一]酬慈恩文郁上人：《全唐詩》卷五百七十四作《酬慈恩寺文郁上人》。

江亭秋霽[一]　　李郢

碧天凉冷雁來疏，閑看江雲思有餘。秋館池亭荷葉後，野人籬落豆花初。無愁自得仙翁術，多病能忘太史書。聞説故園香稻熟，片帆歸去就鱸魚。

天凉雁疏，是點「秋霽」；閑看江雲，是點「江亭」。「思有餘」三字又描出「閑看」之神理而自在也。荷後豆初，正寫其時；池亭籬落，正寫其處。借「閑看」中之景物託出「江亭」「秋霽」。思其節物易遷，即可謂「思有餘」之一波也。既言「思有餘」，忽以第五句之「無愁」一開，忽又以第六句之「多病」一闔，急忙中著閑筆以示餘裕，唐人極奇極妙之技也。謂多年學道而得仙家之術，思以擺脱憂愁，然病豎跳梁，竟至於忘太史公之書，是又「思有餘」之一波也。「山翁」一作「仙翁」，據葛洪之號仙翁；「太史」一作「柱史」，據老聃之爲柱下史。以詩意推之，則終覺學道修仙之語有勝於泛説山翁、太史者。七、八句仍是從「閑看」中所生意思，可謂「思有餘」之一大根柢也。多病生涯，感鱸魚時節而希歸去故園，而後瀏然清者、冲然曠者，皆無非動羈客之情者也。或云：「此詩起頭二句、合處二句述鄉思，中間四句有抛擲世緣之意，故評爲『外圍重奪』之格。」蓋以中間四句爲漫抛擲世緣者，雖坐不知言外之意，然或因其人之高閑而至有此説乎？

【校勘記】

［一］江亭秋霽：《全唐詩》卷五百九十作《江亭晚望》。

漢南春望　　薛能

獨尋春色上高臺，三月皇州駕未回。幾處松筠燒後死，誰家桃李亂中開。姦邪用法元非法，唱和求才不是才。自古浮雲蔽白日，洗天風雨幾時來。

按僖宗年少，政出臣下，南司北司互相矛盾，加之懿宗以來奢侈日甚，賦斂愈急，關東連年水旱，州縣不以其實上聞，上下相蒙，百姓集而作盜。廣明元年十二月［一］，黄巢陷長安，車駕幸蜀，至中和四年，李克用擊賊敗之，光啓元年二月，車駕還京師。能時在漢南，春日上高臺，喟然有嘆，慨乎言之，讀此篇者須知其時也。

上高臺者何哉？爲尋春色也。然上臺則先觸懷於天子蒙塵之事，眼前之春色無由得賞。是爲此篇之大旨趣也。「松筠」乃後凋之質，加「燒」字，哀其逢亂離而不得免。昔人贊張華云「松筠無改，則死勝於生」，句乃暗比忠臣義士之死。「桃李」爲一時之榮，下「亂」字，言繁華之依然。昔人云「桃凡李俗」，句乃暗比佞人奸臣之跋扈也。而皆從三月景物上落想，是爲細緻之筆。姦人之用法皆失其正，不足以爲真法；因而同氣相求、附和類從者，皆不足以爲真才，故今無真法、無真才，是正松筠死、桃李開之實相也。昔趙整歌云「但見浮雲蔽白日」，今日之事實如浮雲之蔽白日，言去姦邪而始得披雲霧而見青天，正春望中之意思也。而其去浮雲之法如何？武王伐紂時天降大雨，吕望謂之「洗兵雨」，故亦望能有滿天風雨俄來洗去此浮雲。下「洗」字，則分明暗用「洗兵雨」也。意想真爲奇峭，仍從春望中興之，全篇語意雙關而爲絶調。在李白「自古浮雲蔽白日，長安不見使人愁」之後樹立一幟者，實在於此。

圓至注第六句云：「唐末年，進士皆尚浮靡之文，無實用，至謂『天下無事，爾輩挽兩石弓不如識一丁字』。」推其意，則如以「唱和」爲浮靡相和者。然五、六二句全承桃李之浮靡，興浮雲之蔽日，全篇亦嗟嘆小人誤國，從大處敘亡國之由來，大其規模。屑屑於一事一物者非此詩真意也。鄭玄云：「群臣無其君而行，自以强弱相服，汝唱，予則將和之。」郝天挺因之立言，雖似泥於考證，而余覺其説近真，故從之。

【校勘記】

[一]廣：底本訛作「康」，據《新唐書・僖宗紀》改。

春夕旅懷　　崔塗

水流花謝兩無情，送盡東風過楚城。蝴蝶夢中家萬里，杜鵑枝上月三更。故園書動經年到，華髮春惟兩鬢生。自是不歸歸便得，五湖煙景有誰爭。

水流花謝，送春色而去，尋常之景耳，遠人見之，則感其節物之匆匆，轉覺其爲無情。訝水與花乃送東風而去乎？其痴者即其摯者也。「楚城」與「五湖煙景」爲首尾，是不得不注意者。三句之「夢」、四句之「月」，皆釋春夕；「蝴蝶」帶春意，「杜鵑」切歸思。故園消息經年而到，著一「動」字，「家萬里」之征人真欲哭窮途矣。兩鬢著華乃老之將至，以「春惟」二字對映「水流花謝」，録身上之事，不勝旅懷者露於行間。前聯句格清新，後聯對法奇拔，互相錯綜而爲晚唐之雋。七、八句從其無可如何中開一竇，乃强自寬之語也。五湖煙景，若歸，則何難占領鄉中之美？唯其在萬里之外，無由得歸，而遇此苦境。讀者兩眉略展，作者心緒依然悲也。《才子傳》云：「塗壯歲上蜀，老大遊隴山，家寄江南，每多離愁之作。」其《隴上》詩云「三聲戍角邊城暮，萬里歸心塞草春」，《過峽》詩云「五千里外三年客，十二峰前一望秋」，皆具幽婉之旨。謂此人有强自寬之語而爽然自失者，爲此也。

明人集句，若倣上卷之例而録之，則對此首之「蝴蝶夢中家萬里」者乃「鳳皇聲裏住三年」也；對「三湘愁鬢逢秋色」者乃「半壁殘燈照病容」也。或以「路繞寒山人獨去」對「江涵秋影雁初飛」，或以「那堪往事空牢落」對「誰共芳樽話唱酬」，或云「山横故國三年別，江到潯陽九派分」，或云「山中習静觀朝槿，洞口經春長薜蘿」，云「啼鳥歇時山寂寂，寒鴉飛盡水悠悠」，云「鳥下緑蕪秦苑夕，雲凝碧樹渚宫秋」，云「鱸魚正美不歸去，瘦馬獨吟真可哀」，云「追思往事咨嗟久，始覺空門氣味長」，云「去日已多來日少，他生未卜此生休」，云「孤櫂夷猶期獨往，崇山瘴癘不堪聞」，云「津樓故市生荒草，落日深山哭杜鵑」，云「關門令尹誰能識，江上漁翁未易名」，云「樹影悠悠花悄悄，江蘺漠漠水田田」，云「波生野水雁初落，風静寒塘花正開」，云「晚景莫追窗外驥，銷憂已辨酒中蛇」，云「閣中帝子今安在，河上仙翁去不回」，云「野廟向江春寂寂，殘燈無焰影幢幢」。而對「愁心一倍長離憂」者二，云「歸信幾番勞遠夢」，云「人世幾回傷往事」是也。

長陵　唐彦謙

長陵高闕此安劉，附葬纍纍盡列侯。豐上舊居無故里，沛中原廟對荒邱。耳聞英主提三尺，眼見愚民盜一抔。千載豎儒騎瘦馬，渭城斜日重回頭。

長陵在渭北，葬漢高祖，起首故云高高石闕正安置劉邦之骨。是基於高祖所言「安劉氏者周勃」而借用「安劉」二字，非可以爲誤用也。陵之左右纍然者亦漢代之列侯，千秋之下尚覺儼然如相擁。然豐之故里不存，沛之原廟已殘，此儼然者竟何如哉？蓋高祖徙豐民於驪邑，故無故里矣；叔孫通願建原廟，今荒廢矣。皆就高祖之事而反襯其儼然者。高祖曰：「吾以布衣持三尺劍取天下。」言「耳聞」，乃所以懷古也。

張釋之曰：「他日若有愚民盗長陵一抔土，則何以罪之乎？」言「眼見」，乃所以傷今也。言其儼然者惟其表面，其實則荒廢。五句乃當時眼見之事，而千載之下反爲空言；「一抔」乃當時耳聞之語，而千載之下反爲實事。錯綜此兩事，令兩意相蒙而極其神妙。「千載」二字直從高祖歸到自家而仍帶高祖。高祖曰：「豎儒！幾破乃公之事！」又曰：「乃公以馬上得天下。」自家爲豎儒而騎瘦馬，總不免爲高祖所嘲笑，而今却來吊之，出語冷然，足令高祖苦笑。以「渭城斜日」收，乃説憑吊之正意、結起首之景物者，最覺俯仰上下，蒼茫交集。

稱「三尺」而藏「劍」字，稱「一抔」而藏「土」字，謂之歇後體。如吴筠之「才勝商山四」、李頎之「由來輕七尺」、高適之「歸去洛陽無負郭」者，皆此類也。鄭棨好爲此體，後爲相，至有「歇後鄭五爲宰相，時事可知」之語。然歇後者須切隱一意而不可他求。葉夢得云：「『一抔』事無兩出，故可略土字；『三尺律』『三尺喙』皆可，何獨劍乎？蘇子瞻之『買牛但自捐三尺，射鼠何勞挽六鈞』亦同此病。六鈞可去弓字，三尺不可去劍字。」道得明白。唯此詩乃據高祖之語而言三尺者，則似良可恕耳。

咸陽[一]　韋莊

城邊人倚夕陽樓，樓上雲凝萬古愁。山色不知秦苑廢，水聲空傍漢宫流。李斯不向倉中悟，徐福應無物外遊。莫怪楚吟偏斷骨，野煙踪迹似東周。

夕陽暫然而至，暮色蒼茫，重「樓」字而寫自己、寫景物。言白雲凝萬古之愁者，乃所以起前聯也。與許渾之「一上高樓萬里愁」同爲上咸陽城樓者，用意相同。三、四句以「秦苑」「漢宮」對，亦與「鳥下」「蟬鳴」之一聯合拍。而此詩以山色水聲狀其荒凉，莽蒼之意將駕而上之。五、六句皆用秦事。李斯少爲小吏，見厠中之鼠食不潔而數畏人犬，倉中之鼠則食積粟而居大廡之下，不見人犬之憂。斯於是嘆云：「人之賢不肖，譬如鼠，有所自處耳。」乃從荀卿學帝王之術，後爲秦相——言「倉中悟」者是也。二句言大丈夫若不悟於倉中而爲宰相，則唯當遊於物外而爲神仙，徒自碌碌，非其願也。是城邊人之感懷。然李斯安在？徐福安在？與秦苑漢宮同爲愁人憑吊之材耳。我故學屈原爲楚吟，而愁心透骨，因眼前景物寂寞，亡國之感全同於東周黍離之嘆也。秦始皇令徐福率童男女三千人入海求藥，福止而不還——言「物外遊」者是也。贏顛劉蹶，今唯空有野煙之渺茫。凝萬古之愁者豈有他故耶？出語自雄偉，所以出渾之後而拔戟成隊也。

【校勘記】

［一］咸陽：《全唐詩》卷七百作《咸陽懷古》。

已前共九首

舊解云：「至落句設新意，以結前六句者也。」

結句

周弼曰：其説在五言。所以異者，皆取平妥婉順，意盡而止，非奇健此也。王貞白末句，稍振作矣。

嚴滄浪云：「結句之好難得，收拾貴在出場。」是結句之格也。楊誠齋云：「詩已盡而味方永，乃善之善者也。」是結句之趣也。伯弜撰此體者亦不外乎此意。蓋七言之法，屬對貴穩、遣事貴切、捶字貴老、結響貴高，而應總歸於血脉動蕩、首尾渾成。若筆無一懈，到此上乘，則沈歸愚亦將點頭而稱善。伯弜則律之以平妥婉順，正矯時人之奇僻，而教結響之高也。《金針法》云：「落句要如高山轉石，一去無回。」伯弜則望其不過於漫而奔放也。

過九原飲馬泉[一]　　李益

綠楊著水草如煙，舊是胡兒飲馬泉。幾處吹笳明月夜，何人倚劍白雲天。從來凍合關山道，今日分流漢使前。莫遣行人照容鬢，恐驚憔悴入新年。

《才子傳》云：「益二十三受策秩[三]，從軍十年，運籌决勝尤其所長。往往鞍馬間作文，横槊賦詩，故多抑揚激厲之作，高適、岑參之流也。」其《六州胡兒歌》中有言：「沙頭牧馬孤雁飛，漢軍遊騎貂錦衣。雲中征戍三千里，今日征行何處歸。」又有言：「心知舊國西州遠，西向胡天望鄉久。回身忽作異方聲，一聲回盡征人首。」或聽角而言「無限塞鴻飛不度，秋風吹入小單于」，北征而言「磧裏征人三十萬，一時回首月中看」，古今異其體，皆曲盡邊塞朔漠之致，真高、岑之流亞也。至「回樂峰前沙似雪，受降城外月如霜。不知何處吹蘆管，一夜征人盡望鄉」一首，聲調悠揚，亦唐人之絶調。益於從軍諸作造詣既如此，無怪乎此詩不古不絶，以快厲之筆寓清隽之旨，特超越尋常也。

九原郡在豐州，城北有鸊鵜泉，因胡人來飲馬於此，故名飲馬泉。在益，則可謂正其所希之好題目也。言「緑楊」、言「芳草」，乃紀其時者，以「水」字歸到泉，有簾颺而衣微露之妙。昔劉琨爲胡騎所圍，乘月登城樓而奏胡笳，胡騎爲之流涕，懷鄉者切，明曉棄圍而去。第三句暗用此事，謂此直胡兒之吹笳，非邊將之吹笳如琨也。宋玉《大言》云「長劍耿耿倚天外」，今用之而比於邊士之有氣概。言胡兒既來飲馬於此泉，宜哉，不知月下吹笳者幾處耶？邊疆未寧如此，正應期倚劍而寢之志士誓净此煙塵，然其果有幾人耶？是就其地而攄出胸中所感慨也。忽又兜轉至五、六句，描出泉之所以爲泉。關山迢遞，北風送冷，此泉常凍合而不可飲馬。今也春風和煦，緑楊芳草相襯於泉畔，泉亦分流涓涓，正可飲其馬之時也。雖爲漢使自言，其實則以之對映胡兒。胡人稱中國爲「漢」，由來已久。新年景物如此，泉雖可掬而遠客憔悴已極，蕭疏客鬢，臨泉照之而不忍。七、八二句順筆而下，憔悴遠客所以尚奔馳於邊塞間者，亦只因有月明吹笳之聲、有白雲倚劍之慨也。語意俱遠。劉公䂮云：「七律如强弓硬弩，開須十分滿。」言開至十分者，此詩亦可謂步趨已不遠矣。王建稱其詩「奇險驅迴還寂寞，雲山經用始鮮明」，想當指其從軍諸作乎？

【校勘記】

[一] 過九原飲馬泉：《全唐詩》卷二百八十三作《鹽州過胡兒飲馬泉》。

[二] 三：底本訛作「二」，據《唐才子傳》卷四改。

欲到西陵寄王行周

李紳

西陵沙岸回流急，船底粘沙去岸遥。驛吏遞呼催下纜，棹郎閑立道齊橈。猶瞻伍相青山廟，未見雙童白鶴橋。欲責舟人無次第，自知貪酒過春潮。

此詩主説「欲到西陵」四字，欲言孤舟膠於沙，先叙西陵沙岸之地理：平沙斷岸，加之以水流迴旋，若不巧轉柁則危矣。是其所豫知。忽船底膠於沙上不前，驚欲去舟而上，而岸尚在遥處。重用「沙岸」二字，所以深其形容也。見船之膠，驛吏在岸上絶叫而催下纜，舟子在船上更圖齊橈而出沙。分叙沙、岸兩處，倉皇急遽之狀，周章狼狽之態宛然在目，可謂寫生之筆。伍子胥奔吴而爲其相，廟在杭州胥山，謂「青山廟」；桓闓曾事陶弘景[一]，辛勤十餘年，一日有二青童白鶴自空而下集於庭，闓服大衣，駕鶴昇天，去蕭縣三十五里有「白鶴橋」。廟與橋乃此地方之勝，既經過而猶瞻之，宜早至而未見之，是征人不堪無聊之意況，棹郎驛吏奔走而無暇知之也。此江若潮來，則一棹可往，然舟子貪酒杯而後期，逢潮退沙平而致此變。故含憤而咎其失計，舟子亦知其罪，唯謝之耳，而事終無可如何矣。全篇雖如不直寫「寄」之意，而言言不負爲報其異之語，是「寄」之所以爲「寄」也。

【校勘記】

［一］闉：底本訛作「圍」，據《太平廣記》卷十五改。下徑改。

洗竹

王貞白

道院竹繁教略洗，鳴琴酌酒看扶疏。不圖結實來雙鳳，且要長竿釣巨魚。錦籜裁冠添散逸，玉芽修饌稱清虛。有時記得三天事，自向琅玕節下書。

「洗竹」乃删枝葉之繁冗也。第一句直點題意，第二句寫其興趣。「略洗」乃洗時，「扶疏」乃洗後。「道院」二字乃表出其所居，包括全首，讀者須念念不離於此二字。三、四句以下乃看扶疏之竹，録其意中之語也。竹實乃致鳳皇者，言「不圖」，則見方外之士不徒望祥瑞；長竿截而可供釣魚，有自興之思。竹與人近乎不二，咏物多有此體，借物以述懷抱、以寫襟懷也。竹皮可以裁而爲冠，恰添道人飄散之逸致；「玉芽」

乃筍，可以修饌，恰適道人清虚之餐。皆就竹之一部而咏其用，切於道院處最自然也。「三天」乃道家者所謂清微天、禹餘天、大赤天是也，截竹而製簡書，言書其憶記中三天之事；「琅玕」乃琉璃之類，以青者爲貴，以竹之似琅玕擬之。二句亦咏竹之用，又是道院之一節也。真可謂節節相生、回顧起首者。《傳》云：「貞白爲乾寧二年進士，官校書郎，性恬和，明易象。值昭宗狩岐，乃退居著書，不復干禄。」所謂「散逸清虚」者，似可以爲其人之實録。

惜花

韓偓

皺白離情高處切，膩紅愁態静中深。眼隨片片沿流去，恨滿枝枝被雨淋。總得苔遮猶慰意，若教泥污更傷心。臨階一盞悲春酒，明日池塘是緑陰。

此詩乃以惜花寓意者，句句惜花，句句亦無非自惜也。花之白而皺者將辭樹，在高處，有如離情之切；紅而膩者亦將去枝，在静中，轉見其如愁態之深。皆言欲落之神理，活寫其可惜也。其已落者沿流，其未落者亦淋雨而不得不落。《牡丹榮辱志》云：「風雨雪霜，花之小人也，小人必傷君子。」所以惜花者至矣，與白居易之「枝上三分落，園中二寸深」異曲同工。蒼苔護之，花之幸運也；污泥溷之，花之不遇也。就已落者言惜之之意，「猶」字、「更」字共極力刻劃之，與王建之「但願風留著，唯愁日炙銷」皆愛花之痴情也。「臨階」二字有倚欄佇立之意，而前六句皆無非其眼中之事，「悲春」更永言惜花之意，乘勢逗出結句，曰「離情」、曰「愁態」、曰「沿流」、曰「雨淋」、曰「苔遮」「泥污」，一句緊似一句，竟至「明日池塘是緑陰」，花之不可不惜者愈切。若以爲自傷，則亦句句無非自惜也。洪北江云：「七律至唐末，韓致堯之沈麗，真有念念不忘君國之思，孰云吟咏不以性情爲主哉？」其以麗語遣牢愁者，亦出自君國之感者多。如此一首，深意之可咀嚼者固非偶然也。

已前共四首

咏物體

周弼曰：說在五言。至唐末，忽成一體，不拘所咏物，別入外意，而不失摸寫之巧[一]**，有足喜者。然特前聯用意密，後聯未能稱。**

黄藜洲云：「詩人萃天地之清氣，以月露風雲花鳥爲其性情。月露風雲花鳥之在天地間，俄頃滅没，惟詩人能結之於不散。」有味哉言！其咏物者，特爲俄頃滅没之月露風雲花鳥百般寫其生而傳其神，若非萃天地之清氣者，則難得其大悟矣。蓋曾言之：咏物有二體，一爲胸有寄託者，一爲筆有遠神者。前者王貞白之詩下稍言之，韓偓之詩下亦誌之，然亦有不可不考者。黄山谷云：「彼喜穿鑿者，棄其大旨，取其發興於所遇林泉人物草木魚蟲，以爲物物皆有所託，如世間商度隱語者，則詩委地矣。」强爲比之，强爲興之，則少有不傷其詩旨者，不過於穿鑿則幸矣。後者則雖模寫而不失巧，筆下有韻，令所咏之物活出也。然是亦有不可不諒者，若其八摸九索而只刻劃么微之末，是亦不過一謎語而已，不堪諷誦也。伯弜乃云「別入外意，而不失模寫之巧」，似指前者；見其所撰，則後者多登其第。稱「前聯用意密，後聯未能稱」者，乃中有所信而始能言之也，善讀者當識之。

【校勘記】

［一］摸：似當作「模」。

崔少府池鷺　　雍陶

雙鷺應憐水滿池，風飄不動頂絲垂。立當青草人先見，行傍白蓮魚未知。一足獨拳寒雨裏，數聲相叫早秋時。林塘得爾應增價，況與詩家物色宜。

陶在簡州，投贄者希得見。有馮道明者謁請云：「與員外有故舊。」閽者以道明之言啓之。及引進，陶呵曰：「與君昧平生，何日相識？」道明曰：「誦員外之詩，仰員外之德，詩集中得相見，何乃隔平生也？」遂吟曰：「立當青草人先見，行近白蓮魚未知。」「閉門客到常疑病，滿院花開不似貧。」陶聞之欣然，待道明如曩昔之交。從此逸事可知此詩流傳一時，又可知爲陶得意之作也。

「水滿池」寫「崔少府池」四字，包含全首。雙鷺在池而愛水之洋溢，描其意態也；頂上練絲飄於風，寫其標格也。青草之爲物也短，故白鷺昂然立於池中而恰相當，人亦易認，「青」字所以襯出「白」字也；白蓮之爲物也直，故白鷺悄然行於池中而恰相傍，魚亦難知，言蓮與鷺相錯而白也。舉一足而獨屈，是行時；和數聲而互叫，是立時。「寒雨」「早秋」恰描其時，「水滿池」之所由來也。林塘之增價值者乃因少府而言之，宜於物色者乃自言之，其所以作詩之意乃完。前聯與李德裕之「拂日疑星落，凌風訝雪飛」等，善體物者也，雖或言其格卑靡，不必然也。顧非熊《雙鷺》云「刷羽競生堪畫意，依泉各有取魚心」，方回以爲工，相比則風韻稍少；劉象詩云「窺魚翹立荷香裏，慕侶低翻柳影中」，落想亦類陶詩，又何自鄶而下也！

鷓鴣　　鄭谷

暖戲煙蕪錦翼齊，品流應得近山鷄。雨昏青草湖邊過，花落黄陵廟裏啼。遊子乍聞征袖濕，佳人纔唱翠眉低。相呼相喚湘江曲，苦竹叢深春日西。

春風吹暖，平蕪煙生，鷓鴣齊整錦翼而舞，點其時節，點其風神，斷以爲山鷄之流亞也。以二句盡其形容，故前聯及其品格。青草湖上，細雨昏時，黄陵廟中，殘花落處，正見其應啼也。不用「輈輈格磔」等字面，而鷓鴣之品格自見，詩之神韻亦從而縹緲，非獨屬對之爲精巧矣。「鄭鷓鴣」之名豈虚哉？後聯平地而生波瀾，遊子聞鷓鴣之聲，而悲哀自不堪，涕淚每沾裳，乃因其聲如言「行不得哥哥」也。謳有《鷓鴣》之曲，佳人唱之而低眉，從側面描出鷓鴣。七、八句更舉其啼時與啼處束住前聯。「湘江」乃收「青草」「黄陵」，「日西」乃應「雨昏」，「苦竹」承「花落」，而「春」字乃全篇點睛，起首之「煙蕪」亦由之而生也。

許渾云：「余過陝州，夜讌將終，妓人善歌《鷓鴣》，詞調清怨，往往在耳。故題詩云：『南國多情多艷詞，鷓鴣清怨繞梁飛。』」谷亦有詩云：「坐中亦有江南客，莫向春風唱鷓鴣。」想《鷓鴣》乃當時新聲，盛相誦道者乎？升庵以爲「因『客有杜陽至，能吹山鷓鴣。清風動窗竹，越鳥起相呼』之詩，則《鷓鴣》曲乃倣鷓鴣聲者，故能令鳥相呼也」，其或然乎？

緋桃

唐彦謙

短墻荒圃四無鄰，烈火緋桃照地春。坐久好風休掩袂，夜來微雨已沾巾。敢同俗態期青眼，似有微詞動絳脣。盡日更無鄉井念，此時何必見秦人。

此詩詠緋桃不即不離，傍敲側擊出之。墻短圃荒之中，緋桃在焉。照寂寞而如烈火，正狀緋之色彩。任手而收「墻」「圃」於「照地」二字中，水到渠成之技倆也。好風常摇樹，楚楚動人，言「休掩袂」者，風微而不至飄袖也。——雖「好」字而側寫桃之清。冷露俄沾巾，看而疑其非夜來之微雨乎？——雖「微」字而側寫桃之幽。阮籍逢其所好則爲青眼邀之，以比桃葉；見青眼而喜，乃不能免俗者，桃豈願之耶？——是以

「青」字襯出其所以爲緋桃也。桃花古來以不言稱，此異其類，却覺其欲語，因見花之如動絳唇也。——是以「絳」字描出其所以爲緋桃也。而其清其幽，前聯之意思暗中流通。其清而幽，故孤賞亦多歡思，不至起鄉井之念慮，蓋亦花之天分，非見秦人而始思遺世也。説到桃花源裏事，言花品之高，爰可知「四無鄰」三字全爲此二句作地者也。

牡丹　　羅鄴

落盡春紅始見花，花時比屋事豪奢。買栽池館恐無地，看到子孫能幾家。門倚長衢攢繡轂，幄籠輕日護香霞。歌鍾滿坐争歡賞，肯信流年鬢有華。

牡丹乃花之富貴者也。唐人以來，多咏其穠麗豐贍之狀，此篇則别有感慨而言之。第一句乃開花之候，三月百花稍盡而始開。第二句乃養花之狀。「豪奢」二字貫串全篇而下，亂栽於池館尚憂其不足，畏其栽而無地者，所以競其豪奢也。然驕者不久，雖豪奢如此，能得繼承其家者有幾人乎？婉約而下針砭，仍從看花上言之，是咏物之妙也。「幾家」二字忽抹倒「比屋」二字而去，何等快筆哉！而却轉下比屋豪奢之正意，門開長衢，固非空谷幽林之品也；雕輪鈿轂相簇，固非瘦馬蹇驢之賞也。言人之豪奢，則花之爲富貴者自見。幄籠日影，非有冷露瀼瀼之趣也；香霞不散，非有清風楚楚之致也。言花之富貴，則人之爲豪奢者自見。而其賞之也，又歡舞於唱歌舉鍾之間。攢綉輈者、護香霞者一束於第七句，終異於惹幽人雅客之興者矣。與其宴者皆無流年之感，故荒淫而不知其鬢忽有華，不知其老之將至，亦何有暇憶及其子孫耶？於空處掀筆一番，白描出之，以「鬢已華」所以反襯豪奢也。是果以花品人者乎？將又以人品花者乎？

鄴在唐末與羅隱、羅虬並稱「江東三羅」。始家資鉅萬，咸通中數下第，至飄蓬於湘浦間，爲崔安潛所知，將用而爲幕吏所沮，雖就督郵而不得志，踉蹌北征，赴塞外，卒於邑。其人之不遇固可哀也。其《閨怨》云：「夢斷南窗啼曉烏，新霜昨夜下庭梧。不知簾外如珪月，還照邊庭到曉無。」真乃入情之語，或以爲隱、虬二子不能作也。而此首之諷豪奢，若知其曾於貧富翻覆間爲人者，則轉覺其所感之深矣。

牡丹

羅隱

似共東風別有因，絳羅高捲不勝春。若教解語應傾國，任是無情也動人。芍藥與君爲近侍，芙蓉何處避芳塵。可憐韓令功成後，辜負穠華過此身。

牡丹之品類非凡，故訝其與東風別有因緣而爲此非凡耶？斗然而起，以下一氣貫注。捲絳羅而賞之，則嬌艷真如不勝春者，是「別有因」之正意也。唯以此一句從正面敘牡丹，猶如前詩之以「幄籠輕日護香霞」釋花。昔佳人一顧而傾國，此花若能解語，則真可相匹，何哉？以其爲無情之花卉尚能動人也。「任」字可解之爲「縱使」。前聯二句乃「不勝春」之光景。故芍藥雖艷，亦當爲侍從，《埤雅》云「世稱牡丹花王，芍藥花相」，即此意也；芙蓉雖嬌，亦當爲避芳塵，石崇曾以雜寶異香爲屑，風吹則揚之，名爲「芳塵」，以狀牡丹之花品也。此四句皆極力抬舉牡丹，所以鋪叙「别有因」也。而其中如自有人，正所以引起第七句之「韓令」。韓弘罷宣武節制而至長安私第，庭有牡丹，令劚之云：「豈傚兒女輩耶！」調其一念倔强，辜負穠華而過一春也。三、四二句得此而有情有色。曹唐曾誦此詩，言前聯乃咏女障子耳，隱應之曰：「猶勝足下作鬼詩，『樹底有天春寂寂，人間無路月茫茫』，是豈非鬼詩耶？」機鋒相對自有趣，不足以爲此詩之累也。

昔人云：「牡丹之詩出色也難。」以其富麗而不易實詮題面也。隱又有「當庭始覺春風貴，帶雨方知國色寒」之句，比於此首而詩格更高，不近浮膩。而「凌晨併作新妝面，對客偏含不語情」，昌黎之句真有「絳羅高捲不勝春」之趣；「垂手亂翻雕玉珮[二]，細腰頻換鬱金裙」，玉溪之句真有「任是無情也動人」之致；「裁成艷思偏應巧，分得春光最數多」，庭筠之句正爲第一句之意；「爲雲爲雨徒虚語，傾國傾城不在人」，彦謙之句正爲第三句之意；韓琮之「曉艷遠分仙掌露，暮香深惹玉堂風」，亦是當使芍藥爲近侍者；李山甫之「數苞仙艷火中出，一片異香天上來」，亦是當使芙蓉爲避塵者；「應爲價高人不問，恰緣香甚蝶難親」乃别有寄託；「圖把一春皆占斷，故留三月始教開」乃更有感慨。是後司馬光之「山河勢勝帝王宅，寒暑氣和天地中」，在宋氣象何宏大也；胡天游之「掃空紅紫真無敵，看到雲仍未可知」，在元文字何俊逸也。清人之句有傳者，云「艷艷嚴妝常自重[三]，明明薄醉要人扶」，是沙斗初也；云「一欄并力作春色，百卉甘心奉盛名」，是裴春臺也；云「非徒冠冕三春色，真使能移一世心」，是胡稚威也；云「得天獨厚開盈尺，與月同圓到十分[三]」，是洪北江也，皆拾唐人之遺而爲花王吐氣。馮古浦又在宰相之席咏牡丹云「詩到清平能動主，花雖富貴不驕人」，是豈爲兒女之事耶？讀之則覺韓令辜負穠花之無謂，真有小題大做之妙。

【校勘記】

［一］翻：底本訛作「飄」，據《全唐詩》卷五百三十九改。

［二］妝：底本誤作「霜」，據《隨園詩話》卷五改。

［三］同：底本訛作「團」，據《北江詩話》卷二改。

梅花

羅隱

吴王醉處十餘里，照野拂衣今正繁。經雨不隨山鳥散，倚風如共路人言。愁憐粉艷飄歌席，静愛寒香撲酒樽。欲寄所思無好信，爲君惆悵又黄昏。

以「吴王醉處」起，隱爲錢塘人，即咏其鄉國之梅花也。以「照野拂衣繁」五字品一望十餘里之花，以「今」字嵌其間，吴王之昔日忽入於葫蘆内。三、四二句爲「照野」，先從大處狀花。雨來山鳥去，花如將飛而不飛；倚風楚楚，如將言而不言。此花之神理也。五、六二句爲「拂衣」，更從細處狀花。飄歌席者乃粉艷，言其宜豪華；撲酒樽者乃寒香，言其宜閑雅。云「飄」云「撲」，又爲經雨倚風之影子也。而「醉處」二字忽落下此句而來，仍以今日之幽静反接，可謂精力絶人。七、八句爲餘意，越使曾以一枝梅贈梁王，我雖亦欲效之而寄人，然因無好消息，故不得寄其所思，空佇望於黄昏矣。用故事而永言者，正所以應「吴王醉處」也。

隱終不第，爲錢鏐判官，終於魏博。羅紹威師事之而稱叔父，以隱之集名「江東」，而自名爲「偷江東」，其爲推重者如此。先是，唐宰相鄭畋深器隱。畋有女，美而有才，嘗諷誦隱之詩至於忘寢食，畋憐其意，欲以妻隱。一日召隱於私第，令女於壁間窺之，女見隱貌醜，遂燒其詩不復誦，婚竟不成。情天亦缺陷而不能容曲江失意之人，可憐也！其詩之可傳者因而益現。洪北江云：「至唐末造，羅昭諫之七律最感慨蒼凉、沈鬱頓挫，實可以遠紹浣花、近儷玉谿。蓋由其人品之高、見地之卓，迥非他人所及。」生前之知己如彼，身後之知己如此，隱亦可以瞑目矣。

已前共六首

卷下乾　五言律詩

四實

周弼曰：謂中四句皆景物而實，開元、大曆多此體。華麗典重之間，有雍容寬厚之態，此其妙也。稍變，然後入於虚，間以情思。故此體當爲衆體之首，昧者爲之，則堆積窒塞，寡於意味矣。

前人或云：「學詩者須從五律入手。」蓋由此入手，則進之可爲五古，充之可爲七律，正因其在今體古體之關頭，若慣之，即可以免局於一端之弊也。當伯弜編《三體詩》時於此體用力最深，其意不難知也。余嘗以爲三體之選，五律當素冠其編，七律次之，絶句乃殿其末者。五律之分體最精且不論，入選最多且不論，特採及初唐、多録盛唐且不論；方虚谷序此書，言「專爲四韻五七言、小律詩設」，所謂「四韻五七言」乃指五七律，「小律」乃指七言絶句，次第分明者，其證一也。范晞文評此書，言「以四實爲第一格，四虚次之」，所謂「四虛四實」乃伯弜於此卷説明者，可知伯弜説詩先律後絶，絶句所謂「實接虛接」亦不過應用「四實四虛」之理，其證二也。楊升庵録杜審言詩云：「唐三體選爲第一首者是也。」審言之詩即冠於此卷者，其證三也。五律之先於七律者，於伯弜辨分體之語了了可見。然上下二卷之所以相倒置者，其出邦人之手耶？將又出漢人之手耶？今不得詳之。釋圓至注此書而説諸體中分類如何，先以七絶爲例，然則元時似早已倒置，但未能直以斷之。要之，以七絶爲首者，徒在諷誦之便，似不顧伯弜規誡當時之本旨矣。伯弜若知之，則亦唯當苦笑一番耳。

《文章辨體》云：「律詩始於唐，其盛無過於唐者。」然開其體固在唐以前。梁沈約《八咏》詩云：「登臺望秋月，會浦臨春風。秋至愍衰草，寒來悲落桐。夕行聞夜鶴，晨征聽曉鴻。解佩去朝市，被褐守山東。」八句四十字，雖不悉與今之律同，然句句韻律概爲諧和，古調一轉之機全繫於裁正四聲之作者。而張正見之《關山月》、崔鴻之《寶劍》、邢巨之《遊春》、庾信之《舟中夜月》諸作，亦實可稱諧於唐詩之體製；陳後主之《春砌落芳梅》、江總之《百花疑吐夜》、陳昭之《昭君詞》、祖孫登之《蓮調》[一]、沈炯之《天中寺》、張正見之《對酒當歌》《衡陽秋夕》、何處士之《秋日別才法師》、王由禮之《招隱》等，亦皆可稱爲唐律。其餘一聯雙聯所相吻合者，實不暇枚舉。至唐而屬對轉爲精緻，沈佺期、宋之問輩更加以華麗，準篇約句，忌聲病、定格律，遂創五言律詩之正格。故有「五言至沈宋始可稱律」之語。而盛唐、而中唐、而晚唐，氣韻於兹推遷，新制迭出，人人悉握生花之管，言言概入摘句之圖。雖不無因五言長律有資於及第，故致五字之巧於兹，抑亦可謂盛矣。其詩雖聲律一定，而尚能在錯落離奇之間驅遣其聲調者不少。其帶古韻、存古調，與七言律之純乎爲新音節者不同。蓋五律與五古唯面目稍變，其造句則文字之數同，語氣亦自然相近，所以與七言律更從五言律一變而出者有徑庭也。《對床夜語》云：「開元以後五言未始不自古詩中流出，雖無窮之意，嚴有限之字，而視大篇長什，其實一也。」亦可以知五律之於古詩如何矣。

五言如四十個賢人，不許著一屠估兒。徵之於袁石公所言：「五言律起二句爲破題，多對景興起，或比起、或引事起，或就題起，要如狂風吹浪，勢欲滔天。次二句爲頷聯，或述意、或書事、或用事引證，此聯接破題，要如驪龍之珠，抱而不脱。又次二句爲頸聯，或寫景、或寫意、或用事引證，以與頷聯相應，要如疾雷破山，觀者駭愕。末二句爲結句，或就題結，或推開一步、或繳前聯意、或用事，或放一句爲散場，要如剡溪之棹，自去自回，詩盡而味有餘。」徵之於胡元瑞所言：「中四句二句言景，二句言情，此通例也。唐初多於首二句言景對起，止於結二句言情，雖豐碩，往往失之繁雜；唐晚則第三、四句多作一串，雖流動，往往失之輕儇，俱非正體。惟沈宋李王諸子，格調莊嚴，氣象閎麗，最可爲則。第中四句大率言景，不善學者多湊砌堆叠無足觀。」伯弜則以「四實」爲第一法，與七律所言不異。其所以實四句者，爲先使其格華麗典重、温雅不迫也。其於起結二格卷末别分其體，故今姑就其中聯視之：袁固賴《金針詩格》立説，於頷聯書事，於頸聯寫景，雖似與「四實」意同，特不至以此體爲主，故言「疾雷破山」，固異於重雍容寬厚之態者萬萬也；至於胡，則説格調氣象之妙而仍嫌「四實」，雖因與其所通例之一景一情之説相抵觸，要亦不過死守一格也。沈歸愚乃云：「中二聯不宜純乎寫景，如『明月松間照，清泉石上流。竹喧歸浣女，蓮動下漁舟』，景象雖工，詎爲模楷。」採其一而論之，則諸法皆可刺，豈獨止「四實」而已耶？伯弜亦説其或有「堆積窒塞、寡於意味」

者，惟以爲當時之針砭，特以之冠於諸體耳。陳元輔曰：「試觀之於山，凝然聳峙，而自遠望之，則層巒疊嶂皆躍躍欲動，用實字者何以異之？」蓋亦主於實寫而斥專斡旋於虚中者，意則與伯弜似合符節。紀曉嵐云：「四實四虚之説固拘，必不主四實四虚者亦拘。詩不能專主一格，亦不能專廢一格。」其言洵然。而若知伯弜之分類乃假爲初學之次第，則曉嵐之言亦未免蛇足。有所得之後，當至實虚相參，離法而合法，出格而入格，眼中固無四實、無四虚，而况一情一景耶？至有舉彼不爲四實四虚之詩一首而稱伯弜之説終窮者，余亦將疑其有何眼讀書也！

【校勘記】

［一］祖孫登之《蓮調》：底本誤作「祖孫之登蓮調」，據《詩藪》内編四改。

早春遊望［一］

杜審言

獨有宦游人，偏驚物候新。雲霞出海曙，梅柳渡江春。淑氣催黄鳥，晴光轉緑蘋。忽聞歌古調，歸思欲沾巾。

審言字必簡，襄陽人，晋杜預之後也。少與李嶠、崔融、蘇味道並稱「文章四友」。擢進士第，爲隰城尉，轉洛陽丞，坐事貶吉州司户參軍，尋免而歸。武后召見之，問云：「卿喜否？」審言乃賦《歡喜》詩而上，甚得嘉賞，授著作佐郎。神龍中，坐交通張易之兄弟，復流峰州。雅善五言詩，工書翰，嘗謂人曰：「吾文章合得屈宋爲衙官，吾書翰當令王羲之北面。」至其病甚，宋之問、武平一等候之，問其如何。審言乃曰：「甚爲造化小兒所苦，尚何言？然吾久壓公等，今將死，但恨不見替人耳。」其性矜誕傲時者往往如此。王世貞云：「審言華藻整栗，小讓沈宋，而氣度高逸，神情圓暢，自是中興之語，宜其矜率乃爾。」顧審言之子爲閑，閑之子爲甫，甫以詩聖推於千秋，蓋亦非不由其祖於斯道自信之厚，而一至如此也。故甫詩中或稱「我祖詩冠古」，或稱「詩是吾家事」，以言其得家法者多也。所以胡應麟連推審言，謂「少陵繼起，百代模楷有自來矣」。

此詩一題作「和晉陵陸丞早春遊望」，當爲陸丞其人感宦遊之久而先唱出原作，此詩則和其意。不直道及其歸思，却以逆筆叙到物候，入手撇過一層，正所以緊住題目也。二聯又直承前意而叙「早春」與「遊望」。天既曙，因雲霞靉靆於海上也；天既春，因梅柳嬋妍於江南也。天既春，故淑氣催黄鳥而出幽谷；天既曙，故晴光轉緑蘋而映流水。——總是早春之遊望也。如此景物，天下皆歌咏而樂之，而偏有驚心者，何哉？久宦遊者感節物而動歸思也。故讀陸丞原唱，而想及我亦爲宦遊之人，沾巾之客淚自下矣。景物雖好，於宦遊之人又何有哉？「獨有」「偏驚」四字斡旋，提起全首，而接之以「忽聽」三虚字，一轉一捩，抬舉本意，「和」字自在其中。短短篇章波瀾百出，宜有推稱爲「初唐第一」者也。

《復齋漫録》録此詩爲韋應物逸詩，謂準據於顧陶所編唐詩，未知孰是。以余視之，則此詩縱令成於簡傲之審言之手，其所言却可謂得恬退之應物之心矣。

【校勘記】

［一］早春遊望：《全唐詩》卷六十二作《和晉陵陸丞早春遊望》。

遊少林寺

沈佺期

長歌游寶地，徙倚對珠林。雁塔風霜古，龍池歲月深。紺園澄夕霽，碧殿下秋陰。歸路煙霞晚，山蟬處處吟。

少林寺乃達摩寓止面壁處，在五乳峰，少室山起其南，隱如屏列。其地既幽邃，招提亦清浄，固值詩人一顧，故言浩歌於寶地、佇立於珠林。「寶地」「珠林」皆指寺院，本於佛經言以黄金七寶爲地、以摩尼珠爲林也。「雁塔」亦出佛書。西域有比丘，見群雁之飛而言可充我食，雁輒落，佛曰：「此雁王也，不可食。」便建雁塔。以少林寺有高塔，故借用之。九龍潭在少林寺，「龍池」指之。二句皆以一物形容出古寺者，言「風霜古」、言「歲月深」，意不二也。而後漸以正説寺觀。「紺園」與精舍、梵宫、瑶地、化城同，皆佛寺之通稱。夕陽霽澄相輝映，如眼前之語，「紺」字有多少神味。「碧殿」乃金碧樓臺。參天喬木，濃於四面，秋陰黯黯而下，可謂狀盡日之已夕。因勝地不可久留，故漸以就歸路，而斷煙落霞之趣亦不可言説。山蟬時吟其中以送我行，點染微物，説此寺真爲寶地。虚谷云：「富麗之中稍加勁健。」曉嵐云：「氣味自厚，故華而不靡。」後聯十字正屬其華麗者，而前聯十字亦正當其勁健者，合二家語而視之，則庶幾不誤其正鵠矣。

佺期之叙考功郎也，即因賕而蒙劾。事未究，遇張易之敗，長流驩州，尋拜起居郎。舞迴波而爲弄詞，有「身名已蒙齒録，袍笏未賜牙緋」之語，中宗即賜緋衣。其人之不足取者正與杜審言同，而詩則際於今古體一轉之機，其名永存。雖無行，幸而有才，可謂仍勝於徒遺臭千歲矣。

晚至華陰

皇甫曾

臘盡促歸心，行人及華陰。雲霞仙掌出，松柏古祠深。野渡冰生岸，寒川燒隔林。温泉看漸近，宫樹晚沈沈。

曾乃冉之弟，天寶七年，兄弟共登進士第，名望亦相亞，時人以比張孟陽、景陽。善詩，出王維門，高仲武稱其「寒生五湖道，春及萬年枝」云「五言之選也」。此詩前後聯一秀而麗、一精而腴，兩兩相對，亦不愧爲時所尚。前聯尤妥貼，謝茂秦以爲勝劉長卿之「向人寒燭静，帶月夜鐘深」，余以爲李嶠之「雲收二華出，天轉五星來」亦當退其一步，非獨長卿一聯而已也。

華陰以在華山之陰而名，王涯《仙掌辨》云：「太華山之首峰有五崖，自下望之，則相偶爲掌形。」「仙掌」是也。玄宗《太華銘》云：「壇場廟宇，何代不修；一禱三祠，無歲而缺。」「古祠」是也。華清宫在昭應縣，與華州鄰，「宫樹」是也。一詩直叙述眼中之物，而狀行人急歸之態。「臘盡」二字，急促尤甚，故接之以

「促歸心」三字，歸心急促，行程乃至華陰。仙掌出雲霞縹緲間，古祠在松柏葱蘢中，是爲遠景。松柏後凋，暗具臘盡之意。至野渡則冰結在岸，傍寒川而認隔林野燒，是爲近景。乃最刻劃臘盡者，晚意亦迫出。更進則樹影沈沈漸近，是華清宫也。既至之，則投宿亦在須臾間，行旅之苦纔可忘。以「近」字反接急歸，起結各有其妙。

茂秦曰：「五言律首句用韻，宜突然而起，要勢不可遏。」蓋謂其必出於自然，無些子兒强作之意態。杜審言之「獨有宦遊人，偏驚物候新」所以爲推尊者實因此也，初盛諸家工妙於此體者亦從而不少。此篇「臘盡促歸心」一句自天外突如而來，勢真不可遏，乃承之以「行人及華陰」，用韻自然無强合之態，茂秦當點頭稱善也。

經廢寶慶寺[一]　　司空曙

黄葉前朝寺，無僧寒殿開。池晴龜出曝，松暝鶴飛回。古砌碑横草，陰廊畫雜苔。禪宫亦銷歇，塵世轉堪哀。

寶慶寺在長安，則天武后所建，故曰「前朝寺」。當安禄山之亂，寺亦爲其所毁，一歸於廢。冠以「黄葉」，則可想見寺已無人、落木獨蕭條之狀，故直接之以「無僧」二字。有寺無僧，已屬荒凉；而至寒殿自開、無閉之者，誰又能以之思議前朝盛時哉？二聯就所見一一言之：池光受晴，游龜出而曝背；松陰作暝，飛鶴歸而振翎。舉細微之物，所以襯出「無僧」也。砌雖有舊碑，而空僵臥於草間；廊雖有名畫，而已爲苔色侵蝕。有碑而不可識，有畫而不可讀，是廢寺之所以爲廢寺，過客惟賴之而想象當年之勝耳。超然於塵外之寺觀，尚不免有滄桑之變如此，則塵中浩劫不待言說，是其「轉堪哀」者也。一句更拓開一步，語不直露而意透十分，是亦曙所以稱「結思尤精」者也。范德機云：「伯弜以此詩中聯爲四虛，固失於疏。」然四句之景物，今本實列之於「四實」，德機之言或因傳聞異辭乎？

【校勘記】

［一］經廢寶慶寺：《全唐詩》卷二百九十二作《過慶寶寺》。

次北固山下　　王灣

客路青山外，行舟緑水前。潮平兩岸闊，風正一帆懸。海日生殘夜，江春入舊年。鄉書何處達，歸雁洛陽邊。

王灣爲開元十一年進士，詞翰早著，天下所稱，如「海日」「江春」一聯，殷璠以爲「有詩人以來，少有此句」。張説自書之於政事堂，每示能文者以爲楷式。其爲時人所推重者如此。

北固山在鎮江，三面臨水，高數十丈，其勢險固，故名。灣之所泊即山下之揚子江也。「次」字是其行踪所至，故以客路行舟起之。從大體著筆，故局面自大，包括後句而有餘。或作「南國多新意，東行伺早天」，雖似欲切於後聯，然遂不成其語矣。前聯乃行舟中之光景，寒潮漲而平，故覺兩岸之闊，江流滚滚者可得思量；風穩而正來，故一帆徐懸，亦可見畫趣之饒。「闊」或作「失」，謂潮滿而不見兩岸；然稍近有斧鑿之痕，不如「闊」之爲宏大。「正」或作「止」，亦可通。後聯復叙眼前景物，兼及風土之異。未及旦，而海上之日已出；尚爲冬，而江南之春已動。惟是尋常之事，而以早意寓於「殘」字、「舊」字，倒裝而出之，故無數情思理趣包含此中，是其錘煉之至者，讀者正須看破其工夫也。杜少陵「無風雲出塞，不夜月臨關」之句，掀翻筆墨，陶冶意匠，推爲千古名句，此種之句正可相比肩。末句從風土之異憶起洛陽，託之於鴻雁寄書而切言歸思之切，回顧一、二句之客路行舟，足爲收結。或以作「從來觀氣象，惟向此中偏」，又不可知爲何意矣。

《詩藪》云：「盛唐句如『海日生殘夜，江春入舊年』，中唐句如『風兼殘雪起，河帶斷冰流』，晚唐句如『鷄聲茅店月，人迹板橋霜』，皆形容景物，妙絶千古，而盛、中、晚界限斬然。故知文章關氣運，非人力[二]。」三唐之論斷姑且措之，抄出三句而爲三唐之標本，固得其當。而後灣之十字風靡一時者，當亦不爲徒爾也。真綺秀評此詩云[三]：「三四工而易擬，五六淡而難求。」應知看似淡者，實出於良工意匠慘澹之極，是以云「難求」也。

【校勘記】

［一］力：底本訛作「才」，據《詩藪》内編四改。

［二］真綺秀：史無其人。該條實出自熊谷立閑《三體詩備考大成》，原作「真奇秀曰三四工而易擬五六淡而難求」。而「真奇秀」三字爲鍾惺在《唐詩歸》中對「海日生殘夜」一聯之評語。蓋爲抄入《三體詩備考大成》時誤書，又再誤爲「真綺秀」。

岳陽晚景

張均

晚景寒鴉集，秋風旅雁歸。水光浮日去，霞彩映江飛。洲白蘆華吐，園紅柿葉稀。長沙卑暑地，九月未成衣。

將暮而歸鴉來集，已秋而旅雁歸去，是取景紀時者，手法靈活。水光霞彩爲將暮之景，日浴於水而如浮出，霞映於江而五色絢爛，乃從謝玄暉之「餘霞散成綺，澄江静如練」而出者，可與王勃之「落霞與孤鶩齊飛，秋水共長天一色」争美一代。「白」乃蘆花，而繫之於洲；「紅」乃柿，而繫之於園。造句造意，皆晚唐諸家吟白其髭者也。就詩言之，則以時寫景也。此景此時，天已九月，九月當授衣，見《詩經》；而岳陽在長沙卑濕之地，故殘炎未去，不至授衣。從其風土之變而悲自家之遇，而後稱「秋風旅雁歸」者，亦暗見其所羨也。

均乃燕國公説之子，杜甫曾贈詩云：「氣得神仙迥[二]，恩承雨露低。相門清議衆，儒術大名齊。軒冕羅天闕，琳琅識介珪。通籍踰青瑣，亨衢照紫泥。」以名門之子居清官，見其《傳》而可知甫詩乃實録。其在官也，屢進屢退，其外貶者亦二回。詩蓋成於貶謫中，故有「長沙卑暑地」之句，云昔賈誼謫長沙，以長沙卑濕而自知不得長壽也。均用之，暗中非無所相比。然禄山之亂，均輒降而爲其尚書令，亂平被謫，是其人已辱名門而污清官，尚何得以誼比之耶？

【校勘記】

[一]得：底本誤作「貌」，據《全唐詩》卷二百二十四改。

晚發五溪[一]　岑參

客厭巴南地，鄉鄰劍北天。江村片雨外，野寺夕陽邊。芋葉藏山徑，蘆花間渚田。舟行未可住，乘月且須牽。

蜀先主於五溪立黔安郡，五溪者，西溪、辰溪、巫溪、武溪、沅溪也。參曾應薦在安西都護幕中，此詩稱成於其歸途。「巴南」乃來路，「劍北」乃去路，欲去巴南而赴劍北者，爲客久而厭之故也。中四句乃五溪所見，兩岸江村隱見於過雨之外，前林野寺掩映於夕陽之前。言「片雨」、言「夕陽」，於對句中一頓，併紀其時，幽閑可誦。芋葉方濃，疑山徑亦爲所藏；蘆花方亂開，而與渚田相交。點出時物，不失爲舟中所見。意雖平淺而不失於薄，語雖工巧而不失於纖。七、八句仍歸到題位，狀歸思之急。月下牽舟而發五溪，一、二句之語，得之而可謂不泛。

參五言多激壯之音，言「雲雨連三峽，風塵接百蠻」、言「尊前遇風雨，窗裏動波濤」、言「尋河愁地盡，過磧覺天低」、言「弓抱關西月，旗翻渭北風」、言「逐虜西踰海，平胡北到天」，皆其本色語也。此卷所録不及此種，亦體製之所使然。然如此詩前聯雖非其本色，亦足傳而教於後，參豈局於一體者耶？

【校勘記】

［一］晚發五溪：《全唐詩》卷二百作《晚發五渡》。

仲夏江陰官舍寄裴明府

李嘉祐

萬室邊江次，孤城對海安。朝霞晴作雨，濕氣晚生寒。苔色侵衣桁，潮痕上井欄。題詩招茂宰，思爾欲辭官。

嘉祐曾於江陰爲令，仲夏賦此而寄太守。市則傍江而次第排列，城則對海而巍峨，是江陰地勢之大形也。《素問》云：「霞擁朝陽時，雲奔雨府。」故有「朝霞不出市」之諺。狀雨多而言「朝霞晴作雨」，雅音真欲流也。既多雨，濕氣自侵而生輕寒，狀仲夏江上之景物逼真。——是江陰當日之季節也。既多濕，苔色直上衣架，漸而生黴；既多雨，潮痕從沾井欄，漸而將溢。——是江陰家家之光景也。江陰多雨多濕，非不健者所能堪，故至於思太守將辭官而去此褊僻之地。言「題詩招茂宰」者，冀先其未去官時仍一會晤也。「茂」乃讚美邑宰之功者，謝玄暉之「茂宰深遐眷」、李太白之「天子思茂宰」、杜子美之「茂宰得才新[二]」皆是也。或云：「卓茂曾爲密令，勞心諄諄，愛人如子，吏民親愛而不忍欺之。光武即位，以茂爲太傅，因有『卓茂起閭里而爲漢宰』之語，詩人用比官於邑者。」以「茂宰」爲本於卓茂作漢宰者，稍覺近於附會。

張子容之句云：「海氣朝成雨，江天晚作霞。」此詩前聯語氣有相似者，升庵乃加軒輕而言盛中之别，以句格言之也。元瑞以此詩爲中唐妙境，以作意言之也。而余則推用「萬室」「孤城」從大處著筆者，乃最切於江陰令之寄裴明府也。

【校勘記】

[一]才：底本訛作「林」，據《全唐詩》卷二百三十三改。

山行　　殷遥

寂歷青山曉[一]**，山行趣不稀。野花成子落，江燕引雛飛。暗草薰苔徑，晴楊拂石磯。俗人猶語此，余亦轉忘歸。**

忽出野，忽傍江，可知其山不深奥也，而幽趣自不乏。落花結子，飛燕伴雛，皆於景中帶情，苔徑斜通，細草自薰，石磯俄聳，垂楊徐拂，以「暗」形容「薰」字、以「晴」形容「拂」字，是皆山中蕭寂之曉景。雖野人之不解風雅者，對之而心思自遠，語其幽趣不盡。有志於青山者一往而至忘歸，亦真不足怪也。後聯清雋，讀者亦恍然而神往。

遥天寶中仕爲忠王府倉曹參軍[二]。志趣高疏，多雲岫之思。與王維結交，同慕禪寂。故其死也，維傷之云：「憶昔君在時，問我學無生。勸君苦不早，令君無所成。」可謂哀達於骨，悼入於髓。其家貧，死不能葬，一女纔十歲，日哀號於親，故維詩有「慈母未及葬，一女纔十齡。泱漭寒郊外，蕭條聞哭聲。浮雲爲蒼茫，飛鳥不能鳴。行人何寂寞，白日自凄清」之語。才人窮厄，哭而已覺聲枯。若先知其人而讀其詩，則「野花成子落」之句亦殆如爲其讖，讀畢無不喟然者，悲夫！

【校勘記】

［一］寂歷：底本誤作「寂寂」，據《全唐詩》卷一百十四改。

［二］曹：底本脱，據《唐才子傳》卷三補。

送陸明府之盱眙　　崔峒

陶令之官去，離愁慘別魂。白煙連海戍，紅葉近淮村。遠浪摇山郭，平蕪到縣門。政成堪吏隱，免負府公恩。

峒爲大曆十子之一。殷璠云：「文彩炳然，意思大雅。」其所作之句「關山勞策蹇，僮僕慣投人［二］」「竹窗寒雨滴，苔砌夜蟲喧」「白日空山梵，清霜後夜鐘」「荒城胡馬迹，塞木戍人煙」「煙樹臨沙净，雲帆入海稀」「清磬度山翠，閑雲來竹房」，皆不輸其同儕。如此詩後聯，亦真見雋永而有無窮之致也。

一、二句先點出陸明府，點明「送」字，以陶令比於明府也。中二聯俱盱眙之景，明府當起卧於其間，遥咏其事，所謂透過一層法也。白煙颺處知是海戍，紅葉麗處知是淮村。海近，故浪聲時摇山郭；地平，故草色直連縣門。地静官清，縣門絶訟之狀，於景物中現然。明府於是隱於吏而清節自持，當如陶令之於彭澤也。廳無停事，則雖云吏隱，而與背長官之恩遇、招曠職之譏者異，牧民之官至是而足。二句如贊盡其人，其實乃望明府真能如此，非以空言爲諛者也。

【校勘記】

［一］投：底本誤作「親」，據《全唐詩》卷二百九十四改。

溪南書齋[一]　楊發

茅屋住來久，山深人閉門。草生垂井口，花落擁籬根。入院將雛鳥，攀蘿抱子猿。曾逢異人說，風景似桃源。

末句以「風景似桃源」自品，故上六句寫其脱塵之境，逼出風景之真與桃源相似。掩井而遍其欄者乃草，任其長而不刈；堆籬而埋其根者乃花，委其落而不掃。猿鳥來戲而不追之，唯一任自然，獨自樂之，閉門之高志可想見也。是真澄逸之性，語淡而彌有旨者。就《傳》而按，云「發大和四年以第二人及第，累舉左司郎中，又爲都官郎中，改太常少卿[二]，爲蘇州刺史，轉福建觀察使，遷婺州刺史」。終生宦游而尚有此閑遠之意致，可謂奇也。《才子傳》舉其《宿黄花館》詩云：「孤館蕭條槐葉稀，暮蟬聲隔水聲微。年年爲客路長在，日日送人身未歸。何處離鴻迷浦月，誰家愁婦擣寒衣。夜深不卧簾猶捲，數點殘螢入户飛。」調頗清新，有足驚凡聽者。玩味其詩意，則亦豈徒齷齪於簿書堆裏者所能夢見耶？

【校勘記】

［一］溪南書齋：《全唐詩》卷五百十七作《南溪書院》。

［二］少：底本脱，據《新唐書》卷一百八十四補。

泊揚子岸　　祖咏

纔入維揚郡，鄉關北路遥。林藏初霽雨，風退欲歸潮。江火明沙岸，雲帆礙浦橋。客衣今日薄，寒氣近來饒。

此詩於破題以地名點逗題位，與岑參之《晚發五溪》作法相同，於中四句叙所見者亦相同。其最可爲奇者，在「林藏初霽雨」之句亦殆與「江村片雨外」仿佛其境，言雨過初霽，林間樹深處尚有點滴而下者也。「風退欲歸潮」又以逆筆描奇景，使配合前句之奇景，言大風忽而激潮，欲落而不落也。二句乃大河雨後實景。五、六句亦夜泊眼中實景，漁火點點，明於兩岸之平沙；煙帆片片，不礙遥浦之平橋。言「明」言「礙」，俱撚斷吟髭者，當與知者言之。七、八句歸到客中所感，感節物之變遷，而思距鄉關之遼遠，是與第二句呼應者，亦與《五溪》詩作法一也。

新秋寄樂天[一]

劉禹錫

月露發光彩，此時方見秋。夜涼金氣應，天靜火星流。蟲響偏依井，螢飛直過樓。相知盡白首，清景復追遊。

禹錫與樂天有交誼，前已言之。此詩感秋之早至，嘆少年之不再，以傷爾我之老。「月露發光彩」一句，突如而起，秋夜之涼影真楚楚動人。《月令》云：「孟秋盛德在金。」《詩》云「七月流火」，火乃太火心星。以「涼」見金氣之應，以「静」見火星之流，静中之機趣，固非噪人之所得知，洵是新秋也。蟲鳴於秋，環井欄而唧唧；螢入秋而殘，過樓頭而悄悄。言「偏」言「直」，皆見有爲微物而尚喜涼之意，體物么細，措語温醇。結語逢好景而追想舊遊，嘆老而不可復，以反接微物之悠悠自得。禹錫又有《秋暑退贈樂天》之詩，云：「暑服宜秋着，清琴入夜彈。人情皆向菊，風意欲摧蘭。歲稔貧心泰，天涼病體安。相逢取次第，却甚少年歡[二]。」雖感於景物而想少年者正與此詩同一，然三、四句之比興意太露，自見禹錫一流之倔强。余却取此詩之温藉自然也。

【校勘記】

[一]新秋寄樂天：《全唐詩》卷三百五十八作《新秋對月寄樂天》。

［二］甚：底本誤作「是」，據《全唐詩》卷三百五十八改。

秋日送客至潛水驛

劉禹錫

候吏立沙際，田家連竹溪。楓林社日鼓，茅屋午時鷄。雀噪晚禾地，蝶飛秋草畦。驛樓宮樹近，疲馬再三嘶。

潛水驛在杭州於潛縣北，與吴興接境，題雖單稱送客至此，然見候吏立於沙中相迎，而知客乃官衙中人：既爲官衙中人，而此詩一意寫盡田家村野之狀態，有意無意之間，其妙躍然。勾龍、后土乃平水土之神，故祀以社，春秋二祭，此乃秋社也。直接於「田家」之句，最妙。由鼓聲鞺鞺而知爲社日，由鷄聲喔喔而知爲午時，「楓林」與「茅屋」點染之，使人有見《堯民鼓腹》圖卷之思。晚禾未刈，秋草方茂，雀噪蝶舞，無非田家光景，而秋意亦十分也。上六句乃未至潛水之前、候吏相迎之後，途上所見也。驛樓已隱見於宮樹間，是潛水也。「宮樹」乃指吴之故都，「近」之一字乃眼前事，題面之「至」字唯因此一字而得點睛。以「驛樓」收盡「候吏」，更以「疲馬」襯貼之，最奇。再嘶、三嘶，以喜驛樓之近，反接候吏之奔走。前人皆稱此詩乃送客至潛水驛者，詩中果於何處可十分足其意耶？余不得而知也。

三、四二句色采斑璘，聲調亮爽，方虚谷舉之以爲「天下誦之」，王荆公喜之而書於劉楚公第，洵有以也。言禹錫詩「法則既高、滋味亦厚」者，正可評於此種；言禹錫詩「正如巧匠矜能，不見少拙」者，非可評於此種之出於自然者也。

得日觀東房[一]　　李賀

曾入桃源路，桃源信少雙。洞霞飄素練，壁蘚畫陰窗。古木疑撑月，危峰欲墮江。自吟空向寂，誰與倒秋缸。

賀字公幹，襄陽人，應舉無成，訪人於衡湘間，自武寧反，逢黄巢之亂，倉皇而去。至豫章得日觀，宿於東房，有酒數缸甚美，遂携一壺上樓酌之，醉而朗吟此詩。其意謂此觀真乃一桃源也。何以比於無雙之桃源耶？霞出石洞，如素練之飄摇；蘚綉窗壁，如古畫之斑斕。月懸於槎枒古木，其狀恰如枝撑團圓之月；江環於突兀危峰，其狀恰如山墮潺湲之流。幽邃之狀刻劃至是，則確非塵世之物，是所以比於風塵以外熙熙皞皞之桃源也。更深考之，則由自家避亂而至此幽邃之境，亦殆不知風塵澒洞之爲何物，比於桃源士民避秦乃隱，亦不知有人間也。雖便自長歌，消此寂寞，然恨無人相與獻酬，「向」之一字，無限悽凉。相傳賀吟此詩畢，如有人曰「君當司尚書，可寓於此」，顧不見影，始知其爲鬼。賀上第後二十年，果觀察於豫章，正如鬼之所言。鬼其有所見而言之乎？冥冥之事不得知之。余思唯此詩縹緲而有超世之思，或能感鬼神乎？

【校勘記】

［一］得日觀東房：《全唐詩》卷五百六十三作《宿日觀東房詩》。

北固晚眺

竇鞏

水國芒種後，梅天風雨涼。露蠶開晚簇，江燕語危檣。山址北來固，潮頭西去長。年年此登眺，人事幾銷亡。

「水國」乃江海所在之地，義同「澤國」。「芒種」乃五月之節，《風土記》云：「夏至前芒種後爲黄梅雨。」芒種後，所以稱「梅天涼」也。「露蠶」言露養於外者，自淮以北，其俗皆然。「蔟」乃蠶蓐，家家皆開之以曝晚晴，望之而謂如雪之蔟。江燕宿檣，似有雙雙相語者。二者乃晚眺中所見。「址」乃基，形容山勢而言「北來固」，明爲分解「北固」二字而用之者，是用巧之處也。「潮頭」乃潮流之起首，以「頭」對「址」，細緻之極。二句乃晚眺中所見，向形勝而帶感慨，是其所以兜轉於七、八句也。七、八句純乎感慨，「銷亡」猶言變遷，羊祜曾登峴山而嘆云：「自有宇宙，便有此山，由來賢哲登此山者多，皆湮滅無聞。」山常在而世常變轉無窮，於晚眺中催感慨者，爲此也。

「露」乃暴露之義，以非風露之「露」而對江海之「江」，謂之「借對」。借對有二法：一爲借其音韻使相對者。曰「根非生下土，葉不墜秋風」、曰「五峰高不下，萬木幾經秋」，因「下」字與「夏」字同音也。曰「因尋樵子徑，偶到葛洪家」、曰「殘春紅藥在，終日子規啼」，以「子」借「紫」、以「洪」借「紅」也。曰「閑聽一夜雨，更對柏巖僧」、曰「住山今十載，明日又遷居」，以「柏」借「百」、以「遷」借「千」也。二爲借其文字使相對者。曰「愛酒晋山簡，能詩何水曹」、曰「無復隨高鳳，空餘泣聚螢」、曰「子雲清自守，今日起爲官」、曰「清秋方落帽，子夏正離群」，以「山簡」「高鳳」之姓字對「水曹」「聚螢」，以「子雲」「子夏」對「今日」「清秋」之文字者，皆是也。此詩借「露」字爲名詞而對「江」字，亦屬其第二種者也。

范晞文云：「五言律詩必要妥貼，然妥貼太過必陷於衰。苟時能出奇，於第三字中下一拗字，則妥貼中隱然有峭直之風。」蓋其意與晚唐諸家於七律插拗字者不異，許渾「溪雲初起日沈閣，山雨欲來風滿樓」、趙嘏「殘星數點雁横塞，長笛一聲人倚樓」諸聯，皆拗其第五字，亦避其平熟也。於五言何獨不然？「山址北來固，潮頭西去長」之句特拗其第三字，語即峭直斗健，不愧晞文所言。而特拗之者，又應起首二句之拗體，非獨爲防妥貼太過也。學者所得既深，更能味之，則其所作亦將至有聲調颯颯者乎？

送可久歸越中[一]　賈島

石頭城下泊，北固暝鐘初。汀鷺潮衝起，船窗過月虚。吴山侵越衆，隋柳入唐疏。日欲供調膳，辟來何府書。

晚唐時有學張籍者、有學賈島者。如朱慶餘、陳標、任蕃、章孝標、司空圖、項斯乃學張者，如李洞、方干、姚合、喻鳧、周賀、九僧乃學賈者。可以知一時風潮矣。島之詩，評者或以爲寒澀，或以爲幽奇，或以爲奥僻，蓋前有初盛諸家，同時有韓柳元白諸家，欲介立其中而爲一家，則勢不能不向諸家未染指之處求立脚之地。而島性情孤僻、境遇屯邅，皆令至於奥峭自喜矣。奥雖固不及質，然其奥處正所不可及，於諸家之外出一頭地者正在於此，與籍對峙而導出一派詩運者亦在於此。其五言律特爲獨造，不可以其寒儉而一意斥之也。胡元瑞比之於東野之古詩、長吉之樂府、玉川之歌行，稱云：「其才具工力故皆過人，如危峰絶壁、深澗流泉，並自成趣，不相沿襲。」可謂知言也。

可久即朱慶餘，以字行，冠於所謂張籍之派者也。詩乃送其歸越中，而豫暝想石頭泊舟之夜，咏出其光景。前聯一作「汀鷺潮衝起，船窗月過虚」，潮來見汀鷺之起，月過見船窗之虚，暝鐘隱隱時真有此景也。句亦骨韻俱清，風調亦可人，與其集中逸詩「長江風送客，孤館雨留人」皆不失爲浪仙佳句。若爲「過月虚」，則語路稍有欠圓熟之嫌。「吴山」「隋柳」二句，前人已稱其妝砌太過。細觀之，則「吴山侵越衆」之句不如處默「隔岸越山多」之爲自然[二]，「隋柳入唐疏」則與薛能「夾堤千柳雜唐隋」同其粗野。至趙紫老做此而言「瀟水添湘闊，唐碑入宋稀」者，真不過學其僻處而資好笑矣。七、八句就慶餘此行而申言之：昔者毛義奉府檄而喜，乃爲奉老親之歡；男兒若得日調膳而供甘旨，則爲微官亦不妨，慶餘之去蓋亦爲此也。因言其果至爲何府徵召耶？當天子以孝治天下之時，誨以雖一念須臾亦不可忘孝，句雖不健，意則摯矣。岑參送人云「不擇南州尉，高堂有老親」，亦爲此意，句更飛騰，是非此詩所能企及也。

【校勘記】

［一］送可久歸越中：《全唐詩》卷五百七十二作《送朱可久歸越中》。

［二］默：底本訛作「點」，據《詩人玉屑》卷三改。

新安江行　　章八元

江源南出永，野飯暫維梢。古戍懸魚網，空林露鳥巢。雪晴山脊現，沙淺浪痕交。自笑無媒者，逢人作解嘲。

隋時改徽州爲新安郡，浙江源自徽州出，故云「南出永」，一作「南去永」，最爲可通。「梢」乃帆網，暫繫帆網於兹者，因時正午而將求野飯也。懸網於戍，可知其「古」而無人；露巢於林，於「空」字有趣。殘雪全融，故可認山脊之青；平沙略現，故可認浪痕之印。造理甚入微，宋人所喜，本邦先賢私淑者亦不少。而其寫到細微之景者，正從維梢時極無聊之眼中看出也。七、八句叙出自家身分，官路無媒，南船北馬，不暇寧處，是常所招嘲者。自家亦不免苦笑，乃至於每逢人輒學揚雄而作「解嘲」也。

八元嘗於郵亭偶題數句，嚴維見而異之。遂親爲指喻者數年，令充賦應試，實大曆六年也。「居京既久，床頭黄金易盡，空歸江南，訪韋應物，應物厚遺之。」今按《應物集》有《送章八元秀才擢第往上都應制》

一律，云：「決捷文場戰已酣，行應辟命復才堪。旅食不辭遊闕下[二]，春衣未换報江南。天邊宿鳥生歸思，關外晴山滿夕嵐。立馬欲從何處别，都門楊柳正毿毿。」擢爲第三人而不入仕，竟落魄而歸。應物循循説其才堪辟命者，亦可憐也。嗚呼！前有維之知，後有應物之知，而應制科之後，僅調爲勾容主簿，直辭而歸。是真命薄者，嘆「無媒」者非徒爾也。雖不詳其何原由而至於此，熊孺登贈八元之詩有「看君倒卧楊花裏，始覺春光爲醉人」之句，非因其磊落不群、不拘禮節而妨礙仕路乎？

八元在京，以《慈恩寺》詩傳誦一時。詩云：「七層突兀在虚空，四十門開面面通。却怪鳥飛平地上，自驚人語半天中。迴梯暗踏如穿洞，絶頂初攀似出籠。落日鳳城佳氣合，滿城春樹雨濛濛。」相傳一日元稹、白居易等因傳香而讀壁上之詩，至此詩而吟咏竟日，言「不思嚴維出此弟子」，令悉除去諸作而獨留此詩。然先是盛唐諸子相與上慈恩寺塔，各有所作。杜工部云：「七星在北户，河漢聲西流。泰山忽破碎，涇渭不可求。俯視但一氣，焉能辨皇州。」高常侍云：「秋風昨夜至，秦塞多清曠。千里何蒼蒼，五陵鬱相望。」岑嘉州云：「下窺指高鳥，俯聽聞驚風。秋色從西來，蒼然滿關中。五陵北原上，萬古青濛濛。」皆以雄偉之筆畫高敞之狀，海立山頽之致具於句中。比之八元之詩，則局面之大小廣狹固有霄壤之差，王漁洋論之詳矣。而元白乃獨醉心於八元，甘置諸子於度外，雖嗜好使然而不得已，然在八元則徒爲偏袒，可發一笑耳，蓋八元之詩風固非可與諸子争雄者也。就此詩視之，亦可知了其詩風之一斑。

【校勘記】

［一］辭：底本誤作「堪」，據《全唐詩》卷一百八十九改。

三月五日泛長沙東湖［一］

張又新

上巳餘風景，芳辰集遠坰。湖光迷翡翠，草色醉蜻蜓。鳥弄桐華日，魚翻穀雨萍。從今留勝會，誰看畫蘭亭。

又新字孔昭，元和中及第，有「三頭」之目，謂進士爲狀頭、宏詞爲敕頭、京兆爲解頭也。而黨於李逢吉、附於李訓，忽擢忽貶，終無爲而止，惜哉！詩有於題中別加「陪大夫」三字者，當爲述雅集之盛而呈於大夫者乎？東湖之遊，後於上巳修禊佳節二日，故謂「餘風景」。「芳辰」乃春風駘蕩之好時節，「坰」謂林外也。翡翠亦如迷於湖光之澹沱，蜻蜓亦如醉於草色之芊眠。鳥戲桐華上，魚遊萍葉間。「穀雨」二字亦點時序，以應「上巳」之句。「迷」「醉」「弄」「翻」四字極力寫出「芳辰」「遠坰」，乃東湖春泛之勝景。不言人事而人事自在其中，故妙也。謂勝景如此，則今日之會爲天下所艷説，或又將至有駕於晋王羲之上巳蘭亭盛會者。承起句而爲結意，稱其爲畫者，乃以《蘭亭修禊圖》行世之久也。

按《本集》，此篇爲五言長律，第二句後、第三句前尚有四句，云：「綵舟浮泛蕩，綉轂下娉婷。棲樹迴葱蒨，笙歌轉杳冥。」是正言人事、記盛會者，伯弜見以爲冗而删之乎？昔柳柳州詩「漁翁夜傍西巖宿，曉汲清湘燃楚竹[二]。日出煙消不見人[三]，欸乃一聲山水緑。回看天際下中流，巖上無心云相逐」，東坡删其後二句而爲絶句，以爲删去則餘情不盡也。若伯弜於此詩亦有其説，則固無害其良工苦心，而余憾不得見之。或又因流傳之異，輒以爲律詩，亦不可知也。

【校勘記】

[一]三月五日泛長沙東湖：《全唐詩》卷四百七十九作《三月五日陪大夫泛長沙東湖》。

[二]曉：底本誤作「起」，據《全唐詩》卷三百五十三改。

[三]日出煙消：《全唐詩》卷三百五十三作「煙銷日出」。

送人入蜀　李遠

蜀客本多愁，今君是勝遊。碧藏雲外樹，紅露驛邊樓。杜宇呼名語，巴江學字流。不知煙雨夜，何處夢刀州。

欲説蜀中勝遊而先説其多愁。蓋蜀道本稱難，又有斷猿啼宇之斷腸，入蜀者必不得不經此一段苦境也。而今行者在得意之境，非可催愁，故以一句起，直以二句撇却一邊去，「本」字、「今」字互爲頓挫，有自高處落下之妙。行而上蜀途，碧者何哉？雲外之樹，其澹澹也。紅者何哉？驛邊之樓，其離離也。拆用「碧樹」「紅樓」而見工夫。杜宇啼苦時自呼「謝豹」，事見《博物志》；巴江以水屈曲似「巴」字而名，事見《巴州志》。皆觸入蜀者之眼中耳中者，勝遊者對之而固不以爲愁也。七、八句又用蜀中一故事，於勝遊者意中道及。借王濬夢懸三刀而得益州刺史之事，祝勝遊者亦將有夢兆也。有此一語，然後所以撇過「蜀客本多愁」之意皎然而明矣。句亦清轉婉妙，善傳其思。卷中雖多入蜀送別之詩句，而此詩亦無愧占其巧妙者一席。

七里灘[一]　　許渾

天晚日沈沈，孤舟繫柳陰。江村平見寺，山郭遠聞砧。樹密猿聲響，波澄雁影深。榮華暫時事，誰識子陵心。

七里灘在嚴州，傍嚴子陵釣臺而流，蜿曲如游龍。諺云「有風則七里，無風則七十里」，亦謂險而不易涉也。一、二句乃夜泊，天晚之時、柳深之處，孤舟繫其纜也。三、四、五、六句乃夜泊之所見。江村平則遠寺可認，山郭遠而寒砧可聞。猿聲近響於密樹，雁影深印於澄波。自清寥中看出，以爲景光之鮮可畫、音調之亮可歌。七、八句乃夜泊之感慨。自舟中仰認作釣臺者，乃子陵隱居之處。子陵何爲而隱乎？子陵本與光武同學之故人，一旦風雲際會，功名唾手可取，其晝於雲臺亦容易耳。及光武即位，變姓名而隱，不期相見。光武思其賢而令物色之，恰有上言者云有一男子著羊裘釣於澤中，光武思其爲子陵，供安車而令邀之，三使始至，果子陵也。乃除諫議大夫，不屈，歸隱於富春山。恩寵無比而尚不枉其清節，其意蓋以爲人間榮華須臾耳，富貴功名於我何有哉？而今果何如？東漢之天下忽滅，光武之鬼亦已餒，而子陵則存釣臺之遺迹，有祠廟祭之，千秋之下香火不絶。生前福分、身後聲名，庸人不知其所擇，子陵則甘棄彼而取此，其意也深。滔滔天下，忖度而得其心者能有幾何？故咨嗟不措也，其中亦有嘆自家不能超出浮世之意。劉長卿此地之作中有「猶憐負羈束，未暇依清曠。牽役徒自勞，近名非所向[二]。何時故山裏，却醉松花釀。回首唯白雲，孤舟復誰訪」之句，宦遊之人偶過釣臺下，有誰不復悵然自失者耶？

方干亦有《暮發七里灘夜泊嚴光臺下》之詩，云：「一瞬即七里，箭馳猶是難。樯邊走嵐翠，枕底失風湍。但訝猿鳥走，不知霜月寒。前賢竟何益，此地誤垂竿。」作法與此詩略同，感慨則反其意，謂子陵垂竿而誤一生者終無何益也。當不過因干艱難於一第，鬱鬱而過此地，故借以爲强拗之語耳。不然，則唐之雄飛隱居其地、宋之謝翱慟哭其地，皆無非聞子陵之風而起者。嗚呼！先生之風，山高水長，言「前賢竟何益」者固不須辨也。

【校勘記】

[一]七里灘：《全唐詩》卷五百二十八作《晚泊七里灘》。

[二]非：底本訛作「外」，據《全唐詩》卷一百五十改。

孤山寺[一]　　張祜

樓臺聳碧岑，一徑入湖心。不雨山長潤，無雲水自陰。斷橋荒蘚合，空院落花深。猶憶西窗夜，鐘聲出北林。

張祜性愛山水，多遊名寺巨刹。杭之靈隱天竺、蘇之靈巖楞伽、常之惠山善權、潤之甘露招隱，皆有所題咏。《金山寺》之詩最聞於時，《孤山寺》《惠山寺》之詩稱亞之。孤山寺在杭州，去錢塘舊治四里，獨立湖中，故名孤山；寺在山中，本稱永福寺。四十字洵善畫其幽邃。言山上有寺，一徑直通於湖，稱之爲「入」者，乃從寺中遥望之狀也。嵐翠空濛，霏霏而上人衣，故山潤如有雨、水陰似有雲。荒蘚封斷橋，見無人至；落花堆空院，見無人掃。無塵中之客，故轉爲幽邃也。加之鐘梵出林鏘鏘，聞之而塵念頓消。因憶自家常宿西窗，夜深而聞此寺鐘聲，常超然有塵外之思。今思之，則於此幽邃之地而爲此華鯨吼，足可提醒凡俗，洵有以也。以「猶憶」二字拓開一步，餘味津津不盡。此段似可凌於《金山寺》之詩。

余録祜之事而爲其不遇放聲一哭：祜長慶中爲令狐楚所識，楚鎮太平之日，爲薦其詩三百首於朝，祜乃至京。上偶召元稹，問祜之詞藻高下，稹答曰：「張祜乃雕蟲小技，壯夫所不爲，若奬激太過，則恐害陛下風教。」上頷之，祜因此寂寞而歸。思稹以一代才子而爲天子所重，一言之下，文士行藏之所關；稹宜稱其才而誘導後進，何爲指摘微瑕而傷之，自家獨意氣揚揚也？雖文士相猜古來皆然，其薄行亦可謂甚矣。先是，白居易爲杭州刺史，因徐凝自富春而至，置酒相歡。祜亦榜舟而至，然其人甚疏誕，不爲居易所容。二人各冀得其首薦，故居易欲鬥其才，試「長劍倚天外」賦及「餘霞散成綺」詩。試訖，居易以凝爲元，祜雖争之而不聞。居易又以爲「祜之《宫詞》中皆以數字爲對，何足奇也？非凝『今古長如白練飛，一條界破青山色』之比」。祜乃嘆云：「榮辱紛紛，亦何常之有？」遂行歌而邁。由是終身俯仰，不從鄉試。居易與稹固是同心一體，居易不容之於前，所以稹斥之於後，揣摩此中自有一點消息，亦不可爲實無其理。祜所謂《宫詞》云：「故國三千里，深宫二十年。一聲何滿子，雙淚落君前。」此詩傳誦一時，至宫中亦有唱之者。故杜牧贈祜詩云：「七子論詩誰似公，曹劉須在指揮中。薦衡昔日知文舉，乞火無人作蒯通。北極樓臺長入夢，西江波浪遠吞空。可憐故國三千里，虚唱宫詞滿六宫。」其謂「虚唱」者，所以深憐祜之不遇，恨其有才而無薦者也。見前聯十四字，則亦可知其乃暗刺稹者矣。

然祜又自非拘束而區區於小節者。其在維揚也，與崔涯齊名，每共題詩娼肆，誦之衢路，至於譽之則車馬俄盈門，毁之則杯盤忽失措。故其嘲妓李端端也，端端得詩而憂心恰如病，當其飲於使院而回，遥見二人躡屐而來，乃再拜於道傍，兢惕而云：「端端祇候三郎六郎，伏望哀之。」乃重贈一絶句以飾之。其作達而爲快者，殆似青樓薄倖之杜牧。故其在淮南也[二]，與牧最善。一日共赴宴，有所屬意，索骰子而賭酒。牧先微吟，云：「骰子逡巡裹手拈，無由得見玉纖纖。」祜和之云：「但知報道金釵落，仿佛還應露指尖。」誦了而互相噱笑。其爲人如此，則詣居易而仍疏誕者恰不失其本色；而以疏誕抹倒之，非所以律當時之才人也。矧乃稱祜爲「雕蟲小技」之稹，其詩稱「元輕」者哉？祜之遇，真有可憐者也。

祜既屈於生前，其身後之狀亦有可痛哭者。據顏萱過其故居所記：「其故居早易他主，遺孤所居距故居二十餘步，荆榛之下啓蓽門者是也。祜有四男一女，椿兒、桂兒、椅兒皆死，唯遺孕之杞兒與女尚存。因欲揖杞兒而與俱語，則又爲求食而去汝墳，今不在家。但有霜鬢而黄冠者杖策迎門，乃昔時愛姬崔氏也。與之話舊，則歷然可聞。言葛帔練裙皆非其所有，琴書圖籍亦盡屬他人。又云：『横塘之西有故田數百畝，然力既貧窶，十年不耕之，却每歲賦萬錢，求免無所。』」嗚呼！又可悲矣！萱之詩云：「憶昔爲兒逐我兄，曾抛竹馬拜先生。書齋已换當時主，詩壁空題故友名。豈是争權留怨敵，可憐當路盡公卿。柴扉草屋無人問，猶向荒田責地征。」語語皆紀實，哀婉乃爾，以欲救遺孤寡婦之貧窶而望之於故友之榮達者，情愈摯，語愈切也。陸龜蒙和其詩且罵曾往來追逐者云：「故姬遺孕，凍餒不暇，前所謂鵠鷺竹柏琴磬之家，雖朱輪尚乘，遺編尚吟，未嘗一省其孤而恤其窮也。」人情翻覆，真可一嘆。其詩云：「勝華通子共悲辛，荒逕今爲舊宅鄰。一代交遊非不貴，五湖煙月合教貧。魂應絶地爲才鬼，名與遺編在史臣。聞道平生多愛石，至今猶泣洞庭人。」皮日休亦和之云：「先生清骨葬煙霞，業破孤存孰爲嗟。幾篋詩編分貴位，一林石笋散豪家。兒過舊宅啼楓影，姬繞荒田泣稗花。唯我共君堪便戒[三]，莫將文譽作生涯。」死二十年，便飄零如此，稱「誰人得似張公子，千首詩輕萬户侯」者果何如哉？况其詩稱「於宋時已失古體與七律」耶？嗚呼，莫以文譽作生涯也！其慘往往至此。余欲爲千年以前之才人放聲一哭者，實不得已也！

【校勘記】

［一］孤山寺：《全唐詩》卷五百十作《題杭州孤山寺》。

［二］淮：底本訛作「維」，據《唐摭言》卷十三改。

［三］便：底本訛作「使」，據《全唐詩》卷六百十四改。

惠山寺［一］　張祜

舊宅人何在，空門客自過。泉聲到池盡，山色上樓多。小洞穿斜竹，重階夾細莎。殷勤望城市，雲外暮鐘和。

惠山寺在常州惠山，有泉，陸羽目爲「水品天下第二」。「舊宅人何在」言知心之老僧今已圓寂而不可見，「空門客自過」言自家今正來。先說現實之事，以下皆從「客自過」眼中看出。以泉爲天下所稱，故先品之而後及他，是人人意中之事也。故云泉聲淙淙，滚珠而通池；山色青青，帶雲而入樓。竹徑斜處，石洞横穿；莎草細邊，桐階並夾。空門廣闊之景，故更借細微之物於四句中描出。更望城市，而鐘聲忽響於雲外，聞者心思輒爲清凉。雖望盡城市而不生下山之思，是因寺中之幽峭而然也。與前詩同以鐘聲收結，彼爲追憶之語，此爲現實之語，故不陷於同軌。三、四句之句格稱「最工」。李騭題惠山言「樹寒煙鶴去，池静水龍歸」者雖亦切實於惠山，而未能並駕齊驅也。或有以爲「乃鶴盤鳳翥之法」者，以其流動自在，故言之。

【校勘記】

［一］惠山寺：《全唐詩》卷五百十作《題惠山寺》。

登蒲澗寺後二巖

李群玉

五仙騎五羊，何代降兹鄉。澗有堯時韭，山餘禹日糧。樓臺籠海色，草樹發天香。浩笑煙波裏，浮溟興甚長。

蒲澗寺在廣州，相傳乃安期生故居，秦始皇亦一度訪之。寺産十六節菖蒲，咸平中，有姚成甫者於澗遇一丈夫，云：「此菖蒲乃安期生所種之物，足以忘老。」故寺以蒲名。巖在寺後，正位於蒲澗之上。峭壁屹立，飛泉下瀉，勢如建瓴，名爲「滴水巖」，群玉所賦者是也。全首寄興於安期生之仙迹而立想。《寰宇記》云：「高固相楚時，有五仙人騎五色羊，持穀穗遺州人，因名五羊仙。」以安期生種菖蒲比於五仙携穀穗，誌其地之爲仙迹。堯時自天降精於庭而爲韭，感百陰而成菖蒲［二］，故菖蒲一名「堯韭」。大禹曾取藤根爲糧，飢年人效之而食，名「禹餘糧」。先録菖蒲，更點綴之以藤根，以産異物而轉證其爲仙迹。言若非有所謂如五羊仙者，則争得産異物耶？「草木發天香」亦承此異物以品靈境，「樓臺籠海色」却又咏到寺，而仍從巖上眺之。望煙波而鬨笑一聲者，正「振衣千仞崗，濯足萬里流」之意，從倚崖長嘯者心中寫出「登」字也。六句收上，五句起下，作法極離奇。而多説浮溟之興者，亦發興於言海上有三神山，可知乃從眼前之景而暗叙安期生者也。

「堯時韭」與「禹日糧」，兩相湊合，奇甚。然如「過奇則凡」之原則，往往却至於嚼蠟無味者不少。即如近清之趙甌北，最妙絶於此種對語，運其該博之學而絶不見泛重之弊，乃其得力處也，然終不免有少少用巧之痕迹。學者偶一爲之以備衆體可矣，斷不可以爲本色也。

【校勘記】

［一］百：底本訛作「白」，據《太平御覽》卷九百九十九改。

送僧還南海［一］

李洞

春往海南邊，秋聞半夜蟬。鯨吞洗鉢水，犀觸點燈船。島嶼分諸國，星河共一天。長安却回日，松偃舊房前。

僧有赴南海，迢遞者數千里，故一意説蠻煙瘴雨之異於中原。起首先以「春」「秋」二字巧使人知其迢遞，春日和融而出京，至則爲秋風也。自春而夏，自夏而秋，閱日既久，則紀程之多自不待言。南海地熱，故秋之半夜仍耳多蟬聲，紀風土之異而引出下句之異。鯨魚之大者長千里，小者亦數千丈，是《古今注》所載，吞水之壯堪想像也。犀牛之毛如豕，頸如馬，鼻上、額上、頭上各有一角，是《交州記》所載，觸船之險堪想像也。一「鉢」一「燈」則以去者爲僧侶，而借其行事妝點之。南海中島嶼星羅棋布，皆異其主，故言「分諸國」。而天上之星辰河漢森相懸，耿相照，其朗乎者無不普及，故言「共一天」。南海渺茫空闊無邊無際之狀，發爲一氣，約爲十字，如美鏐出冶，光氣逼人。若以爲乃託言明君之理化一統，則徒近鑿而失原意矣。結句更歸到送意：昔玄奘赴西域時，手撫靈隱寺松云：「吾西去，則當西長；若回則東向，使弟子知之。」及去，其枝年年西向。一日枝忽東偃，弟子喜曰：「我師其還矣！」果然。言今僧遠去南海，歸之日，舊房松枝偃伏示歸期者當如玄奘。送赴迢遞之地，語乃奇峭，意實禱其無恙也。

此詩或題作《送僧遊南海》《送雲卿上人遊安南》，徵於「長安却回」之語，則「遊」不如「還」之爲勝；或題爲「送人歸日本」，遂至有謂以長安爲日本之帝都者，徵於「海南」之字，其牽强可知矣。

【校勘記】

［一］送僧還南海：《全唐詩》卷七百二十一作《送雲卿上人游安南》。

鄠北李生舍[一]

李洞

圭峰秋後夜，亂葉落寒虚。四五百竿竹，二三千卷書。雲深猿盗栗，雨霽蟻沾蔬。只隔門前水，如同萬里餘。

「鄠北」在京兆縣，由詩考之，則李生之舍乃在圭峰。「圭峰」乃終南之一峰，即屬鄠北。秋後之天愈爲蕭寂，故黄葉紛紛自寒虚而下，「寒虚」猶言「寒空」也。舍外唯修竹，舍内唯黄卷，舍主人之清可知。舍前之栗，雖有猿來盗而不之追；舍後之蔬，雖有蟻來污而不之掃，舍主人之澹可知。舍内舍外、舍前舍後，一無塵氛，舍主人亦清且澹，是宜日日追隨相與盤桓也。而自家因藩累而縛身，一不能如其意。唯門前一帶之水隔乎爾我，其趣味則敻焉而别矣。是恰無異於萬里之遠，悵然者何堪哉！語意頓挫，與《西厢記》所謂「隔花人遠天涯近」者立意契合。彼之艷麗絶倫，恰與此閑適者相符，可見體雖不同，而詩意貫通者無有些許之異也。

【校勘記】

［一］鄠北李生舍：《全唐詩》卷七百二十一作《鄠郊山舍題趙處士林亭》。

塞上　司空圖

萬里隋城在，三邊虜氣衰。沙填孤障角，燒斷故關碑。馬色經寒慘，鵰聲帶晚悲。將軍正閑暇，留客换歌辭。

圖傑出於晚唐，其人物冠於當代，論詩之旨又中肯綮。其分詩品也，曰雄渾、曰冲淡、曰纖穠、曰沈著、曰高古、曰典雅、曰洗鍊、曰勁健、曰綺麗、曰自然、曰含蓄、曰豪放、曰精神、曰縝密、曰疏野、曰清奇、曰委曲、曰實境、曰悲慨、曰形容、曰超詣、曰飄逸、曰曠達、曰流動，各附以四言十二句，後人多所祖述也。又有韻語一篇，云：「自知非詩，詩未爲奇。奇研昏鍊，爽戛魄凄。神而不知，知而難狀。揮之八垠，卷之萬象。河渾沇清，放恣縱横。濤怒霆蹴，掀鼇倒鯨。攙空擢壁，峥水擲戟。鼓煦呵春，霞溶露滴。鄰女自嬉，補袖而舞。色絲屢空，續以麻絇。鼠革丁丁，焮之則穴。蟻聚汲汲，積而隤凸。上有日星，下有風雅。歷試自是，非吾志也。」雖佶屈聱牙故爲險怪之語，然考其意，則形容萬象，論詩體之不可爲一，辨詩之無不可言，亦足以補《詩品》之遺。其所造詣如此，則其詩在當代爲鷄群一鶴，亦理所當然也。

隋大業中築長城，第一句指之，非言秦時之長城也。長城一成，而三方之虜意氣頓爲沮喪。然白沙黄草非易至之地，小城一角殆爲平沙所填，古關斷碑亦爲野火所燒。寒威既早，馬色自爲黯黲；晚色易至，鵰聲自爲蒼凉。所幸虜氣已衰，故將軍亦復閑暇，有客則唯鬥歌詞。是自當爲太平之象，然若一朝有事，其果何如哉？——是此詩大要也。如「壯士拂劍，浩然彌哀」者，蓋屬《詩品》之「悲慨」。

唐人多邊塞詩，李白之「邊月隨弓影，胡霜拂劍花」，以清挺勝；岑參之「習戰邊塵黑，防秋塞草黄」，以斗健勝。「河源飛鳥外，雪嶺大荒西」十字，爲郎士元之雄闊；「磧冷唯逢雁，天寒不見花」十字，爲于鵠之幽警。「樹盡禽栖草，冰堅路在河」，李昌符之語何其俊拔；「帳幕遥臨水，牛羊自下山」，李宣遠之語何其疏秀。穩匀者，鄭鏦之「宛馬隨秦草，胡人問漢花」也；宏偉者，盧綸之「陣合龍蛇動，軍移草木閑」也。蓋當唐代，夷蕃勢極猖獗，動輒執干戈而入寇。故和蕃征蕃，史不絶書；入塞出塞，詩咏者多。而從軍之事，意氣自壯；邊塞之地，風土夐異。意氣壯者易爲激越之音，風土異者易爲凄凉之語。是諸家所以不求其巧而巧自至也。「沙填」「燒斷」一聯比之馬戴「風折旗竿曲，沙埋樹杪平」，句猶超逸，然比之王維「大漠孤煙直，長河落日圓」則敻乎不及。「馬色」「鵰聲」一聯較之沈佺期「飢烏啼舊壘，疲馬戀空城」，格調稍卑，然較之許棠「殘日沈鵰外，驚蓬到馬前」則尚不失爲其聯璧也。

寄永嘉崔道融

司空圖

旅寓雖難定，乘閑是勝遊。碧雲蕭寺霽，紅樹謝村秋。戍鼓和潮暗，船窗照島幽。詩家多滯此，風景似相留。

楊誠齋曾賞唐人崔道融《咏梅》，詩云：「數萼初含雪，孤標畫本難。香中别有韻，清極不知寒。横笛和愁聽，斜枝倚病看。朔風如解意，容易莫摧殘。」蓋圖所寄之人也。其人飄然遠舉，終無定在，偶乘閑而遊永嘉。梁武帝建寺，令蕭子雲以飛白大書「蕭」字，以「蕭」乃梁之姓，故後人呼寺爲「蕭寺」。句謂永嘉諸寺，碧雲方霽，樓臺更麗。謝靈運爲永嘉守，郡有名山，故肆意遨遊，至留「謝公嶺」之名，「謝村」乃指之。句謂紅葉方秋，西山爲浄。暗潮上時，戍鼓遥聞，小島群處，船窗爲幽。雖與三、四句同寫景物，然彼爲山郭，此爲水村，互不相複。而後一括之，言「風景似相留」，「詩家」則直指道融，謂爲此風景所牽引而淹滯也。曉嵐云：「結句似親遊，不似寄人。」然旅寓無定之詩家偶滯，思量其將爲風景所留，此固非親遊之語，無害爲寄懷也。或云：「道融乃荆州人，以徵辟爲永嘉令，此詩則其爲令永嘉時寄懷者也。」然深咀嚼之，則言「乘閑」、言「滯此」，要非官府中之語氣，當是其爲令之前者。以《詩品》論之，則「似往已迴，如幽匪藏」，即屬其「委曲」也。

泊靈溪館　　鄭巢

孤吟疏雨絶，荒館亂峰前。曉鷺栖危石，秋萍滿敗船。溜從華頂落，樹與赤城連。已有求閑意，相期在暮年。

孫綽《天台賦》云：「聽鳴鳳之嗈嗈[二]，過靈溪而一濯。」靈溪在天台，館又以溪得名。一、二句乃「泊」之本意，「荒館」二字正説「館」，引起前聯；「亂峰」二字總説天台，引起後聯。三、四句乃館前之景，立鷺來棲危巖，雅占一庭，以荒館無人而至是也；浮萍上滿敗艇，空横前池，以荒館無人而至是也。「危」字、「敗」字雖狀微物之荒寂，而併見館之朽敗。「曉」字仍黏住「泊」字，蓋又步步不忘題位也。五、六句乃館外之景，華頂山在天台山東北六十里，周迴及百餘里，最高處稱「一萬丈」。「溜」通「流」，發源於山中者，著「落」字而高敞之狀可想。赤城山在天台縣外六里，一稱「燒山」，有石壁，以赤如霞而名。館外樹色一路相連，至赤城而樹影山色互相映對如畫。七、八句乃作詩原意，逢大好風光而起隱居之志，人情皆然，故期暮年而定將棲處於此。自荒館進一步作結，妙在「孤吟」二字早已爲其伏線。

《才子傳》云：「巢錢塘人，大中間舉進士。姚合時爲杭州刺史，號詩宗。巢獻其所作，遊於門館，登臨宴集每陪之，大爲其所獎勵。詩格亦學之，伏膺無斁，句意且清新。」然視後聯十字，則足知其句不必止於清新，其體不必同於姚合矣。

【校勘記】

[一]之：底本脱，據《文選》卷十一補。

甘露寺　　孫魴

寒暄皆有景，孤絶畫難形。地拱千尋嶮，天垂四面青。晝燈籠雁塔，夜磬徹漁汀。最愛僧

房好，波光滿户庭。

魴爲唐末處士，從鄭谷於宜春，蒙其誘掖者多。與沈彬、李建勳友善，入五代而終於南唐，以《夜坐》詩爲世所稱。建勳最器待魴，而此詩亦爲各家撰集所録，蓋亦集中有數之作也。

甘露寺在北固山上，寶曆年中丞相李德裕建之以資穆宗冥福[二]，因建時有甘露之降，故名。北固斗立嶮峻，仰之可恐，故稱「孤絶畫難形」、稱「地拱千尋嶮」。山既聳挺於天中，故四面皆空闊，蒼空亦直似可捫，第四句以五字寫出其高峻。後半則隔句相應：寺觀有規，清晝尚點燈而供佛，是所以籠微光於雁塔也。山下乃大江，至半夜尚有漁翁之燃湘竹，故幽磬相徹而知有僧課也。七句爲僧房，即與雁塔相應；八句爲波光，即與漁汀相應。此其作詩之主位，故自「僧房」而立言。稱「寒暄皆有景」者，言四時異其勝，各有特殊之風光。詩却不拘寒時、不泥暄時，叙四時皆可通名爲勝景者，是所以第一句斗然而起又斗然排去一邊，而仍能不浮泛也。

與魴略同其時，周繇《甘露寺》詩亦爲傳誦，云：「盤江上幾層，峭壁半垂藤。殿鎖南朝像，龕禪外國僧。海濤摏砌檻，山雨灑窗燈。日暮疏鐘起，聲聲徹廣陵。」其聲調高亮，讀來則仿佛甘露寺之孤絶，魴亦似當輸一着。繇亦於寺之東軒題有「山從平地有，水到遠天無。老樹多封楚，輕煙暗染吴」二聯，於其北軒題有「白雲連晋閣，碧樹盡蕪城。水静沙痕出，煙消火野平」二聯。東軒北軒，由其所面而異其所見，所以又有「天垂四面青」之語也。張喬亦題寺之僧房，有「遠岫明寒火，危樓響夜濤」之句，是亦從寺内寺外畫其孤絶者，魴之詩境於是可謂不孤。至於曹松之詩，則伯弜别録之，今不贅於兹。

【校勘記】

［一］曆：底本誤作「慶」，據《新唐書·敬宗紀》改。

江行　　李咸用

瀟湘無事後，征棹復嘔啞。高岫留殘照，歸鴻背落霞。魚依沙岸草，蝶寄洑流槎。共説干戈苦，汀洲減釣家。

干戈漸收，舟行兹安，故始辭去瀟湘而伴征棹之聲，是江行也。「岫」本謂山之有穴者，淵明稱「雲無心以出岫」者是也。然謝玄暉之「窗中列遠岫」、徐季海之「孤岫龜形在」皆直目之爲峰，此詩言「高岫」者亦效之。謂其高敞，故平地雖已赴暝而仍受日也。夕陽纔留，落霞正飛，「背」之一字借歸鴻而形容出斷霞之流動，亦不可無。——三、四二句爲江行中之遠景。岸邊平沙小草叢生，游魚戲於其間，水淺可鑒；洄流謂之「洑」，野艇横其間，蛺蝶翩翩舞其上。——五、六二句爲江行中之近景。所以點出游魚、舞蝶者，寫其極平和容與，托出「無事」，併導出結句也。七、八句乃江行中之情思。雖魚樂蝶安皆得其處，然蜑村蟹舍比前日則減其數，問其何故耶？則云干戈紛擾而致之也。是與同遊者共回憶前日，不免喟然嘆息矣。參觀李嘉祐《望亭驛》詩，亦有足以相發明者乎？

春日野望[一]　　李中

野外登臨望，蒼蒼煙景昏。暖風醫病草，甘雨洗荒村。雲散天邊影，潮回島上痕。故人不可見，倚杖役吟魂。

李中字有中，唐末進士及第，孟賓于曾賞其詩之工[二]。此詩乃雙叙「春日」與「野望」者，起十字爲野望，煙景空濛，暗帶春色而起風片雨絲。次十字以「暖風」「甘雨」寫春日，以「病草」「荒村」寫野望。草無生色者，逢春風而起枯，其狀恰如病之得醫；村之荒者，逢春雨而治瘠，其狀恰如浴而洗垢。下字新異，乃能寫春色融和無一物不得沾濡者也。次十字又爲野望，雲散尚殘影，潮落尚存痕，尋常望中之物，其音自鏘戛也。始爲煙景，中爲暖風甘雨，至雲散而有新霽之狀，故此始著「倚杖役吟魂」之語，而「不可見」之三字從望中寫出無故人之意，悄然可悲。亂後荒凉，作者感之而宜有此自傷之語也。而後前聯十字，多讀而愈見其意之深，讀詩者所以不得不知其時也。

【校勘記】

[一]春日野望：《全唐詩》卷七百四十七作《春日野望懷故人》。

[二]于：底本訛作「宇」，據《唐才子傳》卷七改。

勝果寺[一]　僧處默

路自中峰上，盤回出薜蘿。到江吴地盡，隔岸越山多。古木叢青靄，遥天浸白波。下方城郭近，鐘磬雜笙歌。

唐之詩僧特盛於越中，辨才、靈一爲會稽，皎然爲吴興，貫休爲溪水，而處默與靈徹皆越州人也。處默在諸衲間雖不至優出頭地，然《勝果寺》之作最行於世。寺又作「聖果寺」，在杭州鳳凰山上，故路經中峰而至上方，薜蘿間羊腸九曲，上之則下臨錢塘，一水杳杳而遠，吴楚於此分界。「到江」「隔岸」二語巧言其狀。一、二句爲仰視上方，三、四句爲俯瞰下界，故五句又以仰視上方承之，六句又以俯瞰下界承之。古木凝陰，遥天浸波，其景雖幽絶，然更一轉眼，則城市近在咫尺，笙歌紛紛聒耳，似時與寺中之鐘磬相混。七、八句乃打上方、下界爲一丸者，其意以爲下界溷濁不足妨上方之清凉，亦與張祜《題金山寺》所謂「因悲在城市，終日醉醺醺」者略同其意。但此從衲衣之身分立言，故不直露之耳。唐仲言乃云：「落句俗人亦所不敢言，處默其祇園之俗僧乎？」尋其意，則似以此詩爲喜笙磬歌鐘相雜奏者，解而不得其正鵠，徒恣嘲駡，其不免存頭巾習氣者，至是可謂極矣。

陳後山目此詩前聯爲分界堠子，「分界堠子」乃路傍之榜示標，嘲得好笑。然後山在錢塘也，作「語音隨地改，吴越到江分」之句，或推「簡妙勝處默」，或稱「如李光弼用郭子儀之旗幟士卒，而號令所及，精采皆變」。然「吴越到江分」之句屋上架屋，格尚未高，「隔岸越山多」之句調却遒也。若漫以「分界堠子」嘲處默，則後山之句固不可不分其嘲，尤而傚之，後山者果何如哉？

《西清詩話》引《吴越紀事》云：「羅隱曾見『到江隔岸』之十字，云：『此我句，失之久矣，幸爲我師所丐得。』」在唐末，陸龜蒙亦抛擲其所作於筐中，任人携去，或取之以爲己句，亦有不能辨識者。當時弊習往往如此。若果爲處默故用隱之詩句，則剽語竊句揚揚得意者是即詩中之鈍賊也，宜鳴鼓而攻之，豈惟祇園之俗僧而已耶？

【校勘記】

［一］勝果寺：《全唐詩》卷八百四十九作《聖果寺》。

静林寺

僧靈一

静林溪路遠，蕭帝有遺蹤。水擊羅浮磬，山鳴于闐鐘。燈傳三世火，樹老五株松。無數煙霞色，空聞昔卧龍。

靈一乃越雲門寺之律師。持律甚嚴，以清高爲世所推，與劉長卿、皇甫冉多有唱和。《中興間氣集》云：「一公之刻意精妙，如『泉涌階前地，雲生户外峰』，道猷、寳月何曾及此也。」於其詩推許者如此。朱放訪之於雲門寺，贈詩云：「所思勞旦夕，惆悵去湘東。禪客知何在，春山幾處同。獨行殘雪裏，相見暮雲中。請住東林寺，彌年事遠公。」欲折節事之，於其德推尊者如此。

静林寺以梁武帝所幸而知名，在襄陽。起首先從其入山門處入手，而及武帝之事，「蕭」乃梁之姓也。羅浮之磬稱雨至則自擊，安水中則鏗爾其響；「于闐」乃西域名，其鐘稱風至則自鳴，置山中則訇然其鳴。揭珍奇之二物，雖近於裝砌，要是記實之筆。武帝臨幸，典儀既盛，則無怪乎聚集此種珍奇，叙遺迹而録其實也。「傳燈」謂僧家相傳，以燈之能照暗而喻法，以一傳爲一燈，此乃佛家之常。稱「三世」者，直從武帝時著落於今日，蓋亦傳燈之義也，不必爲去來今之三世。「五株松」暗用始皇之事，始皇至泰山，因風雨驟至，休於松下避之，封松爲五大夫。以始皇比於武帝，言自親臨至今，歲月已遼遠，山僧數换，樹亦正老。「蕭帝有遺踪」之句當包括至此。末句爲餘波，「無數」二字亦包括數句，説其勝絶。煙霞深處，高士宜住，故武帝訪高僧至此，其意猶如昭烈之三顧卧龍也。今也唯有其地而無其人，以「空」字發無限嘆嗟。正以靈一之德行而始可爲此嘆嗟，故詩亦覺有真氣，非徒綉鞶帨者之比也。靈一又有《宿静林寺》一絶，云：「山寺門前多古松，溪行欲到已聞鐘。中宵引領尋高頂，月照雲峰凡幾重。」寺之煙霞無數者，因足可以發明。

已前共三十四首

中四句寫景物，首尾相呼應之格也。

秋夜同梁鍠文宴[一]　　錢起

客到衡門下，杯香蕙草時[二]。好風能自至，明月不須期。秋水翻荷影，清霜脆柳枝。微官是何物，計可廢吟詩。

「客」則鍠文，「杯」則宴，「蕙草」則秋夜也。以「衡門」描出自家，而「同」字亦在其中。以對語起之，題面已完，最妙者乃在以「香」字連結「酒杯」與「蕙草」。「蕙草」乃蘭之類，「一幹五七花」者。好風自至，明月如期，是所謂「清風明月不用一錢買」，合叙「秋夜」與「宴」，若非鍠文其人瀟灑，則爭足以當之耶？荷葉之影與水共摇，是月中之景物；楊柳之枝因霜而脆，是風前之情思。二句雖全爲秋夜，亦由景生情而借以比爾我之身分。故接之而言「微官是何物」，謂如每日於簿書醻酢間消耗才思、醉生夢死、徒與草木同朽者，非爾我之所取也。亦宜嘯傲於清風明月，吟詩自遣。「可廢」二字以反語出之，於茲正説出「同鍠文」三字，亦收「宴」字，起之性情閑淡者至是愈現。起子徽亦能詩，外甥懷素善草書，有千秋之名。一門中才俊輩出，當因起有此一段高亮之心地，故能感化之。可尚哉！至其筆路清秀，洵不愧稱「劉長卿之亞」。宋漫堂云：「錢劉韋郎之清辭妙句，令人一唱三嘆。」如前聯十字者，覺此語非溢美也。

【校勘記】

[一]秋夜同梁鍠文宴：《全唐詩》卷二百三十七作《秋夕與梁鍠文宴》。

[二]杯：《全唐詩》卷二百三十七作「林」。

望秦川　李頎

秦川朝望迥，日出正東峰。遠近山河净，逶迤城闕重。秋聲萬户竹，寒色五陵松。客有歸歟嘆，凄其霜露濃。

秦川在長安正南，頎時客長安，朝起望之，故萬户秋聲、五陵寒色，皆眼中之景物，非野村田舍可得見者也。寒日杲杲東上，先照峰頂而紅，然後山河之明净者、城闕之重累者漸而鮮明，曉意固十分，迥意亦十分也。著眼於「迥」之一字解之，而秦川風物亦瞑想可畫。竹有秋聲、松有寒色，「迥」字又縈拂此句，仍須臾不相離，狀如春蠶之絲，而令句意靈動。然秋聲寒色，遊子對之，不免有「非土」之嘆，加之秋風漸起，霜露凄其，爲節物所感之客懷亦愈切也。是從朝望所起之慨，才多情富，可謂清婉穠郁。頎曾有句云：「遠客坐長夜，雨聲孤寺秋。請量東海水，看取淺深愁。」前人稱其於後十字巧盡意態。以「海水」比愁之人，對凄其之霜露，欲不悵觸於秋心，其可得乎？

池上　　白居易

嫋嫋涼風動，淒淒寒露零。蘭衰花始白，荷破葉猶青。獨立栖沙鶴，雙飛照水螢。若爲寥落境，仍值酒初醒。

按《白氏文集》有《八節灘》詩二首，此其一也。《傳》云：「居易至晚年，與香山僧如滿等結浄社，鑿沼植樹，構石樓，鑿八節灘以爲遊賞之樂。」須知池上乃八節灘，八節灘乃居易娱老之勝處也。

一葉桐落，天下皆秋。涼風動處，寒露零邊，蘭始花而既衰，荷尚青而既破，池上之鶴悄然獨立，水際之螢冥然低飛。以上六句鋪寫池上風物，不脱嫋嫋淒淒之意，故收之而言「寥落境」。「若爲」與稱「其如之何」同，寥落之境乃老人所不得消受，而況遭逢酒醒燈燼之候耶？其心何得不愴然也！語雖無深味，尚不至傷於雅，是真居易本色語也。

居易少日入京，以詩爲贄而謁顧況。況先見其刺，戲云：「長安米貴，居大不易。」閲其詩至咏春草者，見有「野火燒不盡，春風吹又生」之句，乃笑云：「有才如此，則居亦何難乎？」當因看破其句用比體而中有自期者，乃許以此語也。此詩前聯雖亦用比體而慰老境，然比之少日所作，則精神姿態俱近寥落之境，人生榮枯之機亦無可奈何，不足以之惜居易也。

西陵夜居

吴融

寒潮落遠汀，暝色入柴扃。漏永沈沈静，燈孤的的青。林風移宿鳥，池雨定流螢。盡夕成愁絶，啼蛩莫近庭。

融爲昭宗所知，侍其左右者多年，天復元年正月元日，帝既御殿，融先至，帝因有所口授，融乃跪草十數詔，頃刻而成，語當意詳，一一中帝之旨，直進於户部郎中。一旦當韓全晦擁帝而赴鳳陽，融則自退隱於閿鄉，而有「六載抽毫侍禁闈，可堪衰病决然歸」之詩。此詩亦傳村家夜坐之神，「阿對泉頭一布衣」之高標可得仿佛。但閿鄉在虢州，西陵在越州，融爲越人，則此詩當成於其未試前乎？然則融未至有「六載抽毫」之本事，書生落魄，所以語氣亦自不免凄婉乎？

「寒潮落遠汀」乃西陵，「暝色入柴扃」乃夜居。前句妙在「遠」字，後句妙在「入」字。雖分叙「西陵」與「夜居」，然仍以夜居爲主而設語，此中分寸最可注意。沈沈其深，漏何永也；的的其殘，燈何孤也。村居岑寂之狀，殆逼其真。風强，宿鳥亦移其巢；雨静，流螢亦定其栖。「移」字、「定」字乃所謂字眼者，爲五言用工之處也。夜居之寂寞如此，則終夕真欲愁絶，故恐啼蛩更添傷心也。與前詩進一步點出酒醒者同其結法。

「雙字用於五言比七言更難。蓋五言一聯十字耳，苟輕易放過，則何所取也？老杜雖不以此見工，然亦每加之意焉。視其『納納乾坤大，行行郡國遥』，不用『納納』則不足以見乾坤之大，不用『行行』則不足以見道路之遠。又『寂寂春將晚，欣欣物自私』，則一氣旋轉之妙、萬物生成之喜盡於斯矣。如『汀煙輕冉冉，竹日浄暉暉』『湛湛長江去，冥冥細雨來』『野逕荒荒白，春流泯泯清』『地晴絲冉冉，江碧草纖纖』『急急能鳴雁，輕輕不下鷗』『簷影微微落，津流脉脉斜』『相逢雖袞袞，告别莫匆匆』等俱不泛，若『濟潭鱣發發，春草鹿呦呦』則全用經語也。」范晞文所説如此，語意諄諄，資於初學者不少。故因有「沈沈」「的的」之句，不避繁而録之，聊便知用雙字之法。

旅游傷春

李昌符

酒醒鄉關遠，迢迢聽漏終。曙分林影外，春盡雨聲中。鳥倦江村路，花殘野岸風。十年成底事，羸馬厭西東。

起句將夢歸一事藏過，故酒醒夢覺，而知鄉關真遠。一句雕搜肝腸，摘取天巧，心靈筆快。既醒而不能復寢，獨聞漏聲之終，是待旦之狀也。漸則林影纔分明而曙色至，愁至此而宜消；然毫無所消者，因天漸明而知春光已去也。稍辨林影，乃引出「春盡」二字，深穩流麗。當此時，倦飛之鳥、將落之花皆來映於眸裏，花鳥尚不能穩過此日，驅羸馬而往來十年者，見之又争堪情耶？故於結句回顧起首，轉喜醉夢中之忘愁。「江村」「野岸」仍從「林影」引出，可見曙色之次第分明。許棠《題昌符豐樂幽居》云：「詩家依闕下，野景似山中[一]。蘭菊俱含露，杉梧爲奏風。破門韋曲對，淺岸御溝通[二]。莫嘆連年屈，君須遇至公。」贏馬十年之客，真有不負其詩者。《唐書》則云：「光啓三年六月己酉，鳳翔節度使李昌符反，庚戌犯大安門，不勝，奔隴州，七月伏誅。」遣悶於蘭菊杉梧者，一旦得意便至如此乎？是殆可謂與李山甫之殘忍爲一對也。《全唐詩話》載：「昌符久不登第，乃作婢僕詩五十首，於公卿間行之。中有言云：『春娘愛上酒家樓，不怕歸遲總不憂。推道那家娘子卧[三]，且爲教住待梳頭。』又云：『不論秋菊與春花，個個能噇空肚茶。無事莫教頻入庫，一名閑物要些些。』諸篇俱中婢僕之忌，京城盛傳，是歲終登第。」連年稱屈者，乃求一片浮名而爲登第之資，其策之詭，宜哉非尋常閑適之詩人。一進而輒至誤其身，「十年成底事」者幸乎？不幸乎？余不得而知矣。

【校勘記】

[一]中：底本誤作「家」，據《全唐詩》卷六百四改。

[二]淺：底本誤作「深」，據《全唐詩》卷六百四改。

[三]推：底本誤作「獨」，據《全唐詩》卷八百七十改。

春山[一]　　僧貫休

重疊太古色，濛濛華雨時。好山行恐盡，流水語相隨。黑壤生紅朮，黄猿領白兒。因思石橋日，曾與道人期。

是咏春山者也。迷濛煙雨中重疊者隱見，古色自黝然。——一、二句乃春山之景。一路行行，峰送峰迎，應接不暇，溪流傍之，淙淙有響，殆如相伴隨，以入山多趣，故惟恐山之將盡。——三、四句乃春山之趣。黑壤紅朮、黄猿白兒，俱人間以外光景。——五、六句乃春山之物。天台山中有石橋，因咏春山而追憶曾遊，特録絶勝，以爲春山之證。言其期與道人相逢再會者，正由紅朮、黄猿乃仙家之物脱下而來，無絲毫唐突也。——七、八句乃春山之致，記實事而不浮泛，前六句亦爲生色。僧景雲題松云：「畫松一似真松樹，且待尋思記得無。曾在天台山上見，石橋南畔第三株。」亦記實事爲斷，與此首作法相同，後人咏物往往學此。蓋以其勞少而見巧多也。

虚谷云：「貫休詩無奈有一兩句粗俗。」貫休曾有「盡日覓不得，有時還自來」之句，是其覓句之詩也，而人嘲爲失猫之詩，稱其粗俗者當爲有此種也。然王貞白賦《御溝詩》，自思冠絶無瑕疵，貫休云：「此雖甚善，但剩一字。」貞白因艴然而去。貫休以爲此公思敏而必歸，即執筆書「中」字於掌，忽貞白回來，忻然云：「已得知一字：此詩前聯『此波涵帝澤，無處濯塵纓』之句，宜改作『此中涵帝澤』。」貫休乃開掌示

「中」字，喜同心至是而互爲一笑。其適於一字之師者，固非粗笨者所得希也。乃如「好山」「流水」一聯，澹遠清邕，令人擺脱俗累。其心既與魚鳥伴隨相樂，其詩意亦從而遠，誰能以其詩爲粗俗而欲一筆抹勾耶？

貫休道價甚高，故吴融寄之，有「若得重相見，冥心學半銖」之句。其老而在越，投詩於武肅王錢鏐云：「貴逼身來不自由，幾年勤苦踏林丘。滿堂花醉三千客，一劍霜寒十四州。萊子衣裳宮錦窄，謝公篇咏綺霞羞。他年名上凌煙閣，豈羨當時萬户侯。」鏐覽之，諭改「十四州」爲「四十州」乃可相見。貫休云：「州亦難添，詩亦難改，閑雲孤鶴何處而不可飛？」遂去而入蜀，蜀王建遇之甚厚。建二年春[二]，召令誦近詩。時貴戚滿其坐，貫休欲諷之，誦《公子行》云：「錦衣鮮華手擎鶻，閑行氣貌多輕忽。稼穡艱難總不知，五帝三皇是何物。」建雖稱善，而貴倖皆怨之。以帝王之尊而不能屈之，以貴倖之盛而不能容之，清操高節，在季世特有足强人意者。有是哉！與道士期石橋而求仙迹也。

【校勘記】

[一]春山：《全唐詩》卷八百二十九作《春山行》。

[二]「二年」前底本衍「安」字，據《唐詩紀事》卷七十五删。

已前共六首

稱「七、八句含感傷之體也」，《春山》詩似不必然。

送懷州吳别駕　　岑參

灞上柳枝黄，爐頭酒正香。春流飲去馬，暮雨濕行裝。驛路通函谷，州城接太行。覃懷人總喜，别駕得王祥。

長安東有灞陵，京人出城時，送者至此而别。以折楊柳送别者其來已久，故以「灞上柳枝黄」點綴話别，併及送别之時節。春柳正黄，春酒正香，春流澮澮可飲其馬，春雨絲絲恰濕其裝，叙行旅時節真大好之風光。以「去」字、「行」字早想像其登程之後，故接之云：所過驛路通於函谷關，所往州城連於太行山，此行之奇絶亦當冠於平生矣。「覃懷」乃近河地名，見《尚書》，正指懷州。言吳至後，别駕當喜得其人，州民當皆化其德。晋吕虔爲徐州刺史時，舉王祥爲别駕，以民事委之，衆州因獲乂安。民歌其德，稱「海沂之康，實賴王祥。邦國不空，别駕之功」。今吳别駕恰與祥同官，故以祥比之，勸其於德望治化當爲祥之後繼者。一、二句切送别，三、四句切行程，五、六句切懷州，七、八句切别駕。而其鮮美華麗者與參之得意之什異其格。虚谷合之於《送李太尉》《送張都尉》而爲「三送人」之詩，評曰「壯浪宏闊」，余未能信之也。

參《送何丞》復有「回風醒别酒，細雨濕行裝」之句，與此首前聯偶相重複，而出句則以「春流飲去馬」最錘鍊有響，余寧捨彼而取此。

高官谷贈鄭鄠[一]

岑參

谷口來相訪，空齋不見君。澗華燃暮雨，潭樹暖春雲。門徑稀人迹，簷峰下鹿群。衣裳與枕席，山靄碧氛氳。

漢鄭子真修身自保，隱於褒斜谷口，耕於巖石之下。以鄠恰與子真同其姓、亦隱於高官谷中，而比之於子真，其切實者與以吴別駕比王別駕無異。胸有書卷，出之自然，是其妙也。以下由鄠之不在，自低徊躊躇之眼中寫出谷中景物，以遣「題鳳」之遺憾。澗花之紅，逢暮雨而轉如燃，與子美之「山青花欲燃」一其句意；潭樹之深，罩春雲而轉爲暖，與太白之「撥雲尋古道」一其幽趣。「燃」「暖」洗鍊之至，一句爲之而活。門前微徑不留人迹，簷外晴峰鹿群可認，是門外之眺望也。更翻視舍内，則山翠低下，衣裳枕席亦皆氤氳。主人之器物依然，人則不見，「惟在此山中，雲深不知處」之恨自深。見其舍内幽寂，則鄠真與子真一致，足可想見其風塵外超然之概也。

【校勘記】

［一］高官谷贈鄭鄠：《全唐詩》卷二百作《高冠谷口招鄭鄠》。

山居即事　　王維

寂寞掩柴扉，蒼茫對夕暉。鶴巢松樹遍，人訪蓽門稀。緑竹含新粉，紅蓮落故衣。渡頭燈火起，處處採菱歸。

蒼茫之景，寂寞之候，是山家之真面目也。柴門無客，松杪有鶴，亦是山家通有之事也。初夏之節，筍漸解籜而成篁，新粉自生；蓮葉新出，舊皮全脱。僅十字而刻劃洵入於微，掩門之客借之而消悶也。燈火忽起於渡頭，是應「夕暉」之句；而直知其爲採菱者，乃日夕慣之之語也，其致與「積雨空林煙火遲，蒸藜炊黍餉東菑」亦將何異耶？蒼茫之景，寂寞之候，讀者亦不覺神移。蓋起得情致超忽，結得興思流動。薛君采言「讀王右丞之詩則有蕭散之致」，真指此種也。

題薦福寺衡岳禪師房　　韓翃

春城乞食還，高論此中閑。僧臘階前樹，禪心江上山。疏簾看雪捲，深户映花關。晚送門人去，鐘聲杳靄間。

僧家之乞食謂之「托鉢」，以爲有數種方便：一爲施食者種福，一示能忍辱而不殖貨産。乞食城中乃禪師日間之課，下以「還」之一字，則出寺出房，「此中」二字即是也。是所以歸住於本題。「臘」乃年，「耆臘」謂高年之僧。禪師之身康且健，如老樹之巍然；禪師之心高且淨，如青山之秀然。而妝以「階前」「江上」之語，不失爲眼前指點之句，是題壁之妙也。造句亦簡妙雅潔，故高仲武共其「星河秋一雁，砧杵夜千家」「客衣筒布潤，山舍荔支繁」二聯推稱之；曉嵐稱「微有俗韻」者，却不解爲何意也。一、二、三、四句雖皆帶「房」字在其中，而未從正面説之，故至五、六句刻意摇曳筆路：白雪晴時，禪師乃捲簾而賞；百花深處，禪師乃關户而卧。前者見可以高潔比之，後者見非可以浮艷動之。以「雪」爲承「江上山」，以「花」爲承「階前樹」，亦未見其不可也。禪師之德既高，門人亦化其德而不自怠，暮鐘一杵時，去而爲下山乞食之課。以「送」字歸到禪師者，又所以重題位也。「去」字與「還」字遥相對，反接「高論此中閑」。七、八句叙禪師暫須出房之事，恰以切於題「房」，所以示禪師之出房一無關乎俗事也。

送史澤之長沙

司空曙

謝朓懷西府[二]，單車觸火雲。野蕉依戍客，廟竹映湘君。夢渚巴山斷，長沙楚路分。一杯從别後，風月不相聞。

昔齊之王子隆在荆州，好詞賦，謝朓爲其文學、長史。以朓年少，密啓世祖令召還。朓還都，寄詩於西府同僚云：「常恐鷹隼擊，時菊委嚴霜。寄言罻羅者，寥廓已高翔。」蓋歌浸潤之可恐，聊以慰自家之遇也。謂今史澤出長安而赴長沙，乃左遷者，故途中之行吟必當有似朓者也。昔漢之梁冀因事而有所恨於張綱，以廣陵賊張嬰經十餘年不平，令綱爲廣陵太守，謀其自滅。綱乃單車至嬰軍門，説以大義而降之。今見澤左遷而行旅蕭條，亦比於綱之單車而去。長沙乃南方地，炎蒸常如烘，故稱「觸火雲」而狀風土之異。前聯又接「火雲」而録長沙風物。長沙多蕉，可採以爲席，劉言史《長沙謡》有「夷女採山蕉，緝紗浸江水」之句，成客來往其間，則自有畫趣，而澤固可居其中也。舜之二妃，追帝不及，涕下濺竹，竹盡斑，第四句乃湘君廟外有淚竹之意，雕琢而言「廟竹映湘君」，則清麗爽達，絶不見町畦之迹。巴山之脉至雲夢渚而斷，楚國之路於長沙鄉而分，是澤之行處。行處如此遼遠，則此日於兹相别之後，風晨月夕亦不得相與矣。似朓之懷西府者亦或不得輒見之，未可知也。言離别既如此，則今夜唯當歡噱而别，可謂嘆息之至。曉嵐云：「結句似相憶，病在『從』字。」第八句或亦得屬之於未來，不必如曉嵐所説止可屬之於過去。然其得兩樣相解者，恰可知有未妥貼者也。

【校勘記】

［一］朓：底本訛作「眺」，據《全唐詩》卷二百九十三改。下徑改。

送裴侍御歸上都　　張謂

楚地勞行役，秦城罷鼓鼙。舟移洞庭岸，路入武陵溪。江月隨人影，山花趁馬蹄。離魂將別夢，先爾到關西。

謂年二十四受辟，在兵馬中十載，亭障之間，時立功勳。以將軍得罪，亦罷，流滯荆門，詩蓋成於其時者。侍御亦往來於荆門，故言「楚地勞行役」，「楚地」即荆門也。肅宗即位，禄山之亂漸收，故言「秦城罷鼓鼙」，「秦城」指長安，「上都」是也。一句乃往處，二句乃還處。謂一旦去之，則泛舟洞庭、取路武陵，時伴江月、時傍山花，途上之即目將聊可以怡情。而自家夢魂別後早已飛到關西，亦非如千山萬水之迢迢。於此點明送意，併慰藉勞於行役之侍御尚有此千里之行也。第五句乃「江清月近人」之意，第六句有「踏花歸去馬蹄香」之致，而末句與「我寄愁心與明月，隨風直到夜郎西」同其匠心，與謂所稱「自矜奇骨，談笑封侯」者不似。殷璠推其《代北州老翁答》及《湖中對酒行》爲「在物情之外」，讀此詩亦但可想像在物情外之風采矣。

過蕭關　張蠙

得過蕭關北，儒衣不稱身。隴狐來試客，沙鶻下欺人。曉戍殘烽火，晴原起獵塵。邊戎莫相忌，非是霍家親。

蕭關在平凉府，「漢文帝時，匈奴入蕭關」者是也。過關而出塞外，則唯有帶甲滿於天地，儒衣冠者亦自思其不相稱也。隴狐沙鶻，故近人而不避，是真見儒衣冠者之不當來矣。關外則烽火長揚於戍營，晴原一望，忽捲沙塵，是果何象哉！將軍督其兵而獵於野，以防兵氣弛廢。將軍之獵也，隴狐沙鶻皆當爲所打盡，是所以其見人輒相試也。昔驃姚將軍霍去病從其叔大將軍衛青征匈奴有功，夷人皆畏之；今獵塵一起，以笳角互奏，其非俄然進擊者耶？夷人亦不能無疑也。然將軍既非霍驃姚，又非其親戚衛將軍，則非出塞而弄干戈之人也。意謂太平之今日，唯獵而演習兵士耳，邊戎其將安可乎？從第六句一轉而下爲結，筆路自在。嘆儒衣冠之不稱其身者，亦自氣揚神壯，如身亦欲入戎營也。一詩四十字，其精彩發於「隴狐」「沙鶻」一聯，言「試客」、言「欺人」，如畏怖、如嫚侮，皆以我心忖度出者，狐容鶻態真活活欲動，寫生之妙亦不易得。至若其「白日地中出，黄河天上來」一聯，乃稱「唐詩之壯渾者終於此」，則與此詩體裁全别。

秋夜宿僧院[一]　　劉得仁

禪寂無塵地，焚香話所歸。樹摇幽鳥夢，螢入定僧衣。破月斜天半，高河下露微。翻令嫌白日，動即與心違。

得仁五言詩清瑩而獨步於時。《咏蓮花峰》云「翠拔千尋直，青危一朵穠」，《題邵公院》云「勁風吹雪聚，渴鳥啄冰開」，皆自刻琢雕鑱中濬發心靈，就中「螢入定僧衣」一句諷誦於世者最久，虚谷以爲「古今無之」。他有『坐學白塔骨』『坐石鳥疑死』等句，刻苦既甚，不如此之閑雅」，洵然。其於對句藏過「風」字，亦深穩可誦也。

《維摩經》云：「一心禪寂，攝諸亂惡。」禪庭寂寞，無點塵以染衣，是真不負《維摩經》所言也。乃炷一瓣沈香，與僧互語所歸依，是豈非幽趣絶人者耶？前聯描其趣，後聯描其候：幽鳥宿樹，微風偶來使夢醒，是禪庭寂寞之趣也；老僧入定，山螢入衣如不知，亦禪庭寂寞之趣也。缺月會懸於天，「斜」字傳缺月之神，是禪庭寂寞之候也；冷露無聲濕地，訝天上河漢流下而至於此耶？亦禪庭寂寞之候也。此聯以「斜天半」對「下露微」，乃流水對一格，以字面令相比偶者也。七、八句乃幽絶之情思，禪庭寂寞，夜色清凉如此，則焚香之客塵念頓絶，又至於嫌白日間之齷齪矣。然繫累未脱，使我不能達此一念，常在城中奔衣走食而不能長受此幽絶，故時親臨其地，而感慨轉切也。

【校勘記】

［一］秋夜宿僧院：《全唐詩》卷五百四十四作《宿僧院》。

宿宣義池亭　　劉得仁

暮色繞柯亭，南山出竹青。夜深斜舫月，風定一池星。島嶼無人迹，菰蒲有鶴翎。此中休便得，何必泛滄溟。

柯亭在山陰縣，「宣義」蓋指之。暮色蒼然，由遠而至，四面漸昏之時，自深深修竹上遥認南山一片翠，是池亭之遠望也。池中有斜舫，月光恰照至其上。「斜」字雖固屬舫，而素影之斜亦在言外，故知其爲「夜深」。池中有繁星，倒而相涵，謂風定之者，風先止而星光亦不浮動也。動中求静，足與「池雨定流螢」騈美。池中雖有島嶼而絶無遊人之至，唯菰蒲叢生處時見皓鶴來下，真閑寂也。中四句皆池亭之近望。「此中」二字忽歸著於池亭，併收遠望近望。地既閑寂，則居者亦從而栖遲自如，故住此亦可以忘世，笑踏海而始避世者徒爲愚也。末二句乃池亭之情，妙仍在由池而惹起滄溟。昔漢蔡邕曾避亂柯亭，仰見緑竹，知其有清音而作笛。自知音者一顧之後，柯亭之竹便成良材，聲價忽遍天下，所謂「南山出竹」之語，蓋亦實景，非浮泛也。

送殷堯藩遊山南[一]

姚合

詩境西南遠，秋聲晝夜蛩。人家連水影，驛路在山峰。溪静雲生石，天晴雪覆松。我爲公府繫，不得此相從。

堯藩曾從李翺之長沙幕府，長沙在山南道，故或以爲此詩乃送其遊幕者。然詩意夐遠，絶不具宦情，却嘆自己爲官府所拘束，不得同賞好風景。乃復使人疑此行不必因遊幕，而堯藩或往其地之後，偶受聘於幕中也。

「詩境西南遠」一句直包括至末句，「西南」點出山南，「遠」字亦相助襯出其地，併牽引次句。行路陰濃，秋聲早起，是啼蛩得露而晝夜唧唧也，此非絶好詩境耶？江之左右，人家相連；山之向背，驛路相接。此爲「遠」字之註脚，亦是絶好詩境也，足令啼蛩占領秋聲。石爲雲根，綿綿縷縷而起，小溪静而轉濃；松爲後凋，青青蒼蒼而秀，宿雪晴而更美。亦是絶好詩境也，俱爲水影山峰中之所見。而出京時之秋聲今已化成雪色，「遠」之一字暗中帶叙在景物上，無毫髮斧鑿之痕而能説盡。絶好詩境，欲追隨而不能，以七、八句説到自家，乃送别之正意也。未知堯藩逢此絶好詩境，當博得何等妙句，乃不負合之所期哉！

【校勘記】

［一］送殷堯藩遊山南：《全唐詩》卷四百九十六作《送殷堯藩侍御遊山南》。

題李凝幽居［一］　　賈島

閑居少鄰並，草徑入荒園。鳥宿池中樹，僧敲月下門。過橋分野色，移石動雲根。暫去還來此，幽期不負言。

凝之幽居，孤立而少鄰並，故尋其來者，不過僅有宿樹之鳥、敲門之僧。古徑直連荒園，故以一橋分界野色，以一石摇動雲情。如此閑適，若非真氣静神恬之爾我，則不能消受之而逍遥自在。故忽去忽來，幽期常不違約也。全首自然真樸。當時島尚爲方袍圓頂之客，故第四句乃含自家在中，轉可見其情致之多趣矣。

「池中」一作「池邊」，馮鈍吟非之，言「池中之樹影故妙，作『邊』則通首少力」。紀曉嵐駁之，言「十字正以自然故入妙，不應下句如此自然，上句如此迂曲」。曉嵐蓋以「邊」字爲可。然稱「池中樹」者，固非言樹影倒寫於池中。池有島嶼，樹木生之者即是「池中樹」也。是固自然而出者，亦何用曉嵐駁耶？若以其「中」「邊」精細判定，則雖非韓文公，亦必當左袒於「中」矣。

島受知於文公，而事固出偶然。島初在京師，一日於驢背得「鳥宿」「僧敲」之一聯，始爲「僧推」，又爲「僧敲」，心中錘錬，不能容易而決。行自吟哦，忽爲推勢，又爲敲勢，觀者訝而無不目之爲狂者。文公恰爲京兆尹，車騎方出，島時興酣，不覺衝突其第三節之儀從，尚作手勢不休。左右捕之至文公前，詰之，島具言其所以然，陳謝神遊象外以至不知回避。文公立馬久之，謂島云：「『敲』字爲佳。」遂並轡而歸，因與爲布衣之交。此事傳以爲美談。使目不解一丁字之官遇島之狂，當不暇捶扑，幸而尹乃千秋一個之文公，故以爲可教，遂至令脱僧籍而就試。文公之愛才固所仰瞻，誠爲盛德；然若非爲求一字之安而狂搜險覓之島，又爭因以得文公之知？嗚呼！是島之所以爲島也。

有一首之中，世傳其一聯，而其所不傳反過之者。「賈島『鳥宿池中樹，僧敲月下門』雖幽奇，而不如『過橋分野色，移石動雲根』；張祜『樹影中流見，鐘聲兩岸聞』雖工密，而不如『僧歸夜船月，龍出曉堂雲』」，是胡元瑞所説也。蓋若以氣格爲主而論定，則其言或非無可取；然至以「幽奇」而評此前聯，則不知其有何所見而言之。句固幽也，奇則無由見矣。

或謂十字雖爲佳句，然以「鳥」對「僧」，無乃甚乎？然島之詩又云：「聲齊雛鳥語，畫卷老僧真」「寄宿山中鳥，相尋海畔僧[三]」；薛能詩云：「槎松配石山僧坐，蕊杏含春谷鳥鳴」；杜荀鶴詩云：「沙鳥多翹足，山僧半露肩」；姚合詩云：「露寒僧出梵，林靜鳥巢枝」「幽藥禪僧護，高窗宿鳥窺[三]」「夜鐘催鳥宿，積雪阻僧期」；陸龜蒙詩云：「煙徑水涯多好鳥，竹床蒲椅但高僧[四]」。唐人以「鳥」對「僧」者多如此，豈獨此一聯而已哉？事見《東坡佛印語録》。東坡所以云云者，其實不過舉「鳥」與「僧」相偶者以嘲謔佛印禪師」；然衲衣者超絶於塵外，視形骸如土木，實可與飛禽宿鳥之忘機於山中者對偶也。乃牽連此十字而載數句，偶借東坡之强記以資參考。

【校勘記】

［一］凝：底本訛作「疑」，據《全唐詩》卷五百七十二改。下徑改。

［二］相：底本訛作「推」，據《全唐詩》卷五百七十二改。

［三］窗：底本誤作「霜」，據《全唐詩》卷五百一改。

［四］床：底本訛作「林」，據《全唐詩》卷六百二十四改。

金山寺

張祜

一宿金山寺，微茫水國分。僧歸夜船月，龍出曉堂雲。樹影中流見，鐘聲兩岸聞。因悲在城市，終日醉醺醺。

祜於招提逍遥題咏者，以此詩爲冠。金山在鎮江府大江中，裴頭陀開山得金[一]，以故得名。一島巍然聳於揚子江中，又無所依傍於他，以勝景而得推賞。寺在島頂，雖水國微茫而望裏自分明，因其四面空闊無些許掩蔽也。描水上蒼茫之狀，在「微茫」二字。夜船棹於月，此非僧之歸耶？曉堂濕於雲，此非龍之出耶？島中静寂之況，寫之而寄於動中，亦可謂寫盡一宿者之所見所思。半天樹影鬱鬱正在江之中心，一杵鐘聲隱隱聞於江之兩岸，衹此十字最切於金山寺，故當時人稱其勝於綦毋潛之「塔影掛青漢，鐘聲和白雲」也。後人或刺其寫景太窄，是果何意哉？結句則一宿之客賞其幽趣，轉慚其平日塵中奔走。起結相應，章法於此而全，而致「十字語格未精，爲虎頭蛇尾」之嘲，至可惜也。

「靈山一峰秀，岌然殊衆山。盤根大江底，插影浮雲間。雷霆常間作，風雨時往還。象外懸清景，千歲長躋攀。」是韓垂之詩也。氣象渾厚，殆將凌於祜詩。「雷霆」一聯特爲超妙，有勝於「僧歸」一聯者。「四面波濤匝，中流日月鄰。上窮如出世，下瞰忽驚神。刹礙長空鳥，船通外國人。房房皆叠石，風掃永無塵。」是許棠之詩也。語意未免疏野，覺「寫景太窄」之語亦可移贈。張喬詩曰：「已老金山頂，無心上石橋。講移三楚遍[二]，梵譯五天遥。板閣禪秋月，銅瓶汲夜潮。自慚昏醉客，來坐亦通宵。」後聯巧寫釋梵之清課，七、八句雖與祜同其意，而似稍脱淺卑。孫魴詩云：「萬古波心寺，金山名日新。天多剩得月，地少不生塵。櫓過妨禪夢，濤驚濺佛身。誰言張處士，題後更無人。」言祜後無人，暗期爲其替身，刻苦却自卑，遂不至得名。在宋人，則蔡君謨之「波濤圍四際，臺殿起中央。魚聽晨飧鼓，雲和夕炷香」，謝肇淛以爲祜、魴之後纔有此語[三]；然梅聖俞之「山形無地接，寺界與波分」、王介甫之「山月入松金破碎，江風吹水雪崩騰」，亦更戛戛乎不愧獨造。要之，祜詩雖毁譽交至，然比之其他金山諸作，則雅占其地，實由其有確切而不可移易於别處者也。近在清人，方正澍之「萬古不知地，全山如在舟」、童珏之「重叠樓臺知地少，奔騰江海覺天忙」皆爲時所稱，亦正因能切於金山也。

【校勘記】

［一］陀：底本訛作「院」，據《三體唐詩》卷五改。

［二］講：底本訛作「溝」，據《全唐詩》卷六百三十八改。

［三］澍：底本訛作「制」，據《小草齋詩話》改。

商山早行　　温庭筠

晨起動征鐸，客行悲故鄉。鷄聲茅店月，人迹板橋霜。槲葉落山路，枳華明驛墻。因思杜陵夢，鳧雁滿回塘。

劉駕「馬上續殘夢，馬嘶時復驚」之句，稱得早發之神髓。「晨起動征鐸」一句，其取象有略相似者。「鐸」乃征車上之鈴。一旦上車趁曉，因客路凄清而思故鄉者轉切。蓋月下茅店之鷄聲、霜後板橋之人迹皆從未曙之光景著筆，行數里而始認槲葉之落[二]、枳華之明，真可謂早行中之早行也。「槲」生於他樹之槎枒，池沼多有，一名水松；「枳」乃江南之橘至北方而化成者。第二句想及故鄉之念，故至七、八句承之，言昨夜夢歸之時，鳧雁拍拍相樂於回塘，亦不知客愁之爲何物；一旦醒來，則復爲凄慘。其情與「酒醒鄉關遠」之句相類。一、二句雖點出晨起，而三、四句乃天之未曉也；五、六句纔曉，七、八句却想到前夜而結之。

次第整然可觀。而刺之者直以後聯爲塌下，七、八爲複衍。以爲「塌下」者，不知其寫景之妙存於渾融中也；以爲「複衍」者，不知其與第二句相應而拓開一步也。且前聯稱「早行名句盡於此十字」，而萬口無異辭。梅聖俞嘗語歐陽公云：「作者得於心，覽者會以意。如温庭筠『鷄聲茅店月，人迹板橋霜』、賈島『怪禽啼曠野，落日恐行人』，道路辛苦、羈愁旅思，豈不見於言外乎？」有句如此，則他雖有微瑕，不須苛求之也，況不必如其所刺耶？

【校勘記】

［一］槲：底本誤作「檞」，據《全唐詩》卷五百八十一改。

秋日送方干遊上元　　曹松

天高淮泗白，料子赴修程。汲水疑山動，揚帆覺岸行。雲離京口樹，雁入石頭城。後夜分遥念，諸峰霧露生。

「天高」乃秋日，淮水、泗水逢秋而明净，是干泛舟之處，「白」須輕解之。舟程遼遠，時有汲水，則青山倒影俄而摇動，故疑真山非亦摇乎？時有揚帆，則風急而船勢如飛，故翻訝兩岸非却走乎？是所以就舟中行事而誌其赴遼遠也。行程中之景物若能供詩材而慰行人，則可因以遣客愁。故行人未覺其爲修程，而舟早與雲共離京口樹下，與雁共入石頭城中。上元在建康府，言著於石頭城者，即言其達於所往之處也。行人雖如此無愁苦，而兩人不得同昕夕之歡。若來日相思而望之，則群峰屹然相劃，分兩處遥遥之相思而不能通，修程之憾遂不能免矣。京口屬潤州，其城因山而爲壘，因邱之大者稱「京」，故名「京口」。今對之以「石頭」，「口」字與「頭」字如自有意思，是其所以爲推稱也。

寄陸睦州　許棠

下國多高趣，終年半是吟。汐潮通越分，部伍雜蠻音。曉郭雲藏市，春山鳥護林。東遊雖未遂，日日到中心。

棠乃涇縣人，久困於名場，至咸通十二年李頻主解試，始得登第，與諸名士交。其赴涇州也，鄭谷送之云：「白頭新作尉，縣在故山中。高第能卑宦，前賢向此風。佐理人安後，篇章莫奏功。」其赴宣州也，林寬送之云：「髮枯窮律細，字字合塤篪。日月所到處，姓名無不知。鶯啼謝守壘，苔老謫仙碑。詩道喪來久，東歸爲吊之。」其爲人許可者至是。

睦州屬江南道，稱之「下國」，以對「上國」也。「分」乃分野，三句言朝潮夕汐去來相接於越之分野，四句言軍戍部伍多帶土語蠻音。但欲説睦州連越而近蠻，却借「潮」借「語」而襯貼之，是其所以不爲「分界堠子」也。曉郭濛濛，乃雲起而藏市；春山濇濇，乃鳥啼而護林。以「郭」「市」「山」「林」各相對於一句中，睦州風景筆下分明，其清絶之景物足可供陸吟哦終年。其地其人俱爲其所夢寐，而自家則日日思之，切於中懷。故以反語而言自家「終年半是吟」者果當是何日耶？有暗中相求之意，在偃蹇於一第之棠，又屬不得免之數也。圓至云：「陸名肱，棠嘗爲其從事。」由詩考之，則棠爲陸之從事正當在此詩之後也。

已前共十五首

謂三、四句之句法相類者也。

與崔員外秋直[一]　　王維

建禮高秋夜，承明候曉過。九門寒漏徹，萬井曙鐘多。月迥藏珠斗，雲銷出絳河。更慚衰朽質，南陌共鳴珂。

維乃五律正宗。性情既厚，植之以骨幹，傅之以采色，諧之以律吕，趣味超敻，神韻悠揚，千秋之所師尚也，令人沾丐不盡。細咀嚼其詩，則可以見三種區分：其一以高遠勝，幽閑古澹、沖融和平，與儲、孟同聲，如「行到水窮處，坐看雲起時」者是也；其一以雄渾勝，開闔排蕩、波瀾頓挫，與少陵一軌，如「天官動將星，漢地柳條青」者是也；其一以華麗勝，堂皇宏偉、精密綺工，與沈宋齊調，如「逕轉迴銀燭，林開散玉珂」者是也。要之，維之才固清也。其才之清者，乃運化格、調，以一片清氣充於其中。試徵前人所言，云：「絶礀孤峰，長松怪石，竹籬茅舍，老鶴疏梅，一種清氣固自迥絶塵囂；龍宫海藏，萬寶具陳，鈞天帝廷，百樂偕奏，玉樓群真來入其中，亦使人神骨泠然、臟腑變易，不謂之清，可乎？」維之才則屬後者，故其高遠者、其雄渾者、其華麗者皆具清氣，其品自雅。其品之雅，前人喻之云：「如女子之靚妝明服固雅，而亂頭粗服者亦雅。若其心地已俗，則假令妝點盡滿面脂粉，亦尚不值一顧也。」天上神仙不待妝而品自雅也，調於是遠、格於是大，維之爲五律正宗者亦惟因是耳。此篇則屬以華麗勝者。

《漢官典職》云：「尚書郎晝夜更直五日於建禮門外。」「承明」乃殿廬，在石虚閣之右，是其所直也。一門一殿先並舉之，以示宫中莊重之體。以「高秋」點明時節。接一句之「夜」字而言「候曉過」者，是「直」字之正意，謂宿而不寐也。寒漏沈沈而盡，曙鐘隱隱而度。——是從殿中之耳底説將曉。言「九門」、言「萬井」者，亦以示莊重之體也。如五星連珠者名之爲「珠斗」，月氣精迴，故且藏其容；天河一名「絳河」，雲影銷散，故輒見半天。——是從殿外之眼底説將曉。借天上之森嚴襯貼人間之莊重，中四句真覺有假寐待旦之遺風。筆力之妙，能移人情至此也。天已曉而將趨朝，因自思之：自家已老年衰朽，尚未有涓埃之報，徒伍於鳴玉珂之少年。對於如崔者，得不獨自憮然耶？是秋直中之感慨，而道及崔員外。中四聯之景物乃「候曉過」者所俱識，則其中自須渾融爾我而視之，所以雖以「共」字説到崔，而尚不覺其突出也。

【校勘記】

［一］與崔員外秋直：《全唐詩》卷一百二十六作《同崔員外秋宵寓直》。

送東川李使君[一]　王維

萬壑樹參天，千山響杜鵑。山中一夜雨，樹杪百重泉。漢女輸賨布，巴人訟芋田。文翁翻教授，不敢倚先賢。

東川在梓州，梓州屬蜀道，萬壑窅然而深，千山斗然而挺，是蜀道之勝也。「參」字説盡樹色葱蘢，「萬壑」爲活。「響」字説盡鵑聲之澄迥，「千山」爲活。而直重之而言「山中一夜雨，樹杪百重泉」，十字乃用流水一格者，可讀爲一句。若更從起首一氣讀之，則千山萬壑之窅然斗然者得之而愈活，真有龍躍虎卧之觀。最妙在複「山」字、「樹」字而錯綜之。《潼川志》第二句作「春聲響杜鵑」，乃由字音而致訛；《方輿勝覽》作「鄉音響杜鵑」，此亦屬抄胥之誤書；至《詩林振秀》乃以第三句作「山中一丈雨」，固不足取也。

漢時令大人輸布一疋，令小口輸布一丈，名爲「賨布」。「漢女」乃蜀之美女，納賨布於縣，非自飾也。蜀卓氏云：「吾聞汶山之下沃野中有蹲鴟，種之則至死不餓。」乃移植之於臨邛，因致富，至使僮千人。「巴人」乃伏羲之後，説芋田而自安也。「説」一作「訟」，於送縣官爲切實。然此乃言風俗之簡樸者，作「説」亦無不可。風俗既簡樸，則雖無爲亦能治之，然牧民之官更須使其民進乎道。是送别之正意也。昔漢之文翁爲蜀郡守，見蜀地僻陋而有蠻夷之風，欲誘進之。擇小吏之俊秀者受業京師，又立學宫於都市中，出行每從諸生與俱。夷民化之，終致以蜀學比於齊學之盛。今李使君亦行而官蜀，若善因文翁之法而令得教，則漢女巴人亦當化其德，風俗人情當可一變，或能至與文翁齊名。是我所望於使君也。前四句皆可謂切於蜀道，後四句亦可謂切於蜀地。蓋漢女巴人皆歸服，當此時也，尋常人但急於功名而謀震威於荒蠻，故以「翻」字一轉，贊文翁之治化，以反語勸其當從前賢之所爲。是詩人温柔敦厚之旨也。沈歸愚以爲「時之所急在征戍，不敢倚先賢也」，如此解之，則七、八二句一句各成一意，互相反捩，語意局促，傷詩者多，從而與全首之詩意齟齬，固不待言矣。維若有知，當一笑其没眼睛兒也。

【校勘記】

［一］送東川李使君：《全唐詩》卷一百二十六作《送梓州李使君》。

送楊長史赴果州

王維

褒斜不容幰，之子去何之。鳥道一千里，猿聲十二時。官橋祭酒客，山木女郎祠。別後同明月，君應聽子規。

李白《蜀道難》一首，極力狀其峻險阻絶。其所寄託如何今且措之，然讀其句者無不傷心慘鼻。中有云：「西當太白有鳥道，可以横絶峨嵋巔。地崩山摧壯士死，然後天梯石棧相鈎連。上有六龍回日之高標，下有衝波逆折之回川。黄鶴之飛尚不得過，猿猱欲度愁攀援。青泥何盤盤，百步九折縈巖巒。捫參歷斗仰脅息，以手撫膺坐長嘆。」於一解中模寫畏途巉巖，入骨透髓，是真「聞説蠶叢路，崎嶇不易行」者也。就唐人詩賦之關乎蜀道者而求發明於此詩，則其有何難知乎？如此詩者亦其一也。

果州乃順慶府，因長史宦遊入蜀而送之，詩格與前詩之斗然而來者異其撰。褒谷斜谷，路既險阻，車轊不通，是以其「百步九折縈巖巒」也。然則道終不通乎？曰「否」。長史直從其間而去，是正過太白所當之鳥道，紆迴一千里而至峨嵋之巔也。地既高聳，二六時中所聞者唯有猿聲，是正在愁攀援之地叫一聲者也。所遇者乃祭酒之客，所詣者乃女郎之祠。「祭酒」乃借酒而祭天神者，其爲事神者，故於天梯石棧之間尚安住也。「女郎」乃婦女之通稱，果州金華山中有觀，祀神女謝自然。神女之仙風道骨，宜祭於捫參歷斗之地，故山木深深中乃見有祠也。中四句皆「不容轊」中之光景。因思今夜話别，一旦睽離，則獨有明月同照彼此耳。李白有「又聞子規啼夜月，愁青山」之句，可知我於長安城中弄素影之時，正爾在鳥道聽鵑愁絶之時。思至於此，則我亦悵然自失，非獨爾「以手撫膺坐長嘆」矣。是更舉一事而歸到送别之本意者，作法與前詩不同轍，四十字唯一片神骨，脱堆垛重疊之習。如凡馬之徒肥其肉者見此，其將有善神悟者乎？

赴京途中遇雪　　孟浩然

迢遞秦京路，蒼茫歲暮天。窮陰連晦朔，積雪遍山川。落雁迷沙渚，飢烏噪野田。客愁空佇立，不見有人煙。

浩然隱鹿門山不出，年四十始遊京師，此詩乃成於其途次者也。「窮陰連晦朔，積雪遍山川」二句爲「遇雪」之著題，浩浩落落、蒼蒼莽莽，「迢遞秦京道」者因愈如迢遞，「蒼茫歲暮天」者因愈如蒼茫。故見鴻雁之求宿尚迷、烏鵲之索食尚噪，偶然又有所寄其興也。眼中一望，無些人煙，復承「窮陰」「積雪」而申言其狀，思今夜果可投宿何處乎？是所以寄其興於飛禽，而後「迢遞」者、「蒼茫」者，轉不堪情矣。

浩然又有《途次》詩云：「客行愁落日，鄉思重相催。況在他山外，天寒夕鳥來。雪深迷郢路，雨暗失陽臺。可嘆栖遲子，狂歌誰爲媒。」唐汝詢以爲由「雪深迷郢路」句視之，當與此詩爲同時之作。思之當然。參觀之，察行旅之苦辛而有餘。其《南陽阻雪》云：「我行滯宛許，日夕望京豫。野曠莽茫茫，鄉山在何處。孤煙村際起，歸雁天邊去。積雪覆平皋，飢鷹捉寒兔。少年弄文墨，屬意在章句。十上耻還家，徘徊守歸路。」其自「日夕望京豫」起至「十上耻還家」者，發沈塞之感於行旅，蓋亦當爲此行之歸途乎？凄酸之意比此詩更深，且似有更沈者，亦足可互相發明。其《途上遇晴》云：「已失巴陵雨，猶逢蜀坂泥。天開斜景遍，山出晚雲低。餘濕猶沾草，殘流尚入溪。今宵有明月，鄉思遠悽悽。」此詩雖尚帶悽思，而別無所寄託，一意狀晚霽，細緻入畫。與《遇雪》諸什之有感慨者全異其種。

早行　　郭良

早行星尚在，數里未天明。不辨雲林色，空聞流水聲。月從山上落，河入斗間横。漸至重

門外，依稀見洛城。

殘星的皪，三五尚存，天色未曉也。急於程者則發於此際，雖行數里而仍不見朝旭，與晁君成「馬上鷄初唱，天涯星未稀」之光景不無相似。三、四句承「未明」而叙地上之景，樹色水聲，但有可聽而無可見，暗中之候往往如此。比劉後村之「山頭雲似雪，陌上樹如人」，其早更加一層。五、六句承「未明」而叙天上之景，山頭落月、斗間明河，雖尚在模糊間，然比之前聯則稍近曉色之明，與許渾「星河半落巖前寺，雲霧初開嶺上關」外括之景相近。至七、八句依稀而辨城闉，天略曉也。録其地者乃點睛之法，與韓偓「自問辛勤緣底事，半生驅馬望長亭[二]」中所包之意有相似者。劉禹錫云「寒樹鳥初動，霜橋人未行」、于濆云「栖鴉林際起，落月水中見」、許棠云「塹黑初沈月，河明欲認潮」、姚鵠云「殘星螢共失，落葉鳥和飛」，皆刻琢早發有致。雖不得較之於「茅店板橋」之絶調，然亦能出新意，將駕此詩而上，可資行旅者之品題也。

【校勘記】

［一］驅：底本誤作「肥」，據《全唐詩》卷六百八十二改。

宿荆溪館呈丘義興［一］

嚴維

失路荆溪上，依仁忽暝投。長橋今夜月，陽羨古時州。野燒明山郭，寒更出縣樓。先生能

館我，何事五湖遊。

失路而偶宿荆溪館，事甚奇也。荆溪在義興，館蓋傍溪而建者，當爲義興牧民者丘氏之宅。一、二句乃宿館之原由，山中暗迷失路，欲歸不得，幸爲人所助，意外來此而宿。「仁」一作「人」，「仁」與「人」同韻相通。「暝投」猶言暗中來投宿。三、四、五、六句乃館之景物。漸有明月出雲，而一望皆入於眼，不似來時之暝黑。山郭亦有野燒之明，光焰大颺，又反接暗中之摸索，精彩生自個中。漸而鼉更遥起，可知夜已深，失路之久亦可想見。因言其自縣樓而出，直落下於丘氏，筆路自然，毫不出於强合。以爲今夜相逢，爲歡不少，若彼能容我，則我將長安之，不必如飄然泛於五湖之范蠡也。由一宵之主而望一生之主，由一夜之失路説及一身之失路，進一步而仍是自然。「陽羨」乃吴楚之地，秦時所名，三、四句之意與「祇今惟有西江月，曾照吴王宫裏人」相同，稍輕解之則可，以爲有寄託則不可也。

劉長卿爲睦州司馬時，對酒寄詩於維云：「陋巷喜陽和，衰顔對酒歌。懶從華髮亂，閑任白雲多。郡簡容垂釣，家貧學弄梭。門前七里瀨，早晚子陵過。」同心相許而冀相逢之頻也。因七里瀨而用子陵者，乃由維與子陵同其姓而借之，最切，足令人想像維之爲人。丘義興若果能如長卿而容維，則真是一場佳話，而令失路之事與賈島之「推敲」皆得艷説於千歲。然終無聞之者。滔滔世間俗吏，固不足共語之矣。

【校勘記】

［一］宿荆溪館呈丘義興：《全唐詩》卷二百六十三作《荆溪館呈丘義興》。

漂母墓[一]

劉長卿

昔賢懷一飯，茲事已千秋。古墓樵人識，前朝楚水流。渚蘋行客薦，山木杜鵑愁。春草年年緑，王孫舊此遊。

韓信貧時，漂母憐其飢而飯之。信喜，語漂母云：「吾必有以重報母。」漂母怒云：「大丈夫自不能食，吾哀王孫而進食，豈望報耶？」及信王於楚，召漂母，與以千金。「昔賢」即謂信。信懷一飯之恩而爲千金之報，漂母憐王孫而飯之，皆足傳千古之事也。起二句以對語起，「千秋」二字早已歸住於墓。楚顛漢蹶，曾幾何時，今唯有流水依然耳，以信之勇武亦無何所存也。而漂母之墓長久屹立，樵夫亦尚知之。一飯之恩即得此千古之名，漂母之爲人也遠矣。二句語意含蓄不發，可謂絶妙工夫。古墓既爲屹然，而行客折蘋花以薦之；前朝空成流水，而杜鵑悲於深樹中。二句承前聯之意而咏嘆，即賽墓之正位也。更一回首，則墓前芳草年年綉緑，信之邂逅漂母當亦正在此地乎？自墓落想而及當年之事迹，更以咏嘆結之，清而不寒，正而不腐。長卿之所以稱中興第一者，正因具此種筆力也。

【校勘記】

［一］漂母墓：《全唐詩》卷一百四十七作《經漂母墓》。

湖中閑夜[一]　朱慶餘

釣艇同琴酒，良宵背水濱。風波不起處，星月盡隨身。浦迴湘雲卷，林香岳氣春。誰知此中興，寧羨五湖人。

「湖」乃洞庭，清琴美酒，與客同登漁艇，棹於中流，故言「背水濱」。舟既出中流，則清風徐來，水波不起，舟行而星月亦共行，舟止而星月亦共止，是湖中空闊之象也。白雲漸披而遠浦轉覺清澄，幽香動而知春林之近，良宵清興，五湖煙波之客固不足羨也。於兹自贊之而爲結。八句之中，無非皆含「閑」字而令盤鬱其中，婉約風流之語評之有餘。三、四句之對法則與周朴之「禹力不到處，河聲流向西」句法相同，自然而出，不爲常規所縛者，正無愧爲張籍之入室弟子也。

籍始索慶餘之新舊篇什，删改而留二十六章，置懷抱中而推贊之。以籍有重名，故時人求其所撰定之詩，無不争繕録之。慶餘乃作《閨意》一篇呈籍云：「洞房昨夜停紅燭，待曉堂前拜舅姑。妝罷低聲問夫婿，畫眉深淺入時無。」籍酬之云：「越女新妝出鏡心，自知明艷更沉吟。齊紈不是人間貴，一曲菱歌敵萬金。」於是慶餘之名遍於四海，遂得登上第。唱者雖不言美麗，然非絶色則不能當之；酬者深許之，使其不須别爲沈吟。慶餘風流、籍愛才，可謂相待而成此本事。慶餘所作如「草色寒猶在，蟲聲晚漸多[二]」「翠篠寒逾静，孤花晚更明」，與此詩前聯皆似研練之中純任自然，籍所撰二十六章，或多採録此種耶？

【校勘記】

［一］湖中閑夜：《全唐詩》卷五百十五作《湖中閒夜遣興》。

［二］多：底本誤作「深」，據《全唐詩》卷五百十四改。

已前共八首

謂五、六之句法相類者也。

四虛

周弼曰：謂中四句皆情思而然也。不以虛爲虛，以實爲虛，自首至尾，如行雲流水，此其難也。

「四虛」者，謂於中四句抒情思。裴庾云：「元和以後用此體者，骨格雖存，氣象頓殊。向後則偏於枯瘠、流於輕俗，不足採矣。」謂若專偏於叙情，則語自流於平淺矣。伯弜甚嫌之，故於其所撰多擇虛中有實者，以矯時習，足强人意。范晞文云：「『嶺猿同旦暮，江柳共風煙』，又『猿聲知後夜，花發見流年』，若『猿』、若『柳』、若『旦暮』、若『風煙』、若『夜』、若『年』，皆是物也，化而虛之者一字耳，此所以亞於四實也。」詩家三昧，悟而至此，則當庶幾不失本來面目乎？

陸渾山莊　　宋之問

歸來物外情，負杖閱巖耕。源水看花入，幽林採藥行。野人相問姓，山鳥自呼名。去去獨吾樂，無能愧此生。

之問仕則天武后朝，求爲北門學士而不許，作《明河賦》以示其志。其詩末云：「明河可望不可親，願得乘槎一問津。更將織女支機石，還訪成都賣卜人。」武后見其詩，語崔融云：「宋之問有奇才，非不知也，但憾其有口過耳。」「口過」謂口有臭疾也。之問聞之，終身慚憤，而獨不知自家有才無行、流臭千載，比於同時之沈、杜、陳、李更甚哉！不悟此而徒羞口過，最可笑也。《傳》云：之問神龍初爲少府監，與弟之遜諂事張易之。易之敗時，貶嶺南瀧州參軍事[二]，遁歸，匿駙馬都尉王同皎家。暫聞同皎惡武三思及韋后之言，密訴同皎有密謀，以贖其罪，且叙京官。中宗時，諛附太平公主，又結託安樂公主，增設修文館時，之問首膺其選。特將用任中書舍人，太平公主爲發其醜，遷汴州刺史，又改越州。睿宗立，以其猾險盈惡，賜死。之問佞奸蠹賊如此，於其身無一操，其不得死處固宜也。而當張易之盛時，與閻朝隱、沈佺期、劉允濟等傾心媚之，易之所作詩篇皆代爲之，甚至爲易之奉便器。其醜其穢，乃所謂五經掃地而盡者，士君子俱所不齒也。而於詩，則倔起於唐初，龍翥鳳騫，以引奎運之昌盛，爲盛唐諸家作地。如與佺期争錦袍，最可見雄視一時也。即如遷謫諸作，或稱「北極懷明主，南溟作逐臣」，或稱「人意長懷北，江行日向西」，玩其句意，則與老杜之「北闕心長戀，西江首獨回」無些異，若漫然稱之，以爲怨而不怒者，以爲以向日之心而行懷沙之意者，則千秋之下尚爲之問所欺騙矣。雖然，前人云「心正則筆正」，詩亦然。僞性情而文行事者，可以瞞過一時，不可以瞞過千秋，以其一片正心終不見於筆墨裏也。要之，雖不可以人廢言，然其言若非真性情，則亦何所取乎？彼齷齪風塵而借口於神仙隱逸者、阿附權貴而託語於意氣慷慨者，雖不至之問之甚，然其性情之僞則一。欲以瞞過千秋，其難哉！後之爲文人者，可不善鑒於此乎？

之問別業在陸渾，其《寒食陸渾別業》詩云：「洛陽城裏花如雪，陸渾山中今始發。旦別河橋楊柳風，夕卧伊川桃李月。伊川桃李正芳新，寒食山中酒復春。野老不知堯舜力，酣歌一曲太平人。」玩其意，則如因陸渾近京城，故可昕夕來往；故此詩稱「歸來」者亦非必爲罷官遠歸，當解爲但歸至家，便因地僻而有物外之情思矣。命奴僕耕於巖石間，非城中人所得夢見，是真物外之情也。花傍流水而亂開，藥叢生於深林，若有閑，則搜水源而遊林中。野人不知其爲官人，相晤甚歡，故問其姓名，是人之真樸也；杜宇懸樹而自呼名，是山之幽邃也。物外之情思悠然不盡，來此而亦忘朝市之爲何物。故客每有問人世之事者，則麾之使去，答以「無能之身無用於人世，唯可在此山中」。別業之静寂，至是而愈真。其句皆不用雕鑱，後之用雕鑱者却不及，是其所以爲初唐大家也。

唐元德秀罷魯山令時，愛陸渾之佳山水而定居。家不爲墻垣扃鑰，不養僕妾，歲或饑不得爨，而飲酒陶然，彈琴自樂。人若以酒肴相從，則不問賢愚而酣飲，是真解「野人相問姓」者也。所謂「歸來物外情」者，如此始可謂實寫其性情，固非可與之問同日而論矣。

【校勘記】

［一］州參：底本脱，據《唐詩紀事》卷十一補。

新年作　　宋之問

鄉心新歲切，天畔獨潸然。老至居人下，春歸在客先。嶺猿同旦暮，江柳共風煙。已似長沙傅，從今又幾年。

此成於之問貶謫中者。獨在天涯而迎新年，故感節懷鄉，涕淚乃潸然。其潸然者更詳言之，則因老境早至而官階未得上，春色已來而謫官未得歸也。天涯遷謫之地，旦暮相伴者唯嶺上之啼猿，煙霞相共者唯江上之垂柳。此時之情，殆與賈誼謫爲長沙傅相類。現時所感既已如此，加之不得豫知歸京當在何時，是其所以更潸然也。其用賈誼之事自比者與張均詩同，均與之問皆君子之所耻與伍者也，賈生爲相累者何其多哉！三、四二句費無限思索，巧密名俊，而絶無窒塞之弊，真可冠於「四虚」矣。然造句造意皆爲巧妙，在初唐乃屬別格，是所以稱「一作劉長卿」也。

喜鮑禪師自龍山至　　劉長卿

故居何日下，春草欲芊芊。獨對山中月，誰聽石上泉。猿聲知後夜，花發見流年。杖錫閑來往，無心到處禪。

長卿生在開元之際，詩則冠於中唐，五言最爲精妙，「長城」之目早已出自權德輿之口。沈德潛雖以門户之見，亦稱其「巧於鑄意，巧不傷雅，尚有前輩體段」。伯弜博採中晚，多撰其詩者洵宜也。而其所不及録者亦遺珠不少：「疊浪浮元氣，中流没太陽」，望洞庭湖也；「青松臨古路，白日滿寒山」，宿北山禪寺也；「草色南湖緑，松聲小署寒」「沙鷗驚小吏，湖月上高枝〔二〕」，高仲武之所推；「飛鳥没何處，青山空向人」「古路無行客，空山獨見君」，唐汝詢之所取。其餘「山開斜照在，石淺亂流難」「更落淮南葉，難爲江上心」「故節辭江郡，寒笳發渚宫」「劍寒空有氣，松老欲無心」「世交紅葉散，鄉路白雲重」「歲儉依仁政，年衰憶故鄉」「事直皇天在，歸遲白髮生」「萬里三江去，孤舟百戰心」「帝子椒漿奠，騷人木葉愁」「一官如遠客，萬事極飄蓬」「寒渚一孤雁，夕陽千萬山」「作梵連松韻，焚香入桂叢」「百花如舊日，萬井出新煙」「寒潮落瓜步，秋色上蕪城」「路人看古木，江月向空祠」「江草將歸遠，空山獨往深」「函谷鶯聲裏，秦山馬首西」「千家同霽色，一雁報寒聲」「一官成白首，萬里寄滄洲」「故驛花臨道，荒村竹映籬」，寫景抒情，各極其神妙，有入空山而清泉徐聞之致，有喫鮮荔而口齒皆俊之思。高仲武乃刺之爲「十首以上語意相同」，王世貞亦和之。今特不厭繁而摘出者，所以聊爲前賢雪其冤也。

此詩從鮑禪師自龍山而至先設一問，言其下山果何時耶？忽又爲一答，言春草芊芊之時也。忽起忽伏，惹起次聯。禪師既下山，則故居正空寂也，誰對龍山之月而聽龍山之泉者哉？言若非禪師，則無人適於在此地入定也。龍山境邃，故無曆日、無更鼓。唯聞猿聲，而夜漏之沈沈可想；見花影，而歲月之鼎鼎可知。此禪師平日之事，今禪師已下山，故以「誰」字包括至此。「後夜」者，乃分夜爲初夜、中夜、後夜，謂夜已深也。與「後夜分遥念」意義全别。七、八句又歸住於禪師，云：禪師所得既深且邃，則喧寂皆平等而觀之。雖云有事而下山，然本來無心之身，到處皆合禪理，以無事動其心，故亦無異於對山中月、聽石上泉之清净自適。是禪門第一義也。「杖錫」乃錫杖，佛曾告比丘言：「汝等當受持錫杖，過去現在未來諸佛皆執錫杖。」又名「智杖」，又名「德杖」，行而携之。所謂「飛錫」者，即言「閑來往」者也。

【校勘記】

［一］月：底本誤作「色」，據《全唐詩》卷一百四十九改。

酬秦系 劉長卿

鶴書猶未至，那出白雲來。舊路經年别，寒潮每日回。家空歸海燕，人老發江梅。最憶門

前柳，閑居手自栽。

系時因事出山，故先於平地起一波云：「山中何所有，隴上多白雲。只可自怡悦，不堪持贈君。」此非山中之妙趣耶？山人宜怡悦白雲而不出，而系今出而下山者何哉？將有鶴書之來徵，故去山如脱弊屣乎？余徵於系平日之清操，斷知其不然也。「鶴頭書」乃隸文之一體，古者用以招隱士，《北山移文》云「鶴書赴隴」者即是也。中二聯累言其宜歸。「舊路」乃故國之路，不往者已經年；見「寒潮」日日去來，於其久不歸而發興也。故國之家無人而巢海燕，故國之梅當已爲發。感節物之易過，嗟年老之早至。第三句與第六句應，第四句與第五句應，皆想像系之意中而言之也。其所最相憶者乃門前五柳，曾學陶令而親栽者，今也青青而待其歸。有鶴書之徵者亦宜思歸，况於隱居樂清者耶？勸之者切，可謂含蘊不盡。

系固隱居自樂者，數度召命皆辭而不應，而今偶然出山而來，是果何爲哉？按本集次第此詩而録於《見秦系離婚後出山居作》之後，其詩云：「豈知偕老重，垂老絶良姻。郗氏誠難負，朱家自愧貧。綻衣留欲故，織錦罷經春。何况蘼蕪緑，空山不見人。」視其五言絶句亦有可發明此詩者，題云「秦系頃以家事得謗因出舊山欲歸未遂感其流寓以詩贈之」。兩者對照而忖度之，則系出山之原因仿佛可得認之：蓋系老貧，不幸至於棄妻而不得已，因得謗於比鄰，遂至去故居而客寓。故説其出山亦出於不得已，非折節求功名者之比也，謂如今歸而亦當無何所愧。亦感其流寓而慰之也。既以之爲離婚後之出山，則「家空」「人老」之一聯亦更摇曳有致。接於「豈知偕老重」之詩而解之，當不爲多誤也。系曾在耶溪寄詩長卿云：「時人多笑樂幽栖，晚起閑行獨杖藜。雲色卷舒前後嶺，藥苗新舊兩三畦。偶逢野果將呼子，屢折荆釵亦爲妻。擬共釣竿長往復，嚴陵灘上勝耶溪。」稱「嚴陵灘」者，以長卿在睦州而言之也。其於第六句偶道及荆釵者，可以見其鍾情。而後日乃有破鏡之事，一段因緣雖不能得之而詳，老而遇之，亦人生一大不幸也，况至於因之得謗乎？於情真可憐矣。故長卿爲大書特書而言「鶴書猶未至」，告以大節既不動，則小事不足以介意，更勸其歸。情之真者，覺字字如吞淚也。

送朱放賊退後往山陰[一]

劉長卿

越中初罷戰，江上送歸橈。南渡無來客，西陵正落潮。空城垂故柳，舊業廢春苗。閭里稀相見，鶯花共寂寥。

朱放字長通，隱於越之剡溪，貞元初召爲拾遺。上卷所謂「寄别朱拾遺」者蓋其人也。武元衡《寄朱拾遺放》之詩云：「才非谷永傳，無意謁王侯。小暑金將伏，微凉麥正秋。遠山欹枕見，暮雨閉門愁。更憶東林寺，詩家第一流。」其有名於詩者，可謂無愧長卿之友。

肅宗至德年中，永王璘之亂，浙右吴越盗賊乘之而起，杜詩云「安得鞭雷公，滂沱洗吴越」者是也。放之行正當其後者乎？第一句爲「賊退後」，第二句爲「往山陰」。「南渡」謂江南之渡頭。無客來者，乃因從來賊勢跋扈，往來不便也，以緊接今日之「歸橈」。西陵寒潮今正落，景物自易寂寞，亦從「歸橈」出也。赴山陰，則亂後空荒凉，居民多流徙，一帶空屋，唯有楊柳依依耳；中雖或有舊宅之存者，然百事荒廢，今尚不能安其堵，而理舊業、種春苗者無幾何矣。寫亂後之狀態，真能動行人之情。故接之云：雖春風春水一時而來，鶯花應正爛熳，然在破碎之山河則徒添寂寞耳。今赴其間，空城無人，相見者稀，如何能不心愴哉！蓋後半四句承「南渡無來客」，而以作者之思量語出之。謂雖無南來之客説之者，然亂後光景當如此也。雖不能及「幽州白日寒」之妙，亦能盡其情思。

【校勘記】

［一］送朱放賊退後往山陰：《全唐詩》卷一百四十七作《送朱山人放越州賊退後歸山陰别業》。

尋南溪常道人隱居［一］

劉長卿

一路經行處，莓苔見履痕。白雲依静渚，青草閉閑門。過雨看松色，隨山到水源。溪花與禪意，相對亦忘言。

張正見詩云：「春苔封履迹。」碧苔封路者，因來者少也。今形容之而言「見」，亦以逆筆而表履痕之少也。二句説未至隱居前之途上幽寂，早移人之情。——是爲「尋」。雲低渚邊，草連門外，稱「依」則如見依依之態，於雲有生氣；稱「閉」則如見芊芊之狀，於草有生氣。稱「静」稱「閑」，所以一意説其幽寂也。——是爲「隱居」。一雨過後，松色愈爲明净，添以山水之勝，故蒼然者鬱然者殆令「松色隨野深」之句失色。水流隨山勢屈曲，忽如窮，忽復無際，乘興而搜其源，與「溪水看花入」之句同其幽趣。——是爲「南溪」之勝。這般途上，這般隱居，這般山水，所住之人自然不得不爲副之者。乃有常道人，能悟禪意、了拈花微笑之真意，亦能透入「此中有真意，欲辨已忘言」之地。故尋道人者至此，亦悠然而看溪花，恍然而生禪意，相對而亦至於忘言之地。下一「亦」字，雙關爾我，結「尋」意。——是爲「道人」。一篇中二句一意而下，詩句所盡，題意亦無所餘。詩筆蕭閑澹遠、不染俗氣，可知乃尤適於題目者。虚谷乃云：「細味詩思，思致幽緩，不及賈島之深峭，又不及張籍之明白。蓋頗欠骨力而有委曲耳。」若使所謂骨力者成槎牙生硬之謂，則且措之；長卿之骨韻天成，長卿之氣力充溢，上當接王、孟，下當壓錢、郎，稱「深峭」者、稱「明白」者，於長卿將何有哉？

「道人」乃學道者也。以禪意擬之，雖似可怪，然以談玄稱僧、以悟入稱道者，唐人不少其例。或當時不爲拘拘者乎？

【校勘記】

［一］尋南溪常道人隱居：《全唐詩》卷一百四十八作《尋南溪常山道人隱居》。

題元録事所居[一]　　劉長卿

幽居蘿薜情，高卧紀綱行。鳥散秋鷹下，人閑春草生。冒嵐歸野寺，收印出山城。今日新安郡，因君水更清。

録事雖在官，賦性淡默，雅有逸情。故其幽居乃爲山林之觀，又不似衙門中人也。然其官則録事，尸位素餐非其人之所取，而録事之才與德能化其民，使之不敢喧囂。幽居高卧，紀綱行於一郡，無敢違背者，是其所以爲能吏也。蓋録事以糾察爲職，杜子美送韋録事稱「操持紀綱地」，喬林語任録事言「子紀綱一州，能劾刺史乎」，皆可證其不可苟之地位。元録事則自然而化人。今狀之而言「高卧」者，併使歸著於「所居」之題目也。秋鷹一下，雖不振翎臨之，而百鳥自慴伏，録事之能恰與之同，所以爲「高卧紀綱行」也；紀綱既行，一郡無事，所居亦閑暇而春草生之，所以爲「幽居蘿薜情」也。前句以比喻出之，非眼中實景，緊接第二句，何等警拔哉！官衙無事，訟庭無人，時來則收官印而出城，衝嵐翠而歸寺。一本題此詩作「開元所居」，前人釋之，謂「開元」乃城外之古寺。録事或當於其中爲寓公乎？是所謂「高卧」也，而言「歸」、言「出」者，皆以所居爲主而立言。録事來後，新安一郡民無冤聲、吏無虚勢，新安之流水於此而清、於此而净，比於風俗俄而一洗無些子溷濁也。於此又加一喻，録事之高人一等者横溢於字句間，可謂靈快之筆力也。

【校勘記】

[一]題元録事所居:《全唐詩》卷一百四十七作《題元録事開元所居》。

寄靈一上人　　劉長卿

高僧本姓竺,開士舊名林。一去春山裏,千峰不可尋。新年芳草遍,終日白雲深。欲徇微官去,懸知訝此心。

生法師姓竺,支遁字道林,以二高僧比上人。「開士」亦高僧之義,秦苻堅賜沙門之有德行者開士之號是也。上人道行極高,不輕易出山,雖偶有來與我同襟期者,然一别而杳然不得尋其行踪,因春山千峰,到處飛錫而無定在也。爲「春山」,故「芳草」遍生;爲「千峰」,故「白雲」深罩。此時此景,正適於上人之飄逸。中四句一氣迴旋,有意無句,有句無字。前聯以不對爲對,雖宜録於别格而今屬於此者,因其洵爲「四虚」之妙詣也。七、八句乃寄懷之本意,以自家忽漫動宦情而反接上人之高風,言自家宦遊之真意唯上人能恕之。而表面則言上人將訝於自家之心意,是以自謙之語而説其深意者,即所以言上人當恕之也。「徇」乃「從」、「懸」乃「遥」,二句造語多曲折,又所以照映前數句之平衍也。

長卿《重過宣峰寺山房寄上人》云:「西陵潮信滿,島嶼入中流。越客依風水,相思南渡頭。寒光生極浦，暮雪映滄洲。何事揚帆去，空驚海上鷗。」《寄上人還雲門寺》云：「寒霜白雲裏，法侶自相携。竹逕通城下，松風隔水西。方同沃州去，不作武陵迷。仿佛知心處，高峰是會稽。」皆以飲雪餐冰之思而行雕珠鏤玉之才，清微澹雅，不容半點俗氛。若此心不變，則雖出仕而上人亦無訝之之理，不待言也。

已前共八首

「四虚」而近於實也。

除夜宿石頭驛　　戴叔倫

旅館誰相問，寒燈獨可親。一年將盡夜，萬里未歸人。寥落悲前事，支離笑此身。愁顔與衰鬢，明日又逢春。

人之興感慨者無甚於除夕，除夕之感慨者無過於客中。今旅館蕭然，獨親寒燈，「獨」字具無限悽愴。於此時，有誰能不興感慨耶？以「一年將盡夜，萬里未歸人」接之，悽愴愈深，久客者不得讀之也。高適之「故鄉今夜思千里，霜鬢明朝又一年」、崔塗之「亂山殘雪夜，孤燭異鄉人」亦殆近乎無顔色。其實乃從梁武帝「一年漏將盡，萬里人未歸」脱胎，蓋又將爲點鐵成金之手段乎？此夜此人，已難爲情，况萬事寥落無成就之可悲，一身支離收拾難盡之可笑，比常人而更甚耶？言一身支離者，謂顔愁、鬢衰、老瘦枯凋也，而明日尚將與常人同迎春色，是真可傷矣。以爲「笑」者，固不過哭極而爲笑耳。

石頭驛在洪州，叔倫爲潤州金壇人，金壇與石頭相距不遠，故唐汝詢存疑於「萬里未歸人」一句，至爲「詩人多誣」之語。然深覈詩意，則久客之情横溢於四十字，或萬里歸來，偶宿石頭，因其未至家而有此語，驛與鄉之遠近於此詩無所關也。或因明代之詩極尊氣魄雄大，「百年」「萬里」，詩中襲用之以爲日常語，故令汝詢發此疑者，却亦可見時習之所浸潤。

明謝茂秦曾與周一之、馬懷玉、李子明會於徐汝思之書齋[二]，歷談唐詩之聲律格調，以分正變。評此詩云：「體輕氣薄，是葉子金，非錠子金也。凡五言律兩聯如綱目四條，辭不必詳，意不必貫，而此詩皆以上句生下句之意，八句意相聯屬，中無罅隙，何以含蓄？頷聯雖曲盡旅况，然兩句一意，合則味長，離則味短，晚唐人多此句法。遂改六句云：『燈火石頭驛，風煙揚子津。一年將盡夜，萬里未歸人。萍梗南浮越，功名西向秦。明朝對清鏡，衰鬢又逢春。』舉座鼓掌，笑云：『如此氣重體厚，非錠子金而何？』」茂秦之高談、舉座之雷同，皆不過一時興到之語，試從其所改，則無久客憔悴之妙，無歲晚感慨之妙，「萍梗」「功名」二句亦徒爲堆積，「清鏡」「衰鬢」二句亦徒爲淺弱，是真點金成鐵者也！眇見至於是而尚意氣揚揚，終不可知其何意。若定以其中聯如綱目四條互不相蔽，乃局於自家法度而欲律萬首也。如此，則一氣呵成之妙究在何處？而後知清王阮亭所以笑殺茂秦者非失當也。

【校勘記】

［一］子：底本誤作「之」，據《四溟詩話》卷三改。

汝南别董校書　　戴叔倫

擾擾倦行役，相逢陳蔡間。如何百年内，不見一人閑。對酒惜餘景，問程愁亂山。秋風萬里路，又出穆陵關。

從與董校書途上相逢、忽漫相别，而悲行役擾擾無定止。爾我忽逢於陳蔡間，談未盡而早又分袂，嘆其栖栖皇皇不遑寧處，嗟浮生百年終無一人能得閑也。「如何」二字下得最有力，與「誰人肯向死前閑」之句皆足以使行客慨然興感。然身有官守者雖倦而仍不得不行，故由百年之無閑却喜得此半日之閑，對酒而同語。而夕陽不悟爾我之意，早已遍於天地，於是爾我不得不别，故相對而惜餘景也。語意宛轉而下，須不可匆卒看過。餘景雖惜之而不可駐之，校書乃將去矣。因問其前程，則將出穆陵關。出關則秋風萬里，亂山重疊，行而不盡，想倦於行役之校書赴之，而自家亦未免黯然而催愁。是所以不言自家去處而中自具之也。結句之「又」字推開「倦行役」三字而有多少低徊之致，是爲絶妙工夫。

江上別張勸　　戴叔倫

年年五湖上，厭見五湖春。長醉非關酒，多愁不爲貧。山川迷道路，伊洛暗風塵。今日扁舟別，俱爲滄海人。

叔倫曾避亂鄱陽，當時勸或亦去而赴他乎？「今日扁舟別，俱爲滄海人」之句可以證之。「扁舟」切於「江上」，「滄海」亦從「江上」出，暗用魯連蹈海之事。其爲何至於欲學魯連而蹈東海耶？以伊水、洛水之間兵戈交錯，山川茫漠，行路杜絶，一日安生亦不能也。其唯一日不能安其生，故終日昏昏而心緒常如醉，終年黯黯而情思自易愁。然此固非飲酒之使然、非苦貧之使然矣。風塵澒洞者至於是，則自家雖長住五湖之畔，而今不得不決然與勸俱爲滄海之人，滿目蕭條，所以雖五湖勝景而尚厭見之也。方干寄叔倫言「萬里親朋散，故園滄海空」，亦或指此時者乎？

叔倫師事蕭穎士，爲門人之冠。劉晏管鹽鐵，表主管湖南。叔倫行至雲安時，楊惠琳謀反，馳客劫叔倫云：「遺我金幣則緩死。」叔倫怒云：「身可殺，財不可得！」客見其不可動而去。叔倫當事巍然者如此。避伊洛風塵者，想當在其少時未仕之日也。

送丘爲落第歸江東　　王維

憐君不得意，況復柳條春。爲客黄金盡，還家白髮新。五湖三畝宅，萬里一歸人。知爾不能薦，羞爲獻納臣。

爲下第歸鄉，祖咏送之云：「滄江一身客，獻賦已十年。明主豈能好，今人誰舉賢。國門稅征駕，旅食謀歸旋。曒日媚春水，緑蘋香客船[二]。無媒已不達，予亦思歸田。」維亦賦此詩送之，以爲落第乃失意之境，故春風駘蕩、垂柳裊裊者却自是供悲之具，是真雖言「曒日媚春水」亦不足以消其愁也。爲客久而床頭金盡，愁多而頭上之雪亦多，是真「獻賦已十年」也。不得意而至於是，則誰不憐之耶？鍾伯敬云：「此二句出先達口則爲自責之語，出貧士口則爲尤人之語，易地乃失。」以爲末句有照映自責之意，似亦無不可。今若歸，則萬里一身，飄泊已甚，五湖三畝，生計亦全微也。狀不得意而出於清秀自然，伯敬評之爲似劉長卿，甚當。思「滄江一身客」終不得伯樂之一顧，依舊蕭然而歸，其可憐如此，而自家雖爲納言之官而不能薦之，雖言因有不宜於時者，然知其才而仍令埋没，我心自不能不疚。故以結二句自責，正「明主豈能好，今人誰舉賢」之意，其實乃借自責而悲當時權貴不知爲之才也。而其不發露者，似因維之性情温藉而使然。「爾」一作「禰」，「禰」乃禰衡，以孔融薦之於曹操自比，然終不如作「爾」字爲優。

【校勘記】

［一］香：底本誤作「行」，據《全唐詩》卷一百三十一改。

岳州逢司空曙［一］　李端

共有髫年故，相逢萬里餘。新春兩行淚，故國一封書。夏口帆初落，涔陽雁正疏。唯應執杯酒，暫食漢江魚。

「髫」爲總髮，幼時垂髫，故謂之「髫年」，以端與曙幼時相知而言「故」。「故」乃故舊之義，相別者久，忽然又相逢於千里之外，第二句雖不別用斡旋之語，而驚喜意外之狀言外躍如。據本集，題下尚有「得家書」三字。蓋以爲與曙相逢雖誠可喜，然接一封故園消息而讀之，則身在萬里之外，客愁俄起，雙淚難免從落。三、四二句以極和平語出之，真不負稱「開寶諸公之遺」也。夏口屬鄂州，「涔陽」一作「潯陽」，所以擄列地名者，注明可言「萬里餘」也。「帆落」乃喜曙之來，「雁疏」乃寄慨於故園尺書之難得。二句猶可謂不脱清思。相逢忽相别，是相知雖久而相見不易也。以茲相逢之時而不得相歡消遣一日，則明日亦唯至於空相思耳。故應拭兩行之淚、酌百斝之酒，聊以誌此會合。《襄陽耆舊傳》云：「漢水中鯿魚甚美。」所謂「漢江魚」乃指鯿魚，録土宜入細，亦足見其親熟乎？

端與曙相善，曾於端之七律説之，併舉端寄曙者數句。今就曙集更抄二律，其一云：「共憶南樓日，登高望若何。楚田湖草遠，江寺海榴多。載酒尋山宿[二]，思人帶雪過。東西幾回别，此會各蹉跎。」其二云：「雁稀秋色盡，落日對寒山。避事多稱疾，留僧獨閉關。心歸塵俗外，道勝有無間。仍憶東林友，相期久不還。」前者乃贈端者，後者乃因訪深上人而憶端者。言「東西幾回别」、言「相期久不還」，髫年故舊參商暌離者如此之多，轉見「相逢萬里餘」之可驚喜也。

【校勘記】

[一]岳州逢司空曙：《全唐詩》卷二百八十五作《江上逢司空曙》。

[二]尋：底本誤作「留」，據《全唐詩》卷二百九十二改。

洛陽早春　　顧況

何地避春愁，終年憶舊遊。一家千里外，百舌五更頭。客路偏逢雨，鄉山不入樓。故園桃李月，伊水向東流。

孤客胸中所蓄者唯春愁萬斛，欲消遣之亦不能，轉憶起曾遊之歡娱。春愁何由而生耶？因我家在千里之外，欲歸而不能也。聞百舌於五更，欲眠不能者，乃春愁之所易生，而況今年偏多雨，轉令悶悶欲絶乎？

青山雖時送翠，然端的非是鄉山也！前爲不眠之候，自第四句而來；後爲不歸之感，自第三句而來。皆春愁所易生者，更導出七、八句。客路多雨，春愁赴暝，遊子固難爲情；而故園則桃李正得其時，春風澹澹，春水淙淙，細膩風光於追憶舊遊之時早已繪出於胸中。是其所以感不歸而贏得滿胸之春愁也。此詩於第一句之「何地」逼出洛陽，於第二句之「終年」逼出早春，三、四句偶然湊泊，不失於妝砌，五、六句尤可見出於自然。況逸詩云：「遠寺吐朱閣，春潮浮緑煙。」描春色而穠艷清麗，殆近六朝人語。若故園桃李時節絶好風景恰如此二句，則遊子安得不神往耶？

「百舌」乃反舌，《月令》言「仲夏反舌無聲」者是也，蓋以善反覆其舌而爲百鳥之語得名。少陵詩云：「知音兼衆語，整翮豈多身。花密藏難見，枝高聽轉新。過時如發口，君側有讒人。」即以此鳥喻讒佞也。況亦不得志於時者，亦曾爲人劾而遭遷謫，故或以百舌爲比於小人。然若視作以「何處避春愁」發興，則解裏面之意爲比體者非亦徒勞乎？

送陸羽[一]

皇甫曾

千峰待逋客，香茗復叢生。採摘知深處，煙霞羨獨行。幽期山寺遠，野飯石泉清。寂寂燃燈夜，相思磬一聲。

初，龍蓋寺僧於水邊見群雁下覆一小兒，拾而養之，以爲弟子。及稍長，自筮遇蹇之漸，繇云「鴻漸于陸，羽可用爲儀」，乃自名爲姓陸、名羽、字鴻漸。又不爲僧，有文學之才，耻一物不能盡其妙。於茶術最著，著《茶經》三篇，言茶原、茶法、茶具者最備。此詩稱「送羽歸妙喜寺者也」，寺在吴郡，羽曾與靈徹、皎然同居之，「於寺傍創亭[二]，以癸丑歲、癸卯朔、癸亥日落成，湖州刺史顔真卿名以『三癸』，皎然爲賦詩，時推三絶」。「寂寂燃燈夜，相思磬一聲」，送而真可謂不失其爲寺中人也。

「逋客」乃隱者，《北山移文》云「請迴俗士駕，爲君謝逋客」是也。千峰正春，茶芽叢生，是待隱者採摘之時。心有所詣如羽者，特又將選擇其最上品而赴千峰深處、煙霞濃邊，任意來往以勤採摘，是自家所以羡其閑適不置也。是爲「送」之正意。譚元春云：「妙在一氣清轉無尋處。」洵然。獨行於煙霞，故時相訪者唯有山寺；稱遠，則可知採摘之爲深處。有時踞石而開所携之野飯，汲石泉，試新茗，則山深水清，興亦多趣。十字乃承「獨行」而説下者，六句於羽特爲精切。七、八句歸住「送」字而及兩者之交情，以爲幽趣雖如此之多，而朋友之誼亦不可得忘，故羽於寺中燃燈夜坐時，敲磬一聲，而當仍不忘相思，非獨以自家之碌珞塵凡而羡羽之煙霞獨行也。歸著於交情而仍有一種清超出塵之致，雖非高格，不失雅音。是二皇甫所以在中唐稱「鐵中錚錚」者也。

大和中，復州有一老僧，自稱羽之弟子，常諷誦羽之歌句云：「不羡黄金罍，不羡白玉杯。不羡朝入省，不羡暮入臺。惟羡西江水，曾向金陵城下來。」一氣神行，飄然超世之概，於句中可得想見。而其惓惓於「西江水」者，乃因羽於泉品有所見，故致之也。相傳李希卿爲湖州刺史時於維揚遇羽，語云：「陸君善茶，天下所聞，揚子南零之水又殊絶。二妙今千載相遇，何可輕失乎？」乃命軍士信謹者挈瓶操舟以赴南零。

羽潔其器而俟之。俄而水至，羽乃以杓揚水云：「江水則江水矣，非南零之水，却似臨岸者。」軍士稱不敢紿而不服。既傾水於盆中，至半遽止，又以杓揚之云：「此則南零也。」軍士蹶然驚起，稱：「某自南零賫到江岸，因於舟傾瓶水，恐其或匙少，挹岸水以增之半。處士之鑒入神也！」李爲大驚。一場事，當爲小説家欲神羽而説之者，雖不免誇大，然其技之進乎神，真不無令鬼夜哭者。其論水云：「山水爲上，江水次之，井水爲下。」余以「野飯石泉清」爲最精切者，乃因山水爲上品而轉可想像羽之高趣也。

【校勘記】

［一］送陸羽：《全唐詩》卷二百十作《送陸鴻漸山人採茶回》。

［二］亭：底本誤作「堂」，據《唐才子傳》卷八改。

贈喬尊師　張鴻

長忌時人識，有家雲澗深。性惟耽嗜酒，貧不破除琴。静鼓三通齒，頻湯一味參。知師最知我，相引坐樫陰。

一、二句乃尊師之所居，恐塵世俗人來問，故深藏而不使知也。三、四句乃尊師之嗜好，超然生涯，俗間萬般之物不足以動其心。時唯有聘杜康以供遣興，不然則唯彈焦桐以自適。琴之高調遠韻，真足令清風生於指端。是所以尊師雖家無長物，而尚不拚却之也。「破除」「耽嗜」乃叠用兩字而斡旋者，自有獨造之致。宋人學之者雖多，若數見，却至有刻劃傷真之弊。近人則厲樊榭時爲此體，如「薄雲淡日商量雪，翠柏黄梅點綴春」最爲可觀，蓋亦學仙而不落旁門者乎？五、六句乃尊師之課程。《酉陽雜俎》云：「左齒相叩爲天鐘，右齒相叩爲天磬，中央上下相叩爲天鼓。」以供吸氣召神也。「三通」乃三叩，稱「静鼓」，其心靈之静肅可見。《本草》云：「人參司補五臟、安精神、定魂魄。」「湯」乃煎而用之。融一味人參以供却老，是亦適於尊師世外之行也。七、八句乃尊師之情誼。尊師之避來賓，是恐其携俗塵而來也。故脱然如自家者，則喜而相迎，坐於雲澗深處、樫樹之下，半日清談尚且不倦，或酒或琴，亦以使賓樂而盤旋。尊師之可親處在是，尊師之可尊處亦在是。第七句叠用「知」字，前者屬我，後者屬彼，於短句中出變化，亦自警健也。

客中　　于武陵

楚人歌竹枝，游子淚沾衣。異國久爲客，寒宵頻夢歸。一封書未返，千樹葉皆飛。南過洞庭水，更應消息稀。

《傳》云：「武陵名鄴，以字行，杜曲人也。大中時雖舉進士，不稱意，携書與琴往來商洛巴蜀間，或隱於卜中，存獨醒之意。默默而語不及榮貴，其超出人世，有高人之風。」詩常道及故國團圞之事，其情之真，固可與其節之高並行也。

《竹枝》多幽愁惻怛之音，故楚人每歌之，遊子聞之則潸然出淚也。因顧自家久客異土，欲歸無期，於夜夜夜深時徒有夢魂飛越千山萬水。況地爲異國而不易接平安家信，時爲寒宵而落木已甚哉！是「沾衣」之所不得已也。而表面之意則成二句一氣連續，因其隔絶之甚，故書發於春日而秋日尚未見復書，似亦無不可。今因事而將渡洞庭南去，地愈遼遠，消息當愈稀少矣。遊子臨行躊躇低徊，濺淚於《竹枝》一曲者可謂愈切。《傳》又云：「武陵嘗南來至瀟湘，愛汀洲芳草，加之千古騷人之舊國，欲卜居，未果，歸老嵩陽別墅。」以武陵之高風卜居瀟湘之地而不果，今雖不能知其爲何故，就「南過洞庭水，更應消息稀」推測之，余思非因武陵懷故國者切，乃至於是乎？若非其情之真，争得如此耶？

長安春日

曹松

浩浩看花晨，六街揚遠塵。塵中一丈日，誰是晏眠人。御柳垂著水，野鶯啼破春。徒云多失意，猶自惜離秦。

楊柳依依垂著御溝，黄鳥恰恰啼破春色，起句正説長安春日也。春色一遍，則看花之客傾於朝野，浩浩是趨，長安市上，行處無不捲起黄塵。故楊巨源言「若待上林花似錦，出門總是看花人」，劉禹錫亦言「紫陌紅塵拂面來，無人不道看花回」，而塵沙眯目之中旭日已上一丈矣。在此際，何人晏起而徒過此看花之晨哉？若非失意者，誰能守愚如此耶？自家是也。以自家緊接彼都人士，以「塵中一丈日」之句直承前句之

「塵」字，造語奇甚，蓋非此不足以寫出彼都人士之令長安俗殺也。令長安俗殺如此，則失意如自家者宜速去之。然雖不遇之極，而尚期知音於萬一，故不忍空辭而去。若歸，則知音更難得也。寫出所謂進退維谷之狀，令人涕下。前半斗然而起、斗然而倒，比之「諸公袞袞登臺省，廣文先生官獨冷。甲第紛紛厭粱肉，廣文先生飯不足」，雖地位既異、詩意亦不同，感慨則當一其肺腸也。

已前共十首

或曰「三、四句如對如不對」，不必然。或云「攄列用數字者也」。

題破山寺後院[一]

常建

清晨入古寺，初日照高林。曲徑通幽處，禪房花木深。山光悅鳥性，潭影空人心。萬籟此俱寂，惟聞鐘磬音。

破山寺在蘇州常熟縣，《藏海詩話》言「破頭山有此詩石刻」者是也。破題乃破山寺，初日杲杲而上，高林暉暉而麗。「古」字緊住「清」字，「高」字緊住「初」字，錘鍊之至。頷聯乃後院，禪房四面，花木深深，故一徑迴環紆折於其間，由徑而進，則愈深愈幽也。頸聯與結句雖固寫後院者，而亦合收山寺。晴嵐翠靄之下，衆鳥亦達天機而怡悅，人心亦空空，潭影之净可鑒。昔人云：「青天白日，和風卿雲，非特多喜色，即禽鳥亦有好音。」移而足可以釋此時之情。悦悦空空俱帶禪理，山光潭影倒裝出之，妙在其爲切實，妙在其不平直。仰觀山光，俯瞰潭影，而塵念於此消滅，一思不動，萬籟亦無聲。南郭子綦云：「吹萬不同，而使其自已也，咸自取怒者其誰邪？」「吹萬」乃萬物有聲，而言造物爲之。今禪寺幽寂，鐘磬以外無微響，人心空空，亦豈獨潭影使然耶？以「清晨」二字起，初日高林、曲徑禪房、山光潭影、萬籟鐘磬，皆含蓄此二字説下，而後幽者轉幽、静者轉静。鍾伯敬云：「無象有影、無影有光，是何物？參之。」譚元春云：「清境幻思，千古不磨。」紀曉嵐云：「興象深微，筆筆超妙，此爲神來之候，『自然』二字尚不足以盡之。」俱可謂推賞之至。

三、四句十字以散句行之，故一、二句仍用對語，唐人多有此例。方虚谷云：「自是一體，蓋亦古詩律詩之間。」然聲律諧和，雖爲不對之對，而仍爲律詩也。非可以十字爲散句，而直目之爲古、律之間。若如此律之，則令虚谷見八句不對之律詩，其將謂之何？要之，當行則行，當止則止，乃至於此耳。故殷璠《英靈集》推以爲警策。歐陽廬陵亦愛之，以爲「欲效作數語，竟不能得，以爲憾」。虚其懷而服其善者，可敬也。東坡乃云：「此語誠可人意，然於公何足道？豈非厭飫芻豢，反思螺蛤邪？」是嘲廬陵有偏嗜也。晦庵乃云：「今人却不知此意思，只管鬬事使難字，便謂之好。」是贊廬陵取平易也。視東坡之嘲，可知其詩風之異；視晦庵之贊，可知其詩法之所嚮。而建之十字依然有遠韻，較以柳子厚「道人庭宇静，苔色連深竹」，而以此爲遠不相及者，未可直爲首肯也。或云「廬陵在青州時，手書十字於廨後山齋，『通』字作『遇』字」，漁洋評之云「果然不解此詩之妙者也」，亦爲可著意之處。

《英靈集》首撰建之詩以冠全集，更嘆其終淪於一尉云：「高才無貴士，誠哉是言！劉楨死於文學，左思終於記室，鮑照卒於參軍，今常建亦淪於一尉，悲夫！」愛其才而愴其遇，其意亦可憐也。建之詩幽遠者最勝，雖有「戰餘落日黄，軍敗鼓聲死」之一體，要非本色。其《江上琴興》云：「江上調玉琴，一弦清一心。泠泠七弦遍，萬木澄幽陰。能令江月白，又令江水深。始知梧桐枝，可以徽黄金。」神韻縹緲有仙氣，覺如無數駕鶴神人冉冉自紙間飛去。「山光」「潭影」十字在近體亦能接其踵。相傳建既不得志於有司，招王昌齡、張僨同隱於鄂杜，其詩旨之幽遠者真根於此也。當可參觀奚賈在嚴陵灘下寄建之詩及其超出象外之狀，詩云：「日入溪水静，尋真此又難。乃知滄洲人，道成仍釣竿。漾檝乘微月，振衣生早寒。紛吾成獨往，自速耽考槃。已息漢陰誚，且同濠上觀。曠然心無涯，誰問容膝安。」

【校勘記】

［一］題破山寺後院：《全唐詩》卷一百四十四作《題破山寺後禪院》。

暮過山村

賈島

數里聞寒水，山家少四鄰。怪禽啼曠野，落日恐行人。初月未終夕，邊烽不過秦。蕭條桑柘外，煙火漸相親。

「怪禽」「落日」一聯以善盡羈旅慘悽之味稱。蓋曠野獨行，魂怯者一也；落日昏黑，魂怯者二也。我魂先怯，故禽聲一響而忽爲所嚇殺。薄暮、山村，寫來皆入神妙。將言之，故先位置山村云：於時山村雖非無人家，然孤店而無鄰並，除却流水之悄悄，四邊又不聞一籟，數里之間唯蕭條而行於暗中。岑寂之極，所以一禽而令破膽也。上四句不負與岑參之「疲馬卧長坂，夕陽下通津。山風吹空林，颯颯如有人」並稱。「初月」乃新月，未夕而出，接「落日」而極力寫薄暮，不可以爲相礙也。六句一轉而道及時事：秦地烽火頻揚，邊戍雖急而尚未至於此地，故雖羈旅之苦如此，思之尚且可慰。若邊烽一至，此地之可恐者當不獨止「怪禽啼曠野」之比也。「邊烽」由薄暮引出，妙。曠野行盡，則蕭條桑柘遥遥可認，孤村煙火微微可辨，乃知人家已近，喜我得至投宿之處，意忽降，亦忘來路之艱苦。非慣於行旅者不得解個中消息也。

「怪禽」「落日」一聯，幽峭奇警，雅見爲浪仙當行本色之語。因思島僧而儒、儒而官，生計艱苦，心情孤冷，滿腔心血實似於此種詩中攄出。傳者云：「島居法乾寺時，宣宗一日微行至寺，聞鐘樓上有吟哦之聲，遂登樓，取島於案上之詩卷覽之，島不知其爲帝，攘臂睨之云：『郎君何會之邪？』遂奪取詩卷。帝慚忿，下樓而去。」白龍若爲魚服，則豫且尚捕之，島不知帝而斥之者亦所不得已也。然島眼中無人之狀在攘臂睨之之中，冷遇如此，即非帝亦不可堪也，况其乃萬乘之主、生殺予奪具於其手耶？雖韓公極力稱揚，而其沈淪一官者正天性之所致也。長安桂玉之地，不可得一日安生，故云：「市中有樵山，我舍朝無煙。井底有甘泉，釜中乃空然。」其窮苦困厄者憐且有餘，其發而爲吟哦者亦争得爲容與和平之音乎？其不第時咏病蟬云：「病蟬飛不得，向我掌中行。折翼猶能薄，酸吟尚極清。露花凝在腹，塵點誤侵睛。黄雀并烏鳥，俱懷害爾情[二]。」諷意現然，刺人最甚，終成所憎。或奏其與平曾等爲「十惡」，逐出都門。蓋島之語自非長安道上之語，人亦非長安城中之人，故於此種題目筆意始相合而爲當行本色之語，所以其幽峭奇警者固他人所不可企及也。

【校勘記】

［一］俱：底本訛作「但」，據《全唐詩》卷五百七十三改。

山中道士　　賈島

頭髮梳千下，休糧帶瘦容。養雛成大鶴，種子作高松。白石通宵煮，寒泉盡日舂。不曾離隱處，那得世人逢。

《太玄經》云：「髮當數櫛，血液爲不滯，髮根常堅。」學道者準以爲則，日梳千回。道士於時辟穀不食，故清瘦不類世人。先從道士之容貌身體説出，然後及其行事，養鶴雛、種松子、煮白石、舂雲母者是也。鶴不易大，松不輒高，道士殷勤爲之者，一以示塵外之幽趣，一以狀道士得不老之法也。白石子嘗煮白石爲糧，因就白石山而居，第五句用之；廬山雲母多以水碓搗之，第六句指之。仙家之食如此，則於休人間之糧者何有哉？此十字暗應第二句，道士之行事亦已道盡，而更道其心事爲結。言道士於世無所求，故終日惟在山中，世人不得見之也。稱之「那得世人逢」者，乃倒裝句法而出之，其實與「長忌人識，有家雲澗深」無有些異。詩風平熟，與前詩如出別手，是所以非浪仙之至者也。虚谷稱其「無一句不佳」，稍近阿好之言。然島哭柏巖禪師云「寫留行道影，焚却坐禪身」，而致「燒殺活和尚」之嘲語，以此相比，則尚覺此足堪諷誦。

贈山中日南僧[一]　　張籍

獨向雙峰老，松門閉兩涯。翻經上蕉葉，掛衲落藤花。甃石新開井，穿林自種茶。時逢海南客，蠻語問誰家。

「日南」在驩州，以在日之南之意得名。「雙峰」在五祖山，老僧遠從日南來居之。言「獨」、言「老」者，所以寫出山中之僧也。「松門」乃寺門，「兩涯」乃兩角，第二句言雙扉正閉，可見山中無客之狀。老僧做何事耶？譯佛經而書於蕉葉，曝衲衣而橫於藤架，閑適之致如此，亦無他意。有時將開井，甃石而作貯水之池；有時將種茶，穿林而下鋤犁。山中清課乃在自力自樂，起首之「獨」字雅能周釋於此。松門雖已閉，有時非無故園之客來訪；老僧雖言早已捨世，逢鄉人亦不免喜迎而以鄉音應接。老僧去國既久，相逢之時鄉思百端相生，不知當先問以何事。「問誰家」乃當問誰家事之義。以「蠻語」二字歸到日南之正意，全局皆活，乃如「翻經」亦因其爲異方人，故最見其切也。劉貢父云：「張籍五言律詩平澹可愛。」「平淡」二字亦此詩所甘受而不辭也。

「蠻語」本於晋郝隆，隆曾任南蠻參軍，意甚不平。恰當三月三日之會作詩，隆初亦以不能作而受罰酒，既飲之後，擷筆賦一句云「娵隅躍深池」。桓温亦在坐，問：「娵隅是何物？」隆答云：「蠻語以魚稱『娵隅』。」詰之：「作詩何以作蠻語？」則答曰：「千里來謁，僅得南蠻參軍，何得不作蠻語也。」隆以磊落豪宕之才、鬱塞不平之氣發而爲此語，後人以爲佳話，即本其語而點綴於此，正切於老僧之爲海南人也。

【校勘記】

［一］贈山中日南僧：《全唐詩》卷三百八十四作《山中贈日南僧》。

田家　　章孝標

田家無五行，水旱卜蛙聲。牛犢乘春放，兒孫候暖耕。池塘煙未歇，桑柘雨初晴。歲晚香醪熟，村村自送迎。

「五行」乃金木水火土。《白虎通》云：「言『行』者，欲言爲天行氣之義也。東西南北併中央各有其所主，以寓陰陽相運之理，天文曆數皆由之出。」故在必須水旱之農家，自催種插秧以至稼穡收穫，一日不可欠之。而田家翁嫗，有誰解得五行相運之理乎？既不解五行却不誤四時之順者，事甚近奇。然農家亦有習慣、有經驗，聞蛙聲而不難卜一年之水旱，故有稱農人占蛙聲之早晚大小而卜其歲豐歉之語。「無」當解爲「不要」之意，應知第二句乃舉一事而例萬事者。春至則牛犢放，天暖則兒孫耕，煙生池塘而未散，雨滴桑柘而漸晴，當此時，全村舉而自力。惟其如此，亦不須有五行之理論，而其所爲常不背戾於五行也。年年歲歲，大祝有年，歲晚相集，傾新釀而陶然相醉。似不據五行而與五行相合，真令「我不如老農」之語實於千古矣。描質樸之狀亦不失一幅田家圖畫，對照王駕《秋社》，可知律、絶各有其妙。

此詩一題作「長安秋夜」。按詩意，前六句爲春日，後二句爲歲晚，斷無一語及於秋夜者。歲晚亦爲豫擬之者，故不得以之係於秋意也。加之全首毫不關乎長安，不如題「田家」之爲切到。馮鈍吟不先正其誤而直抹殺此詩，其果何心哉？

秦原早望

章孝標

一忝鄉書薦，長安未得回。年光逐渭水，春色上秦臺。燕掠平蕪去，人銜細雨來。東風生故里，又過幾花開。

年華水逝，春色天來，是此詩之所興感也。故以前聯爲大關鍵。「渭水」與「秦臺」皆就秦原早望中物而立言者，是爲著題之妙。其所以嘆「年光逐渭水」者何哉？因自家來長安全爲鄉貢也。受薦至此，則宜速達青雲之志，然落魄客舍，一寒如此，空歌「行人自笑不歸去」，而今復遇春色，此非可嘆耶？其稱「春色上秦臺」者何哉？平蕪渺渺，燕子剪其中而去；春雨蕭蕭，行人横其間而來。煙景迷濛之中自促吟哦之情也。七、八句一轉，憶到故里，以應「鄉書薦」。以爲秦原之春色既如此，故里之春色亦當如此。屈指久客不歸之日，則其辜負花時者已不知幾回矣。是所以即景而興感也。借春色而寫年華，語自雋麗，妙在無徑露之弊。如吴梅村「烏柏紅經十度霜」，學之恰到好處。

此詩意極感慨，語却極蘊藉。故虚谷稱「其思優游而不怨，可取」；曉嵐稱「興象天然，不容湊泊，此五律最熟之境。而氣韻又不涉甜俗，故爲唐人身分」。蓋亦非溢辭。而伯弜所以以之爲「四虚」者，乃因「逐」「上」「去」「來」四字能巧使其句斡運迴旋而生情思也。所謂以實爲虚、自首至尾如行雲流水者，正此也。

孝標數不第，因《歸燕》詩得知於主司，不久中榜。嘆「長安未得回」者亦可憐也。其除正字而東歸，題詩杭州樟亭驛云：「樟亭驛上題詩客，一半尋爲山下塵。世事日隨流水去，紅花還似白頭人。」始以「還似」爲「笑我」，自改之，且語人云：「我將老而成名，似我之芳艷詎能久乎？」及還於鄉，便逝。曾歌「又過幾花開」之人今乃與芳艷共消於朝露，其感年華、嘆春色者轉使人覺其情之悲。昔人云：「前有章八元，後有章孝標，皆桐廬人，共不達。」知其人而讀其詩，則誰又能惜一幅痛淚之濺耶？

已前共六首

中四句雖虚，以實事之景象言情思者也。

卷下坤　五言律詩

前虛後實

周弼曰：謂前聯情而虛，後聯景而實。實則氣勢雄健，虛則態度諧婉。輕前重後，劑量適均，無窒塞輕俗之患。大中以後多此體，至今宗唐詩者尚之。然終未及前兩體渾厚。故以其法居三，善者不拘也。

「四實」「四虛」，二體略具，然後染指於虛實參互之格。而「前虛後實」之所以先於「前實後虛」者何哉？實之氣勢、虛之態度，鈞量不相齊，故欲以之矯上重下輕之弊也。晚唐最多此體，一情一景，互相救之，於理雖似最宜，然在伯弜之時，爲此體者徒擬皮相，遂成千篇一律者，比比皆是。伯弜有意正之，是其所以次於「四虛」「四實」之格而教之也。范晞文云：「司空曙之『故人江海别』、郎士元之『暮蟬不可聽』皆前虛後實之格，今之言唐詩者皆尚之。及觀其作，則虛者枯、實者塞，截然不相通。徒駕宗唐之名而實背之也。」

若知當時風氣如此，則於伯弜所以位置之於此者，思當過半乎？

雲陽館與韓外卿宿別[一]　司空曙

故人江海別，幾度隔山川。乍見翻疑夢，相悲各問年。孤燈寒照雨，深竹暗浮煙。更有明朝恨，離杯惜共傳。

此詩傳久別乍逢之神。滄江一別，雲山迢遞，參商隔絶不相見者多年。由其稱「幾度」，可知從前之相逢相別、離合無端。以回首當初説起，久別之意早在言下，以逼出前聯。久別而以爲殆將無由得再會於生前矣，乍邂逅於雲陽客舍，是爲真乎？將爲夢乎？自又無外乎驚其爲意外，相逢者是如夢而真也。把臂歡晤，其樂不可言。魂漸定而互相諦視，則頭上髮白、面上皺深，俱無別前年少之風采，於是交問其齡，感老境之易至，嗟別離之久，悲喜交集之狀以十字寫出，其逼真處正須十字一氣讀下。以上四句抒寫性靈，筆路自在，故將承之以嘯歌景物。而雨蕭蕭、燈黯黯，輕煙罩處、深竹摇邊，何等凄凉之光景哉！兩兩相會，歡則歡矣，然對此光景，將何以爲情耶？況今夕雖乍相逢，明朝又將乍相別。爾我雖已慣嘗此味，而一杯酒、三叠歌，在今夕想之，景則悲哉秋之爲氣，人則黯然別之銷魂。其謂「共傳」者，乃會於客館、無主無賓、互相獻酬之意，「惜」字有無限感慨。以舊別起，以新別結，首尾相呼，中間一氣貫下，無飣餖者流習。杜《贈高式顔》詩云：「昔別是何處，相逢皆老夫。故人還寂寞，削迹共艱虞。自失論文友，空知賣酒壚。平生飛動意，見爾不能無。」申涵光評之，謂「誦起二句，如聞其聲」。今以此詩擬彼：全首之爲樸摯者，乃彼所獨擅也；而以虛字斡旋、形容之妙如聞其聲者，則此亦何多讓彼耶？謝茂秦云：「戴叔倫『還作江南會[二]，翻疑夢裏逢』遂不及。」胡元瑞云：「李益『問姓驚初見，稱名憶舊容』絶類之。」要皆阿堵傳神之語，想而味之，情融神會，殆如直述，亦非唯以實字窒塞堆積者所能。余於後人求其繼者而得吴偉業一詩，其《遇舊友》云：「已過纔追問，相看是故人。亂離何處見，消息久難真。拭眼驚魂定，銜杯笑語頻。移家就吾住，白首兩遺民。」無論通首有真氣，起十字早已捉住久别乍逢之神理，亦如聞其聲者。「馬上相逢久，人中欲認難」之句亦將無顔色，蓋亦虛字斡旋之妙也。

【校勘記】

［一］雲陽館與韓外卿宿别：《全唐詩》卷二百九十二作《雲陽館與韓紳宿别》。

［二］會：底本誤作「客」，據《全唐詩》卷二百七十三改。

酬暢當　　耿湋

同游漆沮後，已是十年餘。幾度曾相夢，何時定得書。月高城影盡，霜重柳條疏。且對樽前酒，千般想未如。

當既有志於方外，漳寄之者不止此，此詩乃答其詩者。雖不輒道及方外之事，而交情之深可得見之於行間。「漆沮」者，傳雍州富平縣石川河即是也。自漳與當遊於此地已過十年，一在天涯、一在地角。僅相會於夢中，雖有慰我思者，然夢亦無聊賴，不能如我意之赴。若有消息，或真可以忘十年之憂，而其來之稀，非可恨之至耶？然既題云「酬」，則其得信也必，其言「何時」者，乃將再期他日者乎？「曾」字、「定」字俱爲字眼，從錘鍊中出之，悵然惘然者亦從個中湧出。以上四句自回顧久别而起筆，與前詩雖同其法，然彼乃真逢，故接到眼前；此乃寄懷，故述去來而暗寫現在，是其别也。城頭之月，離雉堞而愈高；江上之柳，帶新霜而漸瘦。如此索莫之境，將借酒而掃愁，而以其孤寂坐於燈前，非復當初同遊之高興可比。懷彼想此，相思生於深衷，却無可如何矣。是因「酬」而轉嘆再會之無期，以令反映起首也。

漳乃中唐名手，前已説之。其在五律以《春日即事》詩最爲可誦，云：「數畝東皋地，青春獨屏居。家貧僮僕慢，官罷友朋疏。强飲沽來酒，羞看讀破書。閑花更滿地，惆悵復何如。」「家貧」之句與王維之「久客親僮僕」異曲同工，「官罷」之句與孟浩然之「多病故人疏」殊途一軌，比之「相夢」「得書」一聯，更覺其情之切。而戴叔倫《酬盩厔耿少府漳見寄》云：「方丈蕭蕭落葉中，暮天深巷起悲風。流年不盡人自老，外事無端心已空。家近小山當海畔，身留環衛蔭墻東。遥聞相訪途逢雪，一醉寒宵誰與同。」是即以漳之所以酬當者酬於漳，友朋之情深、會合之緣淺，瞑目而可想到。至叔倫《送耿十三漳復往遼海》之「仗劍萬里去，孤城遼海東。旌旗愁落日[二]，鼓角壯悲風。野迥邊塵息，烽消戍壘空。轅門正休暇，投策拜元戎」，則可見漳非特帶山水之音，亦不短風雲之氣，自屬别格也。

【校勘記】

［一］日：底本訛作「月」，據《全唐詩》卷二百七十三改。

寄友人　張蠙

世道復何如，東西遠索居。長疑即見面，翻致久無書。甸麥深藏雉，淮苔淺露魚。相思不我會，明月幾盈虚。

蠙字象文，乾寧中進士，爲櫟陽尉，避亂入蜀，爲王建所用，拜員外郎。題詩大慈寺，有「墻頭細雨垂纖草，水面風回聚落花」之句，徐后見之嘉賞，命進詩稿，凡呈二百首。將以之爲知制誥，因宋光嗣言其輕忽傲物，其人不足取而止之，衹賞黄金而已。詩既得知，而人遂不爲世所容。隴狐試客、沙鶻欺人不必白草黄沙之事也，可嘆乎！

「索」猶如散，我與爾東西離散，因世事而至於是，可悲之極。把臂相逢，畢竟乃未了之緣也。於此不平之局，何處足可談心哉？我心雖不能平，而信緣之未了，故當初同期於別緒未盡而將早已會面。既期於會面而談心，則亦何故學裁書而通我意之迂耶？此句巧爲曲折其語，其意亦自然深遠。謂我之情思既如此，彼之衷懷亦當無異，不得以「去去日以疏」之語説彼我也。後聯點明時節：甸地之麥芃芃而秀，野雉飛而藏其間；淮水之苔淺淺而生，游魚躍而游其上。舉其地者，所以收第二句之「遠」；舉其物者，所以收第四句之「久」。七、八句顯説「久」而「遠」在其中，以爲明月一盈一虛已不知其幾回矣。其以「月」説久別者，與章孝標借「花開」而寫歲月流移同一義也。月尚有團欒之期，人常在缺陷之天，寄興於此，情思自饒。就此詩而想其人，則「輕忽傲物」者殆不能無別人之感矣。

送喻坦之歸睦州[二]

李頻

歸心常共知，歸路不相隨。彼此無依倚，東西又別離。山雲含雨潤，江樹逆潮欹。莫戀漁樵興，人生各有爲。

「坦之」乃喻鳧字，與頻同爲睦州人，同在京，今也獨還。行者固不勝情，止者亦將何爲興耶？故上半一氣言説，合叙行者止者，自異於尋常應酬之泛語。長安非久住之地，歸心之急同，而君行我止；雖君行我止，而其所依無人者則一。君若得所依，則固可止；我若得所依，則又何忍令君獨歸耶？東別西離，行不遇，止亦不遇，其可傷者亦一。擒縱二「歸」字，可謂妙趣横生。山上之雲黯而潤者何哉？是非含雨意耶？江上之樹峭而欹者何哉？是非逆潮流耶？惡歸之人對之，則又不得不徒成傷心之具。然丈夫生乎此世，必當有爲，如一逢蹉躓即自棄者，乃碌碌兒曹之事耳。若夫幸而掃徑則松菊猶存，聊以杜門則琴書自足，韜晦於漁樵，有如不再試其材者，非我所望於君也。一結凜然，爲其友言之懇摯。而插「各」字以括自家，一束前半，此所以不可以爲尋常應酬之泛語也。

方干《送喻坦之下第歸江東》之什有云：「文戰偶不勝，無令移壯心。風塵辭帝里，舟檝到家林。過楚寒方盡，浮淮月正沈。持杯話來日，不聽洞庭砧。」說不可以文戰之一敗而挫折壯心，其殷勤者與此詩七、八句同一規言。就而考之，則此詩非亦於皐下第之時，與干同送其歸者乎？而後復看之，則皐惡歸之情愈苦，而五、六句之景物乃在有意無意間，與姚合「日晚山花當馬落，天陰水鳥傍船飛」之句相彷彿。想應然乎？

【校勘記】

［一］送喻坦之歸睦州：《全唐詩》卷五百八十九作《送友人喻坦之歸睦州》。

已前共四首

三、四二句情思婉曲，句法相同者也。

送李給事歸徐州覲省

孫逖

列位登青瑣，還鄉服綵衣。共言晨省日，便是晝游歸。春水經梁宋，晴山入海沂。莫愁東路遠，四牡正騑騑。

遜乃河南人，開元十年舉賢良方正，累遷刑部侍郎，以風疾徙太子左庶子，轉少詹事，卒贈右僕射，謚曰「文」。其知制誥時文章最精密，傳張九齡覽其草稿，欲易一字亦不能。其詩以「畫壁餘鴻雁，紗窗宿斗牛」「漁父歌金洞，江妃舞翠房」等句爲推，前者純然有唐初氣格，後者更有六朝風神。其官階如彼之貴，在主取江湖蕭散詩之此選中，特爲異樣另色也。

此詩容與不迫，自爲富貴人之語，比之於前二聯，殊覺音節和雅。其前半乃「送李給事覲省」：黄門侍郎日暮每入，對青瑣門而拜，謂之「夕郎」。「青瑣」乃刻户邊爲瑣文而飾青者，見《漢志》。「列位登青瑣」乃正説「給事」，班列相候，莊重可知。老萊子養雙親，行年七十尚著五色綵衣，爲嬰兒之戲自娱於親側，不使知老之已至。「還鄉服綵衣」乃正説「覲歸」，純孝而當欽羡者可知。故朝士皆言給事之榮歸省親乃何等快事也！「晨省」者何哉？《禮記》曰：「凡爲人子者，冬温而夏清，昏定而晨省。」謂候父母之安也。「晝游」者何哉？項羽曾言「富貴不歸故鄉，如著錦夜行。」故唐高祖亦因張士貴而有「令卿衣錦晝遊」之語。謂身榮而歸也。「共言」者不得不括二句而讀之。後半乃「歸徐州」：乘舟下梁宋，跨馬入故國，春水點綴之而清秀，晴山襯染之而明麗，自是從晝遊者眼中描出，較前詩之失意者，則夐焉而别矣。「四牡騑騑〔一〕」乃《詩經》中語，以對照前半之用語有出處，亦以應映「列位登青瑣」之狀景也。

【校勘記】

〔一〕牡：底本訛作「壯」，據《毛詩・小雅》改。

送溧水唐明府[一]　　韋應物

三爲百里宰，已過十餘年。祇嘆官如舊，旋聞邑屢遷。魚鹽濱海利，桑柘傍湖田。到此安民俗，琴堂又宴然。

「韋蘇州之詩高於王維諸人，以其無聲色臭味也」，是爲朱晦庵之語。「自李杜以來，古人詩法盡廢，惟蘇州有六朝風致，最爲流麗」，是爲徐師川之説。應物之性原高潔，到處焚香掃地而坐，雖有官守而不近俗，惟顧況、劉長卿、丘丹、秦系、僧皎然之儔得列於賓客，互相酬唱，故其詩閑澹簡遠，得山川之閑氣，具風月之高情，悟而不墮於空，理而不流於腐。最長於五古，與彭澤並稱「陶韋」，與柳州比稱「韋柳」，朱、徐二氏之所評洵非溢美也。即其近體亦灑然無塵，澄夐不見其倫。劉後村云「詩律深妙，流出肺腑，非勞力所可到」，方虚谷云「律詩亦雅潔」，胡元瑞云「近體婉約有致」，皆主指其五言也。

此詩亦得解爲前後二截，漢明帝曰：「郎官上應列宿，出宰百里。」明府牧民者已三回，歲月亦非不久，而今復遷邑去就，以明府之才而不遇如此，非可憐之事耶？第三句承第二句，第四句接第一句，所以深惜之者，即「送唐明府」之本意也，中有「溧水」。地濱海，故有魚鹽之利；湖有田，故有桑柘之陰。土之豐者乃民之所安，明府誠能因其俗而爲政，則百里晏然，無爲而治，可以資吏績之詮考。是憐其遇而慰之者，即「溧水」之本意也，中有「送唐明府」。昔宓子賤治單父時，日惟彈琴，身不下堂而單父治，其故何哉？在安民俗耳。蓋非慣於治民者不能出此語。蘇州詩云「身多疾病思田里，邑有流亡愧俸錢」，又云「自慚居處崇，未睹在民康」，黄徹評之云：「有官之君子當切爲此語。彼之一意供租、專事土木、視民如讎者，得無愧此詩乎？」嗚呼！平生所言如此真切，無怪其於贈人有動人之語也。

白樂天以爲「當蘇州在時，人亦未甚愛重，必待身後然後貴之」。蓋其所謂不愛重之人乃謂滔滔世上之俗眼者，而識者則隻眼已觀破者不少，同時劉太真《與蘇州書》云：「宋齊之間，沈謝吴何始精於理意，緣情體物，備詩人之旨。後之傳者失其源，惟足下制其横流，師摯之始、關雎之亂，於足下之文見之。」推重甚至。想蘇州不自求名而名自至，不炫才而人識之，蘇州之詩壇位置固不似唐明府之屈於卑官也。

【校勘記】

［一］溧：底本訛作「漂」，據《全唐詩》卷一百八十九改。送溧水唐明府：《全唐詩》卷一百八十九作《送唐明府赴溧水》。

送王録事赴虢州［一］　岑參

早歲即相知，嗟君最後時。青雲仍未達，黑髮欲成絲。小店關門樹，長河華嶽祠。弘農民吏待，莫遣馬行遲。

參與録事少日相知，氣壯而期唾手之功名。然時之不善，録事最後，尚繫名於微官，頭將斑而遥赴虢州。「青雲」乃比高位，須賈云「不意君致身青雲之上」是也。忽「早歲」、忽「後時」、忽「青雲」「黑髮」、忽「未達」「成絲」，一盛一衰，句中頓挫，有無限之愁心。函關寂，孤店獨倚於樹；華岳屹，長江遥環於祠。行至弘農，是已爲虢州之地，吏民齊引領以待録事之來，則録事之官雖卑，亦當驅馬而無所踟躕，行而應其望也。以早歲相知之人送青雲未達之人，其帶慰藉之意者與前詩無異，而「關樹」、而「岳祠」、而「弘農」，次第行路之風光，霏玉屑而擲金聲，精彩自生，是唾地成文之才也。

【校勘記】

［一］送王録事赴虢州：《全唐詩》卷二百作《送王七録事赴虢州》。

別鄭蟻［一］　郎士元

暮蟬不可聽，落葉豈堪聞。共是悲秋客，那知此路分。荒城背流水，遠雁入寒雲。陶令門前菊，餘華可贈君。

士元與錢起齊名，有「錢郎」之目。時自丞相以下，出牧者、奉使者若無二人祖餞之作，則人以爲愧。繹其詩格，則起更沈著，士元更閑雅。故其才雖或有大小之異，然其品不卑，真足可爲聯璧矣。於其詩採

「春色臨關盡，黄雲出塞多」「河源飛鳥外，雪嶺大荒西」者爲胡元瑞，採「荒城背流水，遠雁入寒雲」「去鳥不知倦，遠帆生暮愁」者爲高仲武，兩者雖别其體，而後者乃其本色之語，其謂「荒城」「遠雁」者即此詩之後聯。是雖不過其一斑，然亦足窺士元關乎餞送之全豹乎？

「蟻」一作「礒」，與士元同時遷移，從長安相伴至九江，蟻將赴蜀，士元將赴郢，東西分手於兹，故此詩題言「别」而不言「送」。蟬可聞也，緑樹如滴露之時，江天將日暮之處，三聲兩聲，悠然傾耳；而今則不可聞，此非因兩人將别、滿耳皆愁耶？暮蟬尚且如此，而落木蕭條，平日尚不能無摇落之感，在今日又争得聞之耶？加之悲秋自傷之兩人更將分於客路，雖稱丈夫之淚不濺於離别間，然此時此境，難免不覺潸然而下矣。落木深於暮蟬，分路深於悲秋，一意盤旋，句比句哀，起首之突如者最妙。故高仲武云：「古人謂謝朓工於發端，比之於今，有慚沮矣。」揚之雖甚，亦不爲遠。沈確士抑之云：「暮蟬落葉無有兩景，『不可聽』『豈堪聞』有兩意乎？」刺其合掌也。然此非周至之論，顧起二句乃翻用吴均之「落葉思紛紛，蟬聲猶可聞」，均置重於「猶」字，士元則置重於「豈」字。咀嚼「豈」字，層進之意瞭然，又可明乃翻均詩者也。是不能斷其爲同意同景者，而「暮」字、「落」字如映照兩人之身分，亦不可没其妙也。

五、六句乃九江别時之景，城背水，以「背」字影寫分袂之意；雁入雲，以「入」字影寫行客之態。言「荒」、言「寒」，無非悲秋中之物；言「流」、言「遠」，無非分路中之事。方鴻雁南來，而正驪駒東去也。余行至郢州時，黄菊應正爲幽。昔淵明植菊東籬而自樂，剩馥殘香長薰於人，余當學其節以自勖，若君亦體此意，則於治民者何有？互相奬勵之語，以菊花暗説之，人得直識其意之所在。或云「淵明種菊乃隱居中事，以之爲比乃失倫」。然是以其有爲令彭澤之事而用之耳，所以特書「陶令」也。

【校勘記】

［一］別鄭蟻：《全唐詩》卷二百四十八作《盩厔縣鄭礒宅送錢大》。

送韓司直　　皇甫冉

遊吴還適越，來往任風波。復送王孫去，其如芳草何。山明殘雪在，潮滿夕陽多。季子留遺廟，停舟試一過。

孤舟飄然遊於吴越間，因咀霞無飽而不言乘風歸去，是司直平生之事也。然後下一「復」字，導入現在，筆力可折鐵。「王孫」乃漂母呼韓信之語，因與司直同姓而用之，又因「王孫」而用「芳草」，謂「王孫遊兮不歸」之意。王孫已去，芳草空青，司直來往雖頻，然或恐其不歸也。「芳草」已點出春日，故接之云：殘雪存，而兩岸山色爲之明麗；夕陽照，而一江潮勢爲之渺漫。然是從行客眸中見之者，不可以爲送者眼前之物，故又接之而言至暨陽當尋季子之廟。「季子」乃吴之賢者，狄仁傑在則天武后朝焚吴楚淫祠千七百餘處時，其所留遺祠僅禹、泰伯、伍員三祠與此。懷古憑吊乃士大夫之常，司直至此可不停舟一過乎？點明「舟」字，「任風波」始見非泛然而下者，是全章布置之法也。

冉之五律以《巫山》詩爲傑出。蓋巫山詩自古不乏其數，鏤碧裁紅者、鏗珠鏘玉者、憑空結撰者、天璞地靈者不一而足。白居易過其下，終不成詩，語人云：「劉禹錫三年理白帝，欲作一詩於此，怯而不爲，罷郡時經此，悉去千餘首，但留四章。此四章者乃古今之絶唱也，後人造次不合爲之。」居易之巧爲藏拙，却是有大家規模處，觀「頷下之珠」，此語亦當爲可信者；而令倔强之禹錫尚且擱筆，可知即以四章横掃千古而有餘矣。四章之一爲沈佺期，云：「巫山高不極，合沓狀奇新。闇谷疑風雨，幽厓若鬼神。月明三峽曙，潮滿九江春。爲問陽臺客，應知入夢人。」一爲王無競，云：「神女向高唐，巫山下夕陽。徘徊作行雨，婉孌逐荆王。電影江前落，雷聲峽外長。霽雲無處所，臺館曉蒼蒼。」一爲李端，云：「巫山十二重，皆在碧空中。迴合雲藏日，霏微雨帶風。猿聲寒度水，樹色暮連空。愁向高唐去，千秋見楚宫。」而冉之詩亦居其一，「巫峽見巴東，迢迢出半空。雲藏神女館，雨到楚王宫。朝暮潮聲落，寒暄樹色同。清猿不可聽，偏在九秋中」是也。高仲武評其詩云：「自晋宋齊梁陳隋以來，採掇者無數，而補闕獨獲驪珠，使前賢失步，後輩却走。」推稱之極也，而後人多許冉之詩更冠於四首。細咀之、精嚼之，則知其詩之力洗浮囂，一歸澄鍊，高翔疾騁，不出規矩，真無媿於其選矣。禹錫就千百餘篇中而存四首，其識見之高，可謂與仁傑焚淫祀而存四祠者相似。冉之《巫山》詩又非此詩所及，可想見也。

途中送權曙[一]　皇甫曾

淮海風濤起，江關幽思長。同悲鵲繞樹，獨作雁隨陽。山晚雲和雪，天寒月照霜。由來濯纓處，漁父愛滄浪。

淮海風濤激，行旅不易，是現在也；江閣幽思可寫入吟哦，是去處也。曹孟德詩云：「月明星稀，烏鵲南飛。繞樹三匝，無枝可依。」客懷無聊，似鵲之繞樹無依，是曾與曙之所共也。《尚書》注云：「隨陽之鳥，鴻雁之屬。」今得地而將去，如雁之就暖，是曙之所獨也。同雲黯澹，雪華亂飛，明月凄凉，霜色遍白，山晚天寒，皆反映「雁隨陽」者，乃自家行旅之苦也。畢竟世途艱難，不如退伍於漁翁。漁父昔歌云：「滄浪之水清兮，可以濯我纓」，我意之所赴亦在於此，言不欲復度淮海之風濤矣。《全唐詩》一作張南史之「西陵懷靈一上人兼寄朱放」，然詩中不見懷上人之意，不如視作此題爲勝。

曾與劉長卿善，多唱和之什，雖官侍御而多爲閑適之語，蓋其性之所宜也。其赴宣州也，長卿送之云：「莫恨扁舟去，川途我更遥。東西潮渺渺，離别雨蕭蕭。流水通春谷，青山過板橋。天涯有來客，遲爾訪漁樵。」此詩乃成於長卿赴江西途上，故有「川途我更遥」之語。恰與「淮海風波起」相似，前聯之情思亦相同，惟有景中出之之别。末句以「漁樵」收，最能發明此詩，足可知曾之爲人。朱放《山中謁皇甫曾》云：「尋源路已盡，笑入白雲間。不解乘軺客，那知有此山。」曾盤娱泉石、嘯傲煙霞者非一日，招邀珠玉之盟、奔走衣裳之會者非其所欲，不待言矣。如盧綸《與兵部侍郎季紓刑部侍郎包佶哭曾》所云「攀龍與泣麟，哀樂不同塵。九陌霄漢侶，一燈冥漠人。舟沈驚海闊，蘭折怨霜頻。已矣復何見，故人應更真」，雖同僚哀輓，其體宜爲如此，而皇甫侍御乃有之。傳皇甫曾之面目，或不難乎？

【校勘記】

[一]途中送權曙：《全唐詩》卷二百四十九作《途中送權三兄弟》。

酬普選二上人[一]　嚴維

本意宿東林，因聽子賤琴。遥知大小朗，已斷去來心。夜静溪聲近，庭寒月色深。寧知塵外意，定後更成吟。

東林在廬山，乃遠法師開基之處，山中三百六十寺之第一勝境也。故欲一搜其幽，併接二上人之高風，宿寺、聽琴乃借事而申意。《傳燈録》云：「惠朗禪師稱大朗，振朗禪師稱小朗。」以普選二上人暫擬之。《金剛經》云「過去未來現在心不可得」，謂二上人塵念已斷，無一事攪心者。想二上人之高風，當十字作一句讀下，與孫逖詩同。五、六句乃東林勝境，緣崖傍砌，則疏籬之下，月色自應清凉；就樹穿林，則矮屋之前，溪聲自應幽静。高風得勝境而愈高，勝境待高風而更勝。此人若在此地，則雖塵念已斷，而難保無吟思之湧。二上人出定而相唱和，應有世外之音如來詩者是也。是我所以轉思東林一宿也。《全唐詩》「更」作「便」。第二句用宓子之事，故曉嵐解之云「當是在縣尹坐間相會」。然若如此解之，則語意不過徒爲深奥、徒費多言，不如以爲特用其彈琴之事，「子賤」二字别無深意爲勝。唐人中此例不少。

【校勘記】

［一］酬普選二上人：《全唐詩》卷二百六十三作《酬普選二上人期相會見寄》。

送鄭宥入蜀［一］　嚴維

寧親西涉險，君去異王陽。在世誰非客，還家即是鄉。劍門千轉盡，巴水一支長。請語愁猿道，無煩促淚行。

漢之王陽爲益州刺史，至九折坂嘆云：「奈何奉先人之遺體乘此險乎？」因回車而去。是孝子之至誠，千古所艷説也。然宥乃蜀人，省親還鄉，勢不得不涉此險。若孝子心中衹有一「親」字，則崎嶇者、岞崿者於我何有哉？是所以與王陽回車事異而意同也。以「異」字狀同意，乃反語之妙。欲入世成事者皆在都城策畫，誰非客哉？然團欒話鄉，尋常茶飯之事亦是所歡，其樂也融融。蓋宥亦不如意之人，故以之相慰。「劍門」乃大劍山，自漢中入蜀者必經此，故以門名。言「千轉」，則棧道羊腸，忽上忽下，漸而出峽。「巴水」

乃總稱嘉陵江、潼江、小劍水，所謂「學字流」者也。言「一支」，則分流屈曲，迢迢其遠。三、四句乃寧親，五、六句乃涉險，七、八句承涉險而歸到寧親。出峽即爲家鄉也，父倚門、母倚閭，遊子亦當見馬頭之米囊花而心已降。謂相逢之時宜盡團欒之歡、舉覲省之實，若話及猿聲滿樹、危而僅免之蜀道難，則父母聞未了而當淚下。孝子之涉險雖與王陽争其美，然説涉險非所以安堂上之心，宜可止之。是其表雖爲蜀道，其裏則爲世路，故是血是墨，當早已令宥淚可盈把矣。須讀至無字之處。

【校勘記】

［一］送鄭宥入蜀：《全唐詩》卷二百八十五作《送鄭宥入蜀迎覲》。

杭州郡齋南亭　　姚合

符印懸腰下，東山不得歸。獨行南北近，漸老往還稀。迸笋侵窗長，驚蟬出樹飛。田田池上葉，長是使君衣。

符命乃漢文帝時所創，文帝爲郡守作銅虎符、竹使符［二］，合符而令發兵。今也身爲郡守，故懸之腰下。謝安隱於東山，携妓而遊。今也身有官守，不能遂其初志。既不得歸，故建南亭，插奇峰於天際，引流水於門前，自公退而優游。謂衙與亭雖路相近，可得往來於昕夕，然年老而故人往來漸疏，故唯獨攬其勝耳。

「南北」接「東山」，妙如有關係；「漸老」應「不得歸」，自有悲意。筍之長也，有侵窗而迸；蟬之飛也，如出樹而驚。獨行偶見之光景，寫得其神理，勝其「過門無馬迹，滿宅是蟬聲」者多。「池上」則有田田荷葉，魚遊其下。《楚詞》有「製芰荷以爲衣」之語，是以香草自比其修潔者也。今也身無貪濫之污職、無聚斂之傷民，宜裁荷葉爲衣，以慰不得歸隱也。寄興於眼前之物，暗抒懷抱，不涉言談而聞者爲之首肯，非獨部下群黎欽之而已矣。

合由户部員外郎遷荆、杭二州之刺史，此詩之成乃在其時。按，方干《上杭州姚郎中》云：「能除疾瘼似良醫，一郡鄉風當日移[二]。身貴久離行藥伴[三]，才高獨作後人師。春游下馬皆成醼，吏散看山即有詩。借問公方與文道，而今中夏更傳誰。」下馬成醼，看山有詩，其自以煙霞爲痼，常談風月，正合之所以爲合也。如風流太守製荷衣云者，恰可謂宜於其人乎？

【校勘記】

［一］使：底本誤作「枝」，據《漢書・文帝紀》改。

［二］日：底本訛作「月」，據《全唐詩》卷六百五十改。

［三］貴：底本誤作「遠」，據《全唐詩》卷六百五十改。

日東病僧

項斯

雲水絶歸路，來時風送船。不言身後事，猶坐病中禪。深壁藏燈影，空窗出艾煙。已無鄉土夢，起塔寺門前。

「日東」乃日本，已於絶句言之。一、二句爲日本。煙波淼淼無極，國在萬里之外，來時之乘風破浪恍如隔世。「水雲」二字既切於僧，病不得歸之意亦早躍如言下。三、四句爲病僧。一鉢三衣，身既出家，則死生已超出我念，而況歸與不歸乎？故身病尚坐禪，無有寸念之障礙。其持律之精嚴者與「故國無心渡海潮」難兄難弟。五、六句亦爲病僧。壁深窗空，燈影暗、藥煙輕，殘夜枯坐，僧影獨淡，讀了使人悽然。七句爲日本，八句爲病僧。僧既不言身後之事，其無鄉土之感也可知，以爲有同於阿育王建塔之故事者，宜哉！阿育王即鐵輪王，滅度之後，取佛舍利，役鬼神[二]、碎七寶，不一日一夜而作八萬四千塔，以贊僧之殉道而達於安心立命之域也。或云「『起塔』之句，乃死後單祇於寺門起墓而已足之意」，亦可通。相傳唐末一山寺之僧卧病，自題其户云：「枕有思鄉淚，門無問病人。塵埋床下履，風動架頭巾。」部使者適過其寺，見之惻然，邀爲治療。雖是一場佳話，永爲傳説，然若從方外之身言，則「思鄉淚」「問疾人」尚不得爲出世之語，「不言身後事」「已無鄉土念」較之轉覺其高。

唐人《贈日本僧》詩，劉禹錫云：「浮杯萬里過滄溟，遍禮名山適性靈。深夜降龍潭水黑，新秋放鶴野田青。身無彼我那懷土，心會真如不讀經。爲問中華學道者，幾人雄猛得寧馨。」《送僧歸日本》詩，錢起云：「上國隨緣住，來途若夢行。浮天滄海遠，去世法舟輕。水月通禪寂，魚龍聽梵聲。惟憐一燈影，萬里眼中明。」吴融云：「滄溟分故國，渺渺泛杯歸。天盡終期到，人生此別稀。無風亦駭浪，未午已斜暉。繫帛何須雁，金烏日日飛。」方干云：「四極雖云共二儀，晦明前後即難知。西方尚在星辰下，東域已過寅卯時。大海浪中分國界，扶桑樹底是天涯。滿帆若有歸風便，到岸猶須隔歲期。」大海無邊，波外有波，舟檝不便，消息難通，言「天盡終期到」，言「到岸猶須隔歲期」，皆可與「雲水絶歸路」參觀者也。故來去乃有行李之維艱，會合不過浮萍之偶聚，諸家下語殷勤，洵有故也。如此僧，中有所得，謂心無彼我則不懷鄉土，遂不至令魚龍聽其梵聲。稍因此詩而想其人，得不側身西望而三嘆耶？

【校勘記】

［一］役：底本訛作「殺」，據《佛祖統紀》卷三十三改。

送友人下第歸覲

劉得仁

君此卜行日，高堂應夢歸。莫將和氏淚，滴著老萊衣。岳雨連河細，田禽出麥飛。到家調膳後，吟好送斜暉。

下第才人於此卜行期，在長安者乃如此也；夜夜夢其歸，居鄉園者乃如此也。並舉子遇、母愛，輒入前聯之情語。昔卞和三獻璞玉而不信，爲楚王所刖，和不悲刖而泣玉之不得知。謂才人之下第者雖當與此同泣，然若因濕綵衣，則非所以慰高堂也。一、三句與二、四句互相承接，語真情切，故典故雖陳套却又覺新靈。雨漸細，麥已秀，若於河聲鳥語之中歸侍膝下，則調膳奉歡之後唯當閑吟以送日，言切不可自傷併傷母之念也。承前聯而至爲殷勤，評之爲「風騷之筆舌、仁孝之心腸」、爲「去風雅不遠」者，非必阿好之言也。

球琳琅玕均琢璵璠之器，士之應選至京者，無不欲一躍而登龍門，以舉璵璠之實。而得意者少，失意者多。談則雖妝揚眉洗舌之豪，而態則不免髮露影銷之寒。故關乎下第之詩，悽婉悲慨，令落魄才人淚下。司空曙《送喬廣下第歸淮南》之後半云「啼鳥仍臨水，愁人更見花。東堂一枝在，爲子惜年華」，李益《同落第者東歸》之前半云「東門有行客，落日滿前山。聖代誰知者，滄洲今獨還」，皆託興於眼前，慰思於胸底。所謂才人者，亦壯歲才華半銷客裏，故鄉景物都入夢中，臨歸而誦之，其感果何如哉？而況得仁親嘗此味，所贈最爲親切者乎？

得仁乃貴主之子，自開成至大中三朝，昆弟皆經貴任，而得仁苦於詩，出入舉場三十年，卒一無所成。其自述云「外家雖是帝，當路且無親」，又云「外族帝王是，中朝親故稀。翻令浮議者，不許九霄飛」，其志亦可哀也。既殁，詩人競爲詩吊之，是亦埋骨不埋名者。而如此詩之出語温藉，無不平之氣者，正其所無愧爲權貴之子乎？

南遊有感　　于武陵

杜陵無厚業，不得駐車輪。重到曾遊處，多非舊主人。東風千里樹，西日一洲蘋。又渡湘江去，湘江水復春。

武陵之五言，興趣飄逸而多感，終篇一意，得名於當時。前所録之《客中》，與此詩皆以一意次第相承。細分之，則此詩前半表「有感」，「南遊」多在其裏；後半以「南遊」爲皮，「有感」略在肉。言我無恒産常職，不能留滯於杜陵，栖栖遑遑，車輪又轉向南，去至舊遊之地，則所識之人已换其代，今唯多生面者矣。死乎散乎？草草匆匆之間，變遷無極，非獨我之爲飄零耳。下「重到」二字，寒舊如一之意亦見於行間，所感自多。舊主已换，人事全非，縱眼乾坤，則春色依然而至：千里樹色，帶東風而浄；一洲蘋光，受夕日而麗。不得意於此地，而將更渡湘江乎？湘江亦春水澹澹，似不知人事之無常。自杜陵而至湘江，不得所依之感愈切愈深，與「南渡洞庭水，更應消息稀」皆用進一步之格結束，仍從前句轉下，乃其所以爲一意也。

早春寄華下同志　　裴説

正是華時節，思君寢復興。市沽終不醉，春夢亦無憑。岳面懸清雨，河心走濁冰。東門一

條路，離恨正相仍。

說以苦吟難得爲工，有句云「苦吟僧入定，得句將成功」，又云「總無方是法，難得始爲詩」，又云「百事精皆易，唯詩會却難」，可知其狂搜險覓殆有劌心怵目者也。當時舉子之入京者先投所業於公卿之門，謂之行卷。說只行五言十九首，及明年秋賦，說復行舊卷。人有譏之者，則答云：「只此十九首苦吟，尚未有知於人，何假別行卷哉？」識者嘉其志。是皆從苦吟得來之消息，無怪其句出新裁、韻成雅製也。

「華下」或以爲京師，以爲乃說在桂嶺所寄者，據之者不少。然以「岳面」之句證之，則爲華山之下者或應得其真乎？起首先說「時節」，次入「同志」，百花綻而風輕日遲，雖有大好之景物娛我，然若無同心者，則殆無歡矣。對酒不醉，非以獨酌耶？賴夢無憑，非以久別耶？是所以慘而不樂，寢興無常也。——是爲「寄」之正意。春雨斜下，遥望之，如懸絲於岳之前面，何等之奇景哉！何等之奇語哉！乃自岑參之「愁雨懸空山」點化者，興象更大。雪消水來，中有冰山滔滔而下，「走」字亦奇倔，大江早春之光景與「濁」字相待，畫不能到，是狀華下者也。七、八句云我在京師，汝在華下，以長安東門一條大路相通而終不能相見，到此而離恨於今依然。——是爲「寄」之傍意。其針線之周密，足可證其出於苦吟之餘也。

途中別孫璐　　方干

道路本無限，又應何處逢。流年莫虚擲，華髮不相容。野渡波摇月，寒城雨翳鐘。此心隨

去馬，迢遞過重峰。

孫璐乃剡溪人，初從千受詩法，故此詩帶規誨之語，至性流露，乃能動人。世間豈一路耶？人在其間東轉西移，偶然會、偶然離，從今日之離而期他日之會者，亦因道路無限，即復「途中」也。歲月不待人，白髮不饒人，若老之至者不過一轉瞬之機，則日復一日、年復一年，我爲我之當爲，無虚擲光陰可也。是正師之期於弟子者，即復「孫璐」也。明月墮渡，波摇影亦摇，「野」字有蕭寥之意，乃一句之字眼；殘鐘出城，雨疏聲亦疏，「寒」字有幽凉之意，乃一句之字眼。一别而重逢不易，故雖彼此背馳，而我心必隨彼之去路，千山萬峰，將伴彼行。「野渡」「寒城」乃去路中之風光，非眼前之景物。若爲眼前景物，則一陰一晴，兩者互爲相礙，非此詩本意也。

送友及第歸浙東[一]　方干

南行無俗侶，秋雁與寒雲。野趣自多愜，名香人共聞。吴山中路斷，浙水半江分。此地登臨慣，攄情一送君。

此題中所謂「友」乃王翁信。進士及第，得意歸鄉，故所聞所見自不似他下第者之悲酸，所送之語亦異其體，理所當然也。翁信之還，心滿意足，無俗物之相伴，而唯有秋雁寒雲之迎送。「秋雁」「寒雲」雖點明時節，其實乃説破「野趣」。翁信雖已在得意之境，然固是恬澹成性，愜於野趣，喜此秋雁寒雲勝於俗侶者萬萬。而身既登第，名聞四海，天下何人不識君耶？是説盡「及第」之題面者。如此不矜，謝絶俗流而自爲檢束，可見翁信之高人一等。「名香人共聞」一作「名鄉人共聞」，對法却似自然。歸至吴山，而道路中絶，浙水分流，舟而歸鄉，接捷報之親姻將喜而迎君，其樂有不可言者。吴山浙水是我嘗登臨而熟悉之處，君歸余留，留者争得不攄情而送耶？是此詩之大要也。顧干以缺唇不得登第，以爲終天之恨事。遇醫補唇，因致「補唇先生」之嘲而不顧，然時既後，不能快於一戰，故送得雋者而不免聊有欽羡之意，「攄情」二字祇屬憔悴無聊之語。然干自咸通中得名，迄於文德，江南無及之者。羅鄴贈之云「一朝卿相俱前席，千古篇章冠後人」，是亦一種「名香人共聞」者，身雖棄擲於孫山之外，亦將何有所慚？而竟無緣於場屋，不能與翁信同遇，碧翁之妒才者抑亦何爲哉？

白居易《及第後歸覲别同年》云「擢第未爲貴，拜親方覺榮」，正與毛義之奉檄同意。吕温《及第後答人》云「一御太常第，十過潼關門」，是反於終軍之棄繻。在揚揚之境而不自居，亦近於「南行無俗侣」之爲人。至居易之「得意減别恨，半酣輕遠程。翩翩馬蹄疾，春日歸鄉情」，自是流俗之常；至孟郊之「春風得意馬蹄疾，一日看盡長安花」，又是書生狂喜之態。雖似於情無妨，然終不及「野趣自多愜」之令想像人品也。

【校勘記】

［一］送友及第歸浙東：《全唐詩》卷二百一作《送薛播擢第歸河東》。第：底本訛作「弟」，據《全唐詩》卷二百一改。

春宮［一］

杜荀鶴

早被嬋娟誤，欲妝臨鏡慵。承恩不在貌，教妾若爲容。風暖鳥聲碎，日高花影重。年年越溪女，相憶採芙蓉。

歐陽修曾舉周朴之佳句，先屈指於「風暖」「日高」一聯。想此句流傳既久，竟誤爲朴詩矣。相傳「杜詩三百首，惟在一聯中」者亦全指此句也。王士禎云：「不及右丞『興闌啼鳥緩，坐久落花多』自然之妙。」二者詩品大異，故不得一概而軒輊之。豐艷自然、切當「春宮」之題目者宜此而不宜彼，目以「綉虎」、許以「夢花」，誰以爲不可乎？

前半乃宮人之意中：天成麗質，人皆謂一旦召於掖庭，將至六宮彩黛無顔色也。而事違所期，天不與人，令妾對鏡而懶妝。蓋女子入宮而妒，衆口之鑠金殊以後宮爲甚，故雖有麗容艷質，亦無由而承君王之恩矣。承恩既不在貌，則當如何爲容耶？所以其心自無定所，而慵於妝也。語云：「女爲愛己者容。」著一

「容」字，婉約多風，不尤人而自傷，庶幾得詩人温柔之旨。五、六句乃宮人之眼中：即此「欲妝臨鏡慵」之候，花與鳥皆得時，我却誤於嬋娟，乃興之所寄也。七、八句仍歸到宮人之意中：未入宮前，女伴相集，常採於越溪，樂在其中。女伴今當有夫唱婦隨之歡，我却孤坐長門而羡之。爲嬋娟者幸耶？不爲嬋娟者幸耶？應一「誤」字，令人同於我情。自「花影」憶到「芙蓉」者，真不負亦「欲妝臨鏡慵」之一思也。

明王蒙《宮詞》云：「南風吹斷採蓮歌，夜雨新添太液波。水殿雲廊三十六，不知何處月明多。」亦言宮女觀月太液不如採蓮江湖，又點化此詩而出也。王世貞乃删此詩之後半以爲絶句，非惟欲其成古調而不味全篇之妙乎？

【校勘記】

[一]春宮：《全唐詩》卷六百九十一作《春宮怨》。

辭崔尚書[一]　　李頻

一飯仍難受，淹留已半年。終期身可報，不擬骨空鎸。城晚風高角，江春浪起船。曾同栖止地，獨去塞鴻前。

昔人云：「切感古人一飯之恩。」况依半年之久耶？——是過去也。尚書之恩鎸骨，尚書之恩當以身報。——是將來也。落日照城樓，市聲稍絶，故一風來而角聲更高；春水滿大江，晴波恰起，故一雁去而帆影愈輕。——是現在也。以「獨去塞鴻前」收現在，以「曾同栖止地」結過去，而未來則於二句裏面以意承之，非泛泛補叙、誇工鬥麗之比也。蓋爲其未第時所作，書生氣豪言快，雖在依人之地而足强其意矣。

頻之及第在大中八年。其赴議時，方干寄詩云：「衆木又摇落，望君還不還。軒車在何處，雨雪滿前山。思苦文星動，鄉遥釣渚閑。明年見名姓，唯我獨何顔。」衆木摇落、雨雪渺漫之際，立志出鄉，適可與少年之言快者相發明。不負「明年見名姓」之所期，可以見頻之才；與「唯我獨何顔」相較，更可哀干之遇。頻由秘書郎爲南陵主簿，張喬送之云：「重作東南尉，生涯尚似僧。客程淮館月，鄉思海船燈。曉霧看春轂，晴天覓朗陵。不應三考足，先授詔書徵[二]。」許棠送之云：「赴縣是還鄉，途程豈覺長。聽鶯離灞岸，蕩槳入陵陽。野蕨生公署，閑雲拂印床。晴天調膳外，垂釣有池塘。」見前詩，則頻之長於吏才可知；見後詩，則頻之富於雅人深趣可知。頻實兼此二者，故其再爲武功令也，發官廩而傭民，浚渠而按故道，引水溉田，轂爲之大稔；捕神策軍吏之盱然者，即條宿惡而殺之，豪滑爲之屏息奉法。一縣大治，爲德宗所嘉，累進至工部郎中。自乞爲建州刺史，至則以禮法治下，更布條教。時雖盜興政亂，時時相寇，而建州賴頻以安。僧貫休寄詩云：「務簡趣誰陪，清吟共緑苔。葉和秋蟻落，僧帶野風來。留客朝嘗酒，憂民夜晝灰[三]。終期冒風雪，江上見宗雷。」是正可謂治術與風趣併稱者，以盡頻之爲人。由此乃知少日之快語亦非空言，而其詩轉覺可味也。

【校勘記】

［一］辭崔尚書：《全唐詩》卷五百八十八作《辭夏口崔尚書》。
［二］授：底本誤作「愛」，據《全唐詩》卷六百三十八改。
［三］夜：底本誤作「尚」，據《全唐詩》卷八百三十二改。

下方

司空圖

三十年來往，中間京洛塵。倦行今白首，歸卧已清晨。坡暖冬生笋，松凉夏健人。更慚徵詔起，避世迹非真。

「按《舊史》：黄巢賊亂，圖還河中。王徽表爲副使，不起，召爲知制誥，乃起。此詩起赴召時作邪？」是圓至所注也。蓋解七、八二句爲今日之事者，如此，則有稍礙前聯之虞。信以解作「我以之爲前日之事而作追想之語，乃最後歸卧時所作」爲勝。意謂三十年間，往來京城、風奔塵走；今也倦於宦游，白首歸來，清晨高卧，無隨班早朝之苦，自在閑適，又無埃塵飛來；加之冬暖夏凉，筍之迸、松之聳，山中之事真多可賞心者，亦何苦欲列名官階耶？回首一度隱、一度出，雖由朝命之不止，然我迹非真，此非可慚之事耶？若見圖晚節之高，誰又疑其迹非真乎？而自品如此，言詞自爲摯直，意思却可謂高邁。先是，李渤、石洪、温造等有名於時，韓愈雖與之遊而不相許可，作詩有「水北山人得聲名，去年去作幕下士。水南山人今又往，鞍馬僕從照閭里」「少室山人索價高，兩以諫官徵不起。彼皆刺口論世事，有力未免遭驅使」之句，嘲其盜處士之虛聲而欲賣己也。又《送石洪》有「長把種樹書，人言避世士。忽騎將軍馬，自號報恩子。去去事方急，酒行可以起」之句，自號山人而不知白雲之味，一論世事而心已爲塵埃。故一旦有事則託之以出世，畢竟不過剥落皮相，露出真面，騎將軍之馬，號報恩之子，以傲閭里，待之若神明，至則竟無奇，所謂以禮羅致者何其不奮之甚哉？是真仕而無仕之實，隱而無隱之實者也。若以避世爲禄仕之媒，則其心之非真者亦不待言，不特止其迹非真矣。對圖唯當愧死耳！故裴庾注云：「杜淹之隱嵩山，徵求利禄，所謂仕途之捷徑。周顒隱鍾山，後又應詔爲海鹽令，皆非真也。」所以君子責其心而不問其迹。

「健」謂松風送涼而無中於暑，活用生字而令飛動也。范晞文云：「苟欲用生字，要使一句之意盡於此一字上，始爲妥帖。」「健」字得之。「生」一作「抽」，「晨」一作「神」，前者爲孰皆無不可，後者則「神」字與「首」字切於對法，「晨」字與「卧」字緊於承法。

華下送文涓

司空圖

郊居謝名利，何事最相親。漸與論文久，皆知得句新。川明虹照雨，樹密鳥衝人。應念從今去，還來嶽下頻。

河北之亂，圖寓華陰，故言「郊居」。關門而謝名利之客，獨與文涓相笑歡，得句論文，久而愈親。「何事」空中一翻，恰如自他人而疑訝。三、四句以不答答之。雨未霽而有虹光之照川，景何明麗哉！林甚密而有鳥影之掠客，景何幽峭哉！謂文涓之去路正應處處皆詩、篇篇是畫，何不來更爲商量耶？惟鍊五、六句一聯，他則平穩行之，九僧一派殊多此體。宋漫堂云：「晚唐刻劃景物之作，亦足以怡閑情、發幽思。」如五、六句即其一也。

前者乃「惟性所宅，真取弗羈」，屬《詩品》之「疏野」；後者乃「飲之太和，獨鶴與飛」，屬《詩品》之「冲澹」。

游東林寺　　黄滔

平生愛山水，下馬虎溪時。已到終嫌晚，重游豫作期。寺寒三伏雨，松偃數朝枝。翻譯如曾見，白蓮開滿池。

「東林」已見嚴維之詩，晋孝武帝時慧遠法師所創[一]。法師曾從沙門道安南遊，見廬山之清浄，乃以杖扣地曰：「若此中可栖，當自朽壤迸出泉。」言畢而清流湧出。遂建寺，居三十年不出，送客以虎溪爲境，與惠永等十八人結爲蓮社。地既靈，人亦超，故有來探勝懷古之意，愧其終遲，又憾其忽去，而欲期重逢——此乃愛山水者宜有之事也。「虎溪」乃遠公送客之終點，故至此下馬，則一橋喧寂全判，而生塵外之念。夏至後第三庚爲初伏，第四庚爲中伏，秋之第一庚爲末伏。溽暑蒸人之日，雨聲獨寒，乃招提之清凉也。長松多係遠公種之，經六朝而愈老蒼，用「偃」「寺」者，爲有因緣於僧寺也。結句更見白蓮滿於池上而追憶一事：《廬山記》云「謝靈運即東林翻《涅槃經》之日，鑿臺植蓮於池中」，故今見蓮花，而追憶靈運翻譯之當日，仿佛如在目前。謂以絶代之才而參禪味於此，我之期重遊者亦豈有他意哉？「翻譯如曾見」或云乃如見譯者之意，要之，因其運意不爲十分，故終至有「力少」之評。然筆精墨妙者自五、六句轉下「白蓮」，不必涉於多岐也。

【校勘記】

［一］孝：底本脱，據《高僧傳》卷六補。

已前共二十首

謂以七、八兩句收拾中聯之格也。

送僧還嶽［一］

周賀

辭僧下水棚，因聽岳鐘聲。遠路獨歸寺，幾時重到城。風高寒木落，雨絶夜堂清。自説深

居後，鄰州亦不行。

「辭」乃辭別之義。送下水棚，恰有岳鐘隱隱而來，是僧所往之處也。遠路獨歸之僧入於鐘聲所出之處，何日將再出耶？點明「岳鐘」，早已來去分明。風聲蕭蕭而下之處，雨堂寂寂而深之時，僧乃隱居韜晦，自道將與岳共超然世上，不下山，鄰州亦不行矣。若鄰州亦已不行，則其到城乃在幾時乎？固不可得期也。「自說」之語串下二句，全篇活動。字之真而穩、韻之爽而工，仍是送詩之妙，與其寄懷等詩落筆有異，須於此等分寸中斟酌。

【校勘記】

［一］送僧還嶽：《全唐詩》卷五百三作《送僧還南岳》。

送人歸蜀［一］

馬戴

別離楊柳陌，迢遞蜀門行。若聽清猿後，應多白髮生。虹霓侵棧道，雨雪雜江聲。過盡愁人處，煙華是錦城。

陌頭楊柳足可以折而餞君。所往之處乃蜀中，可知道路之難。斷猿一鳴，遊子淚墮，君亦當不免頭白矣。語意凄凉，若行者誦之而與三峽清猿響答，則其感果何如哉？自荆州至三泉橋，棧閣共一萬九千三百十八間，護險之偏闌共四萬七千七百三十四間，連天入雲，以天下之至險稱，虹霓俄懸乃狀其高峻；巴水滔滔，有萬壑之繞棧道，雨雪驟雜乃狀其颯沓。後句出「雨雪」，前句出「虹霓」，似有季節之不相副，然少陵《石龕》有「仲冬見虹霓」之句，蜀道風物之異，此或將傳其真者。出峽而天地始寬。煙雲暧暧，城市之凈麗者非是成都府耶？府之西城江山明媚，錯落如錦，故名「錦城」。愁人對之而始破顔，亦將有「無限客愁今日散」之思。詩讀至此，則行者亦有以自慰者，是襯染之妙也。選中所録入蜀送别者不止二三首，戴詩亦聳然列於其中，嚴滄浪稱戴爲「在晚唐諸人之上」者，可以味其一臠。

戴之五言特錚錚鳴於鐵中，以《楚江懷古》詩最爲得名。詩云：「露氣寒光集，微陽下楚邱。猿啼洞庭樹，人在木蘭舟。廣澤生明月，蒼山夾亂流。雲中君不見，竟夕自悲秋。」前聯十字一意連讀，神妙獨絶。楊升庵云：「雖柳惲不過之也，晚唐有之，亦爲希聲哉！」似亦非過稱。其《落日悵望》詩云：「孤雲與歸鳥，千里片時間。念我一何滯，辭家久未還。微陽下喬木，遠色隱秋山。臨水不敢照，恐驚平昔顔。」亦一氣奔放，駢不駢、儷不儷，有古意、有古調。紀曉嵐云：「起得超脱，接得渾勁，五六亦佳句。」似非溢美。要之，雖未見炳焕文章焰長萬丈，然於二詩見其宫疾徵除之妙[二]，可以推全鼎矣。

據《摭言》，戴佐大同軍時，許棠往謁之，流連數月，但爲詩酒。忽有大會，賓友時出棠家書授之，啓緘，始知戴潛令一价恤其家之事。顧敦槃徵逐、縞紵獻酬者雖文士之常，然同心而利者能有幾耶？背面而笑，乃其常也。友之難得如此，而忽逢戴之有此，足可以砭俗矣。王阮亭故云「其行誼亦不可及」。

【校勘記】

〔一〕送人歸蜀：《全唐詩》卷五百五十五作《送人遊蜀》。

〔二〕除：似當作「徐」。

經周處士故居　　方干

愁吟與獨行，何事不關情。久立釣魚處，惟聞啼鳥聲。山蔬和雨歇，海樹入籬生。吾在茲溪上，懷君恨不平。

處士一旦仙去，故居爲之寂寞。吟而無和，行而無伴，皆無非悵觸之具。前聯乃愁吟中之情思：處士在日釣魚之處，今則苔石空没，鳥聲似舊。鳥聲一也，前日同聞，何等歡哉！今日獨聞，何等悲也！「久立」與「惟聞」中有獨行之義。後聯乃獨行中之光景：山蔬乃處士自灌者，今任雨中消歇而無前日之態；籬乃處士自結者，今任海樹横生而無前日之狀。曾幾何時哉！倏忽而將有滄桑之感，於是乎獨行愁吟，寄興於物在人亡，恨天道之不平。其篤於故舊、死生不渝者，足令翻雲覆雨之世人不覺其面發赤矣。

送人歸山　石召

相逢惟道在，誰不共知貧。歸路分殘雨，停舟別故人。霜明松嶺曉，花暗竹房春。亦有栖閑意，何年可寄身。

一、二句乃「人」。爾我相逢話道，得喪貧富固其所不問。若貧而不得志於都，則唯歸山中而高卧，是道之所宜然也。「共」字含自家在其中。三、四句乃「歸」。覺人人健在，殊爲難得，故日日過從而亦未嫌其數數。今則爲東西分離之時，停舟殘雨中，不得不指向所往之處，無限之情以如見之景寫來，下一「分」字，見得有力。五、六句乃「山」。嶺上之松，明於曉光，因有夜來之霜也；房外之花，澹迎春色，因有庭前之竹也。山之邃、山之清，不得行道者歸而養志於此，非誠與境相愜耶？七、八句乃「送」。送彼而我亦將襲彼之迹，「亦」字與第二句之「共」字相應，故雖拓開一步而至自家身上，亦毫不覺其突出也。

送友人歸宜春　張喬

落花兼柳絮，無處不紛紛。遠道空歸去，流鶯獨自聞。野橋喧碓水，山郭入樓雲。故里南

陵曲，秋期更送君。

落花紛紛，飛絮紛紛，長安道上之景，恰與「柳絮飛時花滿城」同趣。此時盍簪吟哦，遣情非難，而掉頭不住，千里徑去，獨與一路之流鶯相友，亦無可奈何也。四句二十字，閑閑起筆，閑閑放筆，其中具花團錦簇之致、長安春色之意，與通常送别之作異其體，或當於所謂「仙樂風微、特揚清曲」者乎？後聯乃歸至宜春時之景物：野橋之傍，流水喧碓；山郭之中，白雲入樓。村情野趣之閑澹者一轉而與前半互相映射。「南陵」屬宣州，我亦還鄉不遠，還而復一醉同歡，不亦快哉！然我之還而更至於送君，是真可黯然魂銷者也。顧友人或乃從舉子之事而去來者，故以燕鴻之至於相睽離，而由今日之離更豫期他日之别。其道及將來、更進一意者與前詩同格。

喬咸通中於京兆府解試爲首薦，與鄭谷、許棠、張蠙等稱「十哲」。初隱於九華，後寓長安延興門外，詩蓋成於其時者乎？許棠題其昇平里居云：「下馬似無人，開門只一身。心同孤鶴静，行過老僧真。亂水藏幽徑，高原隔遠津。匡廬曾共隱，相見自相親。」隨孤鶴、鄰老僧，喬固非鈿轂油車中人，其在都門送人，而尚説村情野趣之可思，蓋其禀於天者乃爲爾乎？

已前共五首

三、四句語相接續不可分者也。

秋日别王長史　　王勃

别路千餘里，深恩重百年。正悲西候日，更動北梁篇。野色籠寒霧，山光斂暮煙。終知難再奉，懷德自潸然。

第一句言明日辭之，去路乃遠。第二句言過從者久，受恩不淺。「重百年」謂重於百年之受恩。「西候」乃秋日，與杜子美所云「西候别君初」相同。「北梁」乃地名，江文通所云「訣北梁兮永辭」是也。悲秋之宋玉忽成賦别之江淹，果難爲情也。寒霧籠罩，野色爲之冥冥；暮煙斂收，山光爲之渺渺。即此西候之風光，所以不免追憶北梁篇也。七、八句乃「别」之本意。「懷德」之句應「深恩」，爲常山蛇勢。凄切之韻雖非其當行本色，然「籠」字與「斂」字極力而鍊字眼，正足可爲盛中諸家前驅。以爲「城闕輔三秦」之亞，亦有何不可乎？

「城闕輔三秦，風煙望五津。與君離别日，同是宦遊人。海内存知己，天涯若比鄰。無爲在歧路，兒女共沾巾。」是勃之《送杜少府之赴任蜀州》也。全首不著景物，然以風骨自蒼然而爲明代諸家所盛推。按，勃爲文中子王通之孫，六歲善文辭，九歲時讀顔師古注《漢書》，作《指瑕》而責之。其屬文也，初不精思，先磨墨數升，則酣飲引被覆面卧，及寤，執筆成篇，遂不易一字，時人謂之「腹稿」。其才捷思敏，殆與禰衡之不加點、袁虎之倚馬分道揚鑣。故記滕王閣而一句較一句美、一語較一語麗，録至「落霞與孤鶩齊飛，秋水共長天一色」之一儷語，而令都督閻伯嶼驚倒。傳其爲鳳閣舍人時，壽春等五王出閤，有司爲具儀，忘載其册文。勃乃召五吏口授，令握筆分録之，其辭各粲然。其詩合群怨興觀之旨，備宫商角徵之聲，與楊炯、盧照鄰、駱賓王齊名而冠之。要之，其賦辭詩歌蔚乎大觀，雖唯以一二律詩自不足以悉其才，然亦爲盛唐諸家所私淑，足知所以「不廢江河萬古流」也。

汝墳别業

祖詠

失路農爲業，移家到汝墳。獨愁常廢卷，多病久離群。鳥雀垂窗柳，虹蜺出澗雲。山中無外事，樵唱有時聞。

《明皇雜録》云：「當天寶末，文章有盛名而流落不遇者不少，劉希夷、王泠然、王昌齡、祖詠、張若虚、張子容、孟浩然、常建、李白、劉昚虚、崔曙、杜甫皆是也。」詠雖開元十二年於杜綰之榜及第，而終不爲用。少與王維爲吟侣，維在齊州送詠云：「相逢方一笑，相送還成泣[一]。祖帳既傷離，荒城復愁入。天寒遠山净，日暮長河急。解纜君已遥，望君猶佇立。」一讀雖似無深意，然知詠之不遇而讀之，則可見其中自寓憐才之意。其在濟州官舍贈詠，有「雖有近音信，千里阻河關。中復客汝潁，去年歸舊山。結交二十載，不得一日展。貧病子已深，契闊余不淺」之句，是顯憐其流落不遇也。情緒多端，殆有接於親姻情話之思。詠亦有答維留宿之詩，云：「四年不相見，相見復何爲。握手言未畢，却令傷别離。升堂還駐馬，酌醴便呼兒。語默自相對，安用傍人知。」一逢一别，不免傷心；一語一默，亦自多思。相契合之深，足可仿佛咏之爲人。據《才子傳》云，咏「後移家歸汝墳間别業，以漁樵自終」，此詩乃成於其後，而其中之悽慘者與希夷以下諸賢不異，非可哀之至耶？

「失路」與「當路」反，及第成進士尚無捷徑之媒，空而歸農，非失路而何哉？帶經鋤犁，尚是風流，然貧病交迫，至不得不廢書卷，是可嘆之一，緊接「失路農爲業」；若朋友往還，詩酒追隨，或可慰我侘傺無聊，然病且離群，是可嘆之二，緊接「移家到汝墳」。——是爲别業中之所感所思。窗外柳緑，鳥雀來語；澗中雲深，虹霓飛出。此外則唯有伐木丁丁、樵唱之聞耳。——是爲别業中之所見所聞。用「樵唱」者，以對映於我之「失路農爲業」，又暗襯出「多病久離群」。觀其所見所聞，宜得笑談之趣而有清風朗月之想；而其所感所思之無聊凄酸，非真是可哀之至耶？

「虹」爲雄，「霓」爲雌，相傳「入溪澗而飲水」。《筆談》云：「嘗見虹下澗中而飲，兩頭皆垂澗中，使人過澗，隔虹對立，相距數丈之間，如隔綃縠。」升庵亦云：「余嘗登眺山寺，見雨霽虹蜺下飲澗水，明若刻劃，近如咫尺，因有『渴虹下飲玉池水，斜日横分蒼嶺霞[二]』之句。」皆以虹霓爲活物，以其半輪狀之兩段爲頭而飲水也。此詩之「虹霓出澗雲」，「出」字多有神理，添之以力，若以活物而視虹霓，則更覺筆勢奇峭。

【校勘記】

[一]還：底本誤作「方」，據《全唐詩》卷一百二十五改。

［二］横：底本誤作「僅」，據《升庵集》卷五十六改。

宣州使院別韋應物[一]

劉長卿

白雲乖始願，滄海有微波。戀舊爭趨府，臨危欲負戈。春歸華殿暗，秋傍竹房多。耐可機心息，其如羽檄何。

本集題爲「赴宣州使院夜宴寂上人房留辭前蘇州韋使君」。「白雲」「滄海」二意紛綸綜錯：「白雲」者何哉？歸卧高隱，將與猿鶴同處，是余之本志也。「滄海」者何哉？聖皇在上，海晏河清，不宜有微動；而烽煙遠揚，是時之微波也。國家有事，則負戈從軍，爭趨公府，亦只因欲報舊時之恩遇，是微波起而違本志也。地即上人之房，春已歸，花深深之殿纔有一分之明；秋早至，竹陰陰之房恰有十分之凉。夏夜清宴之候，斟酌得宜。「回首往事，甘自息機」，此非馬援之語耶？「若有急，則加羽於檄」，此非曹操之文耶？於微波起，有羽檄急之時，違於本志，不得息機，亦丈夫之願也，是所以臨別而無踟蹰。結二句仍雙叙而一束「白雲」「滄海」。須知「白雲」乃爲上人而發，「滄海」乃爲使君而發也。

長卿又有《餘干夜宴奉餞前蘇州韋使君新除婺州》之詩，云：「復拜東陽郡，遥瞻北闕心。行春五馬急，向夜一猿深。山過康郎近，星看婺女臨。幸容栖托分，猶戀舊堂陰。」是以戀舊之意寄贈者，雖不失上乘，然我寧與此詩時鼓訇稜之逸響也。

【校勘記】

［一］宣州使院別韋應物：《全唐詩》卷一百四十八作《赴宣州使院夜宴寂上人房留辭前蘇州韋使君》。

送陸潛夫延陵尋友［一］

皇甫冉

登山自補屐，訪友不賫糧。坐歇青松晚，行吟白日長。人煙隔水見，草氣入林香。誰作招尋侶，清齋宿紫陽。

謝靈運尋山涉嶺，必造幽峻，登躡每著木屐，上時折前齒，下時去後齒。以潛夫之尋友入山擬於靈運，其不賫糧者，乃以有所期之友也。行行吟坐而歇，白日實長，青松漸晚，是登山中之事也。已而認隔水之人煙微颺，聞滿林之草氣自香。前句有倚崖望遠之趣，後句有穿樹入幽之趣，皆言所期已近。仙草之香乃紫陽觀中道士採藥所資，往至觀，則有友相會。騷人逸客之交既超然塵外，則清齋而談心也，必將有脱然之想。「清齋」乃表觀中之清規，而亦以收「不賫糧」。細微之至，比於阿弟之《送陸羽》詩，真在二難之間也。

【校勘記】

［一］送陸潛夫延陵尋友：《全唐詩》卷二百五十作《又送陸潛夫茅山尋友》。

夏夜西亭即事[一]

耿湋

高亭賓客散，暑夜最相和。細汗凝衣集，微凉待扇過。風還池色定，月晚樹陰多。遥想隨行者，珊珊動曉珂。

西亭宴集入夜而散，余獨吟其間，衣上細汗凝而爲珠，扇上微凉戰而爲風，都是「夜熱依然午熱同」之意也。漸而風收月斜，池光爲净，樹影爲深，亦是「時有微凉不是風」之意也。西亭更深而始得掬此味，已散之賓客尚不得分之，况曉色一動而珂馬珊珊者哉？「隨行」乃隨朝行之意，正指早朝之客，而誇身之閑散也。樂天云「熱散由心静，凉生爲室空」，恰可視作箋釋此時此景者；浪仙云「磬通多葉罅，月出片雲稜」，同是狀夏夜，其異在於刻劃之然否。

【校勘記】

［一］夏夜西亭即事：《全唐詩》卷二百六十八作《夏夜西亭即事寄錢員外》。

庭春[一]　姚合

塵中主印吏，誰遣有高情。趁暖簷前坐，尋芳樹底行。土融凝野色，冰敗滿池聲。漸覺春相泥，朝來睡不輕。

合《遊春》詩二十首，成於其爲萬年尉時。伯弜就中選二首，各附以題目。從「主印吏」之官守説起，忽轉入「高情」，二者似不應相接，故以疑辭出之。以下皆答之之語：趁暖於南榮，尋花於東風。土氣春融，野色青青；池心冰解，流水淙淙。簷之樹、庭之池，皆衙署間物，即所署之「塵中」也；而其幽思殆如塵外之景，即所記之「高情」也。更思春意稍酣，人意自懶，其間有「惟將春睡賞春晴」之趣，人皆貪餌，我獨忘機，誰知其爲簿書堆裏人耶？按張籍贈合詩有「爲客燒茶竈，教兒掃竹亭。詩成添舊卷，酒盡卧空瓶」之句，合之情固高，可知「塵中」之語不過過謙也。

【校勘記】

［一］庭春：《全唐詩》卷四百九十八作《遊春》。

新春[一]　姚合

官卑長少事，縣僻又無城。未曉衝寒起，迎春忍病行。樹枝風掉軟，菜甲土浮輕。最好林間鶴，今朝足喜聲[二]。

此詩即《遊春》之一。萬年乃僻地，無城郭，故卑官之事無可從者。而今則爲迎春而忙殺。「未曉」乃其一，「衝寒」乃其一，冒「病」亦其一也。若知忙殺乃爲迎春而非爲官守，則「忙」却所以爲「閑」所役矣。故既行，則風掉樹而枝軟、菜破甲而土輕，皆新春之致也。鶴啼林間，聲聞於天，開年第一聲，澄澈亦似喜而迎春。又從閑殺之心中寫出，是固非官貴多事、早朝班列者所知也。

合曾選《極玄集》，採王維以下三十六人之詩，稱之「詩中射鵰手」，可見其詩所宗。然其句時有么麽、時有碎屑，格不免稍卑。因其特有與賈島相類者，故趙紫芝以其詩配島，名曰《二妙集》，「四靈」一派之所歸依也。方回云：「詩家有大判斷，有小結裹。姚之詩專在小結裹，故四靈學之，五言八句皆得其趣，七言律及古體則衰落不振。又所用料不過花竹鶴僧、琴藥茶酒，於此幾物一步不可離，而氣象小矣。」所謂「大判斷」者乃全局之渾成，「小結裹」者乃字句之細微。無論四靈之徒輒有此病，若移此語評合，或亦無由辭也。撿其詩中「晴野花侵路，春陂水上橋」「酒熟聽琴酌[三]，詩成削樹題」「看月嫌松密，垂綸愛水深」「曉來山鳥散，雨過杏花稀」「弄日鶯狂語，迎風蝶倒飛」等句，皆細緻而有閑閑自適之意。花竹鶴僧、琴藥茶酒，材雖自定，然肖物之巧又有不可没之者也。

【校勘記】

［一］新春：《全唐詩》卷四百九十八作《遊春》。

［二］聲：底本誤作「色」，據《全唐詩》卷四百九十八改。

［三］酌：底本訛作「韵」，據《全唐詩》卷五百改。

已前共七首

謂中四句之對偶爲切者也。

晚春答嚴少尹諸公見過［一］

王維

松菊荒三徑，圖書共五車。烹葵迎上客，看竹到貧家。雀乳先春草，鶯啼過落花。自憐黄髮暮，一倍惜年華。

此詩在維集中當屬澹遠者。昔蔣詡就竹下開三徑，淵明用之而有「三徑就荒，松菊猶存」之語；今更襲用之以狀無意於灑掃，殆與「青苔黄葉滿貧家」同趣。惠施之書可以五車載，謂此外無長物也。諸公至則供以園葵，亦即「松下清齋折露葵」之意，最恰於維參禪齋食之事。「上客」包括下句之五字，「貧家」更收闔前半，排開後半。「看竹」用王子猷事，子猷聞人家有好竹，坐輿至竹下，諷嘯久之。以擬於諸公之過，當於謙語裏覷破其襟懷之光風霽月。乳雀亂和，先於緑盡春草；啼鶯齊囀，將欲送了落花。晚春風光，以畫爲詩，以詩入畫，「先」字、「過」字皆下得有意不苟，鍾伯敬稱「幻妙之甚」者是也。而其所寓之比體直以後句接之：「黄髮」謂髮之白而更黄，年華如流水，春色似過客，諸公年少而尚應時有憐惜之意；我之老境相比，將無怪乎一倍其情矣。句句清新，氣韻天成，不見刻畫之痕，紀文達之語真不我欺也。

諸書題中無「答」字，《備考》乃云：「諸公過嚴少尹宿處，少尹作詩謝之，使維和之也。」是解「答」字爲全與「和」字同義。就詩視之，若不以之爲自家之語，則興味索然而盡。一本於「少尹」之下加有「與」字，益可以見《備考》之爲牽强。

【校勘記】

［一］晚春答嚴少尹諸公見過：《全唐詩》卷一百二十六作《晚春嚴少尹與諸公見過》。

送王正字山寺讀書

李嘉祐

欲究先儒教［二］**，還過支遁居。篠階閑聽法，竹寺獨看書。向日荷新捲，迎秋柳半疏。風**

流有佳句，不似帶經鋤。

「先儒教」乃夫子之道，第一句是「讀書」。「支遁」乃晉之高僧，第二句是「山寺」。借招提以窮道，事既不常，句亦曲折，已是「山寺」也；幽篠環階之處，閑聽法師說教，則空寂之理或將資於研竅，已是「讀書」也。坐於鼓鐘扣磬之間，對竹翻卷，塵念不生，便於研竅。池荷亂發，至日中而自捲；門柳蕭疏，迎清秋而自净。松有六朝，泉無三伏，地可爲清凉國，竹可爲瀟灑侯。謂居於世外而將忘此炎熱，固非閑居養拙之比，又非寄食資生，風流之極，唯時有佳句流傳，信勝於倪寬帶經耕作之刻苦萬萬。用一故事，令對照於「山寺」，以免浮泛。

後漢時初置秘書監，令掌文字同異之考合。至齊，秘書省有正字，唐之集賢殿亦有正字。嘉祐亦爲秘書正字。其括圖書而兼往揚州覲省也，司空曙賦「不事蘭臺貴，全多韋帶風。儒官比劉向，使者得陳農。晚燒平蕪外，朝陽疊浪東。歸來喜調膳，寒筍出林中」一律以送之。官乃散官，人乃才人，篠階竹院，聽法看書，因送同僚而神往，不亦宜乎？

【校勘記】

［一］究：底本訛作「窮」，據《全唐詩》卷二百六改。

秋日過徐氏園林

包佶

回塘分越水，古樹積吳煙。掃竹催鋪席，垂蘿待繫船。鳥窺新罅栗，龜上半欹蓮。屢入忘歸地，長嗟俗事牽。

佶乃天寶六年進士，累官諫議大夫。與劉長卿相善，長卿曾酬其所寄，有「高文不可和，空媿學相如」之語，推之者至。元載罷，佶亦貶嶺南，劉晏起，佶又爲汴東兩稅使，又累進爲秘書監，封丹陽公，盛唐詩人登權貴者之一也。故其詩雖力爲工緻，而與嘯雨嘷風、泄鬱鬱不平者不同。

「回塘」「古樹」先從大處包括園林之勝景：越水分，迢迢而遠；吳煙積，淡淡而深。望中敞廣，可見園林之大。竹則掃而宜鋪席，鳥則來窺栗殼之新熟，第三句與第五句皆林中之景物，承第二句。蘿垂而似可繫船，龜戲而上蓮之欹，第四句與第六句皆水上景物，承第一句。《史記》云：「龜千載乃遊蓮葉上。」於此用之，惟觸目即事，非必寄興於延年也。「新罅」與「半欹」求工緻而流於纖細，似寧當以晚唐詩派視之。七、八句乃感慨。園林幽勝如此，我至之而常忘歸，然塵事牽纏，不許長住，非可嘆之至耶？其與「羞將簿領至君子」事異而意同，得之於權貴之人，其難哉！

灞東司馬郊園[一]　　許渾

楚翁秦塞住，昔事李輕車。白社貧思橘，青門老種瓜。讀書三徑草，沽酒一籬花。更欲尋芝朮，商山便寄家。

「楚」乃司馬之生地，「秦」乃司馬之住處。漢李蔡曾爲輕車將軍，從大將軍衛青擊左賢王有功，以其人擬於司馬之事，可知司馬亦奔走於軍事、功成而退隱也。「白社」在洪州，以白將軍築圃灌園終其身而名，因司馬爲武官而用之。李衡種橘千樹，臨死告兒曰：「有木奴千頭，亦足用也。」司馬貧而不能植橘，故言「思」。「青門」乃咸陽第三門，以其色青而名，秦邵平種瓜之所也，擬於司馬之日常。蔣詡之「三逕」、陶潛之「東籬」，司馬宜以讀書、宜以沽酒。而司馬於此幽意不足，更欲入商山採芝，蓋將趁四皓之迹也。若思曾爲荷戈之武人，則殆將有隔世之感矣。其言「橘」、言「瓜」、言「草」、言「花」，臚列郊園之物，所以逼出「芝朮」也。言「李輕車」、言「白社」、言「橘」、言「青門」、言「三徑」、言「籬花」，多用故事，所以逼出「商山」也。殷堯藩《寄許渾秀才》詩云：「文字飢難煮，爲農策最良。興來鋤曉月，倦後卧斜陽。秋稼連千頃，春花醉幾場。任他名利客，車馬鬧康莊。」渾安於田園，司馬養老於郊園，情致略似。其知趣之深、堆積而不覺煩瑣者，正以其一意奔赴也。

【校勘記】

［一］灞東司馬郊園：《全唐詩》卷五百二十八作《灞東題司馬郊園》。

下第寓居崇聖寺［二］

許渾

懷玉泣京華，舊山歸路賒。静依禪客院，幽學野人家。林晚鳥争樹，園春蝶護花。東門有閑地，誰種邵平瓜。

長安舉子六月以後落第者不出京，多寓於寺院，修業以候後舉，謂之「過夏」。至七月後，復獻新文以求拔解，故有「槐花黄，舉子忙」之語。「崇聖寺」在崇德坊，《長安志》云：「進士之櫻桃宴在此寺佛閣上。」是豈下第者勝情之處乎？「懷玉」用卞和之事，與王維送别劉得仁之詩同意。第一句言進難，第二句言退亦難。「禪客院」乃「京華」之註脚，「野人家」乃「舊山」之承接。或以「鳥争樹」喻他人之争聲名，或以「蝶護花」喻己之自護其業，不必然也。不過寫眼前景物自彷彿於「野人家」，故以東門種瓜之事收之，是實説「野人家」者，一「誰」字有無限感慨。以自他相合而言之，至於後聯亦有比體之説也。

唐人下第之詩，以李廓「氣味如中酒，情懷似别人」之句最膾炙人口。蓋其茫然自失、懶慢無爲之狀，一番譬喻，易入人心也。楊凝云「倚玉甘無路，穿楊却未期」、劉長卿云「泣連三獻玉，瘡懼再傷弓」，皆運故事以自喻，一爲自謙，一爲自傷。魚之不得登龍門者點額曝腮，其哀恰與「懷玉泣京華」相同。邵謁《下第有感》一首，於短古中盡其苦思，有「誰知失意時，痛於刃傷骨。身如石上草，根蒂淺難活。人人皆愛春，我獨愁花發」之句。以五經紛綸而一第淹遲，人誰能無苦語乎？若以渾之詩有比意，則其意將毫無所異。盧綸《落第後歸終南別業》云：「久爲名所誤，春盡始歸山。落羽羞言命，逢人强破顔。交疏貧病裏，身忘死生間。不及東溪月，漁翁夜往還。」其事雖與此詩所言相反，然抽毫則猿斷之腸，吮墨則鵑啼之血，亦有何差乎？殷堯藩寄渾又云：「漢廷累下徵賢詔，未許嚴陵老釣磯。」是殆以他日成功期之者，若於禪客院中使見之，則其自吟自慰者當果何如哉？

【校勘記】

［一］下第寓居崇聖寺：《全唐詩》卷五百三十作《下第寓居崇聖寺感事》。

寄山中高逸人

孟貫

煙霞多放曠，吟嘯是尋常。猿共摘山果，僧鄰住石房。躡雲雙屐冷，採藥一身香。我憶相逢夜，松潭月色凉。

「逸人」乃逸民之義。唐田遊巖隱於箕山之時，高祖幸其門曰：「先生於此佳否？」遊巖答曰：「臣泉石膏肓，煙霞痼疾也。」高逸人亦嘯傲煙霞，優游日月，無愧於遊巖之高尚其事也。摘果則老猿相馴，卜鄰則高僧相容，屐躡冷雲而遠，身採香藥而閑。放曠身生，無俗人相訪，而我則與其相知，時相過從。涼潭月影，松下踞榻，是嘗相與之所也。謂今尚應有「吟嘯是尋常」，帶叙自己，我之人品亦高。《傳》稱貫「性疏野，不以榮官爲意」，據此，則可見句句皆借逸人而發揮自己性情者。傳周世宗幸廣陵時，以貫有詩名，令繕録一卷具上。貫亦以遊巖之一語謝帝，無出山之意，爲王者所知之榮皆同。其性情之真，得至於此乎？

廬岳隱者[一]　杜荀鶴

見説來居此，未嘗離洞門。結茅遮雨露，採藥給晨昏。古樹藤纏殺，春泉鹿過渾。悠悠無一事，不似屬乾坤。

周武王時，匡裕兄弟七人皆有道術，仙去之後遺廬，故名其山曰「廬」。地既與隱者有緣，與道術有緣，而隱者自語云：「洞門深鎖，足未出之，有茅屋之防寒，有藥草之凌飢。古樹之死乃因藤蘿之纏，而余則養生不老；春泉之濁乃因麋鹿之過，而余則鍊神不污。悠悠送歲而無一事可累，殆忘其爲塵世之一人矣。」「見説」二字直包括全首而不帶贈者一語，是爲「大江東去朝海」之格。末句超忽，與《桃源記》所言「又不知有漢」同其情。然全首詩格不高，寫景亦不雅，比前者之具金聲者有間，亦坐荀鶴之爲人乎？

【校勘記】

［一］廬岳隱者：《全唐詩》卷六百九十一作《贈廬嶽隱者》。

寄司空圖［一］　　僧虛中

逍遥短褐成，一劍動精靈。白晝夢仙島，清晨禮道經。黍苗侵野徑，桑椹污閑庭。肯要爲鄰者，西南太華青。

甯戚之歌云：「短布單衣適至骭。」隱士蕙襟蘿帶而逍遥，而隨身一劍，其氣動天地之精靈。所謂「精」者乃陽氣，「靈」者乃陰氣。——二句言人品之高。關門而眠，故白日有仙山之夢；禮神養心，故破曉有道經之誦。——二句言行事之清。門前一徑，黍苗紛紛；庭中一樹，桑實點點，皆委其自然而不修飾。——二句言心地之閑。人品高、行事清、心地閑，獨行獨坐，獨起獨卧，只其所自適也。開窗則太華之青排闥而來，有是哉，又何須有鄰並耶？且佳山勝水乃俗人所未經，嘯月吟風乃造物所不忌，圖之在華山也，亦何有愧於此詩耶？

「巖房高且静，住此幾寒暄。鹿嗅安禪石，猿啼乞食村。朝陽生樹罅，古路透雲根。獨步閑相覓，凄凉碧洞門。」是虛中贈栖禪上人之詩也。雖稍涉微細，然其能寫實境，尚足襲「二妙」之後，與此詩皆適爲方袍圓領之作。

【校勘記】

［一］寄司空圖：《全唐詩》卷八百四十八作《寄華山司空圖》。

已前共八首

謂皆言隱逸閑野之態，末二句爲奇健者也。

送成州程使君［一］

岑參

程侯新出守，好日發行軍。拜命時人羨，能官聖主聞。江樓暗寒雨，山郭冷秋雲。竹馬諸童子，朝朝待使君。

本集題曰「鳳翔府行軍送程使君赴成州」。蓋參時爲關西判官，在軍中，程亦由軍中移官者，故言「新出守」。卜日辭軍，聞者皆欽羨之，何哉？乃因能官之名聞於九重而特授此任，非出於尋常一樣權貴之推薦也。江雨霏微而下，山雲渺漫而低，是去路中之風景，不可視作别離之日。三、四句承第一句而狀其人物，五、六句承第二句而表其時節，七、八句一轉，仍歸到「能官」。漢郭伋爲并州刺史，治績大舉。其始到時，郊行到西河，有童子數百各騎竹馬迎拜於道次。伋問云：「兒曹何自遠來？」童子乃答云：「聞使君之到而喜，故來奉迎。」程之至也，亦將何異於郭之至？若童子亦知其能，則聖主聞之不亦宜乎？用筆自在，其格則雄豁爽朗，足開萬古之心胸，亦嘉州之所長也。

【校勘記】

［一］送成州程使君：《全唐詩》卷二百作《鳳翔府行軍送程使君赴成州》。

漢陽即事

儲光羲

楚國千里遠，孰知方寸違。春游歡有客，夕寢賦無衣。江水帶冰緑，桃花隨雨飛。九歌有深意，捐佩乃言歸。

光羲開元中及第，任監察御史，會安禄山反，受其僞官，及亂平而貶，此詩係遷謫中所作。「漢陽」春秋時屬楚。「方寸」乃心，徐庶曰「方寸亂」，悲乎違初志而遠謫千里之外也。雖有客追隨，然面友多而心朋少。《詩》云「有客有客，亦白其馬」，又云「豈曰無衣，與子同袍」，無聊之情，出以兩《詩》語而入化，根柢之深，觸事乃出。江水尚帶冰，桃花已飛雨，俱漢陽之實境。《九歌》乃屈原放後所作。南郢之邑在沅湘之間，其俗信鬼而祀之，祀必使巫覡作樂，歌舞而娱神。荆蠻之陋俗，詞甚俚淺，故原更定之而作《九歌》，其實乃以鬼神恍惚之語而寄忠君愛國之思也。中有「捐余袂兮江中，遺余佩兮澧浦」之句，註者以爲「湘君既不可見，而愛慕之心終不能忘，故猶欲解其玦佩以爲贈也。而又不顯然致之以當其身，故但委之水濱，若捐棄而墜失者，以陰寄吾意，冀其或將取之」。今言「捐佩」者，乃遷謫之身尚惓惓君國不能忘，假令不得復用盡志，亦仍將捐佩而致心之義也。污身於僞官而尚以原比擬，其不倫者與張均以賈誼自居一般。但因其地屬楚國而寄興爲此詩，就詩言之，則亦非泛然者也。

光羲與王維諸人同時，以詩才清絶許。維《待儲光羲不至》云：「重門朝已啓，起坐聽車聲。要欲聞清佩，方將出户迎。晚鐘鳴上苑，疏雨過春城。了自不相顧，臨堂空復情。」其官之清者似宜鼓吹太平，一旦誤身，捐佩而强攄其情，可謂文士終天之恨事矣。綦毋潛《冬夜寓居寄儲太祝》云：「身爲洛陽客[二]，夫子吾知音。盡義能下士，時人無此心。奈何離居夜，巢鳥悲空林。愁坐至月上，復聞南鄰砧。」回想前日之愛客下士，則以前聯有今昔之感亦無不可。殷璠云：「嘗讀公《正論》十五卷、《九經外義疏》二十卷，言博理當，實可謂經國之大才。」其人當非專可以詩傳者，一誤身而萬事休，持身不謹，可痛嘆之至也。

光羲之詩，五古最爲超詣。《樵夫詞》有「終年登險阻，不復憂安危。蕩漾與神遊，莫知是與非」之句，謂人世之險勝於山中之危，甚秀拔也。《牧童詞》有「不言牧田遠，不道牧陂深。所念牛馴擾，不亂牧童心」之句，言牛童相忘機心共空，甚明暢也。寫澹遠之景而有畫趣者乃《釣魚灣》，云：「垂釣綠灣春，春深杏花亂。潭清疑水淺，荷動知魚散。日暮待情人，維舟綠楊岸。」抒飄逸之旨而有玄味者乃《太玄觀》，云：「門外車馬喧，門裏宮殿清。行即翳若木，坐即吹玉笙。所喧既非我，真道其冥冥。」其寫田家云「既念生子孫，方思廣田圃」，又云「禽雀知我閑，翺集依我廬」，又云「貧士養情性，不復知憂樂」「忘此耕耨勞[二]，愧彼風雨好」，皆帶農民行樂之意而有世外之意，其樸茂處殆可建一幟於淵明之外，同時王孟、後世韋柳，有未易輒至者。胡元瑞云：「靖節清而遠，浩然清而曠，常建清而僻，摩詰清而秀，蘇州清而潤，柳州清而峭，光羲清而適。」適哉，適哉，歷觀我之所舉，則足知「清而適」乃其好月旦也。

【校勘記】

[一]身：《全唐詩》卷一百三十五作「自」。

[二]忘：底本訛作「應」，據《全唐詩》卷一百三十七改。

酬劉員外見寄

嚴維

蘇耽佐郡時，近出白雲司。藥補清羸疾，窗吟絶妙詞[一]。柳塘春水漫，花塢夕陽遲。欲識懷君意，朝朝訪檝師。

昔蘇耽佐郡有名，以劉擬之。「白雲司」乃黄帝秋官之名，即刑部。煎藥養疾，倚窗吟詩，窗外即柳塘花塢，正應得絶妙好辭之候也。訪劉而論其心、賞其景，乃我所常願，故日夕召舟人而訪潮信，以期相逢。

懷之深乃無所讓之義，即「酬」之本意也。冰融而江漫漫，垂柳裊娜臨之，春水因之而活；塢深而日遲遲，百花爛熳滿之，花塢因之而活。故梅聖俞以爲「天容時態，融和揺蕩，豈不如在目前乎？」而劉貢父以爲「細較之，夕陽遲則繫花，春水漫不繫柳也」。胡苕溪又以爲「夕陽遲乃繫於塢，初不繫花。以此言之，則春水漫不必柳塘，夕陽遲豈獨花塢哉？」宋人論詩多拘於理而不取趣，故有劉、胡二家之説。然柳垂，故春水之漫漫爲妙也；花明，故夕陽之遲遲爲妙也。若以爲無何所繫，且互換兩者爲「花塘春水漫，柳塢夕陽遲」，則果成何趣耶？要之，其辭藻之宏麗雖致群議，然不足以創之也。「漫」一作「慢」，而與「遲」字致合掌之譏。「慢」乃遲緩之義，非寫出春水漫漫之光景者。「員外」即長卿，長卿比維則爲先輩，故《送維尉諸暨》有「愛爾文章遠，還家印綬榮。退公兼色養，臨下帶鄉情。喬木映官舍，春山宜縣城。應憐釣臺石，閑却爲浮名」之句，寓規誨之意，具奬勵之語，見維之相懷深者正有其故。而《送維赴河南》有「用才榮入幕，扶病喜同樽」之句，亦足爲「藥補清羸疾」之註脚。細嚼其「門前七里瀨，早晚子陵過」之句，則此詩七、八句恰如酬其詩然。更檢維集有《答劉長卿七里瀨重送》之什，云：「新安非欲枉帆過，海内如君有幾何。醉裏别時秋水色，老人南望一狂歌。」是或爲坐實「朝朝訪楖師」之意者。其情真思切者始終爲一，而其金聲玉振者則固此詩之所獨擅也。

【校勘記】

［一］絶：底本訛作「艷」，據《全唐詩》卷二百六十三改。

别至弘上人[一]　　嚴維

最稱弘偃少，早歲草茅居。年老從僧律，生知解佛書。衲衣求壞帛，野飯拾春蔬。章句無求斷，時中學有餘。

「弘偃」乃僧名，因「弘」字而比之於上人。「少」乃稀少之義，包至末句。若以爲弱少之義，則與後句矛盾。早歲退隱，老日出家，而天性能解佛書，故有此事。惟寬禪師云：「無上菩提者，被於身爲律，説於口爲法，行於心爲禪，應用有三，其致一也。」「從僧律」乃期持律之精、德行之尊也。以集壞帛爲足，衣不須錦綉；以擷春蔬爲足，食不用粱肉。——是爲「從僧律」之二事。讀書欲心解、欲躬行，故上人不爲尋常摘句。——是爲「解佛書」之一事。「時中」乃「君子時中」之意，學有餘則行有餘，無須言説，所以於時爲「少」也。詩中不具别意，若解之爲聯作中之一首，則將廓然而有開霧觀天之思。

【校勘記】

［一］别至弘上人：《全唐詩》卷二百六十三作《贈别至弘上人》。

送王牧往吉州謁史君叔[一]

李嘉祐

細草緑汀洲，王孫耐薄遊。年華初冠帶，文彩舊弓裘。野渡花争發，春塘水亂流。史君憐小阮，應念倚門愁。

「史君叔」一作「王史君」，牧之叔也。有解之爲「使君」者。七句斥言「史君」，非可視之爲名，或應視作「使君」乎？春草青青而王孫出，「薄遊」乃言不爲豪遊、壯遊也。二十謂少，初冠，「年華」乃宜遊也。良弓之子必學爲箕，良冶之子必學爲裘，「文彩」無愧傳家，亦宜宦游也。花發野渡，言「争」，則灼灼而遍也；水流春塘，言「亂」，則渺渺而遠也。是行路中之景，中若著白馬之王孫，則恍然而我亦神往。取其興象於水者，或所以應第一句乎？「小阮」乃阮咸，相對其叔阮籍而名，以畫出史君與牧，併及老母。王孫賈之母云：「汝朝出晚來，吾則倚門而望汝。」以表牧逢叔而念母之意。以人事之團欒、天倫之嘉慶雙收前聯。高仲武曾目李嘉祐云：「中興高流，與錢郎别爲一體，往往涉於齊梁，綺靡婉麗，蓋吴均何遜之敵也。」如「花發水流」十字，何多負此語乎？

【校勘記】

［一］送王牧往吉州謁史君叔：《全唐詩》卷二百六作《送王牧往吉州謁王使君叔》。

送章彝下第　　綦毋潛

長安渭橋路，行客別時心。獻賦温泉畢，無媒魏闕深。黄鶯啼就馬，白日暗歸林。三十名未立，君還惜寸陰。

潛亦與王維同時，維稱之曰「盛得江左風[一]，彌工建安體」。長安渭橋折柳相别，行者徘徊於分袂、躑躅於行車，此何故哉？非以才堪獻賦、入闕無媒，下第而惡歸耶？《開天傳信記[二]》云：「玄宗在温泉宫時，有劉朝霞者獻《温泉賦》，帝覽而奇之。」想當日才人因不得志而獻賦自薦者不少，彝亦爲其中一人，故於三句實叙之，非用當代之典故也。馬上黄鶯、林中白日，著「啼」字而黯然，著「暗」字而悽然。由行客心中寄託於景物，鍾伯敬言「好光景只似喜人登第語，對失意人立言只宜如此」，却似失於深解。「三十」乃而立之歲，從名之未立發興，引起聖人之惜寸陰，有力。是訓誨語，與他之專慰藉者異，伯敬言「好心好話」者得其當也。

送人下第之詩，前數載之。然遺珠尚多，如岑參、韋應物詩，最爲後人所愛誦也。岑云「夫子且歸去，明時方愛才」，憐其遇、嗟其才，語亦流動而不覺對偶。韋云「下第常稱屈，少年心獨輕」，前句乃嘆他，後句乃自慰，而自慰者其實比嘆他者更苦十分。皆得「無媒魏闕深」之意，而潛乃曾親嘗此味者，其感之深、其情之懇，與劉得仁一其揆也。王維《送綦毋潛落第歸揚州》云：「聖代無隱者，英靈盡來歸。遂令東山客，不得顧采薇。既至金門遠，孰云吾道非。江淮度寒食，京洛縫春衣。置酒長安路，同心與我違。行當浮桂棹，未幾掃荆扉。遠樹帶行客，孤城當落暉。吾謀偶不用，勿謂知音稀。」再三反覆慰藉，而「既至金門遠」一句，可謂早已把捉了下第人之魂靈兒也。「遠樹」「孤城」之句類「黄鶯」「白日」之光景，今之送者乃昨之被送者，詩成而豈無喟然哉！

【校勘記】

［一］得：底本誤作「德」，據《全唐詩》卷一百二十五改。

［二］天：底本訛作「元」，據《直齋書録解題》卷五改。

空寂寺悼元上人［一］　　錢起

悽然雙樹下，垂淚遠公房。燈續生前火，爐添没後香。陰階明片雪，寒竹響空廊。寂滅應爲樂，塵心徒自傷。

《涅槃經》云：「世尊於拘尸那城雙樹間入滅。」第一句便令悼上人之意至於十分。謂生前燈火、没後爐香雖爲眼前之事，然衣鉢有人、法燈得傳，故以之爲「虚」。雪明階上，竹響廊外，「陰」「片」「寒」「空」四字以妙思陶冶出岑寂之景，吟者爲之心愴。《涅槃經》又云：「寂滅爲樂。」蓋有始則有終、有生則有滅，欲抃生滅而到無始無終之域，乃佛者之本願。我之形單影隻、逢上人圓寂而一慟者，畢竟乃凡念耳，然在塵芥者終不能奈之何也。得第七句之掀簸而全首方動。悼僧之詩將如是乎？自深穩也。

【校勘記】

［一］空寂寺悼元上人：《全唐詩》卷二百三十七作《哭空寂寺玄上人》。

送曹椅［一］　　司空曙

青春三十餘，衆藝盡無如。中散詩傳畫，將軍扇賣書。楚田晴下雁，江日暖多魚。惆悵空相送，歡遊自此疏。

椅年壯多能，無不如人者；自家則暗在無如之中，以導出七、八句。嵇康爲中散大夫，常彈琴賦詩自足於懷，顧愷之重其四言詩，因以之爲畫。——以比於椅之能詩也。王羲之爲右軍將軍，嘗見一姥持六角竹扇，書五字於扇上，姥初有愠色，羲之曰「但言王右軍書之」，媪如其言，人爭購之。——以比於椅之能書也。二者皆晋之故事，中散、將軍，兩用官名，不涉偏枯，是最可學也。雁下於晴日，魚游於暖日，椅從此間而去，行者雖喜雲壑之招邀，而送者不免雲樹之感念，以送意爲結。

【校勘記】

［一］送曹椅：《全唐詩》卷二百九十三作《送曹同椅》。

送金華王明府　韓翃

縣舍江雲裏，心閑境自偏。家資陶令菊，月俸沈郎錢。黄蘖香山路，青楓暮雨天。時聞引車騎，竹外有銅泉。

金華在婺州，江雲深處縣舍存焉。境偏，故心閑也，出自淵明之「心遠地自偏」。次句承上意而用淵明之事，更以沈約事配之，因約曾爲婺州守也。沈充曾鑄小錢，謂之「沈郎錢」，因約亦稱沈郎，故融化兩事而運之，圓至疑「誤以沈郎爲約邪」，却似不得原意。「黄蘖」乃木名，藥物也。明府在京華，香山裏、暮雨天、青楓下，時採藥以養清思。婺州有五百人湖，吴時出軍，破土而得銅釜，發之則水暴漲，五百人皆没，後爲湖，「銅泉」者乃謂此。車騎忽出縣門，思量有何公事耶？其事則探幽雅趣也。雖因明府胸有餘裕，亦必因廳中無事而能悠悠自適，故贊其雅趣，即所以稱其治行也。點綴「縣舍」「月俸」「車騎」等字面，却妙在描寫雅趣。或云：「後四句當一氣讀之，此路此天，乃引車騎而訪銅泉也。」若視「香山」「暮雨」爲流水對，則釋作直下者，似得神助，亦屬超妙。

和張侍郎酬馬尚書[一]　韓愈

來朝當路日，承詔改轅時。出領須勾國，仍兼少昊司。暖風吹宿麥，清雨捲歸旗。賴寄新珠玉[二]，長吟慰我思。

按本集題意，乃和兵部張侍郎詩者也。張原詩爲《寄鄆州馬尚書祇召途中》，言其詩落於尚書之手時，乃尚書復出而領鄆州之時也。此詩一、二兩句寫此紛錯本事而簡明。須勾國春秋時爲邾所滅，即今鄆州也。本集中「出」字作「再」字，於事爲切。少昊乃秋之帝，司刑，謂馬往鄆而領尚書也。本集中「兼」字作「遷」字，以逆筆出之爲妙。風暖而吹途上之宿麥，雅有昇平之象；雨清而捲車前之歸旗，自有大官之態。當此時而得張詩，一再吟過以慰相思。若我之相思有慰，則馬之喜可知矣。張之名爲賈，馬之名爲總，裴度爲淮西宣慰招討處置使時[三]，馬爲其副，而愈以太子右庶子爲行軍司馬，與馬同從於軍，其誼非淺，故和張詩以賀其榮遷也。

愈之文起八代之衰，詩亦稱一世之雄，渾渾噩噩，汪汪洋洋，排奡妥貼，惟陳言之務去。司空圖評曰：「驅駕氣勢，如掀揚雷電，撑抉於天地之垠。」沈括評曰：「韓退之詩乃押韻之文耳，雖爲健美富贍，然格不近詩。」後人亦雷同附和，愛憎相遇。張戒云：「以爲子美亦不及者固非，以爲退之於詩本無所得者，談何容易耶？」退之詩大抵才氣有餘，故能擒能縱，顛倒崛奇，無施不可。放之則如長江大河，瀾翻洶湧，滾滾不窮；收之則藏形匿影，乍出乍没，姿態横生，變怪百出。可喜、可愕、可畏、可服也。」又云：「子美篤於忠義，深於經術，故其詩雄而正。李太白喜任俠、喜神仙，故其詩豪而逸。退之文章侍從，故其詩文有廊廟氣。退之詩正可與太白爲敵，然三豪不並立，當屬退之第三。」觀之於宋時，最爲持平之論。要之，譏之者言「豪放有餘深婉不足」，不過謂徑直多而含蓄少。乾隆《詩醇》辨其爲謬見，蚍蜉撼樹者漸將絶迹，且録其言，令初學知大家之面目。

《詩醇》之論云：「夫六義肇興，體裁斯别。言簡而意該，節短而韻長。含吐抑揚，雖重複其詞，而彌有不盡之味。此風人之旨也。至於二雅三頌，鋪陳終始，竭情盡致，義存乎揚厲而不病其夸，情迫於呼號而不嫌其激。其爲體迥異於風，非惟詞有繁簡，其意之隱顯固殊焉。千古以來，寧有以少含蓄爲雅頌之病者乎？然則唐詩如王孟一派根出於風，而愈則本之雅頌以大暢厥辭者也。其生平論詩專主李杜，而於治水之航、磨天之刃，慷慨追慕，誠欲效其震蕩乾坤、陵暴萬類，而後欲盡吐其奇傑之氣。其視清微澹遠、雅咏温恭，殊不足以盡吾才。然偶一爲之，餘力亦足以相及。如琴操及南洋諸作具在，特性所不近，不多作耳。而仰攻者顧執多少之數以判優絀之數乎？擬桃源爲樂土，而輒以洪河太華爲駴人，求仙佛之元虚，而反以聖賢經天緯地爲多事，其説固不待智者而决也。」具論得中，一一當其肯綮。顧欲飄逸則有太白，欲沈鬱則有少陵，乃至深婉含蓄亦但爲王孟一派所占，同時則有白居易創和平流達一格而出顯地。若愈欲拔戟爲隊，則勢不可不運其該博之學，奇思獨造也。運會所至，或有不期然而然者，以成其性之所近。到其至處，乃有李杜亦不能之者。蘇轍評韓詩爲「豪」、杜詩爲「雄」，杜詩之雄雖可以兼韓詩之豪，然亦是「談何容易」之類耳。而愈之詩豪，最用力於古體，海市蕩摇、頓生萬象者乃其所長；以僅四十字之詞雖不能窺其大規模，然所謂「收藏之」者亦何不如人耶？

《石林詩話》引蔡天啓言云：「嘗與張文潛論韓柳五字警句。文潛乃舉退之『暖風抽宿麥，清雨卷歸旗』、子厚『壁空殘月曙，門掩候蟲秋』爲集中第一。」二句相較，其精緻者殆相似，亦是張戒所謂「使退之收斂而爲子厚則易」者乎？

【校勘記】

[一]和張侍郎酬馬尚書：《全唐詩》卷三百四十四作《奉和兵部張侍郎酬鄆州馬尚書祗召途中見寄開緘之日馬帥已再領鄆州之作》。

[二]賴：底本訛作「頻」，據《全唐詩》卷三百四十四改。

[三]招：底本誤作「征」；處：底本誤作「所」。據《新唐書·裴度傳》改。

送董卿赴台州　　張蠙

九陌除書出，尋僧向海城。家從中路挈，吏隔數州迎。夜蚌侵燈影，春禽雜櫓聲。開圖知異迹，思想石橋行。

長安城中有九陌八街。謂除官之報遍傳，而董惟尋僧耳，是謙語也。家在中路，故迂路挈之，不必至京；官乃新任，故吏遥相迎。台州乃海城，故蚌嘘氣而連燈影，鳥弄音而和櫓聲。部下有天台山，石梁百尺，架空中如虹。謂披圖而覺其有異，君定當急往，所以應「尋僧」也。後聯造句雖巧而不必纖、雖鮮而不必粗，曉嵐以第五句爲「極新」。

已前共十一首

前聯之近於實者也。

過香積寺　　王維

不知香積寺，數里入雲峰。古路無人迹，深山何處鐘。泉聲咽危石，日色冷青松。薄暮空潭曲，安禪制毒龍。

維摩詰遣化菩薩往衆香國禮佛足，言「願得世尊所食之餘，欲於娑婆世界施作佛事」。於是香積如來以衆香鉢盛滿香飯，與化菩薩，悉飽衆香。由是之後，佛家名飯爲「香積」，又以其語之雅，多爲寺名，長安、潼川府、青城縣、涪城縣、博羅縣皆有之。此詩中之香積寺乃指子午谷正北微西者，郭子儀收復長安時據而爲陣之處也。與杜甫於涪城縣香積寺所道之「小院迴廊春寂寂，浴鳧飛鷺晚悠悠」景物殊別。

一本作「題香積寺」。此詩妙在白描「過」字，若爲「題」字則索然無味。寺深在山，故以逆筆而入，言「不知」，一語確狀其幽，全詩爲之挺拔。維《送平淡然》言「不識陽關路，新從定遠侯」，杜《遊何將軍林園》言「不識南塘路，今知第五橋」，劉長卿《送侯侍御》言「不識黔中路，今看遣使臣」，皆以逆筆而入者，而此詩最見筆力夭矯。峰巒重疊，雲煙繚繞，攀躋數里，雖有古路，人迹全絶，所以爲「不知」也。忽遥聞鐘聲出雲，方悟香積寺之近。「何處」云者，於語闔「不知」，於意開「知」，兩句以山中所見寓所思，語如淺近，正其所以深遠也。第三句一作「古木無人逕」，「古木」與後句之「青松」複，不如有路而無迹之爲勝。寒泉激石，加「咽」字而幽峭；夕日懸松，加「冷」字而幽邃。皆寺中實事，緊住「過」字題面，洗鍊之極，不止譚元春所評之「微」也。清迥絶塵之境，日已黄昏，僧安禪於潭上而降毒龍，是亦録寺中一事以狀其深山之幽者，非城中巨刹所得有也。若如《訓解》所言，以之爲「言我願安禪於此以制其心」之義，而以「毒龍」比於鷙猿害鳥之蠹人心意，則傷詩意者多。顧與新云：「正副幽深之本色，語不雜一句，潔净玄微，無聲無色。」是爲得之，固屬維詩之清遠者也。

送友人尉蜀中

徐晶

故友漢中尉，請爲西蜀吟。人家多種橘，風土愛彈琴。水向昆明闊，山通大夏深。理閑無別事，時寄一登臨。

言故人去而赴蜀，故咏蜀事以送之。起得超凡，《蜀都賦》言「户有橘柚之園」，即土宜也；司馬相如爲蜀人，嗜琴，卓文君亦愛之，蓋土風也。虚谷稱「暗用琴心之事」，相如以琴心挑文君，文君夜奔而就相如，若從其説，則蜀中之好色人人皆可爲然。詩意不得如此之僻，但單紀風土耳。西南夷之昆明有滇池，蜀中之水接之而遠；西戎之大夏乃中天竺，蜀中之山連之而險。狀形勢而矩矱雄大。有評之爲「套語」者，然開元、天寶間此格方盛，晶即開元十七年及第者，則何得爲套語乎？諸選多以爲張蠙之作，故有此語。然一語之出，山鳴谷應，地切意靈，亦何套語之有哉？

與諸子登峴山　　孟浩然

人事有代謝，往來成古今。江山留勝迹，我輩復登臨。水落魚梁淺，天寒夢澤深。羊公碑尚在，讀罷一沾襟。

浩然五言特與王維同其清遠之致。王漁洋乃判「王是佛語、孟是菩薩語[二]」，然其「假天籟爲宫商，寄至味於平淡，格調諧暢，意興自然，真有無迹可尋之妙」，劉大勤之所言，决非溢美也。其勝人處，每無意於求工而清超越俗，正復出人意表，「清淺之語，誦之亦自有泉流石上、風來松下之音」，沈歸愚之所論，真得其正鵠也。雄渾者有「氣蒸雲夢澤，波撼岳陽城」，幽秀者有「微雲澹河漢，疏雨滴梧桐」，自然者有「榜人投岸火，漁子宿潭煙」，流動者有「重以觀魚樂，因之鼓枻歌」，冲融平淡者有「夕陽連雨足，空翠落庭陰」「春雷百卉坼，寒食四鄰清」等句，皆足可聳動當代而爲後人師尚。嚴滄浪以爲「浩然之詩諷咏之久，有金石宫商之聲」，豈有他哉？

峴山在襄陽，羊祜嘗置酒於此，謂從事鄒湛曰：「自有宇宙，便有此山，由來賢哲登此者多，皆湮滅無聞。」湛答曰：「公德冠四海，聞望當與此山俱傳。」祜没後，百姓懷其惠，建碑於此，望者無不墮淚，杜預因名之云「墮淚碑」。前四句基於祜嘆息之語而述自家之憑吊，後事有代之，則前事謝去，人世之變無極也。日往月來，彼往此來，雖易成古今，而江山之態依舊無變，祜之事轉留勝迹，至有今日之登臨，懷昔感今，感慨真出於自然也。「魚梁」乃所以捕魚者，以「淺」傳水落之神；「夢澤」乃雲夢，以「深」傳天寒之神。與李白「天清遠峰出，水落寒沙空」殆爲同一興象。讀碑而沾襟者，於句則收前，於意則爲作詩之根。蓋登高望遠，感一身之寥落，寄興於祜之愧乎没世無聞，是所以比白詩感慨更深也。

浩然初隱於鹿門，後出京，不得意，維時待詔金鑾殿，招之商榷風雅。忽遇玄宗幸維所居，浩然愕伏在床下。玄宗問其何人耶，維不敢隱，奏聞乃詩人孟浩然。玄宗曰：「朕素聞其名。」因召見，令獻其所作。浩然乃吟《歸終南山》，詩云：「北闕休上書，南山歸敝廬。不才明主棄，多病故人疏。白髮催年老，青陽逼歲除。永懷愁不寐，松月夜窗虚。」玄宗曰：「朕未嘗棄人，卿自不求仕耳。」因命放歸南山。詩人之遇，實天致之也！歸愚云：「浩然此時不誦『臨洞庭』而誦『歸南山』，命實爲之，浩然亦有不能自主者。」謂《洞庭》詩中有「欲濟無舟楫，端居恥聖明。坐觀垂釣者，徒有羨魚情」之句，有求援引於同坐張丞相九齡之意也。顧因歸愚老而受明主之知，應制矢音，維日不足，故欲使浩然啓其自薦之意於天子之前。雖實得其當，然浩然以自謙之語奏聞，恰爲其本色處，隱士之身分會高。若玄宗能咀嚼詩意，知其無怨望之意而不棄其才，却屬昭代之佳話。命雖在天，畢竟是在人者多，以此嘲浩然則酷矣。浩然之歸也，留别維云：「寂寂竟何待，朝朝空自歸。欲尋芳草去，惜與故人違。當路誰相假，知音世所稀。祇應守寂寞，還掩故園扉。」讀後聯，則悶悶之狀可見。然只言「當路誰相假」，不言「不才明主棄」之成實事，百端交集於胸，而尚不流於激越，當是其爲人所使然也。汪鈍翁嘗問漁洋云：「王孟齊名，孟何以不及王？」漁洋曰：「正以襄陽未能脱俗耳。」鈍翁乃嘆，以爲「他人從來見不到此」。維之詩果内心多乎？浩然之詩果外心多乎？是亦非可輒斷也。維曾過郢州，畫浩然像於刺史亭，名爲「浩然亭」。少陵稱「吾憐孟浩然[二]，短褐即長夜。賦詩何必多，往往凌鮑謝」。太白稱「吾愛孟夫子，風流天下聞。紅顔棄軒冕，白首卧松雲」。皮襲美云：「嗚呼！先生之道復何言耶？謂乎貧，則天爵於身；謂乎死，則不朽於文。爲士之道，亦以至乎？」黄山谷贊其像云：「先生少也隱鹿門，爽氣洗盡塵埃昏。賦詩真可凌鮑謝，短褐豈想公卿尊。故人私邀伴禁直，誦詩不顧龍鱗逆。風雲感會雖有時，顧此定知毋枉尺。襄江渺渺泛清流，梅殘臘月年年愁[三]。先生一往今幾秋，後來誰復釣槎頭。」皆知其人物性情、識其詞華才藻者，論定而不許苟求。生前苦吟至於眉毛盡落，身後報以詩卷長留，則雖有人事之代謝，其名可期於不滅，亦何憚乎區區之嘲駡耶？

【校勘記】

［一］菩薩：底本誤作「如來」，據《帶經堂詩話》卷二十九改。

[二]吾：底本誤作「尚」，據《全唐詩》卷二百十八改。

[三]年年：底本訛作「垂垂」，據《苕溪漁隱叢話》後集卷九改。

寄邢逸人　　鄭常

羨君無外事，日與世情違。地僻人難到，溪深鳥自飛。儒衣荷葉老，野飯藥苗肥。若問潮邊意，而今憶共歸。

「羨君」二字突如而起，無俗事也，無世情也，地之僻而溪之深也，荷葉宜衣、藥苗宜飯也，無一非羨君之物。潮去潮來，願利其便而歸，羨君之至也。細拆之，則「憶」與「羨」對，皆可視作應於「君」。高仲武評後聯，稱「足見丘園之趣」。地界偏隅，人饒雅韻，「地僻」一句暗中收束上二句而含邱園之趣，又格之可取者也。

吴明徹故壘[一]　　劉長卿

古臺摇落後，秋日望鄉心。古寺人來少，雲峰隔水深。夕陽依舊壘，寒磬滿空林。惆悵南

朝事，長江獨至今。

本集題云「秋日登吴公臺上寺遠眺」。吴公臺在揚州江都縣西北四里，陳將軍吴明徹督軍伐周，周將王軌引兵據淮口，結長圍，以鐵鎖貫車沈於水，明徹舟潰，爲周所執。淮口屬揚州，傳有明徹古壘，後人就其上而建寺。時爲摇落之候，來登臺上，乃望鄉之意也，與所謂「九月九日望鄉臺」亦何異之有？古寺無人，乃因摇落之後也，峰雲匝匼，有望鄉瞻而不及之意。「人來」一作「來人」，於對爲宜。「水」即末句之長江，已現其端。夕陽滿壘，寒磬出林，摇落之後景物荒凉，句琢詞妍，愁思已生。依壘而瞰江，則明徹之勇武亦空屬一夢，惟有流水滔滔，感慨之無端非獨望鄉而已矣。鍾伯敬云：「『直至今』三字深極，悲感不覺。」然此固與「前朝楚水流」同意，語則不免稍露。

【校勘記】

［一］吴明徹故壘：《全唐詩》卷一百四十七作《秋日登吴公臺上寺遠眺寺即陳將吴明徹戰場》。

送樊兵曹謁潭州韋大夫［一］

李嘉祐

塞鴻歸欲盡，北客始辭秦。零桂雖逢竹，瀟湘少見人。江華鋪淺水，山木暗殘春。修剌轅門裏，多憐爾爲親。

先點明其時節，塞鴻歸，天地暖也，兵曹乃出長安。特著「始」，則兵曹之去如故待歸雁爾。是用筆之妙也，與「北人南去雪紛紛」皆爲可誦。言「鴻」者，以雁之歸自瀟湘，而令襯貼兵曹之赴潭州。潭州在湖南道，以二聯寫之，頷主風土，頸主時節。零陵桂陽必可見湘君留啼痕之斑竹，而瀟湘今尚亂後，當蕭條而少見居民。「雖」「少」二字斡旋於虛中，如互有關繫，亦是用筆之妙也。水淺而飛花流，春殘而緑樹新，正是「塞鴻歸欲盡」之候，兵曹却於此時投身轅門，是所謂「家貧親老，則不擇官而仕」者，其志可憐。以「修刺」二字緊住「謁」字，題目既纖小，輕承之而終不失格，非亦爲用筆之妙乎？

【校勘記】

［一］送樊兵曹謁潭州韋大夫：《全唐詩》卷二百六作《送樊兵曹潭州謁韋大夫》。

西郊蘭若　　羊士諤

雲天宜北户，塔廟似西方。林下僧無事，江清日正長。石泉盈掬冷，山實滿枝香。寂寞傳心印，無言亦已忘。

「蘭若」乃寺觀之總稱。「雲天宜北户」乃煙雲之光景，宜北向而設門户也。「塔廟似西方」乃堂塔伽藍之形狀，與西域同。日長僧無事，「江清」點染其心地之浄澈，妙。江上有泉，一掬則冷透於指；林下有果，一摘則香生於籃。謂若在此處傳教指，則將直入三昧，恰如塔廟之似西方也。達磨曾告慧可云：「内傳心印以契澄心，外付袈裟以定宗旨。」以法之契心，對袈裟之表外，第七句用此語。文殊云[二]：「無有文字語言，是真入不二法門。」亦契於心，以不説爲説也，第八句帶此意。

【校勘記】

［一］殊：底本訛作「珠」，據《維摩詰所説經》卷中改。

送普門上人

皇甫冉

華宫難久别，道者憶千燈。殘雪入林路，深山歸寺僧。日光依嫩草，泉響滴春冰。何用求方便，看心是一乘。

「華宫」謂佛之居處，「道者」謂出家而未得道者。上人何爲而急歸寺耶？因道者日待上人，將欲脱離凡念，宛如受千燈之光明也。「燈」出自佛家傳燈之語，用得奇奥。「殘雪」「深山」十字乃狀上人之歸，天静山明，覺有耀於文章。以之爲「虚」者，因從想像中描光景，非其地之實事也。芳草嫩而有光之閑照，春冰融而有聲之俄加，日之遲遲、泉之淙淙，以「依」字、「滴」字刻劃而出。起首乃歸思，前聯乃歸路，後聯乃歸寺，結尾想歸後而回顧起首：上人之教道者何如？以心心相契爲上乘，又無有餘乘。如彼巧用諸法隨機利物之方便，則非其所取也。與惠海禪師「律師、法師、禪師三學雖殊，得意忘言，一乘何異」之言當略齊其歸乎？

劉長卿《寄上人》云：「白雲幽卧處，不向世人傳。聞在千峰裏，心知獨夜禪。辛勤羞薄禄，依止愛閑田。惆悵王孫草，青青又一年。」是因日光之依嫩草而嘆我之不歸者。寄之於上人之意，亦不過爲「憶千燈」之念也。其《贈上人》云：「支公身欲老，長在沃州多。慧力堪傳教，禪心久伏魔。山雲随坐處，江草伴頭陀。借問迴心後，賢愚去幾何。」是即言其學德雙尊，一、二句直可爲「華宫難久别」之註脚。既爲當世名士所重如此，則上人看心之悟透一乘、傑出六外者足可想見也。

送耿處士

賈島

一瓶離别酒，未盡即言行。萬水千山路，孤舟兩日程。川原秋色盡，蘆葦晚風鳴。迢遞不歸客，人傳虚隱名。

别酒未盡，分袂而去，急於行也，一、二兩句要一氣讀下。千山萬水，兩日而過，亦急於行也，三、四兩句亦要一氣讀下。暮風斜入，叢葦争鳴，是秋盡之景物，即孤舟中所見也。申言其所以急於行之意，若風塵奔走，永不歸山，則山中猿鶴將嘲處士乃偷隱名者也。以前四句爲所問，以後四句爲所答，亦一格也。而其語不過借他人之感慨以抒自己之性情。

島之際遇轗軻，乃人之所知。其爲普州司倉時[一]，方干寄之云：「亂山重復叠，何路訪先生。豈料多才者，空垂不世名。閑曹猶得醉，薄俸亦勝耕。莫問吟詩苦，年年芳草平。」以慰島之孤介而屈居下僚，筆筆入骨。「閑曹」「薄俸」之句，何等之事，而令多才者居耶？僧無可寄之云：「暗蟲分暮色，默坐思西林。聽雨寒更盡，開門落葉深。昔因京邑病，併起洞庭心。亦是吾兄事，遲回直到今。」因島曾爲僧侣，故述閑寂之況以勸歸隱。島不能從之者，乃窮而至於是，身不能如意，所以借他人之感慨也。

【校勘記】

［一］普州司倉：底本誤作「晋州司馬」，據《唐詩紀事》卷四十改。

春喜友人至山舍　周賀

鳥鳴春日晚，喜見竹門開。路自高巖出，人騎瘦馬來。折花林影動，移石澗聲回。更欲留深語，重城暮色催。

賀初爲僧，居廬山，稱清塞，與無本、無可齊名，無本即賈島也。後姚合愛賞其詩，加以冠巾。唐人詩有「兔滿期姚監[二]，蟬稀别塞公」之句，「姚監」即合，「塞公」即賀也。同時而齊名，或爲二家之所甘。此詩乃成於其爲僧時者。一本題曰「晚春從人歸覲」，意殊不了了，詩亦不相副；「晚」字作「曉」字，曉，故妙在門之開，妙在催喜鵲之喙剥，妙在二聯無數風光皆日中之狀態，而後結以暮色。自始至晚，尾有暮色之催，是亦何能爲情哉！故曉嵐云「曉起暮結，清極」。

巖徑縈紆，人馬忽隱忽現，放眼竹門開處，唯可以「如畫」二字評盡。折花移石，無何異也，而言「林影動」、言「澗聲回」，則有理趣、有韻致。乃出於島之「過橋分野色，移石動云根」，雖曉嵐言「不及彼之闊大」，然其所不及者，即所以有此致也。

【校勘記】

[一]期：底本誤作「辭」，據《全唐詩》卷七百二十二改。

龍翔喜胡權訪宿[一]

喻鳧

林栖無異歡，煮茗就花欄。雀啄北窗晚，僧開西閣寒。衝橋二水急，扣月一鐘殘。明發還分手，徒悲行路難。

「龍翔」乃寺名，或謂在弘農。圓至云：「按本集《龍翔寺夜懷張渭南》詩云：『河風吹鳥迴，岳雨滴桐疏。』皆弘農之景也。」解衣脱略之人來，倒屣周旋之客少，山林隱栖雖無他歡，然宜徜徉以銷百憂。可以咏，可以歌。煮茗於花欄露深之處，則日晚寺寒，雀聲閑、僧影孤也。橋下水滔滔，月下鐘隱隱。以上六句述相會之喜，下二句言别意之悲，與前詩同一作法。

方干贈覔之詩云：「所得非衆語，衆人那得知。纔吟五字句，又白幾莖髭。月閣欹眠夜，霜軒正坐時。沈思心更苦，恐作滿頭絲。」蓋其人吟苦而瘦，似閬仙；所作與衆人不同，故不爲衆人所稱，亦似閬仙。讀其「積靄沈斜月，孤燈照落泉」「雁天霞脚雨，漁夜葦條風」等句，更味「扣月一鐘殘」，則其白煞吟髭而沈思之候，亦覺與「一吟雙淚流」仿佛。

【校勘記】

［一］龍翔喜胡權訪宿：《全唐詩》卷五百四十三作《龍翔寺居喜胡權見訪因宿》。

秋晚郊居

任蕃

遠聲霜後樹，秋色水邊村。野徑無來客，寒風自動門。海山藏日影，江月落潮痕。惆悵高飛晚，年年别故園。

新霜下，乾籜時有聲，「遠」之一字有郊居静聽之意。秋色遍而無人迹，特有寒風入門，「自」之一字接「無來客」而盡蕭寂之致。妙在令轉承渾然無痕迹，霜樹遠聲似早已爲寒風所包羅。卓茂云：「寧能高飛遠舉不在人間耶！」所謂「高飛晚」乃言難於一第、今尚蠖屈也。「年年别故園」亦所謂「秋賦春還計盡違」

者。出身之晚、秋日之晚，兩相關捩而視之，則日影之藏、潮痕之落，皆無不爲傷心之具，門無來客亦從不得意之境立言，而轉屬可憐也。

友人南遊不還[一]

于武陵

相思春樹緑，千里各依依。鄠杜月頻滿，瀟湘人未歸。桂花風半落，煙草蝶雙飛。一别無消息，水南蹤迹稀。

舊解云：「此詩乃武陵妻所作。武陵往來商洛巴蜀間，至瀟湘而不返，因有此詩，編武陵集者錯以爲武陵詩。『友人』乃指武陵也。」以「友人」指良人雖屬莫須有之事，然武陵之南遊實有其事，詩之感於節物光景而思其君子者，不啻「喓喓草蟲，趯趯阜螽」，真足可視作婦人之詩也。始則春日，别後相思空隔千里，緑樹迢迢而不可見，妾在鄠杜，郎在瀟湘，是即千里也；自君之出矣，忽明月幾回而圓，早已爲秋日；桂花落於風中者仍如昨，又忽而爲春日。煙生春草，雙蝶相戲，是何等之時哉！相思愈纏綿而郎終不歸，又絶其消息，是真無聊賴之極。寄興於明月團圓，作感於雙蝶翩躚，皆足令武陵沾衣者也。而武陵亦在千里之外嘆消息之稀，真是同心一體，可謂此夫而有此婦乎？

【校勘記】

［一］友人南遊不還：《全唐詩》卷五百九十五作《友人南遊不回因而有寄》。

夜泊淮陰

項斯

夜入楚家煙，煙中人未眠。望來淮岸盡，坐到酒樓前。燈影半臨水，箏聲多在船。乘流向東去，別此易經年。

四十字惟此一氣流轉而下，不可分說。舟入楚地，夜煙滿水，我在煙中不眠。揭蓬而望，淮岸漸盡，舟直繫於酒樓之前。酒樓燈影落於水，點點欲流，水中畫舫多著箏聲。雖繁華如此，而我明朝又將隨此流而去，不經年則不至。欲以一夕之歡而銷萬斛之愁也。重「煙」字，狀夜色之冥濛，仍是薄夜之景。自「望」至「泊」，舟行有次第，而後紙迷金醉、絲脆竹豪之繁華，以十字出之而有餘。出語能新，所包無限。視嚴海珊「隔江燈影迷歌館，吹岸衣香過酒船」之點出者，轉見此首之妙。「乘流」二字轉景語入情語，筆亦有順流東下之趣。

秋夜宿淮口　　景池

露白草猶青，淮舟倚岸停。風帆幾處客，天地兩河星。樹静禽眠草，沙寒鹿過汀。明朝誰結伴，直去泛滄溟。

泊舟近岸，露白草青，是亦初夜之景也。舟之左右連檣林立者皆無非客舟，稱「幾處」，氣象闊大。天有銀河，地有淮水，星宿森森下上照映。稱「兩河」，意匠新警。辭乃修月露之工者，不可漫以刻琢目之。宿鳥眠静樹而無聲，遊鹿過寒沙而有影，夜深天地闃之時也。泊舟天曉時將去，謂有滄溟之志者不與我結伴而去耶？暗説「風帆幾處客」皆爲利奔走，身心共不閑，而自占身分。要之，前聯乃必傳之句，其他則不必苟求可也。

村行　　姚揆

天淡雨初晴，遊人恨不勝。亂山啼蜀魄，孤棹宿巴陵。影暗村橋柳，光寒水寺燈。罷吟思故國，窗外有漁罾。

「村行」似爲「江行」之誤。一隴一圃、一鋤一犂，耕田飲井，爺唱娘和，擊老瓦盆之光景，固非感客遊而懷故國之具。孤棹之行江也，天稍淡，雨初霽，正子規善啼之時；亂聲之至也，遊人最先聞之，故「不如歸去」之感俄然由衷。以「蜀魄」對「巴陵」，妙在令人推想故國之迢遞，恰可以爲因欲導出「故國」而確説者也。日晚而柳暗燈寒，又是子規宜啼之時。「暗」字、「寒」字有力，「橋」字不離水寺江行，是所謂「景須親歷乃真」者，宜爲無意而得。「窗」乃篷窗，從眼前之事於仿佛故國之景起興，以爲有「歸卧煙波何日哉」之意亦可也。

題甘露寺

曹松

香門接巨壘，畫角間清鐘。北固一何峭，西僧多此逢。天垂無際海，雲白久晴峰。旦暮燃燈外，潮頭振蟄龍。

「巨壘」謂石頭城，畫角遥遥入雲而至。「香門」乃招提，清鐘時度樹而出，如相呼應然。倚北固之絶險而塵埃不到，故西域之僧來遊者多止錫於此。渺渺方輿，海其無邊耶？迢迢雲海，山其未了耶？寺中所望既高既敞，故高德之僧有日暮而降蟄龍者。佛燈光明之下，胥濤澎湃之上，著此一人，而高者愈高、敞者愈敞，甘露寺之奇峭愈奇峭也。其用筆之健，在唐代諸家中可謂不遑多讓。

宋人《甘露寺》詩云：「北固山頭寺，風煙昔縱觀。卧亭秋石狠，環舍海濤寒。越舶樓前聚，江楓户外丹。最宜清夜月，虚閣憶盤桓。」是爲晁君成。語多平穩，終不足應奇倔之景。楊公濟有「雲捧樓臺出天上，風飄鐘磬落人間」之句，由側面著筆，自饒妙趣。沈存中有「地從日月生時見，天到江山盡處回」之句，恰令想見「天垂無際海」之意興，而更粗大。王平甫乃自負「平地風煙飛白鳥，半山雲木卷蒼藤」之句，然刻琢詩句，却失高敞之意。東坡古詩有以「古郡山爲城，層梯轉朱欄。樓臺斷崖上，地窄天水寬。一覽吞數州，山長江漫漫」起者，雖別弄奇巧，然其規模之壯之宏，於「地窄」五字中具千言萬語，殆足令前人皆廢。若非北固之峭，則争得稱之耶？

已前共十七首

三、四句夾叙實事，尚傾於情思者也。

前實後虚

周弼曰：謂前聯景而實，後聯情而虚，前重後輕，多流於弱。唐人此體最少，必得妙句不可易，乃就其格。蓋發興難則難於繼，後聯稍間以實，其庶乎？

前實後虚乃三、四句爲景物，五、六句爲情思者。一反前格，上重下輕，故平弱之句往往令全首不振。雖稱唐人少有此格，然未易斷定。畢竟用之若宜，則陳楚之蕒與魯衛之蕘爲同物；用之不宜，則江南之橘與江北之枳爲異物也。格雖或可分，而運用在乎一心，構思者偶然下筆，於格亦何有可爲不可爲哉？然伯弜之意在矯時弊，乃設此格，多選近實之虛。其意之所在，亦可知矣。

秋夜獨坐

王維

獨坐悲雙鬢，空堂欲二更。雨中山果落，燈下草蟲鳴。白髮終難變，黄金不可成。欲知除老病，惟有覺無生。

是憂生之嘆也。果落雨中，蟲鳴燈下，秋也，夜也，獨也，坐也，題意略具於三、四句之十字。故先以「獨坐」、以「空堂」，以「雙鬢」與「二更」對偶出之，總叙「秋夜」與「獨坐」之題意。而三、四句說「秋夜」於言外，藏「獨坐」於意中，故五、六句專敷說「獨坐」。薊子訓有幻化之術，「老人髮白者，但與之對坐共語宿昔，則明旦而髮盡黑」。劉向之父「治淮南獄時，得枕中鴻寶苑秘書，言神仙使鬼物爲金之術。向幼而讀之，以爲奇，獻之，云『黄金可成』。上乃令典尚方試之，費甚多，方不驗」。二者皆仙家故事，維反用之，白髮之難變，因黄金之不成也，緊接悲雙鬢皤然之意。王敬美病其與起句重複，唐汝詢辯之，以爲「却如鑿舟尋漏者」，可謂得之。言神仙不可求，故欲脱除老病之境、得安心之致，則應探於佛家也。慧思禪師病時自念云[二]：「病由業生，業由心起，心源無起，外境何來？病業與身，都如雲煙。」如是觀來，則悲白髮而苦求黄金者亦何愚哉！達磨大師云：「見性成佛者，明其頓了無生也。」「無生」乃除住三昧。維之參禪悟透、揚釋抑道者，即其本來之面目。詩屬清遠，自不待言。後聯本於江淹之「丹砂信難學，黄金不可成」，然「白髮」却從凡人寫出，比之於「丹砂」「黄金」同自仙家著筆，殆成合掌，則有出藍之妙。其以一意流走者，非可徒以「描黄對白」嘲之也。

【校勘記】

［一］慧思：底本誤作「惠師」，據《景德傳燈録》卷二十七改。

秋夜泛舟

劉方平

林塘夜泛舟，蟲響荻颼颼。萬影皆因月，千聲各爲秋。歲華空復晚［一］，鄉思不堪愁。西北浮雲外，伊川何處流。

方平家世最貴。政會曾事高祖太宗，爲洪州大都督，贈户部尚書，封渝國公，謚「襄」。四世至漦，開元中以功臣之後賜進士第，官東阿縣令，即方平之父也。方平之子符爲户部侍郎，贈司徒，其餘八子皆仕官。孫岳爲後唐吏部侍郎，贈司徒，其子温叟宋初爲御史中丞，其子燁爲龍圖閣學士，奕世皆有風節。《居易録》云：「唐中葉詩人後嗣昌盛者無如盧綸，而方平經五代至宋，科名德業相繼，又爲過之。」方平之前如彼之昌、方平之後如此之盛，方平則獨不得志於有司，惟於文字蜚聲騰實，與元魯山善，蕭穎士言「山東茂異有河南劉方平」者是也。李頎送方平詩有「綺紈遊上國，多作少年行。二十二詞賦，惟君著美名。童顏且白皙，佩德如瑶瓊。荀氏風流盛，胡家公子清。有才不遇誰之過，肯即藏鋒事高卧[二]」等句，歷舉世德文名而憐其不遇，方平之一世殆具此中，轉可見「藏鋒高卧」之可惜。此詩之秋士秋心不似童顏白貴之貴公子[三]，洵爲宜也。

前聯用筆秀而不野，出語詳而不膩。曉嵐云：「有第二句，則『千聲』句複矣。如曰申第二句，則三句又不申第一句，此謂無法。」然十字正申言上二句者，「千聲」無非因秋而起，蟲語荻聲早在其中；「萬影」無非因月而生，林塘蘆荻亦何不在其中耶？若言上句無實寫「影」字，則林塘蘆荻亦因何而認之？不必以爲重複也。「西北浮雲」本於「西北有高樓，上與浮雲齊」之語，由舟行而懷伊川，終以浮雲寓不遇之感慨，所謂秋士秋心，真難爲情也！

【校勘記】

[一]晚：底本訛作「脱」，據《全唐詩》卷二百五十一改。

[二]肯：底本訛作「盲」，據《全唐詩》卷一百三十三改。

[三]前「貴」字似當作「首」。

春日卧病書懷[一]

劉商

楚客經年病，孤舟人事稀。晚晴江柳變，春暮塞鴻歸。今日方知命，前年自覺非。不能憂歲計，無限故山薇。

孔子言「五十而知命」，蘧伯玉言「五十而知四十九年之非」。見後聯之運古，可知商作此詩恰在五十之齡。《傳》稱：「商出爲汴州判官，辭疾解印，歸舊業。」蓋詩係其歸舟中所作，故言「孤舟人事稀」而述孤寂之情，言「春暮塞鴻歸」而託退隱之意。因其記「卧病」而以爲官齋中所作者，非也。「不能」當解爲「不須」，故山之蕨薇既足，故言不必問家人之生産也。按，商之性固閑曠好酒，嘗對花望月悠然而賦云：「春草秋風老此身，一瓢長醉任家貧。醒來還愛浮萍草，漂寄官河不屬人。」因貧爲官、因病而去，心曠神怡，真不負以浮萍之漂寄而自喻之身分。其飄逸超虚之處，將使人以爲「求神仙，冲虚而去」之傳説非無所據。於此可知「不能憂歲計」仍是「一瓢長醉忘家貧」之意也。

【校勘記】

[一]春日卧病書懷：《全唐詩》卷三百三作《春日卧病》。

林館避暑　　羊士諤

池島清陰裏，無人泛酒船。山蜩金奏響，花露水精圓。靜勝朝還暮，幽觀白已玄。家山正如此，何不賦歸田。

林館無人，池島多陰，爲擊鐘之音者乃蜩，爲水晶之光者乃露，皆以清陰中物寫避暑之神理。心靜則身清，故老子言「靜勝熱」，第五句束住上句而倒寫避暑之題面，朝亦於是，暮亦於是，幽窗達觀，太玄已不爲白，是亦避暑之神理也。圓至言「白髮再玄」，然謂天涼而髮爲黑，唯可視作反用揚雄之事耳，無甚理趣。「家山正如此」更束住上句而入感慨。謂「林館雖靜幽，尚是客裏，出館則不免簿領縈纏於身；而故園之幽、故園之靜每每如此，何苦不歸田耶？」是以爲任寧化尉時所作也。謂「家山之勝今即是也，盍早歸」、言「推己及人」，是以爲歸田後所作也。二者皆可通，而後者最穩。被褦襶而趨炎者讀此，其能不自失耶？

柏梯寺懷舊僧[一]　　司空圖

雲根禪客居，皆説舊吾廬。松日明金像，苔龕響木魚。依栖應不阻，名利本來疏。縱有人

相問，林間懶折書[二]。

昔有道士欲於華州山谷間登仙，以柏樹爲輪材而昇去，寺故得名。圖曾住華陰，故過寺時僧人皆指説「是建於君之舊栖遲者」。「金像」乃黄金佛，松間日色照而離離；「龕」乃刳石而爲室者，苔上木魚響而沈沈。是真「雲根禪客居」之好註脚也。舊廬雖已無迹，然我之疏於名利則依舊無異，故若人間尚有訪問者，我亦懶於披信爲答。此非仍宜居此地之幽人耶？即從「皆説舊吾廬」開出一地，言老僧之不沮於卜鄰者可知也。可謂屬《詩品》之「委曲」者乎？

按本集，此題尚有「高鴉隔谷見，路轉寺西門。塔影蔭泉脉，山苗侵燒痕。鐘疏含杳靄，閣迥度黄昏。更待他僧到，長如前信存」一首，結二句即「懷舊僧」之意，顧舊僧已遷化，滿目皆新也。故追懷者切，又有殷勤告於後僧者。此詩無「懷舊僧」之意，乃後之聯作所使然也。若節録者不著意於題目，則迷後人者多，是可慎之事也。

【校勘記】

[一]柏梯寺懷舊僧：《全唐詩》卷六百三十二作《上陌梯寺懷舊僧》。

[二]折：《全唐詩》卷六百三十二作「拆」。

早春　司空圖

傷懷仍客處，病眼却花朝。草嫩侵沙短，冰輕著雨消。風光知可愛，客鬢不相饒。早晚丹丘伴，飛書肯見招。

本集題此詩爲「早春寄李道士」，末句「丹丘伴」乃指道士。謂知我之孤清而欲相招，乃以得免「客鬢不相饒」之延年不老，而非特以「風光知可愛」之對月聯吟、臨風得句也。感於「客鬢不相饒」者何哉？因客裏病眼，我心不免暗傷也。興於「風光知可愛」者何哉？因時是早春、即復花朝，輕冰催春雨而融，嫩草逗寒沙而萌，百花生日而帶如此駘蕩之景也。兩者如互不相容，第二句即一束之，「却」字有力，可謂如山。其事則暗用李夫人之事：李夫人病起，見桃花盛開，曰：「不分桃花如錦，惱人病眼。」武帝乃去其花。食古入化，運思如意，而使歸到「丹丘伴」之寄意，是「意匠欲出，造化已奇」者，可謂屬《詩品》之「縝密」。

江行　司空圖

地闊分吳塞，楓高映楚天。曲塘春盡雨，方響夜深船。行紀添新夢，羈愁甚往年。何時京

洛路，馬上見人煙。

詩稱自宣歙赴陝虢時所作。宣、歙皆吳地，江水橫流中分其地。岸上青楓，高高輝映於楚國之天，自舟中見出，闊大秀麗。曲渚迴汀，春雨霏微而下，煙景空濛。「方響」乃以鐵爲之者，長九寸、廣二寸，圓上方下，倚於架上以代鐘磬，舟之夜行也，擊之以避撞衝。事無何趣，而令雅馴，是所謂「如礦出金、如鉛出銀」者，自當屬《詩品》之「洗鍊」。見圖「自標出此句」，可知其稱意之處即當行之語也。「行紀」乃途中所紀，凡馳驅之處，以詩形於嘯咏。「添新夢」乃入生境。不免生「羈愁」者，以京洛尚遼遠而不易至也。「馬上見人煙」乃何等宏壯之氣象，以「地闊」「楓高」相對，光景足可想象。「馬上」即反映「舟中」也。

春日

李咸用

浩蕩東風裏，徘徊無所親。危城三面水，古木一邊春。衰世難行道，花時不稱貧。滔滔天下者，何處問通津。

《備考》常以六義説詩，每篇必以比賦興之語當之。其以賦爲比者多流於牽强而失本意，至此詩之確有比體者却以賦體註之，失於彼又失於此，是果何故哉？「危城三面」「古木一邊」，又豈可輕輕看過？顧東風浩蕩，而我無所親也，因人之齊歡娱而悲我之空低徊。謂時已爲季，行道無由，我因之而流落。雖俯仰天地無所愧，然在花時落魄，如春風獨不至我，臨春而不稱貧也。極無聊之語，正所以寄興於眼前：春流澮沱，環城三面，而一面無之；老樹紅緑相連，春至一邊，而他邊則未。一面無之、一邊則未，若天之私於物者如此，則無怪乎時之私於人者如彼矣，是須視爲此詩之根。若只一意謂作賦體，則不過令起首之意爲泛，令「花時」之句爲淺。「行」一作「修」，於聲律爲宜。視「稱」爲「稱謂」之意，非「稱量」之意，亦於聲律爲宜。

雲居長老

王貞白

巘路躡雲上，來參出世僧。松欹半巖雪，竹覆一溪冰。不説有爲法，非傳無盡燈。了然方寸内，應祇見南能。

踏雲上山背，入寺訪長老。雪埋半巖，危松聳其傍；冰鎖一溪，修竹密其上。山中春遲之狀、寺裏地邃之容，皆由「躡雲」中所囑。《金剛經》云：「一切有爲法，如夢幻泡影，如露亦如電，應作如是觀。」謂一切有爲之法乃幻化而無有實義，第三句所以稱「不説」也[二]。《維摩經》云：「諸弟子有法門，名無盡燈。譬如一燈燃，百千燈皆燃。」言法燈相傳無盡。作者非黑衣之士，第六句所以稱「非傳」也。「南能」乃惠能，即六祖大鑒禪師，以「菩提固無樹，明鏡又非臺。本來無一物，何處惹塵埃」爲第一義。若心地明净、方寸内無芥蒂，則禪師當許以有法根，故言「祇見南能」。接於五、六句之用逆筆，收盡「出世僧」。

圓至註此詩云：「唐儒用佛語爲禪師作詩文者，惟梁肅、裴柏、柳子厚、白樂天、裴休諸大儒爲盡善，其餘但作故事用者，多不可曉，以其未嘗止心於斯道，而但用其語也。如此篇後四句及皇甫冉『道者憶千燈』『看心是一乘』，皆得理。」圓至乃僧，其所言拆精微而靡靡可聽[二]。然求唐代詩人之能透徹於禪味者，則終不得不屈指王摩詰。其詩雖或不多用禪語，然咀嚼其意，則一味清澄，誠盡解個中消息者也。乃如言「欲知除老病，惟有覺無生」，固非惟作故事用矣。故徐而庵云：「摩詰精大雄氏之學，篇章字句，皆合聖教。」所得如此而不能得圓至之一顧，亦惟因其無贈禪師之語乎？

【校勘記】

[一]三：似當作「五」。

[二]拆：似當作「析」。

送許棠[一]　張喬

離鄉積歲年，歸路遠依然。夜火山頭市，春江樹杪船。干戈愁鬢改，瘴癘喜身全。何處營甘旨，波濤浸薄田。

喬與棠交情最密，名亦相齊，送其下第遊蜀云：「天下猿多處，西南是蜀關。馬登青壁瘦，人度翠微閑。帶雨逢殘日，因江見斷山。行歌風月好，莫老錦城間。」送其及第歸宣州云：「雅調一生吟，誰爲晚達心。

傍人賀及第，獨自却沾襟。宴别喧天樂，家歸礙月岑。青門許攀送，故里接雲林。」其江上相逢云：「詩人推上第，新榜又無君。鶴髮他鄉老，漁歌故國聞。平江留曉月，獨鳥伴餘雲。且了髫年志，沙鷗未可群。」題其在上元住所居王昌齡舊廳云：「琉璃堂裏當時客，久絶吟聲繼後塵。百四十年庭樹老，如今重得見詩人。」或頌或規，頌中有規，規中有頌，同心相許，似殆可與皮陸並稱。「夜火」「春江」一聯特爲傳誦，乃晚唐之雋句也。

出宦遊而久不歸，臨歸而行程亦杳。送以仍嫩之柳，勸以更盡之杯，而途上景物尚可以爲詩。城市依山，夜行遥見燈火離離，何等幽峭哉！江流漲緑，帆影高懸樹梢之上，何等明麗哉！更考及身世，則滿地干戈，戢未可期，當局而抱憂，非使人白了雙鬢耶？南方之瘴氣癘風，一觸則令人髮黄眼碧。雖幸喜無恙，然置身邊徼，人赴此地，非亦可悲之事耶？「喜」字却襯出悲意，感慨無限。三、四句爲「歸路」，五、六句爲「積歲年」，七、八句乃自「離鄉」拓開一意而收束。棠之遊也可悲，而今之歸也有更可悲者：故國雖有二頃之田可耕，然莽濤一嘯，皆没水中，亦無以爲生。當以何物奉菽水之歡於堂上雙親耶？同心相許如喬者，送而哀之，字字真摯，未至四聲而腸斷可知也。

【校勘記】

［一］送許棠：《全唐詩》卷六百三十八作《送友人進士許棠》。

已前共十首

謂全篇易直而結句之字法相似者也。

穆陵關北逢人歸漁陽

劉長卿

逢君穆陵路，匹馬向桑乾。楚國蒼山古，幽州日月寒。城池百戰後，耆舊幾家殘。處處蓬蒿遍[一]**，歸人掩淚看。**

穆陵在青州，漁陽在幽州，相會於途，知友將赴桑乾河邊，因寫亂後荒凉之狀以愴之。相逢之地青山鬱蒼，氣其陰陰，已屬傷心之具，而行處乃安禄山舉兵之地，千村萬落鷄犬不聞，人煙不見，白日雖上，慘然不動。因地之名「幽州」而下「白日寒」三字，恰好相稱，千載下尚足令人想起百戰之餘，故王弇州以之爲「不可多得」者也。以下四句俱細説「幽州白日寒」，城邑頹廢、父老凋零、處處蓬蒿、時時涕淚，妙在出自去者之眼底胸底。顧「漁陽鼙鼓動地來」乃人人切齒、日不能忘者，故一聞去者之指桑乾，則感慨直坌湧而不能止，不覺出於筆端。以含蓄爲主，不著理趣，既神足而氣流，更詞妍而氣渾，少陵之沈鬱亦將何難步趨耶？

【校勘記】

［一］處處：底本誤作「家家」，據《全唐詩》卷一百四十七改。

早行寄朱放［一］　　戴叔倫

山曉旅人去，天高秋氣悲。明河川上没，芳草露中衰。此别又千里，少年能幾時。心知剡溪路，聊且寄前期。

候爲秋，刻爲曉，曉氣冥濛，銀漢河消，秋色蕭條，芳草萎露，景入悲哉之節，人帶黯然之思。因想會離有定，明河忽明忽滅，將似我之一别輒成千里乎？人生無常，露草漸衰漸靡，將似我之不可復爲少年乎？歲月不待人，一旦思至，則慘然不樂，言宜速期後會、共爾我之歡也。「剡溪」乃越州勝地，我欲急歸而偕隱趣，即「寄」之本意也。曉嵐云：「一氣渾成，是爲高格。此首何字是眼？」蓋運其性情驅使字句者，所謂「鍊字不如鍊句，鍊句不如鍊意」之語，直宜評於此首。嚴維贈朱放云：「昔年居漢水，日醉習家池。道勝迹長在，名高身不知。欲依天目住，新自始寧移。生事曾無長，唯將白接䍠。」放超出世外而事吟謳，乃以清風朗月寫其情悰，以勝水佳山爲其詩料也。剡溪與天目雖異其地，然見其爲名家所期之深，而轉可知其人之高。

【校勘記】

[一]早行寄朱放:《全唐詩》卷二百七十三作《早行寄朱山人放》。

陝州河亭陪韋大夫眺望[一]　　劉禹錫

雪霽大陽津,城池表裏春。河流添馬頰,原色動龍鱗。萬里思歸客,一杯逢故人。因高向西望,關路正飛塵。

大夫名執誼,禹錫與之共上陝州河亭四望,故通首以一「望」字而成。「城池表裏春」先總叙,望意偏於敞豁。「大陽」故關乃後之茅津,雪霽而春色滿;「馬頰」河在德州安德縣西南,添流而春色滿。用兩個地名,興象彌闊大,亦可以見河亭之高敞。《西都賦》有「原隰龍鱗」之語,蓋謂土色相照,爛如龍鱗也。以陝州一帶之地遇春而如龍鱗映日對「馬頰」,運思獨造,殆使人有鱗龍羽鳳翔躍行間之想,飛動之至。「歸客」乃自道,「故人」乃指執誼,廣叙「萬里」而與景物相副,縮説「一杯」而收到河亭,筆力之自在奇幻出人意外。乃復由望中述感慨,以爲眺望之壯闊可以遣客愁,而明朝仍是途上之客也。今望其前程,則關河莽蒼,烽火塵砂共滿於天,是果何象哉!以時考之,德宗建中間,涇原節度使姚令言反,犯闕,車駕幸奉天,朱泚復攻圍奉天,「關路飛塵」應爲是事。京城陷落,天子蒙塵,禹錫喟然而嘆者,豈獨爲行路閉塞、一身多難而已耶?

由望而可見者進一步想到不可見者，以其黯慘反貼「表裏春」之光景，何等之邁思哉！

【校勘記】

［一］陝州河亭陪韋大夫眺望：《全唐詩》卷三百五十七作《陝州河亭陪韋五大夫雪後眺望因以留別與韋有布衣之舊一別二紀經遷貶而歸》。

已前共三首

後聯用數字而對之格也。

巴南舟中［一］　　岑參

渡口欲黄昏，歸人争渡喧。近鐘清野寺，遠火點江村。見雁思鄉信，聞猿積淚痕。孤舟萬里夜，秋月不堪論。

參《發五溪》詩有「客厭巴南地」之句，以此詩之意推之，則或同成於其時者乎？放舟巴南，左右顧望，則時將黄昏，歸人相争喧於渡口。著二「歸」字，而遊子天涯之感因爲惹起。漸而寺鐘隱隱度，漸而燈火點點明，是從已晚而把捉其景物，復與「江村殘雨外，野寺夕陽邊」無甚差，江村一路，將到處不過如此之物乎？漸而四面全爲夜色，遊子之心漸酸，觸目皆動懷之具也。見孤雁，而思其非帶鄉書來乎？聞斷猿，而客淚早落。雖月光漸滿於舟，然孤舟多感，固無何興趣，徒令猿聲雁影成催愁之物，争可堪情耶？與「舟行未可住，乘月且須牵」同用月明，各有情趣，裁雲縫霧之技亦不易及也。

【校勘記】

[一]巴南舟中：《全唐詩》卷二百作《巴南舟中夜市》。

宿關西客舍寄懷嚴許二山人[二]

岑參

雲送關西雨，風傳渭北秋。孤燈燃客夢，寒杵搗鄉愁。灘上思嚴子，山中憶許由。蒼生今有望，飛詔下林邱。

或題曰「七月三日在内學見有道舉徵宿關西客舍寄懷嚴許二山人」。蓋因宿於關西客舍、近山人之居，而憶及詔書之事，勸其出山也。前半乃「宿關西客舍」：長安以西謂之「關西」，渭水以北謂之「渭北」。點出地名，詳客舍之所在。客舍或近於二山人之所居，乃所以憶到二山人也。暮雲成雨，寒風送秋，是何等之時哉！半宵燈亮，如燃我夢；一城砧遥，似搗客愁。裳已三沾，腸亦九迴，「燃」字、「搗」字乃琢削而成句眼者，十字因而具靈心、開生面。後半乃「寄懷二山人」：嚴子陵遯七里灘不仕，許由隱箕山不出，因其與山人同姓而相擬。此蘇黄之所好而私淑者，將比於胸中武庫、應機出之乎？山人之在山雖與光、由相似，然今時則有異於堯與光武。因聖主徵賢，宜出而取青拾紫，當有以應天下之望者。謝安在東山，有「不出而將奈天下蒼生何」之語，而安遂爲一代柱石。謂山人宜學安，而不可以光、由自擬。力勸勉之，語意俱殷勤，與前半之悽婉者確然而别。

按，天寶六載，玄宗欲廣求天下之士，令通一藝以上者皆至京師，所謂「見有高道舉徵」者指此。而宰相李林甫恐草野之士將由對策而斥言己之姦惡，乃令郡縣試，練取名實相稱者聞奏，既至，則試以詩賦論，命尚書省悉下之，上表而賀野無遺賢。少陵詩言「主上頃見徵，欻然欲求伸。青冥却垂翅，蹭蹬無縱鱗」者即是也。舉賢有名無實、蒼生之望爲空者如此，則山人之出林邱亦徒爾矣，令後之讀此詩者太息再三，不亦宜乎？

【校勘記】

［一］宿關西客舍寄懷嚴許二山人：《全唐詩》卷二百作《宿關西客舍寄東山嚴許二山人時天寶初七月初三日在内學見有高道舉徵》。

夜宿龍吼灘思峨嵋隱者[一]　　岑參

官舍臨江口，灘聲已慣聞。水煙晴吐月，山火夜燒雲。且欲求方士，無心戀史君。異鄉那可住，况復久離群。

龍吼灘在眉州，俗唤之龍爪灘。峨嵋山在嘉州，以兩山相對如蛾眉得名。參時爲嘉州刺史，行郡之次，至灘而宿，偶然觸懷而寄隱者，與前首寄二山人勸出仕者所感自別。「官舍」乃眉州公衙，即今之所宿也。灘聲慣耳者，乃因日夕舟行而無定處也。其後嘆「久住離群」之意已含蓄於此五字中，傳言外之神。煙晴而月出水，夜彌净而遥認雲中之野燒，此非峨嵋山而何哉？從灘而移於山者惟由此一句，若漫然看過，則次句將無由而生也。峨嵋山中有高隱，乃我所熟識，由我之忙了而羡彼之閑殺，終期從之而遊。雖有友而離群索居，雖有官而異鄉僻陬，孜孜從之、踏危冒險而一無慰心怡情者，乃所以使人更欲求道而高蹈也。「史君」乃「使君」之義，以之爲不戀戀於官守之義，極輕解第六句乃佳。本集題下別有「兼寄幕中諸公」六字，若果然，則「離群」亦一面當指此，一面固當指京城諸友。無聊之極而羡桑者閑閑於十畝之間，最爲切也。

【校勘記】

［一］夜宿龍吼灘思峨嵋隱者：《全唐詩》卷二百作《江行夜宿龍吼灘臨眺思峨眉隱者兼寄幕中諸公》。

南亭送鄭侍御還東臺[一]

岑參

江亭酒甕香，白面綉衣郎。砌冷蟲喧坐，簾疏月到床。鐘催離興急，弦緩醉歌長。關樹應先落，隨君滿路霜。

綠酒滿甕，列於江亭，此非餞鄭侍御耶？蟲聲近坐，可知露草滿於庭；月影到床，可知涼簾疏於檐。亭上秋意具在此十字，如參之「疏鐘入臥內，片月到床頭」，較之當輸一籌。夜漸深，將至鐘鳴漏沈之候；離情愈切，故弦聲緩、歌聲曼而未得銷離愁也。與王昌齡之「吴姬緩舞留君醉，隨意青楓白露寒」同其意。一旦相别而關樹行行摇落，此本爲點明時節而言；然著「隨君」二字，則似與侍御有關係，如侍御赴而霜始降。蓋綉衣使者始於漢武，乃出行郡國，討姦滑、理大獄者。言侍御此行秋霜嚴肅到處凛然，當令姦滑大兇驚動不暇也。見其官而有其語，「霜」字語意雙關，「隨君」二字深於神理，是爲絶妙手段。

【校勘記】

［一］南亭送鄭侍御還東臺：《全唐詩》卷二百作《趙少尹南亭送鄭侍御歸東臺》。

南溪別業　　岑參

結宇依青嶂，開軒對翠疇。樹交華兩色，溪合水重流。竹徑春來掃，蘭樽夜不收。逍遥自得意，鼓腹醉中游。

青嶂相連之處，修破茅爲居，褰簾則千頃田疇緑浄來在眼中。——是爲別業之大局也。樹木雜植，枝柯互相交加，溪流自東西而來，各相合沓。相合沓，故兩樹花開於一處；相合沓，故兩條水重疊而流。寫景細緻，乃晚唐人之所嗜。——是別業之景物也。竹下三徑，雖常慵掃，然春色融和，乃閑自試箒；蘭陵酒樽，歡娯惟賴之，故至夜而尚不收斂。——是別業之風流也。花影月影，握杯陶然，擬於莊子之鼓腹而遊，逍遥自適而忘人世之爲何物。——是別業之情思也。有是哉！雖不求方士，而仍參透長生不死之域；雖有飛詔下於林丘，而無意於出。然語乃偶成於官暇消閑之人，胸中餘裕真綽綽者而然乎？抑亦「屏風偏畫白蘋洲」之類乎？

泊舟盱眙　　常建

泊舟淮水次，霜降夕流清。夜久潮侵岸，天寒月近城。平沙依雁宿，旅館聽鷄鳴。鄉國雲

霄外，誰堪羈旅情。

泊舟淮水口，是點明題位之正格。霜可見之於路上，不可見之於江上，由此中見出霜氣，是作意之妙也。夜半，而寒潮再上到岸；天寒，而明月垂懸城頭。是「夕流清」中之光景。出舟而宿旅館，夜深不眠，觀潮觀月，遂至於聞鷄鳴。館傍平沙而雁可認，感鴻雁之得處，思我之栖止無常，故生「鄉國雲霄外」之思，因其不能歸而羈愁輒起。以前四句之景物迫出情思，中二句已帶情思而轉下末二句，用筆自然。前聯清幽而秀拔，殆逼孟山人之壘，所以爲人諷誦也。

盱眙屬臨淮郡，淮水歷鳳陽府而繞盱眙城下。韋蘇州《夕次盱眙縣》云：「落帆逗淮鎮，停舫臨孤驛。浩浩風起波，冥冥日沈夕。人歸山郭暗，雁下蘆洲白。獨夜憶秦關，聽鐘未眠客。」温飛卿《旅次盱眙縣》云：「離離麥擢芒，臺客思偏傷。波上旅愁起，天邊歸路長。孤橈投楚驛，殘月在淮檣。外杜三千里，誰人數雁行[二]。」其帶叙旅愁者一也，咏到雁鴻者一也。蓋月下沙中，臨淮依依，以遊不見而資鄉思者，其情誰將異耶？讀三首，則澤國風煙可得仿佛於眼中矣。

《全唐詩》以此詩爲韋建之作，言「作常建詩，誤」。稱「韋建開元、天寶間人，爲河南令，與蕭穎士、劉長卿遊」。按，王荆公以建爲盱眙尉。然則因與韋建名同而至誤之乎？蓋若已爲尉盱眙，則就詩見之，泊舟思鄉之語却不如作韋建之爲勝也。

【校勘記】

［一］誰：底本訛作「淮」，據《全唐詩》卷五百八十二改。

江南旅情　　祖咏

楚山不可極，歸客自蕭條。海色晴看雨，江聲夜聽潮。劍留南斗近，書寄北風遥。爲報空潭橘，無媒寄洛橋。

楚山迢迢無極，先從旅客眼中見出，轉覺其爲蕭條也。「蕭條」可兼人、地兩者而言。景之蕭條者何如？海色迷濛，望之則晴日猶如雨；江聲砰訇，聞之則知夜潮之上。晝則不能放眼一闊，夜則不眠而枯坐，人之蕭條者亦自在也。人之蕭條者何如？劍氣空冲天，書信空遠。劍氣用雷焕之事：焕曾於斗牛之間見有異氣，知爲寶劍之精冲天者，至豐城縣署掘獄之屋基，得石函，中有雙劍，一以自佩，一以寄張華。今以自家所佩之劍比之，言斗以吴越之分野而長相留，暗擬自家胸中所得之深，而尚沈滯飄浪於此。北風用李陵之事：陵《答蘇武書》云「時因北風，復惠德音」。贈書於知己尚且爲遥，得教書則更難。因感於自家之沈滯，而言無可以夤緣矣。「南斗」「北風」，景之蕭條亦自在也。七、八句自寄書演出一步，謂我之寄書無他意，江南之橘移北則爲枳，然非有力者不能移之。雖自家沈滯以窮，而劍氣冲於斗牛；雖足可以爲用，而無夤緣之人，故不得寄至洛橋也。景之蕭條者，人之蕭條者，筆下滚化而爲表裏，末句乃所以自於書中「爲報」也。《天官星占》曰：「南斗主爵禄。」「無媒」二字於是愈有深味，凄切之意自足動人。

咏之「霽日園林好，晴明煙火新」，殷璠稱之「可爲才子」；「風簾摇竹影，秋雨帶蟲聲」「遠樹低蒼壘，孤山出草城」，范晞文稱「錢、郎之亞也」。「海色」「江聲」十字響亮而韻遠，比之李嘉祐「朝霞晴作雨，濕氣晚生寒」，景物稍異而調更高；比之周以言「海色晴看近，鐘聲夜聽長」，覺語意徒相襲者固不足比於唐臨晋帖也。

胡元瑞舉盛唐絶作併此詩共十四，評曰「視初唐格調如一，而神韻超玄，氣概閎逸，時或過之」。其選雖傾於阿好，亦可以見當時風尚。若録其餘之上於此集者，則王維之《秋宵寓直》、王灣之《北固山下》、張均之《岳陽晚景》是也。

冬日野望[一]　　于良史

地際朝陽滿，天邊宿霧收。風兼殘雪起，河帶斷冰流。北闕馳心極，南圖尚旅游。登臨思不已，何處可消憂。

良史至德中爲侍御史，稱「詩體清雅，工於形似，又多警句」。其《春山夜月》云：「春山多勝事，賞玩夜忘歸。掬水月在手，弄花香滿衣。興來無遠近，欲去惜芳菲。南望鳴鐘處，樓臺深翠微。」前聯清新，後聯俊逸，洵高翔於中唐，而《冬日野望》詩於其集爲壓卷也。

朝陽滿地，宿霧收天，冬曉出野而放眸，只以此二語便足可包括大局。殘雪爲風捲起，飄乎有響，斷冰於河上漂摇而去。冬日望中之物，以「兼」字出之，以「帶」字出之，字字飛動，意態横生。高仲武評之云「吟之未終，皎然在目」，當也。趙嘏之「春山和雪静，寒水帶冰流」景物殆爲相似，而不能同其精絶。蕭何治未央宫時立東闕北闕於前殿，未央宫雖南向，而上書奏事謁見之徒皆謂北闕，是以北闕爲正門也。云「馳心極」者，野望渺渺顧瞻京城，思入闕有爲者在何時耶？令人心思馳騁。「圖南」出《莊子》，「大鵬背負青天而莫之夭閼者，而後乃今將圖南」。云「尚旅游」者，野望渺渺而圖南遷，旅游尚未休，嘆終可到何處耶？若解爲「尚乎旅游」，則與上句背戾，意味將歸乎冥漠耳。或思「北闕」，或思「南圖」，登臨而云：無限情緒，將何以消憂耶？正冬日不遇之語，是作詩之根也。

胡元瑞舉中唐之妙境者併此詩十五首，評云：「往往有不減盛唐者。」準於前例，若舉上於此集者，則皇甫曾之《華陰》、司空曙之《别韓坤送史澤》、李嘉祐之《江陰官舍》是也。

【校勘記】

［一］冬日野望：《全唐詩》卷二百七十五作《冬日野望寄李贊府》。

早行　　劉洵伯

鐘静人猶寢，天高景自凉。一星深戍火，殘月半橋霜。客老愁城下，蟬寒怨路傍。青山依舊色，宛是馬卿鄉。

「鐘静」是曉，「天高」是秋。是曉，故深戍之火纔殘；是秋，故半橋之霜已白。一星耿耿而見者乃戍火也，殘月輝輝而見者乃橋霜也。星與月爲眼前之光景，故特下一轉語，是所以在「茅店板橋」之外自成一隊也。遠客在都城終無可爲而謀脱歸，是暗寫曉意；蟬遇寒而啼苦，是描寫秋而有所擬於客子之憂愁。天稍明，則青山依然，濃淡與來時不異；仔細點檢之，則又宛然與蜀地不異。蜀乃洵伯之故里，故用司馬相如之爲南人以自比。見山色似鄉，一目老愁，愴終不能如馬卿也。舊解由此句推想其爲蜀地之作，然若是蜀地，則不須用如是擬似之文字，蓋當爲未至蜀地途上所作也。

洵伯與范鄮爲友[二]，范曾得「歲暮天涯雨」一句，久不得屬對，謀之洵伯。洵伯曰：「何不言『人生分外愁』？」范甚賞之。是《北夢瑣言》所載。見前聯寫景之敏妙，則無怪乎其捷才即吟，乃有此驚人之本事也。

【校勘記】

［一］鄱：底本訛作「鄱」，據《唐詩紀事》卷五十改。

逢皤公［一］　周賀

帶病稀相見，西城早晚來。山衣風壞帛，香印雨沾灰。坐久鐘聲盡，禪餘岳影回。却思同宿夜，高枕説天台。

皤公爲僧，賀亦曾爲僧，同心相許，宜頻相見，然一病荏苒不如意者多年，西城老僧何時真可來耶？思量非一日，如今始得相逢也。相逢時何如？風起而捲袖衣，帛殆特壞盡；雨來而撲香煙，灰將已沾了。寂寞雖如此，而二人乃慣之者，無妨於出世之談。坐久而暮鐘漸催，是皤公宜歸之時也；同了坐禪，岳影入簾而來，是皤公宜歸之所也。我因帶病，而傷皤公之促歸，乃又低回思舊事以自傷：自訪皤公於西城之日，曾入花不歸，同宿其房，話天台山之絶勝而終夜不眠。今則忽相逢、忽相分，相見爲稀，故傷之切也。「同宿」亦承「稀相見」而思其頻來往之時，字字脱俗。虚谷以爲「賀乃還俗，故於僧詩尤熟」。視其所撰，則《宿杼山晝公禪堂》稱「餘靄沈斜月，孤燈照落泉」、《訪静隱寺》稱「鳥道緣巢影，僧鞋印雪痕」者，皆極細緻幽峭之致。「老來披衲重，病後讀經生」「養力時行道，聞鐘不上堂」「閑話似持咒，不眠同坐禪」諸聯，亦真熟知者始能爲此語，非門外漢所得窺知也。

【校勘記】

［一］逢皤公：《全唐詩》卷五百三作《逢播公》。

暮過山寺［一］　賈島

衆岫聳寒色，精廬向此分。流星透疏木，走月逆行雲。絶頂人來少，高松鶴不群。一僧年八十，世事未曾聞。

晚雲歸岫，空翠中滿，「寒色」二字狀衆岫清挺，神理骨格俱全。襯貼以「精廬」一個，即於畫中見之亦實是鮮新分明也。流星霏霏如雨而下，透於空林；行雲漠漠與風俱飛，逆於走月。山寺絶奇之狀，得「流」「疏」「走」「月［二］」四字，活活而動，「透」字、「逆」字爲其字眼，與岑參「孤燈然客夢，寒杵擣鄉愁」一其極也。《詩藪》推老杜用字「入化［三］」，以岑爲「尖」、以賈爲「詭［四］」，然於非用字眼則不能表出幾微之時始用之，則如賈如岑，亦將何害其爲奇巧乎？寺在絶頂，故少游人，只庭前有個長松樹，老鶴栖此，雲中之物看來自不群也。更上堂而拜老僧，其齡八旬，眉如雪，髯如珠。山中空寂，世事至於如今亦全屬不聞，所以長生不老也。以後半之平易救前半之奇巧，一篇中筆墨不同而仍行之以一氣，於閬仙集中亦自可推爲出色。

島亦還俗者，故於僧詩亦熟。胡元瑞泠罵唐人云：「飛卿百里名娼，義山狹斜浪子，紫薇緑林傖楚，用晦村學小兒，李賀鬼仙，盧同鄉老[五]，郊島寒衲。」孟郊且措之，蓋亦由島之還俗落想，無非供罵人者。明人崇拜雷同，皆喜説大帽子話、高言放論而獨自爲快，不足累諸公也。島若有靈，亦有何介意耶？張喬題島之吟詩臺云：「吟魂不復遊，臺亦似荒丘。一徑草中出，長江天外流。瞑煙寒鳥集，殘月夜蟲愁。願得生禾黍，鋤平恨即休。」凄苦之法真足可吊瘦島也，與鄭谷題其墓之詩皆可以令死者瞑目，區區一元瑞亦何有哉？

【校勘記】

［一］暮過山寺：《全唐詩》卷五百七十三作《宿山寺》。

［二］月：似當作「行」。

［三］化：底本訛作「他」，據《詩藪》内編五改。

［四］詭：底本訛作「溎」，據《詩藪》内編五改。

［五］老：底本訛作「先」，據《詩藪》外編四改。

懷永樂殷侍御[一]　馬戴

石田虞芮接，種柳白雲陰。穴閉神蹤古，河流禹鑿深。樵人應滿郭，仙鳥幾巢林。此會偏相憶，曾供雪夜吟。

侍御乃殷堯藩，嘗爲永樂令，戴爲新陽尉時贈以詩云：「早學全身術，惟令耕近田。自輸官稅後，常卧晚雲邊。細草沿階長，高蘿出石懸。向來名姓茂，空被外情牽[二]。」是蓋述自家近況而言未至遂初者，與戴此詩對照，可知其交契不淺也。

虞芮争田，將質於文王，入周境而見士大夫之相讓，二者互讓，以成閑田。或謂平陸縣西六十里之閑原是也。爲閑原，故稱不可耕之「石田」。永樂屬芮城，故眼前景物借「接」字而早帶及永樂之殷侍御。一望之石田，惟垂楊依依、白雲成陰，一路兩行種之之趣可得仿佛。河中府有禹穴，所謂「海波通禹穴」者，一閉而舊踪杳然。龍門山在河中府，乃禹所鑿，至今河流滔滔，禹之功大矣！——二者於景物中用故事。郭中樹葉扶疏，想樵人應滿於此，金烏可以巢之。——二者於景物中出情思。其地之故事、其地之情思，皆足以動我吟思，故曾幾度訪之，與王徽之雪夜而爲左思之吟、偶然興動而訪戴逵於山陰者不異。如今又偶然感懷，故不免即寄詩而憶故人也。《衆妙集》題作「集宿姚侍御宅懷永樂寄殷侍御」，可知稱「此會[三]」者乃姚侍御之清樂集，乃感懷於談次者也。

【校勘記】

［一］懷永樂殷侍御：《全唐詩》卷五百五十六作《集宿姚侍御宅懷永樂宰殷侍御》。

［二］被：底本訛作「彼」，據《全唐詩》卷四百九十二改。

［三］會：底本誤作「懷」，據本詩「此會偏相憶」改。

韋處士山居［一］

許渾

劚藥去還歸，家人半掩扉。山風藤子落，溪雨豆華肥。寺遠僧來少，橋危客過稀。不聞砧杵動，應解製荷衣。

韋處士劚藥山中而歸，歸則柴扉半開半掩。言時則清和，山風吹，落架上之藤子；溪雨濕，肥棚間之豆花。言處則幽邃，僧來少，以寺遠也；客過稀，因橋危也。處士在此中製芰荷衣以自衣，正適其清雅，而於空中一掀，以無砧聲襯出之。以全首平直，故於兹而使一紓也。《對床夜語》云：「人知許渾七言，不知其五言亦自成一家。」因舉「樹色隨山迥，河聲入海遥」「月高花有露，煙合水無風」「别馬嘶營柳，驚烏散井桐」「海風聞鶴遠，潭日見魚深」諸聯，寫景清緻，固非「山風溪雨」之比也。《韻語陽秋》云：「余讀許渾詩，獨愛『道直去官早，家貧爲客多』之句，非親嘗者不知其味也。」因以其《贈蕭兵曹》之「客道耻摇尾，皇恩寬犯鱗」

爲前句之實，以《將離郊園》之「久貧辭國遠，多病在家希」爲字句之實[二]。親嘗者出語自深，造語精切，亦非「僧來客過」之比。要之，五言亦以格勝，纖者緻者亦能寫而不陷卑淺，是渾之特色也。以「村學小兒」目之者，一笑可矣。

【校勘記】

[一]韋處士山居：《全唐詩》卷五百二十八作《題韋隱居西齋》。

[二]字：似當作「後」。

瀑布寺貞上人院　鄭巢

林疏多暮蟬，師去宿山煙。古壁燈熏畫，秋琴雨慢弦。竹間窺遠鶴，巖上取寒泉。西岳沙房在，歸期更幾年。

據《才子傳》稱：「巢性疏野，兩浙湖山寺宇幽勝，多名僧，巢相與往還酬酢，竟亦不仕而終。」此詩乃訪貞上人（所往來高僧之一），偶不在，故言「師去宿山煙」。疏林幽而著蟬聲，此時我來，則上人已出煙中而去矣。問「出何處去耶？」則稱「西岳之沙房是其往處，歸期杳不可知」。故題壁而誌其悵悵。中聯皆眼中之事、心中之思：壁畫爲燈光熏染，影自黯慘；琴弦爲秋雨濕透，絲自緩慢。可見上人去而室空，無人爲處理之。司空圖亦有「山雨慢琴弦」之語，造意造語皆相合，將同爲細緻一派而至之乎？：竹間遥遥，有鶴之歸來；巖上淙淙，有泉之流來。上人去而依然尚見，轉想像其高風也。范晞文以前聯爲「晚唐警句」，與劉得仁之「幽鳥定螢」、司空圖之「冬抽夏健」、張蠙之「壠狐沙鶻」等共可亞於温庭筠之「鷄聲人迹」、杜荀鶴之「風暖日高」，稱云：「情景兼融，句意兩極，琢磨瑕垢，發揚光采，殆如玉人之攻玉，錦工之織錦也。然求其聲叶韶濩，氣泐金石，則無有焉。」刻畫盡致而爲褒貶，公平而不偏私好，真可以爲晚唐諸家之斷案。録以資初學之研覈。

已前共十四首

後聯雜以實景者也。

送龍州樊史君[一]

許棠

曾見功人說，龍州地未深。碧溪飛白鳥，紅旆映青林。土産惟宜藥，王租只貢金。政成閑宴日，誰伴使君吟。

龍州乃秦氏羌之地，與功州同屬劍南道。今因功人所説，則龍州之地未如功州之深入蠻夷也。溪水流碧，一行白鷺飛上青天；林樹簇青，一个紅旆掛在熏風。前者專言龍州，後者併切於使君。土宜則山中之藥草，官租則土中之黄金，前仍專言龍州，後仍併切使君。地未深入蠻荒，使君往而政易成，使君則可閑暇而遣興。然相隨者果何人哉？其離群之感尚且黯然於末句，是情思之暗中流通也。

【校勘記】

［一］送龍州樊史君：《全唐詩》卷六百三作《送龍州樊使君》。

送人尉黔中　周繇

盤山行幾驛，水路復通巴。峽漲三川雪，園開四季花。公庭飛白鳥，官俸請丹砂。知尉黔人後，高吟採物華。

黔中乃古蠻夷之地，陸則山重嶺複盤回上下者不知凡幾驛，水則屈曲百折可通巴江。峽中即三川，山中雪消，春水漲而溶溶無際，是通巴之後也。三川者，謂唐時劍南之東西及山南之西道，地僻而候不順。雪融水漲之時，四季花卉一時亂開。公庭無事，白鳥環於其間；地出丹砂，故請以之爲官俸。録其土宜，中自分明寫出去者之清廉。出句與「碧溪飛白鳥」相類，納句與「土産惟宜藥」相類。蓋地皆蠻荒，故寫景自不得不相類也，句格則相去實遠。此樣景物往而慣之，則官暇蕭然，惟當高吟賞物華以消閑。以公餘之風流收結，亦與前詩不異。伯弜次第二詩於茲者，亦以其有相似者耳。

劉長卿《送侯侍御赴黔中》後半亦云：「地遠官無法，山深俗豈淳。須令荒徼外，亦解懼埋輪。」言其俗兇而難變化也。而公庭之飛鳥閑喧判然而別，蓋亦移風易俗，至繇之時乃得如此乎？

繇乃池州人，與弟繁皆工於詩。咸通中進士，以《明皇夢鍾馗賦》得名。調池州建德令，李昭象送以「投文得仕而今少，佩印還家古所榮」之句，公暇高吟亦其所親嘗。其所作「衰草城邊路，殘陽隴上笳」，從邊之事也；「城遷周古鼎，地列漢諸陵」，送洛陽崔員外也；「野店寒無客，風巢動有禽」，送宇文虞也。《題虎掊泉》云「爪抬山脉斷，掌托石心拗」、《咏螢》云「微雨灑不滅，輕風吹欲燃」、《望海》云「島間應有國，波外恐無天」，諸體兼具，諸格併至，無愧其知名之士也。

道院　王周

白日人稀到，簾垂道院深。雨苔生古壁，雪鶴聚寒林。忘慮憑三樂，消閑信五禽。誰知是官府，煙縷滿爐沈。

道院乃道士之居，然是官府治所之道院，故有第七句。當時太平州有江東院，瑞州有江西道院，皆屬官府者也。白日無人而簾獨垂，道院深深而不見點塵。濕深，故雨後之緑蘚上壁，是院中景也；陰濃，故雪然之皓鶴聚林，是院外景也。「雨苔」「雪鶴」尚用借對一格，二句中見道院之深深。道院深深，唯爐中炷沈香，其煙縷絲絲而上，將有誰復知此地乃官府耶？况爐前静坐之人亦不似官府中人乎？何以言不似官府中人？忘憂消閑，真如道院中人也。昔榮啓期帶索鼓琴而歌曰：「天生萬物人爲貴，吾得爲人，一樂也；男尊女卑，吾爲男，二樂也；人生有不免襁褓，吾年九十五，三樂也。貧者士之常，死者人之終，吾何憂哉？」思三樂以消塵慮，是豈官府中人耶？昔華佗有壯容，自曰：「吾有術爲五禽戲，一虎、二鹿、三猿、四熊、五鳥，每體中有不佳，起作一禽之戲，怡然汗出。」戲五禽以消閑日，是豈官府中人耶？讀者亦將恍然陷於「誰知」之圈兒内，詩之移人者亦甚哉！

已前共三首

一意

周弼曰：唯守格律，揣摩聲病，詩家之常。若時出度外，縱橫放肆，外如不整，中實應節，時又非造次所能也。

有正則有變。嚴守四聲八韻，惟背戾是恐者，正也；如縱橫放肆而中令整齊者，變也。變而應節，乃錯落離奇之妙，須至清空一氣、不可以鍊句鍊字之末律之，乃極其妙。若拘泥聲律而以之爲古詩者，如沈歸愚之於「掛席幾千里」，則没其如不對而駢、如不儷而儷之妙，没其借古音節而奏新調格之妙矣。至如「移家雖帶郭」乃全首不對之一格，聲律盡諧，斷非古韻古調古格，而如楊升庵亦漫視之爲古詩者，乃所不取也。變而得正，然後可學。初學若泛然下筆，不辨新古之音節，漫言是「一意格」，則將成畫虎而類猫者耳。太伯於此種尤入神[一]，王維之「中歲」、孟浩然之「掛席」亦爲推稱。

【校勘記】

[一]伯：似當作「白」。

終南別業

王維

中歲頗好道，晚家南山陲。興來每獨往，勝事空自知。行到水窮處，坐看雲起時。偶然值林叟，談笑滯還期。

王維之參禪，詳於中卷《嵩丘蘭若》下；王維之得別業，又詳於中卷《輞川積雨》下。今合寫之，説好道愛静，故隱於南山也。以下爲南山之雅趣，「好道」者充溢句中。言塵中無同好，興至則獨散策而入南山，山中勝事我無不知。坐水流之盡處而看白雲之起，静寂之極，非吸霞飲露之人不能參透此中三昧。偶逢樵夫，彼亦忘機者，乃相與談笑，風塵以外興更爲酣，又至於忘還，學道之人始能至此也。

贊此詩者或云：「此等作只似未有聲詩之先，便有此一首，然讀之則如新出諸口。」或云：「此詩有一唱三嘆不可窮之妙。」或云：「造意之妙至與造物相表裏，豈直詩中有畫哉？觀其詩，知其蟬蜕塵埃之中、浮游萬物之表者也。」或云：「『行到水窮處，坐看雲起時』，此語極有意味，喜怒哀樂未發之氣象，發則皆中節之端倪亦可想見。」或云：「此詩之妙，由絢爛之極，歸於平淡，然不可以躐等求也。學盛唐者當以此首爲歸墟，不得以此種爲初步。」或云：「行所無事，一片化機。」或云：「此種皆鎔鍊之極，渣滓俱融，涵養之熟，矜躁盡化，而後天機到處，自在流出，非可以摹擬而得者。無其鎔鍊涵養之功而以貌襲之，即爲窠臼之陳言、敷衍之空調。」諸家千言萬語一以蔽之，乃贊其自然也。徐而庵《詩話》極力推崇維，至呼爲「天子」，而以杜甫爲「宰相」。其語曰：「杜陵嚴於師承[一]，尚有尺寸可循；摩詰純於妙悟，絶無迹象可即。」羚羊掛角，無迹可求，非維而誰將至其極詣乎？成千古神韻派之大宗師者，見此種，亦可窺知其一端矣。

「滯」字一作「無」字，蓋拗第三字令合古音節也。曉嵐辨之云：「『無』字聲律爲諧，而下語太重；『滯』字文意活脱，而聲律未諧。然唐人拗體亦有末聯之入律者，似尚未妨。」詩本拗體，不可拘以一字之異，然「無」字亦不知還期之意，比於「滯」字，非可以爲重澀也。改以令諧和聲律，亦何不可乎？

【校勘記】

[一]承：底本脱，據《而庵詩話》補。

晚泊潯陽望爐峰[一]

孟浩然[二]

掛席幾千里，名山都未逢。泊舟潯陽郭，始見香爐峰。嘗讀遠公傳，永懷塵外踪。東林精舍近，日暮坐聞鐘。

潯陽在大江之北、潯之陽，可以望爐峰。爐峰在廬山，山南山北俱見其全形。孤峰秀起，淑氣籠其上，氤氲如香爐，故得名。惠遠於廬山創東林寺，今望之，而悵言不能赴也。掛席帆而下江者數千里，其間山重嶺累，雖不乏巉巖巨厓，然終不逢可稱「名」者一。而今泊舟潯陽郡外，始見佳氣氤氲之香爐峰。山既聳拔，加之嘗繙惠遠傳記，記其高踪，識塵外之地乃可容塵外之客。今見其山，果覺其靈淑異於他，是始得相逢名山也。始逢名山，宜試一登臨而尋塵外之餘踪，然明朝更將掛席而去，故不能躋攀，唯空枯坐於舟中，聞日暮之鐘聲耳。精舍近而不可行，恨不可言。六句直下，一無羈縛，一無拘束，規模廣遠，局面闊大，忽一轉而入下二句，由聞境説破「望」字，有「晚」有「泊」，自潯陽爐峰中滚出，皆自然到之。所謂以天籟成音節者，讀者悠然神遠，誰將以爲不可與王維骈轡疾騁乎？

晋之劉遺民、雷次宗等參遠公於廬山，遠公爲其建齋立社於精舍無量像之前，期往生於西方净土。所謂東林精舍者因缘如此之深，浩然若逢遠公其人，則亦當爲蓮社中一人而有所參悟，凌駕於遺民輩者可得想像。陶淵明居柴桑，與廬山相近，時訪遠公，愛其曠達，招之入社。淵明嗜酒，謂許飲酒則即來，遠許之。

淵明入山聞鐘有所省，攢眉而去。鐘聲令淵明攢眉而去，而令浩然定神，一爲曠達，一爲超逸，相隔六朝而互相映照，亦可謂一場快事也。

【校勘記】

［一］晚泊潯陽望爐峰：《全唐詩》卷一百六十作《晚泊潯陽望廬山》。

［二］孟：底本脱，據《全唐詩》卷一百六十補。

茶人　陸龜蒙

天賦識靈草，自然鍾野姿。閑來北山下，似與東風期。雨後探芳去，雲間幽路危。惟應報春鳥，得共斯人知。

龜蒙嗜茶，置小園於顧渚山下，歲入茶租，薄爲甌蟻之資。自作品題一編，繼《茶經》《茶訣》之後。精於茶事，故於咏茶人最深且精：「天賦識靈草」，茶人禀諸天，茶性良否一見而得知之也。「自然鍾野姿」，惟茶人以探討爲其事，山中溪間無所不到，故風姿自異於人間也。以下皆寫茶人之行事，「天賦」「野姿」融化於筆間。東風一至，茶芽發生，乃來北山採茶，來者自然，且不誤期，此非所以「天賦識靈草」耶？雨後露未乾，最宜採嫩芽，乃冒危攀雲路而去，此非所以「自然鍾野姿」耶？《顧渚山茶記》云：「山有鳥如鴝鴿，色蒼。正二月作聲，春起也。三月止，春止也。採茶人呼爲報春鳥。」茶人如與東風期者，當因報春鳥一鳴而豫令知好時節也。不然，則如此善不誤期者難矣。下一轉語，由反面而言「天賦識靈草」之不易得。

此詩或題爲「隱逸人」，或目爲「龜蒙自謂也」，然按本集，正是和皮日休《茶事雜詠》之一首。日休之《雜詠》，曰《茶塢》、曰《茶人》、曰《茶筍》、曰《茶籯》、曰《茶舍》、曰《茶竈》、曰《茶焙》、曰《茶鼎》、曰《茶甌》、曰《煮茶》。其《茶人》詩云：「生於顧渚山，老在漫石塢。語氣爲茶荈，衣香是煙霧。庭從懶子遮，果任獳師虜。日晚相笑歸，腰間佩輕簍。」據日休所序，乃以續杜育之《荈賦》、陸季疵之《茶歌》而寄龜蒙者，龜蒙乃和之。咏出茶中雜事者，固非可以爲龜蒙自品；如改作「隱逸人」，可謂最出其要也。龜蒙精於茶，其造詣乃凌日休詩而上者數等，亦其處也。

按皮陸唱和皆五言八句，平韻仄韻互有之。《漁具雜咏》《酒中雜咏》皆以五言古體行律調者，非可與「中歲」「掛席」一例直混於「一意格」。然二家唱和常以出新爲歸，或以平聲，或以平上平入平去，如學五言八句之古律參半者，皆見其偶有之，不可强與其他五七同論。如此詩乃尤近今體者，雖不可漫然而入「一意格」，然且次第之，亦非無其理也。若不善讀，則不知個中之趣矣。

尋陸羽不遇[一]

僧皎然

移家雖帶郭，野徑入桑麻。近種籬邊菊，秋來未著華。叩門無犬吠，欲去問西家。報道山中出，歸來每日斜。

李白《夜泊牛渚懷古》云：「牛渚西江夜，青天無片雲。登舟望秋月，空憶謝將軍。余亦能高咏，斯人不可聞。明朝掛帆席，楓葉落紛紛。」全首以散法行之，不拘排比對偶之末。其人天分之所使然，稱「能化盡筆墨之迹」也。皎然此篇亦興動而詩從者，恰如水到準成[二]，人力無與，不對而聲韻諧和。要之，雖不免於變格，然非無清致可喜，直續李白而存一格，亦無不可也。

此詩叙述田家幽趣，與「繞籬野菜飛黄蝶」律、絶各擅其妙。鴻漸新移家於近郭之地，而桑麻深深中僅通一徑，幽趣與在山中無異。近家而見其籬，則新栽之菊雖指點可認，而一花未開，開落任自然之狀可得想見。——是未敲門之時也。漸而敲門，則人聲不聞，護門一犬亦無聲，當是主人出而犬亦追隨去矣。訪而不遇，不得已而欲去，然不忍遠來空歸，叩西家而問歸來當在何時。惜之切也，憾之至也。西家乃道：「鴻漸日採茶於山中，終日不在，非斜日紅時不歸。」余豈可待其至耶？——是低徊而不能去之候也。問及鄰家者，乃人所常逢之境，寫來不庸俗，又不卑淺，其所得之深真不愧唐僧中第一。參觀皇甫冉送陸羽之詩，則可以知了鴻漸之爲人，轉可覺此詩之寫真也。

皎然乃謝氏，靈運十世孫，居杼山，著《杼山詩式》。其所説明勢，明作用，明四聲，辨四不、四深、二要、二廢、四離、六迷、六至、七德、五格，評李少卿并古詩十九首，述文章宗旨，詳用事、取境、重意，論跌宕、淈没、調笑三格，釋對句，析三偷，以品藻、辨體終之。精而細，明而晰，於三偷辨偷語、偷意、偷勢者最爲痛快，言簡而義詳，學者一讀而不能不注意，宜乎其書與司空圖《詩品》並稱而至今日也。皎然之深於詩論者如此，所作諸作亦戛戛獨造。《賦啼猿送客》云：「萬里巴江外，三聲月峽深。何年有此路，幾客共沾襟。斷壁分垂影，流泉入苦吟。凄凄别離夜，聞此更傷心。」是其悽惋者也。《送劉司法之越州》云：「蕭蕭鳴夜角，驅馬背城濠。雨後寒流急，秋來朔吹高。三山期望海，八月欲觀濤。幾日西陵路，應逢謝法曹。」是其豪壯者也。相傳皎然工於律詩，謁韋應物於舟中，抒思作古體十數篇爲贄。應物全不稱賞，皎然失望甚，明日寫舊製獻之，應物吟諷，大加嘆嗟，因語皎然云：「幾至失聲名，何不但以所工見投，而猥希老夫意？」一時向席上五古名家試其不得意之體，雖不足以可否皎然，思此勸吴客以蓴菜之意亦現身説法之餘意耳，而恰可因而知其律體之妙。按應物《寄皎然上人》詩稱「吴興老釋子，野雪蓋精廬。詩名徒自振，道心長晏如」，稱「茂苑文華地，流水古僧居。何當一遊咏，倚閣吟躊躇」，相許可謂不淺。皎然亦與顔真卿善，真卿撰《韻海》時預其論著。而其道行亦堅固。其《懷舊》云：「一坐西林寺，從來未下山。不因尋長者，無事到人間。」所謂「長者」，當指應物、真卿等，除此之外則不下山，其清節與遠祖之醜死負别，可嘆賞也。

【校勘記】

［一］尋陸羽不遇：《全唐詩》卷八百十五作《尋陸鴻漸不遇》。

［二］準：似當作「渠」。

已前共四首

起句

周弼曰：發首兩句平穩者多。奇健者予所見惟兩篇，然聲太重，後聯難稱。後兩篇發句亦佳，聲稍輕，終篇均停，然奇健不及前兩篇遠矣。故著此爲法，使識者自擇焉。

五言律起句最難。或爲順流之勢，興在一時；或如高山墜石，不知其來。要之，貴乎突兀崚嶒也。此撰所録雖稱奇健，然未得以至其極。蘇頲之「北風吹早雁，日日渡河飛」、張柬之之「淮南有小山，嬴女隱其間」、王維之「風勁角弓鳴，將軍獵渭城」、杜甫之「將軍膽氣雄，臂懸兩角弓」、孟浩然之「八月湖水平，涵虛混太清」，是楊慎所舉，蓋因其所好而取近於六朝者也。岑參之「莽莽萬重山，帶甲滿天地」，併王維之「風勁角弓鳴」，乃沈德潛所舉，浩浩落落，正足可以令人知所歸尚也。若就胡元瑞所舉而撿本撰所録，則杜審言之「獨有宦遊人」、王維之「萬壑樹參天」、岑參之「灞上柳枝黄」、孟浩然之「人事有代謝」是也。

軍中醉飲寄沈八劉叟

暢當

酒渴愛江清[二]**，餘酣嗽晚汀。軟莎欹坐穩，冷石醉眠醒。野膳隨行帳，華陰發從伶。數杯君不見，都已遣沈冥。**

酒後渴甚，便酌江流之清而漱芳草之間，酒酣以往，真有豪興未盡之概。汀上之莎草軟，可供欹坐；汀上之石崖冷，可醒人醉，玉山頽後之光景往往有如此者。因思之：軍中之餘酌，我携於帳内而爲陶然；軍中之從伶，自華陰徵發而相與爲歡。行厨音樂如此之盛，數杯之後，沈八、劉叟皆歸去而杳冥不可見。全獨陶然而醉，餘酣乃成此樣，不知二子之餘酣果何如耶？是其所以寄也。跌宕不羈之概，足令人眉宇軒昂。

當少諳武事，生長亂離之間，盤馬彎弓，搏沙寫陣，山東有亂時，以子弟召參軍。韋應物寄之云：「寇賊起東山，英俊方未閑。聞君新應募，籍籍動京關。出身文翰場，高步不可攀。青袍未及解，白羽插腰間。昔爲瓊樹枝，今有風霜顔。秋郊細柳道，走馬一夕還。丈夫當爲國，破敵如摧山。何必事州府，坐使鬢毛斑。」可見當之年少跌宕不羈，正與此詩相副也。此詩或以爲杜甫之作，乃作於嚴武幕中者。

【校勘記】

［一］渴愛：底本誤作「濁受」，據《全唐詩》卷二百八十七改。

題江陵臨沙驛樓

司空曙

江天清更愁，風柳入江樓。雁識楚山晚，蟬知秦樹秋。凄凉多獨醉，零落半同遊。豈復平生意，蒼然蘭杜洲。

江陵乃郢都，曙被謫時偶過臨沙，題於驛樓之壁，此詩是也。故不覺泄發無量之感慨。江天之清，是賞心之境也，而行客獨愁者是何哉？頓挫於起首一句中，令全首活動。驛樓近臨江，垂柳帶風，千條裊裊，時入於樓，是江天之清可賞心也。雁杳杳而歸，識日之將晚；蟬蜩蜩而啼，知時之正秋，皆是江天之清而可以賞心者，「楚山」「秦樹」寫出其地。而客乃遷謫之人，無共盤旋之友，獨酌獨醉；思同遊者亦爲零落，自然凄凉，雖醉而不成醉矣，是所以賞心之地却催愁也。更思之，其可愁者非獨唯是：眼前十里碧杜紅蘭滿洲遍渚，雖可以之賞心，然此乃屈原放逐後自佩而比修潔者也。思至此，則遷謫之感亦由衷而出，愁固非唯嗟平生同遊而已矣。而後雁之得處、蟬之得時者亦無非以反比於我之身世，江天雖清，而不得不愁也。

已前共二首

送耿山人遊湖南[一] 周賀

南行隨越僧，舊業一池菱。兩鬢已垂雪，五湖歸掛罾。夜濤鳴栅鎖，寒葦露船燈。此去更無事，却來猶未能。

從起句知處士之歸乃與僧共，唯一句而其清操可知。湖南乃其鄉，若歸而理舊業，則可採池上之菱以爲終年之計。録一事而表清操，以「舊業」作「别業」者不足以描出處士也。處士年老，兩鬢絲絲已催雪，故去而赴五湖。採菱之餘供其消閑者，伍釣人而漁魚也。夜濤來而魚栅響時、寒葦戰而漁燈露時，處士正掛罾獨樂。前句有「秋江浪響罩魚栅」之致，後句有「兒孫吹火荻花中」之趣，皆是漁家行樂如此，是所謂「斜風細雨不須歸」者，可知處士一去而無却來之意也。「猶」字甚滯澀，一本作「知」，意義即覺鮮明。

【校勘記】

［一］送耿山人遊湖南：《全唐詩》卷五百三作《送耿山人歸湖南》。

宿巴江　　僧栖蟾

江聲五千里，瀉碧急於弦。不覺日又夜，争教人少年。一汀巫峽月，兩岸子規天。山影似相伴，濃遮到客船。

巴江自蜀而下滔滔者六千里，碧流相激蕩，急弦尚不足以形容之，其間激流危懼之態不能一一名狀。以側筆寫出，語甚奇崛，非此則不足以寫出峽中之險也。其滚滚而不舍晝夜，朝宗於海而無所底止，行客下之，危懼數至，頭當爲白。况見逝水而觀光陰之磨盡，争又能得少年日久乎？今泊舟時，恰巫峽之岸日正上，巫峽連山陰蔽，稱「非亭午夜分不見日月」，今月上，則可知已爲子時也。兩岸緑樹，子規亂啼，是峽中之土宜，聞之無不傷心者，又「争教人少年」中之一物也。月影雖已上，然連山陰蔽，不至直照，樹影山影，濃陰相遮，月影僅到客船，又極力狀峽中之險。「似相伴」三字摇曳成致，帶蔬筍之氣者得之，詢可謂奇也［二］。

【校勘記】

〔一〕詢：似當作「洵」。

已前共二首

釋圓至云：「按伯弜分此而不著其説。惟此卷只四首，分而爲二者，以前兩首起句太重爲一例，後兩首起句稍輕、終篇均停爲一例。具如卷首所評，其意最爲明白。以此觀之，他可觸類而知矣。」然三體三卷各種分類愈精密而愈茫漠，令人如在五里霧中。若使伯弜附其説如其他諸類，則後人皆可免於暗中摸索，今不爲是，乃可惜也。圓至以爲「觸類而知」者似亦屬高言放論。

結句

周弼曰：結句以意盡而寬緩，能躍出拘攣之外，前輩謂如截奔馬。予所得獨此四首，足見四十字字字不可放過也。

結句以句盡意不盡爲可，或拓開一步者，或宕出神遠者，或束住題位者，其體裁不一，或謂「當擺落常格而爲不測之語，若天馬行空渾然無迹」，或謂「須有完固之力，兜裹全篇」，皆當準於上文之體裁而爲之也。

伯弜則謂「寬緩能躍出拘攣之外」，然擺脱法律而超然者少矣。

送陳法師赴上元[一]

皇甫冉

延陵初罷講，建業去隨緣。翻譯推多學，壇場最少年。浣衣逢野水，乞食向人煙。遍禮南朝寺，焚香古像前。

法師少年多才，前日講延陵，今日去建業。「隨緣」者，佛家隨有緣衆生而布化也。一、二句點明行處與去處。法師博學多聞，於翻譯佛經最爲擅場，少年而有是，最可推也。三、四句述法師之才學，應第一句。野水横處，自浣衲衣；人煙颺處，托鉢乞食。五、六句述法師之苦行，應第二句。自延陵到建業間，途上遍爲有名寺觀，焚香禮佛而後去。多才而苦學，其人之可推者愈深，其老而至「道者憶千乘」者亦可想像也。

【校勘記】

[一]送陳法師赴上元：《全唐詩》卷二百五十作《送延陵陳法師赴上元》。

送從弟歸河朔　　李嘉祐[一]

故鄉何可到，令弟獨能歸。諸將旌旄節，何人重布衣。空城流水在，荒澤舊村稀[二]。秋日平原路，蟲鳴桑葉飛。

舉目山河，亂後蕭條，河朔一帶亦無舊觀。故鄉如此，則我今雖欲歸而尚不能。從弟則獨忍行於此際，其情實不可言者也。稱之「從弟」，爲弟兄行者親懇之至。時亂，人皆思武臣，故諸將皆賜旄節而旌表其功，天下皆想望其風采、仰服其聲名。此時爾布衣而歸，人誰知其可重耶？一語悲痛慘悽，巧點綴時事，示其不當歸而歸者實出於不遇而不得已，以「布衣」二字可見歸之不得已也。前聯二句承「令弟獨能歸」，以下承「故鄉何可到」，河朔之城荒而無人，流水空流，舊村散盡，空存荒澤，是豈可歸之處耶？行至平原，則蟲鳴唧唧以添悲悽，桑葉紛紛可添淒涼，亂後真唯有「不見人煙空見花」之光景，從弟此際而歸，是真可嘆也。嘉祐避亂諸作皆悽婉動人，此作亦借諸將之功名而嘆從弟之不遇，以襯貼亂後景物，轉覺其悲涼迫人矣。

【校勘記】

[一]李：底本脱，據《全唐詩》卷二百六補。

［二］村：底本訛作「材」，據《全唐詩》卷二百六改。

喜晴　李敬芳

到台十二旬，一片雨中春。林果黄梅盡，山苗半夏新。陽烏朝展翅，陰魄夜飛輪。坐喜無雲物，分明見北辰。

「台」乃台州，敬芳至已百二十日，而日日雨，九十之春光唯從一片雨中見之。今日纔晴，林中梅子已黄落，山上藥草有新生之半夏。半夏生於孟夏之日，以夏半而名。晴則日月共爲清朗。日乃陽之宗，積而爲烏，「陽烏朝展翅」以其得處翱翔，而狀太陽杲杲而上；月乃陰之精，體黑者謂之魄，「陰魄夜飛輪」以其周圍劃輪，而狀太陰生暈、暗中自明。晝則太陽，夜則太陰，晴景如見。而此詩之晴意非獨唯是：今夜一天無雲，北辰七星分明可認，何等之快晴，「喜」字全在此中躍出。蓋「十二」句中之雨漸霽，始見台州晴日之狀態，喜不自禁。敬芳自注云：「時左遷台州刺史。」若因之而中有相擬者，則圓至所言「喜朝廷有清明之漸，而我冤可雪」亦非無其理也。

茅山[一]　杜荀鶴

步步入山門，仙家鳥徑分。漁樵不到處，麋鹿自成群。石面迸出水，松頭穿破雲。道人星月下，相次禮茅君。

茅山在句容縣，傳華陽人茅濛隱華山而修道，白日上昇，濛之玄孫茅盈、茅固、茅衷得道於句曲山，改句曲山爲茅君山。乃第八洞天、第一福地，以大茅君盈爲司命真君，以次茅君固爲定録真君，以小茅君衷爲保生真君。詩則登山而狀仙觀之清幽：入山門一放眼，則仙家之觀，鳥徑歧分而可上。山高溪深，樵父亦尋不至，所居惟麋鹿成群。「漁樵」二字重在「樵」字，馮鈍吟攻之而云「山無漁」，不免稍偏理窟。觀之前後巨巖出、長松聳，巖罅有石泉之迸，松頂殆如掃雪[二]。「出」字、「破」字皆須解爲助字。道人在白雲可捫之處，乃樵夫所不知。夜深人寂，則在星月輝映之中，一行相次第而禮茅君，以修其道而願得仙。山深自有仙氣，加之道士禮於茅君，日夜修煉不休，傍人見之，亦不疑其殆將得道如三茅君也。結二句道家行禮之狀，畫來如見。

【校勘記】

[一]茅山：《全唐詩》卷六百九十一作《遊茅山》。

［二］雪：似當作「雲」。

已前共四首

咏物

周弼曰：隨寓感興而爲詩者易，驗物切近而爲詩者難，太近則陋，太遠則疏。此皆於和易寬緩之中而情切者也。

太近則陋，太遠則疏，二語真知言也。咏物一體，不即不離、不黏不脱，含蓄深穩則不陷刻畫，風神婉約則不陷虛抽，不卑淺、不平熟，是其妙也。而後能至於與隨時成興者不異也。

山中流泉［一］　　儲光羲

山中有流水，借問不知名。映地爲天色，飛空作雨聲。轉來深澗滿，分出小池平。恬淡無人見，年年長自清。

山中流水生於無人之處，故世人無名之者。雖名之者無，而泉之勝絶比世人傳稱者更深。其穩，則與天一碧，輝映大地而如鑑之照物；其激，則空中紛飛，宛似作雨聲而下。「爲」字、「作」字皆從作者心中意中見出之，妙。一轉而爲深澗，澗已滿；一分而爲小池，池已平。潺潺者、淙淙者，自在成趣。張蠙之「細聲縈石亂，寒色入潭空」「掛壁聊成雨，穿林别起風」，未足以語清空之致也。鄭谷之「雲邊野客窮來處，石上寒猿見落時」「聚沫繞槎殘雪在，迸流穿樹墜花隨」，未足以語平遠之妙也。而道：此水不求人之見，故俗塵不來，清洌者依然。是作詩之根，與第一、二句相應，乃作者自興之處也。崔塗之「可惜寒聲留不得，旋添波浪向人間」、儲嗣宗之「春風莫泛桃花去，恐引漁人入洞來」，雖皆有寄託，然比此則尚覺其露，此詩之可尊者全在其不露也。

【校勘記】

[一]山中流泉：《全唐詩》卷一百三十九作《詠山泉》。

冷井[一]

孫欣

仙闈初鑿井，雲液沁成泉。色湛青苔裏，寒凝紫綆邊。銅瓶向影落，玉甃抱虛圓。永賴調神像，堯時奉萬年。

井蓋在省中，故云「仙闈」。《洞冥記》云：「長安東七萬里有雲山[二]，山頭有井，雲從中出。」由井之清冽，言乃雲中液水浸漬井中而成泉，與雲山之井相似。窺其色，則四面青苔中更湛湛而緑，以青襯染而緑更爲深，乃咏物家之特色也。探其寒，則至於訝釣瓶之綆索亦殆將凝耶？「紫」字有深坳之意，轉覺其妙。井中水清，故釣瓶之影常横，今下釣，則謂此殆如向自家之影而落，細緻之至。江逌《井賦》言[三]：「構玉甃之百節」，「甃」乃聚磚而修井者，即井之四壁也。四面壁立，中自空虚，故謂圓抱其虚。鮮秀無極，井水清冽，飲而足可調我之精神、養我之形像。昔當堯時，老人擊壤而歌云：「日出而作，日入而息，鑿井而飲，耕田而食，帝力何有於我哉？」問其意，則鑿井耕田，我任自然，無關帝者，亦是「不知不識，順帝之則」之意，以頌帝者萬年也。自鑿井而飲追想擊壤之歌，因仙闈中之冷井而歸到壽君王之萬歲，其偉麗殆將與應制諸作同其體。

【校勘記】

［一］冷井：《全唐詩》卷二百三作《奉試冷井詩》。

［二］萬：底本脱，據《初學記》卷七補。

［三］逌：底本訛作「道」，據《初學記》卷七改。

僧舍小池

張鼎

引出白雲根，潺潺漲蘚痕。冷光摇砌錫，疏影露枝猿。净帶凋霜葉，香通洗藥源。貝多文字古，宜向此中翻。

引出雲根，潺潺者出，其意與前詩之「雲液沁成泉」相同。言「雲根」，則可見其自巖石間迸流，見確非其池也。稱「潺潺漲蘚痕」者亦全先描出其小，劉長卿《和靈一新泉》云「夢閑聞細響，慮澹對清漪」，亦狀出小池者，帶禪士之身分而比之，更爲超詣。禪師携錫立於砌，泉光摇其影而不定；山猿相别戲於枝，倒影中可認其形。是刻畫之句，「摇」字、「露」字尤爲其用力之處。老杜咏泉云「明涵客衣净，細蕩林影趣」，嚴維咏泉云「獨映孤松色，殊分衆鳥喧〔二〕」，於「涵」「蕩」「映」「分」四字眼皆十分用力，此恰同其作意。范晞文以爲「殊不知用心實在砌字枝字之上」，「砌」與「枝」正兼寫僧舍者，是晞文所以推之也。紅葉逢霜而落，點點滿池，池水相映而轉净，以招提之樹木固不帶塵埃也；僧入山採藥草，就下流而洗之，藥香薰染，其小源之池水亦爲香也。「净」「香」二字皆含禪意，句句合寫「僧舍」與「小池」。比之姚合《題僧院引泉》云「洗藥清流濁，澆花雨力微」，則覺其尚多塵外之趣。「貝多」出天竺摩伽陀國，長六七尺，經冬不凋，土人用以寫經。今葉上文字已多蒼古而不可讀，宜浸漬此小池中以令鮮明。泉净而香，當無傷貝多之患也。以僧舍爲主結之，用不華泛，然語意稍輕易。章孝標《咏方山寺松泉》云「參禪不要問，孤月在中央」者亦以禪意爲結，意、境俱脱然而迥，非鼎可得對比也。

【校勘記】

［一］衆：底本誤作「思」，據《全唐詩》卷二百六十三改。

聞笛　　戎昱

入夜思歸切，笛聲寒更哀。愁人不願聽，自到枕邊來。風起塞雲斷，夜深關月開。平明獨惆悵，落盡一庭梅。

本集題作「夜上受降城聞笛」。白沙黄草，塞上之風物固不可久留，入夜而覺心轉急，是何爲哉？笛聲嚠喨，夜氣寒肅而聲愈高。愁人雖恐聞之而增鄉思，然笛聲自其枕上而來，凄切者更凄切也，思歸争得不切耶？是真與「不知何處吹蘆管，一夜征人盡望鄉」同其境者也。去來登城上，則見塞上之雲爲風吹斷，關上之月夜深而清，一望凄凉，無可以怡情者，起卧俱悶悶而不得樂。更思之，明朝天曉，梅花將已爲聲所飛，一庭只落花狼藉而令人思，是亦傷心之事，可哀者不止今夜也。楊巨源《長城聞笛》云：「孤城笛滿林，斷續共霜砧。夜月降羌淚，秋風老將心。静過塞壘遍，暗入故園深。惆悵梅花落，山川不可尋。」是專從降羌老將之大處説破，自家愁思録之於後三句，而以「梅花落」品定之，亦一格也。蓋塞外花木少，於兹用梅花，最見切到。

圓至云：「古曲有《梅花落》《折楊柳》，非謂吹笛而梅落也。故張正見《柳》詩云『不分梅花落，還同横笛吹』，李白云『黄鶴樓中吹玉笛，江城五月落梅花』，皆謂曲名也。自昱以爲『落盡一庭梅』，世遂襲其誤，以爲笛吹則梅落矣。」是以「梅花落」爲曲名而解之者。然因曲名而更活用之，亦詩人用事之妙也，其理亦通，未可斥言。李白云「胡人吹玉笛，一半是秦聲。十月吴山曉，梅花落敬亭」，是亦爲笛吹而梅落者，亦何得以爲始於昱耶？

昱詩名著於時。無論李鑾欲以女嫁之，即君王亦識其詩，昱真可記也：憲宗朝，北狄侵邊，大臣奏以爲古者和親有五利，而無千金之費[一]。帝曰：「頃聞有能爲詩而姓氏稍僻者，是誰哉？」宰相答云：「恐是包子虛、冷朝陽？」帝曰：「皆不是也。朕記得其《咏史》一篇。此人若在，便與朗州刺史。」詩曰：「漢家青史上，計拙是和親。社稷依明主，安危託婦人。豈能將玉貌，便擬净胡塵。地下千年骨，誰爲輔佐臣。」帝吟了，笑曰：「魏絳之功何其懦也！」大臣公卿遂息和戎之論。一篇詩乃使朝廷和戰之議論一定，四十字之格言千古不磨。雖唯帝眼高而識之，然亦不可不謂乃昱生平滿腔之熱血致之也。所謂「胸有千秋下筆難」者，亦豈但詩人苦心於自家巧拙之謂耶？

【校勘記】

[一]費：底本訛作「貴」，據《唐詩紀事》卷二十八改。

感秋林[一]　　姚倫

試向東林望，方知節候殊。亂聲千葉下，寒影一巢孤。不蔽秋天雁，驚飛月夜烏。霜風與春日，幾度遺榮枯。

高仲武評倫云：「雖未弘深，去凡已遠，屬辭比事，不失文流。如『亂聲千葉下，寒影一巢孤』，篇什之秀也。」句屬此詩之前聯，「下」字、「寒」字、「孤」字皆以雕鍊出之。昔人評鄭谷「落葉」之句云：「『返蟻難尋穴，歸禽易見巢』，未嘗及凋零飄墜之意，人一見之，自然知爲落葉」。然其實爲淺俚，比於此句之清杳，則不啻上下床也。

向東林而放眼，則季節已秋，知爲萬木凋落之時。千葉紛紛，下而有聲，其餘則宮林題寒，栖宿獨殘。既言禽鳥之栖宿，故接之而出後聯：鴻雁雖飛來宿於兹，而亦無樹葉掩遮之者；烏鵲雖栖於兹，而夜月照破，乍驚而飛。是實寫「一巢孤」者，可謂親切丁寧。林已秋而摇落如此，然在春時，則東風駘蕩，煙濃霞淡，繫馬者、曳杖者無不吟賞而忘歸。今忽然而別，榮枯之急者果何如哉？是作者所以感慨而嘆人世榮枯之急也。而後可知稱「東林」者乃「春日」之伏線，「節候殊」三字亦早籠結意也。

【校勘記】

[一]感秋林：《全唐詩》卷二百七十二作《感秋》。

杏華　　温憲

團雪上晴梢，紅明映碧寥。店香風起夜，村白雨休朝。静落猶連蒂，繁開正滿條。澹然閑賞久，無奈似嬌饒。

杏有白者、有紅者。晴日梢上如雪之簇，曉雨休而一村爲白者是也；紅者明而映帶蒼空，夜風起而春店爲香者是也。上四句一氣渾成，二句交互承接。元遺山之「青旗知是誰家酒，一片春風出樹頭」乃出杜牧詩而寫「酒」字之意者，而此詩光景亦可見仿佛相類。後聯轉筆而雕琢其一部，連蒂而落、滿條而開，辭亦唯云其乃杏花，比之李商隱所云「爲含無限意，終至不勝繁」，態固低而不足言矣。帶自家而品定杏花，謂澹然相對、閑然相賞，雅人深致不過如此；然細月旦之，則妖嬈而似董嬌饒，其艷麗又非雅人相見而能澹然賞之也。是巧而能斷，恰可覺其相當。

「嬌饒」當作「嬌嬈」，其名僅存漢宋子侯之詩中[二]。詩云：「洛陽城東路，桃李生路傍。花花自相對，葉葉自相當。春風東北起，花葉正低昂。不知誰家子，提籠行採桑。纖手折其枝，花落何飄颺。請謝彼姝子，何爲見損傷。高秋八九月，白露變爲霜。終年會飄墜，安得久馨香。秋時自零落，春月復芬芳。何時盛年去，歡愛永相忘。吾欲竟此曲，此曲愁人腸。歸來酌美酒[二]，挾瑟上高堂。」味其意，則爲一個採桑美人偶然發興於折花枝，而道及榮枯之理者。嬌嬈别無可傳，憲之意亦唯用之總稱美人耳，非必限於嬌嬈也。

憲乃庭筠之子，僖、昭間就試，有司以其父之文刺時毁朝士，抑之不録。庭筠既爲人所抑，困於場屋，其子亦因之而退，怨毒之於人可謂甚矣。後趙崇知舉時，滎陽公謂之云：「庭筠之子幸勿遺也。」於是始成名。知己有人而如乃翁之於令狐綯，其不爲所妨者可謂幸也。乃翁《杏花》曰：「紅花初綻雪花繁，重疊高低滿小園。正見盛時猶悵望，豈堪開處已繽翻。情爲世累詩千首，醉是吾鄉酒一樽。杳杳艷歌春日午，出墻何處隔朱門。」新鮮别致，情景並到，而雙叙紅花、雪花起之者，見憲正效乃翁之顰也。

【校勘記】

[一]宋：底本訛作「朱」，據《玉臺新咏》卷一改。

[二]歸：底本誤作「將」，據《玉臺新咏》卷一改。

孤雁

崔塗

幾行歸塞盡，念爾獨何之[一]。暮雨相呼疾，寒塘欲下遲。渚雲低暗度，關月冷相隨。未

必逢矰繳，孤飛自可疑。

歸雁行行，皆歸關塞，而獨有孤雁離群止於兹。故問爾欲何之耶？欲言「孤」而言「群」，亦以逆筆追出也。暮雨陰陰之時，獨自相呼而無答者，「疾」乃狀情急而語促，直言「相呼」，則不可謂不孤也。寒塘寂寂之處，欲下而無伴者，「遲」乃狀低回而躊躇，是不言「孤」而真爲孤雁也。洲渚雲低而聲空度，關塞月冷而影空來。幾行之群雁和鳴而去，故不陷此苦境，而孤雁則獨自悄然也。箭有綸者謂「矰繳」，以絲系於矢而射。《淮南子》云：「雁銜蘆以避矰繳。」若今日江湖滿地無矰繳以傷其身，則不須銜蘆自守，然則共群雁而去，固其所也；乃不逢矰繳而先去，今獨自孤飛而不得與群相與，不知其果何心耶？是以反語應第二句而爲結法。曉嵐云：「結處展過一步，曲折深至，語切境真，寓情無限。」乃贊作者以孤雁飄泊自比也。

宋鮑當善爲詩，乃河南府法曹。薛映爲知府時失其意，映怒甚。當乃獻《孤雁》詩云：「天寒稻粱少，萬里孤難進。不惜充君庖，爲帶邊城信。」薛大嗟賞，自是游宴無不預焉，不復以掾屬遇之。時人呼爲「鮑孤雁」。雖其意更露、其所寓亦不一，然以身世寄託之者，與塗一揆也。見之而一旦翻然相容相憐，映之愛才亦爲可欽。未知塗之詩成，能有知其深意而容之者乎？

【校勘記】

［一］獨：底本訛作「猶」，據《全唐詩》卷六百七十九改。

雨[一]　皎然

片雨拂簷楹，煩襟四座清。霏微過麥隴，蕭瑟傍莎城。静愛和華落，幽聞入竹聲。朝觀興無盡，高咏寄閑情。

何來之一雨，撲簷拂楹，塵襟爲之一洗，其如絲之霏微者濕隴上之麥，如秋之蕭瑟者沾城中之莎。細無不至，纖無不透。「静」與落花俱下，仔細觀之而有興趣；「幽」則入於修竹，丁寧聞之而有雅音。最善是朝起夢醒神爽之時，萬塵未起，可以爲高咏，可以寄閑情。時有何煩可累我情乎？接第二句而爲結，瀇瀇下筆，超然自遠，空門之人始可得之也。

【校勘記】

[一]雨：《全唐詩》卷八百二十作《夏日登觀農樓和崔使君》。

已前共八首